目次

プリンシパル

一章　供物《くもつ》

1

昭和二十年八月十五日

午前十一時五十分。駅待合室の中央に、机を積み重ねた櫓《やぐら》が建てられた。「玉音をお伝えする受信機を見下ろしては不敬」という青年少尉《しょうい》の命令で急遽《きゅうきょ》作られ、その頂上に据えられたラジオ受信機を、二重三重に囲む人々が見上げている。

放送は定刻通り正午に開始し、スピーカーから流れる陛下の御声が待合室に響いたが、三分ほどで聞こえなくなった。続いて『君が代』が演奏されたものの、すぐに途切れた。

終わったようだ。

「重大発表」という通達とともに駅舎に集められた人々は、老人も若者も、それぞれに戸惑いの表情を浮かべたあと、互いに顔を見合わせ、こそこそと話しはじめた。だが、櫓の横に立つ軍服の少尉だけは、強く目を閉じたまま動かない。

受信機から陛下とは別の声が流れはじめた。

男性アナウンサーが先ほどの詔書を奉読している。しかし、これも雑音混じりで、はっきりと聴き取れない。

制服姿の駅長が横目で何度かこちらを見ると、静かに近づいてきた。

「あの」

長椅子《ながいす》に座る顔なじみの日野《ひの》ではなく、隣に立つ綾女《あやめ》に声をかけた。

「お嬢さんも学校の先生だそうですが」

「はい」綾女はうなずいた。

「先ほど陛下は何と仰《おお》せられたのでしょうか」

周りを気にしつつ、囁《ささや》くように訊《き》いた。

「終わりだそうです」

綾女は答えた。その明瞭《めいりょう》な口調が周囲の人たちを振り向かせる。

「は？　何がでしょうか」

「戦争はもう終わりとおっしゃいました」

駅舎に響いていた無数の会話が止まった。ラジオの音と外で鳴く蟬《せみ》の声だけが聞こえる。

「それであの、どちらでしょう」

「負けました」

「日本がですか」

「はい、日本の敗戦です」

「そうですか」駅長は息を吐くと、軽く膝《ひざ》を叩《たた》いた。「さて、どうしよう」

集まった人々も、落胆とも安堵《あんど》ともつかぬため息をつき、一様に黙り込んだ。

ただひとり、青年少尉が声を上げて泣きはじめた。嗚咽《おえつ》しながら両手で軍刀の柄《つか》を握り締めている。抜いてこの場で割腹すべきか、するまいか。迷いためらっているのだと、その場の全員が気づいた。

だが、誰も止めないばかりか、彼を見ることさえしない。

駅長と駅員たちは早々にラジオ受信機を下ろし、積み上げた机をかたづけはじめた。集まっていた人々も、次々とその場を離れてゆく。近隣の者は汗を拭《ぬぐ》いながら家や仕事場に戻り、列車を待つ乗客たちも改札を抜け、乗降場へと向かう。

「僕たちも行こうか」

座っていた日野が杖《つえ》を片手に立ち上がった。

「終わったのですし、校長先生が戻られる必要はないのではありませんか」

綾女は下ろしていた背嚢《はいのう》を担《かつ》ぎながら尋ねた。

「敗戦したからといって、陸軍が突然消えてなくなるわけでもないだろう。それに、向こうが来なくとも、こちらは約束通りに出向いたという証拠を残しておきたいからね」

陸軍から日野が豊島区西巣鴨《としま》に所有する土地家屋を接収すると連絡があり、その手続きのため疎開先《そかいさき》の長野から一時帰京せよとの命令が出ていた。

生徒たちと暮らす山寺を出たのが朝六時。最寄り駅まで歩き、列車に揺られ、この乗換駅の塩尻まで六時間。日野の白い口髭《くちひげ》に覆《おお》われた顔には疲労が色濃く浮かんでいる。

「心配ないよ。炎天下での畑仕事よりずっと楽だ」

体調を思いやる綾女の視線に気づき、日野が微笑《ほほえ》む。

十分後、ほぼ定刻通りに中央本線の列車は到着した。

万民漏れなく放送を拝聴せよという通達を無視し、運転士も車掌も自分の仕事をしていたということだ。

――不忠、不心得者と責められ殴られる。

綾女は、運転士や駅員、そして列車に乗ろうとしている自分たちの身を一瞬案じた。

でも、負けてしまった今、誰が責めるのだろう。この先も、軍人は威張っているのだろうか。これからも、食べ物は足らないままなのだろうか。

――そうか、終わったんだ。

怖いけれど、自分でも何を怖がっているのかわからなかった。

開いた窓から射《さ》す夏の陽が、座席についた綾女のモンペの膝をじりじりと照らす。汗が胸元を伝ってゆくが、人前で拭うのが恥ずかしくてハンカチを出せない。

青く澄んだ空に黒い煙を吐き出し、列車は駅を出発した。吹き込む風が日野の口髭を、綾女の結い上げた髪を揺らす。汗が少しずつ引いてゆく。

塩尻からの乗客がもたらした終戦――いや、敗戦の報告に車内がざわつきはじめた。

「ともかく食べよう。腹が減っては戦《いくさ》はできんよ」

日野が背嚢から布包みを取り出した。

「やはりまだ続くのでしょうか」

綾女も背嚢から包みを出しながら訊いた。

「敵を倒すための戦いは終わった。逆に敵に倒されてね。これからは君たちが生き延びるための戦いがはじまる」

昼食のそば饅頭《まんじゅう》は皮が厚いばかりで、中には切り干し大根が僅《わず》かに入っているのみ。それを綾女はふたつに割ると、片方を通路を挟んで座る国民学校初等科五、六年（十歳から十一歳）ほどの少女に差し出した。

彼女は一瞬驚き、それから無意識のうちに物欲しげな目で見てしまった自分を恥じるように首を強く横に振った。

「遠慮なさらず、どうぞ」綾女は笑顔でいった。

隣に座る母親に促され、少女が申し訳なさそうに受け取る。

彼女のまつ毛は長く、大きな目の中には黒く輝く月のような瞳《ひとみ》が浮かんでいた。整った顔立ちからは、可愛《かわい》らしさより男子のような凜々《りり》しさと意志の強さを感じる。

日野も饅頭を割ると、少し離れた席にいた国民学校初等科生の兄弟に差し出した。小さな施しが人の縁をつなぎ、周囲の乗客たちとの世間話がはじまった。

「そうですか。東京女子高等師範の附属高等女学校で先生を。才女でらっしゃるのね」

終戦の話が一段落したところで、少女の母親が綾女にいった。

「でも、今は授業もありませんので学童疎開のお手伝いをさせていただいております」

長野県内に移る前、綾女は西巣鴨の寮で暮らしていた。

日野が自宅敷地内で運営している女性研究者や教師のための生活の場で、無理解な親から職業女性でいることをなじられ、結婚や退職を迫られ、居場所や住まいを失った十代から四十代の女性十六人が共に寝起きし、そこから仕事に通っていた。

しかし、女子寮は閉鎖に追い込まれる。以前から日野の「進歩的考え」は批判されていたが、戦局が悪化すると、「女子ばかりの寮は日本の伝統と風紀を乱す」と、陸軍や自称尊皇家から八つ当たりのように強く責められ、脅され、住人たちの身を守るためにも一時解散せざるを得なくなった。

そんな折、日野から自分が校長を務める国民学校初等科の長野疎開に同行してくれないかと声をかけられた。

国民学校でも若い男性教員の徴兵により、人手が不足している。銃後に残った女教師や生徒も勤労奉仕が生活の中心となり、附属高等女学校では授業がほとんど行われなくなっていた。

隣の席で饅頭を口に運ぶ少女は東京蒲田《かまた》区蒲田の生まれだという。母娘《おやこ》で母方の実家に疎開していたが、東京に残っていた祖父が亡《な》くなり、葬儀のため戻ることになったそうだ。

「それはご愁傷様。おつらいでしょうね」

綾女は声をかけた。

「いいえ、寂しいけれど、つらくはありません」

黙ったままだった少女が口を開いた。

「ずっと患《わずら》い苦しんでいたおじいさまが、病の身から解かれて極楽浄土に渡れたのですから。それに、いつかは私もあちらに参ります。そうすればおじいさまにも、三年前に亡くなったおばあさまにも、また会えますから」

張りのある美しい声、大人びた理知的な物言い。でも、それよりも綾女は彼女が素直に来世を信じていることに驚き、戸惑った。

――極楽浄土か。

本当にあるのなら、母もそこにいるのだろうか。

正直、母・ゆき乃《の》の記憶はほとんどない。それでも、できるなら母の手や肌に触れ、言葉を交わしてみたい。だが、今病床で息が絶えかけている父も、死んだらそこに行くかもしれない。もし、死んだ母と一緒に待っていたら、すごく嫌だな。

いや、だいじょうぶ。あの父が極楽に行けるはずがない。

地獄に堕《お》ちるに決まっている。

列車は都内に入り、浅川駅（現高尾駅）を出発した。窓の外を流れる景色から木々の緑が消えてゆく。しかし、代わりに見えるはずの八王子の街並みはもうなかった。

少し前にあった空襲のせいだ。墨色に焼け焦《こ》げた土地と、灰色のバラックの集合地ばかりが続き、ときおり気まぐれに焼け残った家々が顔を出す。列車の窓枠はまるで映画のスクリーンのように、モノクロの世界を映し出してゆく。

長く列車に揺られて疲れたのか、気づくと少女は眠っていた。母親も風を浴びながらうとうとしている。

「君も帰るんだよ」

日野が念を押す。

「最後にちゃんとお父上と向き合ってらっしゃい」

「わかっています」

綾女はつぶやいた。

特別な思いや志があって、長野での生活をはじめたわけじゃない。どうしても実家には戻りたくなかっただけ。

それでも、夜になり、母恋しさに泣く生徒たちを抱きしめながら眠りにつかせると、自分が求められているのを感じられた。ここが自分のいるべき場所なのだと思えた。

しかし、『チチ　ジュウタイ』と書かれた電報が届いた。

父・水嶽玄太《みたけげんた》の病名は胃癌《いがん》と肝硬変。癌が転移し深刻な状態であることは、父の側近からの手紙で以前から知っていた。

一通目の電報は無視したが、『ヤマイオモク　カエラレタシ』と二通目が届き、その内容に気づいた周囲から強く説得された。

こんな時代に意地を張れるなんて十分恵まれているとわかっている。戦時を理由に無理やり実家に連れ戻され、出征してゆく青年とだまし討ち同然に結婚させられた女子寮の仲間もいるのだから。ただ、今もまだ決心がつかずにいる。

――あの狂った家には戻りたくない。

綾女が七歳、七五三で着飾った晴れの日に、父が母の位牌《いはい》を見ながらいった言葉を思い出す。

「命を削って産んだのが、息子じゃなくて娘とは。運のない女だ」

そしてこう続けた。

「こんな血筋に女が生まれたって、不幸にまみれて死ぬだけだろうに」

あんな父の臨終に間に合ったところで、何の意味もない。自分が行かずとも誰も困らない。そんなことを考えながら、帰らずに済む理由をまだ探していた。

だが、列車は進んでゆく。

憎しみと血の匂《にお》いの記憶を呼び覚ます故郷へと、綾女を運んでいった。

2

西巣鴨まで送ると綾女は何度もいったが、日野に笑顔で断られ、省線新宿駅で別れた。

いつもの間引き運転ながら、山手線の電車も運行していた。乗り合わせた乗客たちの話を横聞きすると、電力不足から都電（路面電車）はほとんど走っておらず、辻々《つじつじ》には警官が立ち、終戦を受けての暴動や混乱を警戒しているらしい。板橋のほうでは早くも朝鮮人と日本人の衝突が起きていると、真偽不明のうわさを口にする者もいた。

渋谷駅で降りたが、周辺に騒ぎの気配などなかった。

ただ、改札を抜けた先を見ると、駅前の人の流れにぽっかりと穴ができ、乗降客たちがそこを避けるように歩いている。

暑さの中、〇に嶽の印が入った半纏《はんてん》を羽織った少年が三人立っていた。皆、十四、五歳ほどにもかかわらず、いっぱしの任俠気取り《にんきよう》で胸を張り、すぱすぱとタバコの煙を吐いている。

その少年たちのうしろに、綾女は知った顔を見つけた。

男のほうも綾女に気づき、笑顔を見せた。三十代半ばで背が高く、ハンチングを被《かぶ》り、開襟《かいきん》シャツに国防色（カーキ色）のズボンを身につけている。

半纏の少年たちも咥《くわ》えていたタバコを捨て、こちらに目を向けた。

綾女は早足で改札を抜けながらハンチングの男を睨《にら》みつけた。

「いつ戻ったの。迎えに来るなんて聞いて――」

まくし立てたものの、途中で口が止まり、その先は言葉が出てこない。

ハンチングの男、塚原達吉《つかはらたつきち》は左腕を失っていた。

「こんなふうになっちまったもんで、戦地から一足早く戻されました」

右手で被り物を取り、丸刈りの頭で一礼する。

「お疲れ様です。お荷物お持ちいたします」

半纏の少年たちも大声で一礼し、駆け寄ってくる。

「自分で運びますから」

綾女はぶっきらぼうにいって荷物を抱えると、急ぎ足で進んだ。

駅前の道を渡り、宇田川町へ。防火帯拡大のための強制疎開（立《た》ち退《の》き）で、街並は綾女の知っているころとまるで変わっていた。

お茶屋や薬屋など、駅前にひしめいていた大看板を掲げた店が消えている。近くにあった繁盛《はんじょう》していた食堂もなくなり、開いているのは雑貨屋など、軒や壁に煤《すす》けた跡の残る数店のみ。夜になると派手に輝いていた胃腸薬や服地のネオン看板も撤去されている。もちろん着物や洋服で着飾って歩く女性の姿もない。道端には瓦礫《がれき》が散乱し、端材《はざい》やトタンで作られた小屋が続いている。

——予想していたことだけれど。

綾女が国民学校生たちと疎開していた間に、幼いころから見慣れた駅前の風景は空襲で完全に叩き壊されていた。

「勝手にお迎えにあがってすみません」

先を歩く綾女に塚原が並んだ。

「日本《こっち》が負けたので、調子に乗った連中が暴れ出しそうな気配です。お嬢さんに何かあったらいけないと思いまして」

「また騒ぎが起きるの。ようやく戦争が終わったのに」

「はい、残念ながら。お屋敷のほうにも用心のため人手を集めました。窮屈かもしれませんが、ご勘弁ください。男の足らないこんな時分ですから、頭数を揃《そろ》えるのに苦労はしていますが」

「だからって、こんな子どもまで騙《だま》してヤクザごっこをさせるなんて」

ばつが悪そうに塚原が頭を下げた。

終戦が知れ渡り、町はざわついている。だが、電車内で聞いたような辻々に立つ警察官の姿は見かけない。暴力や略奪の気配もない。

ただ、通りの左右に建つバラックの住人や通行人が塚原に気づくと、駅前の光景とは対照的に「頼みます」「お願いします」と近寄り、声をかけてきた。手を合わせて拝む年寄りもいた。

皆、この男が水嶽組の組員だと知っている。ここで暮らす人々は、警察でも軍隊でもなく、敗戦後の先の見えない日々の中で、自分たちを守ってくれるのはヤクザだと信じている。

中には綾女に気づく住人もいた。

「お嬢様。お久しぶりでございます。ご無事でようございました」

深々と頭を下げて挨拶《あいさつ》された。

「大変ご無沙汰《ぶさた》しております。そちらもご無事なご様子で」

丁寧に挨拶を返す綾女の姿を、若衆見習いの少年たちが不思議そうに見ている。

水嶽組組長の娘が、偶然すれ違っただけの領域《シマ》の住人に頭を下げるのを奇異に感じたらしい。

「お嬢さんは謙虚な方なんだ。見習えよ」

塚原がいった。

「けんきょって何すか」とひとりの少年が訊き、塚原に「少しは本を読め」と頭を叩かれた。

綾女は思わず眉根《まゆね》を寄せる。

――ヤクザのこういう思い上がったところが大嫌いだ。

暴力で支配しているだけの無法者のくせに、自分を領民を守護する騎士や武士だと思い込んでいる。

不快感が綾女をさらに早足にさせる。

松濤《しょうとう》町から神山町を抜けると、遠くに「水嶽本家」と呼ばれている実家が見えてきた。

空襲を焼け残ったと聞いてはいたが、知っている外観と違う。以前の白塗り塀がコンクリートの高い壁に変わっていた。正面の長屋門と庭の一部も潰《つぶ》され、和風建築の母屋《おもや》の前を塞《ふさ》ぐように四階建てビルディングができている。

「刑務所みたい」

洋風の鉄門の前に立ち、綾女は独り言のようにいった。

「皮肉ですか」

塚原が返す。

見上げると、『水嶽商事株式会社　Mitake Enterprises Co., Ltd.』と看板が掲げられている。

「もう一家でも組でもなく、会社です。社長は麟太郎《りんたろう》さんですが、今はお父様が会長兼社長の肩書きで代行されています」

麟太郎は一番上の兄の名で、出征中だった。綾女にはあとふたり兄がいるが、次兄は精神を患い療養所に、三兄は麟太郎と同じく戦地にいる。

「死にかけているのに社長なの？」

「あくまで名目です。俺も肩書きだけなら事業部長ですから」

「会社のふりしてみても、中身はやっぱりヤクザ。いい加減なものね」

実家に関して悪態をつくときだけは、あとで自己嫌悪《けんお》に陥るくらい嫌味な言葉が自然と出てくる。

「お変わりないようですね、お嬢さん」

笑う塚原を横目で睨んだ。が、開襟シャツの左袖《そで》が嫌でも目に入る。

「あなたは変わりないの？」

袖口が風に揺れていた。

「前と同じわけにいきませんから、苦労はあります。でも、今は俺を気にかけてくださるより、お父様の心配をなさってください。見せかけだけで結構ですから」

塚原が呼び鈴を押すと、すぐに大きな鉄門が開き、何人もの男たちの野太い声に出迎えられた。

「お帰りなさいませ」

知らない顔ばかりで、少年や年寄りも多く混じっている。腕っ節だけで成り上がった古参の組員たちのほとんどが、戦地に送られてしまったのだとあらためて思った。

空襲に備え豪華な調度品はかたづけられ、窓ガラスが補強されているものの、塀の内側は以前とあまり変わらない。ただ、女中たちが常に動き回り、とにかく騒がしい。

「遠いところありがとう。せわしなくってごめんね」

玄関で待っていた寿賀子《すがこ》が声をかけてきた。

「もう半分通夜《つや》みたいなもんよ」

首に浮かんだ汗を右手で拭う。四十を過ぎているのに色香は以前と変わらない。彼女は父の第一愛人で、周りからは「姐《あね》さん」と呼ばれていた。父との間に十代の娘がいるが、籍は入れていない。

客間に通され、ソファーに座ると、女中が麦茶の入ったガラスコップを運んできた。コップの中で氷が揺れている。

電気が統制され、氷屋も開いていないはずだ。

「舶来の製氷機があるの。大きくて停電中でも溶けないように工夫されているけど、場所は取るし、今まで陸軍の口利《くちき》きで無理やり電気を融通させていたけど、この先はどうなるかわかんないし。動かなけりゃ、ただのじゃまな鉄箱だもの」

寿賀子が笑う。父の容体を嘆いている様子はない。だが、実の子供たちより、親類縁者の誰より、彼女が父の命の終焉《しゅうえん》を悲しんでいることを綾女は知っている。

「少し待ってて。今会えるかどうか、医者に訊いてくる」

寿賀子が出ていき、ひとりになった。

自分の生家の客間。子供のころはここでよく遊んだ。なのに、居心地が悪い。近くの廊下を見知らぬ人々が絶えず行き来し、久方ぶりに戻ってきた娘の顔を横目で眺めてゆく。好奇の目に落ち着かず、客間から出て階段を上がり、自分が昔使っていた部屋へ向かった。

古びた茶色いドアを開けると、内側は何も変わっていなかった。机やスタンドの笠《かさ》、椅子、タンスの上、ベッドカバー……部屋じゅうにうっすらと埃《ほこり》が積もっている。

——もう七年。

十六歳の春、父に黙って出願した東京女子高等師範学校の入学試験に合格した。父は進学を許さなかったが、当時の女中頭と寿賀子に助けられ、夜逃げ同然でこの家を出て、女子高等師範の寄宿舎に移った。

それから学問に、研究に、仕事に追われ、戦禍にさいなまれ、気づけば二十三歳。綾女は陽に褪《あ》せた花柄のカーテンを束ね、窓を大きく開け放った。

蒸した風と蟬の声が流れ込み、澱《よど》んだ空気と入れ替わってゆく。窓からは中庭と、それを囲むように建つ水嶽本家の母屋全体が見渡せる。

ここで様々な声を聞き、何人もの姿を見た。不始末をして指を詰めた子分の呻《うめ》き。父の怒りを買い、背中を日本刀で斬《き》られた女の絶叫。松の枝に吊《つ》るされ、焼けた鉄棒で打ちのめされる裏切り者の嗚咽。殴られ蹴《け》られ、全身を腫《は》らし息絶えた、敵対する組の男の死体。

父は人の命が途絶える瞬間を、意図して子供たちに見せ、伝えようとしていた。この惨《むご》さに慣れ、受け入れることが、代々続く任俠の血筋に生まれた者の義務なのだと。兄たちも綾女も、どんなに怖くても、泣くことも逃げることも許されなかった。目を背ければ、大切な本を取り上げる、もう学校にも行かせないと父から脅されていた。

だから夜、灯りを消し、ベッドに入ってから泣いた。

――非情と外道が、この家の規律だった。

嫌な記憶を振り払うように、部屋の中に視線を戻す。

本棚も昔のまま。並んでいるのはギリシャ・ローマ神話、北欧神話、アジア神話。欧州や中国の歴史書に、古事記、日本書紀、続日本紀《しょくにほんぎ》。

「女のくせに」といわれながらも、小さいころから神話と歴史が好きで、だから「女に学問は毒だ」と罵《ののし》られながらも、皆にその魅力を伝えたくて歴史教師になった。

ただ、部屋の他の場所と違い、本の上だけは埃が積もっていなかった。誰かが手に取ったのかもしれない。

ノックの音が響く。ドアを開けると寿賀子だった。

「やっぱりここだった。入っていい？」

綾女はうなずいた。

「ごめんなさいね」

本棚に向けられていた綾女の視線に気づき、寿賀子がいった。

「由結子《ゆゆこ》が勝手に入って、読ませてもらっているみたい。私に似ないで学問好きで困っちゃうわ」

父と寿賀子の娘、綾女の腹違いの妹のことだ。

「好きなだけ読んでと伝えてください。本も眠っているより読まれたほうが嬉《うれ》しいでしょう」

「ありがとう。あの子も喜ぶわ。それで、今から会いにいく？　その気になったら、声をかけてもらってもいいけど。待ってるわ」

「いえ、今すぐ会います」

3

「失礼します」

庭沿いに延びる廊下の一番奥にある障子を開けると、冷えた空気が流れてきた。

土塁のようにゴム製の水まくらが積まれ、布団《ふとん》の周りを囲んでいる。その中心に、以前よりずっと縮み、腹だけが餓鬼のように膨れた父が横たわっていた。

部屋の中は秋の終わりのころのように肌寒い。

製氷機を置いている理由がわかった。水まくらには大量の氷が入っているのだろう。部屋の隅に置かれた扇風機が静かに回り、冷気を循環させている。どちらも夏の暑さに耐えられない父の体のために設《しつら》えられたものだ。

「あなた。綾女さんが来てくださいましたよ」

寿賀子が声をかけた。近くには医者と看護婦も待機している。

父が薄眼を開け、首を少しだけこちらに傾けた。

「ご無沙汰しております」枕元《まくらもと》に座った。

「おう」掠《かす》れた声で父が答えた。

言葉はそれだけ。薄眼を開けた父と、ただ見つめ合った。

黒くすんだ染《し》みだらけの顔。生気の枯れかかった目。瞳の奥には、無数の任侠の男たちを束ね、従わせてきた凄《すご》みがまだわずかに残っているものの、今となってはそれも無用の長物のように、悪あがきのように感じる。

――やっぱり無理だ。

綾女は悲しくもないし、優しくもなれなかった。

久しぶりに戻って確信した。自分は血と欲にまみれた父のすべてが、そして父の人生が染み込んだこの家が、大嫌いなのだと。

その思いを読み取ったように、父は「じゃあな」と声を振り絞った。優しさではない。自分の娘が不快さと軽蔑《けいべつ》を抱えながら近くにいることが許せないのだろう。

綾女は「はい」とだけ返すと、静かに頭を下げ、部屋を出た。

すぐに長野に戻ろうとしたが、塚原と寿賀子に強く引き止められた。

「歴史がご専門の先生には釈迦《しやか》に説法ですが、負け戦のあとは強盗、強姦《ごうかん》、人攫《ひとさら》いが蔓延《はびこ》るのが世の常です。用心に越したことはありません」

塚原がいった。

確かに昼に動いていた鉄道が、夜になっても同じように走り続けるとは限らない。浅川駅や山梨県内の甲府駅まで行けたとしても、そこで運行が止まったら？　旅館やホテルは営業していないし、女ひとりでは駅で夜明かしもできない。

室町時代や戦国時代じゃないのだからと思いたいけれど、アメリカとの戦争に負けた今のほうが、むしろ状況は悪いかもしれない。

でも東京に残ったら、ずるずると帰りを延ばされ、父の通夜と葬式への出席を迫られるだろう。苦しく悲しい記憶ばかりのこの家に泊まるのも嫌だった。

「着替えと寝巻を用意して。もうすぐ修造《しゅうぞう》が迎えにくるから」

寿賀子が口にした名前を聞いた瞬間、心がかすかに波立った。

綾女の中に小さな驚きとともに懐《なつ》かしさが込み上げてくる。寿賀子と塚原は共謀し、反発されるのを見越して先手を打っていた。

青池《あおいけ》修造。

綾女の祖父が組長の時分から代々仕えている子分、青池家の次男で、綾女と同じ年に生まれた。

気管支炎療養中の綾女の実母に代わり、乳母を務めたのが修造の母で、赤ん坊のころは彼と並んでお乳を吸っていたらしい。物心ついてからもいつも一緒だったし、仲もとても良かった。

「修造、嫁を取ったの。せっかくだから会っていけば。青池のおかみさんも佳菜子《かなこ》ちゃんも喜ぶわよ」

寿賀子が厭《いや》らしく、よけいに迷わせることをいう。佳菜子とは修造の妹で、綾女も妹のように思っている。

綾女は七年前にこの水嶽本家を出て以降、青池の家族とは一切会っていない。

「でも――」といいかけたところで、廊下から声がした。

「ご無沙汰しております」

あの聞き慣れた声だ。

障子が少し開き、修造は顔を見せるとすぐに頭を下げた。少年から大人になってはいたが、あの穏やかな表情は少しも変わっていない。

「ご用意ができましたら、お声をかけてください」

その姿を見てしまったせいで、切ない気持ちがなおさら強く込み上げてきた。

塚原と寿賀子を睨んだが、ふたりは涼しげな顔をしている。

不意打ちに遭ったような気分で支度を整えると、修造とともに水嶽本家を出た。


青池家は、歩いて五分ほどの場所にある。

以前は目黒に住んでいたが、綾女の乳母の務めをさせるため、父・水嶽玄太が水嶽本家の近くに住まいを用意し、半ば無理やり一家を引っ越させた。

用心のためにと塚原がつけた四人の強面《こわもて》の男たちに囲まれながら、修造と並んで夕暮れの道を歩く。

「断れなかったんでしょ？　ごめんね」

「こちらこそ無理に家にお連れして申し訳ありません」

修造は腰を折り、頭を深く下げた。

「でも本当に家族全員、お嬢さんにお会いできるのを楽しみにしていたんです」

「そのかしこまった言い方、あんまり嬉しくない」

以前は修造、綾ちゃんの仲だった。

「立派なご婦人になられましたから。昔のようにお呼びするわけにはいきません」

ここでも確実に七年の時間が過ぎていた。

修造は分別のある大人に成長し、水嶽本家に仕えるヤクザのひとりになった。

「青池の家は修造が継いだのね」

「悪知恵がきいて腕っ節も強かった兄貴のほうが出ていって、何の才覚もない俺が残りました」

青池の父親と長男・興造《こうぞう》の不仲は、昔から綾女も知っている。

どちらも綾女と修造には優しかったが、互いのこととなると意見が合わず、始終衝突し、他人の見ている前での殴り合いも少なくなかった。

「けど、これで良かったんだと思っています。我が強くて血の気の多いふたりですから、兄貴が継いで親父《おやじ》と同じ屋根の下で暮らし続けたら、いつか殺し合いになっていた」

その青池の父と長男にも召集令状が届き、今はどちらも戦地にいる。

修造が東京に残っているのは徴兵不可となったからだ。理由は聞かなくてもわかる。

生まれつき修造は右目が不自由だった。

他人から見ると少しまぶたが腫れぼったい程度だが、修造自身は何も見えず、光を感じることもない。小さいころはこの目のことでよくいじめられ、兄の興造がその相手を叩きのめしていた。

右目のおかげで戦地に行かなくて済んだことを、綾女は塞翁《さいおう》が馬と感じている。修造の家族もきっと同じ思いだろう。だが、修造自身は違う。昔から、この不自由な目のせいで自分はいつまでたっても半人前だと嘆いていた。

「そうだ。修造、お嫁さんをもらったのでしょ」

綾女は途切れた会話を続けようと、また口を開いた。

しかし、修造は「はい」と一言返事をしただけ。

綾女は続く言葉を探したけれど出てこない。

どうしてだか気まずくなり、しかも周りを囲んで守っている四人に、こんなやり取りを聞かれていることも恥ずかしくなって、黙ったまま歩き続けた。

青池家の玄関のガラス戸を開けると、こちらに背を向け奥の居間に座っていた子供が振り返った。

「綾ねえちゃん」

笑顔で駆けてくる。

「泰造《たいぞう》」

綾女も驚きながら声をかけた。

修造の弟で、この家の末の子。綾女は国民学校の制服を着た泰造と上がり框《かまち》で手を取り合った。

「私のこと、ちゃんと覚えていてくれた？」

「もちろん」

泰造が快活に返事をする。

七年前、綾女が水嶽本家を出たとき、泰造はまだ三歳だった。

「一昨日、学童疎開先から一足先に引き取ってきたんです」

修造が泰造の頭をぽんと叩いた。

この子は本来なら同級生や教師たちと地方の疎開先にいなければならない。

なのに、もう自宅に戻っていた。

――そうか。終戦をいち早く知っていたんだ。

三代前からヤクザの頭目を続けてきた水嶽の家は、金や利権で政治家、軍部と昔から強く結びついてきた。敗戦を知らずにいたと考えるほうが難しい。水嶽本家からの通達を受けた幹部や主要な子分たちも、数週間前から八月十五日に重大発表が行われると知っていて、この日に向け、計画を練っていたのだろう。

厳しい敗戦後を、ヤクザとして生き抜き、勝ち抜いてゆくための計略を。

佳菜子も出てきて、綾女の腕に飛びついた。

「すっかりお姉さんね」綾女は微笑んだ。

「そちらも、ますますおきれいになられて」佳菜子がすまし顔で答える。

そしてふたり目を合わせ笑った。

佳菜子は高等女学校生。夏休み中も勤労奉仕に出ていたが、昼の天皇陛下の放送のあと、工場作業が中止になり家に戻っていた。明日以降の作業予定も未定になったという。

台所から青池家の母、はつも出てきた。

「ご無沙汰しております。お元気そうでようございました」はつが頭を下げる。

「お母さんも元気そうでよかった」

綾女も感慨深くうなずくと、「いけませんよ、お嬢さん」とさっそくたしなめられた。

はつは実子と変わらぬ愛情を綾女にも注いでくれた。だが常に乳母の立場は崩さず、「お母さん」と呼ぶことも、本当の母子のように接することも許してはくれなかった。

変わっていない。上に立つ家の者と仕える家の者の区別を、今も厳格に守り続けている。

はつのうしろから、もうひとり若い女が顔を出した。

修造の妻、よし江《え》という名だそうだ。

互いに「はじめまして」と頭を下げる。何だろう、この照れ臭さは。よし江のモンぺのおなかがふっくらとしていて、すぐに妊娠しているのだとわかった。おめでとうと伝えたいのに、うまく言葉が出てこない。よし江のほうも緊張しているのか、くり返し頭を下げるだけだった。

——しかも、私に似ている。

歳《とし》は綾女より三つか四つ下の、二十歳前後。でも、自分と同じ背格好で、顔立《づら》ちもことなく似通っている。生意気にもそう感じてしまったせいで、よけいにしゃべり辛くなった。

互いに次の言葉を見つけられずにいると、頃合いよく泰造が着物の裾《すそ》を引いた。

「一緒にお風呂《ふろ》沸かそうよ」

「失礼だぞ」

諌《いさ》める修造を綾女は笑顔で制し、泰造とふたりで裏庭に回ると風呂釜《がま》の前に座った。

丸めた新聞紙にマッチで火をつけ、釜に入れ、端木《はなぎ》を次々と放り込んでゆく。

「赤ちゃんが生まれたら、またひとり家族が増えるね。泰造は叔父さんになるんだよ」

「綾ねえちゃんのお兄さんにも子供ができて、ねえちゃんも叔母さんになったんでしょ」

「よく知ってるね」

「水嶽本家さんに跡取りさんが生まれると、その度にお菓子とお金が配られるからね。前に娘さんが生まれたときにもらった紅白饅頭もおいしかったし、僕もお小遣いもらえたんだ」

「なんだそっか」綾女は笑った。

「跡取りさんたちに会ったことないの？」

「まだないんだ」

一番上の兄には息子と娘がいる。五歳と三歳と幼なく、大事な水嶽本家の跡取りを守るため、母親とともに戦禍の東京を離れ、埼玉県秩父《ちちぶ》に疎開《そかい》させている。

「綾ねえちゃんには赤ちゃんいないの？」

「いないわ。まだ結婚もしていないもの」

「どうして結婚しないの？」

「学校の先生のお仕事が忙しかったし、それに戦争だったから」

「でも、もう戦争終わったよ」

「そうね、終わったね」

「じゃあ、綾ねえちゃんもお嫁に行けるかな。僕にも楽しいこといっぱいあるかな」

「お嫁かぁ。どうかな。ねえ、泰造はどんなことしたい」

「大学に行きたい。それで早慶戦に出たい」

「野球か。きっと出られるよ、泰造なら」

綾女は燃え盛る風呂釜の中に石炭をくべた。


夕飯の食卓は全員で囲んだ。

綾女は久しぶりに雑穀の混ざっていない米だけの飯が炊《た》き上がる匂いをかいだ。出汁《だし》を取った具入りの味噌汁《みそしる》の香りも胸に吸い込んだ。おかずは大豆と青菜の煮物が一品だけ。それでも十分豪華だったし、大好きな人々と一緒に箸《はし》を運んでいると、この上なく贅沢《ぜいたく》な晩餐《ばんさん》のように思えた。

風呂に入って汗を流し、蚊帳《かや》のかかった蚤《のみ》も虱《しらみ》もいない布団に横になる。灯火管制は続いているようだけれど、窓から光が漏れていても誰にも咎《とが》められない。停電にもならない。光り続ける電燈《でんとう》がとても眩《まぶ》しい。

綾女は佳菜子と泰造と三人で、はつに「もう寝なさい」といわれるまでおしゃべりを続け、眠りについた。

だが真夜中、青池家の表門を叩《たた》く音で目を覚ました。

綾女は、水嶽本家の使者から父の死を聞かされた。

4

「嫌です」綾女は表情を固くした。「絶対にやりません」

電燈が灯《とも》った父の部屋で、塚原、寿賀子に強い声で拒絶した。

父は生前と同じ姿のままで布団に横たわっている。ただし、盛夏の暑さから身を守り、生かすために使われていた氷入りの水まくらは、腐敗を防ぐためのものに役目が変わっていた。

「他に喪主を務められる方はおりません」

塚原がいった。

「この人のためじゃない」

寿賀子が遺体を見つめながら話す。

「水嶽の傘下《さんか》にいる何百っていう連中と、その家族のためにお願いしているの」

——騙された。

この家に帰らせたのは、父に一目会わせるためじゃない。喪主役を押しつけるためだ。

「寿賀子さんが――」

いいかけた言葉を寿賀子が断ち切る。

「できるのなら、あなたに頼んだりしない。私みたいな場末の芸者上がりの女には無理なの。わかってるでしょ」

父がはじめに結婚したのは華族の娘、次がのちに綾女を産むことになる衆議院議員の三女。不毛な跡目争いを避けるため、そして下賤《げせん》な血が家系に流れ込むのを防ぐため、父は良家から娶《めと》ったこのふたり以外は、決して水嶽家の籍に入れなかった。

もし寿賀子が喪主となれば、他にも無数にいる同じ立場の妾《めかけ》と子供たちが、自分にも水嶽本家を継ぐ権利があると騒ぎ出してしまう。

「卑怯者《ひきょうもの》」

厳しい言葉が綾女の口を衝《つ》いて出る。

「何といってくださっても結構です。お願いします」

塚原が深々と頭を下げた。

正統な後継者である兄たちが戦場から戻るまでの、一時的な代用品に使うため、見せかけの会長兼社長に据えるため、綾女は呼び戻された。

「こんなときだから、なおさら誰も文句をいえない葬儀を執り行わなきゃならないの」

寿賀子も頭を下げる。

敗戦しても水嶽本家は一切衰えていないと威信を示すため。面目のため。水嶽一門は今も一枚岩だと見せつけるため。

――でも、私には関係ない。

「修善寺《しゆぜんじ》から桂次郎《けいじろう》さんをお連れすることはできません」

綾女より先に塚原が次兄の名を口にした。

「薬品不足と食糧難で、ただでさえ気持ちが不安定になっておられるでしょう。そんなお加減で、長旅などお願いできるはずもありません」

「孫たちを連れてくればいいでしょう」

母親とともに疎開している長兄の子供たちのことだ。

「小さなお子様たちに、この大役は無理です。それに敗戦が決まったばかりの物騒な時期に、秩父から渋谷まで連れてくるなんて、みすみす生贄《いけにえ》に差し出すようなものです。どんなに護《まも》りを固めても、母親と一緒に殺されてしまう」

綾女は押し黙った。悔しいが、塚原は決して大げさなことをいっているのではない。隙《すき》あらば利権を、金を、命を奪い取ろうとするヤクザの貪欲《どんよく》さと浅ましさを、綾女も幼いころから嫌というほど見せられてきた。

「もうはじまっているんです。渋谷駅を見張らせていた歩哨《ほしよう》役の若いのがふたり、殺《や》られました」

「誰に？　どこかの暴力団？」

「もちろん暴力団も絡《から》んでいますが、日本人だけじゃありません。他所《よそ》の組に半島の連中、それに支那《シナ》の連中まで加わって、裏でつながり一気に潰しにかかるつもりです」

塚原が敵として対峙《たいじ》している組織や暴力団の名をひとつひとつ挙げてゆく。

——何かおかしい。

「周りじゅうが水獄だけを狙《ねら》っているの？　どうして？」

「水獄一門《うち》のせいで日陰に追いやられていた連中です。積もった怨《うら》みや因縁もありますし、今は領域《シマ》を毟《むし》り取る好機ですから」

それだけでは包囲網を敷かれている理由にはならない。単に勢力範囲を拡大したいだけなら、もっと細かい潰し合いになるはず。綾女のような暴力とは縁遠い人間でも犬猿の仲だと知っている暴力団までもが連携している。利害第一で動く人間たちが手を組み、水獄だけを標的にする理由は？

「何か隠している」

綾女は目を伏せつぶやいた。

「もう事情はすべてお話ししました。裏には何も——」

「いえ」ふたりを強く見た。「何を隠しているの」

頭の中で考えを巡らせる。敗戦が決まった今、最も大事なものは？

第一に食べ物、薬。二番目がそれらを守るための武器。次が金プラチナなどの貴金属や有価証券、権利書。

——そうか、隠し持っているんだ。

「横領した食糧や軍需物資があるのね。大量に」

数年前から敗戦の気配を目ざとく嗅《か》ぎつけ、物資を不正に備蓄し続けてきたのだろう。敗戦後も浅ましく自分たちだけが勝ち抜け、儲《もう》け続けるために。

「この家にも隠されているけれど、大部分はどこか別の場所に貯蔵されている。だから子分には、その守り役には見慣れない人たちばかりがいたのね。信頼できる古くからの身内や子分には、その大量保管場所を守らせている。兄さんの子供たちを秩父の山奥に隔離して厳重に守っているのも、私をここに連れ戻して帰さないのも、人質に取られて交換材料に使われたくないから」

塚原は首を小さく横に振った。

「じゃあ探し出すわ。この家に隠してある食糧を見つけて、渋谷じゅうの人たちに配る。それが任俠でしょ。俠気《おとこぎ》なんでしょ」

綾女は父の遺体を睨んだ。

「あの人がやらせたのね」

「そういう稼業《かぎょう》なんです」

塚原が綾女を見据える。

「何が稼業よ。みんなが餓《う》えて苦しんでいるときに、火事場泥棒した品物で儲けようとしている。ただの卑劣な集団じゃない」

——だから病に体中を蝕《むしば》まれ、苦しみ抜いてあなたは死んだんです。

遺体を睨みながら思った。思うだけでなく、言葉になり口から出かかっていたが、どうにか抑えた。いえば自分まで卑劣な人間に堕《お》ちてしまう気がした。

「帰ります」綾女はいった。

「帰すわけにはまいりません。危険すぎます」

塚原が首を横に振る。

「それでもここにはいたくありません。卑怯な金儲けのための物資が隠されている場所には。下劣な盗みを指示した父の遺体や、姑息《こそく》な手段で私を騙そうとしたあなたたちの近くにいるのも嫌です」

「でもね、その卑劣で姑息な血は、あなたの体にも間違いなく流れているのよ」

寿賀子が諭すような視線を向ける。

「他人の血と涙にまみれたお金のおかげで、あなたはきれいな服を着て、好きな本を読み、学びたいと思った学校へ通えた。女高師を出て、先生になって他人に教えることができるのも、その汚《けが》れたお金があったから。あなた自身、誰よりわかっているでしょ？

蔑《さげす》んでもいいし、見下してもいいわ。でも、綾ちゃん。あなたも、私たちと同じように穢《けが》れている」

これまでずっと塚原と寿賀子のことを嫌いになれなかった。この家にいる、数少ない目を見て話せる人たちだった。

――でも、裏切られた。

「修造のところに、青池の家に戻ります」

「あの家まで戻るのも危険です」塚原が綾女の前を塞ぐ。

「だったら護ってください。私が攫われて誰より困るのは、あなたたちでしょ」

塚原を押《お》し退《の》け、障子を開いた。

水嶽本家まで付き添ってきた修造とともに、夜明け前の道を青池の家へと引き返してゆく。

塚原が警護につけた男たちは四人から六人に増えていた。だが、草履の足音が暗い通りに響くだけで、男たちは口を真一文字に閉じ、互いに何かを話すこともない。その横顔から、現実に危険が迫っていることを綾女も感じずにはいられなかった。

薄雲の合間から照らしていた半月は、とっくに地平線の下に沈んでしまった。外灯も灯火管制と物資供出のため撤去されている。手提電燈（懐中電灯）も「標的にされるから」と塚原に持たせてもらえなかった。

「ごめんね。昼になったら出ていくから」

綾女は修造を見た。

「いけません。どうか、しばらくうちで過ごしていてください。しっかりお護りするようにいわれていますから」

修造の表情も固い。

「長野の疎開先に戻るわけじゃないわ。西巣鴨の寮にいったん帰るだけ」

「いえ、それもお許しするわけにはいきません」

「心配してくれているの」

「もちろんです」

水嶽本家に仕える子分としていっているのか、それとも幼馴染《おさななじみ》としていっているのか、わからない。でも、ふたりで過ごした幼いころの記憶と、彼の優しさがいわせているのだと思いたかった。

「じゃあ、修造が一緒に来てよ。西巣鴨まで送って。それなら安心――」

突然、銃声が響いた。

「えっ」綾女は小さく声を漏らしたあと、息を飲んだ。

すぐ横で護っていた男のひとりが呻きながら倒れてゆく。少し離れた闇《やみ》の中で複数の小さな光が点滅し、また破裂音が鳴った。

「頭を下げて。急いで」

修造に抱きかかえられた。

引きずられながら走り出す。こちらからも警護の男たちが撃ち返している。

「どこだ、この野郎」

響き合う銃声をかき消すように叫んでいた警護のひとりが、「ぎゃあ」と悲鳴を上げた。目を凝らして見ると、道に転がった男の腹に長短刀《ながドス》が突き立っている。だが、刺したほうの男も囲まれた。銃口から漏れる閃光《せんこう》と銃弾を浴び、血を吹き身悶《みもだ》えしながら倒れてゆく。

襲ってきた奴《やつ》らと警護役が入り乱れ、撃ち合いは斬り合いへと様相を変えていった。刃《やいば》が空《くう》を斬る音が絶え間なく鳴っている。相手は何人？　ヤクザ？　それとも朝鮮人？　不安が恐れを煽《あお》り、疑心を駆り立てる。怒号と悲鳴が響く中、綾女は薄闇の街を駆けた。足がもつれ、倒れそうになる体を修造が支える。

「だいじょうぶ。必ずお護りします」

修造が耳元でいった。

――私が狙われた。

言葉を返すことができないまま、荒く息を吐き、修造の腕の中で何度もうなずいた。

うしろでは男たちの斬り合いが続いている。薄闇の先に青池家の門が見えてきた。修造が戸を叩くとすぐに開き、綾女たちは転がり込んだ。修造の妹・佳菜子が待ち構えていたように閂《かんぬき》と鍵《かぎ》をかける。

「綾ねえちゃん、こっち」

家に入ると、ガラスの玄関戸の内側から厚い板戸が嵌《は》め込まれた。

「みんな、私を置いて逃げて」綾女は叫んだ。「構わないで、早く」

「いえ、最後までお護りします。それが青池に任せられた仕事ですから」

「だめ。お願い、巻き添えになる前に早く。こんなことで――」

「だいじょうぶ、綾ねえちゃん。慣れているから」

佳菜子が震える綾女の手を取った。

「こんな騒ぎは一度や二度じゃないんです。お嫌いでしょうけれど、うちの稼業もヤクザですから」

修造たちの母・はつがいった。はつの横には寄り添うように末っ子の泰造が立ち、いまにも泣き出しそうな顔を、必死に作り笑いでごまかしている。

綾女の目にも涙が溢《あふ》れてきた。

だが、泰造を抱きしめる間もなく、修造に腕を引かれた。嫁のよし江も裏庭のほうへと手招きしている。

「こちらです」

泰造と一緒に風呂焚《ふろた》きをした裏庭の焚き付け場まで連れて行かれた。

「失礼します」よし江が綾女の着ている白い半袖《はんそで》シャツのボタンを外してゆく。

「だめ――」

綾女は叫ぼうとしたが、その口を修造に塞《ふさ》がれた。

――私の身代わりになる気だ。

「今でも俺を気にかけてくださるのなら、どうか黙っていてください」

修造が小声でいった。

「お嬢さんに何かあったら、俺はまた半人前の役立たず扱いされる。二度と生きて水嶽本家の皆さんの前に立てません。俺だけじゃない。親父、兄貴、よし江も。家族全員が顔向けできなくなる」

よし江は綾女の半袖シャツを脱がすと、自分の腕を通した。代わりに綾女の肩には濃紺の和装上着が掛けられた。

「どうかご無事で」

鉄格子《てつごうし》の裏戸を開き、高い塀の外へと出てゆく。

――お腹《なか》に赤ちゃんがいるのに。

裏戸が閉まってゆく。口を押さえる修造の手を剝《は》がそうとすると、「これでいいんです」と耳元で囁《ささや》いた。

近くで銃声がまた響いた。

風呂釜の横、積まれていた端木の束を修造が崩し、その下の土を払うと、木の扉が現れた。

力を込めて修造が持ち上げる。扉には鉄の板が裏打ちされていた。

「お嬢さんが入られたら外側から鍵をかけます。中に手提電燈が置いてありますから、足元を確かめるのに使ってください。ただし、万が一にも外に光が漏れないよう、すぐに消してください。誰かに呼ばれても、何があっても絶対に声を出さないで」

修造はいった。が、綾女は首を横に何度も振った。

「だめ」泣きながら訴える。「絶対に嫌」

「俺を男にしてください」修造は小さく笑うと、綾女を突き落とした。

すぐに扉が閉められ、完全な暗闇に包まれた。腰から落ちた綾女は手探りで手提電燈を探し、すぐに見つけた。

照らすと、腰を屈《かが》めれば立てるほどの高さに掘られた地下蔵だった。天井を支える木組みがされ、缶詰や瓶詰、薬品のラベルが貼《は》られた箱、米や豆が詰まった麻袋が大量に並んでいる。

暴力団のシノギを生み出す、違法で卑劣な手段で集められた品々——表向きはどんなに明るく温かに見えても、やっぱりこの青池も道を外れたヤクザの、悪人の家。

立ち上がって扉を押したが動かない。何度か叩いてみたけれど何の反応もない。遠くで板をべりべりと剝がすような音がかすかに聞こえただけで、他には何も聞こえない。閉じ込められた。

頭の中で後悔と恐怖が入り交じる。

東京へ戻らなければ、水嶽本家に帰らなければ、青池の家へ来なければ、こんなことにはならなかった。青池のみんなはどうしているだろう。銃声まで鳴り響いて、修造たちが無事でいられるはずがない……不安が膨らみ、卑怯な手段で呼び戻した塚原と寿賀子への憎しみが湧《わ》き上がってきた。

反対に都合のいい考えも頭をよぎる。

きっとすぐに塚原たちが駆けつけ、あの暴漢を追い払ってくれる。もうやって来て、組み伏せてしまっているかもしれない。佳菜子は「慣れているから」といっていた。はつも「一度や二度じゃないんです」といった。

きっとだいじょうぶ。みんな無事でいてくれる。

――いや、そんなに上手《うま》く物事は運ばない。

綾女は暗闇の中、ひとり首を横に振った。そしてまた扉を叩きはじめる。

「ここにいます。誰か出して」

大声で叫び、内側から叩き続けた。少し過ぎたころ、扉を見上げている顔に何かが滴《したた》り落ちてきた。汗じゃない、血だ。叩く手の皮が裂けたのだろう。でも構わない。いっそのこと、襲撃してきた連中に見つかってしまえばいい。皆が無事でいられるのなら、自分は殺されたっていい。もし捕まり、犯され汚されそうになったら舌を噛《か》み切って死のう。

綾女は叩き、叫び続けた。

「お嬢さん」

手の感覚が失《う》せ、喉《のど》も嗄《か》れたころ、不意に外から呼ぶ声が聞こえた。何人かの男たちが騒いでいる。ガチャガチャと鍵を開ける音がして扉が開いた。昇りはじめた朝陽の中に浮かぶ影が手を伸ばしてくる。

「さあこちらへ」

塚原だ。血まみれになった綾女の両手を手拭《てぬぐ》いで覆《おお》う。

「修造は？　青池のお母さんは？」

塚原は黙ったままだった。

「早く外へお連れしろ」

塚原に指示された子分ふたりが、両側から綾女を抱きかかえる。それだけでなく、大きな手で綾女の両目を覆った。朝陽が遮られ、また目の前が暗くなる。

「どうして。ねえ、修造は？」

今度は口まで覆われた。そのままの恰好《かっこう》で引きずられてゆく。綾女はもがき、何度も叫んだ。それでもふたりは離さない。男たちの手の甲に爪《つめ》を立て、指を強く噛んだ。押さえる力が一瞬緩む。腕を振りほどくと、綾女は青池家の居間に駆け込んだ。

白い襖《ふすま》には血飛沫《ちしぶき》が散り、畳には赤黒い絨毯《じゅうたん》を広げたように血が広がっている。血だけじゃない。指や、耳や、髪や、鼻や、皮膚……人の体から斬《き》り裂かれ、毟り取られた無数の肉片が天井にまでこびりついていた。

――拷問《ごうもん》されたんだ。私の居場所を吐かせるために。

佳菜子の胴体には、服と下腹を裂いて引きずり出された腸管が巻きついていた。きれいだった顔からは唇も、まぶたも切り取られ、モンペを脱がされた股間《こかん》には短刀が押し込まれている。

――かわいそうにかわいそうにかわいそうにかわいそうに。

涙がぼたぼたと垂れ、喉が詰まる。荒く息をしているのに胸が苦しい。

居間と客間の間の梁《はり》には、はつが吊《つ》るされていた。血で変色した浴衣《ゆかた》の前がはだけ小さく揺れている体を、意を決して見上げる。両乳房、腹、太腿《ふともも》、ふくらはぎの肉が肋骨《ろっこつ》や足の骨が見えるほどに削り落とされ、乳房の肉ははつの口に詰め込まれている。

──ごめんなさいごめんなさいごめんなさいごめんなさい。

嗚咽《おえつ》しながら目を伏せそうになる自分の頬を手で叩いた。何度も何度も叩き、止めようとした塚原に「私に触るな」と怒鳴った。

すべてを胸に刻み込まなくては。何ひとつ見落とすことなく、克明に覚えなくては。

このすべてから絶対に目を逸《そ》らしてはならない。

泰造の体はタバコの火の跡や斬り傷をつけられ、背中側に二つ折りに曲げられていた。腕や足の関節もすべて外され、反対方向に折られている。

そして首だけが庭に転がっていた。

生きている間に無理やり斬り落とされたのだろう。口も両目も大きく開き、今も恐怖と激痛が続いているかのように救いを求める表情で綾女を見ているが、その瞳《ひとみ》からは完全に生気が抜け落ちていた。

佳菜子は、はつは、泰造は、あらん限りの辱《はずかし》めを受け、痛めつけられ、殺された。

──私なんかを護るために。

「これが奴らのやり方です。敵を怯《おび》え震え上がらせ、欲しいものを手に入れるためなら、どんな非道なことだってやる」

塚原がいった。

あいつらヤクザは人間じゃない。犬や畜生でもない。下劣で醜悪な、知性も理性も欠片《かけら》ほども持たない屑《くず》どもだ。

それを私がまったくわかっていなかったせいで、皆殺された。

いや、ひとりだけ――

傷だらけの体を、塚原配下の男たちが担架代わりの雨戸の上に慎重に乗せている。

「修造」

駆け寄り、すがりついた。見ただけで延々と殴られ、蹴《け》られたのだとわかる。顔も腕も脚も腹も、体の至るところが元の倍以上に赤く膨れ上がり、焼かれた皮膚が剝《む》け落ちている。足の指はすべてが根本から斬り落とされていた。手も左手の薬指、右手の小指を残し、他は消え、断面からは血にまみれた骨が覗《のぞ》いている。

「修造」

くり返した。

それ以外、何もいえない。どんな謝罪の言葉でも贖《あがな》えない。

「お嬢さん、ご無事ですか」

修造が唇を削《そ》ぎ取られた口をかすかに動かした。でも、見えていないのだろう。閉じた左まぶたの上から針を突き刺されている。

「傷ひとつない。おまえのおかげだよ」

塚原が声をかける。

「よかった」

それだけで言葉は途切れた。

「急げ」塚原が叫び、綾女は引き離された。修造が運び出されてゆく。

悲しくて、苦しくて、自分をどんなに責めても責め足らなくて、また両頬を叩き、両腕の皮膚に爪を立てた。

でも、そんなことをしても、佳菜子も、はつも、泰造も生き返らない。修造の体は元には戻らない。自分が今ここで死んだところで、何の救いにもならない。

悲しみを覆い尽くすように、怒りが、憎しみが、とめどなく噴き出してきた。

抱いたことのない激しい感情のうねりに、心が裂かれ気が遠のいていく。

血と肉で滑《ぬめ》る畳の上に、綾女は崩れ落ちた。

二章　ボンボニエール

1

喪服姿の綾女の前に、父の遺骨が運ばれてきた。

「こちらが大腿骨《だいたいこつ》、こちらが骨盤でございます」

火葬場の中年職員が手で示しながら説明してゆく。その声も指先も緊張で震えているのは、誰の遺体であったか聞かされているせいだろう。

「それでは皆さま、おふたり一組となりまして、足のほうのお骨から順に壺《つぼ》にお納めくださいませ」

収骨室には見ただけで堅気ではないとわかる連中が並んでいる。

しかし、父・水嶽玄太の死を純粋に悲しんでいるのは、寿賀子、彼女と父の間に生まれた娘の由結子、塚原の三人だけのように思えた。それ以外は親類も含め、悼《いた》むだけでなく、自分が水嶽商事という暴力団組織の重要人物だと主張するために、この部屋に集まっている。

隙《すき》あらば威勢を見せつけ、相手を潰《つぶ》し、人の上に立とうとする。それがヤクザの習性。

――汚らしい連中。

三時間前に目白の寺で行われた本葬でも、綾女は同じことを感じていた。

空襲を焼け残った本堂に神妙な顔で座っていた二百人を超える連中が、父を敬い慕っていたのは間違いないだろう。人目を憚《はばか》らず涙で顔を濡《ぬ》らしている者も少なくなかった。

でも、こんな穢《けが》れた忠節に何の意味があるのだろう。

本葬にいたのも、今この場にいる奴《やつ》らも、違法で非道な行為を通じて父とつながっていた。親分と子分の絆《きずな》、義兄弟の契《ちぎ》りなどと飾り立ててみたところで、所詮《しょせん》は真面目《まじめ》に生きている人々を苦しめ、搾《しぼ》り上げた利益で結びついているだけにすぎない。

そう、ここにいるのは世の中の害毒となっている人間ばかり。以前の綾女だったら、心底軽蔑《けいべつ》していたに違いない。

しかし、今はそんなことなどどうでもよかった。

綾女はただ数珠《じゅず》を手に、頭を下げ続けていた。八月十六日、青池の家族が拷問《ごうもん》され、殺されたあの朝から、すべては変わってしまった。

「それでは喪主様、最後にこちらをお願いいたします」

自分も下手な芝居の演者のひとりになったように、綾女はやつれた悲しげな顔で父の喉仏《のどぼとけ》の骨を拾い上げ、白い壺の中に落とした。

骨壺の入った箱を抱きながら、綾女はフォード自動車の後部座席に乗り込む。

八月二十二日。敗戦の日から一週間が過ぎ、また曇り空が続く涼しい夏に戻っている。

職員一同に見送られ、遺骨は代々木西原町の火葬場を出発した。どこで調達してきたのか、前後には水嶽の家中が乗る自動車の列が続き、左右もオートバイに護《まも》られながら水嶽本家へ帰ってゆく。

二年ぶりに口紅を引いたせいか、唇が乾く。あまりに顔色が悪いので頬紅も少しさしたほうがいいと水嶽の女中たちに勧められたが、そちらは断った。

「お疲れ様でございます」助手席の塚原がいった。

本当は自分でハンドルを握りたかったのだろう。うしろから見ていても歯痒《はがゆ》そうにしているのがわかった。

代わりに飛田《とびた》という二十二歳の男が運転席に座っている。

出征中、子供のころからの喘息《ぜんそく》の発作を二度続けて気胸と誤診され、日本に戻されたという。だが、再検査では無理やり乙種合格と判定され、終戦がなければ八月二十日には中国内地に送られるはずだった。

「日本海を渡る輸送船に乗せられるなんて、鉄の棺桶《かんおけ》に入るも同然だ。たまたま生き延びちまっただけです」

飛田は塚原に促され、身の上を短く語った。

自動車は富ヶ谷《とみや》の十字路を曲がってゆく。

「本番はこれから。どうかよろしくお願いします」

隣に座る寿賀子が綾女の手を握った。

彼女の頬を涙が伝ってゆく。寿賀子は堪《こら》え切れなくなった自分を恥じるように、素早く涙をハンカチで拭《ぬぐ》い、背筋を伸ばして小さく息を吐いた。

――やっぱりこの人は本気で父を愛していた。

けれど、その涙も偽りのない愛も、どうでもいい。

「進んでいる?」綾女は後部座席から声をかけた。

「はい。残りの連中の名も明日までには」塚原が振り返り答える。

八月十五日の夜、綾女の拉致《らち》を命令した主な暴力団、中国人組織、朝鮮人組織の名はもうわかっている。

池袋三紀会《さんき》、新宿八尋《やひろ》組、四谷筑摩《ちくま》組、上野華人連、新橋極東朝鮮人同盟、代々木朝鮮進歩団。あの襲撃はやはり宣戦布告であり、向こうも隠し立てはしなかった。むしろ水嶽本家のような「古い連中」はもう終わりだと吹聴《ふいちょう》している。実動部隊として青池家を襲い、一家を拷問した末に殺した奴らの身元も、早晩わかるだろう。

綾女は窓の外をぼんやりと見た。

焼け野原の上には、みすぼらしく惨《みじ》めな渋谷の街が広がっている。バラックとトタンと端材《はざい》で組み上がった家々と、にわか作りの畑の数がまた増えていた。

玉音放送を聞き、住人たちがもう空襲はないと気づいたときから、再建ははじまった。役人も警察も軍隊も手助けはしてくれない、国も政治も役には立たない。古い日本は戦いに敗れ、もう消え去ったのだから。すべての秩序が壊れた中で、無法者のヤクザたちが盗みや暴力や犯罪を取り締まり、どうにか皆が生活を維持している。もがきながらも、この街は息を吹き返し、蘇《よみがえ》ろうとしていた。

瀕死《ひんし》の状態で見つかった修造も、どうにか意識が戻った。ただし重い障碍《しょうがい》が残り、介添えなしでは生きてゆくのが難しい体になってしまった。

ただ、頭を激しく打たれた衝撃のせいなのか、ずっと見えなかった修造の右目は光に反応するようになり、わずかばかり視力を取り戻した可能性があるという。

主治医はそれを不幸中の幸いといった。

だが、あの日、青池の家族たちの身に降りかかったことに、幸運など一片もありはしない。

修造の妻のよし江は、襲撃の翌日、殴られ強姦《ごうかん》され半裸の状態で道端に座り込んでいるところを保護された。妊娠中だった子供は七ヵ月で早産し、生まれて半日後に亡《な》くなってしまった。

彼女はまだ病床に臥《ふ》せたまま。精神を病み、言葉を発せなくなっていた。

窓の外、薄曇りの空から雨が落ちてきた。無言の車内に屋根を打つ雨音が響く。

綾女の耳にまた聞こえてきた。

四人の苦しみと救いを求める声が合唱のように鳴り響く。

佳菜子の呻《うめ》き、はつの悲鳴、泰造の懇願、名づけられることもなく息絶えた赤ん坊の泣き声——四人の切ない訴えが、こうして何の前触れもなく耳に届くようになった。

——わかっている。これはただの幻聴。

青池の家族はどんなに責め苦しめられようと、綾女の居場所を吐かなかった。そんな三人が、殺した奴らに祟《たた》ろうとも、私に恨み辛《つら》みをぶつけてくるはずがない。そう、あの家族は命と引き換えに、こんな私を護ってくれた。

幻聴が消えることはないだろう。

何があっても私の罪が消せないように。

渋谷区神山町の水嶽本家が見えてきた。有刺鉄線と鉄板で補強され、より堅牢《けんろう》になった正面の門が開く。綾女たちを乗せた自動車は本家の奥へと入っていった。

水嶽商事株式会社の社屋は本家敷地内に建っている。外装に花崗岩《かこうがん》がふんだんに使われた鉄筋コンクリート四階建てのビルディングで、掲げられた社名の看板や重厚なドアのノブは真鍮《しんちゅう》製、正面のポーチには大理石が敷き詰められている。

綾女は階段を上り、その三階にある大会議室に入った。

取締役という肩書きの古参の子分や、子会社・関連会社社長という呼び名の傘下《さんか》の組長たちが居並ぶ一番奥、父・水嶽玄太の大きな遺影が飾られた前の席に座る。

喪服の男たちは徴兵義務にかからない四十半ばを超えた中年、壮年ばかりだった。小さいころ、綾女にお年玉や珍しい舶来の菓子をくれた、優しいおじさんたち。でも、今は全員がヤクザだと知っている。

「これより会長兼社長代行の死去に伴います、臨時役員会を開催させていただきます」

塚原が挨拶《あいさつ》をした。

暴力団による会社ごっこの現場を、綾女は今日はじめて目にする。

運転手役の飛田の姿はない。塚原の最近のお気に入りらしいが、若衆のひとりでしかない彼は議場に入ることはできない。今日ここで何が決められるのかも当然知らない。

それどころか、青池の家族が惨殺《ざんさつ》され、修造と妻のよし江が入院していることも、組内の動揺を防ぐため、若い配下たちには一切知らされず、事実を知る少数の者には厳しい箝口令《かんこうれい》が敷かれていた。

「まず、確認させていただきます。生前、水嶽玄太会長兼社長代行が記された、こちらの遺言状の内容は、皆様すでにご確認いただけたでしょうか？」

進行役の塚原が、巻き紙を開いて掲げる。

男たちがうなずくと、次に塚原は父の正統な後継者である息子たちの現状について説明をはじめた。

水嶽玄太が実子と認め、水嶽の姓と相続権を与えた子供は、末娘の綾女を含め四人。

父の初婚の相手だった旧華族の娘が、長男・麟太郎、次男・桂次郎を産んだ。だが、その人は自ら首を吊《つ》って死んでしまった。再婚した衆議院議員の三女が、三男・康三郎《こうざぶろう》と綾女を産んだ。しかし、その二番目の妻ゆき乃も、綾女の誕生から一年後に気管支炎の悪化で亡くなった。元々体が弱く、ふたり目を産むのは医者に止められていたという。

まだ戦地にいる長男・麟太郎と三男・康三郎は、召集前それぞれ社長、部長の職についていた。精神を病み、長く静岡県修善寺の療養所に入っている次男・桂次郎は、会社の経営には一切関わっていない。

「半年以内に麟太郎さん、康三郎さんはお戻りになります。陸軍、内務省と交渉し、昨日確約させました」

塚原が居並ぶヤクザたちに説明した。

うそはついていない。確かに交渉し、約束を引き出した。しかし、今の陸軍、内務省に約束を遂行できるだけの力はない。ほんの一週間前まで、あれほどの権勢を振るい、日本の国土と国民を我が物のように扱っていた連中が、今やその身と家族の安全をヤクザに頼っている。民衆に吊し上げられるのではないかと、日々襲撃に怯《おび》えながら過ごしている。

逆に、そんな空手形をちらつかせてまで箍《たが》を締め直さねばならないほど、水嶽本家と傘下の暴力団たちの結束は危うくなりはじめていた。

上層部だけでなく、下っ端《したっぱ》の若く幼い組員たちにも、金や利権を使っての引き抜きや裏切りを誘う声がかけられている。露骨な切り崩しを敵側は仕掛けてきていた。

水嶽玄太という象徴を、圧倒的な権威を失った今、水嶽の下に集う連中をつなぎとめているのは、忠誠心ではなく、戦中から違法に蓄えてきた大量の物資がもたらしてくれるはずの莫大《ばくだい》な富だった。

「麟太郎さん、康三郎さんがお戻りになるまでの間、遺言状の『より親等の近い血縁者から後継を出す』という記述に基づき、綾女さんが会長兼社長代行に就任されました。次に――」

塚原の言葉の途中で、頭の薄い男が手を挙げた。

「待ってくれ」

名は赤松《あかまつ》。水嶽商事の取締役のひとりで、水嶽商事の子会社である土建会社、光井《みつい》建設の社長も兼任している。

「大事な話の前に確認したいことがある。動議、提案とかいうやつだよ」

大事な話とは、ふたつの最重要議題のことだった。

ひとつは水嶽商事が秘匿《ひとく》している大量の違法物資を、誰がいつどこで、どう捌《さば》き、その利益をどう再分配するか。それをもう一度話し合い、ここで決定しなければならない。

日本は負けた。皆餓《う》えている。売り時はもうはじまっている。

もうひとつは終戦の翌朝の青池家襲撃からはじまった敵対勢力との新たな戦いに、誰がどれだけの金と兵隊を出し、どこで誰を襲い、殺し、殲滅《せんめつ》するか。

水嶽一門の命運がかかった大きな抗争をいかに戦い抜くか、今後の青写真を描かなければならない。

「国の戦争は終わっても、俺たちの戦争はこれからはじまろうってときだ。会長兼社長代行は、今のままでいいのか、まずは考えてみるべきだろう」

赤松はいった。

「俺もそう思う」

常務の須藤《すどう》が続いた。東京常盤《ときわ》証券という自身の会社も持ち、明治のころから代々水嶽本家に仕えてきた男だ。

「来週にはアメリカ軍がやってきて、東京もどうなるかわかりゃしない。そんな足元の危うい時期に、俺たちはもう一度命を張らなきゃならない。しかも、三国人のほうには労働奉仕から解かれた若い男が揃《そろ》っている上、戦勝国気取りでやる気に満ちていやがる。

こっちは年寄りと子供ばかりだってのに。ただでさえ不利なところに、何の役にも立たない飾りを頭に乗せたままじゃ、首も振れずに目の前の小さな勝機も見失っちまう」

飾りとは綾女のことだ。しかし、周囲の誰もその言葉を諌《いさ》めない。

「重役の中から投票で会長兼社長代行を決める」

赤松がヤクザたちの顔を順に眺めながら提案した。

「もちろん差し当たっての処置だ。麟太郎さんか康三郎さんがお戻りになったら、速やかにその座をお譲りする」

事前に塚原に聞かされていた通りだった。役員会では当主なき水嶽本家の支配に反対するこのふたりが、綾女の正統性を否定する提案をしてくるはずだと。

「選挙や投票は行わないというのが水嶽玄太前社長のご遺志ですし、遺言状の記述にも反します」

塚原が冷静に反論する。

「選挙は派閥を生み、投票は組織を割ることになる。多数派少数派の優劣が生まれ、負けた側には不満と禍根が残り、組織全体の力を弱める。平等や民主的は、ヤクザには百害あって一利なし。どんなに無能でも、飾りとして水嶽本家のより血の濃い者を頭に置く。この取り決めを、皆さんもご承認されたはずです」

「確かに承認はした」

須藤も強い声でいい返す。

「だがよ、その遺言状が書かれたのは戦局が悪化する前。あれからもう三年も過ぎてるんだぜ。社長の病状も――」

「前社長です」塚原が遮《さえぎ》る。「現社長はこちらにいらっしゃいます」

「会長兼社長代行、だろ」

赤松が一時凌《しの》ぎの「代行」であるのを強調すると、その他数人も塚原を鋭く睨《にら》んだ。

須藤の声に苛立《いらだ》ちが混ざってゆく。

「その前社長の病状が、あれほど重くなる前のことだ。状況が変わりすぎている。だからもう一度考えてみる必要があるっていってんだよ。担《かつ》ぎたくもねえ神輿《みこし》を担ぎながらじゃ、下の連中にも『水嶽の代紋守るのに命張れ』とはいえねえだろ」

居並ぶヤクザたちの表情も険しくなってゆく。それぞれの顔に浮かんだ皺《しわ》と、鋭さを増してゆく眼光が――これは裏切りではない、水嶽商事を生き長らえさせるための術《すべ》だ――と無言のうちに主張している。

「それは当然ですね」

綾女はうなずいた。

ヤクザたちの視線が集まる。

「ほら、当のお嬢さんもこういってるんだぜ」

須藤が厳しい視線のまま、口元だけを緩めた。

「じゃあ投票で決めよう。ひとり一票、推すのは一人。お嬢さんにももちろん一票の権利がある」

赤松が皆に訴える。

「いえ、投票はしません。私が命を張ります」

綾女はその場の一同に宣言した。

一瞬の間。

そのあと、乾いた笑いが議場に広がっていった。

「高女の教師風情《ふぜい》が何をいうやら」

赤松が薄い髪を掻《か》いている。

「どういうことだい。意味がわからねえ」

須藤も首を横に振った。

「文字通りの意味です、私の命を張ります。そして結果を出します。何の功績もなく、水嶽本家に尽くしたこともない人間を神輿に担げない。そういうことですよね。だから担がれるのに十分な結果を出します。出せなければ、この命を差し出します」

「お嬢さん、遊びじゃねえんだよ」

赤松が椅子《いす》の肘掛《ひじかけ》を叩《たた》いた。

乾いた音が会議室に響く。他のヤクザたちも、怒りを超え、他人を脅し従わせるときの冷めた表情へと変わってゆく。

「遺言状は絶対だ。俺たちは生前の玄太社長に誓ったんだからね。文句があるなら生きている間にいうべきで、死んだあとで騒ぐのは筋が通らない」

ここまで黙っていた堀内《ほりうち》が口を挟んだ。

「遺《のこ》された俺たちには誓いを守る義務があるし、それが俺たち自身と家族を守ることにもつながる。あとから簡単に覆《くつがえ》しては決める意味がなくなる上、俺たち自身の信用もなくす。ただ、水嶽の存亡がかかった難題が山積みのこの時期に、単に血が濃いからという理由だけでてっぺんに立たれても、下の者がついていかないのも確かだ」

白い髪と髭《ひげ》を蓄えた六十代、重役の中の最古参で水嶽商事専務に就いている男だ。自身も堀内紅梅《こうばい》興業という芸能興行・映画館運営の会社を持っている。小さいころ、綾女はよくこの男に褒められた。「難しい言葉を知っているね」「そんな計算もできるのか」と折に触れて声をかけてきては、父の目を盗んで本をプレゼントしてくれた。

堀内はその場の皆を見回したあと、綾女に目を向けた。

「お嬢さん、本当によろしいんですか。青池一家の件はお気の毒でした。ただ、だからといって、怒りに任せて首を突っ込むなんてことは、決してしちゃならない世界です」

「ありがとうございます。優しさでおっしゃってくれているのはよくわかります。でも一時の思いでいっているわけではありません」

うそだ。

「本当ですか、お嬢さん。自分が何をしようとしているのか、わかっていますか」

「もちろんです」

うそを重ねた。

自分が何をしようとしているか理解してしまえば、おぞましさを感じ、自身を嫌悪《けんお》し、そこで立ち止まり動けなくなってしまう。

「敗戦に乗じ、この水嶽を潰そうとしている勢力があることは、皆様ご存知の通りです。その勢力を逆に、完膚なきまでに叩き潰し、加担した者全員の息の根を止めることが私の唯一《ゆいいつ》の望みです」

綾女は訴えた。

「それが成されたときは、兄たちの復員を見届けたのち、速やかに社長代行の職を辞します。また、成されなかったときは、この喉に自ら刃《やいば》を突き立て、命をもって責任を取らせていただきます。ですから皆様、どうかご協力をお願いいたします」

「敵を一掃できたら、生きて退任。できなければ、死して辞任。それでよろしいかな」

堀内が訊《き》いた。

「はい」

綾女はうなずいた。

「お嬢さんもご存知の通り、一度口に出した言葉はもう戻せません」

塚原も諭すような目で確かめる。

「わかっています」

「前社長には恩がある、返せなかった借りもある。だからこの場じゃ、これ以上はいわねえ」

赤松が睨みながら呟《つぶや》いた。

「仕方ねえ。ただ、お嬢さん、今の台詞《せりふ》忘れませんぜ」

須藤が苛立ちながらタバコを出し、咥《くわ》える。

どんなに見下していても、荒唐無稽《こうとうむけい》と感じていても、若い娘が自らの命を張ったその言葉を飲み込んだ。このふたりは間違いなくヤクザだ。

そして私も——これでヤクザ。

あれほど嫌い、蔑《さげす》んでいたのに。

でも、他に方法はなかった。

敗戦直後、権威も権力も失った警察や司法には頼れないし、法の裁きなどでは足りるはずがない。今この状況で、罪に等価な裁きを与えられるのはヤクザだけ。

「もう少し話をさせていただいてよろしいですか」

父の遺影の前で、綾女は語りはじめた。

2

「お疲れ様でございます。本当にありがとうございました」

本社ビルでの役員会を終え、母屋《おもや》に戻った綾女を寿賀子が出迎えた。

「お帰りなさいまし」男衆と女中たちも居並び、水嶽商事会長兼社長代行を、水嶽組組長を出迎える。

黙って草履を脱ぎ、結い上げていた髪を解《ほど》いた。

「少しお休みになってください」

塚原は綾女にそういうと、女中に飲み物を運ばせた。

「薬を持ってきて」

運ばれてきた氷入りの麦茶も受け取らず、綾女はいった。

薬とはヒロポンのことだ。

「まずはお休みになってください。そのあとでお持ちします」

「今にして」

眠ろうとしても、どうせ眠れない。またあの声が聞こえてくる。だったら薬を使い、頭をすっきりさせて、青池一家を襲った連中をどう殺すかの計画をさらに練ったほうがいい。

塚原が目を伏せたまま、蓋《ふた》に菊の意匠が施された銀製のボンボニエールをそっと出した。本来、金平糖が収められるはずの缶には、ヒロポンの錠剤が敷き詰められている。

綾女は黙って受け取ると、すぐに一錠口に入れた。強い苦味が舌の上に広がる。

「あの、甘茶を淹《い》れます」

父と寿賀子の娘、由結子がいった。

「綾女さんのお部屋までお持ちしてもよろしいですか？」

「ありがとう。お願いするわ」

彼女にだけは笑顔を見せ、二階の自分の部屋へ向かった。

が、階段を上る途中で体が宙に浮いた。滑った？ 違う。膝《ひざ》に力が入らない。

話に聞いていた、ヒロポン初心者に出る症状だ。

自分の限界を知らずに、眠らず食べずにいたせいで過度の睡眠不足と栄養失調を起こし、体が思うように動かせなくなった。

落ちてゆく。

階段を転がり、床に叩きつけられる。そう思った。

けれど、受けとめられた。塚原の腕じゃない。誰？ この顔、飛田だ。

「お嬢さん」くり返し呼んでいる。でも、口が動かない。答える気力もない。疲れたな――あの日の朝以来、はじめてそう思った。

綾女は意識を失うように眠りに落ちた。


目の前が暗い。

まぶたを開いたつもりだけれど、何も見えない。手で探ろうとしたけれど、腕も上がらない。ただ、あのいつもの青池一家の苦悶《くもん》の幻聴だけは聞こえている。

――そうか私、眠っているんだ。

体は眠りに入ったままで動かせない。でも、頭の奥はヒロポンの効能で醒《さ》めてしまった。夢と現実のはざま、いつもよりずっとのろのろとした思考で、綾女はあの朝のことをもう一度振り返った。

――私を拉致しようとした連中は、なぜあそこまで残忍に青池の家族を殺したのだろう？

奴らは見せしめのように女子どもの、腸《はらわた》を引きずり出し、首を斬《き》り落とし、死体を吊るした。水嶽本家への、日本人への積年の恨み？　もしくは青池一家は戦端を開く際の血祭りの生贄《いけにえ》に使われた？　一方で偶発的な狂気の可能性も皆無ではない。人間の持つ惨《むご》たらしさが露呈しただけ？

いや、やはり怯え上がらせ、跡目を継ごうとする気を完全に潰《つい》えさせるためだろう。父の葬儀の喪主も後継者も不在となっていたら、水嶽直属の子分やその傘下たちは混乱し、今ごろ不毛な跡目争いを起こし、自壊に向かって突き進んでいた。

しかし、結果として、その思惑は裏目に出ることとなった。

あの惨状を目にしなければ、綾女は父の葬儀の喪主を務めることも、一時といえども水嶽商事の社長職につくこともなかった。水嶽本家で何が起きようと、このヤクザ組織が潰されようと、一切気にはならなかった。

殺された泰造たちを目にした瞬間から、自分の浅はかさと愚かさを悔い、一家の無念さを思い泣き続けた。だが、涙が涸《か》れ果てると、あの朝、惨殺《ざんさつ》の場で押し寄せた復讐心《ふくしゅうしん》がさらに何倍もの強さになって湧《わ》き上がってきた。

復讐のためとはいえ、他人の命を奪うことへの背徳感、そして自分があれほど忌《い》み嫌っていたヤクザになることへの躊躇《ちゅうちょ》も一瞬頭に浮かんだ。

けれど、そんなものは涙とともにすぐに乾き、消えてしまった。

一家を殺した連中を、一家以上に残忍に殺さなければ、はつも、泰造も、佳菜子も、名をつけられる前に亡くなった赤ん坊も救われないし、浮かばれない。

青池家の呻き声に導かれるまま、復讐を果たす。どんなに病み狂った考えといわれようと、他に選択の余地はなかった。

——そう、逃げることは許されない。

甘茶の爽《さわ》やかな香りがする。

まぶたを開くと、綾女は自室のベッドにいた。倒れたあと飛田に運ばれたのだろう。そして由結子の横にもうひとつ、よく知る顔があった。

日野だ。

「やあ。起きたかい」

声を聞いただけで、心を締めつけていた緊張が少しずつほどけてゆく。

でも、どうしてここに。

ベッドから起き上がろうとするのを日野が制する。

「眠っている女性の部屋に入ってきてすまなかったね。断ろうとしたけれど、彼女が一緒にいるからといってくれたんだ。その言葉に甘えさせてもらったよ」

日野が由結子に視線を向ける。彼女も笑顔でうなずいた。

「お会いできて嬉《うれ》しいです。けれど、なぜわざわざいらしてくれたのですか」

「長野の疎《そ》開先《かいさき》に戻っていないと聞いて心配になってね。何度もこちらに電話したのだけれど、『お忙しいので』といわれて取り次いでもらえなかった。痺《しび》れを切らして直接会いに来たら、寿賀子さんという方が事情をわかってくれて、中に入れてくれたよ」

「申し訳ありません」

「君のせいじゃないさ、何も謝ることはない。それよりお気の毒だったね」

日野の目はいつも通り優しい。

先生は父の死へのお悔みをいっているんじゃない。

青池一家への弔辞――その一言を聞いた瞬間、涙が溢《あふ》れてきた。でも、流れ落ちないように上を向いた。唇をきつく嚙《か》み、歯を食いしばる。

「泣いて構わないんだよ」

「いいえ、私にはそんな資格はありません」

「感情を吐き出すのに、資格なんて必要なものか」

綾女は口元に生温かいものを感じた。

驚いた由結子がベッドの横にしゃがみ、ハンカチで拭う。階段で倒れ、飛田の胸で顔を打った際に唇を切り、その傷口からまた血が流れ出したのだろう。

ハンカチが赤く染まってゆく。

「わかった。泣かなくてもいい。でも、代わりにもう少し休むんだ。君の顔も見られたし、しばらくしたら帰らせてもらうから」

日野が子どもを諭すように語った。

「いえ、お送りします」

「心配しなくていい。寿賀子さんが若い衆をつけて西巣鴨まで送ってくれるそうだ。こんなご時世でも、水獄の半纏《はんてん》を着た男たちに囲まれていれば襲われはしないだろう。君が寝つくまで、甘茶をいただきながら、また彼女と歴史の話をさせてもらうよ」

「綾女さんがお眠りになっている間、先生がいろいろお聞かせくださいました」

由結子がいった。

「君に負けず劣らず、彼女も優秀だね」

日野がうなずく。

「少しでいい、今は心を休めて」

綾女は日野に促されるまま目を閉じた。日野と由結子の会話が小さくなっていく。甘茶の香りが漂っている。切れた唇が痛み出した。

どこまでも長く緩やかな坂を下りてゆくように、綾女はまた浅い眠りの中に入っていった。

3

目を開けると、もう日野と由結子の姿はなかった。代わりに置き時計が見える。針は九時を指していた。といっても、朝か夜かわからない。周囲を見回したが窓はなく、綾女の体は縁台の上に布団《ふとん》を敷いた簡易ベッドに横たわっている。

すぐ近くには塚原が立っていた。

「おはようございます」

「朝なのね」

綾女は訊いた。

「はい」

水嶽商事本社ビルの地下二階、一時的な待避のため以前から用意されていた場所だ。

つまり——

「昨夜襲撃があったってこと？」

「そうです。お眠りになっていたので、そのまま運ばせていただきました」

ぼんやり聞いていた綾女の目が大きく開いた。

「日野先生は」

「ご無事です。騒ぎの前に西巣鴨までお送りしました。まずは一口お飲みになってください」

塚原が手にした水筒から茶碗《ちゃわん》に注いで差し出す。茶葉と麦を混ぜたほうじ茶だ。

続いて昨夜起きたことの報告をはじめる。

「水嶽本家に手榴弾《しゅりゅうだん》が投げ込まれ、数人の男が塀を越えて侵入しました。母屋の半分が焼失、近所への延焼や被害はありません。本社ビルは外側が煤《すす》け、窓もあらかた割られましたが、鉄の内窓のおかげで屋内は一切燃えていません。それから、こちらの兵隊六人、女中ふたりが死にました」

「お顔と装束を整えて、可能な限り早くご遺族にお返ししてください。お悔みの言葉と見舞金も忘れずに」

「承知しました。向こうの死体は七体。五人生け捕りにできました」

「話は聞けたの」

「はい」

昨日の役員会にも出席していた取締役のひとり、生田目《なまため》という根っからの異常者が、生け捕りにした連中を拷問する手筈《てはず》になっていた。

「路上でお嬢さんを襲撃したのは池袋三紀会の傘下の連中でした。青池の家に押し入ったのは新宿八尋組、四谷筑摩組と代々木朝鮮進歩団の配下の者たちです。まだ裏は取れていませんが、調べさせています。気性が荒く容赦のない馬鹿《ばか》が選ばれたそうで、そいつら全員の素性と居場所を近くお知らせできるはずです。東京を離れてはいないと思いますが、地方に飛んでいたとしても、追わせる段取りは整えてあります」

青池一家を襲った実行犯だけでなく、命令を下した幹部の名もこれで特定できる。

昨夜の襲撃も、綾女たちは予測していた。

だから庭に山林で獣を捕らえるトラバサミや足くくり罠《わな》を敷き詰め、建物内には鉄線を張り巡らし、武器を持った迎撃隊と消火隊を配置して、待ち伏せていた。周辺の家々の塀の内側や庭の植え込みの裏にも、銃や短刀を持った身内を待機させていた。

被害は少なくなかったが、これでいい。

「最初のお約束まであと一時間ほどです。お支度をお願いします」

塚原が出てゆく。

ずっと眠り続け、体は汗ばんでいたが、昨日の喪服からまだ着替えていなかった。

枕元《まくらもと》には今日身に着ける洋服が置かれている。寿賀子が用意したもので、水嶽商事会長兼社長代行としての衣装だ。白いブラウスに、紺のAラインのスカート。白い靴下、黒のローヒール。豪華な着物で貫禄《かんろく》を出すより、会う相手にまずは爽やかな印象を与えろといわれた。

この地下二階の倉庫に水道はない。帯を解き、用意された水を洗面器に注ぎ、顔を洗い、絞った手拭いで体を拭《ふ》いてゆく。

——私のせいで、また人が死んだ。

だが、罪を背負う覚悟はできている。

捕らえた連中は用済みになれば生きて帰すことになっているが、決して慈悲の心からではなかった。復讐心を抱いても何もできないよう、帰す直前に目を潰し、「水嶽を襲撃した者の末路」として晒《さら》し、警告に使う。

立ち上がりブラウスに袖《そで》を通し、スカートを穿《は》いた。

何も恐れていない。そう思っていた。

けれど、髪をとかすために鏡を見た瞬間、吐き気が込み上げてきた。

何事もないように取り澄ました自分の顔が、あまりに醜くて、悲しくなるより先に気持ちが悪くなり、思わず吐いた。

ほうじ茶で口を洗い、唇を拭う。だが、また耐えられなくなり、前屈《まえかが》みになって苦い胃液を洗面器の中にぼたぼたと垂らした。

惨めで、愚かで、涙がこぼれそうになる。

――でも、私に泣くことは許されない。

咄嗟《とっさ》にヒロポンの錠剤を苦みの残る口に放り込んだ。

＊

「残念ですが、まだ面会は許可できません。言付けや手紙で水嶽さんの気持ちをお伝えすることも、当分遠慮していただきたい」

白衣の主治医はいった。

「私を思い出させると、気持ちが混乱するということでしょうか」

綾女は訊いた。

「ええ。御家族が亡くなられたことも、まだ修造さん御本人にはお伝えしていません。現状ではまだご理解いただけないでしょう」

精神にも重い障碍が残っているという。

「奥様のよし江さんとのご面会も、同じ理由でご遠慮ください」

「会っても苦しませるだけでしょうか」

「いや、症状が悪化する可能性すらあります」

「わかりました。当面は弟さんにすべてお願いします」

修造は看護婦が、よし江は彼女の実家の弟がつききりで世話してくれていた。その弟の言葉や態度から綾女の存在を思い出させるのを防ぐため、医者の指示で弟にもまだ会えていない。今の綾女にできることは、最高の病院と医者を探し、治療費を惜しみなく出すことだけだった。

「お嬢さん、そろそろ」

塚原が横で囁《ささや》いた。

帰り際《ぎわ》、看護婦が気を利《き》かせて修造の病室の扉を開けてくれた。扉の陰に隠れながら中を覗《のぞ》き見る。

ベッドに横たわる修造は、口を半開きにし、薄目で病室の天井を眺めていた。以前から見えていた修造の左目は針を刺され、潰《つぶ》された。だが、頭に暴行を受けたせいで光に反応するようになった右目は、昨日の検査で視力が戻ったことが正式に確認された。

「不幸中の幸いですね」

少し前に医者からいわれたことを看護婦がくり返す。

軽い苛立ちを覚えながらも聞き流し、別棟の病室にいるよし江のところに向かった。

遠くから眺めるだけだが、よし江は所在なくベッドの上に座り、沈んだ目で床を見つめていた。

静かだった。いつも綾女の頭に響いている呻き声や叫び声も、今は聞こえない。吐き気も止まった。涼しい夏に生まれてしまったことを恨むような、弱々しい蟬《せみ》の鳴き声だけが聞こえている。

「車が待っています」

塚原に袖を引かれ、黙ったまま病棟を離れた。

飛田の運転する自動車の後部座席で、綾女はスカートの上から汚れたモンペを穿き、ブラウスを着たまま、ゴム袖口の作務衣《さむえ》に腕を通した。

ちょっとした変装だ。

焼け残った家屋と、新しく作られたバラック小屋、そして堆肥臭《たいひしゅう》漂う畑が入り組んだ赤坂区赤坂新坂町（現赤坂八丁目付近）あたりで、塚原とふたり急ぎ自動車を降りた。人通りの少ない路地を選びながら、顔を伏せ歩いてゆく。

青山高樹町（現南青山七丁目付近）に入ると、遠くに目的の場所が見えてきた。半壊した集合住宅を修復し継《つ》ぎ接《は》ぎした建物を中心に、バラック住居が密集して建っている。だが、バラックの家々に人は住んでいない。水嶽商事の社員——ヤクザたちが、日替わりで待機していた。

おんぼろの集合住宅に入ると、何人もが「お嬢さん」「お元気そうで」と声をかけてきた。大正のころから代々水嶽本家に仕えている古参のヤクザたちだ。半数以上の顔を綾女も覚えている。

笑顔で思い出話を交わす。ただ、男たちの手には小銃や猟銃が握られている。さらに集合住宅の裏手に進むと、掘り下げられた半地下に、コンクリートで固められ鉄扉のついたトーチカのような構造物の入り口がある。

この扉のずっと奥に、水嶽商事が戦中を通して違法に集めてきた膨大な物資が隠されていた。

昭和十一年七月末の東京オリンピック開催決定以降、実際に開かれる昭和十五年九月に向け、東京各地に新たな地下鉄路線を通す計画が進められた。

そのうちのひとつ、仮称霞《かすみ》ケ関《せき》線（のちの日比谷線）の一区間になる予定で、青山高樹町から赤坂区榎坂町《えのきざかちょう》（現六本木一丁目付近）にかけての掘削工事が昭和九年にはじまる。下水道や埋設型の電線も併設する一大事業で、株式会社になる前の水嶽組土木部も工事に参加した。だが、日中戦争の長期化と、国際世論の反発を主な理由に、日本は十五年の東京オリンピック開催権を返上。それに伴い地下鉄工事も中断した。線路も敷かれず、どこともつながっていない四百メートルに及ぶコンクリートの地下空洞が、存在をほとんど知られないまま残ることになった。

これ以外にも、規模は小さいが同じように中途で棚上げされている地下鉄用トンネルが小石川区茗荷谷《みょうがだに》町と本郷三丁目（のちの丸ノ内線の一部）に存在する。

この計三箇所を水嶽商事は独占的に、しかも秘密裏に使用する権利を得ていた。そして食糧、燃料、薬品、酒などの物資を、長期にわたって密《ひそ》かに運び込ませ、備蓄した。勝っても負けても、この戦争で日本は疲弊し深刻な物資不足に陥る――亡《な》き父・水嶽玄太は予見し、ここに蓄えられた物資を最大限利用し、戦後の日本で生き残ってゆくことを画策した。

コンクリートで補強された狭く長い竪穴《たてあな》を、梯子《はしご》を伝って下りてゆく。

「電気も水道も通っていいます。外が停電、断水になればここも止まってしまいますが。

「残念ながら排水設備はありません」

最深部に着くと塚原は電源を入れた。

思っていた以上に電灯は明るく、延々と続く横穴に整然と積み上げられた大量の物資を照らし出した。舶来のウイスキーや睡眠薬、ミルクキャンディーまである。

確かにここは巨大な宝物庫だ。

「それで、どこに連れてくるの」

綾女は見回した。

「あちらです」

塚原がトンネルの一番奥を指さす。

大きな鉄格子《てつごうし》で仕切られたテニスコート二面分ほどの空間があった。

「女子どもばかりとはいえ、念のため格子を取りつけました。目立たぬよう、少人数ずつあちこちに分けて監禁していますが、今日中に全員こちらに移します」

「目隠しは？」

「ベッドと間仕切り板を運び込み、小部屋のように分割します。これで見張りの目も、他の人質の目も多少は避けられるでしょう。水は汲《く》み置きのもの。食料は十分にある。問題は便所ですが、臭《にお》いがこもらないよう小まめに運び出させます。恥ずかしいだの、はしたないだの文句をいい出したら、怒鳴りつけますから」

「ただし、暴力はなるべく控えて」

「須藤さんの配下ですから、そのあたりのことは十分心得ているでしょう。俺からももちろんお願いはしておきますし、須藤さん自身も監督にいらっしゃいますから」

「ここの物資が気がかりで？」

「そういうことです」

　役員会で綾女を「飾り」と呼び、会長兼社長代行の選挙を推していたあの須藤のことだ。水嶽直属の子分に加え、須藤の持つ東京常盤証券の社員——実体はヤクザだが——も今夜からここの警備に加わる。

「須藤さんは納得してくれたのね」

「はい。はじめは何も知らされていなかったことにお腹立ちのご様子でしたが、計画の全容をお話ししたら、表情が一変しました」

「わかりやすい人」

「それより問題は、百人以上がここで過ごすとなると、窒息しないよう換気装置を一日の大半回しておく必要があることです」

「音漏れで外に気づかれるかもしれないってこと？」

「ええ。いずれにしても長くは閉じ込めておけないでしょう」

「わかった」

「でも、難点はそれだけです。明日には寿賀子さんも由結子さんをお連れになって、ここにいらっしゃいます」

抗争が激化するにつれ、水嶽商事の幹部連中だけでなく、その妻や子、妾《めかけ》たちも狙《ねら》われる可能性が高くなる。拉致《らち》され脅しの道具に使われるのを避けるため、主な幹部の家族たちもこのトンネルに避難してくることになっている。

「これだけの広さがあるので、水嶽商事《ウチ》関連の女子供の居場所は、離れた向こうの奥に造りました。このあたりには近づかないよう言い聞かせもしますので、人質と顔を合わせて揉《も》めることはないでしょう。まあ、人質同士が小競《こぜ》り合《あ》いを起こすかもしれませんが、寿賀子さんがいらっしゃるので、上手《うま》くおさめてくれるはずです」

「監禁されている同士が揉めるの？」

「ええ。みんなヤクザの女房に子どもたちですから。一筋縄じゃいきません」

「そんな連中を口先で騙《だま》す役を、寿賀子さんは任されていたのね」

「美人で気が利くだけでは組長の女は務まりません。悪事に使える特技がなければ」

「本当に愚劣ね、ヤクザって」

「そういっていただけると嬉しいですよ」

塚原がこちらを見た。

「ゆっくりで結構です。日に何度か俺に悪態をつくお嬢さんにまた戻ってください」

綾女は我に返り、自らを恥じた。

――私は軽口なんていっていい人間じゃない。

右手を強く握り、振り上げた。自分の体を叩き、罰するために。

けれど、塚原がその手首を摑《つか》む。

「戻りましょう。急がないと遅れます」

塚原が電源を落とし、ふたりで何もいわずに梯子を上った。

もう一箇所、行かなければならないところがある。トンネルの使用を許可した者の待つ場所に――

4

麻布区永坂町《あざぶ ながさかちょう》（現港区麻布永坂町付近）、静かな住宅街の奥に、大谷石《おおやいし》の長い塀と木々に囲まれた極東護謨《ゴム》社長・橋本正三郎《はしもとしょうざぶろう》の本邸は建っている。

空襲被害を受けずに残った豪奢《ごうしゃ》な表門が開かれ、綾女を乗せた自動車は庭へと入っていった。

訪れた理由は、ここに逗留《とうりゅう》している人物に呼び出されたからだった。

旗山市太郎《はたやまいちたろう》。

橋本邸の主人・正三郎の母方の従兄弟《いとこ》であり、現役の衆議院議員でもある。立憲進歩党代議士だった故旗山嘉市《よしいち》の長男で、現在六十二歳。自身も同党に所属し、戦前には文部大臣を務めたこともある。水嶽本家と旗山家は古くから親交があり、綾女の祖父の代から大々的な資金援助もしてきた。

そう、政治家とヤクザとして互いに利害関係で深く結びついていた。

昭和十二年、支那事変（日中戦争）勃発《ぼっぱつ》前後から市太郎は、軍部及び軍部迎合派の代議士とたびたび対立するようになる。昭和十八年、東条《とうじょう》内閣による戦時刑事特別法改正案に強く反対し、父の代から所属していた立憲進歩党が改正案賛成を党議とすると、ついに離党してしまう。以降、完全に軍部の傀儡《かいらい》となった議会に失望し、長野県蓼科《たてしな》の山荘に移り住み、自身が「隠遁《いんとん》生活」と呼ぶ日々を送っていた。ただ、選挙区は都内のまま。衆議院議員も辞職していない。

この旗山を中心とする数人の代議士たちの尽力により、水嶽玄太はあのトンネルを独占的に使えるようになった。

綾女は女中に案内され、塚原とともに橋本邸内を進んでゆく。

庭に面した洋風の客間に、眼鏡に口髭の旗山は座っていた。

手前には赤松――役員会で投票による会長兼社長代行の選出を提案した男――の薄くなった後頭部が見える。先に来て、話をはじめていたようだ。

「さあ入って。ふたりとも座ってくれ」

旗山が笑顔で招き入れる。

「葬儀に立派なお花を頂戴《ちょうだい》しまして、ありがとうございました」

綾女は深く頭を下げた。

「参列できず申し訳なかったね。生前のお父上にはお世話になり、こちらこそお礼申し上げたい。でも、そんな堅苦しいい方はしないでくれよ。綾ちゃん」

旗山が口元を緩めた。

「元気だったかい」

「はい、どうにか」

「顔色が悪いのは、まあ仕方のないことか。終戦の日に玄ちゃんが亡くなってからというもの、葬儀の準備や跡目のことに加えて、馬鹿どもの襲撃まであって神経の休む暇もなかったんだろう」

旗山は以前から親しい人たちの前では、父を玄ちゃんと呼んでいた。

「ただ、水嶽本家から届いた手紙の差出人が君だったのには驚いたよ。あの引っ込み思案で本好きの綾ちゃんが代表者になるとはね。うん、とてもきれいになったな」

「おじさまのほうは、とてもお元気そうですね」

「蓼科のきれいな空気を嫌というほど吸い、腹に溜《た》まった永田町の悪い気を出し切ってきたからね。いい機会だと思って、タバコもやめてしまったよ」

旗山が鬱科に移った本当の理由は、軍部による暗殺から逃れるためだ。日本の敗戦を感じ取り、国政から距離を置くことで、今後の連合国による戦争犯罪訴追もかわそうとしている。

「君も大変だったな」

旗山が塚原に声をかけた。

「左腕は残念だったが、君は腕っ節の強さだけでなく知恵も持った男だ。これからはその切れる頭で水嶽本家に尽くしてくれ」

「はい。ありがとうございます」

「大門町のほうには、まだご家族は誰も戻られていないのですか」

綾女は訊いた。

小石川区大門町（現文京区春日《かすが》一、二丁目付近）には「大門町御殿」と呼ばれる旗山の本宅があるが、空襲による火災で半壊していた。

「当分修理が終わりそうにない。工夫《こうふ》も資材も足らなくてね。でも、住まいなどどこでも構わないんだよ。今この時期、東京で動き出すことが、何より大切なんだ」

軍部という最大の邪魔者が消えた日本で政権を取り、内閣総理大臣になるため、旗山はここ東京に戻ってきた。

「手紙はしっかり読ませてもらい、焼き捨てた。あれでいい、進めてくれ。報道関係はこちらで何とかしよう」

「承知しました」

綾女はうなずいた。

「ただし、一般人への被害はなるべく出さないように」

旗山が塚原に視線を向けた。

「同業同士の殺し合いは許されても、カタギも巻き込まれたとなると新聞も黙ってはいない。戦争に負けて民主の意識が再興してきたのはいいが、一部の自称民権派記者どもは何でも暴《あば》いて書いてやろうと、早速あちこち嗅《か》ぎまわりはじめている」

「十分に気をつけます」

「馬鹿どもを叩《たた》き潰し、君たちが必ず勝ってくれよ」

「もちろんです」

「それから商売に関するほうも読ませてもらった。市場ではなくマーケットなんだね。新しい時代が伝わってくるいい言葉だ」

「実は二十日に、試しに新宿に露店を並べたんです」

「赤松さんに聞いた。上々だったそうだね」

「規模をより大きくした新宿マーケット、渋谷マーケットを明後日《あさって》から。来週には池袋にも開きます。地割・縄張りは地元の組に任せますが、商品の供給、運搬、売り上げの管理はすべてこの赤松さんが担当してくれます」

「いいね。あなたの経営手腕の高さは、本業の土建より賭場《とば》運営のほうでよく聞きましたよ」

「恐れ入ります」赤松が薄い頭を下げる。

「それからマーケット開催の新聞広告を打つというのもいい」

「うちの専務の堀内の発案です」

「堀内紅梅興業の社長だろ。さすがに目端が利く」

旗山は椅子《いす》の肘《ひじ》を指先で軽く叩きながら、あらためて綾女たち三人を見た。

「頼んだよ。私も君たちも、これからが正念場だ。儲《もう》けるのは決して我々自身のためではない。この国のためだ。私は手に入れた金を使って、この国を必ずもう一度甦《よみがえ》らせるよ。何があろうと、アメリカの植民地にも五十一番目の州にもならない」

天皇陛下は敗戦を宣言された。けれど、日本政府は連合国との降伏文書にまだ正式調印していない。曖昧《あいまい》なまま東京への攻撃が休止されている今、できる限りの準備をしておかなければならない。

もうすぐやってくるアメリカ軍という新しい支配者と渡り合うために。

「まあ水嶽代表の大役も、兄さんたちが日本に帰って来るまでだ。麟太郎くんが社長に復帰したら、綾ちゃんにはいい縁談を世話させてもらうよ」

旗山は満足げな笑みを浮かべた。

「ご当主とご家族の皆様にどうぞよろしくお伝えくださいませ」

綾女と塚原は橋本家の執事と女中頭に礼をいうと、車寄せで待っていたフォードの後部座席に乗り込んだ。

「出発します」運転席の飛田が声を掛ける。

だが、先に出たはずの赤松を乗せた自動車が門の手前で停まり、前を塞《ふさ》いでいる。

ドアが開き、赤松が降りてきた。

「だいじょうぶだ」

懐《ふところ》の拳銃《けんじゅう》を取り出そうとした飛田を塚原が制した。

赤松が塚原の横のドアを叩く。

「話がしたい」

「須藤さんからご説明があったはずですが」塚原が車内から赤松を見上げた。

「聞いたよ。あいつもヤキが回ったもんだ。簡単にいいくるめられやがって。役員の大半が知らなかったようだな。まあ、秘め事を進めるには順当な手だが」

「順次皆さんにご説明してゆくつもりです。なので、もう十分でしょう」

「あんな上《うわ》っ面《つら》の説明じゃ納得できねえ。何をしたのか、塚原お前じゃなく、お嬢さんから説明してもらいたい。この一件に命を張った本人の口から、全部隠さずにな」

「乗せて差し上げて」綾女は指示した。

「お許しが出たぞ。降りろ、代われ」

「いえ、降りません。あちらへ」

塚原が空いている助手席を指さす。

赤松が大きく舌打ちしながら乗り込んできた。

「どうかいたしましたか？」門番役の使用人が駆け寄ってくる。

「少し待てといってこい」

塚原が飛田に命じた。

だが飛田は動かない。前を見たまま横の赤松を警戒している。

「ここは心配するな。早く行け」

飛田が無言で降りてゆく。

「さてと、ずいぶん話が違うようですが」

赤松が離れてゆく飛田を見ながらいった。

綾女の命を狙った敵対勢力による、水嶽本家及び水嶽本社ビルへの襲撃を予期していた役員会は、迎え撃つのではなく、それを囮《おとり》に使う計画を昨日承認した。

池袋三紀会、新宿八尋組、四谷筑摩組、上野華人連、新橋極東朝鮮人同盟、代々木朝鮮進歩団──主要な敵対勢力の総長、組長、社長、代表の自宅、事務所、隠れ家近くに、綾女と塚原は事前に水嶽側の兵隊を多数配していた。

本家襲撃がはじまると同時に、逆にその兵隊たちで一斉に奇襲をかける。

綾女に標的を定め本家総攻撃に人員を割いている敵側の隙《すき》を突いた、本家の建物と詰めている組員たちを捨《す》て駒《ごま》にした作戦だった。そのために綾女は自分の居場所を敢《あ》えて喧伝《けんでん》するように、水嶽本社ビルで大々的な役員会を開催した。

だが昨夜、敵対勢力への奇襲は行われなかった。

「なあ、どういうことだ」

赤松が睨《にら》む。

「見せかけだけの組長たちを狙う代わりに、若頭、番頭、董事《ドンシー》（取締役）、본부장《ボンブジヤン》（本部長）──そんな呼び名の、本当に組織を運営している連中の身内を狙いました。妻、妾、子ども、親の居場所を探り当て、昨夜、一斉に拉致したんです」

「うそつけ。連中の一番の弱みを隠している場所を、簡単に割り出せるはずがねえ。できるなら、俺たちがとっくにやってる」

「以前から水嶽本家が通じていた刑事・警察官に加え、敵方と深くつながっていた警察関係者を寝返らせ、知っている居場所を白状させました。拉致するときに、まず木戸やドアを開けさせたのも彼らです。顔見知りで、しかも本物の刑事が聞き込みを装《よそお》って訪ねていったのですから、ほとんどの人は信用して開けてしまったでしょう」

「どうやって寝返らせた？」

「まず、前もって警察官たちの家族を人質に取りました」

「卑怯《ひきょう》なやり方だな。考え出したのはお嬢さんですか」

「古今の歴史書に載っている謀略の真似事《まねごと》をさせてもらっただけです」

「だが、警察の連中だって馬鹿じゃねえ、頭にきて本気で歯向かってくる」

「怒っていたのは最初だけでしたよ。この先、世の中がどうなろうと、食べ物と薬を十分な量融通し続けるといったら、あっさり納得して協力してくれました。十日前なら無理だったかもしれません。でも、日本が負けてすべての状況が変わりましたから」

「所詮《しょせん》は小役人か。世も末だな」

「古い日本は臨終間際です。だから誰もが新しく縋《すが》れるものを探しているんでしょう」

綾女はいった。

「教師の癖が出ましたか。賢《さか》しらな解説は、ヤクザにとっちゃ馬の耳に念仏だ」

「失礼しました。気をつけます」

「で、人質を使って相手の力を削《そ》ぐってのは、まあわかった。それからどうします」

綾女は今夜行われる大規模な反撃について説明した——

「は？　壮大な法螺《ほら》にしか聞こえませんぜ」

赤松が助手席から振り返り、覗き込むように綾女の顔を見た。

「どうやって吹き飛ばす？　どうやって焼き殺す？　機関銃や手榴弾はあっても爆弾なんて持ってねえぞ」

「焼夷弾《しょういだん》があります」

アメリカが投下した焼夷弾の不発弾のことだ。

地面に落ちた不発弾本体についている取手をひねれば、まだ殺傷能力を残した危険なものでも爆発しなくなる。輸送中の暴発防止のためにアメリカ空軍が取り付けた安全機構を、常に空襲の危険に曝《さら》されていた東京の住人たちは常識として知っている。

水嶽商事は、人手不足の帝国陸軍や消防団に代わり、各地の不発弾の回収作業をしていた。だが、回収したものを軍施設に移送することも爆破処理することもせず、秘密裏に備蓄した。

「信管の修理・改造の技術を持った元工兵や、ついこの前まで兵器工場で働いていた人間が水嶽本家には揃《そろ》っています。導火線や起爆装置、ガソリン、ダイナマイトも」

「ふざけるなよ。味方の若衆使って相手を無理やり罠に誘い込むようなもんじゃねえか。新宿や池袋の真ん中で爆発が起きて、あたり一面燃え上がるんだぜ。こっちも大勢巻き込まれる。カタギの連中だって無事じゃ済まねえ」

「近隣の住民の方々には、直前にお知らせするつもりです」

「間に合うもんか。旗山先生との約束も破って、顔に泥を塗ることになるぜ」

「仕方がないですね」

「まともじゃねえ」

「他にやり方があれば教えてください。これ以上に確実に勝てるのなら、すぐに切り替えます」

赤松は一瞬黙り、憎々しげに唇を震わせながら息を吐いた。

「お嬢さんはどうするんです？　女子供を大勢攫《さら》ったんだ、向こうの連中だって面子《メンツ》にかけて、お嬢さんの命《タマ》を取りに来る。無事じゃいられませんぜ」

「東京で一番安全な場所にお連れします」

横から塚原がいった。

「あすこか」

赤松に聞かれ、塚原がうなずいた。

「なら事が終わったあとは」

「人質は解放します」

綾女は答えた。

「裏切らせた向こうの若頭や董事たちも許すつもりです。そして水嶽の傘下《さんか》に組み込み、これまで通り彼らの組を任せます」

「冗談いうな。水嶽の身内にするってことだぜ。三国人もわんさかいるんだ、上手くやれるわけがねえし、こっちの古参連中だって納得しねえ」

「無理やりにでも納得してもらいます。ただし、二年以内に必ず罰を与えます」

「迎え入れるふりをして、気を許したところに寝首を掻《か》く。青池の家族を殺《や》った者は、何があっても許さねえってことですか」

「はい」

「やり方としちゃ嫌いじゃねえ。でも、えげつねえな。そりゃもうヤクザのやり口でもねえ」

「任侠《にんきょう》も侠気《おとこぎ》も私にはどうでもいいことですから」

赤松はタバコをくわえ、哀れむような声でいった。

「お嬢さん、本当にイカレちまいましたね」

「そのイカレた女から、赤松さんにもうひとつお願いがあります」

綾女は脂《あぶら》ぎった赤松の顔を見つめた。

5

麻布区永坂町の橋本邸を出た自動車は、赤坂区霊南坂町（現港区赤坂一丁目付近）に入った。

「本当にこちらでよろしいんですか」

坂道を上ってゆく途中で、ハンドルを握る飛田が確かめる。

「間違いない」

塚原が答えた。

坂の上には大きな洋館が建っている。空襲被害を受けず焼け残ったのは偶然ではなく、理由があった。そこがアメリカ大使館だからだ。

本国の大統領官邸を思わせる白い三階建てビルの裏門に回り、呼び鈴を押すと、すぐに金髪碧眼《へきがん》で眼鏡をかけた中年女性が出てきた。

「ナイス・トゥ・ミート・ユー」

綾女は拙《つたな》い英語で挨拶《あいさつ》した。

「日本語でだいじょうぶですよ。スイス公使館一等通訳官のヨハンナ・バルトです」

日米開戦の翌年（昭和十七年）六月、この大使館内に拘束されていたアメリカ大使らが日本人外交団との交換で国外退去する。その後、名目上は無人となった建物の管理と警備は、中立国である在日スイス公使館の職員に託された。

「ご連絡のほうは」綾女は訊《き》いた。

「ええ、いただいています。すべて問題ありません。グルー元駐日大使からも暗号文で電報をいただきましたよ」

塚原に指示され、飛田は自動車のトランクから大きな木箱ふたつを取り出した。

「お納めください。心ばかりのお礼です」

塚原がいった。箱の中身は英国産のスコッチとジン。

「今の日本じゃ金銀より貴重品ね。勤務が終わったら早速パーティーを開かなきゃ」

ヨハンナが笑う。

「どういうことですか」

木箱を運びながら飛田が塚原に尋ねた。

――疑われて当然だ。

飛田は綾女にも鋭い視線を向けた。

「あとで話す」

塚原が答える。

「いえ。彼がまた生きて戻ってきてくれたら、私から説明します」

綾女はいった。

「では、すべて終わったら、こいつを伝令役によこします。俺もこいつも生きていたらの話ですが」

「生きて戻ります、意地でも」

飛田の声も表情も疑念に満ちている。

「俺の戦場に行って参ります」

塚原がいつもの無表情な顔のまま頭を下げた。

「また会おうね」

綾女はそういったものの、何か足らないような気がした。でも、他に言葉は思いつかない。だから手を振った。

まだ水嶽本家で暮らしていた小学生のころ、いつもこの男に挨拶代わりに振っていたように。

塚原は笑みを浮かべうなずいた。

ヨハンナに手を引かれ大使館に入ってゆく。掃除され清潔だったが、空気は淀《よど》んでいた。しばらく窓を開けていないのだろう。

一階の隅の小さな部屋に案内された。

「使用人の待機室だったところです。こんなところでごめんなさいね」

「いえ、十分です」

簡易ベッドが置かれ、水の入ったピッチャーと袋入りのクラッカーもあった。

「好きに使ってください。ただし、部屋を出るのはトイレのときだけ。他の部屋に入るのも禁止。窓も開けないでね。何か問題があったときは大声で呼んで。私がすぐに来ますから」

「ありがとうございます」

「ゆっくり休んでください、何もすることがないでしょうから。警備員が巡回しているから安心して。多分、東京の他のどこよりも静かで安全なはずよ」

ヨハンナが出てゆき、綾女はベッドの上に座った。

窓の外、空の色が暗い青から黒へと移り変わってゆく。

ずっとかすかに耳元で聞こえていたあの青池一家の呻《うめ》き声、泣き声が、また強く大きくなった。家具のない白く狭い部屋の壁に反射し、悶《もだ》え苦しむ声が渦巻くように響き続ける。

ただ、もう気にはならない。

それは心臓の鼓動のように、絶えず聞こえる音になっていた。

――もっとひどくなったら、いつか幻覚も見えるようになるのかな。

やがて、夜が訪れた。

いつの間にか膝《ひざ》が震えていた。寒くはない。でも、体温が何度か下がってしまったように肌も冷たく感じる。

青池一家の声が罪に駆り立てる一方で、捨て切れなかった良識が、ときおり体の奥から湧《わ》き上がり、非道で残忍な自分を苛《さいな》む。

だが、戦いはもう止《や》められない。

綾女は眠らずに黒い空を見つめていた。

6

「会社の方がいらっしゃいましたよ」

廊下からヨハンナの声が聞こえた。朝になり、東からの陽射《ひざ》しが窓いっぱいに部屋を照らしている。

綾女がドアを少し開くと、こちらへ進んでくる飛田が見えた。

顔は煤《すす》け、着ている軍服もあちこちが焦《こ》げ、足に巻いたゲートルと革靴は泥にまみれている。

「汚してしまい申し訳ありません」進みながら飛田がいった。

「気にしないで。濡《ぬ》れたタオルでもお持ちするわ」ヨハンナが微笑《ほほえ》む。

綾女は飛田を部屋に招き入れた。

「ご無事でようございました。お疲れ様でした」

「気遣いは無用です。それよりどの街もまだ燃えていますよ。当分消えそうにない」

「そう」綾女は水の入ったコップを差し出したが、飛田は受け取らない。

「約束通り生きて戻りました。教えていただきます。お嬢さんはどうしてここに入れたのですか」

飛田の目は昨日よりもさらに不信に満ちている。

丸刈りで整った顔、背が高く引き締まった体。そのときはじめて綾女は、この男のことをしっかりと見た。

「私の父が開戦前後に日米両国の利益になる仕事をしたから」

「そんな仕事が――」

「あったんです。昭和十六年に日米開戦が不可避になった時期から、東京や神奈川に在留していたアメリカ人の命と財産を、翌年に全員が日本を脱出するまで水嶽商事が非公式に守った。もちろん日本政府と軍部の承認を得て。正式開戦前は民間アメリカ人の身柄を、日本政府も拘束という名目で護《まも》ることはできなかった。けれど、もし日本人から激しい暴行や略奪を受ければ、そしてもし殺されでもすれば、深刻な国際問題になる。

連合国側各国の在留邦人の身も危なくなる」

「だから安全な場所に匿《かくま》って命を守ってやったと」

「ええ。空き家になったアメリカ人の住まいも火付けなどされないよう見張り、財産も守った。その水嶽の無償の善意は、アメリカ大使や政府からも感謝された。もちろん非公式にね。返礼としてアメリカから、水嶽の人間が身の危険に晒《さら》されるような事態になった場合は、ここを避難所として提供すると申し出があった」

「水嶽本家が売国奴でないことは信じましょう。でもお嬢さん。あなたのことは到底許せません」

「好きなだけ罵《ののし》っていいわ。けれど、その前に教えて」

「結果ですか。あなたが企《たくら》んだ通りに運びましたよ。池袋三紀会、新宿八尋組、筑摩組、華人連、極東朝鮮人同盟、代々木朝鮮進歩団。全部が息の根を止められたも同然になりました。でも、あんなものはヤクザの抗争じゃない。テロルでもない。ただの虐殺《ぎゃくさつ》、焼き討ちの皆殺しです」

「その話しぶりだと中学を出ているのね。戦争がなかったら大学に行くつもりだったの？」

「はぐらかすなんて見苦しい」

「そんな気はありません。ここ数日、あなたがずっと護ってくれていたのに、まともに

「すべてお嬢さんが仕組んだんですよね」

「ええ」

「あんな卑劣な策を考えるだけでなく、実行させるなんて。咎める気持ちが一切湧かなかったのが、信じられない」

「まだ私の中に残っている善意に、何度も責め立てられた」

「善意が残っている? 到底思えませんね。何人集めたんですか」

「今いる若衆と合わせ最低三百人は必要と指示を出し、結局四百人以上集まりました」

「何も知らない戦災孤児から行き場のない年寄りまで、片っ端から水嶽本家の見習いにしてやる、飯を食わせると声をかけ騙し、引き込んだ──恥知らずな方ですね」

 綾女と塚原は、人質を取って寝返らせた敵幹部を通じ、今夜水嶽一派が一斉反攻に出ると事前に情報を流した。陽動に乗せられ敵勢力が拠点の守りを固めると、実際に若衆や見習いたちに攻撃させ、新宿、池袋、新橋、上野の各所でさながら市街戦のような銃撃をくり広げた。その戦いの騒乱に乗じ、敵の各拠点の五十メートル四方に多数の爆発物を仕掛けると、最後は焼夷弾を積んだトラック数台を突っ込ませ、点火し、あたり一帯を火の海にした。

「爆発が起きると、炎が津波のように周りを飲み込んで、何も知らずに鉄砲渡されて撃ちまくっていた水嶽本家の若衆が大勢巻き込まれました。囮に使われたまだ女も知らない十二、三の見習いたちも一緒に焼かれた。家も仕事もなく生きるために水嶽本家に縋ってきたじいさんたちも、呻きながらのたうちまわっていた。カタギの連中も逃げ遅れて焼け死んだ。皆、戦時の空襲を何とか生き延び、ようやくその戦争も終わったってのに殺された」

飛田は腹に巻いたサラシの下から拳銃を取り出した。この男は八月十六日の早朝に青池家で何が起きたのか、そこで綾女が何を見たのか知らない。

「あなたが殺したんです」

「ええ。わかっています」

「仕送りが途絶えて大学を除籍になり、寮も追い出され、かといって戦時下で職もなく、郷里の富山に戻る電車賃さえなかった俺を、水嶽本家は拾ってくれた。世間知らずの田舎者だった俺に、酸《す》いも甘いも善行も悪事も教えてくれた。恩義は確かに感じています。大学のころとはまるで毛色の違う仲間もできた。嫌な奴《やつ》もいたし、卑怯者もいた。でも大半は馬鹿《ばか》で、生きるのが下手で、ヤクザに転がり落ちてきたような奴ばかりだった」

「仲間だったのね」

「憎めない屑《くず》どもだったってことです。その水嶽本家で同じ釜《かま》の飯を食った屑どもが、あなたに騙され、虫けらのように殺された。本当にごみ屑を焼くように、炎の中に消えていった。生き残った俺が仇《かたき》を取ってやらなきゃ、あまりにも浮かばれない。それにあなたのような、人を平気で消耗品扱いする異常者は、この世に生かしておけない」

「かわいそうに。皆、苦しかったでしょう。私もその炎に焼かれて死にたかった」

「一緒に死ぬことが、あなたの善意ですか。だったら、願いを叶《かな》えます。俺が今ここで殺しますよ」

飛田が銃を向けた。

「もう少し待って」

「命乞《いのちご》いなんてみっともない」

「違います。あとふたり、どうしても罰を与えたい相手がいる。そのふたりを始末したら、お願い、あなたの手で私を殺して」

綾女は飛田の手を取り、握っている銃口を自分の喉《のど》に押しつけた。

7

見上げる空は青く澄んでいる。曇りがちで肌寒ささえ感じた八月から九月に変わったとたん、太陽が日々顔を出すようになった。

綾女は濃紺のワンピース姿で青池家の門前に立っている。

本当は黒い洋服にしたかったけれど、どこにしまったのか見つからず、戦前、女学生だったころに自分で縫ったこの洋服にした。

十五分経《た》っても、まだ相手は来ない。

娘との別れの挨拶が長引いているのだろう。仕方がない、もう由結子とは会えなくなるのだから。

飛田は少し苛立《いらだ》っているのか、視線をあちこちに向けている。軍服の胸ポケットに入れたタバコに手を伸ばし、気づいたように元に戻した。

「一服したら？　気にしないで」

「だいじょうぶです。お気遣いありがとうございます」

ふたりとも目を合わせずに、言葉を交わした。

「ただ銃を持って、私の横に立っていればいいから。終わったら、約束通りにします」

「わかりました」

ひどく不自由な体になってしまった修造と、心を深く病んでしまった妻のよし江を残し、無責任に自殺することはできない。

だから飛田が必要だった。

昼の住宅街の道には、ふたりしかいない。

これから起きることに万が一にも他人を巻き込まないよう、水嶽商事の社員（組員）

に往来を一時止めさせていた。姿は隠しているが、他にも多くの社員が青池家を取り巻き、綾女を警護している。

八月二十三日夜の卑劣な勝利により、都内の西半分で水嶽本家に歯向かう者はいなくなった。敗戦による国内権力の崩壊と、八月二十八日のアメリカ軍（第八軍先遣隊）進駐開始の間を突いていたため、敵対勢力が一掃された地域はすべて水嶽本家のものとなり、その支配範囲《シマ》は前にも増して広がった。

官憲も手出しできない。それどころか終戦で案の定機能しなくなった警察に代わり、水嶽本家とその配下が治安を維持し、食料品や生活物資の流通を担《にな》っている有様だ。隣接する地域の暴力団は恭順の意を示し、進駐軍も「ＭＩＴＡＫＥ」という組織をどう扱うか、まだ様子を窺《うかが》っている。

日本の敗北が水嶽本家を首都の一時的な支配者にしていた。

道の先からフォード自動車が近づいてきた。

後部座席から塚原と赤松に挟まれ、寿賀子が降りてくる。格子《こうし》柄《がら》の小紋に褐色の塩瀬《しおぜ》染め帯をつけ、粋《いき》で涼しげだが、決して華美ではない。これがヤクザの情婦として生きた彼女の死装束なのだろう。

黒幕は寿賀子だった。

敵対していた新宿八尋組、四谷筑摩組、代々木朝鮮進歩団と内通し、綾女を襲わせた。そして青池家の人々を殺させ、修造とよし江の心と体をこれ以上ないほど深く傷つけた。

赤松が桐《きり》の小箱を差し出す。

「確かにお預かりしました。お疲れ様でございました」

綾女は赤松に頭を下げると、塚原に視線を向けた。

「三人で行きます。ここで待っていて」

「それはできません」

塚原が飛田に目を遣《や》る。

「見込みがあると思い、近くに置いていますが、お嬢さんを任せられるほど信用はしていません」

「好きにさせて。女同士の話がしたいの。だから男はなるべく少ないほうがいい。私が出てくるまで、絶対に入ってこないで」

「でしたら私が――」

綾女は首を横に振った。

「よく知っているあなたに惨《みじ》めな姿を見られるのは、彼女も悔しいでしょう。最後の情けだと思って、待っていなさい」

「行こうぜ」

赤松が塚原のシャツの左袖《そで》を引いた。

「頼んだぞ」

塚原が飛田の背を叩く。

飛田はただ小さくうなずくと拳銃を出した。寿賀子に突きつけ、青池家の庭に連れてゆく。

また綾女の耳に、あの幻聴が——この家で惨殺《ざんさつ》された泰造、佳菜子、はつの悶え苦しむ声が聞こえてきた。

窓や障子が開け放たれ、縁側から家の奥まで見通せる。畳は新しいものになり、襖《ふすま》も張り替えられ、惨劇の痕跡《こんせき》はもう残っていない。それでも、血の匂《にお》いまでは完全に消せてはいなかった。かすかな風が家の中を吹き抜けるたび、血腥《ちなまぐさ》さが庭まで漂ってくる。

泰造の首が落ちていた場所に寿賀子を立たせた。

横には燃料缶が三つ置かれている。中の液体はガソリンと灯油。

ガソリンだけでは一瞬で燃え上がり、酸欠ですぐに死んでしまう。だから燃焼時間を延ばすため灯油を混ぜた。

「これを浴びて焼け死ねってこと？」

わかり切ったことを寿賀子から尋ねられ、綾女はうなずいた。

飛田が握りしめたオートマチックの銃口はずっと寿賀子に向けられている。

「あなただけじゃありません。堀内さんにも償いをしていただきました」

水嶽商事専務で、堀内紅梅興業という自身の会社も持つ白髪の男。あいつがもうひとりの内通者だった。

綾女は赤松から預かった桐箱を開けた。泥に汚れた動物の内臓のようだが、よく見ると血で赤黒く染まった人間の両耳だとわかる。

「これを残して、堀内さんも焼け死にましたから」

「裁きは平等ってことね。でも、私が逃げたらどうなるの」

「飛田がすぐに撃ちます。どこへも逃げられません」

「なら逃げるわ。焼かれて苦しむより、撃たれて死ぬほうがいいもの」

「脚を撃って動けなくするだけ。殺しはしませんよ。それから縛り上げた由結子ちゃんをここに連れてきます」

代わりに目の前で実の娘を焼き殺す。

「あの綾ちゃんがそんな残酷なことをいうなんて。死んだ水嶽玄太が聞いたら、さぞ喜ぶでしょうね。じゃ、燃え上がった私があなたに抱きついたらどうする？　道連れにしようとしたら？」

「そうしてください。一緒に焼け死にましょう」

「やっぱりあなたはまともじゃない。父親と同じ」

寿賀子が口元を緩めた。

綾女の耳元では、あの日殺された青池家の三人が嘆き呻いている。まるですぐそこにいるように、声は次第に大きくなっていった。

「いつ私だとわかったの」

寿賀子が問いかけてくる。

「教えてよ。これが人生最後の無駄話なんだから。はじめから疑っていたんでしょ。話してくれたら道連れにしてあげてもいいわ」

少しの間を置いてから、綾女は口を開いた。

「私が東京に戻る日時を事前に知っていた人間を調べさせました。該当者が六人いた。あなたと堀内さん、塚原、赤松さん、須藤さん、生田目《なまため》。詳細な襲撃計画を練れるほどの情報を相手に伝えられ、なおかつ相手がその情報を信用するほどの大物となると、この人たちに絞られると思ったんです」

「探偵小説の台詞《せりふ》みたいね。それとも教師っぽい口調っていうのかしら」

「この期《ご》に及んで強がりですか。茶化すのならやめます」

「怖いから強がるの。ヤクザの情婦の悪い癖。気にしないで続けて」

「赤松さんと須藤さんに、あなた、塚原、そして堀内さんのここ数ヵ月の動向を細かく調べてもらいました」

「古狐《ふるぎつね》ども。あいつら鼻だけは利《き》くものね。でも、あのふたりも信用ならないのは同じでしょ」

「だからふたりのことは生田目に調べさせました」

「一番の忠犬に一番怪しいところを任せたのか。ただね、私がこの数ヵ月どこに出入りしていたかはわかっても、誰と会って何を話したかまではわからなかったでしょう。疑う理由にはなっても、確かな証拠にはならない」

「だから企みのもう片方の当事者たちに訊いたんです。青池家《ここ》を襲ったのは八尋組、筑摩組、朝鮮進歩団の配下とわかっていましたから、その三つの組の若頭や본부장《ボンブジャン》（本部長）に、あなたとどんな仲なのか尋ねました」

「頭に銃を突きつけながら？　それでもいわなければ一枚ずつ生爪《なまづめ》を剝《は》がして？」

「その通り。傷つけ脅したんです」

「ずいぶん古臭いやり方。ああそれも生田目か。あの異常者に拷問《ごうもん》させたのね。でも、この家を襲えと指示した幹部連中は、容赦せずすぐに殺したと聞いたけれど」

「うそをついたんです。あなたには隠して生かしておきました」

「いいわね。ヤクザらしいずる賢いやり方だわ。で、聞き出したあとは」

「決まっているでしょう」

全員始末した。

「あなたはやっぱり清楚《せいそ》を気取って女教師なんかやってちゃいけない人。歴史の解説や昔の偉人の言葉より、そういう残酷な台詞のほうがずっと似合う」

綾女は小さく首を横に振った。

「こんなことはすぐにばれると十分わかっていましたよね」

「もちろん」

「そうまでして私をこの家に引きずり込みたかったんですか」

「ああでもしなけりゃ、あなたは一時だろうとつなぎだろうと絶対に継いではくれなかった。戦争に負けた難儀なときに水嶽本家を生かし続ける方法が、馬鹿な私には他に思いつかなかったの」

そこまで話すと、寿賀子は一度黙り小さく笑った。

「いいえ、うそ……そうじゃないわ。本当は水嶽本家も一門も、どうでもよかった。こんな暴力団が消えてなくなっても構わなかった」

「わかっています」

「あなたが当主になることを、あの人は何より望んでいたから」

「それが、父があなたにだけ残した遺言ですか」

「お見通しね。遺言状に書いて残してしまうと、あなたの継承を認める、認めないで、水嶽商事を割る騒ぎになってしまう。だからあの人は、私にだけこっそり命令したの」

「なんて迷惑な――」

「こんな時代を乗り切るには、あいつに継がせるしかないと水嶽玄太はいっていた。あんな奴に託すのは口惜しい、悔しい、でもそれしかないって。死にかけの顔を思い切り不機嫌にして、弱々しい声で嫌味たっぷりに。私はあの人の思い残したことを、どうしても果たしてあげたかっただけ」

――父への一途《いちず》な情愛が、この人を狂わせ、裏切らせた。

「でも、読み違えたわ。取引した相手が、あんなに馬鹿で見境のない連中を送り込んでくるとは思わなかった。修造ひとりの命で十分だったのに。妊婦を犯して、女子ども三人を嬲《なぶ》り殺すなんて」

「四人です。三人じゃありません」

早産で生まれ、すぐに亡《な》くなった修造とよし江の子供のことだった。

「そうね、ごめんなさい。あと綾ちゃん、あなたのことも読み違えていた。ここまで狡《こう》猾《かっ》で残忍になれるとは思っていなかった。仕掛けてきた連中をあなたが一瞬でかたづけてしまったものだから、私の悪巧《わるだく》みもすぐに見つかっちゃった」

「堀内さんはどうしてあなたに加担したんですか」

「聞けば悲しくなるけど、それでもいい？」

「ええ。これ以上悲しいことなんて、もうありませんから」

「堀内さんも水嶽玄太や私と同じ考えだったの。今を乗り切るには、綾ちゃんを当主に据えるしかないと思っていた。しかも堀内さんは、あなたの兄の麟太郎さんや康三郎さんが戦地から戻ってきたとしても、あなたに社長を続けさせるつもりだった。つまり、あなたの兄さんたちには水嶽商事を率いるだけの器量はないと見限ってたのよ」

「そんなはずない」

「いずれあなたも気づく。ふたりには無理。でも堀内さんは、あなたならできると確信していた」

「私の何も知らないくせに」

「役員の中の誰より古参で、小さいころのあなたを近くで見ていた人だもの。水嶽玄太の次にあなたの器量をわかっていた。だけど、そのあなたに裏切り者と看做《みな》されて、殺された」

「仕方ありません。どんな理由があろうと、あの人《あのひと》のしたことは紛れもない裏切り行為ですから」

寿賀子が穏やかな目で綾女を見た。

「本当にごめんなさい」

「お気持ちは受け取りました。でも、何があっても私はあなたを許さない」

――誰より罪深い私が、誰かに慈悲を与えることなど決して許されない。

「わかってる。ねえ、あの八月二十三日の夜に、水嶽商事の身内が何人死んだか知ってる？　七十五人死んで、五十人以上が傷や火傷《やけど》で不自由な体になった。今も三十二人が病院のベッドで生死の境をさまよってる。敵のほうは二百人以上死んだのよ」

「だから何ですか？」

「あなたに何百もの怨霊《おんりよう》を背負わせた。それに水嶽玄太の望んだ通りヤクザに引き込むことができたんだもの。未練はないわ。ただね、綾ちゃん、あなたがこの水嶽本家を潰《つぶ》したり、途中で投げ捨てたりしたら、必ず化けて出てきて祟《たた》ってあげるから」

「下らない脅し。青池の家族を殺した人が何をいうんですか」

「綾ちゃんこそ何いってるの。私も堀内さんも青池一家も望んでいたものは同じ。あなたに水嶽本家を継がせ、もっと大きくしてもらって次に引き継がせること。命をかけてこの暴力団をあなたに継がせようとしたのも同じ。綾ちゃん、あなたの責任は重いのよ。お父さんに負けないくらい水嶽を立派に育ててね。枯らせたりしたら、私だけじゃない、堀内さんも青池の四人も化けて出てくる」

——呪詛《じゆそ》をかけられた。

そう思った。血のしがらみから抜け出せない、太く長い楔《くさび》を打ち込まれた。

寿賀子は微笑みながら飛田を見ている。

「最後くらい手を煩《わずら》わせないようにするわ」

燃料缶を細い腕で持ち上げ、自分で頭から被《かぶ》った。三缶すべてを浴び、結い上げた髪が、着物が、帯が、ガソリンと灯油の混合液でぐっしょりと濡れている。

「さあやって」

揮発燃料特有の鼻を突く臭《にお》いが、青池家の建物の中から流れてくる血の生臭さと混ざり合う。綾女はライターを出し、ヘッドを開けると火をつけた。

水嶽玄太の持ち物だったロンソン社製のオイルライター。寿賀子の愛する男の愛用品だが、これは慈悲ではない。十代の自分を守り、味方でいてくれた彼女への感謝――

火をつけたまま放り投げる。

寿賀子が燃え上がった。

熱さと焼かれる痛みで苦しむ細い体が立木のように揺れ、ソプラノを歌っているかのような甲高い悲鳴を上げる。

火柱はよたよたと、ふらふらと歩き出した。住人のいなくなった青池の家を、弔いの炎が赤く照らし染めてゆく。

死んだ泰造、佳菜子、はつの呻き声、さらに名もつけられることのなかった赤ん坊の泣き声も加わり、声明《しょうみょう》のように、念仏のように、強く、大きくなってゆく。

死人たちの声に包まれながら、綾女は目の前の炎を微動だにせず見ていた。このまま寿賀子が自分に飛びかかってきてくれることを願いながら。

でもやはり彼女は、ひとり縁側まで進むと、そこで力尽き、炭が崩れるように倒れてしまった。

綾女は飛田を見た。

銃口はもう綾女に向けられている。しかし、彼は引き金を引かない。

「終わりました。どうぞ撃って」

両手をだらりと垂らし立ち尽くす。

それでも飛田の指は動かなかった。縁側の炎が廊下を渡り、柱を伝い、障子や畳に移り広がってゆく。

「どうして？　塚原に何かいわれたの？　それとも今ここで見たこと、聞いたことのせい？　どれも気にしなくていいわ」

飛田を強く見つめた。

「あなたは間違っていない。私は自分勝手な復讐《ふくしゅう》のために、あんなに多くの人たちを道具に使い、命を無駄に捨てさせた。私を許しちゃいけない」

だが、飛田は構えていた銃を下ろした。

あれほど強く聞こえていた泰造の、佳菜子の、はつの、赤ん坊の呻き泣く声が次第に遠のいてゆく。

——どうして。

炎の爆《は》ぜる音が次第に大きくなってゆく。青池の家が燃えている。

黒い煙が青空に上りはじめた。急がなければ。塚原たちが命令を無視して助けに来てしまう。

「意気地のない男。自分で殺すといったくせに。何度も撃ったことがあるんでしょ。怖《お》気《け》づいたの？　だらしない」

彼を責め、懇願する。しかし、無駄だった。

「屋根まで火が回りました。焼け落ちる前に外に出ましょう」

飛田が綾女の腕を摑《つか》んだ。その腕を振りほどく。

「どうして許すの。早くして」

声が震えている。自分でもわかった。

「逆です。許せないから殺さない」

飛田の目は綾女を見つめている。

炎と煙が、焼け焦げた寿賀子の遺体を、綾女と飛田を取り巻いてゆく。

幻聴は消えた。

代わりに塚原や水嶽の社員たちの「お嬢さん」と叫ぶ声、立ち上る煙を見て騒ぎ出した近隣の住民たちの声が聞こえてきた。

飛田がまた腕を摑む。強く振りほどこうとしたけれど、離れない。

——思った通り。やっぱり楽にはなれない。
理解したと同時に、涙がこぼれ落ちた。
それでも飛田は摑んだ手を離さなかった。

三章　帰還

1

昭和二十二年六月十二日

近所から着流し姿でやってきたその人は、額に垂れた前髪を掻《か》き上げながらビロード張りの椅子《いす》に座った。

水嶽桂次郎。亡《な》き水嶽玄太の次男であり、三人いる綾女の兄のひとりだ。

「彼、この前も来ていたよね」

桂次郎がいった。

「あ、うん。塚原のいいつけ」

綾女はコーヒーカップを片手に返事をした。

「ひとりでの外出は禁止。ちょっとの用事でも必ず飛田と彼の部下を連れて出るようにって。窮屈でしょうがないわ」

「仕方ないさ、誰もが認める水嶽商事の会長兼社長代行だもの」

「皮肉に聞こえる」

「そんなことはないよ。本気で立派だと褒めているんだ。僕のような凡人には決してできることじゃない。それにこのご時世、財界要人も気を抜いていたらいつ刺されるかわからない。左翼も右翼もファナティックな連中がうようよいるのだから。用心に越したことはないさ」

桂次郎は手にしていたカップを置くと、他の背広姿の三人と一緒に少し離れたテーブルに座っている飛田に目を向け、軽く頭を下げた。

飛田のほうは水嶽の血族への敬意を込め、より深く頭を下げる。

「塚原さんが綾女のお守りに指名するくらいだから、とても有能なのだろうね」

「どうかな？」

綾女はカップの中で揺れるコーヒーに視線を落とした。

静岡県熱海駅近くにあるこの洋風喫茶店は、保養に来た進駐軍とその関係者を当て込んだ店だった。調度品の趣味がよくコーヒーも美味《おい》しい。けれど値段が高く、日本人はほとんど利用しない。この日も他にはアメリカ人家族が一組いるだけだった。

窓の外が明るくなってきた。梅雨の雲間から陽が射《さ》し、蒸している。

少し暑くなって綾女は紺のカーディガンを脱いだ。下には薄鳶色《ベージュ》のワンピースを着ている。控えめにしてきたつもりだけれど、この恰好《かっこう》でも「アメ専のパン助が」とすれ違った中年の男女にいわれた。

敗戦から二年近く過ぎようとしているのに、東京を少し離れると、きれいに洗濯された洋服を身につけ紅を差しているだけで娼婦《しょうふ》だと思われてしまう。

桂次郎が袂《たもと》からタバコを出しマッチを擦った。ゆっくりと煙を吐く横顔は血色もいい。長く精神を病み修善寺の療養所に入っていたが、終戦後、徐々に回復の兆《きざ》しを見せ、八ヵ月前に熱海にある症状の軽い患者のための施設に移っていた。

日本の敗戦と父の死が、兄の心にずっと重くのしかかっていたものを、少しだけ軽くしたのは間違いない。

「家のほうは？　もうすぐ完成だろう」

「来週落成式。焼けた母屋《おもや》の半分を潰《つぶ》して、鉄筋コンクリート三階建てを増設したの。残った半分は改装して、庭も整えてもっと純日本風にした」

「大正時代風の和洋折衷様式か」

「庭の見える和室に進駐軍を呼ぶと喜ぶから。すぐに足が痛いっていい出すけど」

「アメリカ人には正座も胡座《あぐら》も無理だろう。ご婦人も来るのだろうから、椅子やカウチを用意したほうがいい」

「それじゃ純和風にした意味がないわ。京都に行かなくても京を感じられる家が狙《ねら》いなの。欄間も襖絵《ふすまえ》も凝ったものを作らせたし、高価な屛風《びょうぶ》まで置いたんだから」

「使った金が惜しいだけかい？　風流や雅《みやび》には程遠いな」

桂次郎が笑った。

三人の兄たちの中でも、綾女はこの二番目の兄と一番気が合った。博識なのに控え目で、思慮深く、それでいて運動も得意だった。あの非情な父の息子に、あんな暴力にまみれたヤクザの家に生まれなければ、作家にでも、立派な海軍軍人にでもなれただろう。狂った血筋が、繊細な兄の心を壊してしまった。

「庭に紫陽花《あじさい》が咲いたの。梅雨が明ける前に一度神山町に来てみない？」

「まだ遠慮しておくよ。康三郎のことで皆落ち着かないだろうし、そんな時期に僕が戻って余計な気を遣わせたくないからね」

三番目の兄・康三郎は終戦から一年半が過ぎた今年二月、ようやく日本に帰ってきた。戦傷もなく健康で、綾女は心から喜んだ。そしてすぐに水嶽商事会長兼社長の職を譲る手はずを整えた。

しかし、康三郎は逮捕された。

戦時中、アメリカ海軍のために働いていた中国人活動員四名、アメリカ人情報将校三名を戦時法規によらない残忍な方法で処刑した罪で起訴され、今、神奈川県川崎にある東京俘虜《ふりょ》収容所第一分所に収監されている。

康三郎の所属していた陸軍第六十一師団は、中国上海でアメリカ軍の上陸に備え、防衛を固めている中、終戦を迎えた。

英語と中国語が使えた康三郎は、憲兵でも情報担当兵でもないにもかかわらず間諜《かんちょう》摘発の任務を与えられた。アメリカ軍は上海へ上陸せず、大きな戦闘も起きなかったが、康三郎は通訳として連合国軍協力者への取り調べを補助し、処刑の現場にも居合わせていたため、結果的にB級戦争犯罪人にされてしまった。

水嶽本家の息子として配慮され、戦闘のない地域に配属になったこと。優秀で語学が堪能《たんのう》だったこと。そのふたつが逆に仇《あだ》となった。日本国内で戦犯狩りが横行しているのを知り、部隊の同僚より帰国を遅らせたことも、逃亡や証拠湮滅《いんめつ》を企《たくら》んでいたと判断された。

「こんなときだから戻ってきてほしかったのに」

綾女は視線を落とし、つぶやいた。

「僕が東京に行って、あらためて継ぐ気はないといったところで、愚か者たちは諦《あきら》めやしないよ。元気な顔を見せてしまえば、逆にそんな連中を焚《た》きつけることになる。麟太郎兄さんの七歳の息子まで跡取りとして担《かつ》ぎ出そうとする輩《やから》も出てくるだろう」

一番上の兄・麟太郎の所属する第百十九師団は、中国大陸で不可侵条約を破り侵攻してきたソ連軍と交戦中に終戦を迎えた。兄を含む第百十九師団の兵員たちはまだ帰国していない。ソ連軍に投降し、シベリアに送られ抑留されている可能性が高かった。

麟太郎が戦中に妻に送った手紙によると、水嶽本家を継ぐ身だからこそ、生きて帰ったとき笑われるような「臆病《おくびょう》な振る舞いはできない」と、危険度が高い満州のソ連国境地域への配属を望んだという。こちらは特別扱いされることを嫌ったことが仇となった。

「今はこれ以上波風を立てて、家を割る要因を増やしたくない」

桂次郎の言葉に、綾女は顔を上げずうなずいた。

「でも、こんなところで退屈していない？」

「いや、まったく。頭もだいぶすっきりして、またいろいろなことに興味が湧《わ》いてきたしね。それに少しは自分で稼ぐ手立てを見つけないと。いつまでも綾女に頼っているわけにはいかないから」

「お金のことなら気にしないで」

「優しいな。でも、兄の自立の芽を摘まないでくれよ」

桂次郎はテーブルに置かれた綾女の右手を両手で包むように握った。

「翻訳の仕事をしてみないかといわれているんだ。ここにいると、進駐軍との通訳を時々頼まれることがあってね。それで知り合った人からの紹介だ」

三人の兄は皆、英語と中国語を使える。死んだ父から「何があっても覚えろ」と厳しくいわれ続けた結果だ。ただ、命令していた当の本人は、単語ひとつ覚えようともしなかった。

「それ信用できる人？」

「どうだろうね」

「名前を教えて。詳しく調べさせるから」

「いやいいよ。水嶽本家の血筋の者を進んで騙《だま》そうとする物好きはいないだろう。ここが静岡でも、いずれは知られてしまうことだから」

「そうね」

ふたり目を合わせ、互いを憐《あわ》れむように小さく笑った。名の知られたヤクザの子だから恐れられるなんて、特権でも何でもない。女子高等師範の附属高等女学校で教師をしていた時分は、生徒の親から教師不適格だと何度も責められた。

そういわれてもしょうがないと、自分でも子どものころから心の片隅で感じ続けている。こんな野蛮で卑劣な血筋なのだから。

だが、ヤクザの血を蔑《さげす》みながらも、綾女は今も変わらず東京のヤクザの頂点にいる。女の分際で。

「綾女のほうこそだいじょうぶかい。まだ聞こえるのか」

桂次郎にだけは、死んだ青池家の皆の声が聞こえると打ち明けていた。

昭和二十年八月の終戦直後の抗争に大勝したあとも、水嶽商事とその傘下《さんか》のグループは、進駐軍の厳しい統制、そして敵対する神奈川・埼玉の暴力団勢力との争いにより、これまで二度大きな危機に直面した。

　GHQは大規模なヤミ物資の販売統制とヤミ市場摘発を行おうとしたが、アメリカ人将校たちに莫大《ばくだい》な賄賂《わいろ》を握らせ、阻止した。それに進駐軍もヤクザの有用性に少なからず気づいている。政府も企業もいまだ正常に機能していない中、日用品の流通を一手に担《にな》っているのは他ならぬ暴力団だった。暴力団を本気で排除してしまったら、食料も衣類も街に行き渡らず、多くの餓死者が出て、その怒りは進駐軍に向けられる——綾女は進駐軍法務局、民政局のアメリカ人佐官たちに、覚えたての英語で力説した。

　神奈川・埼玉の組織との抗争では、綾女に加え、水嶽商事専務の赤松と常務の須藤も卑劣で非情な策を練った。双方で二百人近い死者を出したものの、それ以降、両県で水嶽商事に正面から歯向かおうとするものはいなくなり、逆に恭順の意を示す組がさらに増えた。

　ただ——どうやって進駐軍を懐柔し、他の暴力団を騙し追い落とすか。考えはじめると、あの呻《うめ》きが、嘆きや叫びがいつも聞こえてくる。

「変わらず聞こえるのなら、医者に診てもらうことも本気で考えないと」

「だいじょうぶ。あまり聞こえなくなったから」

「本当かい」

「うん」

うそはついていない。

もう亡霊たちの声を聞くことはほとんどない。

だが、代わりに姿が見えるようになった。

二週間前――

入院を続けている修造の見舞いに行くと、病室の前に血まみれのはつが立っていた。背中を見せていた彼女は、こちらに気づくと振り向き、微笑《ほほえ》んだ。ぼろぼろの浴衣《ゆかた》の前がはだけ、両乳房が斬《き》り取られ、腹も裂けていた。しかし、その顔は昔と変わらぬ慈愛に満ちていた。

修造の病室には、斬り落とされた首を縫いつけた弟の泰造、両腕、両足がだらりと伸び、立ち上がることができず床に伏せたままの妹の佳菜子もいた。はつと同じように、ふたりも綾女に気づくと、優しい笑みを見せた。

その日、修造の妻・よし江との面会でも小さな変化があった。直接会うことは、いまだ担当医から許可が出ていない。だからいつものように庭に散歩に出た姿を遠くから眺めると、ベンチに座る彼女は膝《ひざ》に小さな子供を乗せていた。

二歳に成長した修造とよし江の子。幻覚だとはわかっている。だが、よし江もその子に向かって話しかけ、笑っていた。

——今も私は何ひとつ許されてはいない。

一方で、亡霊たちは綾女を戸惑わせてもいる。

子供のころから来世の存在には懐疑的だった。本を読み、科学を知り、知識を得るたび、死後の世界などというものは不合理だと感じるようになっていった。

死ねば微生物に分解され、自然の一部となる。火葬された骨も、数百年を経れば土に還《かえ》る。骨壺《こつつぼ》に納められた骨でさえ、永遠には遺《のこ》らない。意識は微弱な電気信号で、魂も来世も死を恐れる人々が無意識に作り出した空想、いや方便だ。

そんな自分に、なぜ亡霊が見えるのだろう。青池一家を失った苦しみと呵責《かしやく》が、まだあの人たちがどこかに存在していると思わせているのだろうか。

——今考えてもしょうがないことだ。

綾女は、目の前の桂次郎との会話に意識を戻した。

「文平《ぶんぺい》さんと興造さんの消息は?」

訊《き》かれて綾女は首を横に振った。

「まだ何も」

出征している青池家の父と長男の名で、ふたりともまだ日本に戻っていない。金を積み、復員庁に優先して調べさせているものの、安否は掴《つか》めていなかった。

離れた席に座る飛田がこちらを見た。

時間が来てしまったようだ。もう行かないと。このあと、ここ熱海でもう一件、人と会う約束をしている。

桂次郎も飛田の視線に気づき、「また」といった。

「時間ができたときでいいから、会いに来てくれ。無理はしなくていいよ、次は僕のほうも小田原くらいまで出てゆくから」

「ちょっとした冒険ね」

「ああ。でも、ここで綾女と会うようになって、人と待ち合わせるのも意外と楽しいものだと感じられるようになったよ。誰かと会うために、たまには列車に乗って出かけるのも悪くない」

桂次郎が笑った。

「そうだ、おじさまから伝言があるの。同じ熱海にいるのなら、具合がいいときに一度顔を見せに来ないかって。久しぶりに話したいそうよ」

「することがなくて時間を持て余しているのかな？　やめておくよ。巣穴から出られず苛立《いらだ》っている業突《ごうつ》く狸《だぬき》に会ったら、快方に向かっている病気がまた悪くなってしまいそうだ」

あの桂兄さんが他人の悪口をいうなんて。

いつ以来だろう。

——本当に具合がよくなっているんだ。

綾女は思わず頰が緩んだ。

2

『業突く狸』との商談を終えると、綾女たちはすぐにハイヤーで熱海駅に向かった。

午後四時、東京行き列車の到着まであと十分。改札を抜けてホームへ早足で進む。話が長引いてしまったせいで、予定よりずいぶん遅くなった。

「軽く食事をされますか？　車内で召し上がれるものを用意してありますが」

飛田が訊いた。

綾女は首を横に振った。そうか、気づけば昼食も摂《と》っていない。

ベンチに座り、息を吐《つ》いた。見上げる空は灰色に染まり、雨が降り出している。

「失礼だな」「君たち危ないぞ」

遠くの苦情の声に目を遣《や》ると、他の客を押し退《の》け改札を入ってくる三人の中年男が見えた。いずれも背広姿で中折れ帽を被《かぶ》り、大股《おおまた》でこちらに進んでくる。

飛田を含む水嶽商事の社員たちが綾女を囲み、盾となる。

「どちらさまでしょうか」

綾女は近くに立った三人を順に見た。

「先生のご機嫌はどうだった？　あいつの別荘で何を話した？」

三人の中の無精髭《ぶしょうひげ》を生やした男が訊き返した。

「旗山市太郎と、どんな言葉を交わしたのか教えてもらいたいんだよ」

「皆さんがどなたか、先に教えていただけませんか」

飛田が抗議の意味を込めていった。

この男たちは刑事だ。聞かなくても態度と口調でわかる。だが復員し、職場に戻ってから日が浅いのか、向こうは綾女が何者なのか知らないようだ。旗山が東京から呼び寄せた、馴染《なじ》みの芸者とその置屋の若い衆だとでも思っているのだろう。

「いいから何をしていたのか答えろ。戦争に負けちまったせいで、近ごろは、おまえらみたいな分別のない跳ねっ返りが多くてな。困ったもんだ」

無精髭がいうと、飛田は「水嶽商事株式会社　本社秘書室　課長」と肩書きが入った名刺を出した。

「私はこういう者で、こちらは弊社の社長です」

三人の顔から色が失われてゆく。

「相応の礼儀を以《もっ》て接していただきたい。聞き入れられないのなら、あなた方の家族、親戚《しんせき》を詳しく調べた上で、こちらの希望に従わせることもできますが」

「脅しのつもりかな。こんな下《した》っ端《ぱ》にそこまでしていただけるとは、ありがたいね」

「今素直に頭を下げれば忘れてやるといってるんだ。戦争前とは違う、自分の愚かさに気づけない人間は生き残れない」

――もういい。

綾女はこんな場面になると、いつも心の中でそう思う。でも、口にも表情にも出せない。水嶽本家の当主は、取り澄ました顔で座っていなければいけない。

どちらが格上か相手に思い知らせるため、水嶽の権威を守るため、二度と歯向かって来られぬよう牙《きば》をへし折る必要がある。従わなければ本気で叩《たた》き潰す。たとえそれがどんなに小さな虫だったとしても。

三人は頭を下げた。少しだけ抵抗を示そうとした無精髭も、他のふたりに促され、帽子を取って深く腰を折った。

本当に下らない。でも、これがヤクザのやり方だ。

東海道線の列車が入線し、綾女たちは二等車に乗り込んだ。

走り出す窓の外で、三人はまだ頭を下げている。綾女は一瞥《いちべつ》もくれず、駅売りの汽車土瓶から注がれた緑茶を一口飲んだ。

列車に連結された二等車は三両ある。うち二両は『RESERVED FOR ALLIED』と車体に書かれた進駐軍専用で、日本人が乗れるのはこの一両だけ。

利用者はほとんどいなかった。綾女たちの他には背広姿の男性が四人、あちこちの席に散らばり座っている。すべては貧しさのせいだ。列車の席に金を払うくらいなら、皆食べるもの、着るもののために使う。ただ、払うお金があったとしても、米も生地も制限販売で、配給通帳や配給切符なしでは買うことができない。

誰もが飢えている中、不正と悪事を積み重ねて自分が贅沢《ぜいたく》に暮らしていることを、もちろん綾女は自覚している。

だが、今の自分が恵まれているとも思えない。

——ただただ苦しい。

終戦直後は、青池家を襲った敵勢力を一掃したら、すぐに会長兼社長代行の座を降りると自分でいっていたのに。

途切れることのない他の組との衝突や抗争を乗り切るため、ずるずると代行を続けている。それどころか、当時は強固に反対していた赤松や須藤も、今では綾女が水嶽商事のトップに留まることを望んでいた。

ヤクザから抜け出せずもがきながらも、日ごとヤクザの世界に染まってゆく自分が怖かった。

「少し早めに店に入って着替えていただきます。部屋をひとつ用意させました」

ボックスシートの斜め前に座る飛田がいった。

東京に戻ってからも、あとひとり会わなければならない相手がいる。

それが今日一番の重要な仕事だった。

「アメリカン《A》・クラブ《C》・オブ《O》・トーキョー《T》じゃないのね」

東京會舘《かいかん》のことで、今は接収され進駐軍専用の将校クラブとなっている。ただし進駐軍と交流のある一部の日本人にも利用が許されていた。加えて外国人高級将校や官僚と同伴であれば、日本人の娼婦も入館することができる。

「使わせてもらえなかったようです」

「国会議員でも？」

「失策して社会党政権を誕生させてしまった主犯者ですから」

これから会う相手のことだ。

「政治家でも皇族でも庶民でも、期待した結果を残せない者に容赦がないのがＧＨＱです。先方に水嶽商事を通して予約しますかとお訊きしたのですが、遠回しに断られました。面目が立たないと思ったのでしょう」

「でも、こんな時分に料亭に日本人だけで集まったら、それこそ疑われる」

「わかっていても、自分が水嶽商事の会長兼社長代行を招いたというかたちに、どうしてもこだわりたかったのでしょう。威厳を保つために」

面目、威厳、プライド――馬鹿《ばか》みたい。

他に考えなければならないことはいくらでもあるのに。

三番目の兄の康三郎を、一日も早く俘虜収容所から出さなければ。水嶽商事の後継者のひとりを、いつまでも収容所などに留め置かせておけない。

日野にも早急に連絡する必要があった。

寿賀子の娘・由結子は、二年前の母の死の直後、渋谷区神山町の家を出て西巣鴨の日野のところへ移っていった。かつて綾女も身を寄せていた寮で、他の女性たちとともに今も暮らしている。

綾女と塚原は、寿賀子が裏切り焼き殺されたことも、手を下したのは自分たちであることも、すべて隠さず由結子に伝えた。

ヤクザの娘として生まれ育った彼女は責めなかった。ただ、涙を流し「一緒に暮らすのは辛《つら》すぎます」と残し、ふたりの前から消えた。

それ以来、綾女は人を介して由結子に生活費を送り、近況を調べさせ報告させたりしていたが、直接は話せていない。手紙のやり取りもない。

彼女は今年で十六歳、来年は新学校制度の高校三年生となる。卒業後は大学進学を目指しているらしい。

日野とも何も話せていなかった。二年前の八月、心配して水嶽本家に様子見に来てくれて以降、一度も会っていない。

会うのが怖かった。由結子から綾女が何をしたか聞いているはずだ。

――どんな顔で先生の前に立てばいいのかわからない。

それでも日野は誰より由結子を託せる人だった。

半分血のつながった由結子には、できるかぎりのことをしてやりたいと思っている。

綾女に焼き殺された寿賀子が、十代だったころの綾女を護《まも》り助けてくれたように。

いつか由結子が、自分を殺しに来てくれることを心の片隅で願いながら。

外は薄暗く、雨が強くなっていた。打ちつける水滴が列車の窓を濡《ぬ》らしてゆく。

「申し訳ありませんが、到着までの間に目を通していただけますか」

飛田が書類を出した。

今、進めているふたつの事業に関する報告書だった。ひとつは公営ギャンブルという新しい娯楽産業について。

水嶽商事は、競馬に続く公共性の高いスポーツ賭博《とばく》を開拓しようとしていた。

競馬は既得権益に執着し寄生している者があまりに多く、後発の水嶽商事が無理に食い込んでも高い収益は望めない。そこで人気の高い六大学野球を対象にヤミで行われていた賭《か》けを健全化し、教育振興と絡《から》めた公営賭博にしようと考えた。しかし、GHQから早々に非公式にノーを突きつけられた。次に復活したプロ野球を対象にしようとしたが、元警視庁警務部長で巨人軍オーナーの正力松太郎《しょうりきまつたろう》から強く拒否されている。詰まるところ、暗礁《あんしょう》に乗り上げていた。

もうひとつは芸能産業について。

裏切りが発覚し殺された、水嶽商事元専務の堀内が所有していた芸能興行会社を、綾女は引き継いだ。社名も堀内紅梅興業から水嶽プロモーションに変更し、来年には本格的に芸能マネージメント事業をはじめようとしている。

書類をめくってゆくが、目で追う文字が頭に入ってこない。

「薬をください」綾女はいった。

「でしたら、その前に召し上がってください」

飛田は進駐軍仕様の紙製ランチボックスを出した。

「熱海のレストランに作らせました」

開けると、ペパロニとチーズ、ターキーとマスタードのサンドウイッチが並んでいる。

「お口に合うかわかりませんが、食べていただけないのなら、薬はお渡しできません。そういうお約束ですから」

飛田は、綾女が常用するヒロポンの錠剤が入った銀製のボンボニエールを見せた。

「あなたとは約束してない」

「お嬢さんが約束された塚原さんから、必ず守らせるようにと」

「あなたと塚原がどんな話をしていようと、私には関係ないでしょう」

「確かにその通りですが、ならばこれはお渡しできません。ゆっくりお休みいただける時間を作れないのは本当に申し訳ないと思っています。ですから、せめて食事くらいは少しだけでも毎回摂っていただきたい」

飛田が再びランチボックスを差し出す。

「食べない眠らないでは、体が持ちませんから」

綾女はふてくされながらサンドウイッチを手に取った。

「私の体を心配してくれるのは——」

綾女はその先を小声で続けた。

「生かして罰を与え続けたいから？」

飛田は何もいわない。

ふたつ目のサンドウイッチを取り、口に運ぶ途中ふと気づくと、少し離れた席によく知っている姿を見つけた。

青池家の四人が座っている。

泰造と佳菜子は少し背が伸びたようだ。一方、はつは少し老《ふ》けていた。赤ん坊も以前より成長し、はつの膝に座っている。ただ、全員服は以前と変わらずぼろぼろに破れ、体からは真っ赤な血が滴《したた》り落ちていた。赤ん坊が膝から下りてよちよちと歩き出したが、床には一歩ごとに小さな血の足跡が残り、まだら模様を作っている。はつがまた赤ん坊を抱き上げた。すると、彼女の腕から腐敗した肉がずるりと剝《む》けるように落ち、骨が丸見えとなった。泰造の首の傷や佳菜子の割られた頭には蛆《うじ》が湧いていた。ふたりが少し体を動かすたびに、赤黒い肉の隙間《すきま》から白い虫がポロポロとこぼれ、座席の上を這《は》い回っている。

四人ともこちらを見て笑っていた。

3

省線新橋駅の改札を出て、綾女は飛田たちに護られながらハイヤーに乗り込んだ。

雨は降り続き、駅前に並ぶ露店の上にはボロ布の屋根が掛けられている。陽が落ち、店々の天井から吊《つ》るされた電球が煌々《こうこう》と輝いていた。

二年前の八月、この駅周辺を治めていた新橋極東朝鮮人同盟を水嶽本家が壊滅させて以降、山手線の内側を水嶽本家が、外側を友好的な関係の華人組織・東陳会が分割し支配している。綾女は水嶽本家が治める領域の実質的な管理も、恭順の意を示してきた新橋極東朝鮮人同盟の残党による組織・新朝会に任せていた。

三国人の全員が日本人と敵対しているわけではない。心から信頼はできないものの、利益を上手に分け合えば、表向きは笑顔で肩を並べていられる。

荷車に前を遮られハイヤーが一時停止した。車内の綾女に露店主の何人かが気づき、驚きながらこちらに向かって頭を下げた。向こうから見えているかどうかわからないま、綾女も車内から頭を下げて返す。

助手席に座る若い社員がやり取りに気づいたようで、口元を緩めた横顔が見えた。綾女の律儀《りちぎ》さが可笑《おか》しかったのだろう。

「大事なことだぞ、おい」

綾女の横に座る飛田が諭す。

「すいません」

若い社員が慌《あわ》てて謝罪し、何度も頭を下げた。

飛田を見ていると、近ごろとみに塚原に似てきたように感じる。綾女にとっては指導係がふたりに増えたようで、よけい息苦しかった。

築地《つきじ》の料亭祥楽《しょうらく》の前には傘を手にした仲居たちが待っていた。

飛田たちを外に残し、店の奥へ向かう。

「ようこそお越しくださいました」

玄関で初老の大女将《おおおかみ》が頭を下げた。

「どうぞよろしくお願いいたします」

綾女もお辞儀を返す。上がり框《かまち》で靴を脱ぎ、店で待機していた塚原と合流した。

「まだ先方はお見えになっていません。今のうちにお嬢さんもお支度を」

塚原の言葉にうなずき、着替えのために用意された一室に急ぐ。

襖を開けると、いつものように衣装係ふたり、化粧係ふたりの計四人が待っていた。

衣装係が綾女のカーディガンやワンピースを脱がし、和装の用意をはじめる。化粧係は立ったままの綾女の髪にブラシをかけてゆく。

綾女は着替えながら勾留《こうりゅう》されている康三郎のことを考えた。

有能な日本人弁護士を三人つけ、GHQの将校にも話を通してあるが、面会はまだ許されていない。

水嶽本家の血筋が悪いほうに働き、GHQの風紀や倫理を取り締まる部署がヤクザを特別扱いできないと頑《かたく》なになっていた。そのせいで裁判も後回しにされ、今も未決のまま勾留されている。ただ、金を握らせたアメリカ人と日本人の刑務官を通じて、康三郎の無事は確認している。今のところ暴力的な取り調べは受けていないようだ。

衣装係が綾女の腰に帯を巻き、足袋を履かせ、化粧係が口紅を直してゆく。着物は象《ぞう》牙《げ》色《いろ》の生地に糊糸目《のりいとめ》で柘榴《ざくろ》の花が描かれた京友禅。帯は紅赤色。少し派手だけれど、大女将や仲居たちの落ち着いた着物の色に埋もれないよう、あえて華やかな柄にした。髪はヘアピンで整えるだけで、飾りなどはつけない。

一刻も早く康三郎に戻ってきてもらいたいが、状況はどうにも好転してくれない。

それを利用し、根拠のないうわさを流し、反感を広めようとしている連中もいる。

『水嶽商事の会長兼社長代行を務めている娘は、その座を手放したくないばかりに、戦地から戻った兄に戦犯の疑いをかけ留置場に押し込めている』

康三郎だけでなく麟太郎にまつわる綾女の悪いうわさも囁《ささや》かれているという。

『あの女は一番上の兄・麟太郎も、進駐軍を通じてシベリアから戻れないよう工作している』

発信元は水嶽商事に市場を奪われた他の商社だった。

――冗談じゃない。

こうした事態を嗅《か》ぎつけた左翼系雑誌の記者が、少し前「水嶽商事子息の受難」とタイトルをつけ、麟太郎の抑留や康三郎の勾留は、あたかも綾女の指示であるかのようにでっち上げた記事を掲載した。

世間ではあまり話題になっていないが、今後はどうなるかわからない。

競合商社だけでなく、水嶽商事の闇市《やみいち》運営により仕事が激減した既存の流通運送業者、それに駆逐されたヤクザ連中も、綾女に怨《うら》みを抱き、あらゆる手段で追い落としを画策している。

——こんな仕事、代わりがいるなら、今すぐにでも辞めたい。

着付けは終わり、髪も整った。

綾女は鏡の中の自分を見ている。

——誰か代わって。私は何もいらないから。

襖の向こうから塚原の声がした。商談の相手が到着したようだ。

「すぐに行きます」

返事をして振り返ると、静かに襖が開いた。

息を整え、綾女は廊下に踏み出した。

4

お辞儀していた綾女が顔を上げると、丸眼鏡をかけた老人は葉巻を咥《くわ》えた。

衆議院議員、吉野《よしの》繁実《しげみ》。六十九という年齢にふさわしく髪は後退し、肌は皺《しわ》深く、気難しげな顔をしている。

部屋にはふたりしかいない。ただし、襖一枚を隔てた向こうには、この料亭の仲居、塚原、吉野の秘書、警護役の一同が顔を揃《そろ》え、何かあればすぐに入ってこられるよう控えている。

吉野は持参したブライアント&メイ社製のマッチを擦り、葉巻に火をつけた。光沢のあるスーツは英国の老舗《しにせ》ヘンリー・プールで誂《あつら》えたものだ。目の前の氷入りグラスには、スコッチのオールドパーが注がれている。葉巻の煙が漂ってきた。ハバナ産のラ・コロナという銘柄らしい。

どんな趣味嗜好《しこう》かは事前に調べてある。

ただ、綾女には一流好みというより、外国かぶれの野暮な年寄りに感じられた。

吉野がグラスを手にし、綾女は日本酒の入った猪口《ちょこ》を手にして乾杯した。

「熱海で旗山さんと話してきたようだね」

吉野が葉巻の煙越しにこちらに目を向ける。

やはり知られていた。GHQ、警察、子飼いにしている地元のヤクザ——どこから情報を仕入れたのだろう。もしかしたら旗山の側近に内通者がいるのかもしれない。

そう、綾女は兄・桂次郎が「業突く狸」と呼んだ旗山市太郎と、ここに来る前、密《ひそ》かに会っていた。

「私の方から旗山さんに声をかけても、なかなか時間を作ってもらえなくてね。お元気そうにしていたかい?」

「はい、とても。まとまった時間が取れたおかげで、思索も書き物も捗《はかど》っておられるご様子でした」

この老人より旗山のほうが五歳年下。しかし、吉野は「旗山さん」と呼んでいる。

旗山市太郎はGHQにより公職追放処分を受け、衆議院議員の資格を失った。

一年前（昭和二十一年）の五月——

一般人と同等の扱いになったことで、警察の警護対象からも外れた。以来、自分と家族の安全のため旗山は都内を離れ、蓼科《たてしな》と熱海の別荘や、信頼できる知人宅を転々としている。今年四月の選挙で衆参両院とも社会党が第一党になった影響からか、旗山は勢いづいた左翼の急進派から殺害予告も受けていた。

今日、熱海の旗山が綾女を呼んだ一番の理由は、資金援助の要請——要するに金の無心だ。旗山は政界から遠ざかっている間も影響力を失わないよう、現役国会議員たちに金という手綱をかけ、引き止めることに躍起になっている。

もうひとつの理由は、この吉野との小さな宴席に向けて対策を練るため。とはいえ実質は、綾女の寝返りを阻止するための旗山からの懐柔と釘刺《くぎさ》しだった。「おじさま」は外では強気な顔を見せていても、内心は相当に弱っている。

旗山は考えに古臭いところがあり、猜疑心《さいぎしん》も強い。けれど、今も人脈が広く実力者なのは間違いない。巧みに囃《はや》し立て、小娘を操っているつもりにさせて、逆に狸を上手《うま》く踊らせなければならない。

一昨年の秋、旗山は民主・中道派の議員を集め日本民主党を結党。新選挙法下での戦後初の衆議院議員選挙に向け、本格的に活動を開始した。そして去年四月、綾女たち関東の主要暴力団が共同で出資した大量の選挙資金と、敗戦後のデモクラシーの機運に押され、旗山総裁率いる日本民主党は衆院選で勝利し、第一党となる。

このとき、小石川区大門町にある旗山の本邸、通称「大門町御殿」で開かれた内輪の祝勝会に綾女も出席した。

集った人々はシャンパンのグラスを鳴らし、選挙の勝利以上に、党首旗山が内閣総理大臣に就任することを祝った。

全員がそうなることを確信していた。

ところがその翌月の五月、総理首班指名の直前で、GHQから公職追放処分を受けてしまう。新聞各紙をはじめ、この原因を、旗山の戦前の天皇統帥権干犯《とうすいけんかんぱん》についての主張にあると解説した。

昭和五年、当時の濱口雄幸《はまぐちおさち》内閣が海軍軍縮に前向きだったのに対し、旗山は「陸海軍の兵力決定権を持つのは陛下のみである」と統帥権を持ち出し、反発。軍縮を阻止した。だが、このときの行動が、GHQに「旗山は強固な天皇主義者」という印象を抱かせたのだという。他にも、旗山が過去にヒトラーの政策を高く評価したことが問題視されたと書く新聞もあり、GHQ側も一連の報道をあえて否定しなかった。

しかし本当の原因は、旗山政治の金権体質にあると多くの日本人は気づいている。

「民主」「友愛」と語りながら、戦後も変わらず暴力団と強く結びつき、公共投資を通じた金のばら撒《ま》きで票を得ている。

旗山はスマートな自分を印象づけようとしながらも、実際に行う政治は力と金に頼った生臭いものだ。それはアメリカが日本に根づかせようとしているデモクラシーの理念とは遠くかけ離れている。

この旗山の公職追放問題をさらに深刻にしたのは、日本民主党内の有力幹部たちも同じ処分を受けたことだった。

自身の政治家としての身分だけでなく、党内の代替総理候補まで失った旗山は、苦肉の策として戦前・戦中は軍部に批判的な外交官、外務大臣として活躍した吉野繁実を後継の党総裁に指名する。

吉野は旗山の作った政党と選挙で得た勝利をそのまま引き継ぎ、総理大臣となった。当然旗山と吉野の間には多くの密約が結ばれている。公職追放中も旗山は自分の政策をしたたかに進め、陰から権力を行使し続けられるはずだった。

しかし、吉野新内閣発足から数ヵ月後。警察の旗山に対する態度が変わりはじめた。内務省警保局（のちの警察庁）と警視庁は、一般人となった旗山の動向を追い、それまで完全に見て見ぬふりだった綾女たち有力暴力団とのつながりについても調査を開始する。

水嶽商事への直接行動はまだ起こせずにいるが、新聞に虚実取り混ぜた情報をリークし、旗山個人だけでなく、水嶽商事の不道徳な一連の事業活動も攻撃しはじめている。

これに対して綾女たちも、子飼いの記者に、暴力団からは賄賂を受け取り、一般庶民からは暴力団よりも高いみかじめ料を巻き上げている警察内部の腐敗を次々と記事にさせ、これまで十数人を退職に追い込んだ。

こうした官憲の露骨な翻意の裏には、もちろん吉野とＧＨＱが強く関係している――


「君の亡《な》くなったお父上とは何度かお話しさせてもらったことがある」

吉野がスコッチのグラスを揺らしている。

「戦前に神山町のお宅にもうかがったことがあってね。長男の麟太郎くんや次男の桂次郎くんのことはよく覚えているんだが、正直、君のことは記憶にない」

「失礼ながら、私も先生のことを覚えていません」

「ならば互いに初対面も同じか――で、旗山さんは私のことを何といっていたかね」

急に話題を変え、綾女を見た。

「よろしく伝えてくれ、とのことでした」

「何をよろしくするのだろうな」

こちらの器量を測っている。

「互いの立場が変わっても、新聞や世間の噂《うわさ》に左右されることなく、これまで通り友好を深めていこうということでしょう」

「だいぶお会いしていないし、いろいろとすれ違う部分もあるが、それでも深めていけるかね」

「はい。山から遠ざかれば、ますますその本当の姿を見ることができる。友人にしてもこれと同じ――この言葉の通りだと思います」

「単純だが、小賢《こざか》しく知恵をひけらかされるよりはいいな。教師時代は歴史を教えていたそうだね。それは誰の格言だい」

「童話作家のアンデルセンの言葉です。格言ではありませんが、好きで覚えていたものですから」

「なるほど。若いのに、なかなかしっかりしていて、面白みもある。評判通りだよ。去年、幣原《しではら》さんが起こした貯金税の大騒動のときも、君の指揮で水嶽商事は損をしないどころか、大きく儲《もう》けたようだね。あれは君の名を上げるのにも、一役買ったそうじゃないか」

昭和二十一年二月以降の約一ヵ月間、敗戦で償還不能に陥った莫大な対外債務を返済するため、GHQからの圧力を受けた当時の幣原内閣は、新税制を段階的に施行した。旧紙幣から新紙幣への切り替えに乗じた強奪のような税法に備え、綾女たち水嶽商事は短期間に財産を分散、隠蔽《いんぺい》し、巧みに徴税を逃れた。さらにこの「貯金税」で周囲が財産を失い、地価が大きく下落したのを狙《ねら》い、各地の不動産を大規模に買収した。

「ただ、君の手腕は認めるにしても、共存共栄は理想論に過ぎない。私はそう確信しているが、それでも話を進めるかい」

遠回しに探り合うような会話、嫌いだ。でも——

「はい」

綾女は笑顔でうなずき、猪口を口に運んだ。

吉野もグラスに口をつける。

この男が内閣総理大臣となったのは、去年の五月。

貯金税施行により国民から沸き上がった激しい非難、さらには政局運営のミスにより、信頼を失った幣原喜重郎《きじゅうろう》率いる内閣は総辞職に追い込まれ、混乱する国会を巧みに調停した吉野が首相に就任する。

しかし今年五月三日、新たな日本国憲法が施行されるのに伴い、貴族院は廃止され参議院となり、また新憲法では国会議員であることが首相要件とされた。そのため、選挙を経ず勅選で貴族院議員となった吉野が首相を続けるには、あらためて選挙に当選し、衆参どちらかの議員となる必要が出てきた。

吉野は実父（三歳で養子に入った）の地元である高知全県区から、日本民主党所属の候補として衆院選に出馬。旗山から吉野に総裁が変わった日本民主党も、新憲法下での初の選挙に臨むこととなった。だが、吉野自身は当選したものの、日本民主党は衆参両方の選挙で敗北し、衆院第一党の座を日本社会党に奪われる。

衆院内には吉野を慰留する声が根強かったが、吉野内閣は総辞職した。そして社会党政権の片山哲《かたやまてつ》内閣が発足する。

新聞報道では、「吉野議員自ら、首相は第一党から選出されるべし」と「憲政の常道を訴えた」と美談にされているが、実際は吉野のリーダーシップを疑問視したGHQからの圧力による事実上の解任だった。

吉野が旗山の後押しにより首相になれた点もGHQは嫌っていた。

だから今、吉野はもう一度首相の座に返り咲くため脱・旗山工作を進めている。

旗山の影響力を日本民主党から完全に排除し、同時に旗山への最大の資金提供者である水嶽商事も自分の側につけようと画策しているが、その動きには、もちろん旗山側も気づいている。

GHQによって財閥解体が急速に進められている今、地下経済を支える有力暴力団は他の誰よりも頼れるスポンサーだった。

しかも水嶽商事は、日本の暴力団の中で一番金を持っている。

父・玄太が不正・違法に備蓄していた大量の物資は莫大《ばくだい》な利益をもたらした。加えて、二年前の八月の抗争に勝利して手に入れた都内の独占的な市場を、今も堅持していた。動産・不動産合わせて水嶽商事は現在、戦前の有力地方銀行並みの資産を保有している。綾女個人の財力だけでも、旗山や吉野と同等かそれ以上あった。

吉野が葉巻を燻《くゆ》らせながら話を続ける。

「私は急いではいない。だが、いつまでも両天秤《りょうてんびん》にかけられたままというのも嬉《うれ》しくはない」

「どちらか一方に絞れと」

「ああ。両方にいい顔をするのはなしだ。切り捨てたほうを全面的に敵に回す覚悟を持ってもらわないと」

「先生を本気で応援させてもらうことになったら、私たちにはどんな嬉しいことがあるでしょうか」

「いろいろ用意してあるよ。それだけのリスクを冒してもらうのだから。たとえば、お兄さんたちの帰国や保釈に関して苦労しているようだが、それを好転させられるかもしれない。順番に説明させてもらおうか」

「心して聞かせていただきます」

綾女は猪口を置き、姿勢を正した。

――少しでも手の内を知っておかなければ。

社会党の片山内閣も政権基盤は不安定だった。寄り合い所帯で強いことがいえない上、金を持っていないので人が従わないのだ。

情勢は混沌《こんとん》とし、ＧＨＱも自分たちが統制・管理した先の日本に何が起こるか、どう変わってゆくかはっきりとわかっていない。

日本の政治の舞台に主役はいなくなっていた。

だから旗山にもまだ勝ち目はあった。一方の吉野にも、首相に返り咲く可能性がある。どちらを選ぶか。担《かつ》ぐ相手を間違えれば、決して大げさではなく水嶽の一門は潰《つぶ》され、消えてなくなる。

ただ、こんなことを考えていると、いつも綾女は最後に笑ってしまう。

二年前までただの教師だった女が、日本の政治のこの先を読み解こうとしている。ろくな知識も経験もないのに。

――本当に馬鹿みたい。

5

料亭祥楽の前に停まった自動車に吉野が乗り込んでゆく。

「ありがとうございました」

警護の連中に囲まれながら綾女は大女将と並んで頭を下げ、テールランプの光が完全に見えなくなってから、ようやく頭を上げた。

雨は上がり、雲間に月が見える。

「お疲れ様でした」

大女将が綾女の手を取った。

「よかったら今度、ゆっくり遊びに来て。いろいろ愚痴りたいことがあるんだけど、生半可な相手にはいえないことばかりでしょ、お互いに」

大女将が冗談をいって笑うと、綾女もつられて顔をほころばせた。

綾女が訪れたのは今夜がはじめてだが、祖父の代から水嶽本家と祥楽の間にはつきあいがある。父・玄太もここをよく使っていたそうだ。

綾女を乗せるハイヤーが門前に停まり、飛田がドアを開ける。

「本当に電話してよ。美味《おい》しいお茶とお菓子用意しておくから」

綾女がうなずいた瞬間、銃声が響いた。

大女将と仲居が悲鳴を上げる。

――どこから？

怯《おび》える余裕もなく飛田に抱きかかえられた。

塚原が飛田の背中を突き飛ばす。綾女は飛田に抱かれたまま車のシートに倒れ込んだ。

「車を出せ」飛田と塚原が同時に叫んだ。

タイヤを軋《きし》ませハイヤーが急発進する。

銃声が続き、車体に次々と穴が開いてゆく。拳銃《けんじゅう》じゃない。機関銃？ 大勢の襲撃？ わからない。飛田の腕の中で護られている綾女には何も見えない。走るハイヤーのエンジン音と振動、それに塚原たちの応戦する銃声がうしろに聞こえる。走り続けているので、タイヤは撃たれなかったようだ。だが、運転手が怯えているせいで車体が左右に揺れている。

「ご無事ですか」

飛田が訊《き》いた。

「だいじょうぶ。あなたは」

返事がない。綾女が飛田の背に回した指先が濡れている。ねっとりとした感触、汗じゃない。

街灯がわずかに射《さ》し込む車内で見た手は、血にまみれていた。

「病院へ。急いで」

綾女は叫んだ。

6

綾女は開いた本に視線を落としている。

「いつからいらしたんですか」

目覚めた飛田がベッドに横たわったまま、瞳《ひとみ》だけをこちらに向けた。

「ついさっき来たばかり」

隣に座る綾女は読みかけの本にしおり紐《ひも》を挟み、閉じた。

「うそが下手ですね。しおりの位置を見ればわかります」

イギリスの社会人類学者ジェームズ・ジョージ・フレイザーの著書、『The Golden Bough（金枝《きんし》篇）』一巻の英語原書。英語の勉強のつもりで注文したこの本が届いたのは、三日前の熱海に向かう直前だった。苦労しながらも、飛田が目覚めるのを待ちながらページをめくるうち、もう半分以上読んでしまった。

「俺はだいぶ寝ていたようですね」

飛田が綾女の服を見つめている。

料亭祥楽で吉野に会ったときの和装から、プリーツの入ったベージュのスカートと薄手の白いセーターに変わっていた。

梅雨の合間、夕陽が白いカーテンを透かし、飛田に掛かった毛布を赤く染めてゆく。

「もう口を閉じて。まだ痛むでしょう」

「鎮痛剤が効いているようです。話すくらいなら大して痛みもありません。それよりお嬢さんのほうがお疲れではないんですか。ひどい顔をしていますよ」

「もう少し気の利《き》いた言い方はできないの。ちゃんと眠っているからだいじょうぶ」

「ヒロポンの錠剤は」

「飲んでない。塚原に取り上げられた」

「それはよかった」

「お説教めいたことを聞かされるのなら、もう帰るわ」

「もう少しつきあってください。俺は何発撃たれたんですか」

「四発。全部取り出せたし、内臓にも傷はついていなかった」

「戦争中は無傷だったのに、終わってから四発も撃ち込まれるなんて」

飛田は一瞬自嘲《じちよう》めいた笑みを浮かべたが、再び神妙な顔つきに戻り口を開いた。

「三津田《みつだ》組の傘下《さんか》ですね」

「ええ。今、赤松さんと須藤さんが、襲撃した人間の特定に動いている」

千葉西部・船橋周辺を統括していた三津田組が三ヵ月ほど前から江戸川を越え、都内への侵攻を強めていた。日本の政治家だけでなく、複数の進駐軍佐官クラスが背後についているようで、武器類を潤沢に持ち、二年前水嶽本家に潰された新宿八尋組や四谷筑摩組の残党も取り込み、看過できない存在になっている。

「あの日のお嬢さんの着物。素敵だったのに、俺の血で汚してしまってすみません」

「そんなこと気にしなくていい」

綾女は椅子《いす》から立ち上がると飛田の唇に自分の唇を重ねた。

「人が来ます」

「入る前には必ず声をかけるよういってある」

病院内にも周辺にも、至るところに警護の水嶽商事社員が立っている。

三日前の襲撃は事実上の宣戦布告だった。ヤクザ同士の抗争というかたちを借りた、敗戦国の首都での流血を伴う新たな経済戦争はすでにはじまっている。

この戦いには日本人だけでなく、もちろん進駐軍も深く絡んでいる。准将《じゅんしょう》クラスから一等兵までを含む複数の非合法グループがあり、それぞれが日本のヤクザと結託し、膨大な物資を横流しして売りさばいていた。アメリカ兵にとって、今や日本は本来のサラリーを上回る副収入を提供してくれる重要な市場になっている。

ただ、気になるのは襲撃された場所だ。

綾女があの日、祥楽に向かうことは水嶽商事内でもごく少数しか知らされていなかった。吉野繁実と会い、何を話すかも極秘事項になっていた。だから新橋駅からの移動も水嶽本家の自動車ではなく、信頼できる交通会社のハイヤーを使ったのに。漏らしたのは水嶽商事内の人間か？　それとも吉野側の者か？

——まあいい。すぐにわかるだろう。

「ありがとう」

綾女はつぶやいた。

「感謝されるようなことはしていません」

飛田が横たわったまま答える。

「仕事だから護ったただけ？」

「違います。大切な人だから護った、それだけです」

甘噛《あまが》み合う子犬のような仲を越えて、特別な関係になったのは昭和二十一年六月のこと。

水嶽商事の後《うし》ろ楯《だて》と目されていた旗山市太郎が前月に公職追放処分を受け、衆議院議員の身分を失うと、その機に乗じ埼玉南部の武蔵樋山《むさしひやま》会と神奈川の港北連合が、同時に都内への侵攻を開始した。

水嶽商事とその傘下は、ふたつの組織の強襲により一ヵ月間で八十人の構成員を失うが、六月に入り梅雨が本格化すると、綾女を頂点とする塚原、赤松、須藤らは得意の奇襲による反転攻勢に出る。

雷鳴混じりの激しい雨が降る夜。敵勢力の不測の襲撃から逃れるため、綾女は飛田ら少数の護衛とともに密かに神山町の水嶽本家を出発した。

行先は、都内北区と板橋区にまたがる、進駐軍に接収された旧陸軍東京兵器補給廠《しょう》。進駐軍側で事情を理解しているのは数名の佐官と、現場で綾女たちを出迎えた青い目をしたふたりの兵卒のみ。彼らに導かれ、元は砲兵工科学校分校として使われていた建物の地下倉庫に入った。

飛田とふたりきり。他の若衆は目立たぬよう建物一階に散らばり、万一の侵入者に警戒していた。

深夜近くになり、近くで雷鳴が轟《とどろ》いた直後、倉庫の電球の光が消えた。

落雷による停電。大したことではない。けれど、体が暗闇に包まれ、飛田の顔が見えなくなった瞬間、綾女は指先から腕にかすかな痺《しび》れを感じ、そして震え出した。

はじめは理由がわからなかったが、すぐに気づいた。

昭和二十年八月十六日の夜明け前、青池家にあった秘密の地下蔵に閉じ込められたときの記憶が蘇《よみがえ》っていたのだ。

小刻みな震えが止まらない。

「何も怖くありません、ここにいます」

綾女の手を飛田が握り、肩を抱いた。

そして飛田は——いや、綾女のほうからだったのかもしれない——暗闇の中で相手の顔を探り、唇を重ねた。

ふたりは口づけを続け、そしてひとつになった。

かび臭い地下倉庫でのありきたりな男女の睦《むつ》び合い。

それでも綾女には魔法のような時間だった。


病室にノックの音が響く。

「お迎えが参りました」

扉の外から警護役の若い社員が告げた。

「はい」

綾女は紅がついた飛田の口元を、ハンカチで拭《ぬぐ》いながら返事をした。

「明日から予定通り名古屋に行ってきます」

衣服を整えながら飛田に伝える。

「こんなときに東京を離れてだいじょうぶですか」

「生田目が子分を引き連れて一緒に来てくれるそうだから。東京の方は塚原や赤松さんに任せておけば何とかなる。それに名古屋での話が首尾よく進めば、千葉の連中との争いも早く収束できるかもしれない。撃たれたあなたには、納得がいかない終わり方になるだろうけれど」

「俺が血を流すだけで済むなら、それに越したことはありません」

「戻ったらまたお見舞いに来る」

「明日の出発までどうかゆっくりお休みになってください。それから申し訳ありませんが、帰り際《ぎわ》に看護婦を呼んでいただけませんか」

「用事があるなら私にいって」

「小便がしたいんです。出してる間、お嬢さんに尿瓶《しびん》を支えさせていたなんて、会社の連中に知られたら、次こそ本当に俺は撃ち殺されます」

　飛田が口元を緩めた。

　綾女も和《やわら》いだ気持ちで小さく手を振る。

　バッグを肩にかけ、振り向き、病室の扉を開けると、塚原が立っていた。

「迎えに来るなんて何かあったの」

「急いでお伝えしたいことがいくつか。まず旗山先生が電話をくれと。名古屋に出発される前に、どうしても一度お話ししておきたいそうです」

　吉野と何を話したのか不安で仕方ないのだろう。祥楽での会談が終わった直後から、水嶽本家に何度も電話がかかってきているそうだ。こちらは銃撃され、しかも秘書のひとりが重傷を負ったというのに。

「それから、祥楽での会合の予定を漏らした者がわかりました。あの日、熱海駅で三人の刑事が難癖をつけてきたそうですね」

「あの刑事たちが？」

「いえ、奴《やつ》らの上司です。熱海駅で水嶽の社長に恥をかかされたと警視庁の上司に連絡を入れたそうです。その上司が千葉の三津田組に小遣いをもらっている犬でした」

「あの三人、静岡県警の刑事じゃなかったの」

「ええ。水嶽商事にはじめに情報を伝えてきたのは、静岡県警の刑事部長だそうです。警視庁の三人が何の挨拶《あいさつ》もなく、自分たちの管轄《シマ》である熱海まで出張ってきたことへの腹いせです」

「挨拶だとか管轄《かんかつ》だとか。まるでヤクザね」

「それで三人とその上司の処置ですが、今回も任せていただいてよろしいですか」

「お願いします」

「上司は始末し、三人のほうは水嶽商事《ウチ》の子飼いになり忠誠を誓うなら、軽く痛めつける程度にしておきます。ただ他にも、吉野のほうに妙な動きがあります。神奈川の兎月《うづき》組をご存知ですか」

「いえ、聞いていないけど」

「去年、水嶽《ウチ》商事が潰した神奈川の港北連合の残党が、名前だけで廃《すた》れていた小さな組を再興させたそうです」

「どうして私に報告がなかったの」

「仕事といっても十数軒の飲み屋からみかじめを取る程度で、ほとんど何もしていないも同然だったようです。ところが半年ほど前から急激に勢力を伸ばしはじめ、二ヵ月前からは組員が大磯の吉野の自宅に出入りしています」

「厄介ね」

「吉野からその兎月組を経由して、会談の情報が三津田組に流れた可能性もある」

「調べさせているわね」

「もちろんです」

並んで廊下を歩く塚原がこちらに目を向けた。

「次が本題です。青池興造が生きて戻ってきました」

興造は青池家の長男で、心と体を病み入院している修造の兄だ。戦時中は父の本籍地である栃木県宇都宮の陸軍第五十一師団に召集され、所属部隊はニューギニアに展開していたが、終戦後も帰国せず消息がわからなかった。

「三日前、横須賀に着き、今は検疫《けんえき》で浦賀に留め置かれているそうです。今日の昼、子飼いにしている復員庁の役人が知らせてきました。そいつに検疫所を出られるよう手配させています」

「いつ出られそう？」

「手続きやら何やらで、どんなに急がせても二日はかかるそうです。ただ、いつ出てもいいように、迎えの若い者を向かわせました」

「興造さんは無事なの？」

「わかりません。負傷して本隊から離れて治療をしている最中に終戦を迎えたそうです。イギリス軍の捕虜収容所にいたというから、これまで復興工事に使役されていたのでしょう」

「奥さんと子供には？」

「もう連絡しました。弁護士も手配しています」

綾女の三番目の兄・康三郎のようにB級戦犯として突然逮捕されないためだ。戦時中にどんなことがあり、何をしたか、聞き取り調査をして、逮捕につながるような要因が見つかれば、事前に対策を立てておく。

「それから――」

塚原が続ける。

復員庁の職員は、陸軍第十四師団に所属していた、興造や修造の父・青池文平のパラオ諸島ペリリュー島での戦死も同時に伝えていた。

「とても残念です」

「興造さんの復員を修造の担当医の先生に伝えて。聞けば修造も嬉しいでしょう。ただし、文平さんのほうはまだ伏せておいて」

「わかっています。最後にもうひとつ」

塚原は綾女の腕を摑《つか》み、用具室の扉の前で立ち止まった。

前後を固めていた警護役も足を止め、視線を向ける。

「先に行ってくれ」

塚原がいったが、常に綾女の盾となるよう命令されている警護役たちは戸惑いの表情を浮かべた。

「少し話すだけだ。向こうで待ってろ。見えるところにいて構わんから」

彼らが離れてゆく。塚原が高い背を屈《かが》め、綾女の耳元に顔を寄せた。

「これ以上見過ごしてはおけません。厳しく口止めしておきましたが、うわさしている奴もいます」

「何のこと」

「そんな安っぽいとぼけ方、お嬢さんらしくありません。乳繰り合うのをやめて諦《あきら》めていただけないのなら、かたづけなきゃならないってことです」

綾女の腕を摑む塚原の手に力がこもる。

「妊娠したわけでもないのに。大げさね」

「子供ができてからじゃ遅いんです。水嶽商事の会長兼社長代行が、素性の知れない若い社員の子を身籠《みご》ったなんて、世間にいえるわけがない。大きな腹を抱えて仕事を続ければ、すぐに広まります」

「そうなったら兄さんたちにすべて譲って、私は表に出ないようにするわ」

「譲れなかったらどうするんですか。むしろそちらの可能性の方が今は大きい。康三郎さんが早々に出てくることは、かなり難しくなっている。その間に子供ができたらどうします。腹がでかくなれば父親探しがはじまる。生まれて小さなうちは気づかれなくても、いずれは親に似てくる。そのとき吊《つる》し上げられるのはあいつです」

「誰が父親でも構わないでしょう。ヤクザのくせに、まるで王族気取り」

「王族とは違った種類の守るべき義務と責任が、薄汚れたヤクザの世界にもあるんです。お父様がどうされたか、誰よりご存知でしょう。誰にも文句をいわせぬ跡取りを残すため華族の娘、衆議院議員の娘を嫁に取った。長男の麟太郎さんも同じようにされた」

「戦争に負けて、もう家柄・血筋にこだわる時代じゃないのに。私は私の望む相手の子供を産む。男は好きなだけ妾《めかけ》を作って、子供を産ませてるじゃない」

「恨むなら女に生まれたご自分の運命を恨んでください。それにお父様も、妾の子たちには分別を持たせていた。亡くなって二年、俺にも財産をよこせといい立てる子どもは、ひとりも出ていません」

綾女は睨《にら》んだ。塚原もその視線を受け止め、こちらを見ている。

「それでも私は別れないといったら?」

「あいつのほうを諦めさせます。あいつが諦めないと言い張れば、俺が手を出さなくとも配下の誰かが必ず動きます。水嶽商事の社員——いや、水嶽の子分連中が、そんな不始末は絶対に許しません。今や水嶽本家はヤクザの枠を超えつつある。あなたは五千人近い部下を持つ水嶽グループの総代表なんです」

塚原が摑んでいた腕を放した。

「あいつは確かにいい奴です。でも、そこまで頑《かたく》なになる理由は何ですか」

綾女は無言のまま背を向けた。

「馴《な》れ合い、慰め合いなら、他にも相手はいるでしょう」

塚原を残したまま廊下を早足で進むと、車寄せに待たせたビュイックの後部座席に乗り込んだ。

7

風呂《ふろ》上がりの髪を拭《ふ》き終え、綾女は薄桃色の寝巻き姿でベッドに転がった。

二年前の襲撃で、水嶽本家の木造母屋《おもや》の半分が焼け落ちたが、この二階にある自室はどうにか残った。父の使っていた欄間や襖絵《ふすまえ》で彩《いろど》られた豪華な和室を引き継ぐのは嫌だし、執務室として使われていた洋間を改装したものの、成金趣味で落ち着かない。結局、子供のころから慣れた部屋を今も使っている。

凄惨《せいさん》な場面を嫌というほど見せられた中庭も今はもうない。枯山水の庭園に作り替え、庭師と、都内の五つの寺から月代わりでやってくる禅僧たちの手によって、美しく整えられている。灯籠《とうろう》には夜通し光が灯《とも》り、苔《こけ》の緑と白い砂利をほのかに照らしているが、それは風雅のためではなく、警備上の必要からだった。

ノックの音が小さく響く。

「どうぞ」

「失礼します」

女中が盆に湯呑《ゆの》みを乗せて入ってきた。

中身はしょうがの絞り汁を少し垂らした葛湯《くずゆ》。眠る前にこれを飲むのが日課になっている。

綾女は湯呑みを受け取ったあと、いつものように声を落として訊いた。

「今日は？」

女中が囁《ささや》き声で応じる。

「午前に猪野口《いのぐち》会の若頭がいらしたんですが、池袋マーケットの収益のことで、塚原さんから随分とお叱《しか》りを受けていました」

女中の名は芳子《よしこ》。東京本所の生まれで、夫を戦地で失い、家も両親も東京大空襲で失った。幼いひとり娘を抱え、職も行き場もなくしていたが、二年前、料理の腕が認められ、水嶽傘下の組の若頭に連れられここにやってきた。以来、娘を兄夫婦に預け、住み込みで働いている。身元は徹底的に調べ、敵対する暴力団や政治家の送り込んだ間諜《かんちょう》でないこともわかっている。

地味な顔立ちで普段から物静かな彼女に、綾女は内緒で手当てを与え、屋敷内の動向を探らせていた。改修後の母屋は綾女の住居としてだけでなく、複数ある応接室が水嶽商事役員とGHQや他社との内密な商談の場としても使われている。芳子は今のところ期待に応《こた》え、気づかれることなく、塚原や役員たちの発言、商談相手の反応、女中や若衆たちの無駄話・うわさ話を報告してくれている。

彼女は密《ひそ》かな任務を誰にも打ち明けてはいない。もし一時の気の迷いで漏らしたら、兄夫婦に預けた娘がどうなるかも、よくわかっている。

「災難でしたが、命にかかわる深い傷ではなくようございました」

芳子が飛田へのお見舞いを口にする。

綾女もあくまで組を束ねる者として、体を張って自分を守った組員を気遣う返事をした。飛田との仲は芳子も知らない。

「お休みなさいませ」

報告を終え、彼女が下がってゆく。

塚原に厳しくいわれたが、飛田と親密な仲でいることがどれほど危険か、綾女にも嫌というほどわかっている。

でも、離れたくない。

今日の夕、塚原から詰め寄られるまで、その理由を深く考えたことはなかった。

愛しているから？ 縋《すが》るものがほしかったから？

飛田に殺してほしいと願っていたはずなのに――

二十五歳にもなった女が、はじめての恋に戸惑いながら考える。

いや、考えなくても本当は答えが出ていた。

別れ際、塚原からいわれた言葉が胸をよぎる。

「馴れ合い、慰め合い」

その通りだ。

だから否定できず、綾女はただ黙っていた。

少し前、飛田になぜ私を好きになったのか聞いたことがある――

「正直いって、最初に惹《ひ》かれたのはお嬢さんの外見です。俺が人生の中で出会った女で、間違いなく一番いい女でしたから。でも、近くで接してみると、知的で、話していてたくさんの学びがありました。短気なところも、意外と見ていて飽きません。それに何より、お嬢さんを知れば知るほど俺と同じだと思えたんです。俺は食うため、生きていくために、ヤクザの恩義に縋り、気づけば義理に搦《から》め捕《と》られて自分もヤクザになり、抜け出せなくなっていた。お嬢さんも復讐《ふくしゅう》のため、後先考えず、ヤクザの世界に飛び込み、足掻《あが》けば足掻くほど抜けられなくなっている。今もお嬢さんを憎む気持ちは変わりません。でも、憎しみの深さと同じくらいお嬢さんに惹かれ、気づけば惚《ほ》れていました」

哀れな者同士の傷の舐《な》め合いのようで嫌だと、綾女は首を横に振った。

だが、飛田はまるで気にせず、こう続けた。

「哀れだろうと何だろうと、俺にはお嬢さんと出会えたことのほうが重要です。堅気には戻ることのできない俺とお嬢さんなら、互いに傷を舐め合える。それにお嬢さんは体裁を気にするような方ではないでしょう。気にするなら、そもそも俺なんかを受け入れやしなかった」

時計は午前零時を過ぎていた。

早く寝ないと。

朝になったら東京駅から急行に乗り、名古屋に行かなければならない。

小学校のころから使っている机の引き出しを開け、睡眠薬の小瓶を取り出した。一年前から、ヒロポンの効き目を消すため、夜は葛湯と一緒にこれを飲んでいる。眠らなければ、もっと幻覚・幻聴がひどくなる。ならヒロポンの量を減らせばいいのだけれど、あの薬の助けがなければ、自分がしていることの恐ろしさとおぞましさに押しつぶされ、この部屋から一歩も外に出られなくなる。

そう、わかっている。

――私は心を病んでいる。

でも、逃げられない。泣き叫ぶことも許されない。

綾女は気を失うように眠りに落ちていった。

8

「ええ。議員連中をどうするかは聞きました。法案提出のほうは心配していません。ただ、金をどう振り分けるかに関しては、不透明な部分が多すぎる」

その老人は受話器に向かって反論すると、禿《は》げた頭に浮かんだ汗をハンカチで拭った。千葉西部を支配下に置く三津田組二代目・三津田重利《しげとし》だ。

眉間《みけん》に皺を寄せた三津田が電話を終えるのを、綾女はソファーに座り静かに待っている。秘め事を話しているので窓を少ししか開けられず、部屋は汗ばむほどに蒸していた。梅雨明けはまだだが、空は夏のように晴れている。

千代田区神田鍛冶町《かじちょう》一丁目。空襲を生き残った四階建て鉄筋コンクリート製ビルの三階にある部屋は、今は接収され、進駐軍尉官《いかん》たちのための非公式のオフィス兼会議室として使われていた。

窓際にロイ・クレモンズというアメリカ人が立ち、電話をしている三津田の横の執務机にはレナード・カウフマンというこのオフィスの主人《あるじ》が座っている。

ふたりとも階級は同じく中尉。クレモンズは綾女の、カウフマンは三津田の後見人兼相談役という曖昧《あいまい》な任務を与えられているが、その本来の仕事は、水嶽本家、三津田組にそれぞれ物資を横流しし、不正に利益を得ている進駐軍内のグループの窓口役だった。

クレモンズ、カウフマンが所属するグループは、どちらも非公式な存在で、端的にいえば軍内に巣食う犯罪集団だ。利権の奪い合いで、同じアメリカ軍人でありながらグループは対立している。

綾女は名古屋に四泊し、その間、東海井桁《いげた》会という暴力団の小野島《おのじま》組長と会談を重ねた。小野島からの協力を取り付けると、すぐにクレモンズに連絡し、三津田との話し合いの仲介を依頼した。クレモンズも敵対するグループのカウフマンも、順調に進めば莫大な利潤をもたらす案件だけに拒否はしなかった。

そして六月二十日金曜日。

綾女は東京に戻ると、すぐにこのオフィスを訪れた。

警戒し、難色を示していた三津田も、進駐軍の仲介を断れず、大勢の警護役を引き連れて神田に乗り込んできた。

今このビルは、千葉からやってきた暴力団と綾女を護《まも》る水嶽本家の若衆に取り囲まれている。白昼に突然ヤクザ者が路上を埋めたことで、通報を受けた制服警官が取り締まりにきたが、水嶽本家と三津田組だと知ると、二言三言注意しただけですぐに帰ってしまった。

二ヵ月前に東京に来たばかりのクレモンズは、窓からその様子を興味深げに見下ろしていたが、綾女の隣のソファーに座ると、コーヒーのカップを片手に英語で囁いた。

「今や、ヤクザが東京の守護者《Guardians of Tokyo》なのですね」

三津田が手にしていた受話器を戻す。

「あんた、何を考えてる」

もう一度頭をハンカチで拭い、綾女を睨んだ。

「今、小野島さんに電話でご説明していただいた通りです。この日本に公営ギャンブルというものを確立したい。そのために一緒にご尽力いただけないでしょうか」

「我々には東京に入るな、江戸川を渡ってはならんといいたいのかな」

「はい、端的にいえば。ただ、三津田さんとご友人たちが、地元の千葉で競輪やモーターボートレースを開催したいとお考えなら、準備から始動後まで、できる限りお手伝いをさせていただきます」

「それが千葉を出ない報奨か。で、あんたたちは都内で競輪ですか」

「それにオートバイレースも。長い準備期間と多額の初期投資が必要になりますが、必ずそれに見合うものを手にできるはずです」

「競馬には手を出さないと」

「はい。一から新しいものを造るつもりです」

「それに関しては賢明ですな。競馬、歌舞伎《かぶき》、相撲に無理やり手を突っ込もうとすれば、古い連中と必ず揉《も》めて、生傷程度では済まなくなる」

綾女はこれまでにも戦前の既得権益に風穴を開けようと試みてきたが、やはり旧華族・士族、旧財閥勢力との対立は避けられず、損失の大きさに較《くら》べ利益があまりに少ないため、撤退を決意した。

三津田が低い天井に視線を向けた。思案を巡らせているのだろう。禿頭で白髪混じりの眉《まゆ》の相貌《そうぼう》は、一見禅宗の坊さんのようにも見える。

だがこの男こそ、先日の綾女への襲撃を指示した張本人だった。

クレモンズとカウフマンもその事実を知っている。三津田のほうも、自分の真意を悟られているのをわかっている。
それでも綾女はあえてこの話し合いの場を設けた。
「今いえるのは、ここでは何もお答えできないってことです。持ち帰って検討させても
らわないと」
三津田が見え透いた引き延ばしに出た。
暴力だけでなく計略も好む生臭坊主《なまぐさぼうず》。綾女の目にはこの年寄りがそう映っている。
「宇都宮の丹野《たんの》さんや熊谷《くまがや》の品田《しなだ》さんも賛同しているらしいが、本当のところはどうな
のか。こちらで確かめさせてもらいます」
丹野も品田も暴力団の組長の名だ。
「おふたりの本心は違うとおっしゃりたいのですか」
綾女もわかり切った質問をし、探りを入れる。
「その可能性もあるってことです。東海井桁会の小野島さんが仲介役だからといって、
何でも鵜呑《うの》みにすることはできない。こんな時代ですからね。戦前から深いつき合いが
あるからといっても盲信は禁物だ」
「お好きなだけ調べてください。納得していただけると信じています」
待った末に三津田が話に乗ってくれれば、しばらくは見せかけの和平を維持していられ
る。その間に、次の二手三手を考えればいい。三津田が話に乗ってこなければ、早急に

戦略を練って潰すだけ。もちろんこちらが潰される可能性も十分にある。

——私は今、紛れもなく悪事をはたらいている。

渋い顔で考えている三津田のうしろに、あの見慣れた一家の姿が浮かんできた。

はっ、佳菜子、泰造。修造とよし江の息子——傷口には無数の蠅《はえ》がたかり、かすかに揺れ動く黒い斑点《はんてん》のように見える。さらにもうひとり。戦死した青池家の家長・文平もいた。

十六歳で水嶽本家を出る前に会ったのが最後なのに、文平もあのころより明らかに年を取っていた。軍服姿で割れた頭から血を流し、他の四人とともにこちらを見て静かにうなずいた。

——文平さんまで。

無念のうちに亡《な》くなった青池家族の団欒《だんらん》。綾女が水嶽本家のために悪計をめぐらせていることを喜び、讃《たた》えている。

来世も地獄も信じていない綾女に見える亡霊たち。

——これはただの幻。

でも、わかっているのに消せない。

首振り扇風機の風が一家の幻影を静かに揺らした。

「追ってご連絡しますよ、今日のところはお帰りください」

三津田がカウフマンに目配せした。オフィスに残り、ふたりで話し合うつもりだろう。

綾女とクレモンズはソファーから立ち上がった。

カウフマンがオフィスの扉を開ける。

出てゆこうとする綾女の背中に三津田が声をかけた。

「仲良くやっていけますかね」

「手を取り合って仲良くは無理でしょう」

綾女は振り返った。

「ただ、是々非々で利益を分け合っている限りは、共存していけるはずです」

「信頼なき共存共栄ですか。二年前にあれだけ非道なことをやり、都内のヤクザのてっぺんに立ったお嬢さんが、今じゃもう血を見るのはお嫌いですか」

「二年過ぎて状況も変わりました。今はもう血を流した分だけ、何かを得られるような時代ではありませんから」

一礼し、扉を閉じた。

外で待っていた警護役の生田目と合流し、階段を下りてゆく。

「急なお願いだったのに引き受けてくださり、ありがとうございました」

綾女は玄関ホールでクレモンズに頭を下げた。

「どういたしまして」

クレモンズ中尉は二十九歳でGHQ民政局に所属している。肌は白く背も高いが、母方の祖母は日本人移民で髪と瞳は黒く、日本語を使うことができた。込み入った商売の話には通訳が必要だが、日常会話には支障はない。だからこそ彼は、水嶽商事との窓口役に選ばれた。

「今日のことで礼をしろとはいいません。代わりに、そろそろ食事の誘いに応えていただけませんか」

クレモンズが英語で誘ってくる。

「他にどなたがご一緒するのですか」

綾女は白々しく訊いた。

英語を必死に勉強し、アメリカ人女性を相手に何度もレッスンを重ねたおかげで、日常会話程度なら難なく話せるようになっていた。

「誰も来ませんよ。ふたりきりです」

クレモンズも涼しい顔で返してくる。

「ふたりで話さなければならない議題は今のところないと思いますが」

「食事しながら仕事の話なんて無粋なことはしませんよ。聞いた通りだ。あなたは日本人らしくない強気な断り方をしますね。今あなたが就いている地位や立場が、その果敢さを生んでいるのか、それとも生来のものなのか。グラスを傾けながら、ぜひ解き明かしてみたいですね」

「物好きな方ですね」

「そうでしょうか。あなたは外側が美しいだけじゃない。内側にとても強い意志と暴力的な感情を秘めていて、興味を引かれるんです」

「勘違いです。私は何の面白味もない女ですから」

今でもクレモンズの前任者が恋しくなる。

三ヵ月前まで仲介役を務めていたのは四十代前半のユダヤ系男性だった。戦時中に日本兵捕虜の通訳として従軍するまで、アメリカの地方大学で東洋美術史を教えていた講師で、日本美術にも造詣《ぞうけい》が深く、綾女の英会話の良き先生のひとりでもあった。

だが、共産主義者の疑いがかけられ、本国への帰還命令が出た。

彼の所属していた民政局と敵対関係にある参謀第二部の策略であることは間違いない。レッド・パージに名を借りたGHQ内の権力闘争が、この半年で急速に激化していた。

一方、日本人の間にも共産主義思想が広まりつつあるが、皮肉なことにそれが暴力団に労働争議潰《つぶ》しという新たなビジネスの種をもたらしている。

クレモンズも前任者同様、日本美術に詳しい。けれどそれは愛や尊敬からではなく、単純に金になるからだ。来日からのたった二ヵ月で、金に困った旧財閥家や地方の旧庄屋《しょうや》からすでに十数点の書画や仏像を安値で買い取り、本国に送っている。

「さっそく今夜いかがですか。上野精養軒に、シー・バス《スズキ》をアメリカ風に料理する日本人コックがいるんです」

「先約があるので」

「どんな？」

「知り合いが戦地からようやく引き揚げてきたんです。彼を囲んで帰国祝いの会を開きます」

「では、明日の夜は。友人とカードの会を開くんです。食事をして、それからゆっくりカードゲームとスコッチを楽しみませんか」

「賭《か》け事は得意ではないので遠慮しておきます。下手な私のせいでみなさんを白けさせてしまいますから」

「でも、あなたは私に電話をかけてくることになる」

「どういう意味でしょう」

「いずれわかりますよ。お待ちしています」

クレモンズは思わせぶりにうなずいた。

――いけ好かない奴。

ビル前に待たせていたビュイックの後部座席に乗り込む。背が低く小太りの生田目もそれに続く。

車が走り出すと、綾女は生田目の前に手のひらを出した。

「塚原には内緒ですよ」

生田目が運転手には見えぬよう銀のボンボニエールを渡した。綾女はヒロポンの錠剤を取り出し、ラムネの粒と一緒に口に入れた。

生田目義朗《よしろう》は五十を過ぎた今でも「イカレ」「異常者」と恐れられるほど残忍な男だが、昔から綾女に対しては娘に接するように甘い。

綾女のほうも、裏の顔がどれだけ冷酷か知っていても嫌いになれなかった。

Aアベニューと呼ばれるようになった日比谷通りを走り、右折して、皇居を取り巻く内堀通りに入った。この道も今では進駐軍から1stストリートと呼ばれている。

三宅坂《みやけざか》を左に曲がり、Fアベニューこと青山通りを進んでゆく。

道の両脇《りょうわき》には木造の建物が並び、店には英語の混じった看板が掲げられている。だが、路地を一本入れば、まだ数多くのトタンと端材《はざい》で造られた家々が続いていた。終戦直後の掘建て小屋ばかりだったころよりましになったとはいえ、戦前のきらびやかな街並みとは較べるべくもない。空き地は畑として使われ、首都の中心部だというのに人の糞尿《ふんにょう》を使った肥料の臭気が自動車の窓から入ってくる。

配給制の米や小麦がまだまだ行き渡らず、皆が腹を空《す》かしているせいだった。燃料不足から鉄道物流も滞り、野菜も魚も東京に届く前に干からび腐ってしまう。

新聞は訳知り顔で闇市《やみいち》やヤクザの専横を責めるが、ならば代わりにやってみろといいたくなる。進駐軍は日本を占領しているだけで、食糧不足や燃料不足への対策は何もしない。政治家も憂慮する素振りで、実際はアメリカの手下となり、彼らと自分たちの利益のためだけに動き回っている。

しかも新聞は、強姦《ごうかん》や強盗や暴行などアメリカ人兵士たちが数多く犯している日本人に対する犯罪を一切糾弾しない。警察も取り締まれない。

だからヤクザが物を運び、市を開いて商売人を護り、街や夜道を見回って女子供を護っている――と、そんなふうに思って、いつも最後には反省する。

――ヤクザだって欲で動いているだけなのに。

以前は肩で風切り警察のまねごとをしているヤクザを、あんなに嫌っていたくせに。ヒロポンの効き目のせいで思い上がっている。何を偉そうに、すべてを背負っているつもりになっているんだろう。

シートにもたれ、目を閉じた。

「あのアメリカ人中尉ですが」

隣に座る生田目《け》が声をかけてきた。

「お望みならば殺しましょうか」

「冗談でもそんなことといわないで」

綾女は目を開け、首を横に振った。

「お優しいですね、お嬢さんは」

「違う。あなたが心配なの。進駐軍相手に無茶をすれば、いくらあなたでも無事じゃいられない」

「興造が生きて戻ってきたんでしょう？　俺が殺されても、あいつがいればだいじょうぶですよ。汚れ仕事は、俺よりずっと上手《うま》くこなしますから。兵隊に行ったって、昔の腕は鈍っちゃいないはずだ。むしろ磨かれたかもしれねえ」

「代わりがいるいないの問題じゃないわ。あなたの家族や組の連中はどうするの」

「女房はまあ、わかってくれますよ。俺の組のほうは、残された連中で続けるなり、お嬢さんが引き取るなり、好きにしてください」

「もういい。縁起の悪い話は終わり」

「ご機嫌を損ねちまいましたか？　でもね、お嬢さんは先代が亡くなって水嶽本家が一番危ういときに救ってくださった。その恩に報いるためなら、こんな命は惜しくありませんぜ」

「だったら元気で長生きして。私はあなたにいつまでも側にいてほしいから。それに代紋を継ぐのは麟太郎兄さんか康三郎兄さん。私はただの中継ぎ。あくまで会長兼社長代行だもの」

「そんなことはありませんよ。跡目相続の盃事《さかずきごと》も披露目もかたちだけのもんです。お嬢さんは誰もが認める水嶽本家の六代目だ」

綾女は黙った。

「あれ、もっとヘソを曲げちまったかな。わかりましたよ、その話はもうやめます。代わりに俺がお願いしている拳銃《けんじゅう》の練習を、どうかはじめてもらえませんか」

「私が射撃なんて」

「いつ何があるかわかりませんし、覚えておいて損はない。刃物の使い方も練習しておくべきです」

生田目の言葉は決して杞憂《きゆう》ではない。

わかってはいるが、それでも進んで引き金を引く気になれなかった。

神山町の住宅地に入り、車が水嶽本家の屋敷に近づいてゆくと、水嶽本社ビル前に背の高い兵士が立っていた。ＭＰの文字が書かれたヘルメットを被《かぶ》っている。進駐軍の憲兵だ。本社ビルの正面入り口も、本家の屋敷の鉄門も開かれ、大勢の背広姿と制服警官が出入りしている。背広の日本人たちは刑事だろう。

「どういうこと」

綾女はつぶやくと、すぐに車を停めさせた。

だが、ドアを開けようとした手を生田目が制する。

「いけません」

屋敷前の路上にはカメラを持った男たちもいる。

「新聞社の写真係です。手入れの様子を撮らせるために呼んだんでしょう。そのへんに記者もいるはずです」

その通り、手帳片手にうろうろしている男たちがいた。

「出せ。急げ」

生田目にいわれ、運転役の若い衆がまたアクセルを踏み込む。だが、綾女たちの乗った一台と、前後を挟んだ護衛の二台の車列に気づいた写真係が駆け寄ってきた。

レンズを向けられる前に綾女は頭を下げた。

「構わず行け」

生田目が叫び、着ていた上着を屈んだ綾女の体に掛ける。写真係と記者だけでなく、警察官たちも追いかけてきたようだ。

男たちの声が背後に聞こえるが、エンジン音にかき消され、何をいっているのかまではわからない。タイヤを軋《きし》ませ、車は住宅街の細い道を進んでゆく。

「煽《あお》る気だな」

生田目が舌打ちする。煽るとは世論のことだ。新聞に写真付きで書き立て、水嶽商事の悪事を暴《あば》くだけでなく、綾女を晒《さら》し者にして糾弾しようとしている。

こんな大掛かりな手入れがあるとは、綾女は聞いていなかった。

警視庁本庁内の水嶽本家に通じている刑事や、渋谷、代々木、原宿各警察署の子飼いの警察官から連絡はなかった。毎月「協賛費」という名目の多額の賄賂《わいろ》を払っている進駐軍のアメリカ人将校たちからも報告はない。

「あなたは私に電話をかけてくることになる」

クレモンズの思わせぶりな言葉が頭をよぎる。

上着に遮られ、目の前は暗く何も見えない。綾女は銃撃された八日前の夜を思い出していた。


降り出した梅雨の雨が、周りの建物のトタン屋根をぱたぱたと叩《たた》いている。

新宿一丁目にある、生田目の組が経営する「ホテルあさひ」の支配人室に入った。名前こそホテルだが、日本人だけでなく進駐軍の客もやってくる非合法の売春宿だった。一階にはバーがあり、そこで働く女給を男たちが値踏みし、気に入った相手と狭い個室のある二階に上がってゆく。

『お留守の間に申し訳ありません』

受話器の向こうで塚原が謝る。

「あなたのせいじゃない。それよりお客様はまだいるの」

警察が今も家と社屋を探し回っているか確認した。

『はい、いらっしゃいます。土産も持ってきていただきました』

裁判官発付の捜索差押許可状を持っているという意味だ。

『お嬢さんは生田目さんとご一緒ですか』

「ええ。ふたりでお茶でも飲んでいるから心配しないで」

警察や進駐軍の動向について詳しく聞いて対策を立てたいが、交換台に細工をされている可能性もあるため、電話では話せない。

「食事会は夜七時から?」

『はい。新宿の彩華楼《さいかろう》です』

綾女は受話器を置いた。

「銃の不法所持と、あとは金塊や現金を隠し持っていないか脱税の線でも捜査に入ったんでしょう」

生田目が灰皿でタバコを揉み消す。

「塚原が上手くやっているはずですから、多くても二、三人引っ張っていかれるだけで済むでしょう。お嬢さんが水嶽本家に戻られてからははじめてかな」

その通り、綾女が会長兼社長代行に就いて以降、初の家宅捜索だ。

「でも、戦前はよくありましたよ。お嬢さんが小さいころにも」

覚えている。警察官が手荒く家財を物色しても、父をはじめとする水嶽本家の幹部や女中たちは平然としていた。

ただ、進駐軍が絡《から》んでいる今回の捜索は当時とはまるで事情が違う。

ノックが響き、エプロンドレスの女給が入ってきた。

綾女の前にグラスを置き、瓶からコーラを注いでくれたが、その手が小刻みに震えている。綾女が礼をいうと、女給は強張《こわば》った顔でうなずき、慌《あわ》てて出ていった。

「怯《おび》えてるんですよ」

生田目が新しいタバコに火をつける。

「俺の仕えている水嶽本家の大姐《おおあね》さんがご来訪されていると聞いて、少しでも粗相があったら指でも詰めさせられるんじゃないかと思ったんでしょう」

――大姐、会長兼社長代行より嫌な呼び方だな。

炭酸のちりちりとした感触を唇に感じながらコーラを飲み、また受話器を取った。

手帳を出して、ダイヤルを回す。

気取った話し方の日系人女性秘書が用件を聞いたあと、しばらく待たされてからロイ・クレモンズ中尉が電話に出た。

「どうして教えてくださらなかったんですか」

綾女は強い声で訊《き》いた。

『何についてでしょう』

クレモンズがはぐらかすように日本語で訊き返す。

「今、神山町の私の自宅と会社で起きていることについてです」

『あえて申し上げるまでもないと思ったんですよ。あなたの会社の優秀なスタッフなら事前に察知しているだろうと』

「今後は勝手な判断をなさらず、契約通りになさってください」

『その契約条項に関することも含め、ご報告したいことがあるんです。やはり明日の夜、お会いしませんか』

「明日はご友人とカードゲームをなさるのでしょう」

『そのゲームに加わらないかとお誘いしているんです。僕の友人たちは話を誰かに漏らすような人間ではありません。それでも気になるというのなら、途中で席を外させてもいい。来ていただいて損はさせませんよ』

綾女は受話器を握りながら考えを巡らせる。

「火中の栗《くり》を拾うのも、そう悪い手じゃありませんぜ」

隣で聞いていた生田目が大声でいった。

「俺もご一緒しますよ。どうにもごねやがったら、乗り込んでいってぶち殺しますから」

狭い部屋だ。生田目は受話器越しにクレモンズに聞かせるつもりで大声を出したのだろう。

クレモンズは黙って綾女の答えを待っている。その余裕が、また綾女を苛《いら》つかせる。

彼はなぜ挑発するのだろう。

――そうか、ゲームはもうはじまっているんだ。

「わかりました。お会いしましょう」

綾女も勝負に加わる覚悟を決めた。

「ただし明日ではありません。追って都合のよい日時をご連絡します」

『まだ焦《じ》らす気ですか。いいでしょう。策を練る猶予《ゆうよ》を差し上げます』

クレモンズは最後にこう付け加えた。

『あなたは待つ価値のある女性ですから』

9

「お屋敷が大変なときに、お役に立てず申し訳ありません」

ベッドに腰掛けている飛田が詫《わ》びた。

「そんなこと気にしなくていいから。早く横になって」

綾女はいった。

主治医によると、失血の多さから衰弱していた体はだいぶ持ち直したそうだ。ただ、銃弾が足の靭帯《じんたい》を傷つけていたため、普通に歩行できるようになるには、半月程度の療養と訓練が必要だという。

「寝ているだけじゃ退屈で仕方ありません」

「だったらラジオでも持って来させるわ」

「塚原さんにもそういっていただきましたが、断りました。落語や音曲を呑気《のんき》に聴いている気分じゃないし、管弦楽が優雅に流れてきたら、逆に苛《いら》立《だ》ちそうだ」

「塚原もお見舞いに来たの。何かいっていなかった？」

飛田は綾女の目を見ながら首を横に振った。

閉じた窓とカーテンの外から強くなった雨音が聞こえてくる。

「俺のせいで余計な苦労をかけてしまって」

「苦労なんてしてない」

綾女はベッド脇の椅子《いす》から立ち上がった。

「もう行くわね」

「次は本社ビルか神山町のお屋敷でお会いしたいです」

「あの四畳半が恋しい？」

他の未婚の若手社員同様、飛田も水嶽本家の裏に三棟建っている社員寮の一室に住んでいる。

「はい。あそこでも広いくらいなのに、こんな大きな病室は性に合いません」

前回の帰り際《ぎわ》のように綾女は小さく手を振った。

五分ほどの見舞い。勘ぐられないよう長居はできない。表情を引き締め、扉を開いて廊下へ出た。

「もうお帰りですか」

待っていた生田目が病室を覗《のぞ》き込み、立ち上がって挨拶《あいさつ》しようとした飛田を制した。

「そのままでいい」

飛田の膝《ひざ》の上に、「キャメル」三箱を投げる。

「早く戻ってこいよ」

生田目が閉めた扉の内側から、「ありがとうございます」と声が聞こえた。

一階まで階段を降り、生田目と配下の若衆に囲まれながら窓の並ぶ長い廊下を出口まで進んでゆく。

空は曇り、雨はさらに強くなっていた。

「まだ神山町には戻らない方がいいでしょう。さて、夜までどこで時間を――」

生田目が言葉を止め、不意に叫んだ。

「おい」

さらに声を荒らげる。

「おまえだ」

綾女は事態を飲み込めないまま周囲を見た。

向こうから歩いてきた看護婦の顔が緊張でこわばっている。抱えた点滴瓶の下、右手に何かを隠すように握っている。

「その女、放り出せ」

生田目の言葉と同時に若衆が白衣の看護婦に飛びかかる。看護婦は身をよじり右手をこちらに突き出した。瞬間、拳銃のようなものが握られているのが見えた。

若衆がその手を摑《つか》み、看護婦を床に押し倒す。綾女は生田目に抱えられ、来た廊下を反対側に駆けてゆく。

しかし、生田目に急に襟首を摑まれ、うしろに激しく引っ張られた。

――えっ。

振り返ろうとしたが、すぐ横で甲高い音が響いた。

窓ガラスを突き破り、開襟《かいきん》シャツの瘦《や》せた中年男が目の前に飛び込んでくる。破片の散らばる廊下に転がった男はすぐに立ち上がり、額の禿げ上がった顔をこちらに向けた。

「新宿八尋組若頭、岩倉、仇《かたき》を取らせていただきます」

血走った目で口を大きく開き、おどけているかのように顔を引きつらせながら、男は右腕を振り上げた。その手に握られているのは、手榴弾《しゆりゆうだん》――

若衆が男に群がり、男を押し潰す。

綾女の体にも生田目が覆《おお》い被さる。

そこで爆音が響いた。

いきなり水の中に飛び込んだように耳が詰まり、周囲の音が途絶えた。

自爆した。若衆は？

生田目の体に遮られ廊下の先が見えない。火薬の匂《にお》いがする。生田目の腕の隙間《すきま》から、天井や床に飛び散った血と、床に折り重なったまま動かない若衆が見える。

――あの男、私を吹き飛ばそうとした。

瞭然《りようぜん》たる事実が、綾女の頭の中を駆け巡る。

腕に点滴の管をつけたままの飛田が階段を飛び降りてきた。撃たれた足を引《ひ》き摺《ず》りながら駆け寄ってくる。

私に何か呼びかけている。でも、何も聞こえなかった。

＊

『都民の栄養週間――丈夫なカラダで病気を防げ』

綾女は院内のベッドに座り、戦前のポスターを眺めていた。

――あの男は手榴弾を投げ込まず、握ったまま私の前に飛び出してきた。

確実に殺したかったのだろう。もし失敗しても、可能な限り水嶽商事の関係者を巻き込もうとした。

新宿八尋《やひろ》組のことはもちろん覚えている。

昭和二十年八月、綾女が多数の身内を犠牲にして壊滅させた暴力団のひとつだ。

壁の鏡に映る自分の髪がきらきらと光っているのに気づいた。細かなガラス片を浴びたせいだろう。他は脚を少し切っただけで、目立つ傷はない。むしろ横にいる生田目のほうが背中や腕に大きな傷を負っている。ふたり並んで看護婦に包帯を巻かれていると、数人の刑事が強引に診察室に入ってきた。聴取する気のようだ。

「出て行け」と一喝した生田目と揉み合いになる寸前、塚原とともにやってきた弁護士が刑事と看護婦を外に連れ出した。

「耳の具合はいかがですか」

塚原の声は、ものすごく遠くから呼びかけているようだった。

「まだ聞こえづらい」

綾女は目を合わせずにいうと、逆に訊いた。

「男を取り押さえた若衆は？」

「意識不明の重体がひとり。重傷が三人です」

「あの男は？」

「死にました。体の下で手榴弾が破裂したんだから当然でしょう。銃を持った看護婦のほうは、ここの人間ではなく忍び込んだ者でした。警察に引っ張られる前に、もう車で別の場所に運んでいます。尋問しますが、大したことは知らないでしょう」

「あの男、新宿八尋組若頭の岩倉って」

「素性を詳しく調べるよう、もういいつけてあります。死体を探りましたが、目ぼしいものは何も持っていませんでした」

そこまで話すと、生田目に目を向けた。

「お嬢さんは俺たちで護ります。おたくの若衆のところに行ってやってください」

「悪いな、そうさせてもらう」

生田目が立ち上がる。

「塚原、俺のしくじりだ。お嬢さんをここにお連れした俺が全部悪い」

綾女がいいかけた言葉を、生田目が首を横に振って断ち切る。

「これが俺たちの仕事です。しかも誰に無理強いされたのでもない、自分で選んだんですよ」

爆片で破れたシャツを着た小太りの中年男が診察室を出てゆく。

扉が閉まった。

「何をやっているんですか、こんなときに」

塚原の声が響く。

「家にも戻れなかったし、時間が空いていたから」

「だからって見舞いに来るなんて。狙《ねら》ってくれといっているようなものでしょう。生田目さんがついていながら迂闊《うかつ》すぎます」

「生田目は悪くない。私が無理に頼んだせい」

「もちろんわかっています。色呆《いろぼ》けもいい加減にしてください」

「体を張って自分を護った部下を見舞うのが色呆け？」

綾女は睨《にら》んだが、すぐにその視線を足元に落とした。

「院長のところに謝罪に行ってきます」

「もう行ってきました。重傷でないのなら、一刻も早くここから連れ出してくれといわ
「生田目――」

れましたよ」

「爆発に巻き込まれた若衆は？」

「仕方なく治療してくれています。さすがに死にかけている者は放り出せなかったんでしょう。でも、『当院はじまって以来の不祥事』と責められました。当然でしょう。爆発で入院患者も看護婦たちも怯えている。廊下の窓は爆風で割れ、天井や壁には血痕《けっこん》が、床には死んだ岩倉って野郎の内臓や肉片がこびりついている。こちらの病院とは、水嶽のひいおじいさまの代から、いいつき合いを続けてきたのに」

「飛田はどうしてる？」

「別の病院に移らせました」

「どこに？」

「教えません。しばらくすれば退院して戻ってくる。少しくらいがまんしてください」

「居場所を知らずにいたら、あなたたちがこっそり殺してしまうかもしれないから聞いているの。今日だって――」

「見舞いして様子を確かめなければ、どこかに連れ去って消すとでも思ったんですか」

「ええ。あなたがどれほど容赦のない男か、よく知っているから」

自分でも思っていなかったほど刺々《とげとげ》しい口調になった。

「下らないじゃれ合いを今すぐやめていただければ、そんな心配はしなくて済みますが」

塚原も語気を強めたものの、一度言葉を区切り、小さく息を吐いた。

「罵《のの》り合いはまたにしましょう。時間がありません、神山町に戻ります」

「新宿の彩華楼は？」

「中止に決まっているでしょう。警察ももう帰りました。役員の皆さんが本社ビルでお待ちです」

水嶽商事のトップが狙われたのだ。早急に対策会議を開かねばならない。今後、綾女だけでなく、役員やその家族が狙われる可能性も高い。二次三次の襲撃に備え、警備を強化する必要もある。

中華料理店で興造の帰国祝いを開き、その後、先日の銃撃及び警察の水嶽本家捜索への対策を練る算段だったが、予定がすべて狂ってしまった。

塚原と診察室を出ると、まるで重罪人の護送のように十数人の水嶽商事社員に囲まれながら病院の裏口へ案内された。走り出したビュイックの前後を二台ずつの警護車が挟み、横にもオートバイが伴走している。車輪が次々と泥水を撥《は》ね上げてゆく。

渋谷に着くまでの四十分、塚原と目も合わせず後部座席に並んで座っていた。

合戦時の平城《ひらじろ》のように、水嶽本家の屋敷は数多くの警護に囲まれていた。

まだ雑誌の写真係や記者が見張っている正門を避け、裏口から屋敷に入ってゆく。

水嶽本社ビルのロビーには興造が座っていた。

綾女は駆け寄り、深く頭を下げた。

「長らくお疲れ様でございました。せっかくの宴席でしたのに、こんなかたちでのお出迎えになってしまって申し訳ありません」

軍服姿の興造も立ち上がって帽子を取り、頭を下げる。顔の右半分には大きな傷跡があった。戦地で銃撃され、雑に縫い合わせたのだろう。萎《しお》れた葉脈がこめかみから顎《あご》にかけて、びっしりと張りついているように見える。さらに右目には眼帯をつけていた。

「おいらのほうこそ、間の悪いときに戻ってきちまってすいません」

「とんでもない。それに何よりご家族のこと、本当に申し訳ございませんでした」

綾女は頭を下げたまま詫び続けた。

「あの、頼みがあるんですが」

「何でも申しつけてください」

「頭を上げてくれませんか。それから今日だけは昔通りの綾ちゃんでいいかな？　話し辛《づら》くってしょうがねえ。明日からは社長、会長と呼べるようにするから」

「お好きなように呼んでください。でもお詫びは——」

「事情は塚原の兄貴や赤松さんにしっかりと聞いたよ。まずは頭上げよう。話はそっからだ」

興造が口元を緩めた。

「ほんとは笑って話すようなことじゃねえけど、でも、悲しまないでやってくれ。みんな綾ちゃんを、水嶽本家さんを生かすために命をかけた。で、俺が東京にようやく戻ると、綾ちゃんがてっぺんに立って水嶽本家――じゃねえ、今は水嶽商事か――はこんなに大きくなってた。誰も怨《うら》んじゃいない。喜んでるはずだよ」

ありがとうございます、というべきなのだろう。

だが、その一言がどうしても出てこない。代わりに涙がこぼれ落ちそうになった。

嬉《うれ》しいからではない。興造から新たな呪詛《じゅそ》の言葉を投げかけられたように感じたからだ。

死んでしまった青池の家族、そして深く体と心を病んでしまった修造とよし江、みんなは、綾女がこのヤクザ組織を栄えさせたことを祝福してくれている。

――でも、私がここから逃げたら、この家を捨てたら、きっと呪《のろ》うだろう。

生きて戻った興造からも憎まれ怨まれる。

「お父様のことは残念でございました」

綾女は顔を上げ、戦死の報が届けられた興造たちの父・文平を悼《いた》んだ。

「そっちのことは何ともいえねえな。俺とあいつのことをよく知っている綾ちゃんには、今ここで俺が悲しいなんていっても、まるっきりうそに聞こえるだろ」

興造と文平は親子にもかかわらず本気で憎み合っていた。ただ、互いにそこまでの感情を持つようになった理由を綾女は知らない。

「奥さまとお子さんにはもうお会いになったんですよね」

「会ったけどさ、ガキはこの顔見て泣くし、女房も喜んではくれたけど、どこか気を遣われてるようでね。まあ片目がなくなって、前とは見てくれが違っちまったんだから、無理はねえんだけど」

終戦からの二年間に、新しい男ができたのかもしれない。興造自身もそんな家族の心変わりを感じ取っているようだ。

「傷のお加減はもうよろしいんですか」

「ああ。もう痛みもないしね」

興造が傷を負った理由と帰国までの経緯を説明した。ニューギニア東部で交戦中、顔面にアメリカ軍の銃弾を受け、意識を失ったまま後方の病院に送られた。どうにか一命を取り留めたものの、回復途中の院内で終戦を迎え、イギリス軍の捕虜になった。体力が戻ると、現地ニューギニアで道路敷設《ふせつ》や発電所再建などの労働力として、抑留・使役されていたという。

「お嬢さん、時間です」

塚原に呼ばれた。役員会議という名の、襲撃者を駆逐し、敵を叩きのめすための謀議がはじまる。

「お前も来い。今日から副部長なんだから」

興造にも声をかけた。

「副部長ねえ。何をさせられるのやら」

興造がにやりと笑った。

＊

深夜まで続いた会議の途中、病院で襲撃してきた男は、自ら名乗った通り元新宿八尋組で若頭を務めていた岩倉弥一《やいち》だと報告があった。昭和二十年八月、水嶽本家に組が壊滅させられて以降、報復の機会をずっと狙っていたようだ。

ただ、綾女を仇と恨んでいる者は、岩倉の他にも何十人といる。

さらに、手榴弾の爆風を防ぐ盾となり、意識不明の重体になっていた若衆が死んだことも、綾女は知らされた。

四章　ゲームと秩序

1

頭が重い。

十一日前に綾女が病院で襲撃されて以降、水嶽商事では連日役員会議が開かれている。昨夜の会議は特に長く、日付が変わっても続き、自宅に戻ると午前五時を過ぎていた。三時間は眠ったのに、体もだるく気分が悪い。睡眠薬が抜け切れていないのだろう。ヒロポンを飲む量を抑えているせいだ。代わりにアスピリンの錠剤を、コップに注いだセブンアップで流し込む。

七月一日火曜日。

綾女は今、新宿駅近くにある洋食店の個室にいる。

小雨が降っているが、今日も蒸し暑い。昼に近づき、気温がさらに上がったようだ。

外で女の声がした。

「必ず返してよ。あんたに渡したからね」

塚原が護身用の刃物か何かを預かっているのだろう。

扉が開き、待ち合わせの相手が入ってきた。桃色のワンピース、緑のカーディガンを上から羽織り、足元は赤いサンダルを合わせている。歳《とし》は二十代の後半だろうか。カールのかかった髪にはスカーフを巻いている。

派手に化粧をしているが不思議と下品さはない。ただ、頬がぽってりとした丸顔なのに愛嬌《あいきょう》は感じなかった。長いつけまつげから覗《のぞ》く眼光が、鋭過ぎるせいだろう。

「わざわざありがとうございます」

綾女は立ち上がり頭を下げた。

「田鶴子《たつこ》って呼んで。ほんとに女の組長さんなのね。んで、こんなに若いんだ。うわさ通り、とってもきれい。お人形みたい」

田鶴子はひとしきり綾女の紺のジャケットとスカート、襟元に刺繍《ししゅう》の入ったブラウスを眺めると座についた。

「さすがは水嶽本家のトップ。専属のお針子さんが仕立てたんでしょ。意匠も仕立ても素敵。そこらのババアじゃ、こうは仕上がらないもの。あ、私も何か頼んでいい？」

差し出した品書きを開くと、入ってきたウエイターに早口で注文した。

「まずビール。コップはふたつね。そんなこといわず飲みましょうよ、水嶽さんのトップと乾杯できる機会なんて、そうそうないもの。帰ったらうちの連中に自慢させて。それからカツレツとコロッケ、オムレツ。あとチーズトーストも」

この女、元は進駐軍相手の娼婦《しょうふ》だった。金のことで揉《も》めた仲間が客のアメリカ兵に殺されかけたのをきっかけに、自衛のための娼婦の集団を結成する。そこに復員した不良男たちも混じり、中野新興愚連隊《ぐれんたい》を自称する、ヤクザでも堅気でもない、だが、とびきり野蛮な集団へと成長していった。

田鶴子は今、その組織の頭目を務めている。構成人数は男女合わせて八十人。娼婦たちに美人局《つつもたせ》を手伝わせ、日本人外国人の区別なく銃と刃物で脅し、金を巻き上げていた。一方では、進駐軍家族の住宅に侵入し、窃盗から押し込み強盗のようなことまでやってのける。警察に逮捕されるだけでなく、なかには進駐軍の軍人に現行犯で撃ち殺された者もいるという。

「それで、仕事の話ですが」

綾女は切り出した。

「はい。内容は詳しく聞きました」

田鶴子がふたつのコップにビールを注いでゆく。

「やらせてもらいます。命知らずだけが取り柄の私らだけど、半端《はんぱ》はしない。その心意気を買ってくださるなら、お売りしましょう。ただし、代価はきっちりいただきます」

「もちろんです」

綾女はビールの入ったコップを手にした。

「商談成立。よろしく頼みますね、水嶽の大姐《おおあね》さん」

ビールの泡をこぼしながら乾杯すると、田鶴子は笑顔で飲み干した。

＊

病院襲撃から十三日、そして田鶴子との会談から二日――

七月三日木曜日。

仕事を早く切り上げ神山町に戻った綾女は、玄関で女中に耳打ちされ、応接用の日本間に早足で向かった。

電灯をつけず、雨戸も障子も開け放たれた十畳敷の縁側近く、ロイ・クレモンズ中尉《ちゅうい》が座っていた。胡座《あぐら》をかき、雨が降り続く庭を見つめている。

綾女はしばらく待ち、うしろから静かに英語で声をかけた。

「お迎えは午後六時のはずです」

「この庭のうわさを聞き、がまんできずに早く来てしまいました。でも、連絡をいただくまで十日以上待ったんです。これくらい許して下さい」

クレモンズは振り返った。

「素晴らしい。どうせ京の南禅寺《なんぜんじ》や圓光寺《えんこうじ》の安い模倣だろうと疑っていましたが、大間違いだった」

「日本の書画だけでなく、庭もお好きなのですか」

「はい。ヤンキーに何がわかるとお思いでしょうが」

「そんなことはありません」

「刈り込み、整形された西洋庭園にはないものが、ここにはあります。自然と人工物の中間・中和といったものが。私たちアメリカ人風にいうなら、神の作りしものを、最も損なわぬかたちで人の世に降ろし、人の力で再生したものです」

「ずいぶんと神学的に語られるのですね」

「似合いませんか？　実際信心深くはないのですが、こんな静謐《せいひつ》な庭園を見てしまうと、ついそんなことを口走りたくなる。この光景を演出されたのは、あなただそうですね」

「素晴らしい盆景を描かれる僧侶《そうりょ》の方々と腕のよい庭師を選び、手入れをお願いしているだけです。私は何もしていませんし、何の知識もありません」

「人を選び、口は出さない。あなたはやはり優れたプロデューサーの資質をお持ちだ」

「この庭を眺め、私を褒めるために来たのではないですよね」

綾女は庭に向けていた視線をクレモンズに移した。

「ええ。カードゲームを楽しむ前にお話ししておきたいことがあったからです」

「互いの利益になることでしょうか」

「私はそう信じています。ここまでのあなた方の行動は、意外にもアメリカが日本に浸透させようとしている理念と合致していた。都内各地にあるマーケットでは、あなたの決めたルールを徹底させているそうですね」

闇市《やみいち》で品物を売ろうとする者も、買おうとする者も、家柄や性別、年齢で一切差別・区別してはならない。日本人も三国人も扱いは同じ。マーケットの規則を守る者はすべて平等に扱われる――綾女は今でもそれを厳格に守らせている。

「だからあなた方は見逃され、優遇されてもきた。しかし、GHQは警戒しはじめています。予想を超えて大きな存在になりつつある水嶽商事を」

厚い雲の向こうで陽が沈みはじめ、庭も部屋も薄暗くなってゆく。

「いずれあなたは潰《つぶ》されるでしょう」

クレモンズは胡座のまま、綾女を見上げた。

2

水嶽本社ビル脇《わき》の駐車場に磨き込まれた黒のパッカードが停まっている。

薄紫で七分袖《そで》のカクテルドレスに象牙色《ぞうげいろ》のカーディガンとヒール、ベージュのハンドバッグを片手にかけた綾女は、後部座席に乗り込んだ。

生田目《なまため》もあとに続く。

十三日前の爆発では、この男も背中や腕に大きな傷を負った。まだ癒《い》えていないはずなのに、痛むような素振りは一切見せない。

「父親同伴のデートみたいだな」

運転席のクレモンズは英語で呟《つぶや》いたあと、バックミラー越しに綾女に語りかけた。

「せめて助手席に来ませんか」

「寂しいなら俺が隣に座ってやるといってください」

後部座席に並んで座る生田目が彼に視線を向け、日本語でぼそりといった。

「いつの間に英語を習ったの？」

「習っていませんよ。野郎のいいそうなことなんて、どこの国でもたいして変わりませんから。それからこの先は日本語で話せと伝えてください」

綾女は下を向いて小さく笑うと、「私はこのままで結構です」とクレモンズに日本語で返した。

「せっかく車を借りてきたのに」

クレモンズは日本語でぼやきながらパッカードを出発させた。生田目の配下や水嶽本家の若衆が乗った二台のフォードもあとをついてくる。

「好きな食べ物は？　苦手なものがあれば、先に教えていただけると嬉《うれ》しいですね」

「何でも出されたものは、ありがたくいただきます」

「それはお父様の主義で？」

「はい。年端《としは》もいかない子供のうちから贅沢《ぜいたく》を身につけさせてはいけないと」

「勉強や躾《しつけ》にも厳しい方だったようですね」

「いいえ、身の回りの作法や行儀はすべて女中たちから教わりました。あの人に教えられたのは、人の脅し方くらい。女に勉学は不要という人でしたから、女子高等師範の入学試験に合格したときも通うのを止められました。だから私は家を逃げ出したんです」

「弱ったな」

　クレモンズが片手で顎《あご》をさすっている。

　彼の日本語は二ヵ月半前にはじめて会ったときより、遥《はる》かに上達していた。美術品を買い漁《あさ》るためだろうが、勉強熱心なのは間違いない。

「話題を変えましょう」

「気になさらないでください。私はこの会話を楽しんでいますから。父や水嶽商事のことをずいぶんとお調べになったようですね」

「ええ。これでも水嶽商事と私たちクロイスターズの仲介役、窓口担当ですから」

　クレモンズが所属する進駐軍内の非公式な集団の通称だ。他にも複数の犯罪集団が存在し、それぞれが物資を横流しして莫大《ばくだい》な利益を上げている。

「それに私はあなた個人にも興味を抱いています。好きなものを知りたくなるのは当然でしょう」

生田目が音を立てながらレギュレーターハンドル《取っ手》を回し、窓ガラスを開けた。マッチを擦り、タバコに火をつける。

「いいタイミングだな、まったく」

クレモンズが首を横に振る。

「その他にも、私たちに擦り寄ってきた理由がおありですよね。何を企《たくら》んでいるのか、教えていただけませんか」

「ずいぶんと率直な物言いですね」

「遠回しは嫌いなもので」

「予定より早いけれど、まあいいか」

クレモンズが片手でハンドルを握りながら、胸のポケットから「ラッキーストライク」を一本取り出した。片手のままオイルライターで火をつける。生田目とクレモンズ、ふたりの吐く煙の香りが車内で混ざり合ってゆく。

「空襲を受けなかった東北や北陸の山深い古刹《こさつ》、そして山陰の神社に今も人知れず眠る、美しく素晴らしい文物に出会いたいのです」

「出会ったものを略奪同然で買い取り、自分のお国で売り捌《さば》き、私腹を肥やしたいのですね」

蔑《さげす》むつもりはなかったのに、自然と攻撃的な口調になっていた。

「金を稼ぐのも目的のひとつですが、それがすべてじゃない」

クレモンズはダッシュボードの灰皿にラッキーストライクの灰を落とすと、バックミラー越しに綾女に視線を向けた。

「ここからは込み入った話になるので英語にさせてもらいます――本当に美しい日本の芸術品は、私が護《まも》り、後世に伝えていきたい。人類の遺産としてね。強欲な美術商の手で、何も知らない成金や管理の基本も知らない美術館に売り払われて、無残に朽ちさせたくないのですよ」

「高尚なお考えですが、それと私たちにどんな関係が？」

「水嶽本家の持つ歴史と人脈、もっとはっきりいえば信用を使わせてほしい。あなた方の名を使い、伝手《つて》をたどってゆけば、私のような、得体の知れないアメリカ人には絶対に開けることのできない蔵の扉も、開くことができるはずです」

「買い被《かぶ》りすぎです。私たちの信用などたかが知れています」

「謙遜《けんそん》はやめてください。まだ日本に来てわずかですが、水嶽商事の力を思い知りましたよ。日本の政府も警察もハリボテ同然で使いものにならない今、東京で最も信頼できるのはあなたたちだ」

「それもすべて自分たちの利益のためです」

「だから信用できるのではありませんか？　誇りや宗教、あるいは正義とか、そんな尺度の曖昧《あいまい》なものでなく、金という明確な基準で動いている。相応の対価さえ払えば、どんな品物も見つけ出してくれる。どこにもなければ、作れそうな人間を探し出してくれる。利益にかなうと踏めば、信用や人脈も売ってくれる。本来はヤクザであるあなたたちが、戦後の今この厳しい時代に『商事』と名乗っているのも、ある意味必然だと思いますが」

「当然です。私たちは商社ですから」

「いえ。ヤクザでしょう」

「捉《とら》え方に違いがあるようですね。いずれにせよ、私たちは善意で動いているわけではありません」

「この時代、善意で動いている者などいませんよ。誰もが利己的な思惑を抱いている。たとえ他人から聖者と崇《あが》められるような人物であっても」

　車内が一瞬静かになった。街はもう薄暗く、ヘッドライトが湿った路面を照らす。夕闇の路肩を仕事帰りの人々が歩いている。節電のせいでなかなか点灯しなかったFアベニュー（青山通り）沿いの街灯が、かすかに輝きはじめた。

「きれいですね」

クレモンズが独り言のように日本語で囁《ささや》いた。

「何がでしょうか？」

「あなたのネックレスです」

街灯の光を浴び、綾女の首元で輝いている。

「ガラスの安物です」

「材質や値段は関係ありません。素敵なデザインだし、あなたがつけていれば――」

後部座席でがさごそと音がした。

生田目がちり紙を取り出し、「失礼」と一言いうと鼻をかみはじめた。

「恋愛の現役を退いてずいぶんと経《た》つ彼には、今の私の気持ちはわからないのでしょうね」

「そんなことありませんよ」

綾女は横の生田目を見た。

「あなたの身の上や浩《ひろ》ちゃんとの馴《な》れ初《そ》めを、中尉に少しお話ししてもいいですか？」

「俺の？　面白くもない話ですが、そいつが少しはおとなしくなるなら、まあいいでしょう。代わりに来週も練習を忘れないでくださいよ」

「習い事ですか」

クレモンズが口を挟む。

「拳銃《けんじゅう》での射撃と刃物の使い方です。いざというとき、近づいてきた相手を撃退できるよう、彼から練習を怠るなといわれているんです」

「有益なことですが、この場にはまるで不似合いな話だな」

綾女は構わず、生田目を見ながら言葉を続けた。

「彼は二十年連れ添った奥様を、戦争中だった六年前に亡《な》くしたんです。仲の良いご夫婦で、彼も一生懸命看病していたものですから、亡くなられた直後は周りも心配するほどに気落ちしていたそうです。言葉も少なくなり、日々やつれてゆく姿を見かねて、彼の住まいの近くにある食堂で女給をされていた二十代のお嬢さんが、洗濯や食事を作りに家に通うようになったんです」

「その女性と結婚したとか？」

「ええ、去年。彼女、寡黙《かもく》だけれど優しく紳士的な生田目さんにずっと惹《ひ》かれていたそうです」

新しい妻は浩子という名だった。孤児として育った彼女は、父親ほど歳の離れた生田目をはじめてできた本物の家族として心から愛していた。

「甘い言葉よりも、誠実な態度に日本の女性は心動かされると？」

「はい」

「それでもくじけず、気持ちを込めた言葉を伝えようとするのがアメリカの男です。せっかくの機会ですから、もっとあなたと話したい」

「でしたら、先ほど私の家であなたが語ったことについて訊《き》かせてください」

いずれあなたはＧＨＱに潰される——とクレモンズは日本庭園を眺めながらいった。

「そちらのお国の事情が絡《から》んでいるのでしょうか？」

アメリカの雑誌『ニューズウィーク』や新聞『ヘラルド・トリビューン』などが、日本国内での進駐軍兵士たちの「恥知らずな行為」を次々と報道し、アメリカ本国でも問題になりはじめている。進駐軍兵士が、昭和二十一年十月の一ヵ月間に、銀行を通して日本からアメリカ本国へ送金した総額は八百万ドル。これは実際に彼らに支払われている正規の給与の一・七倍の金額になるという。

差額分はもちろん日本人に不正な方法で支払わせた彼らの儲《もう》けだ。アメリカ進駐軍による搾取《さくしゅ》の事実は、数字の上からもすでに世界中に知られていた。

「もちろんそれもありますが、詳しくは食事のあとでご説明しますよ」

「生田目ならだいじょうぶ。他人に漏らしたりしません」

「彼の忠義を疑っているのではありません。まだ話すための舞台が整っていないというだけです。それに私からも、もうひとつお伝えしておきたいことがあります。あなたに惹かれているのは本当です。近づくためについたうそじゃない」

「自分のお国に帰れば、青い目や栗色《くりいろ》の髪をした素敵な方がたくさんいらっしゃるでしょう」

「私の体には少しばかり日本の血が流れています。青い目より、自分と同じ黒い目の相手のほうが落ちつく。それに私が東洋の美しいものに目がないことは、あなたもご存知でしょう」

生田目がかーっと喉《のど》を鳴らした。痰《たん》を切り、窓の外に吐き出す。

「本当に忠実な部下だ」

クレモンズがタバコを咥《くわ》えたまま苦笑した。

3

接収されアメリカン《A》・クラブ《C》・オブ《O》・トーキョー《T》と名前を変えた東京會舘の前には、着飾った日本人娼婦が並んでいる。

進駐軍将校用クラブとなったＡＣＯＴは、上客を誘う一番の場所になっていた。それだけにヤクザに払うショバ代も高く、ヤクザのほうも器量良しの女でなければここに立たせない。将校に気に入られれば、一夜限りの関係でなく「オンリー」と呼ばれる現地妻になることができる。ダーリンたちが数ヵ月間に落としてゆく金で、彼女たちは親や子供や本当の夫を養っているのだ。

エントランスの前で綾女たちはパッカードを降りた。クレモンズが日本人の駐車係に車の鍵《かぎ》を渡す。娼婦たちの冷めた視線が綾女に注がれる。素性を知らない彼女たちは、元女優か元芸者の同業者だとでも思ったのだろう。

予想通り従者役の生田目は、事前連絡がなかったという理由でクラブへの入場を断られた。何者かを告げドアマンに金を握らせれば、すんなり入ることはできる。だが、今は綾女や水嶽商事関係者がこの場に来ていることを多くに知られたくない。

「外で待っています。たまにはこんな用心棒仕事で、若い奴《やっ》らに混じって昔を思い出すのも悪くない」

クラブ内で綾女を護る者がいなくなってしまうが、もちろん手は打ってある。

クレモンズにエスコートされ正面ドアを入ってゆくと、エントランスラウンジの先、バーで若いアメリカ人将校と談笑していた日本人の女が大きく手を振った。

「大姐《おおあね》さん」

――その呼び方はやめてといったのに。

肩の露《あら》わな白いドレス姿の田鶴子だった。

サンキューといって、彼女が若い将校の頬と唇に口づけをする。ＡＣＯＴに入るのを手伝ってくれた馴染《なじ》みの客なのだろう。将校のほうも頬と唇に紅をつけたまま笑顔で手を振った。

「ここでお会いできるなんて嬉しいわ」

田鶴子が偶然を装《よそお》い駆け寄ってくる。

「はじめて来たけれど、退屈でもう帰ろうと思っていたところなの。ねえ、ご一緒してもいい？」

田鶴子が綾女に訊いた。

「友人なんです。仲間に入れていただいてよろしいですか」

彼女の調子に合わせ、綾女は英語で白々しくクレモンズに尋ねた。

「さすがに計算高い」

クレモンズはつぶやいたあと、大きく手招きをした。

「ご一緒にどうぞ。お名前は？」

笑顔で田鶴子の肩を抱き、絨毯《じゅうたん》の敷かれた通路を進んでゆく。

「あなた《You》、なかなか《quite》素敵《nice》ね」

田鶴子も英語で返す。

クレモンズは拒まなかった。

やはりもうゲームははじまっている——

以前は「プルニエ」という名だったメインダイニングに入った。ふたり用のディナーテーブルに椅子《いす》を増やしてもらい、三人で座る。

「食事はこのメンバーで？」

綾女は訊いた。

「ええ。カードの時間になったら友人もやってきます。もうひとり女性も呼んでいたのですが、彼女には遠慮してもらうよう電話を入れてきますよ」

食前酒代わりのビールが入ったグラスを飲み干すと、クレモンズは一度席を外した。

「大姐さん、私こんな感じでいい？」

田鶴子が顔を寄せ、囁く。

「上出来です。ただその大姐さんはやめてもらえませんか」

「どうして？」

「友達同士の設定なのに、何だか置屋の女将《おかみ》にでもなったようで落ち着きません」

田鶴子がぷっと吹き出す。

――そう、可笑《おか》しいよね。

今さらそんな見え透いた筋立てにこだわっている自分のことが馬鹿《ばか》らしく思えた。

「じゃあ、綾ちゃんにしましょうか。私はたっちゃんって呼んで」

明るく笑う。だが、本当なら彼女は笑っていられるような状況ではない。

——私も同じ。

塚原が選んだ水嶽本家の者と客人たち、そして田鶴子配下の中野新興愚連隊が首尾よくやってくれるのを、今は信じるだけだ。

「女性同士の作戦会議は終わりましたか」

クレモンズが席に戻り、食事がはじまる。

ワインの代わりにスコッチのコーラ割りが三人の前に運ばれてきた。メニューは前菜がチキンクリームスープ、主菜はミートローフとソーセージの盛り合わせ。以前は魚介を使った西洋料理が名物の店だったが、接収されたことで料理もアメリカ人向けに大きく変わっていた。

英語に日本語を織り混ぜ、ディナーの会話を仕切ってくれたのは田鶴子だ。

しっかりとホステス役をこなし、初対面のクレモンズからアメリカでの少年時代や大学時代の思い出話を引き出し、場を盛り上げてくれる。クレモンズも、彼女が中野新興愚連隊の頭目だと知り、少し驚いたようだが、表面上は会話を楽しんでいる。

「ここは天国ね」

デザートのレモンパイとコーヒーが運ばれてきたところで田鶴子がいった。

「外が煉獄《れんごく》だからよけいにそう感じるわ」

挑発的な言葉にクレモンズは答えなかった。曖昧に笑いながらパイを口に運んでゆく。日本に駐留しているアメリカ兵やイギリス兵に、日本人を見下している者は数限りなくいるが、日本人を憎み、敵視している者はほとんどいない。南方の島々で日本人と凄《せい》惨《さん》な殺し合いをした兵士たちを、アメリカ政府が日本にはごく少数しか駐留させていないのだ。綾女がその事実を知ったのは、終戦から三ヵ月ほど経過したころだった。将校も一般兵も驚くほど若い男たちばかりなのは、日本人との交戦経験が少なく、日本という東洋の国に対して敵意より好奇心を抱いた者を数多く送り込み、占領政策を円滑にするためだった。

このほぼ満員のダイニングも、家族連れのテーブルはわずかで、あとは制服姿の将校のグループが半分、残り半分は日本人の現地妻を同伴して食事を楽しんでいる。

彼らアメリカ人にとって身の危険を感じることなく、しかも不正と横流しで給料以上の金を稼いで帰ることのできる日本は、ある意味で天国なのかも知れない。

そして、多くの日本人にとって今この国は確かに煉獄だった。

生活に必要なすべての物が足らず、栄養失調で倒れる子供や餓死する人まで出ている。

戦時中もひもじかったけれど、ここまでひどくはなかった。

昭和二十年八月十五日、敗戦直後に日野から聞かされた言葉が頭をよぎる。

「これからは君たちが生き延びるための戦いがはじまる」

そしてこうも思う、アメリカの奴隷《どれい》から抜け出したい。

——また思い上がったことを考えている、たかがヤクザのくせに。

ヒロポンのせい？　違う。頭も体も重いけれど、今日はがまんして飲んでいない。自分の手にした力に振り回されている？　たぶんそうだ。金を使い、政治家を使い、アメリカに変えられてしまった東京を元の姿に戻せると、心のどこかで感じている。

クレモンズが腕時計を見た。

「そろそろ友人も来るころです。ゲームの時間にしましょう」

三階まで上がると、小さな部屋が廊下沿いに並んでいた。

以前はレストラン客用の個室だったが、アメリカ人の要望で中央にカードテーブルが置かれている。部屋のひとつをクレモンズがノックし、静かに扉を開けると、奥の肘掛《ひじかけ》椅子にレナード・カウフマン中尉が座っていた。

綾女たち水嶽商事に抗争を仕掛けてきた三津田《みつだ》組の後見人。クレモンズの属するGHQ内の非合法組織クロイスターズと、彼の属するモスウッド・サンズは、数々の利権を巡って対立関係にある。

「予想していたようですね」

クレモンズに声をかけられたが、綾女は何も返さなかった。

「ずいぶん待たされたが、また会えて嬉しいよ。こちらの女性は？」

栗色の短髪で銀縁の眼鏡をかけたカウフマンに訊かれ、田鶴子が自己紹介した。

「中野新興愚連隊のうわさは知っています。あなたがならず者《ローグ》の女王《クィーン》ですか」

カウフマンが芝居がかったお辞儀をしてみせる。

「いえ、私はただの侍女。本当の女王はこちら」

田鶴子が綾女にウインクした。

「仲のよくないグループに所属していらっしゃるおふたりが、こんなアメリカの方々の目につく場所で同席していては、後々面倒なことになるのではありませんか」

綾女はカウフマンに訊いた。

「人目につく場所だからこそ、逆に誰もここで密会しているなんて思わない。アメリカ人ふたりが料亭に出かけて行って、こそこそ会うほうが目立ってしまうよ。それに今日は裏口から入り、従業員に金を握らせ口止めをしてある。もちろんこの時間のアリバイも作ってきた」

「クロイスターズやモスウッド・サンズの上層部は、この話し合いとは無関係です」

クレモンズも椅子に腰を下ろした。

これから話すことはクレモンズとカウフマン、ふたりだけの企みという意味だろう。

「外でタバコでも吸ってこようか？」

察した田鶴子が日本語で囁く。

「ここで吸って」

綾女は彼女の手を取り、ふたりで椅子に腰を下ろした。表にフェルト生地の張られたカードテーブルを四人が囲む。

「おふたりは呉越同舟《ウーユエトンヂョウ》ではないのですね」

綾女は男たちを順に見た。

「ああ。一丘之貉《イーチユウヂーファー》（同じ穴のムジナ）だよ」

戦前、上海で家族とともに暮らしていたカウフマンは日常会話程度の中国語を使える。カウフマンという苗字《みょうじ》や外見からユダヤ系のようだが、彼にもクレモンズと同じように日本人の血が何分の一か混じっているらしい。

「今日の目的のひとつは三津田組の排除。より率直にいえば、我々は君たちの提唱する公営ギャンブルに強い興味があり、その障害となるものは率先して取り除くつもりだ」

カウフマンが解説をはじめた。ギャンブル収益の分け前を確実に手にできるのなら、三津田組は切り捨てるといっている。

「彼らは暴力的すぎるし、収益を組織的売春に頼りすぎている」

「ヤクザとは、そもそも暴力的なものですから」

「では、彼らはその暴力性と違法性を隠そうとせず、あまりに露骨だと言い直そう。

我々にもＧＨＱの趣味にも合わない。抗争に勝利して支配地域を拡大するしか、今の状態では三津田組の収益を増やす手立てがないのも問題だ」

「だから乗り換えると？　でも、三津田組の皆さんが素直に承知するとは思えません。おふたりの所属するグループの皆さんが、この話をご存じないという点も気にかかります」

「彼らの排除方法はいくつか考えている。だが、それを話す前に、君が我々との共闘に乗る気があるのか確認したい」

「でしたら私が答えるより先に、まずクレモンズさんに答えていただきたい。もう舞台は整いましたよね。説明してください。なぜ水獄商事がこのままではＧＨＱに潰されるのか、そんな潰される運命にある私達に、どうして共闘の提案をされたのか」

「潰される理由は、先ほどあなたが指摘した通り、日本にいるアメリカ兵が調子に乗って稼ぎすぎたからです。本国も本気で問題視しはじめ、ＧＨＱもその意向に従わざるを得なくなった。来年は大統領選挙の年です。共和党、民主党ともに日本統治の問題は、選挙の重要争点と捉えていますから」

「だから進駐軍全体を改革するのではなく、手足として使っているヤクザを切り離し、潰すことで、浄化したように見せかけたいと」

「ええ。今年中には、コートニー・ホイットニー准将《じゅんしょう》（ＧＨＱ民政局長）から、日本の地下組織掃討の正式命令が出されます。その前段階として、遅くとも今から二ヵ月後、九月にはヤクザの弱体化に本格的に乗り出す。まず政治家や公務員に圧力をかけ、ヤクザとのつながりを強制的に断ち、新聞報道を通じてヤクザがいかに反社会的な存在かを広めてゆくでしょう。東京で最も経済力があり、最も多くの構成員を抱えているあなた方も当然標的にされる」

「回りくどいことをせずとも目障《めざわ》りな組織の幹部を一斉逮捕すれば、すぐに目的を果たせるのでは」

綾女は尋ねる。

「そんなことをすれば、今の日本の流通と経済が破綻《はたん》してしまう。飢える者がもっと増え、その怨嗟《えんさ》は我々に向けられる。しかも、いきなり頭を潰すようなことをすれば、残った構成員たちは地下に潜る。ヤクザが経済ゲリラ化することを懸念《けねん》しているんです。ヤクザのような組織力・扇動力のある連中が、進駐軍に対する敵意から共産主義者や社会主義団体と結託することを、ＧＨＱは何よりも恐れている」

「ヤクザが共産主義？」

「笑いたい気持ちはわかります。しかし、ヤクザを含む日本人全体が明日にはどの方向へ動き出すかわからないと、アメリカ人、いや、ＧＨＱのまともな将校たちは全員思っています」

「今でも日本人は私たちにとって不気味で、得体の知れない民族ってことだよ」

横からカウフマンがいった。

「こんなに従順なのに？」

黙っていた田鶴子も口を開いた。

「従順だから気味が悪い」

小さなバーカウンターに置かれていた赤ラベルのジョニーウォーカーをカウフマンが手に取り、グラスに注いでゆく。

「命を無駄にしているとしか思えぬ絶望的な戦いを続けていたかと思えば、天皇《ヒロヒト》の一声で全員が敗北をあっさり認める。徹底抗戦派日本人によるテロやゲリラを警戒していたのに、我々占領軍を進駐軍と好意的に呼び、アメリカ人に対する発砲騒ぎすら起きない」

クレモンズも続ける。

「それほど天皇に忠誠を誓っているのかと思った。ところが一方では社会主義、共産主義者が急激に増えている。天皇制の廃止を主張する連中までいる」

「わかってやってるわけじゃない」

田鶴子がカウフマンの差し出したグラスを受け取りながら反論した。

「だからなおさら危険だ。自分が本当は何をしているのか、されているのか理解していないからこそ、簡単に流される。社会主義にすがり、頼れば、今の苦しさから抜け出せる、今よりきっとよくなると安易に信じこむことにもなる」

「難しい言い回しがお好きなのね」

田鶴子が首を横に振った。

「要するにおふたりは、水嶽商事さんと陰でつるんで上手《うま》いことやりたい。たっぷり稼いで、その金の力で進駐軍の中でのし上がりたいってことでしょ？」

「まあそういうことだ。ミス・ミタケといっしょにやれば、きっと稼げる。金さえ持っていれば、ＧＨＱ内の階級も、縦の序列も飛び越えられる」

「その金で何をするの？　軍の中で偉くなるつもり？」

「いや、映画プロデューサーになる。金を出して、能力のありそうな連中を集めて映画を作らせる仕事だよ」

「へえ、面白そう。あなたは？」

田鶴子がクレモンズを見た。

「美術商になりたいんです」

「絵を安く買って、高く売りつけるのね」

「正しくはないけれど、まあ大きく間違ってもいないな。ただ、私は本当にその作品の価値を認めてくれる顧客とだけ取引がしたいですね」

「素人《しろうと》は引っ込んでろって感じで客を選ぶのね」

聞いていたカウフマンが声を上げて笑った。

「でも、おふたりとも水嶽商事を過大評価しすぎていませんか」

綾女はカウフマンが差し出したスコッチを断り、水差しから自分でグラスに注いだ。

「いや、水嶽商事じゃない。私たちはあなた自身の手腕を買っているんです」

クレモンズが綾女を見つめる。

カウフマンもうなずいた。

「特に新円切替と財産税実施のときの勝ち逃げ方は見事だった」

以前、吉野繁実も言及していた昭和二十一年二月から三月にかけての「貯金税」実施にまつわる騒動のことだ。

「そのとき日本で何が起きたかを調べ、君がどんな指揮を取ったのかを知って、私はグループを裏切る覚悟を決めたんだ」

カウフマンが眼鏡の奥の視線をこちらに向けた。

4

「単に水嶽商事《うち》が最初に手をつけただけです。今では誰でもやっていることですから」

綾女は首を横に振った。

昭和二十一年三月三日、ＧＨＱからの命令を拒めなかった当時の幣原《しではら》内閣は、日本人の個人金融資産への課税——一般に「貯金税」と呼ばれる法律を施行する。

最低二十五パーセントから最高九十パーセントにもなる累進《るいしん》課税で、しかもこの数週間前の二月に「新円切替」と呼ばれる一連の緊急勅令を発し、日本国民の現金資産を強制的に金融機関に預けさせ、そこから直接税を徴収した。

二月十六日、土曜夕方。まず新紙幣への切り替えと、十円以上（二月二十二日、五円券追加）の旧紙幣の強制的な金融機関への預け入れ、そして「既存の預金とともに封鎖のうえ、生活費や事業費などに限って新銀行券による払出しを認める」という非常措置が発表され、翌十七日日曜に公布、即日実施となった。

銀行に一度預金しなければ新紙幣には一切交換できない。預金せずに旧紙幣を手元に置いていても、価値を失い、使えなくなる——この乱暴かつ不意打ちのような課税で、国の税収は激増し、戦費に使われた巨額の対外債務返済に一定の目処《めど》がついたものの、戦前から大量の現金資産を保有していた資産家たちは一気に没落し、ほぼすべての日本国民はさらに貧しくなった。

〈幣原首相と渋沢敬三《しぶさわけいぞう》大蔵大臣が、大蔵省の官僚と怪しげな話し合いを重ねている〉

昭和二十一年の年明けの時点で、綾女と水嶽商事はこの情報を、旗山市太郎の側近の国会議員、さらに現役衆議院議員である吉野繁実を通じて摑《つか》んでいた。

そして一月末、談合が強硬な新税制施行に向けたものだと判明すると、綾女たちはすぐに動いた。

水嶽商事の保有財産は、戦後の強烈なインフレを見越して父の水嶽玄太が早い段階から多くを物資・貴金属に置き換えていたが、この作業をさらに加速し、医薬品・燃料を中心とする物資を大量購入し、貴金属類とアメリカドルも秘密裏に買い集めた。

当座に必要な現金確保のためには、数多くの水嶽商事の社員や傘下《さんか》の組の者に新たな銀行口座を開かせた。その上で水嶽商事の資産を臨時賞与の名目で少額ずつ渡し、貯蓄の分散を行い、新税制施行後も最低税率の二十五パーセント徴収で切り抜けられるよう仕組んだ。

生活に窮乏した地主たちから土地も買い漁った。鉄道沿線や私鉄の延伸が見込まれる地域を中心に購入すると、水嶽本家の敷地など既存の不動産とあわせて、都内の三つの神社と七つの寺に寄進した。

もちろん徴税担当の役人たちの査察が入った。

だが、役人たちも疑惑をしつこく探ろうとすれば、自分と家族がどうなるかを十分わかっている。彼らは職責を全うし殺されるよりも生き延びる道を選んだ。

一方で、一般庶民から卑怯《ひきょう》と責められぬよう還元もした。

旧紙幣は二十一年三月二日を過ぎれば、新札に交換できず、買い物に使えないただの紙屑《かみくず》になる。ただしこれは日本人だけのことで、進駐軍兵士たちに期限は設定されていない。

旧紙幣をどうにかしたい日本人と、小遣いを稼ぎたい進駐軍の下級兵士たちの間を、水嶽商事が取り持った。仲介手数料は無料。そもそも払えるほどの財力のある日本人などほとんどいなかった。さらにGHQの上級士官たちに黙認させるための「寄進」も忘れなかった。

「両替」の符牒《ふちよう》で呼ばれたこの無償サービスが評判を呼び、支配地域《シマ》の住人たちから水嶽商事と綾女はさらに支持されることになった。

「また難しい話に戻っちゃった」

田鶴子がグラスを差し出し、スコッチのお代わりをねだる。

「すぐに終わらせます」

クレモンズはジョニーウォーカーの瓶から注ぎ終えると、また綾女に語りかけた。

「あの新円切替と貯金税が二重に押し寄せた状況を乗り切れたあなたなら、今度のGHQによる暴力団排除も難なくかわせるはずです」

「具体的な策はあるのですか」

「まず内部分裂や部下の離反のうわさを流し、その後、水嶽商事の組織を分社化してください。あなたはそのひとつの社長に収まり、グループの代表には一時的に他の誰かを据える。見せかけの暴力団解体をやり、あなたと水嶽商事の求心力が落ちたように演出するのです」

「ずいぶん単純ですね」

「アメリカ本国に何らかの成果を報告できればいいのです。来年の大統領選が終われば、政治の主題も世論の関心も対ソ、反共に移り、極東の首都で起きている不正など忘れてしまう。あなた方はそれまで一時的に活動を抑えていればいい。ＧＨＱの上層部も大半は、占領期間が終われば去ってしまうこの国のことなど、共産化さえしなければどうでもいいと考えています。実際、彼らは公営ギャンブルに興味津々《しんしん》で、自分たちも十分な分け前にありつけるなら、提唱者である水嶽商事を潰《つぶ》したくはないと思っている」

「悪い話ではないですね。ただ、共闘するには条件があります。川崎の東京俘虜《ふりょ》収容所第一分所に勾留《こうりゅう》されている私の兄、水嶽康三郎を釈放していただきたい」

「は？　条件を出せる立場だと思うかい？」

カウフマンがグラスの中のスコッチを揺らしている。

「思っています。あなた方がいくら戦勝国の人間だとしても、たったふたりの中尉《ちゅうい》に過ぎません。しかも、こうした謀略や知略の駆け引きに関しては何の実績もない。いくら日本人相手とはいえ、我々といきなり対等に取引するのは、少し無理がありませんか」

「パンク《チンピラ》と本物のギャングスター《犯罪集団》では格が違うと？」

カウフマンはスコッチを飲み干した。

「取引をするに足るだけの相手かどうか、能力を見せろということですか」

クレモンズもジョニーウォーカーの瓶を手に立ったまま訊いた。

「はい。意外ですか」

「条件が出されるのは予想していましたが、想定よりかなりの難題だったものですから。

私たち尉官レベルの権限でどうこうできる問題ではないし、人脈を駆使しても必ず成功するとはいえません」

「兄は今年二月に逮捕されてから、いまだ裁判もはじまらぬまま、ずっと勾留されています。正式な面会禁止命令が出ていないのに、会うことも叶《かな》いません。おふたりの上官に公営ギャンブルで手にできる利益の額を囁いて、どうか動かしてください。兄が戻ってきたら、すぐに水嶽商事を部門ごとに分社化し、私は会長兼社長代行から退きます。おふたりの思惑にも合致すると思いますが」

「少し猶予《ゆうよ》をください」

「いつまで？」

「一週間後」

「ずいぶん先。誘ったのはそちらなのに。弱気なのですね」

「挑発かな？」

カウフマンが口を挟む。

「共闘するパートナーとして最有力なのは確かに君だ。でも、唯一《ゆいいつ》の交渉相手じゃない、選択肢は他にも――」

が、クレモンズがまた遮った。

「一週間後にはお答えします。時間が必要なのは、検察官、裁判官を納得させられるだけの材料を揃《そろ》えられるか、調べねばならないからです。金と利権をちらつかせるだけで解決できる問題でないことは、あなたもおわかりでしょう」

「では、一週間お待ちします」

綾女はカウフマンの腕時計に目を遣《や》った。

「他に議題がないのなら、これで失礼します。私たちが先に出てよろしいですか？」

「ねえ、もう少しだけお話ししていかない？」

田鶴子が三人を見た。

「残りたいのなら、いてくれて構わないわ。帰りの車は手配しておくから」

「そうじゃない。綾ちゃんにもいてほしいの。せっかく三人で楽しく食事して、ここでカウフマンさんとも出会えたのに、気詰まりな仕事の話だけして解散じゃ寂しすぎるもの。もしかしたら、長い付き合いになるかもしれないのでしょう？」

「仲良くなりたいと思ってくれるのですね」

クレモンズが愛想めいた笑顔を見せた。

「話が弾まないようなら、そうだ、トランプでもしない？　この机、カードテーブルでしょう。それから……」

バーカウンターに置かれていたカードとチップケースを手に取った。

「何で遊ぶ？　私はバカラでもブラックジャックでも」

「でも、ミス・ミタケが――」

「ポーカーならできます」

綾女はクレモンズの言葉を遮った。

「覚えてきたのですか」

「はい」

「やっぱりあなたは素敵だ」

クレモンズがつぶやいた。

「それじゃポーカーで。まず親決めだ」

カウフマンがカードを取り、クレモンズの前に置いた。

「乗り気なのか？」

クレモンズがカードを切りながら訊いた。

「彼女の戦い方を間近で見るいい機会だ。敵、味方、どちらになるにせよ、知っておいて損はない」

「君はギャンブル好きか」

「あたり前だろ。でなければ、日本人と組み公営ギャンブルで儲けるなんて無茶に乗るわけがない」

「ほんの少し前まで険悪だったのに」

クレモンズが苦笑しながら田鶴子に視線を送る。

「ね、仕事の話ばかりじゃ空気が重くなる。遊びは人の距離を縮めてくれるの」

田鶴子は満面の笑みで彼に答えた。

クレモンズが切ったカードを四人の前に順に表向きにして配ってゆく。カウフマンの前にジャックのカードが置かれた。

「俺が最初の親だな」

「私たちふたりとも初心者だからハンディがほしいわ」

田鶴子がカウフマンに視線を送る。

「いいだろう。手加減はしないが、あまりに実力差があるとスリルがなくなる。俺とクレモンズはチップ十枚、君たちは十五枚。ビッドは三枚まで。手持ちのチップがなくなった者から脱落してゆき、最終的な勝者を一人決める。どうかな？」

「ええ、それで。でも、もうひとつ。綾ちゃんみたいな大金持ちがいるのに、賭《か》けるのがお金じゃ私たち三人が不利になるだけでしょう。勝者へのご褒美《ほうび》はお金以外のものにしない？」

「それも素敵な提案だ。よりフェアな戦いになる」

「ありがとう。じゃあ、一位になった人には、他の三人の中のひとりに何かひとつ命令して、従わせる権利が贈られる。ただし、全財産没収とか一生奴隷として尽くさせるとか、法外なのはなし。逆に、タバコ一カートンとか簡単すぎるのもつまらないわ。大人の判断で、難題だけど実現は不可能じゃない、勝負に本気で熱くなれるくらいの命令にして」

「ルールは決まったな。では、俺はクレモンズの青磁をもらおう」

「焼き物？　値打ちがあるの？」

「ああ、キャデラック75セダンが五台は買える。中国宋《そう》代の名品で、彼が日本に来る直前、ハワイの華僑《かきょう》を騙《だま》し、捨て値で手に入れたそうだ」

「人聞きが悪いな。交渉の末手に入れたものだよ」

「いや、詐《さ》欺《ぎ》だ」

「仲がいいのね」

田鶴子がタバコに火をつける。

「いや、十三日前にはじめて会ったばかりだ」

「欲がふたりを結びつけたってことね。いいわ、私はカウフマンさんにお願いする。私が勝ったら、中野新興愚連隊のアメリカ人顧問になってもらう。期限はあなたがお国に帰るまで。もちろん報酬もお支払いしますが、嫌になったからって途中で逃げるのはなし。私の身内が進駐軍さんと揉《も》めたら、すぐに飛んできて丸く収めていただきます」

「大役だな。絶対に避けたいよ」

「私はやはりあなたにお願いしましょう」

クレモンズが綾女に視線を送る。

「勝ったら一晩私のものになってください」

綾女は配られたカードを手にして、少し眺めたあと、口を開いた。

「わかりました。では、私が勝ったときはクレモンズさんにお願いします。水嶽康三郎に面会させてください。一回だけでなく三回」

広げたカード越しに彼を見つめる。

「釈放は困難でも、面会ならできますよね」

カウフマンと田鶴子もカードを広げる。

「せっかくいい雰囲気になりかけたのに。また雲行きが怪しくなってきた」

クレモンズは配られたカードに手を伸ばした。

5

東海道線の列車が川崎駅に到着すると、綾女は水嶽商事の警護役たちに囲まれながらホームに降り立った。

隣にいるのは、ここしばらく警護主任役が続いていた生田目ではなく赤松。他の警護役同様、この男の表情も固い。

七月十日木曜日。

一週間前の夜、アメリカン・クラブ・オブ・トーキョーで行われたカードゲームは、中盤までは四人全員が競《せ》り合《あ》う展開だったが、まずカウフマン、次にクレモンズが抜け出す。しかし、後半、大胆なブラフをかけ続けた綾女が連勝し、最終的に一位となった。

そして敗者となったクレモンズは約束を果たした。

これから勾留されている康三郎に会いにゆく。

改札を出ると、先着していた塚原や弁護士とともに、川崎駅の東側一帯を仕切っている高埜《たかの》組の面々が待っていた。

「お忙しい中、ありがとうございます」

綾女は頭を下げた。

「お嬢さんと水嶽商事さんのためなら何だってさせてもらいますよ」

薄い頭に口髭《くちひげ》の組長が笑顔で出迎える。

去年五月、旗山市太郎が公職追放処分を受けた直後――

水嶽商事が一時的に国会議員の後ろ盾を失った隙《すき》を突き、神奈川の都市部を制圧下に置いていた港北連合が都内への侵攻をはじめた。

水嶽商事は多くの犠牲を払いながらも撃退し、さらに神奈川まで攻め込み壊滅させた。その際、港北連合の支配地域《シマ》を吸収せず、連中の勢力拡大で隅に追いやられていた、古くからの地場の組たちに返還した。以来、高埜組を含む神奈川北部の各暴力団とは、友好的なつき合いが続いている。

高埜組長に先導され、水嶽商事の若衆と高埜組組員が作った人垣の間を進む。駅前には、高埜組が用意した自動車だけでなく、都内から先にこちらに向かわせた水嶽商事のビュイックやフォードも待機している。

綾女はビュイックに乗り込んだ。何事かと見ている通行人たちを、高埜組の組員たちが蹴散《けち》らす。来日した外交使節団の一行のような車列は走り出した。

いつにも増して厳重な警戒には理由がある。

一週間前の夜、綾女とクレモンズたちがカードで勝負していたころ、三津田組組長の息子夫婦と孫ふたりが行方不明になった。

何者かが息子夫婦の自宅に押し入り、拉致《らち》したらしい。警備役だった三津田組の組員四人も同じく行方がわからず、息子宅の玄関や居間では血痕《けっこん》も見つかっている。

その夜、組長の三津田重利は栃木県宇都宮を訪れ、周辺一帯を仕切っている暴力団組長との宴席にいた。だが息子たちに起きた災難を知らされると、最終列車と自動車を乗り継ぎ船橋に戻り、深夜に千葉県警を呼びつけ現場検証をさせた。しかし犯人の痕跡は見つからず、末端の組員まで動員し一帯を捜させたが、何の成果も上げられなかった。

当然、一番に水嶽商事が疑われた。

敵対する組の支配地域に乗り込み、次期三津田組組長を略取するのは、相当に危険で困難な仕事だ。手練《てだ》れの幹部が陣頭指揮を取ったのだろうと、三津田組の連中だけでなく千葉県警も考えた。

だが、綾女にはアメリカン・クラブ・オブ・トーキョーにいた明確なアリバイがある。メインダイニングでクレモンズたちと食事をする姿を日本人給仕に、深夜にクラブを出ていく姿もドアマンに目撃されている。水嶽傘下で一番暴力的な生田目も、建物と道を挟んだ反対側で、若衆とウイスキーの小瓶を回し飲みしながら綾女が出てくるのを待っていた。その姿を何人もの娼婦《しょうふ》が目撃している。

赤松と須藤は熱海の旗山市太郎の別荘を訪ね、その後、旗山や地元の組の連中とともに温泉旅館に芸者を呼んで呑《の》んでいた。塚原などは宇都宮で三津田組組長も同席していた宴席にいた。他の水嶽商事の役員たちも何らかのかたちで、その夜の居場所が特定されている。

誰の仕業かわからないまま、三津田組は息子一家の捜索を続けた。

綾女たちはこの機に乗じることはせず、ただ静観した。

千葉県警の内通者の話では、行方不明から二日後、息子の小指が彼の着ていたシャツに包まれ、現金三十万円を要求する手紙とともに届けられたという。

一家四人の生死は今も不明のまま。

しかし三津田組内部にも、もう生きていないと見る連中が出はじめている。

三津田重利現組長は七十代と高齢で、高血圧の持病もある。だからひとり息子が戦後復員し、組の仕事に戻ると、自分が影響力を発揮できるうちに組長の座を譲ろうと画策した。綾女を狙《ねら》い水嶽商事の勢力を削《そ》ぐべく、強引に都内進出を図ったのも、すべては自分の目の黒いうちに仮想敵を一掃し、無事に組を息子に引き継がせるためだった。

けれど、その唯一の次期組長候補だった息子も、さらにそのあとを継がせるはずだった孫もいなくなった。三津田の血を引く正統な後継者が消え、組内部では早くも跡目を巡る暗闘がはじまっていた。そこを狙う周辺の千葉の組との小競り合いも起きている。

逆に、都内では三津田組側になびいていた組が、また水嶽商事に擦り寄る態度を見せている。

綾女たちは何もする必要はなかった。勝手に崩壊してくれる。もし壊れず踏みとどまったとしても、十分に弱ったところを最後に軽く叩《たた》けばいい——

綾女たちを乗せた車列は走り続ける。

東京の下町と変わらないバラックの町並みが広がっているが、それでもぽつりぽつりと高く足場が組まれた建築現場が見えた。今、川崎では映画館や劇場など盛り場の建築ラッシュが起きているという。暮らす人々の心に、苦しい中でも娯楽を求めるだけのわずかな余裕が生まれつつあるのだろう。

大島四丁目にある東京俘虜収容所第一分所が見えてきた。

道中、綾女の心は落ち着くことがなかった。ただ、この胸のざわつきは、三番目の兄にようやく会える喜びからなのか、まだ三番目の兄が塀の中にいる悲しさのせいなのか、よくわからない。

バッグの中に手を忍ばせる。

そこには三日前に飛田から届いた手紙が入っていた。

内容は現場を長らく離れていたことへの謝罪と、今日退院し、明日から秘書の仕事に復帰するという報告で、文面も事務的で素っ気ない。

それでも、今こうして手紙に触れているだけで緊張が和らいでゆく。

金網と有刺鉄線の第一ゲート前で車を降り、身体検査を受けた。高埜組一行を外に残し、第一ゲートの中へ。さらに鉄製の第二ゲート前で再度入念な身体検査を受けた。第二ゲート内に入るのを許可されたのは、綾女と塚原、それに渕上《ふちがみ》という名の顧問弁護士の三人のみ。赤松と警護役は立ち入りを拒否され、小雨の降る中、屋根もない急ごしらえのコンクリートの塀の外で待たされることになった。

収容棟を進んでゆく途中、廊下の端に立つクレモンズの姿を見つけた。気になって駆けつけたようだ。彼とは目礼だけを交わした。

許可された面会人数はふたり、与えられた時間は十五分。

この短い時間のために高額を支払った。

GHQ上層部の態度を変えさせるため、クレモンズから用意しろといわれたのは、十グラムの少量金地金《きんじがね》四十枚。重犯罪人の保釈金並みの値段だが、今日を含め三回の面会が許された。

日本人刑務官が綾女の名を呼んだ。

弁護士の渕上を残し、塚原とともに面会室へ急ぐ。

三重に施錠《せじよう》された木製ドアの先、金網で隔てられた向こうに三番目の兄・康三郎は座っていた。

髪は丸刈りが少し伸びた長さで、顔は濃い髭で覆《おお》われている。カミソリを使わせてもらえないのだろう。その疲れ切った顔からは、十代のころから女学生たちの憧れの的だった精悍《せいかん》さは微塵《みじん》も感じられず、老人のように見える。服も差し入れたものではなく、アメリカ兵が使い古した草色の作業服を着ていた。PRISONERのPの文字がペイントされた囚人服ではないものの、外見は収監されている受刑者と変わらない。

「だいじょうぶ？」

面会室へ入るとすぐに綾女は訊《き》いた。

「殴られたり、眠らせてもらえなかったり、拷問《ごうもん》は受けていない？」

「受けていないよ。それより伝えたいことが多いのに時間が足りない。とにかく座ってくれ」

綾女はうなずき、金網越しに向き合った。

「おまえも聞いていてくれ」

康三郎に目線を向けられ、塚原も「はい」とうなずいた。

「まず、出征まで俺の恋人だったとか、俺の子供を産んだとかいう女が、大勢金の無心に来ているだろ。そのうち何人かは、本当につきあっていたし、本当に俺の子供だ。あとで渕上に手紙を渡すから、そこに名前を書かれている女には手切金を渡し、子供のほうは、すまないが新学制の高校くらいまでは行けるよう金の世話をしてやってほしい」

「私が？　康兄さんがお世話してあげて」

「俺には無理だ。当分外には出られない」

「どういうこと」

綾女は身を乗り出した。

「金網から離れて」刑務官から注意が入る。

「処刑の場所に居合わせただけなのに、なぜ出られないの」

「有罪、しかも重罪は避けられないってことだ」

戦時中、陸軍第六十一師団に所属していた康三郎は日本軍の占領する上海に駐留していた。上海へのアメリカ軍の上陸はなく、戦闘も起きなかったかわりに、諜報戦《ちょうほうせん》が激化。英語と中国語が使えた康三郎は一般兵でありながら間諜摘発の助手を任され、通訳として暴力的な逮捕や取り調べの現場、さらに処刑の瞬間にも立ち会っていた。そのためB級戦争犯罪人として起訴されてしまった。現在、中国人活動員四名・アメリカ人情報将校三名を残忍な方法で処刑した疑いがかけられている。

「見ていただけでしょう？　何もしていないんでしょう？」

自然と声が大きくなり、塚原が綾女の手を摑み制した。

「いや、やったんだ」

康三郎がこちらを見ている。

その濁った瞳《ひとみ》から、綾女はいかなる感情も読み取ることができなかった。

「俺を間諜に引き抜いた少佐から軍刀を渡された。日本男児だろ、一度は試してみろって。あいつ、『絶対に秘密にする、俺を信じろ』といっていたくせに。逮捕されたら取調官に乗せられ、自分可愛《かわい》さでべらべらと事細かにしゃべりやがった」

「どうして斬《き》ったの」

「わからない。やれといわれたからとしかいえない」

「斬らなければ自分が斬られていたからでしょ。命令を拒んだら、憲兵に連行されてしまうからよね」

「恫喝《どうかつ》された記憶はない。『水嶽の息子ならこれくらい何でもないだろう』といわれて、ふっと神山町の屋敷の中庭を思い出した。あそこで親父《おやじ》は裏切った子分を斬り殺した。他所《よそ》のヤクザも斬っていた。綾女も覚えているだろ——今、少佐からやれといわれているのは、あれと同じことだと思ったんだ。水嶽の仕事を続けるのなら、俺もいつか親父と同じように人を斬る必要に迫られる。ならば、今ここで慣れておくのも悪いことじゃないと」

康三郎が口元を緩めた。

「はじめは本当にただの通訳だった。でも、意外に使えると思われたようで、隊を離れて間諜狩《ネズミ》りの任務に同行するようになった。最初に斬ったとき、さすが水嶽本家の跡取りだと褒められたよ。慣れるにつれて、自分もスパイになった気になって、少し楽しんでもいた。新撰組《しんせんぐみ》気分で、踏み込んだ先の間諜を叩き斬ったこともあった。命令されてかかわったのは七人の処刑だけじゃないんだ。担当検事はほぼすべて知っていたよ。よほど丹念に調べたんだろう」

「馬鹿《ばか》みたい」

綾女は声を絞り出した。

「ああ。上海の街の瘴気《しょうき》にやられて馬鹿になっていたんだろう」

「違う。親父と同じようにとか、慣れておくのも悪いことじゃないとか、まともじゃない」

悲しかった。けど、涙も出ない。あまりに馬鹿ばかしくて。

南方の密林の中での狂気の戦いをくぐり抜け、今日本に戻って、ようやく平穏な暮しを取り戻した人が数多くいるというのに。激しい銃撃戦などなかった上海で、兄は自分の意志で人を殺していた。

「この体に流れる血から、逃げられなかったってことだ」

「そんなの思い込みよ」

「かもしれない。でも、俺はその思い込みを捨てられなかったし、そもそも捨てたいと本気で悩んだこともなかった。けれど、これでいいんだ。仕方ない」

「いいなんて——」

「復員から逮捕までのたった半月の間だったが、おまえと今の水嶽商事の様子を弁護士や刑務官を通じて聞かされよくわかった。今日こうして会って確信したよ。あれほど水嶽本家を憎んでいたおまえも、結局血の力に引き寄せられ戻ってきた。その上、麟兄さんよりも俺よりも、上手く水嶽商事を取り仕切っている。おまえには誰より色濃く流れていたんだよ、あの親父の、ヤクザの血が」

「残り一分」

刑務官が予告した。

「すまないが、あとのことはすべておまえに任せる」

綾女は康三郎を睨《にら》んだ。

「いい日だ。頼もしいよ」

金網の向こうで康三郎が立ち上がり、連行されてゆく。

綾女たちも面会室から出された。背後で扉が閉まる。

「勝手なこと、いわないで」

綾女は立ち尽くし、不機嫌な少女のようにつぶやいた。

6

「少しだけお時間をいただきたい」

クレモンズが前を塞《ふさ》いだ。

「今は遠慮させてください」

綾女は目を合わせず通路を進んでゆく。

「今だからこそ話さなければならないことです。あなたにとっても、私にとっても」

綾女は苛立《いらだ》った表情でクレモンズを一瞥《いちべつ》したあと、塚原に視線を移した。

「先に自動車で待っていて」

塚原に話しかけるのは、飛田を見舞った病院で襲撃を受け口論になって以来だ。

離れてゆく塚原を見届け、クレモンズがまた話しはじめる。

「お兄様の口から置かれている状況を聞きましたね？　勾留が長引いているのも、裁判がはじまらないのも、ある意味でＧＨＱなりの苦肉の策であり、水嶽商事への配慮なのです」

「今裁判が行われれば厳しい刑は免れないといいたいのですか」

「極刑に処される可能性が高い。ただし、今後の東京裁判（極東国際軍事裁判）の流れ次第では、ＢＣ級戦犯の扱いも大きく変わる。今のこの国の世論を考えても、それは避けられません」

来年には大きく緩和されます。勾留中、服役中の彼らの処遇も、たぶん戦中、軍部に締め付けられていた反動もあり、敗戦直後は「戦犯は悪《あ》しき軍国主義の象徴」「新生日本の恥」と考える日本人が多かった。

しかし、その後の二十三ヵ月間に、戦犯本人だけでなく家族や親類、友人までにも及ぶ乱暴な捜査・取り調べ、無慈悲で一方的な判決の数々を見せられ、戦犯捜査と裁判に対する日本人の意識は大きく変わっている。

だが――

「水嶽康三郎は保釈されないのですね」

「残念ながら」

「でしたら、はじめに申し上げた通り、共闘のお話はお断りします。こちらの要望を聞いていただけそうなGHQの方々が、まだまだ他にもいそうなので」

「そういわれると思っていました」

「一週間前も似たようなことをおっしゃっていましたね」

「ですが、今回はすべて予想の範囲内です。私とカウフマンは一週間前のカードゲームを楽しんだあの夜、あなたが何をしたか知っています」

綾女は床に落としていた視線を上げた。

クレモンズが言葉を続ける。

「おふたりの演技は見事でした。まだ帰る気もないのに、さりげなく時計を見たり、田鶴子さんも思いついたようなふりで、カードをしようと誘ったり。私たちと一緒に過ごすことで、所在証明をしたかったのですね。でもその間に、あなたの命令を受けた者たちが、三津田組組長の息子家族を連れ去った。私は家族が今どこにいるのかも知っていますよ。ただ四人はもう生きていませんが」

綾女はクレモンズを見た。

「あの実動部隊、半分は田鶴子さんの配下ですね。あとの半分は、あなたが名古屋から戻るとき、一緒に東京に入った。名古屋の東海井桁会《いげたかい》のボス、小野島の秘蔵の集団を借りてきたのでしょう。彼らは戦中の日本の特殊部隊だ。普通の歩兵の動きではないし、練度も高かった。あの家族の警護役は皆元職業軍人や戦場経験豊富なヤクザでしたが、敵《かな》わなかったのも仕方がない」

「証拠はあるのですか」

「もちろん。もうあなたもお気づきですよね。私は今はまだ民政局所属ですが、本来はCPCの監督と機能強化のために日本に呼ばれました。あと半月もすれば、正式に異動の命令が下ります」

民間財産管理局（Civil Property Custodian）。日本人が連合国側市民やアジア諸国の住民から略奪し、日本国内に所持している私有財産を、正当な所有者たちに返還する作業を監視するGHQ内の部署だ。国内に運び込まれた財産の中には高価な美術品や書画もあり、隠されていたり、価値がないよう外観を偽装されている場合もある。それらを見つけ出すため、美術品の専門知識を持つクレモンズのような人材の召喚が急務とされていた。

「私は二ヵ月半前に日本に来たばかりの上、美術品を見る能力しかありません。しかし、局内外のスタッフには調査や潜入、監視に長《た》けた者たちが揃っています」

隠された財産を発見するため、ＣＰＣは密偵として多くの日本人、朝鮮人、中国人を雇っている。

「実は衆議院議員の吉野さんに何度かお電話して、あなたについて教えていただいたんです」

――裏に吉野まで。

「あなたが共闘を確約してくれるのなら、誰にも話しません。三津田組が瓦解《がかい》するのは私たちの希望でもありますから。密偵たちも口を割らないし、ＧＨＱの上層部にも報告しません。もちろん吉野さんが誰かに吹聴《ふいちょう》することもない」

――やられた。

チェスでも将棋でも、手を読みすぎると、無意識のうちに自分の指し手に固執し、その隙を突かれ相手からのリバース《逆転》を食らう。

「この事実を知っているアメリカ人は私とカウフマンだけ。約束します」

クレモンズは自信に満ちた顔でうなずいた。

7

「役員会を開きます。皆を集めて」

第一分所前に停めてあるビュイックの後部座席に乗り込むと、綾女は塚原に指示した。

「何か問題が？」

エンジン音が響き、川崎駅に向かって走り出す。

運転役の若衆に聞かれないよう、綾女は隣に座る塚原に顔を寄せた。

「あの夜のことを知られていた。証拠もあると」

「で、この前の計略に乗れということですか」

綾女はうなずいた。あまり表情を変えない塚原が口元を引きつらせる。

「迂闊《うかつ》でした。大変申し訳ありません」

「あなただけのせいじゃない。計画を立てた私の見落としでもあるし、田鶴子さんにも迷惑がかかる。だから早く皆を集めたい」

「わかりました。赤松さんはこのまま来ていただいて、須藤さんやその他の方には電話を入れ、招集をかけます」

「飛田も呼んで」

「それはできません」

「勘繰らないで。今日退院するなら、秘書課長として参加させないと。向こうはCPCの密偵を使ってこちらの動きを監視しているのよ。警護の方法も変える必要がある」

「あいつは今日で辞めました。故郷の富山に帰るそうです」

綾女は体を屈《かが》めると、降りる直前にバッグから出してシートの下に隠しておいた拳銃《けんじゅう》を拾い上げた。

ベレッタM1915の銃口を塚原に向ける。

ビュイックが急減速した。

「止めるな。そのまま走れ」

バックミラー越しに見ている運転役に塚原が命令した。

「こうなると予想していたんですね」

「可能性のひとつとして頭の隅に置いていただけ」

「さすがです。が、引き金を引く覚悟はできていますか」

「無駄話はやめて。飛田を殺したの？」

「いいえ、まだです。あいつの返答次第ではそうなるかもしれません」

「説得しているのは生田目さんね。前の奥様の七回忌だなんてうそをついて」

「七回忌は本当です。でも、息子さんに法要を任せ、あの方は参列しなかった」

「会わせて。このまま飛田のいる場所まで連れて行って」

「だめです。御不満なら撃ってください。とうにお嬢さんにお預けした命です。いつ殺していただいても構いません」

「あの人をとり戻したいからじゃない」

綾女はベレッタの引き金に指をかけながらいった。

「もう一度会って、最後の別れをいいたいだけ」

川崎から渋谷区神山町まで、電車とタクシーを乗り継いでも五十分。

その距離を、ビュイックは警笛を鳴らし、アクセルを踏み続け、人を蹴散らし、車体を壁や電柱に擦《こす》りながら走った。

ブレーキを大きく響かせ、水嶽本家裏にある社員寮の前に止まる。

でも、遅かったようだ。

生田目の忠実な子分たちが、邪魔が入らぬよう寮の玄関に立っている。彼らの悲痛な表情を見ただけで綾女にもわかった。漏れてくる音で、すでに中の状況に気づいているのだろう。もしくは、どちらに転んでも無残な結末になると、生田目自身から事前に聞かされていたのかもしれない。

子分たち全員が、かすかに敵意と憎しみを含んだ目をビュイックの車内に向けた。その中には、病院で岩倉という男が襲撃してきたとき、綾女を捨て身で護《まも》ってくれた三人も交じっていた。

自動車を飛び降り、子分たちを押し退《の》けながら土足で玄関を駆け上がる。二階にある飛田の部屋の場所は知っている。

上りながらバッグからまたベレッタを取り出した。

しかし、やはり手遅れだった。

閉じている部屋の扉の内側からは、何の音も漏れてこない。飛田の叫びも、生田目の呻《うめ》きも聞こえない。代わりに、近くの道で遊んでいる子どもたちの声がかすかに耳に届いてきた。

扉を開ける。

物の少ない部屋の壁とタンスに血が飛び散り、畳の大きな血だまりの中に短刀《ドス》を手にした飛田が倒れていた。少し離れた場所に長《なが》短刀を握った生田目も倒れている。

異様な光景だった。

互いの体を削《そ》ぎ合ったかのように、指先や皮膚の一部があちこちに落ちている。男同士、命懸けでもつれ合い、殺し合ったのだ。

——ヤクザって、なんて愚かなんだろう。

綾女は血だまりに跪《ひざまず》き、飛田を抱きかかえた。

「飛田」

頬と額にざっくりと斬り傷が残る顔に呼びかける。

だが、両目と口を薄く開いたまま動かない。力の抜けきった体はひどく重くて、もう魂が抜けてしまった事実を否応《いやおう》なくつきつけてくる。

綾女の目に涙が溢《あふ》れ、畳を濡《ぬ》らした。

寂しさを埋めるだけ、苦しさから束《つか》の間《ま》目を逸《そ》らすため。そんな関係だと疑ったこともあった。離れさせようとする塚原に強く反発しながらも、自分の想《おも》いの深さを測れずにいた。

——でも、私はやっぱりこの人を愛していたんだ。

うしろからかすかに声がする。

生田目だ。

綾女は涙と鼻水にまみれた顔で振り返った。

「飛田の最期《さいご》の言葉を伝えさせてください」

生田目は倒れたまま口と鼻から血を垂らし、唇を震わせている。短刀で斬られ、下腹からはみ出した腸《はらわた》を右手で押さえていた。

「俺の手でお嬢さんを殺すことができず、申し訳ありません。それでももし来世でお会いしたなら、今度こそ添い遂げさせてください——確かにお伝えしましたぜ」

——飛田は来世を信じていたんだ。

ただ、今になって知ってもどうしようもない。それに添い遂げることもできない。

——死んだ先に、そんな場所などないのだから。

綾女は飛田を抱いたまま、右手の拳銃を生田目に向けた。

「駄目ですよ、撃たせません」

虫の息の生田目が笑う。

「それに手が震えてます。狙ったらすぐ引き金を引けとお教えしたでしょう。素人《しろうと》が一度躊躇《ちゅうちょ》したらもう撃てませんよ」

笑いながら話し続けた。

「いずれにせよ俺はもう死にますから。お嬢さんの手は絶対に汚させません」

「こんなにまでして私を護りたかったの」

「ええ。いったでしょう、何があってもお嬢さんを護ると。飛田はお嬢さんに見境をなくさせる。だから……これが俺のやりかたです」

「何が俺のやりかたよ。押しつけないで」

だが、生田目はもう答えなかった。

目を開き、こちらを見たまま息絶えた。下腹を押さえていた右手の力が抜け、深い斬り傷の奥からピンク色をした腸がぬるりとこぼれ出た。

生田目も勝手なことをいうだけいって死んでしまった。生田目も私を思ってくれるのなら、飛田には私なんて捨てて、ひとりで逃げてほしかった。

飛田とふたり、内緒で逃がしてもらいたかった。

——でも、それは許されない。ふたりともヤクザだから。

廊下から足音が聞こえ、塚原が部屋の戸口に立った。

「他人を好く気持ちなんて俺にはよくわかりませんが——こうなるとわかっていて逃げなかったのは、飛田《あいつ》のお嬢さんへの愛でしょう。いきなり囲んで撃ち殺すこともできたのに、命懸けで斬り合ったのは、やはり生田目さんなりの飛田への俠気《おとこぎ》とお嬢さんへの情でしょう」

「だから何？　わかったふうにいわないで。愛も情も知りもしないくせに」

「確かに知りません。が、死んだふたりの思いはわかります。俺も同じヤクザですから」

「そのヤクザの、あなたも含めた水嶽本家の配下の連中の総意がこれ？」

「はい」

綾女は飛田のまぶたを閉じた。あの整った顔は血で醜く汚れたまま。割れた額の奥には白い頭蓋骨《ずがいこつ》が覗《のぞ》いている。

「俺を殺して気がすむのなら、明日からまた水嶽商事の会長兼社長代行として働いていただけるのなら、どうぞ今すぐ撃ってください。未練などありません」
塚原は変わらぬ落ち着いた目をこちらに向けている。
綾女は静かにその顔を睨んだ。

五章　ひかり

1

昭和二十四年十月十四日

療養所の庭を舞う蝶《ちょう》を、車椅子《くるまいす》の青池修造が右目で追っている。

傍らには右目に眼帯をつけスーツを着た兄の興造が立ち、見守っていた。言葉の不自由な修造が何か話しかけるたび、興造は笑顔でうなずき、言葉を返す。

そんなふたりを、離れた病棟の貴賓室から綾女はレースのカーテン越しに見ていた。

庭では興造が時計を見て、修造に何かを告げた。不満そうに首を振る修造をなだめながら、興造が車椅子を押し、病室に戻ってゆく。

「お時間です」

警護担当の社員が綾女にも声をかけた。

「わかりました」

露草色《つゆくさいろ》のパーティードレスに身を包み、バッグを手にした綾女は立ち上がった。

病院の車寄せからパッカードの後部座席に乗り込む。

隣には興造が座った。今では彼が主任秘書兼警護役を務めている。

「もう四年と二ヵ月です。そろそろ会ってやっていただけませんか」

「まだ先生からのお許しが出ていないから」

「お嬢さんの顔を見れば喜ぶと思いますが」

「逆になるのが怖いもの」

「よし江とはつき合いの深さが違います。修造はガキのころからお嬢さんを知っている幼馴染《おさななじみ》ですよ」

三ヵ月前、修造と同じく深く心を病んで入院している妻のよし江への面会が、担当医から許可された。近ごろは状態もとてもよいと説明されたが、実際にはカーテン越しに綾女の声を聞いただけで、よし江は体を震わせ、叫び出した。

――彼女もまだ私を許してはいなかった。

「私より興造さんのほうはどうですか」

訊《き》いたと同時に、興造から「お嬢さん」とたしなめられた。

車内にはふたりの他に、運転役と警護役も乗っている。社員たちの前で馴れ合いを見せることは許されない。それほど水嶽商事グループは成長してしまった。

「青池こそどうなの」

面倒臭いと感じながらも言い直す。

「この前の日曜に息子に会ってきました。一緒にそばを食って、おもちゃなんかを買ってやってね。ようやく笑ってくれるようにはなりましたが、あいつも俺のほうも、まだまだぎこちなくて」

「元の奥様とは？」

「息子を迎えに来たときに顔を合わせましたが、特に何もしゃべりませんでした。こっちから話すことも、これといってありませんし」

興造は正式に離婚した。よくある話だが、元妻は興造の復員が遅れている間に別の男と知り合い、結局その人と離れられなかった。戦地で負傷し、片目を失い変わってしまった興造の容姿も受け入れられなかったようだ。

「残念ね」

「堅気の男の安らぎを知っちまったら、ヤクザとの暮らしになんて戻りたいと思わないでしょう。これも戦争のせいと割り切るしかありません。ただ、『ちゃんとした家の娘なんて嫁にもらっても不幸にするだけだ』と、死んだ親父《おやじ》のいっていた通りになっちまったことだけが腹立たしいです」

パッカードが虎ノ門を過ぎると、10thストリート（外堀通り）の先に目的の建物が見えてきた。

東館、西館ふたつの鉄筋コンクリート八階建てビルが連なる水嶽商事の本社新社屋だ。所在地は港区赤坂溜池町（現港区赤坂一丁目）で、建設自体は三年前にはじまったが、会社の急成長に伴い何度も仕様が変更され、ようやく今月はじめに完成した。

神山町の旧本社ビルが手狭になり、都内数ヵ所に一時分散していた本社機能がまたここに集約される。水嶽商事は延べ床面積で東京一広い事業場を持つ民間会社になった。

今日、その新社屋と新生水嶽商事の披露パーティーが開かれる。

開始十分前。警護の社員に先導され、新社屋へ入った。

大理石とシャンデリアで飾られたパーティー会場となる東館のエントランスホールは、すでに大勢の招待客で溢《あふ》れ、バンドの奏《かな》でる軽やかなジャズが流れていた。

綾女に気づいた何人もの客たちがシャンパンやビールのグラスを片手に、笑顔で祝辞を述べてくる。

雑誌・新聞記者の入場を禁じ、社用カメラマンの場内撮影も一切無くしたことで、GHQの上級将校、現役政治家、官僚も数多く出席してくれた。ただ、皆の一番の目的は祝賀ではなく、現金の詰まった土産のクッキー缶を持ち帰ることだった。

「主役にしてはずいぶんと遅い登場じゃないか」「早く前に行かなきゃ。ヒロインなしじゃはじまらないよ」

顔見知りの電力会社の常務と製粉会社の社長が冷やかす。

「いえ、私はただの添え物ですから」

綾女は作り笑顔で答えた。

バンドの演奏が途切れ、スーツを着た塚原が失った左腕の袖《そで》を揺らしながら、金屏風《きんびょうぶ》と生花、そして氷彫刻で盛大に飾られたステージの端に上がった。

「サンキュー・フォー・カミング――」

司会者用のマイクに向かって、先に英語、次に日本語で前口上を述べてゆく。

そして現在の水嶽商事会長兼社長、水嶽麟太郎が盛大な拍手を浴びながら登壇した。

故水嶽玄太の長男であり、綾女とは半分血のつながった一番上の兄。

十四ヵ月前の昭和二十三年八月、麟太郎は終戦から三年を経て復員した。これでもシベリアに抑留されている元日本兵の中では相当に早い帰国だ。不本意ながら吉野繁実をはじめとする日本民主党の国会議員たちへ送った多額の献金・援助の成果だった。

寄り合い所帯だった片山哲《てつ》内閣の瓦解《がかい》後、あとを継いだ芦田均《あしだひとし》内閣も、昭電疑獄による要職者の逮捕で約七ヵ月の短命に終わり、吉野はまた権力の座に這《は》い上がった。進歩クラブとの合流を成功させ、衆議院第一党となり、党名も民主進歩党にあらためると、綾女たちによる党内反主流派への応援工作を撥《は》ね除《の》け、昭和二十三年十月、内閣総理大臣に復帰した。

麟太郎はタキシードに身を包み、日本有数の商社に成長した水嶽商事の未来と目標を、笑顔で訴えてゆく。

ときおり挟む軽やかなジョークに合わせ、会場からはたびたび笑いが起きた。麟太郎の妻と子どもたちも笑顔で見ている。取締役の赤松や須藤たちもいる。まだ会ってはいないけれど、二番目の兄・桂次郎も今日は顔を出すといっていたので、会場のどこかにいるはずだ。

だが、三番目の兄、康三郎の姿はない。

十四ヵ月前、麟太郎の帰国を報告すると、まるでそれを聞いて安堵《あんど》したかのように、東京俘虜《ふりょ》収容所第一分所内で首を吊《つ》って自殺した。

ずっと引き延ばされていた裁判がようやくはじまる二日前のことだった。

戦犯の待遇改善により、望めば面会もできるようになっていた。一方で、弁護士からは厳しい判決になるのは避けられないと告げられていた。康三郎が、上官から強制されたのではなく、自ら進んでアメリカ人情報将校三名と中国人活動員四名を軍刀で処刑した過程が、公判で立証されるのはほぼ確実だったためだ。さらなる余罪が暴《あば》かれる可能性も高く、兄がB級戦犯として死刑判決を受ける最後のひとりになることを、綾女も覚悟していた。

それでも、わずかながら望みもあった。

進駐軍の日本占領解除まで刑が執行されず、勾留《こうりゅう》状態が続けば、死刑回避、減刑となる可能性も皆無ではなかった。政治情勢と時間が命をつないでくれるかもしれない。

しかし、それを待つことなく、康三郎は自らに死の罰を下してしまった。

知らせを聞き、綾女は悲嘆に暮れた。

ただ、涙は流れなかった。どこかでこうなることを予測していたのかもしれない。俘虜収容所で会った康三郎は、すでにこの世の人でないように見えた。

新聞・雑誌でも広く報道されたが、綾女たちの工作により、ほとんどの記事が事実とは違う、「命令に逆らえなかった一兵士の悲劇」という内容に置き換わっていた。

世間の多くはそれを信じ、水嶽の血縁者たちに同情を寄せ、綾女の元には、家族や友人が戦犯となり服役中の人々からの励ましと見舞いの手紙が数百通届いた。今日の新社屋落成式も不運と悲しみを乗り越えた、水嶽の再出発と感じている者が多い。

ステージ上では国会議員の乾杯の発声に続き、来賓の挨拶《あいさつ》がはじまった。

「口紅の色が赤すぎる」

うしろから英語の発音の癖が混じった日本語で話しかけられた。振り向かなくてもクレモンズ中尉《ちゅうい》だとわかる。

「ドレスの色と合っていないな」

彼の階級は中尉のまま変わらない。しかし、水嶽商事を通して手に入れる公営ギャンブル収益の力で、GHQ内に複数ある犯罪集団の枠を超え、強い発言力を持つようになっていた。今では階級が上の将官や佐官たちまで、彼の顔色を窺《うかが》っている。

「でもブラウンのマスカラと、淡いピンクのチークは君の白い肌に合っている。今日もきれいだ」

クレモンズは赤ら顔で微笑《ほほえ》んだ。

「さあ、あちらで一緒に飲みましょう」

英語で誘い、綾女の腰に手を回す。

「今日の私はおもてなしする側です。ゆっくり飲んではいられません」

はぐらかし、離れようとするが、クレモンズもグラス片手にあとをついてくる。興造たち警護班が近くにいるものの、このアメリカ人を引《ひ》き剝《は》がすことはできない。

綾女はまだクレモンズに弱みを握られたままだった。

来賓の挨拶が終わった。またバンドの演奏が流れ出し、歓談の時間がはじまる。

そこで田鶴子が英語で声をかけてきた。

今では水嶽商事のグループ会社のひとつ、新東京繊維という衣料メーカーの社長となった彼女は状況を理解し、クレモンズの軍服の袖を軽くつまんだ。

「中尉、あちらでお仲間がお待ちですよ」

「せっかくの祝宴なのに、同僚と飲むのは味気ないですよ」

「せっかくの祝宴だから、今日の綾ちゃんは皆さんをもてなさなきゃいけないんです」

「ええ。残念だけれど」

綾女も申し訳なさげな表情を浮かべる。

「わかりました。今日のところは遠慮します」

クレモンズが綾女に耳打ちする。

「でも、明日の夜は君を独占させてもらう」

ウインクを残し、田鶴子に連れられ去っていった。

恋人気取りで接してくるのが鬱陶《うつとう》しいが、決して無理強いはしない。嫌といえば素直に引き下がるし、GHQ内で大きな権力を得た今も、ふたりでいるときに尊大な態度を取ることもない。

〈はじめて会ったとき、君の髪は黒楽茶碗《くろらくぢやわん》のように黒く艶《つや》やかで、肌は宋代の白磁のように白く艶《なま》めかしかった。なのに、内面は波立つように荒々しく残酷だった。その二律背反に、僕は射貫《いぬ》かれたんだ。そして今も射貫かれたまま。時とともに強く危険になってゆく君は、さらに魅力を増している〉

そんな歯の浮く台詞《せりふ》を真顔で口にする。

出会いから二年が過ぎても、クレモンズは綾女の前では紳士だった。バンドの演奏が続き、ときおりシャンパンの栓を抜く音が響く。ローストした肉やアルコール、タバコ、香水の臭気が混ざり合い、会場全体に漂っている。似たような宴に何度も出席するうち、綾女の鼻も自然と慣れてしまった。この虚飾を感じさせる臭気とともに、日本が敗戦から復興、そして再成長期へと歩みを進めてきたのは間違いない。

来賓者たちと話している途中、興造が静かに近づいてきた。

「皆さんがお話ししたいそうです」

綾女は笑顔を振りまきながら、ゆっくりとその場を離れた。

二階に上がり、応接室の扉を開けると、袴《はかま》の老人と背広の中年男がソファーでタバコを吹かしていた。

「遠くからありがとうございます」

綾女は頭を下げた。

「お世話になっている水嶽さんの晴れの日だからね。来んわけにはいかんよ」

袴の老人が笑う。名古屋一帯を支配している東海井桁会の組長、小野島。八十歳に近く、顔は皺《しわ》だらけだが、声には張りがあり衰えている様子はない。

隣で笑っている小太りの眼鏡は、埼玉県熊谷《くまがや》に本拠を置く東武連合会の会長である品田だ。

「会長兼社長からのご挨拶はございましたでしょうか」

「していただいた。でも、忙しい日なのだから、我々に構わず皆さんと話してきてくれと伝えたよ」

「お気遣いいただき、申し訳ありません」

「それでね、君と少し話をしたくてね」

「私でよろしければ、喜んで」

「一月前に小倉（現北九州市）と大阪の方々が、名古屋の栄《さかえ》までわざわざ出向いてくれてね。話を聞かせてもらったが、皆さん喜んでいたよ。君によろしゅう伝えてくれといっとった」

綾女たちが画策していた公営ギャンブルは、まず競輪というかたちで実現した。

もちろん綾女たちは一切表には出ていない。日本社会党の代議士、スポーツ振興会社を設立した元軍人・元官僚を表の顔として、あくまでスポーツの普及振興と収益での戦後復興・地方発展を掲げ、国会と世論を動かした。

そして去年（昭和二十三年）十一月、福岡の小倉市三萩野《みはぎの》で開催された初の競輪は、四日間で五万人以上を集客し、車券の発売額は二千万円近くとなる大成功を収めた。翌月には大阪でも開催され大人気となり、今年六月にはこの大阪の競輪場で初の全国争覇競輪（現日本選手権競輪）も開催された。一方で、レース展開や判定、配当金への不満からレース場で騒乱が起きるなど、過熱ぶりが早くも社会問題化しつつある。

「いろいろ面倒もあるようだが、品田さんと君のところでは、かなり上手《うま》くやれたという話を今聞いていたんだ」

小野島が品田に目配せする。

「ええ。綾ちゃんのおかげで、私もいい思いをさせていただきました」

品田がいった。

今年一月には水嶽商事と品田の東武連合会が共同し、東日本初となる競輪を埼玉県大宮双輪場で開催した。

「名古屋《うち》はようやく再来週だ」

小野島が続ける。

「手際《てぎわ》が悪いもんで、他の皆さんから、ずいぶん出遅れてまったわ」

今月の二十四日、中京地区初の競輪が名古屋競輪場で開催される予定になっている。

「我々の力不足で申し訳ありません」

「いや、君たちのような優秀な者がうちには揃《そろ》っていないからだわ。市議会議員や県議会議員との折衝ももたもたしとって。私も、こんな歳《とし》になってまで働かされとる。先週も県知事との会合に引っ張り出されて、わんべ（世辞）使うてきたわ」

小野島が自分の警護役の太った大柄な中年男を見た。小言を聞かされた男は肩をすくめ、綾女をちらりと見ると苦笑いを浮かべた。

「でも公営ギャンブルに関しては、私はもう何もしておりません。麟太郎にすべて引き継ぎました。身内がいうのも何ですが、役員会と連携して上手く取り仕切ってくれています」

「君は最近、芸能仕事に熱心なようだね」

小野島がいった。

「今日の宴会のバンドや歌手も君のところの事務所の所属なんだろ」

品田が綾女に視線を送る。

「うちの配下が東京から浪曲師を呼んで打った興行が盛況でね。どこの所属か訊いたら、水嶽プロモーションっていう綾ちゃんがやってるところだといわれて、驚いたんだ。そちらも順調のようだね」

「いえ、所属の者たちも事務所のほうも、まだ皆さんに名前を覚えていただいている段階で、利益が出るところまではいっていません」

水嶽商事の元専務で、裏切りが発覚し焼き殺された堀内の芸能事務所を、堀内紅梅興業から名前を変え、再始動させた。

「まあ君のことだ、きっと上手くやるだろう。さて――」

小野島がソファーの肘掛《ひじかけ》を指で叩《たた》いた。

警護役の太った中年男が他の従者とともに部屋を出てゆく。品田の従者もそれに続く。綾女も興造たちに視線を送り、出て行かせた。

人の引けた応接室にバンドの演奏するダンスナンバーがかすかに聞こえてくる。

「ここからは本当の意味での無礼講だ。失礼なことをいうが、君も遠慮なく何でもいってくれ」

小野島がスコッチのグラスを手にした。

「麟太郎くんのことだよ」

品田がレースのカーテンが引かれた窓の外に目を向けた。通りの遥《はる》か向こうには、戦火に耐えた首相官邸が見える。

「さらに大きく変わろうとしている今の水嶽商事にふさわしい人物だと思いますが」

綾女はふたりを順に見た。

「確かに合ってはいる。だが、それだけだ」

品田がやんわりと否定した。

「物腰柔らかな今の麟太郎くんは、ヤクザの印象を拭《ぬぐ》い去って新しい時代の顔となるにはいいかもしれない。だが、まったく物足らん。看板にはなれても、本当の意味で水嶽商事を牽引《けんいん》していける人物ではないんじゃないかな。綾ちゃんが素晴らしかったから、なおさら霞《かす》んで見える。これは小野島さんと私だけじゃない、我々皆の意見だよ」

「小倉と大阪の客人をお迎えしたのも?」

綾女は小野島に訊いた。

袴の老人がうなずく。

この進言を取りまとめるためだったようだ。今伝えられている言葉は、東海道線沿い、そして広島周辺、福岡一帯を支配している各主要暴力団の当主たちの総意だった。

「我々は血を重視する。だが、同じように実力も重視する」

小野島がグラスを置き、こちらを見た。

「だから我々は君を認めた。女だろうが、若かろうが、元は教師だろうが構わない。水嶽本家の血を引き、君のおじい様やお父様と同じように道理をわきまえ、そして高い能力を持つ者なら喜んで受け入れる」

「残念ながら、麟太郎くんはさらに変わってしまったよ」

品田がタバコを指に挟んだ。

マッチに手を伸ばした綾女を制し、自分のライターで火をつけ、言葉を続ける。

「敗戦とシベリアのせいだ。戦前、神山町の家で君たちのお父様から後継者だと紹介されたときのことはよく覚えている。麟太郎くんは自信に溢れ、野心家の目をしていたが、中身はただの秀才だった。巨大な組織を束ねていく器ではなかったが、それでも後継を支持したのは、塚原くん、赤松さん、須藤さん、亡《な》くなった生田目さんと脇《わき》を固める人材が揃っていたからだ。しかし、抑留中、ソ連の連中に心をとことん削られてしまったのだろう。今の彼は、以前よりさらに状況判断力も決断力も鈍くなった。秀才どころか、人当たりがいいだけの、ただの平凡な男だ」

「康三郎くんの不幸には同情する。だが、同情はしても、それで容認することはできないし、一緒に沈んでゆくのもまっぴらだ」

小野島も言葉を選ばなかった。

「為替が固定され（一ドル＝三百六十円）、東証も再開された。いいことばかりではないが、市場の安定は我々には好機だ。なのに麟太郎くんは、この一年間にどれだけ判断を誤った？　土木工事利権ではGHQに押し切られ、馬鹿《ばか》高い賃金を工夫に支払うことになった。国鉄のスト潰《つぶ》しは失敗し、鉄道員と社会主義者にいいようにやられ、GHQの介入を許した結果が、あの無用な騒ぎだ」

下山《しもやま》事件、三鷹《みたか》事件のことだ。

今年七月五日、当時の国鉄総裁・下山定則《さだのり》が失踪《しっそう》、翌六日に常磐《じょうばん》線の線路上で轢断《れきだん》された遺体が発見された。さらに七月十五日、国鉄三鷹駅で無人の電車が突然暴走し、脱線転覆しながら近隣の民家などに激突。死者六名、負傷者二十名を出す大惨事となった。

「このままじゃ君が狙《ねら》っていたプロ野球の公営ギャンブル化も潰されるだろう。今年の末に、二リーグに分裂するのは間違いない。我々にはまたとない機会なのに。麟太郎くんではあの正力《しょうりき》（松太郎《まつたろう》・日本野球連盟名誉総裁、読売巨人軍オーナー）を説き伏せられんよ」

麟太郎の数多くの失敗を、綾女と役員たちはここまで全力で覆《おお》い隠してきた。水嶽の新しい当主の品位を傷つけないよう、細心の注意も払ってきた。

しかし、ふたりの目はやはりごまかせなかった。

「ですが――」

綾女は口を開いたものの、そこで止めた。この老獪《ろうかい》なふたりには、どんな説明や擁護をしても、今この場限りの言い逃れだと簡単に見抜かれてしまう。

「早晩どうにも隠し切れなくなるときがくる。君にもよくわかっているはずだ」

小野島が皺深い顔を向け、じっと見た。

「本来なら麟太郎くんにすべて譲って、身を引きたかったんだろう。少し話せば、君が望んで血にまみれた稼業《かぎょう》に浸《つ》かっているのじゃないとわかる。何より君は聡明《そうめい》だからね。でも、シベリアから戻った麟太郎くんの変化を、今の彼の実力を見抜いてしまったから、身を引けなくなった。だから君は関連会社に残った。君が目を光らせていなければ、よからぬことを考える連中が出てくるからね。水嶽商事を護《まも》るため、この世界を去れなかったわけだ」

ひとつだけ違う。残ったのは水嶽商事のためじゃない。こんな会社も、組織もどうなったっていい。

――ただ、今も私は許されていないから、ここにいる。

品田も口を開いた。

「麟太郎くんが看板でいるのは構わない。だが、裏では以前のように綾ちゃんが取り仕切ってくれ。麟太郎くんが不服を述べるなら、我々が説得してもいい。力任せにはしないし、穏やかに話すよ」

綾女の顔を小野島が覗《のぞ》き込む。

「君たちには安泰でいてもらいたい。そして強くいてもらわねば困る。我々全体のためにね。首都東京の顔役としてGHQと正面から渡り合ってもらわねば。来年にはまた騒ぎが起きそうなこの時期に、我々の足並みが揃わないようではいけない。我々が一枚岩でいるために、やはり君が必要だ」

来年の騒ぎ。それは朝鮮半島で起きると予測されている軍事衝突のことだった。

2

パーティー会場に戻ってゆく小野島と品田を見送り、綾女自身も戻ろうとしたところで、麟太郎の妻の美紗子《みさこ》が駆けてきた。

「お話はもう終わり？」

困り顔で訊かれた。

「ええ。また浩《ひろ》ちゃん？」

綾女が訊き返すと、美紗子はうなずいた。

浩子は生田目の若い再婚相手で、二十七歳にして未亡人となってしまった。

綾女たちが会場近くのトイレの前に急ぎ足で向かうと、酔って立てなくなった浩子が見知らぬ女性の膝《ひざ》に頭を乗せていた。それを、持て余した表情の水嶽商事社員たちが囲んでいる。

「あ、綾ちゃん。社員の皆に意地悪されてるところを、この人が助けてくれたの」

浩子がいった。

その女性からは「はじめまして」と挨拶された。

少し栗色《くりいろ》がかった髪と大きな瞳《ひとみ》、欧州系の血が混じっているのか肌が白くピンクのドレスとよく合っている。ありきたりだけど、舶来の人形のような容姿だと思った。

「申し訳ありません」

「いえ、お気になさらず」

女性が涼やかな顔で返す。

「ふたりで話さないで、私も混ぜて」

浩子が大声で会話に割り込んでくる。

「ずいぶん飲んだのね」

アルコール臭い息を浴びながら、綾女は優しく話しかけた。

「私、もう少し飲みたかっただけなの。あとちょっと踊りたかっただけなの。なのに、社員たちも美紗子さんも許してくれなくて。親切なのはこの人だけ」

浩子が栗色の髪と瞳の女性の膝に顔をうずめる。

綾女も廊下にしゃがみ、浩子の手を取った。

「もちろん飲んでもいいわ。でも、その前に一度鏡を見て。お化粧を直しましょう。ずっと踊っていたせいで、汗で崩れちゃってる。大事なパーティーなのに、そのままじゃお客様に失礼よ」

「ああ……そうね」

浩子がうなずく。離れて見ていた美紗子が綾女に向かって「ありがとう」と声に出さずに口を動かした。そして栗色の髪と瞳の女性に申し訳なさげに頭を下げた。

「さあ行きましょう」

綾女は浩子の左肩に手を回した。

「こっちは俺が」

興造が近づき右肩に手を回した瞬間、浩子が急に声を荒らげた。

「さわらないで、気持ち悪い」

興造は戦場で右目を失った。眼帯で隠しているものの、そこからはみ出すように頭や頬には大きな傷が残っている。

「浩ちゃん」

綾女は強い声でたしなめた。

「だって怖いんだもの」

浩子が顔をしかめながら首を横に振る。

「だいじょうぶですよ、お嬢さん。ありがとうございます」

興造がいった。

けれど、浩子が「どうしよう、吐きそう」と据わった目でつぶやいた。

「私がお手伝いします」

栗色の髪と瞳の女性が浩子の右肩にそっと手を回した。

「本当にごめんなさい」

綾女は彼女とふたり、浩子を支えて歩き出した。

＊

トイレの扉前に「清掃中」の立て札を出す。

洋式便器の前にへたり込み、浩子は吐き続けていた。

「あの、こんなところで何ですが」

栗色の髪と瞳の女性が綾女に目を向けた。

「水嶽綾女さんでいらっしゃいますよね？」

「そうでございます」

謝罪の気持ちを込めて頭を下げた。

「本日はお招きありがとうございます。熊川万理江《くまかわまりえ》と申します。伯父が廣瀬《ひろせ》通商の社長をしており、私もそちらに勤務しております」

「ご丁寧にありがとうございます。せっかくお越しいただいたのに、ご迷惑をかけてしまい、どうお詫《わ》びしていいやら」

「気になさらないでください」

「でも、せっかくのお召し物も汚してしまいました」

彼女のドレスには浩子のよだれや涙で染《し》みができている。

「すぐに着替えを用意させます」

「拭《ふ》けば落ちてしまいますから。それより、こちらの方は、もうだいじょうぶですよね？」

気づけば浩子は便座を抱いて寝息を立てていた。

「はい」

「でしたら、会場に戻らせていただいてよろしいですか。私の姿が見えず、伯父が心配しはじめるころだと思いますので」

「どうぞお戻りください。必ずあらためてお礼とお詫びをさせていただきます」

「今日は水嶽さんにとっておめでたい日です。どうか本当にお気になさらず」

「でもそれでは――」

「でしたら、代わりといっては何ですが、いずれまたどこかでお会いすると思います。そのとき、綾女さんと声をかけさせていただいてもよろしいですか」

「もちろんです」

「ありがとうございます」

熊川は微笑んだ。お辞儀をし、ピンクのドレスの裾《すそ》を揺らしながらトイレを出てゆく。

そのうしろ姿は桜の花房が揺れているようだった。

浩子はまだ寝息を立てている。

綾女はため息をつき、ドレスのまま真新しいトイレの床に座った。

ちょっと礼儀知らずのところはあるけれど、素直で明るい浩子が好きだ。

しかし、生田目の死で変わってしまった。

体中に斬《き》られた跡の残る無惨《むざん》な夫の遺体を直視したせいか、気分の浮き沈みが激しくなり、酒量も一気に増えた。そして、傷を負った人——特に男性を見ると、ひどく怯《おび》えるようにもなった。

浩子は夫の死の真相を知らない。

生田目の子分たちへの遺言で、綾女のために飛田と殺し合ったことは伏せられていた。水嶽商事の策略で内紛を起こし自滅した三津田組の残党の恨みを買い、惨殺されたと彼女は教えられている。

「どんな様子かな」

タキシードを身につけた綾女の二番目の兄・桂次郎が入ってきた。

「眠ってる」

綾女は便座に頬を乗せている浩子を指さした。

「彼女、興造さんに酷《ひど》いことをいったようだね。ずっとあんな調子なのかい？」

「うん」

「医者には？」

「見せてる。アルコール中毒の初期症状。主な原因は強い喪失感と不安感。診断はできても治す薬はないって」

「普段の生活は？」

「生田目の組の若衆や女中たちに監視させている。普通に暮らしているようだけど、目を離すとお酒を飲んで、正体をなくしてしまうんだって。あまりに心細くて気持ちが不安定で、アルコールにすがらなくちゃ生きるのも辛《つら》いのでしょうね」

「まるで自分は気持ちが安定しているようないい方だね」

桂次郎が優しい目で見ている。

「こんなところでもお説教を聞かされるの？」

「ただ心配なだけだよ」

「だいじょうぶ。興造さんが意外と厳しくて、簡単には渡してくれない」

ヒロポンの錠剤のことだ。

「塚原からいいつけられているのだろうけど、彼自身も心配してるんだよ。いいことだ、いずれ規制されるし、取締りの対象にもなる。止《や》めるなら今だ」

「わかってる。でも、久しぶりに会えたのに、桂兄さんにまで薬のことをいわれて、身内のみんなに監視されている気分。それに――」

「あの進駐軍の中尉かい？」

綾女はためらいながらうなずいた。パーティー会場での様子を見られていたようだ。

「彼とどんな仲かは知らないけれど、本気で心配してくれているのなら、それは悪いことじゃない」

「水嶽商事を使って金儲《かねもう》けをしている悪人よ」

「日本人から搾取《さくしゅ》している不良米国人か。でも、それと綾女を思う気持ちは、また別の話だからね」

綾女は興味なさげに口を尖《とが》らせ、立ち上がると、大きな鏡の洗面台に寄りかかった。

「今日は神山町に泊まっていくの？」

「いや、まだそんな自信はないよ」

父の死と終戦から四年以上が過ぎた今も、桂次郎はあの家を恐れている。

「今夜は神田の旅館に泊まって、明日帰るつもりだ」

「明日の昼の予定は？　何時の列車で帰る？」

「特に決めてはいないけれど」

「だったら一緒に出かけましょう。たまには私につきあって。夕方には東京駅から列車に乗れるようにするから」

「どこに」

「数寄屋橋《すきやばし》のピカデリー劇場」

「映画を観《み》るのかい」

「ううん。歌謡ショー。桂兄さんにも観てもらって感想を聞きたいの」

3

渋谷区神山町の水嶽本家に戻ると、綾女はいつものように専用の更衣室に入った。

衣装係が背中のファスナーを下ろし、着ていたドレスを床に落とす。それをまたぎ、シュミーズ姿で数歩前に歩み出ると、今度は化粧係が髪飾りを外し、化粧を手早く落としてゆく。

丈の長いワンピースに着替え、居間に移ってソファーに座ると、女中の芳子が麦茶のコップを盆に載せ運んできた。

コップとともに封筒を差し出す。

芸能事務所の水嶽プロモーションに所属している歌手、講談師、役者のスケジュール、予算や採用に関する決裁書などが入っている。本格的に始動して一年、最近やっと少しずつ利益が出るようになり、東京の舞台関係者や映画関係者にも事務所の名が知られるようになってきた。

芳子が顔を寄せる。

「パーティーに出かけられる前、塚原さんのところにGHQの若い将校さんと京橋大正堂の方が訪ねていらっしゃいました。イギリスからの本格的な洋酒輸入再開のお話だったようです」

本家母屋《おもや》の応接室で行われた内密の商談だ。この件については、綾女ももちろん事前に報告を受けていた。

「他には」

「特にございません」

芳子には以前と変わらずこの屋敷内の動向を探らせている。今でも誰に知られることなく不在の間の出来事まで漏らさず伝えてくれる彼女は、綾女にとって不可欠な存在になっていた。

「お風呂《ふろ》はいかがいたしますか」

「まだいいわ。もう少ししてから入る」

芳子が下がってゆく。

今、この屋敷内で暮らしている水嶽本家の人間は、綾女ひとりだった。

復員後しばらく住んでいた長兄・麟太郎と妻、ふたりの子どもたちは、ここよりさらに堅牢《けんろう》な新居に越していった。赤坂溜池町の水嶽商事新本社社屋近くに建てた洋館で、その豪奢《ごうしゃ》な外観から、水嶽の「新官邸」と週刊誌に揶揄《やゆ》された。

麟太郎からは、この神山町の古い家屋のほうをさらに改修し、賓客が宿泊もできる施設――水嶽商事にとっての迎賓館にするといわれている。いずれは綾女も出ていくことになるだろう。

二年前のあの飛田と生田目の殺し合いは、屋敷で働く女中全員に知られている。だが、芳子の話では誰ひとり口にしないし、なかったことのように扱われているという。

生田目と亡くなった前妻との間に生まれた子供たちにも、真相は伝わっている。子供たちは水嶽商事や綾女、塚原を一切責めなかった。むしろ父のヤクザとしての死に様を誇りに思いながら、涙を流していた。

一方、飛田の死体は火葬され、水嶽商事の使者が遺骨を富山の実家まで届けた。四十九日が過ぎ、納骨も済んだころ、綾女は墓参りをさせてほしいと手紙を送ったが、飛田の母と長兄から丁重な断りの返事が届いた。

警察にもマスコミにも、事件は一切知られていない。

現場である屋敷の裏手にあった社員寮は取り壊された。代わりに、今は旧本社となった四階建てのビルが改装され、社員寮兼倉庫として使われている。塚原や興造もそこに住んでいる。不測の事態の際、すぐに駆けつけられるようにという理由らしい。ただし、毎日顔を合わせてはいるものの、塚原との間に会話は一切ない。

コップを置き、二階にある自分の部屋に向かった。

扉を閉め、ベッドに座りサイドランプをつける。

「ただいま」

綾女が囁《ささや》くと、部屋の四隅の薄闇《うすやみ》からいつものみんながゆっくりと顔を出した。

青池家の父・文平、母・はつ、娘の佳菜子、三男の泰造。修造とよし江との間に生まれすぐに亡くなった息子。家族は今も血まみれのまま、傷口はさらに腐り、爛《ただ》れていた。

それでも文平とはつは年を取り、佳菜子は年ごろに、泰造は背が高く胸板も厚くなっている。幼な子も元気に走り回るようになった。

だが部屋の中は、綾女の呼吸音がかすかに聞こえるほどに静まりかえっている。

近ごろは三番目の兄の康三郎もやって来るし、裏切りを理由に焼き殺された寿賀子、堀内も訪れる。生田目も顔を見せることがある。他にも、まったく知らない老人や青年や少女がふらりと訪れ、去ってゆく。綾女がこれまでに実行してきた残忍な作戦に巻き込まれ、犠牲になった堅気の人々、捨て石にされた名も知らない水嶽商事の若衆なのだろう。

——でも、飛田だけはここに来《こ》てくれない。

誰もが破れ焦げた服で、ひどく傷つき血を流しているけれど、誰もが穏やかな表情を浮かべていた。

そして綾女には聞こえない声で楽しげに話している。

ここは賑《にぎ》やかな、でもとても静かな部屋。

この人達が許してくれないから、綾女は今も水嶽商事のために働いている。

鱗太郎が復員してきたとき、もうヤクザの仕事から抜けさせてもらえないか、水嶽とは縁を切らせてもらえないか、そして、できれば死んであなたたちの仲間に入りたいと綾女は懇願した。

希望は審議にかけられ、あっさりと却下された。

亡霊たちはひとりとして怒りを露《あら》わにすることはなかった。ただ誰もが悲しげに俯《うつむ》き、揃って首を横に振った。

はっ、佳菜子、泰造は血と膿《うみ》が混じった涙を流していた。

――ずっとこのまま。

罪とヤクザの世界に浸かり切り、そこでもがけばもがくほど、罪を重ねてゆく。

子供のころから使い続けている机にうつ伏せになった。

――今日も疲れた。

ヒロポンの量は以前より減った。一番使っていたころの三分の一以下になり、それに比例して睡眠薬を飲む回数も少なくなった。ただ、そのせいでいつも頭と体が重い。

もう何もしたくなかったが、風呂に入るために体を起こした。

浩子の吐いたもの、タバコや酒、今日一日で髪と体に絡《から》みついた臭気のすべてを洗い流したい。

綾女はポーチを開け、奥から小さな筒型の薬剤を取り出した。リップスティックのようなかたちをした、ベンゼドリン（アンフェタミン製剤）吸入器《インヘラー》。アメリカでは鎮咳薬《ちんがいやく》として市販され、処方箋《しょほうせん》なしでも買える。

効き目はヒロポンよりずっと弱く、その場しのぎの薬だけれど、それでも鼻に近づけ、二、三度吸い込めば、曇った気持ちを少しだけ晴らし、眠気を遠ざけてくれる。

クレモンズ中尉からもらったもので、近ごろは彼と会うたび、これを渡される。

それは綾女を薬で縛りつけるためではなく、薬から遠ざけるためだった。

綾女はベンゼドリンを鼻から吸い込んだ。薄荷《はっか》のようなツンとした香りが頭の奥へ抜けてゆく。吸入器をまたポーチの奥に隠し、小さく息を吐いて立ち上がる。

血みどろの笑顔で団欒《だんらん》を続けている人々を残し、扉を開け、風呂へと向かった。

4

有楽町駅近く、洋食店や中華料理店などの開店が相次ぎ、繁華街らしさを取り戻しつつある駅前通りを数寄屋橋方向に進んでゆくと、ピカデリー劇場が見えてくる。

戦中は邦楽座の名称で、戦後昭和二十一年九月に接収され名前を変えた。今年（昭和二十四年）に入り接収解除となったが、松竹に返還されてからも同じピカデリー劇場の名のまま、人気劇団の舞台やコンサートを上演している。

劇場の正面には、よくある映画ポスターのような似顔絵の大看板が出ていた。あとは紙の花で飾られた出演者の名札が並んでいるだけ。

――月並みだな。

そう感じてしまうが、もちろん胸の中だけに留めた。今日の興行の主催者は綾女ではないのだから。

ただ、演劇や歌謡ショーを観に行くと、自分ならこうするのにと常に考えてしまう。

午前十一時。平日午前にもかかわらず、七百ある席のほとんどが埋まっていた。楽器やマイク、照明などの物資が整うに従って、都内各地で頻繁に開催されるようになった歌のステージは、新たな娯楽イベントとして急激に動員数を伸ばしていた。

綾女と桂次郎は警護の興造たちに囲まれながら、最後列に用意された席に座った。周りの観客は十代から二十代が中心。そして場内は埃《ほこり》っぽく汗臭い。

照明が落ち、舞台が照らされ、歓声とともにショーがはじまる。

「綾女のところの歌い手さんは何番目？」

桂次郎が訊《き》いた。

「ううん。今日は出ない」

舞台奥には『オータム歌謡レビュー』と書かれた電飾が掲げられ、総勢十七組の歌手とグループが次々と楽曲を披露してゆく。だが、綾女が社長を務める水嶽プロモーションに所属している歌手はひとりも出演しない。

二時間も続くステージに桂次郎が飽きていないか、途中何度も心配したけれど、意外にも楽しんでくれていたようで安心した。

「誰がよかった？」

ステージが終了し、照明が点灯すると綾女はすぐに質問した。

「最初のほう、三番目に出てきたあの女の子。今日出た中で一番若そうだったけれど、歌も振付も間違いなく一番だった」

――やっぱり桂兄さんもわかるんだ。

「それじゃあ行きましょう」

「どこに？」

「一番の子のところ」

桂次郎の手を取り、立ち上がった。

少女の芸名は美波《みなみ》ひかり。

今年一月、歌の上手い子どもがいると聞いて、綾女は日劇の『ニューイヤー・パレード』という歌謡ショーを軽い気持ちで観に出かけた。

舞台に出てきたひかりを見て驚いた。

——この子、見たことがある。

整った顔立ち、凛々《りり》しさと意志の強さを感じさせる所作、輝く月のような大きな瞳——話したのは一度きりだが、綾女ははっきりと覚えていた。

そして歌を聴き、息を呑《の》んだ。

幼さの残る外見とは裏腹に、『東京ブギウギ』『蘇州《そしゅう》夜曲』といった大人の楽曲を、艶《あで》やかで伸びのある声に乗せ、完璧《かんぺき》な音程で歌う。しかも、歌い踊る姿は女優の如く優雅だ。

すぐにでも専属契約をして、自分の事務所で預かりたいと思った。

しかし遅かった。

終戦の翌年には、ひかりは歌の上手さですでに知られ、NHKラジオの『のど自慢素人《しろうと》音楽会』に出場。だが予選で落選し、本戦には出場できず歌声も放送されることはなかった。児童唱歌ではなく古賀政男《こがまさお》の『悲しき竹笛』を歌ったが、大人びた上手さを「子どもらしくない」「声と姿が似合わずゲテモノのよう」と審査員やNHK上層部から酷評されてしまう。

それでも母親に支えられ、東京・横浜の芝居に出演し、劇中で歌を披露して人気となり、大物歌手たちの歌謡ショーにも呼ばれるようになった。

だが、今度も歌の上手さが反感を買い、人気を妬《ねた》まれた。葛西《かさい》シズ江や夏木《なつき》道子《みちこ》のようなスターから、共演も、彼女たちの持ち歌を歌うことも拒否されてしまう。

東京で歌う場を失った彼女を連れ、母親は関西へ向かう。そこで大阪を仕切っている竹岡《たけおか》組の組長と出会い、気に入られた。

関西で人気となったひかりは、竹岡義雄《よしお》組長が社長を務める阪神芸能社に所属し、事務所の強力な後押しで関東に戻ってきた。

竹岡組長とは綾女も面識がある。先代会長兼社長の父・水嶽玄太のころから交流があり、綾女のことを「東京にいる姪《めい》っ子」と可愛《かわい》がってもくれている。

さらに竹岡は公営ギャンブル計画にもいち早く賛同した。

大阪住之江《すみのえ》競輪場での競輪競技開催までを現場で指揮し、今年六月に初の全国争覇競輪を成功させ、関西圏で競馬を凌《しの》ぐ人気にまで押し上げてくれたのは、他ならぬ竹岡組長だった。水嶽商事としても、裏切ることはできない。

楽屋の入り口で竹岡組の男衆が頭を下げた。

先頭にいるのは組の若頭補佐で、名は浜谷《はまたに》。ヤクザらしく左手の小指は詰めてなくなっている。だが、あの厳しい竹岡組長の下にいながら、指一本で済んでいるのは、それだけ切れ者だという証拠でもあった。

綾女と桂次郎をはじめ、水嶽商事の警護役たちも頭を下げた。

「例の商談ではいい結果を出させていただき、社長はじめ会社の上の者たちも、くれぐれもお嬢さんによろしくと申しておりました」

浜谷がいった。商談とはもちろん競輪のことだ。

「私どもは何もしておりません。すべては竹岡の皆様の御尽力の賜物《たまもの》です」

狭い通路に何人もが立っているせいで前を塞《ふさ》がれ、通りかかった男性歌手が苛立《いらだ》ちながら口を開きかけた。が、その口をうしろからマネージャーが慌《あわ》てて手で覆う。耳打ちされ、歌手は青ざめた顔ですぐにどこかへ消えてしまった。

「騒がしいところですが、どうぞ」

浜谷が扉を開く。

竹岡組の男衆と興造たちを残し、綾女と桂次郎ふたりで楽屋に入った。

大勢がタバコを吹かし、ヒロポンやベンゼドリンの瓶から取り出した錠剤を口に放り込み、お茶やコーラで流し込んでいる。

そんな煙と脂粉に満ちた部屋の隅に、ひかりたち母娘《おやこ》は座っていた。

まず母親がこちらに気づき頭を下げる。

次に鏡越しに綾女を見たひかりが、「えっ」と小さく声を出した。驚きながら振り返り、訝《いぶか》しげな顔でじっと眺めている。

「あのときの……お姉さんですか」

「ええ。覚えていてくれました？」

「はい。きれいな方だなと思ったし、頂いたお饅頭《まんじゅう》、とてもおいしかったですから。でも――」

一度言葉を止め、こちらを見上げる。

「本当に？」

半信半疑の彼女に綾女はうなずいた。

四年前の八月十五日、終戦当日。

綾女は疎開先《そかいさき》の長野から東京へ戻る列車の中で、母娘と乗り合わせた。差し出した饅頭を遠慮がちに受け取ったその娘が、今目の前にいるひかりだった。

「背も伸びて、大きくなられましたね。お歳《とし》は？」

「十五になりました」

歌という表現手段を得たからなのか、四年前よりずっと明るくなったように感じる。

「竹岡のお父さんが、『東京の大親分が会いに行くから』といっていたので、てっきりおじいさんが来るのだろうと思っていました」

興奮気味に話すひかりとは逆に、騒がしかった楽屋全体が静かになった。その場の全員が顔を背けたまま、鏡越しにこちらに視線を向けている。

「竹岡さんがいたずら心を起こして内緒にしていたのでしょう」

「お母さんも知っていたの？」

ひかりが確かめると、母親はうなずいた。

「お姉さん、とっても偉い親分さんなのでしょう？」

「偉くないし、兄が戦争にいっている間に代行をしていただけ。今はもう親分でも何でもありません」

母親に椅子《いす》を勧められ、綾女は化粧鏡の前にひかりと並んで座った。

「あらためてご挨拶《あいさつ》させてください。水嶽綾女と申します」

「加山静江《かやましずえ》です。今は美波ひかりの名前で歌わせていただいています。こんなふうにまたお会いできて、とっても嬉《うれ》しいです」

綾女は隣にいる桂次郎を、自分の兄で水嶽本家の直系の者だと紹介した。

「背が高いし、服装も素敵だから、俳優さんなのだと思ってしまいました」

「お気遣いありがとう。でも、この背広は古着の仕立て直しで、仕事は翻訳をしています」

笑い声が絶えない綾女たちと対照的に、周囲は静かなままだった。全員がタバコの灰を落とすのも忘れ、こちらの話に聞き耳を立てている。

ヤクザに怯えているわけではない。どの歌手もマネージャーも「面倒なことになった」とでもいいたげな渋い表情を浮かべていた。

竹岡の親分が、綾女が同業の芸能プロダクションを立ち上げたと知りながら、秘蔵のひかりと会うことを許した一番の理由はこれだろう。

遠く離れた大阪の竹岡組が預かっている娘というだけでなく、東京を牛耳る水嶽商事の一族の者との親しげな様子を見せつけ、懇意にしているという話が広まれば、今後美波ひかりに陰湿ないじめをしたり、露骨に圧力をかけてくる共演者や舞台関係者はいなくなる。

「いくつか質問してもいいですか」

桂次郎も彼女に興味を抱いたようだ。

「歌と同じくらい振付も素敵でしたけれど、今日の舞台の振付はどなたが」

「自分で考えました」

「それはすごいな。二曲目は日本語で歌っていましたね。子どもらしい可愛らしさがあって、とてもいい詞でした」

「ありがとうございます」

今日のステージでひかりは三曲を披露した。一曲目は『夜来香《イエライシャン》』。二曲目はアメリカのジャズボーカル曲『Walkin' My Baby Back Home』に、「今宵《こよい》は月明かり　ママと並んで／かかとを軽く鳴らし　歩いて帰りましょ」と日本語の詞をつけて歌っていた。

「あれを書かれた作詞家の先生は？」

「あの、私が。英語のだいたいの意味を教えてもらって、それを歌いやすいように変えたんです」

桂次郎が綾女に視線を向けた。

兄にも、竹岡の親分がこんな少女に本気で惚《ほ》れ込んでいる理由がわかったのだろう。

「東京だとまだいろいろと難しいもので」

母親が口を開いた。

竹岡組の尽力で、ひかりは今年三月、端役《はやく》として映画初出演し、八月には映画『オペレッタ白百合《しらゆり》御殿』の主題歌レコードのB面収録曲を歌ってレコード・デビューも果たした。新興の東京プリンスレコードと専属契約を結び、来年新春には主役級の扱いを受ける映画への出演と、その主題歌を歌うことも決まっている。それでも「大人ぶって歌うゲテモノ」への反感は、東京周辺では今も強かった。

戦前からの老舗《しにせ》芸能事務所の圧力で、日劇やこのピカデリー劇場のような大手劇場へは、前座扱いでの出演しか許されていない。有名作詞家・作曲家は楽曲提供してくれず、他の有名歌手のオリジナル曲だけでなく、人気の持ち歌にしている外国カバー曲もひかりが歌うことは禁止された。今日のように自前の詞をつけて歌うのは、持ち歌を少しでも増やすための苦肉の策なのだろう。

「二曲目は、舞台でまだあまり回数を歌えていないから、バンドさんの演奏と歌が上手《うま》く合っていないところがたくさんあったと思います。ごめんなさい」

「そんなことない。とても素敵でした。私の事務所にも上手な歌手が揃《そろ》っているけれど、とても強力なライバルになると思いながら聴いていましたよ」

「いつかお姉さんの事務所の方たちとも共演させてもらえますか」

「ええ。竹岡さんにお許しをいただけたなら、すぐにでも」

ひかりは一瞬喜んだものの、すぐに不安げな表情へと変わった。

今のままでは、小さな会場でも、東京で彼女をメインにしたショーを開催するのは難しい。自分が置かれている状況を、この子はちゃんとわかっている。

「だいじょうぶ。バンドも会場も何とかしますから」

「本当に？」

「ええ。その代わり、もっともっと人気者になって、大きな会場でも満員にできるくらいのスターになってくださいね。赤字は嫌ですから」

ひかりが下を向いて、くすくすと笑う。

「ごめんなさい。お姉さんの話し方、学校の先生みたいで」

「だって本当に高等女学校で先生をなさってたんですもの」

母親が口を挟む。

――教師か。自分でも忘れかけていた。

それでも、教壇に立って生徒たちに語りかけていた、あのころの気持ちを少しだけ取り戻していた。

楽屋の扉が開き、興造がこちらを覗き込む。

時計は午後一時三十分。定時連絡の時間だった。

安全確認と状況報告のため、日に数回、神山町の水嶽本家に電話を入れる決まりになっている。

近いうちに必ず再会する約束をして、綾女は席を立った。

手を振るひかりと母親に見送られながら楽屋を出ると、待っていた竹岡組の浜谷が深く頭を下げた。

「東京に戻ってから、あないにあの子が笑うのをはじめて見ました。いうてもがさつな男ばかりですから、目の届かんところも多くありまして。よかったら、また話をしにきてやってください」

互いに礼をいって別れ、細い通路で人目がなくなると興造はすぐに口を開いた。

「吉野先生が電話をくれと。秘書官ではなくご本人から神山町に電話があったそうです」

「総理が直々に？」

「はい」

「ごめんなさい。東京駅で見送れなくなっちゃった」

綾女は桂次郎を見た。

「気にしないで」

「熱海まで水獄《うち》商事の社員をつけるから」

「何もないと思うけれど、それで綾女が安心できるのなら送ってもらうよ。ただ、もう少しだけ話していいかな？」

桂次郎が顔を近づけた。

「僕にできることは少ないけれど、困ったらいつでも電話しておいで」

この「困ったら」が何を意味しているのか、訊かなくてもわかる。

麟太郎のことだ。

「話せたの？」

綾女は囁いた。

「ああ、昨夜。新居を見せてもらうという口実で、溜池町の家に寄ったんだ。兄さん、だいぶ疲れていたし、無理もしているようだった」

「美紗子さんとは？」

「少しだけだが、話せたよ」

昨日のパーティーでは理想的な若き社長の立ち居振る舞いを見せていた麟太郎だが、裏では心理状態が不安定なことを、妻の美紗子ももちろん気づいている。

「家の中では外と違って、喜怒哀楽が激しいそうだ。特に明るいときと落ち込んでいるときの振り幅が大きくて、とても心配だって」

「美紗子さんだけじゃない。秘書や警護役の社員たちも同じことをいってる」

「医者には？」

綾女は首を横に振った。

「早く診てもらうべきだ」

「そんなに？」

「精神を病んで人生の十年近くを棒に振った者の助言は、聞いたほうがいい」

綾女は瞠目《どうもく》した。

——康兄さんのときの過《あやま》ちをくり返してはならない。

「戦中戦後と、麟兄さんは想像もつかないほど過酷な状況の中を生き延びてきたんだ。昔と多少変わってしまったとしてもしょうがない。でも、気持ちを休めて気長に養生していけば、決して治らないものじゃない」

桂次郎が綾女の手を握った。

「あとひとつ。何があっても綾女ひとりで抱え込んではだめだよ。もう水嶽本家の代紋を背負う立場ではないし、水嶽商事の会長兼社長代行でもない。麟兄さんの病は家族全員で考え、知恵を出し合って、乗り越えていくべきことだ」

綾女も桂次郎の手を強く握り返した。

5

十一月八日火曜日。

港区芝白金台町は江戸のころからの屋敷町だけあって復興著しく、終戦からわずか一年後には、バラック作りの家はほとんど姿を消していた。

今では二階建て、三階建ての大きな家が並ぶだけでなく、Cアベニュー（目黒通り）沿いには、進駐軍とその家族を当て込んだ、洋風造りのパン屋や菓子屋、さらにはイタリア料理店などが次々と開店している。

外務大臣公邸は以前、皇族朝香宮《あさかのみや》邸として使われていた。

昭和二十二年、朝香宮家の皇籍離脱が決定し、退去すると、空いた屋敷を吉野繁実が半ば強引に外相公邸にしてしまった。

首相兼外相の吉野は、プライバシーがなく、薄暗くて内装も好みでない千代田区永田町の首相官邸を嫌い、政務のほぼすべてをこの瀟洒《しょうしゃ》な外相公邸で行っている。

綾女たちは一度目黒雅叙園に向かい、そこで乗ってきたパッカードを用意されていた別の自動車に換え、また出発すると、裏門から外相公邸内に入った。

勝手口で待っていた秘書官に連れられ、二階へ上がってゆく。

あとを追ってこようとした警護の興造たちは階下で止められ、守衛詰所の前で待つよう指示された。

朝香宮邸時代、姫宮居間として使われていた部屋の扉を綾女は叩《たた》いた。

ソファーで葉巻をくわえていた吉野が振り返る。

「座ってくれ」

テーブルを挟んだ吉野の反対には、足を組みタバコを吹かしている軍服のアメリカ人が座っていた。

階級章は少将。握手もなく、名乗りもしなかったが、綾女はその金髪の中年男性が何者かを知っている。GHQ参謀第二部部長、チャールズ・アンドリュー・ウィロビー。ドイツ出身でその後アメリカに帰化したというが、背が高く、大きな鼻をしている以外、これといった特徴のない男のように綾女には感じられた。

綾女は少将を右、吉野を左に見る椅子に腰を下ろした。

「まずは私から説明する」

吉野が日本語でいった。

「時間が惜しいので、なるべく率直に話したい。だから我々は水嶽麟太郎社長ではなく、君を選んだ。ここでの会話の内容が少しでも漏れた場合、もしくは漏れる危険性が高まった時点でも、君は即刻逮捕される」

「これから伺うお話は、私ども水嶽商事への要請ですか」

「いや、君への命令だ」

吉野は葉巻の灰を大理石の灰皿に落とし、言葉を続けた。

「元日本軍の優秀な兵士で、頑健な者を百名集めてもらいたい。佐官や尉官《いかん》ではなく、下士官クラスの現場経験が豊富な者だ。同じく英語が堪能《たんのう》で、戦場経験のある通訳も五名前後揃えてくれ。ただし、どちらも戦犯で逮捕歴のある者や公職追放中の者は避ける。そして秘密厳守が絶対条件だ」

「集めた彼らに何をさせるのですか」

「それには答えられない」

「近々また争いが起きるという風説が広まっていますが、そこに送り込むつもりですか。敗戦国の人間を尖兵《せんぺい》に使おうとしているのですか」

「だから答えられないんだよ、私も少将も。何度訊かれてもね」

身勝手な自信に満ちた吉野の顔つきに腹が立った。すぐにでも断り、吉野を責め、この部屋から出てゆきたかった。けれど、必死で抑えた。

元凶は綾女の左に座る吉野ではなく、その反対側に澄ました顔で座っているアメリカ人であることはわかっている。しかし、丸眼鏡をかけた日本の年寄りは、アメリカから命令された日本政府がやるべき醜悪な作業を、自分の手を汚したくないばかりにさらにヤクザに押しつけた。

従いたくない。

だが、水嶽商事がいかに大企業に成長しようと、GHQ高官と現職総理の取り決めに正面から逆らうことなど不可能だった。

そう、これは決定事項だ。

――また戦争がはじまる。

ただし日本ではなく、今度は西の海を越えた半島で。

「期限は十二月末。まだ一ヵ月半以上ある。十分な時間を与えるのは、期待を裏切らない仕事をしてほしいからだ。君たちは候補者のリストを作成し、その中から我々が選抜する。予定数に達しなかった場合、再度リストを提出してもらう。彼らにも、もちろん君たちにも十分な報酬を支払うよ。こちらの少将も、今後、さまざまな便宜を図らせてもらうとおっしゃっている」

「引き受けた私たちに損はない、とおっしゃりたいのですか」

「ああ。それに集めてもらう者たちは、あくまで予備であり、不測の事態のための人材だ。状況に即して少将が適切に対応してくれる。だからまあ、彼らが必要とされる機会は少ないだろう」

　持って回ったいい方が癇《かん》に障《さわ》る。何の気休めにもならない。

　日本人をまた戦場に送り込もうとしているウィロビー少将が憎かった。

　それ以上に吉野を――日本の復興・再生を言い訳に、アメリカに傅《かしず》き、媚《こ》びへつらっている、この平和主義者の皮を被《かぶ》ったじじいを許せなかった。これまでにも無理強いをされたことがあったが、今回が一番醜悪だ。

　吉野を睨《にら》んだ。

「うしろ暗い仕事を手際《てぎわ》よく片づけ、社会の裏側に太く根を張り、養分を吸い尽くすのがヤクザの本分だろう」

　責める視線を嘲笑《あざわら》うように吉野はいった。

「穢《けが》れ仕事は他人にすべて背負わせ、善人の顔をしたまま、肥え太ってゆくのが政治家の本分ですものね」

「私にそれだけのことを言い放ち、何の科《とが》も受けずにいられるのだから、君は実に恵まれた人間だ」

短い沈黙のあと、綾女は少将にも目を向けた。無駄だとわかっていても、抵抗せずにはいられない。

「水嶽商事よりも適任者《わたしたち》がいると思いますが」

英語で質問した。

「いや、人選はもう終了し、変更はない。我々なりに調べ上げた結果だ。君のこれまでの仕事ぶりや交友関係はわかっているし、もちろんロイ・クレモンズ中尉と今夜会う約束をしていることも知っている。それで構わないし、むしろ予定通り会いに行ってくれることを望んでいる」

「彼はこのことは？」

「知らないし、今後伝えるつもりもない。君も秘密にしていてくれ。君なら間違いなく隠し通せるだろう」

少将は立ち上がると、バーカウンターのスコッチを手に取り、まるで自分の書斎にいるように優雅にグラスに注いだ。

「クレモンズは調子に乗りすぎた。これ以上増長させる機会を与えたくはないし、少し立場をわからせてやらないと。これに関しては君も同意見のはずだ」

日本各地で上げられた競輪事業の収益の一部は、水嶽商事を通じてクレモンズとカウフマンの元に送られ、ふたりを経由し、ＧＨＱ内の将校に分配されている。

ふたりの中尉は、昭和二十二年七月に綾女たちが三津田組に仕掛けた謀略の証拠を摑《つか》み、水嶽商事を脅して、公営ギャンブルで得た富の流入窓口という大役を奪取した。

それから二年四ヵ月が過ぎ、警戒心が薄れつつあるクレモンズとカウフマンは、現在の水嶽商事を勝手にビジネスパートナーと位置づけているようだ。

しかし、水嶽商事は是々非々の関係を表面上維持しつつも、依然ふたりを敵視し、反撃の機会を静かに窺《うかが》っていた。

舐《な》められ、食い物にされた恨みを、ヤクザは決して忘れない。

GHQ側も、公営ギャンブルと自分たちの癒着、さらに違法な金の流れを知り尽くしている汚れた金庫番ふたりの存在を、いつしか危険視するようになっていた。

「今回の命令が君にどれだけ大きな精神的負担を強いるか、我々もわかっているつもりだ。だから指示通り達成してくれたら、礼をしたいとも思っている。ふたりの中尉をヤミ取引で摘発し、即時強制送還させよう。パスポートは没収され、ビザも下りず、当面日本への入国もできなくなる。拒否したり、我々や君たちを告発する気配を見せたら、責任を持って消去する」

「同胞にそんな非情なことができますか」

綾女は訊いた。

「できるに決まっているだろう。我々は軍人だよ。平時と戦時では別人になれる。これからまた朝鮮半島で大規模な殺し合いをはじめるんだ。その合間に、部下のひとりやふたり殺せないわけがない」

少将はグラスのスコッチを飲み干した。

六章　道化

1

昭和二十四年十二月十九日

十一月のはじめまで少し暑いくらいの日が続いていたのに、半ばを過ぎると、急な坂を滑り落ちるように朝晩の気温が下がっていった。

水嶽本家の庭の木々もやにわに葉を緑から赤に変え、その赤が熟し切る前にすべて落ちてしまった。

午後六時。今は剝《む》き出しになった細い枝が、警備用の照明を浴びながら夜の風に頼りなく揺れている。ショールを巻いた綾女は目を伏せ、クレモンズが運転するパッカードの後部座席に乗り込んだ。

正門が開き、パッカードが街灯の並ぶ道を走り出す。興造をはじめ綾女の警護役たちを乗せた二台のフォードもあとを追う。

行き先は、代々木にあるワシントンハイツ。米軍の施設兼住宅地で、金網と有刺鉄線が張り巡らされた広大な敷地への入り口には検問所があり、小銃を携えたアメリカ人の歩哨《ほしょう》が立っている。日本人は立入禁止だが、パッカードの後部座席にいる綾女を目にしても検問役は警告しない。興造たちが分乗する二台のフォードはゲート近くに駐車し、事情を知る歩哨と笑顔で挨拶《あいさつ》を交わした。

クレモンズの階級は依然中尉《ちゅうい》のままだが、BG（Brigadier General・准将《じゅんしょう》）のあだ名で呼ばれ、ハイツ内の、本来は家族と来日した将校専用の一戸建てに、ひとりで暮らしている。

綾女は通い慣れたポーチのついた平屋に入った。コートを脱いでクレモンズに手渡し、リビングの先にある寝室へと向かう。彼が差し出したシェリー酒を断り、炭酸水のボトルを持ってラウンジチェアに座った。

「会いたかった」

クレモンズが英語で囁《ささや》きながら綾女の足からヒールを脱がせた。さらにカーディガンも脱がし、ブラウスのボタンを外してゆく。ベッドサイドのランプだけが照らす部屋の中、綾女は母親に着替えさせられている子供のように、ただ身を任せている。なぜクレモンズを受け入れたのか、綾女自身も正直よくわからない。

どうしようもなく寂しくて、人肌の温《ぬく》もりに触れたかった。たぶん、そんなありきたりな理由なのだろう。

美しいと褒める男は無数にいる。だが、日本人もアメリカ人も綾女の素性を知ると、潮が引くように遠ざかってゆく。畏怖《いふ》するだけで、誰も触れようとしない。兄の麟太郎に水嶽商事の会長兼社長の職を譲ってからも、それは変わらなかった。

今更だけれど、教師時代が懐《なつ》かしい。歴史を教えながら、放課後に女学生の悩みを聞いたり、疎開先《そかいさき》で母親を思い涙する幼い国民学校生を抱きしめながら、夜を明かしたこともあった。

――あのころは本気で誰かに必要とされていた。

そんな心の隙間《すきま》を埋めるのに、クレモンズを使ったのだろう。

彼はGHQの窓口として狡猾《こうかつ》な取引を持ちかけてきた。でも同時に、「愛してる」と言葉で想《おも》いを伝えてくれた。本当の愛が何かなんて少しもわかっていない綾女にも、彼がぶつけてくる気持ちにうそはないと思えた。

でも、その愛情を利用しているだけ。

少し前、クレモンズから観音像の写真を見せられたことがある。

パキスタンで見つかったガンダーラ美術の石像で、日本のたおやかな表情のものとは違い、西洋が混じった精悍《せいかん》な顔立ちで、目も半眼《はんがん》ではなく大きく見開いていた。

そのときの彼の言葉を思い出す。

『君に似ているだろう。儚《はかな》さと美しさ、そして仏像なのに拭《ぬぐ》い切れない一抹の狂気まで感じる』

クレモンズは話を続けようとした。

が、綾女は『もういい』と写真から目を逸《そ》らした。

クレモンズが自分にどんな理想を重ね合わせていようと興味がなかった。彼がなぜ自分を愛しているのか知りたいと思ったこともない——

服をすべて脱がせると、クレモンズは綾女を抱き、ベッドへと運んだ。そして横たえた体の両足を開き、太腿《ふともも》の奥に顔を近づける。

この数ヵ月、ベッドの上でくり返されてきた儀式。趣味や性癖ではない。新しい注射痕《こん》がないか探しているのだった。

ヒロポンの錠剤が十分に効かなくなった綾女は、薬液を注射するようになり、さらに皮下注射でも物足りなくなると、静脈に打ち込むようになった。

水嶽商事会長兼社長代行の任を解かれ、一子会社である水嶽プロモーションの社長となってからは、塚原や興造の目が厳しいとはいえ、以前のように始終監視されているほどではなくなった。ただ、薬剤を手に入れたとしても、ドレスやノースリーブを着る機会の多い綾女が腕の血管に打てばすぐに気づかれてしまう。目立たない場所を探して行き着いたのが、太腿の内側だ。

でも、そんな小細工が長く続くはずがない。はじめて肌を重ねた夜、クレモンズはすぐに注射痕に気づいた。

『こんなものに頼っちゃいけない。無駄に人生を削ってゆくだけだ。僕が一緒にいるから、薬なんて必要ない心と体に戻ろう』

静かに諭された。

それ以来、綾女がここを訪れるたび、睡眠薬より弱いアメリカ製の鎮静剤やベンゼドリンの吸入器《インヘラー》、その他多くの覚醒剤《かくせいざい》から遠ざけるための品々を渡してくるようになった。

新しい注射痕がないとわかったクレモンズが綾女の体に口づけをはじめる。スチームヒーターに加えてストーブも焚《た》かれている室内は、裸でも寒さを感じない。

「とてもきれいだ」

彼の指先や唇や舌が、体じゅうに触れてゆく。綾女はただ人形のように横たわっている。それでも頭の中では、はしたないと感じながら前の人と較《くら》べていた。

飛田より慣れた手つきで悦《よろこ》ばせ方を知っている。しかも肌を重ねるたび、綾女の体を知り、扱いが上手《うま》くなってゆく。

けれどやっぱり飛田が恋しい。

飛田に抱かれているときは、いつもあの人の子どもを産み、ふたりで育てたいと感じていた。

――あんな気持ちにはなれない。

コンドームを使うのが、クレモンズと肌を重ねるときの絶対条件になっている。

この男との仲は塚原にも知られているが、強く止められたことはない。相手がGHQだからというだけでなく、クレモンズが「決して使い捨てにしたりせず、大切にする。妊娠もさせない」と手紙を送って確約したからだ。

だが、このアメリカ人が伝えてくる誠実さが、少しずつ重荷になってきた。

クレモンズは今も水嶽商事を脅し、大金を稼ぎ続けている。

にもかかわらず、綾女に求婚した。

『一緒にアメリカに来てほしい』

少し前、跪《ひざまず》きながらそういわれた。

故郷のマサチューセッツ州ドチェスターに婚約者がいたのに、別れてしまったそうだ。実家を一度訪れてほしいともいわれている。

日本人から搾取《さくしゅ》し、ため込んだ金を元に、ワシントンDCで東洋美術商をはじめる。その夢に寄り添ってくれといわれたとき、喜びも嫌悪《けんお》もなく、ただ笑ってしまった。

終戦から数年間の犯罪を重ねた血まみれの時期を忘れ、アメリカで貞淑な日本人妻を演じるなんて、そんな図々《ずうずう》しいこと、とてもできない。

すぐに断ったが、この男は諦《あきら》めていない。

クレモンズが綾女の足を抱き、腰を合わせ、体を重ねてくる。アメリカ人男性の大きさと体臭を感じながら、彼の動きに合わせて綾女も吐息を漏らす。

クレモンズの息が上がり、彼に突き上げられ綾女の息も上がる。その間、クレモンズはいつものように綾女の顔に視線を注いでいる。

綾女は顔を背け、恥じらうように目を伏せながら、視線をずっと薄暗い部屋の隅に向けていた。

そこには、半分透けた飛田が立っている。

死んだあのときと同じ格好——体中に生田目《なまため》に斬《き》られた傷をつけ、ズボンと開襟《かいきん》シャツを血で赤く汚し、悲しげな、でも優しい目でこちらを見つめている。

会えるのは、ここでクレモンズとつながっているときだけだった。

五ヵ月前、クレモンズと二度目に肌を合わせた晩に、飛田は今と同じあの場所にふっと現れた。神山町の綾女の部屋にも、他のどんな場所にも出てきてくれたことはなかったのに。

責めているの？　哀れんでいるの？　嫉妬《しっと》？　それともただの嫌がらせ？

理由は今もわからない。

——ただ、それでも会えて嬉《うれ》しかった。

以来、綾女はここを訪れ、好きでもない男に抱かれるようになった。

クレモンズが終わりを告げる大きな吐息を漏らすと、飛田も静かに消えていった。

シャワーを浴び、素肌にローブを羽織ると、綾女はリビングに広げられていた屏風《びょうぶ》の前で立ち止まった。六曲一双《ろっきょくいっそう》の左隻《させき》だけ、今まで見たことのない作品だ。激しい風雨の中に佇《たたず》む鷺《さぎ》が、墨の濃淡とわずかな金箔《きんぱく》で描かれている。

「素晴らしいだろ」

ローブを羽織ったクレモンズにいわれ、うなずいた。

知識のない綾女にもわかる。ただ、落款《らっかん》がない。

「右隻《うせき》がないし、山崎如流《やまさきじょりゅう》に似た筆致のものがあるけれど、これも如流の作かどうかはわからない。なぜ落款がないのかもね。でも、そんなことは関係ない」

この男が金儲《かねもう》けだけが理由で日本美術を買い漁《あさ》っているのでないことは、もう理解している。

「審美眼には自信がある。だから君を選んだ」

横に立つクレモンズが、綾女の横顔を見つめた。

「この作品が美しいように、君も美しい。ずっとくり返しているように、君は菩薩《ぼさつ》のような美しさと同時に残酷さも内に秘めている」

「何度もいうけれど、あなたの思い過ごし」

「それでもいい。僕に幻想を抱かせてくれる人ならば。大切にする、そばにいてくれ」

「肝心なことを忘れている。私はあなたを愛してない」

綾女は下着をつけ、ナイロンのストッキングを穿《は》いた。

「いつか愛してくれるようになるよ。僕が変わらぬ気持ちで君を愛し続ければ」

「誠実というより愚直ね」

ブラウスのボタンを留めると、鏡の前に立った。髪を櫛《くし》でといてゆく。

「気取りも虚飾も嫌いだろ？　それに正直な気持ちを伝えるのに、下手な演出はいらない。太平洋を遠く越えて、少し前まで殺し合いをしていた異人種の国に来ることが、どれだけ困難かはわかっているつもりだ。アメリカに来てくれたら絶対に君を護《まも》る」

綾女は口紅を塗り直しながら、鏡越しにクレモンズを見た。

「あなたの審美眼で見抜けるのは美術品だけ。私にそんな価値はないもの」

「価値を決めるのは僕だ」

クレモンズが表情を変えた。

「そしてほしいものは必ず手に入れる。従わないなら、君の罪を世間に公表するよ。日本の新聞や雑誌の記者ともずいぶん仲よくなった。彼らは喜んで君と水嶽商事を陥《おとしい》れてくれるだろう」

「これ以上まだ脅すの？ それがあなたの愛し方？」

「ああ。君は僕の手を離れてしまえば、どうせ堕落し、遠からず死ぬことになる。美しいものが、むざむざ朽ちてゆくのを眺めているしかできないなら、この手で壊す」

「何の比喩《ひゆ》？ 予言？」

「どちらでもない。文字通りの僕の気持ちだ」

クレモンズはうしろから綾女を抱きしめた。

2

十二月二十日火曜日。

「お会いできて光栄です」

「こちらこそ」

イギリスの高級紙『タイムズ』の小柄な記者が右手を出した。綾女も同じく差し出す。

「クリスマス休暇は？」

綾女が英語で質問すると、記者は首を横に振った。

「今年はなしです。限られた時間の中で、できる限り日本の現実を見ておきたいので。

国に帰ってからゆっくり休みますよ」

ツイードの背広を着た金髪に眼鏡の彼は、敗戦から四年あまりが経過した占領下の日本の実情を伝えるため、一ヵ月前に特派員として来日した。

年は四十三で、ロンドン近郊のサリー州出身だと英語で自己紹介してゆく。他にもカメラマン、速記者、日本人の通訳。加えてテープレコーダーの横に音響技師とディレクターもいる。綾女は現在の日本を象徴する二十五人の一人に選ばれ、今日のインタビューはタイムズに掲載されるだけでなく、音声の一部がＢＢＣラジオの特別番組内で放送されるという。

記者に勧められ、ツイード張りの椅子《いす》に腰を下ろした。

取材の場所に指定されたのは、都内千代田区にある接収されたＮＨＫ東京放送会館（現日比谷国際ビルヂング）内のスタジオのひとつ。隅には塚原や青池興造など水嶽商事の者たちも待機している。

撮影用のライトが点灯し、肌寒かったスタジオがようやく適温になった。

「日の丸ですね」

記者がいった。

綾女の今日の服装はアイボリーのジャケットとスカート。ブラウスはごく薄いピンクで、襟元の赤いスカーフが一際《ひときわ》目立つようにした。少し気恥ずかしいものの、演出がかった見た目のほうが外国人には喜ばれ、印象もよくなる。アメリカなどの海外メディアを含む、雑誌、新聞のインタビューを何度も経験するなかで身につけた知恵だ。

水嶽商事の現会長兼社長である麟太郎も、綾女が取材を受けることを否定していない。むしろ、「新しい日本を象徴する、開かれた会社のイメージの宣伝になる」と積極的だ。

「では、はじめさせていただきます」

会話は英語だが、日本人の通訳が適宜補足を入れることになっている。

記者はまず日本には伝統的に女性経営者が少ないと意見を述べ、それに関する質問をした。

綾女は彼の意見をやんわりと否定し、江戸時代、大店《おおだな》商人は娘に家を継がせ、そこに優秀な婿《むこ》を取る家が多かった例などを出し、日本でも以前から女性が経営に参加してきたことを説明した。

彼は「丁稚《でっち》」「住み込み」などの形態が多かった、以前の日本の経営が戦後どのように変わったのか、さらに質問する。

カメラのシャッター音が時折響くなか、綾女は笑顔で答えた。

彼だけでなく、敗戦後の特殊な状況とはいえ、綾女のような若い女性が、一時期でも有名企業のトップに立っていたことに興味を持つ人間は多い。

「あらためて終戦直後から現在まで、水嶽商事が基軸としてきた事業についてご説明いただけますか」

「敗戦直後の昭和二十年から翌年にかけては、GHQと貿易庁からご依頼を受けた、配給用を含む穀物や食品の輸入・貯蔵、そして流通が主な仕事でした。続いて綿花の輸入ですね。昭和二十二年八月、制限つきで民間の輸出入貿易が再開されると同時に、我々は繊維製品の輸出を開始し、同時に機械部品の輸入も大規模に再開しました。今では国内に新たに建設される工場用の大型加工機器を海外に発注し、輸入することが事業の大きな柱になっています。加えて終戦直後から、焦土となった都内の土地の再開発も手がけてきました。鉄道会社さんと共同で、駅前の商店街を再生し、そこを核とした近代的な住宅地づくりを推し進めています」

「戦前、日本国内シェア二位だった日昇石油を、二十二年三月に水嶽商事の傘下《さんか》におさめて以降、原油と鉄鉱石の輸入でも急激に収益を伸ばしていますよね」

「いえ、日昇石油さんとは提携関係にあり、いいおつき合いをさせていただいていますが、あちらは独立した企業で、水嶽商事グループには属しておりません」

「日昇石油が原油・鉄鉱石輸入で利潤を上げても、それが水嶽グループの収益に直接影響を与えるものではないと」

「はい」

「そうでしょうか？　日昇石油の取締役十五人のうち、二十一年十一月から二十二年三月のわずか五ヵ月で、十一人が退職などで任を離れ、代わりに水嶽商事の元社員や関係者が役員に就任している。しかも、提携料や各種の手数料、コンサルタント料の名目で、多額の金が日昇から水嶽商事に振り込まれていますが」

「税制上問題のないお金の流れであるなら、私から何とも申し上げようがありません。もし問題があるなら、精査の上、ご回答させていただきます」

「問題はないんです、まだ今のところ」

記者の声色が鋭くなってゆく。

だが、予想の範囲内だ。

スタジオの隅にいる塚原や興造も表情を変えず見守っている。

「ただね、先ほど話した、日昇石油の取締役を離れた十一人の方々ですが、いずれも離職の理由に疑問があるんです。お亡《な》くなりになったのがふたり、事故や病気などで入院したのが五人、四人が一身上の都合ということですが、水嶽商事から圧力がかかったという意見もあります」

「圧力というと」

「水嶽商事関係者が暴力で恫喝《どうかつ》した。しかも、従わない場合は命まで奪った」

「刑事事件ならば深刻な問題ですが、今のところ、警察などから当社社員や関係者が取り調べを受けたという報告は入っていません。もし捜査が行われる場合は、水嶽商事として捜査に全面的に協力させていただきます」

「暴力などは使っていない？」

「もちろんです。今の時代にもしそんなことをすれば消費者や顧客からの支持も一気に失います。強制や統制で物事が動く社会では、もうありませんから」

「お訊《き》きしますが、水嶽商事はヤクザですか」

「いいえ、違います」

「水嶽商事の一番の業務は、暴力による搾取と、隷属《れいぞく》の強要ではありませんか」

「業務のために違法な手段を使うことなどありません」

「では、あなた方がヤクザだったことはありませんか」

「戦前の一時期、水嶽商事が水嶽本家と呼ばれていたころには、確かにそうした側面も持ち合わせていたことはありました。ただ、少し事情を述べさせていただくと、当時は警察の職務が刑法に関するごく一部のことだけに限られていた」

「ごく一部とは？」

「殺人や強盗傷害など重大な犯罪でなければ、自力救済を求められることが多かったということです。そのため、日常の些細《ささい》な衝突の調停役として、ヤクザが必要とされた。土地や財産に関する揉《も》め事《ごと》も、戦前は弁護士も少なく、一般市民も法律に疎《うと》かったため、民事裁判が解決の手段だと考える人たちはほとんどいなかった。代わりに間に入って調停したのがヤクザです。でも、戦中戦後を経て、そんな考えも一掃されました」

「戦前の日本の習慣に詳しくない我々に、うそをついてはいませんか」

「でしたら、何人かの日本人に訊いてみてください」

「ヤクザは戦前には必要なものだったと答えるでしょうか」

「はい。そして、法律が支配する民主主義の時代になった今は、もう不必要なものになったと答えるでしょう」

「で、あなた方、水嶽商事ももうヤクザではないと」

以前、クレモンズが語っていたように、アメリカ本国からの浄化指令を受け、日本国内のヤクザに対する取り締まりが強化されつつある。それに伴い、アメリカ、イギリスのマスコミからの「暴力団だと疑われる企業」に対する追及も厳しくなっていた。

取材自体を受けないという選択肢もあるが、それでは一方的に糾弾され、反社会的企業というレッテルを貼《は》られてしまう。

しかし、兄の麟太郎に臨機応変な回答は無理だった。追及されれば、不必要な発言をして墓穴を掘る可能性もある。

「もう一度確認しますが、戦後の水嶽商事はわずかに残っていたヤクザの因習を捨て、完全に一般企業になったわけですね。終戦直後の、いわゆる闇市《やみいち》を支配していた事実もない？」

「はい」

「戦中の軍需品や統制品を大量に隠匿《いんとく》し、終戦直後にそれを売り捌《さば》くことで大量の利益や利権を得たともいわれていますが、それもなかった？」

「ありません」

「では、これはどうでしょう」

記者が一枚のカラー写真を出した。

写っていたのは――

昭和二十年の終戦前後、水嶽商事が大量に横領品を備蓄していた地下施設だった。

「あなた方が物資を隠していた場所です。工事半ばの地下鉄用トンネルを使った施設だったそうですね。残念ながら、今は埋められたり、水道管や電線が敷設《ふせつ》され、上には道路や住宅が建設されたりして、もう確認することはできませんが」

間違いない、あのトンネルだ。物資を貯蔵するだけでなく、当時水嶽商事が敵対していた暴力団や在日中国人勢力、朝鮮人勢力の幹部の家族を監禁していた。誰かがカメラを持ち込んだ？　写真が存在する以上、それ以外考えられない。だが、連行した際、小型撮影機や外部との連絡手段を隠し持っていないか、厳しく調べさせた。

「よくわかりませんし、水嶽商事がこうした保管施設を所有していたという話も聞いたことがありません」

「でも、大量の粉ミルクや缶詰が置かれている棚の前の、ここに写っている男性――須藤甚助《じんすけ》さんですよね？　水嶽商事傘下の東京常盤《ときわ》証券社長であり、水嶽商事本社の常務取締役でもある。あなたもよくご存知のはずだ」

「どうでしょう。似ているようでもあり……何ともいえないですね。須藤さんご自身には？」

「まだ訊いていませんが、近々、確認するつもりです。須藤さんが突然行方をくらましたりしなければの話ですが。あなたは当時、敵対勢力の幹部たちの妻や愛人、子供を拉《ら》致《ち》し、ここに幽閉していたそうですね。そして人質を殺すと脅し、幹部たちを裏切らせ、従わせた。この写真も、当時ここに監禁された方が提供してくれたものなんです」

記者が視線を上げ、綾女の目を見た。

「二年前、新橋十全病院であなたを道連れにしようと企て自爆した岩倉弥一さん。その岩倉さんのお子さんですよ」

名前や素性を知りたかったが、関心があると気づかれるわけにはいかない。当時、酸素ボンベの間違った取り扱いによる爆発事故だと報道させたはずなのに、この記者は事実を知っている。

どこから漏れたのか？　岩倉の子供とは実在するのか？　その子供が、本当にこの写真を記者に渡したのか？

綾女が視線を送るまでもなく、塚原がそのすべてを確かめるため、タバコとライターを手に静かにスタジオを出ていった。

3

十二月二十一日水曜日。

赤坂周辺は復興が目覚ましい。

霞ヶ関に各省庁や政府機関が次々と再建されているように、こちらには大手企業が本社や東京営業所を建てていた。虎ノ門から溜池へと続く一帯は、日本の経済の新たな中心地といっていい。企業と人が集まるにつれ、周辺には飲食店や接待用の夜の店も増えている。

10thストリート（外堀通り）沿いには「株式会社」「カンパニー」などと書かれた真《ま》面目《じめ》腐った看板が並んでいるが、一本路地を入ると、「めし」「干物、つけもの」の古めかしい貼り紙、ピンクや赤の電飾で彩《いろど》られた接待付きバー、さらに秘密でそれ以上のサービスをしている店などが混在している。

表と裏。戦前と戦後。貧と富。相反するふたつを混ぜ返したような顔を持つ、赤坂界《かい》隈《わい》。そんな街の中でも一際目立つランドマークとなっているのが、東館、西館のふたつの八階建てビルが並んでそびえている水嶽商事本社だった。

現在この社屋で働いている者の中に、戦前の水嶽本家時代から奉公を続ける古参は二割もいない。暴力や人たらし、女たらしで組に貢献してきたヤクザたちは、傘下の運送会社、倉庫会社、土地開発会社などに、部長や取締役の肩書きをつけ送り込んだ。本人たちも体のいい左遷《させん》だとわかっているが、楯突《たてつ》くようなこともない。十分な報酬を与えられている上に、五十代以上の高齢の者ばかりで、今の水嶽商事に求められている計算や図面作り、利益予測などの知識は皆無なため、少し早い楽隠居のような身分を受け入れている。

代わって社の躍進を支えているのが、公職追放や財閥解体で以前の職場を追われたエリートたちだった。

GHQは決して味方とはいい難い存在だが、彼らの行ったこのふたつの政策は、明らかに水嶽グループに恩恵をもたらした。高い専門知識や実績を持ちながらも、戦中、軍部と関係を持ったため行き場をなくしていたエリートたちを、「開かれた人材雇用」という見せかけのスローガンと高い報酬を餌《えさ》にかき集めた結果、水嶽本社ビルは日本で屈指の人材が集まる場となった。

ただし、今のところ彼らの誰も取締役以上の役職を与えられていない。肩書きは部長止まりということだ。

水嶽商事の経営方針は役員会で決定されるが、実際はその役員たちからさらに厳選された、十名ほどの幹部が毎週水曜日に集う、通称「水曜会」の場で裁定されていた。

水曜会には現会長兼社長の水嶽麟太郎、塚原、赤松、須藤、最高顧問弁護士の渕上《ふちがみ》などが名を連ね、社長の実の妹であり、関連会社水嶽プロモーションの社長である綾女もそのひとりだった。

本社ビル東館五階の中会議室で、今まさにその水曜会が開かれている。

立ち込めたタバコの煙を逃がすため、興造が少しだけカーテンと窓を開いた。

冬の風に乗って朝から降る小雪が舞い込んでくる。

東館が完成した今年十月、この中会議室にはオーク材の机と革張りの椅子が十数脚並び、他には電話機が一台置いてあるだけだった。

しかし、たった二ヵ月後の今は、壁には印象派風のものから日本画まで、何枚もの絵が統一感なく飾られている。

現社長、麟太郎の意向だった。

さらにサイドボードの上にも金無垢《きんむく》の鷲《わし》の大きな像や、松の盆栽が置かれていた。最近では、二週に一点ずつの早さで、怪しげな飾り物が増えてゆく。

外部の人間が立ち入ることのない水曜会専用の部屋をなぜ飾る必要があるのか綾女にはわからないが、その違和感を決して口にはしない。

会の冒頭、常務取締役の須藤が皆に詫《わ》びた。

理由は、タイムズ紙の記者が見せた青山にあった地下トンネル施設内の写真の一部に須藤が写り込んでいたためだが、もちろん責めることはできなかった。昭和二十年当時、あそこを監視していた水嶽商事関係者の誰ひとり、写真を撮られたことに気づかなかったのだから。

撮影者を特定すべく内偵を進めているため、わかった段階で緊急会を招集すると決めるだけに今は留めた。問題を先送りしたのではない。むしろその逆だ。敵が絞り込めていない段階で闇雲に動けば、こちらの手に入れている情報や思惑をみすみす敵に知らせることになる。どこが切り崩しやすいか、組織としての弱点も摑《つか》まれやすい。

すぐにでも正体を暴《あば》き、叩《たた》き潰《つぶ》したい欲求を抑え、次の議題へと移った。

先月、ＧＨＱのチャールズ・ウィロビー少将から下された命令について。

極秘のうちにアメリカ軍に参加させ、朝鮮半島に送る日本人の名簿はすでに出来上がっている。明後日の十二月二十三日以降、ＧＨＱ高官は順次クリスマス休暇に入ってしまう。この会議での決裁を経たのち、名簿は明日の午後にウィロビー少将に提出される予定になっていた。

「選んだ奴《やつ》らをＧＨＱが集めろというなら、二日以内に東京に呼び寄せられる。経験は十分な連中だから、半月も訓練すれば勘を取り戻すだろう。人を撃ったこともない青臭いアメリカの新兵どもと較べたら、一人で三人分の戦力にはなる」

名簿を作った赤松がいった。

隣には名簿作りの補佐をした、死んだ生田目の長男が座っている。名は慶介《けいすけ》、綾女と同じ二十七歳。遺《のこ》された生田目の組を継ぎ、役員会にも補佐役として、半年前から出席を許されるようになった。見るからに武闘派だった生田目と違い、整った容貌《ようぼう》で口調も落ち着いている。

「いかがでしょうか」

進行役の塚原が一同を見た。

「俺にも発言権はあるよな」

須藤がいった。

「もちろんです」

「むし返すようだが、今、GHQにそこまでの恩を売る意味はあるのかね。しかもまた吉野を通じての案件だろ」

須藤が渋い顔で全員に視線を送る。

「今さら要請を撥《は》ねつけろとはいわねえ。ただ、利ざやは思ったよりも少ないと覚悟しておくべきじゃねえかな」

日米の講和条約に関する記事が、日本だけでなくアメリカの有力新聞のヘッドラインに載るようになり、条約締結と日本の国際復帰が確実に近づいているこの時期、ＧＨＱの利用価値そのものを疑問視している。

「その点については、やはりみなさんによく話し合っていただきたい。吉野案件という部分は、午後にでも大門町に伺ってもう一度説明してまいります」

綾女はいった。

文京区（昭和二十二年、小石川区と本郷区が合併し誕生）大門町には元衆議院議員・旗山市太郎の屋敷がある。旗山の公職追放は今現在も続き、吉野の政敵と呼ばれることもほぼ皆無になってしまったほど、存在感は薄れていた。

「お嬢さんはどのように――」

役員の数人がいいかけたところで、会長兼社長の水嶽麟太郎が口を開いた。

「名簿はこれでいいし、このまま進めよう。ただ、少し水嶽プロの社長とふたりで話をさせてくれ」

「今すぐでしょうか」

塚原が確認する。

「ああ、今すぐだ」

口調こそ穏やかだが、麟太郎は誰とも視線を合わせず、自分の眉《まゆ》を指先で擦《こす》るように撫《な》でた。苛立《いらだ》っているときの癖だと、近しい者たちは知っている。

塚原に目配せされ、綾女はうなずいた。

役員たちが立ち上がり、廊下へと出てゆく。

「何かあったら声をかけてください」

最後に興造がドアを閉めた。

「ウィロビー少将のところへは俺が名簿を持っていくよ」

麟太郎が見せかけの笑みを浮かべる。

「御同行くださるということでしょうか」

「その口調はよしてくれ、せっかく皆を外に出したんだ。兄妹《きょうだい》として話をしよう」

「じゃ、麟兄さんが一緒に行ってくれるの？　名簿を渡すだけの使い走りなのに、申し訳ないわ」

「綾女は来なくていい。俺ひとりで行く。少将に挨拶もしてくるよ。来年の一月には、予定より早くGHQが地方政治から手を引くそうだ」

「官邸筋の情報？」

「ああ。主要都市だけ統括し、朝鮮半島に集中する気だ。彼らの新しい戦争がはじまる前に、水嶽商事社長として今後の話をしておきたい。そのアポイントメントを取ってくる。いきなり押しかけるわけじゃない。場所は白金台の公邸だろ。少将の執務室と吉野の秘書に、事前に電話を入れておく」

「でも――」

「ご指名は綾女だから、俺じゃ駄目だと?」

「そうじゃない。これは本当の意味での極秘事項だから。問題も起きていないのに、こちらの都合だけで窓口の人間が突然入れ替わるのはよくない。麟兄さんとの面談となったら、向こうだって身構えるし、少将も正式にスケジュールを割かなきゃならなくなる。新聞に嗅《か》ぎつかれるかもしれない」

「どうしても自分でコントロールしたいのか」

「違う。わかるでしょう?」

麟太郎はタバコケースから一本取り出した。

「出征前、俺は社長にはなっていたものの、名ばかりだった。綾女が教師になって、西巣鴨の寮で暮らしていたころのことだよ」

ゆっくりとタバコをくわえ、卓上ライターで火をつける。

「決裁権を握っているのは親父《おやじ》で、俺には何の権限もない。覚悟はしていたが、もう少し任せてくれると思っていた。実際、親父はそうしたがっていたが、周りが許さなかった。水嶽玄太という権威を誰もが頼り、権威の決定であることで安心した。それでも、がまんできた。親父が生きている間だけだと思ったからね。死ねば嫌でも俺が舵《かじ》取りをしなければならなくなる。実力はそのとき発揮し、周りに見せつけてやればいい。でも、抑留からようやく解放されて日本に戻ったのに、何も変わらなかった。親父は死んだが、代わりに綾女がいたからだよ」

綾女は麟太郎の顔を見据えている。

「こんな泣き言聞きたくないだろう？」

「ううん、聞かせて。これまで一度も思いを話してくれたことがなかったから」

「俺のどこがいけない？　何が間違っている？　自分なりによくやっているつもりだ。そりゃ小さなミスもしたし、損失も出した。でも、誰だってすべてを上手くやれるわけじゃない。なのに、落胆ばかりされている。綾女との違いを陰であれこれあげつらって、能力不足だと誰もが嘆いている」

「誰も較べていないし、嘆いても――」

「気休めはいらないよ。俺はどうすればいい？」

「少し生意気いわせてもらうけれど、私は何もかもが混乱していたあの時期だったから、企《たくら》んだことが偶然上手くいっただけ。戦前からの財力と人脈でどうにか押し切ることができた。でも、この先の水嶽を引っ張ってゆくことなんて、とても私にはできない。兄さんが必要よ。それに、陰口をいわれるのは私も同じだった。代行をはじめたときも、赤松さんや須藤さんは私を見下していた。この先、実績を積んでいけば、すぐに周りの見る目も変わってくる」

「そんな単純なことか」

「ごめんなさい。頭の悪い私には、これくらいしか思いつかなくて」

「綾女は昔から変わらないよ。俺たち兄弟を好いて慕って、気遣ってくれて。その優しさが昔から大嫌いだった」

――昔から。

「俺だけじゃない、康三郎もな。親父は小さいころから誰より綾女に目をかけていたからね」

「そんなことない」

「おまえが気づかなかっただけだよ。いや、気づきたくなかったんだろう。おまえが女に生まれたことを、親父は誰より怨《うら》んでいたから。逆に俺には、親父が俺たち以上におまえに期待していることがわかるのが辛《つら》かった。単なる妬《ねた》みだ。一番継がせたい子がいるが、女だから継がせられない。だから、能力は劣るとわかっている俺たちに継がせなきゃいけない。あのころは何で親父が綾女に執心しているのかわからずにいたから、ものすごく苛立ちもしたよ。今になると親父が間違っていなかったとわかる。でも、だからこそよけいに腹が立ってくる」

外から扉をノックする音が響く。

「いかがですか」

塚原の声だ。

「まだだ」

麟太郎は眉間《みけん》に皺《しわ》を寄せたものの、快活な声で返事をした。

「俺も康三郎も、綾女の代用品。桂次郎もだ。あいつも病まなければ同じ扱いになっていただろう」

兄たちが好きだったし、可愛《かわい》がってもくれた。三人が一緒にいてくれたおかげで、母親がいない寂しさを薄めることもできた。兄妹だけは何があってもわかり合えると信じていた。

――でも、勝手な思い込みだった。

「昨夜、美紗子から一度診てもらってくれと懇願されたよ。誰の企みだ？　綾女か？　桂次郎？　それとも塚原や赤松か？　まあひとりじゃないだろうな」

「その全員の考えです」

「そんなに俺を病んでいることにしたいのか。俺を役職から引きずり下ろして、桂次郎みたいに山奥の病院に閉じ込めたいか」

「ずっと水嶽商事の代表でいてもらいたいから、一度診てもらうことを勧めているんです」

「俺はそんなにおかしいのか？　戦争での殺し合いが終わったあとも、シベリアで家畜以下の扱いを受けながら何年も過ごしたんだ。少しぐらい感情の揺れ幅が大きくてもあたりまえだろう。俺たちはソ連が日本に攻め込まない代わりに差し出された人身御供《ひとみごくう》だぞ。もう少し経《た》てば、今の日本に慣れて普通に戻る。それまでいくらかの時間が必要なだけだ」

「お医者様にその手助けをしてもらいましょう」

「残念だけれど、おまえの言葉は信用できない」

「うそをついたことがあった？」

「ない、今のところはな。でも、隠し事が多すぎる。水嶽《こ》商事新本社ビルの披露パーティーの日、小野島さんと品田さんから何をいわれたか知っているよ」

名古屋一帯を支配する東海井桁会《いげたかい》の組長と、埼玉県熊谷を本拠とする東武連合会の会長。一刻も早く綾女が水嶽《こ》商事の実質的トップに戻るよう進言された。

「誰に聞いたの」

「俺にも忠臣はいるし、間諜《かんちょう》も配してある。綾女が俺の動きのすべてを監視しているように、俺も綾女を監視しているんだよ」

「監視なんて。心配だから報告させているだけ」

「いや、監視だ。元教師だけに言葉のすり替えは得意だな」

口調がさらに厳しくなってゆく。

「兄妹なのに」

綾女は目を伏せた。窓はまだわずかに開いている。雪とともに吹き込んでくる寒風が麟太郎のタバコの煙を揺らす。

「どうなることがお望みですか」

「水嶽グループから完全に離れてくれ。水嶽プロモーションを続けるなとはいわないが、社名から水嶽の文字を外してもらう。役員からも離れ、今後グループ内のことに口を出すのも禁止する。このまま俺とおまえがふたり残っていれば、いずれは派閥が生まれ、争うことになる。そんな事態は望んでいないだろう」

その通りだ。でも――

「おまえが離れるのなら、俺も精神科の診察を受ける」

「ごめんなさい。すぐには答えられない」

「離れられないのは、おまえのために死んだ青池の家族のためか。おまえに焼き殺された寿賀子のためか。おまえが犠牲にしてきた、数多くの連中のためか」

「わかっているなら――」

「いや、わかっちゃいない。俺じゃなくて綾女自身がな」

「どういう意味？」

「いい加減死んでいった者のせいにするのはやめないか。おまえは自分の血に突き動かされているだけだよ。死んだ連中に背負わされた業《ごう》のせいじゃない。ただ自分が欲して、望んでいるんだ。最初は嫌々だったかもしれない。でも、仕事を続けるうち、謀略や知略を巡らすことが、自分にとって自然なことのように感じられてきて、ヤクザの世界から離れられなくなった」

「全然違う」

「違わないよ。戦争のずっと前、旗山市太郎が節分に訪ねてきたときのことを覚えているか」

「えっ」

「昭和四年の節分だ。俺が十二歳、桂次郎が十一、康三郎が八つで、おまえが七つ。旗山が俺たちへの土産に舶来品のチェス盤と駒《こま》を持ってきたときだよ。駒が王や王妃や騎士をかたどった真鍮《しんちゆう》の人形になっていて、精巧さに神山町の屋敷の連中も驚いていた」

「今そんな話は——」

「いや、俺にとっては大事なことだ。覚えているか」

「はっきりとは……あのときはじめてチェスのルールを覚えて。兄さんたちと何回か勝負をして」

「そう。俺たち三人と勝負して、おまえの圧勝だった。俺も桂次郎も康三郎も何度やっても歯が立たなかった。チェスの場合は取った駒も取られた駒もその時点で使えなくなるだろ。でも俺たち三人はなまじ将棋のルールを知っていたせいで、駒が死ぬことが上手《うま》く飲み込めなかった。だけど綾女、おまえはすぐに理解して、勝つためにどの駒を犠牲にするかを迷うことなく決めていた」

旗山のおじさまや水嶽本家の奉公人たちに、覚えが早いと褒められたことは何となく思い出した。あと兄たちと楽しい時間を過ごしたことも。でも、自分の指手なんてまるで覚えていない。

「七歳の子どもがやるチェスなんて、ただの遊びでしょう。どんな戦い方をしたかで性格までわかるわけがない」

「いや、勝負した俺と康三郎はガキながらに、おまえの強さや容赦のなさを痛感した。桂次郎も気づいていたはずだ。そしてあの場にいた親父も」

綾女は首を横に振った。

麟太郎はうすら笑いを浮かべ、言葉を続ける。

「親父はめったに笑わず、いつも諦《あきら》めたような、それでいて覚悟を決めたような顔をしていた。今のおまえと同じようなね」

「違う。あの人は何も諦めてなんて――」

「いや、違わない。おまえは親父を憎んでいたから、よく見ていなかっただけだ。復員したときに驚いたんだ。気味が悪いほど似ていたから。塚原や赤松たちだって、おまえが嫌がるから口にしないだけで、とうの昔に気づいている」

「麟兄さんの思い過ごし」

「目を背けるのは、もうやめたほうがいい。死人に義理立てしたふりを続けるのも。おまえと同じ、あの水嶽玄太の血が流れている俺がいうんだ、間違いない」

「そんなに私が邪魔？」

「ああ。水嶽商事にいる限りはね。今のおまえは身内じゃない、敵だ」

一層険のある表情を綾女に向けながら煙を吐くと、タバコを灰皿で揉み消した。

「とりあえず今日のところはこれくらいだ。次はおまえの返事を聞かせてくれ。水嶽商事に残って争うか、出てゆくか」

麟太郎は立ち上がってドアまで進み、ノブを摑んだ。

「待たせて悪かった。さあ、続けよう」

笑顔で役員たちを呼び込んだ。

4

十二月二十二日木曜日。

綾女はリビングのソファーに身を沈め、天井から下がるシャンデリアを見つめている。

麟太郎が復員し、妻や子供たちとともにこの水嶽本家で一時暮らしていたときに、わざわざ取り付けさせた高級品だ。でも、本社ビルの水曜会専用会議室を飾っている絵画や鋳造品同様、この場には不釣り合いに思えるし、好きになれない。

低いテーブルを挟んだ反対には興造が座っている。

「お食事はどういたしましょう？　何か軽い物でも作らせましょうか」

女中が尋ねた。時計は午後九時を過ぎていたが、ふたりともまだ夕食を摂《と》っていない。

「私はいいわ。あなたは？」

「結構です。代わりに一服させていただいてよろしいですか」

綾女がうなずくと、右目に眼帯をつけた興造がキャメルを一本取り出し、マッチを擦った。

女中が一礼して出ていき、綾女は肩の力を抜いた。

「ごめんなさい。つき合わせてしまって」

「いえ、これも大事な仕事です。水嶽プロに移ってから、残業も少なくなって、あいつら水嶽商事《本社》にいたころの緊張感が薄れちまってたから、たまにはいい刺激になります」

興造だけでなく綾女の警護役四人が、「特別業務」のため、帰らず屋敷内に待機していた。

「それに特別手当を出すといったら、無邪気に喜んでいました。金の話を聞いて露骨に顔に出すなんて、昔は下司《げす》な野郎だと馬鹿《ばか》にされたもんです。どいつもこいつもヤクザのくせに、頭の中まで会社員になりやがって」

「仕方ないですよ。聞いたでしょ、本社では来年度から本格的に大学新規卒業採用をはじめるそうですから。水嶽《うち》プロもそろそろ考えないと」

「俺みたいなのは、ますます肩身が狭くなりますね。嫌だ嫌だ」

「興造さんも英語が上達して、今じゃアメリカ人と普通に話せるようになったじゃないですか」

「アメリカ人に舐《な》めたことをいわれてるのに、気づけなかったら嫌ですから。そういう馬鹿な動機でなけりゃ、ヤクザに外国語なんて覚えられません」

綾女は小さく笑い、そして訊いた。

「溜池のほうには今四人？」

「ええ。多くても目立ちますんで。こっちに残した連中も、すぐ出られるよう準備させています」

「特別手当の意味も？」

「いい聞かせてありますし、口の固い連中を選びましたから」

鱗太郎本人には何も知らせず、綾女の警護役を溜池にある兄の自宅周辺で待機させている。ただし、兄の妻や溜池の警備担当者には事情を伝えていた。

この日の午後、麟太郎は綾女の同行を拒否し、秘書らとともに吉野繁実が仕事場にしている外務大臣公邸に向かった。

麟太郎自ら、朝鮮半島に兵士として秘密裏に送り込む日本人の名簿を、依頼者であるチャールズ・ウィロビー少将に提出し、念願だった会談を行うためだ。

だが、やはり面会は拒否された。

名簿は公邸の裏口で少将の補佐官が受け取り、ウィロビーや仲介人である吉野に会うことも、公邸内に入ることさえ許されず、追い返された。

綾女のところにも、吉野の秘書、次にウィロビー少将の補佐官から続けざまに抗議の電話があり、受話器越しに三十分以上謝罪と釈明をすることになった。

補佐官から「極秘事項だと本当に理解しているのか？　少しでも漏れれば君が逮捕されることを忘れるな」と厳しく念を押され、明日、あらためて指示された場所を訪問するよう命じられている。

場所は東京駅近くの丸ノ内ホテル。今は接収され、イギリス軍将校の宿舎として使われている。客室に入れるのは綾女と興造のみで、他の水嶽商事の社員はホテル内に立ち入ることすら禁止された。

社長でありながら門前払いされた麟太郎は強い屈辱を感じただろう。そして今この時間もまだ感情を昂《たかぶ》らせているはずだ。

だから綾女は心配で待っている。

「慶介、どう思います？」

興造が訊いた。生田目義朗《よしろう》の跡を継いだ長男のことだ。

「私はあまりよく知らないので。若くして組持ちなのに腰が低くて、何でもそつなくこなすと赤松さんはいっていたけれど」

「そのそつのないところがね」

「気に入らないんですか？」

「生田目のオヤジのような汚れ仕事をやっていけるとは到底思えません。見た目もひ弱で、出征していたのがうそのような、役者まがいの気取った立ち居振る舞いですし」

「見た目で仕事をするわけじゃないですから」

「ですが、あれじゃ凄《すご》んでも、相手に笑われちまいます。やっぱり生田目のオヤジの遺言通り、組はお嬢さんが引き取るべきじゃなかったんですか」

「息子が継ぎたいといって、組の古参連中もそれを望んでいるのに、横取りすることはできないですよ。それに義朗さんは、自分がいなくなっても、汚れ仕事は興造さんがいるから安心だといっていましたよ」

「本当に人が悪いオヤジだ。厄介な役回りを赤の他人に押しつけやがって」

興造が舌打ちし、綾女は笑った。

だが笑いがゆっくり引いてゆくと、また不安が込み上げてくる。

昨日麟太郎からいわれた通り、今すぐ水嶽グループから完全に離れるべきだろうか。麟太郎と綾女が並び立てば、社内がふたつに割れ、争うことになる。そうなれば水嶽商事は間違いなく弱体化する。

しかし、あの不安定な麟太郎にすべてを任せていいのか。

むしろそちらのほうが社内外の反発を浴びる可能性が高い。良好な関係を結べている各地方の親分も離れていくだろう。いずれにせよ、水嶽商事の弱体化は避けられない。あんなにどうにでもなれと思っていた会社なのに。

心変わりした自分に腹が立つ。けれどそれ以上に、自分がここまで育てた水嶽商事が、むざむざ他の暴力団やGHQ、引退間近の吉野繁実に食い物にされるのを指を咥《くわ》えて見ているだけなのは、どうにも許せなかった。

無言で考えるうちに、また綾女は険しい顔でシャンデリアを見つめていた。

その顔を見た興造が床に視線を落とし、笑った。

「何か可笑《おか》しい？」

「あ、いや、失礼しました。ちょっと昔を——」

興造が自嘲《じちょう》した表情を浮かべた。

「親父のいってたことを、ふと思い出しちまって」

興造と修造の父、青池文平は水嶽本家に仕える子分だったが、徴兵され、出征先のパラオ諸島ペリリュー島で戦死した。

「親父は水嶽玄太四代目組長に心酔していましたから、よく逸話を聞かされたんです。親父も四代目は難局に直面すると、このお屋敷に重臣を集めて会議をされたそうです。親父も何回か会議に呼ばれ、それを終生誇りにしていました。四代目が考え込むと、皆も言葉を止めて、次に口を開かれるのを待った。長いときには二時間、三時間、四代目は黙ったままになる。天井の電燈《でんとう》をじっと見つめながら考え続けていたそうです。今のお嬢さんのような顔で」

「きのうも、麟兄さんに死んだ父にそっくりだっていわれたわ」

「申し訳ありません」

興造も綾女が亡《な》き父・水嶽玄太をどう思っているか知っている。

綾女は天井のシャンデリアから足元に視線を落とした。

「興造さんでも、ふと父親のことを思い出したりするのね」

「やっぱり親子って意味でしょうか」

「ええ」

「それに関しちゃ、たぶんお嬢さんが考えているような微笑《ほほえ》ましい理由じゃありません。あんな奴の言葉を思い出しちまったことに驚き、呆《あき》れて、それで自分を嘲《あざけ》るような顔をしてしまったんでしょう。俺は今でもあの異常者を一切許しちゃいません」

「文平さんが異常者？」

「お嬢さんがご存じないのは当然です。修造が生まれる前のことですから。あいつは酒が入ると人が変わって荒れ狂うクズ野郎、大馬鹿野郎だったんです。外で呑《の》んじゃ暴れて、素人《しろうと》を不自由な体にしたこともある。他所《よそ》のチンピラ連中とも揉《も》めて半殺しにしちまって、水嶽本家さんを巻き込んでの組同士の大騒ぎになりかけたことも何度かあった。それで本家さんから外で呑んだら破門といわれ、素直に従った。でも、今度は家の中で呑み、暴れるようになったんです」

——知らなかった。

綾女の記憶の中にある姿とまったく違う。

「まずお袋を殴りつける。それで一歳にもならない俺が怯《おび》えて泣き出すと、うるせえと蹴《け》り飛ばす。しまいには日本刀を抜いて、あたり構わず斬《き》りつける。それがほぼ毎晩続いた。五歳までの俺が覚えていることは、そんな場面しかありません」

興造はタバコを灰皿で揉み消した。

「そんな地獄から救ってくださったのが、四代目とお嬢さんだったんです」

「私が？」

「ええ。お袋が修造を身籠《みごも》ったころ、四代目の再婚されたゆき乃奥様も妊娠された。体の弱かった奥様のためにお袋が乳母を務めさせていただくことになり、俺たち青池一家は本家さんに近いあの家をいただき、目黒から引っ越してきた。そのとき、親父が酒をやめたんです。誰から厳しくいわれても聞く耳を持たず、隠れてまで呑み続けていたクソ野郎だったのに。惚《ほ》れ込み心酔していた四代目からの直々のご指名でしたから、絶対にやり遂げたいと思ったんでしょう。酔ってまかり間違って、嫁さんのでかい腹を蹴りつけて子供を流すわけにはいかない。そんなことをすれば、四代目とゆき乃奥様の大事なお子さんに分ける乳が出せなくなってしまう」

「それから文平さんは変わったの？」

「はい。乳離れしたあとも、お嬢さんはしじゅう家に遊びにきてくれた。だから親父も、万が一にでも酔ってお嬢さんを傷つけられないと酒断ちを続けられた。お嬢さんと同じ時期に修造が生まれなければ、たぶん俺とお袋は死んでいたでしょう」

「そんな」

「大げさにいってるんじゃありません。お袋の背中には日本刀の斬り傷が三本あった。俺だっていつも痣《あざ》だらけでした。その後、どんなに改心したとしても俺はあの野郎を許せなかったし、今も許しちゃいません」

「でも、青池の皆は私のせいで」

「お嬢さんは何も悪くありません。悪いのは襲ってきた組の連中や裏切った奴らです。

うちの一家はお嬢さんが生まれてきてくれたことで救われた」

「いえ、やっぱり私が」

「もうやめましょう、その話は。いったところで、誰も帰っちゃ来ないし、虚《むな》しくなるだけです」

「では、あの……文平さんのこと、何も知らずにすみませんでした」

「それも謝らないでください。お嬢さんは何も悪くないですから。ただ、偉そうにもうひとつだけいわせていただくと、傍目からはよく見えていても、本当に幸せな一家なんてものは、どこにもないんじゃないでしょうか」

「かもしれませんね」

ふたりとも黙った。

が、すぐに廊下を駆けてくる音が聞こえた。

女中が声をかける前に、興造が立ち上がり、ドアを開けた。

「あの、急ぎのお電話です」

「わかってる」と短く答え、電話口へと駆けてゆく。

綾女も立ち上がり、コートを掴むと玄関に向かった。

5

綾女は暗い廊下で公衆電話の受話器を握りしめた。

『ちょっとした夫婦喧嘩《げんか》だよ』

電話の向こうで麟太郎がいった。

「ちょっとした、ですか」

非難がましいことはいわないつもりだったが、言葉に感情がこもってしまう。

『振り上げた手がたまたま強く当たってしまって。あいつの倒れ方も悪かったんだ』

麟太郎から暴行を受けた妻の美紗子と、止めに入って殴られた兄の専属警護役ふたりを、綾女と興造は赤坂新坂町《しんさかまち》にある賛和《さんわ》病院に運び込んだ。

『美紗子はもう帰ってくるんだろ』

「いえ、お医者様が二、三日はここで様子を見たほうがいいと。鎖骨が折れていて、顔の腫《は》れがひどいし、鼻血の量も多くて貧血の心配があるそうです」

『あのふたりは？』

「しばらく入院します」

『大げさだな』

「何ヵ所も骨折しているし、切り傷がひどいですから。明日、内臓に損傷がないか調べるそうです」

気を失いかけていた美紗子を庇《かば》ったふたりの警護役を、麟太郎は暖炉の火かき棒で殴《おう》打《だ》した。戦前から自分の身近に仕えてきた社員にもかかわらず、まったく容赦せず殴り続け、綾女の手配した男たちが踏み込んで兄を羽交い締めにしなければ、三人とも殺されていたところだった。

『俺を押さえつけたあの連中、うちの社員だよな』

「はい。私の下で働いてくれています」

『社長に対して、あまりに無礼じゃないか？　髪を摑まれ、シャツも破かれた』

兄は明るく話しているが、声を通して怒りが伝わってくる。

「彼らも服を破かれた上、骨折しました。美紗子さんを含め負傷者は七人です」

だからどうした——と囁《ささや》く声が、受話器から聞こえた。

怒りとも敵意とも違う、もっと醒《さ》めた感情が自分の中に湧《わ》き上がるのを、綾女は感じている。

『まあいい。玄一郎《げんいちろう》と静乃《しずの》はもうそこに用はないだろう。迎えをやる』

兄の九歳の息子と七歳の娘の名だ。

「いえ、ふたりとも美紗子さんと一緒に泊まれるように手配しました。いつものシッターたちもう呼んであります」

『泊まるって、何ともないのにか』

「玄一郎はグラスの破片で足を切って、四針縫いました。静乃もひどく怯えています」

『グラス？』

「止めようとした玄一郎に麟兄さんが投げつけたグラスです。覚えていませんか？」

『覚えてるよ。縫うほどの傷だとは思わなかっただけだ。それより、おまえはこうなると見越して、外で部下に見張らせていたのか？　こんな雪の夜に？』

「そうです」

『まったく、よくやってくれる。そんなに俺が信用ならないか』

「いえ、そんなつもりでは」

『そういうことだろ、おい。寄ってたかって悪者にしやがって。ウチの連中も知っていたんだろ。どうりで外に逃げ出すのも、助けが来るのも早かったわけだ』

「いえ、美紗子さんも、そちらの警備の者も知りませんでした。すべて私が勝手にしたことです」

もちろんうそだ。

「警察関係は口止めしてありますし、記者にも嗅ぎつけられていません」

『周到だな。すべて読み通りで嬉《うれ》しいか。利口さを俺に自慢したいのか。おまえの手のひらでじたばたしている俺を見て、また笑うつもりか』

「笑ったことなどありません。麟兄さんも、どうかもう休んでください。赤松さんがそちらに向かって警護を引き継ぐそうですから」

『もう着いてる。俺のことは構わなくていい』

「それから今夜はお酒は控えて――」

『構うんじゃない』

怒鳴ったあと、麟太郎は何度か荒く息を吐くと、

『やっぱりいわれた通りだ』

とつぶやいた。

――いわれた?

「誰に何をいわれたんですか」

綾女は訊《き》いたが、麟太郎は答えない。

『信用しちゃいけない。おまえは信用ならない』

独り言のようにくり返したあと、突然電話を切られた。

――どういうこと?

兄の妄想か、それとも実在する何者かがいるのか。

ツーツーという音を聞きながら思いを巡らせたあと、綾女も受話器を置いた。

麟太郎の電話はほぼすべて盗聴させている。いつ誰とどこで会ったのかも報告させているだが監視をかいくぐって、誰かが接触しているのかもしれない。タイムズ紙の記者が見せた写真といい、怪しげなことが続く。警戒をより厳重にしなければ。

暗い院内の廊下には、少し前まで静乃の泣き声が響いていたが、ようやく聞こえなくなった。

「お渡ししてきました。他の患者には知られていないそうです」

興造が近づき、医者と看護婦に口止めの金を握らせてきたことを報告した。

「それから――」

言葉の途中、興造の左目が暗い廊下の先に向けられた。失った左腕側のコートの袖《そで》を揺らし、塚原が近づいてくる。

「申し訳ありませんでした。あとは引き継ぎますので」

塚原が告げたが、綾女は無言のまま振り返り、美紗子が治療を受けている処置室へと向かった。

「ごめんなさい、綾ちゃん」

美紗子がベッドから起き上がり、包帯の上からも腫れがわかる顔を涙で濡《ぬ》らした。玄一郎と静乃は今にもまた泣き出しそうに目元口元を引《ひ》き攣《つ》らせながら、母の手を握りしめている。

「美紗子さんは何も悪くありません。こちらこそ本当にごめんなさい」

綾女は玄一郎の頭を撫で、静乃をうしろから抱きしめると、言葉を続けた。

「ここの特別室を開けさせました。玄一郎と静乃も一緒です。すぐに三人分のベッドを運ばせますね。誰も近づけさせませんから、何日かゆっくりしていってください」

綾女は無理やり笑顔を作った。

「ありがとう。でもね」

美紗子の声が震えている。

「悪いのは私なの。私が麟太郎さんの気持ちを考えず、よけいなことをいってしまったから」

美紗子は綾女の腕の中にいる子供たちを、自分の胸に抱き寄せた。

「義姉《ねえ》さんのせいじゃない」

綾女は首を横に振った。

玄一郎と静乃の頰を涙が伝ってゆく。

「いえ、私が悪いの。麟太郎さんは、ただ病気なだけ。今はあの人も苦しんでいるけれど、必ず治るから」

声だけではない。膝《ひざ》も、子供たちを抱く腕も小刻みに震えていた。

「私が治してみせるから。だからお願い、あの人を殺さないで」

「そんな――」

綾女は言葉に詰まった。

「どうか麟太郎さんを殺さないでください」

美紗子は頭を下げ、くりかえした。

6

昭和二十五年一月四日
「急で申し訳ありません。来月からはこれまで通りの金額はお渡しできなくなってしまいました」

綾女は頭を下げた。

広い庭に面したサンルームには朝陽が降り注いでいる。

旗山市太郎はカウチに座り、綾女を見上げた。

「綾ちゃんが謝ることじゃない。ここ数ヵ月の麟太郎くんの動きを見ていれば、予測できたことだ」

旗山の本宅は、主《あるじ》の政治的影響力が大きく衰退した今も、「大門町御殿」の通称に恥じない豪奢《ごうしゃ》さをかろうじて保っていた。

「それに私事ですが水嶽商事から」

「身を引くことになったか。君が思っていた通りになったわけだ。ただ、麟太郎くんのうわさも、いよいよ政界内に広まりはじめたから、早めに手を打ったほうがいい」

「それは役員会や塚原たちが決めることですので。私からは何とも」

「吉野は麟太郎くんの件を、水嶽商事を切り捨てるために利用するだろうね。進駐軍が日本を去る時期も少しずつ見えてきたし、そのタイミングに合わせて、これまで自分の犯してきた罪をすべて水嶽商事に被《かぶ》せて清算するつもりだ」

旗山は皮肉と敵意を込めつつ予想を口にしたが、綾女もほぼ同じ考えだった。

GHQの撤退と日本の再独立が迫っているという情報は、うわさの域を越え、いよいよ真実味を持って語られるようになっていた。

ただ、現総理である吉野繁実にとって、それは決して喜ばしいことではない。

GHQという後ろ盾を失ったとき、これまで吉野が力で押さえつけてきた疑惑が新聞・雑誌を通じて一気に世間に開示される可能性が高い。信念と強い手腕で日本を復興してきた宰相のイメージとは遠い、ただのアメリカの傀儡《かいらい》でしかない、腹黒い男の素顔が暴《あば》かれるかもしれない。それを避けるため、あの年寄りは、今は大会社ヅラしたヤクザの成り上がり者・水嶽商事が、GHQと結託して重ねてきた悪事を暴露し、世間の敵に仕立て上げるつもりだ。しかも自分がその悪人を叩《たた》く正義の遂行者となることで、新たな人気と支持を得ようとまで考えている。

まるで安い筋立ての映画のようだが、吉野が一番得意とする手法だった。

国会でも政敵を、自分の敵ではなく、復興と再生を阻《はば》もうとする日本の敵、もしくは民主化しつつある日本の未来を阻む共産主義者として演出し、世論を味方につけてきた。

吉野と表向きの協調の裏で対立を続けてきた綾女は、その経歴と言動をつぶさに調べた。今では吉野は、日和見《ひよりみ》と世渡りの結果、出来上がった自分の経歴を都合よく脚色し、民主主義者・平和論者に見せているだけの男だと断言できる。戦前戦中に反戦を主張したのも、理念や主義ではなく、自分に都合のいい立ち位置として選んだだけだ。

ただ、その脚色と自己演出の手腕は、綾女も認めざるをえなかった。

庭に飛んできたシジュウカラを眺めながら旗山が続ける。

「これだけ大きくなった――いや、綾ちゃんが大きくした――水嶽商事を潰《つぶ》すような無駄はせず、会社としての体力が弱ったところで、自分の息のかかった者たちを役員に送り込み、いずれは自分の娘婿《むすめむこ》あたりを株主に据えるつもりだろう。まあ、そのあたりのことは塚原くんや赤松くんも見通していて、もう何か画策しているだろうけれど。ただ、綾ちゃんが去ったあとの水嶽商事グループは、今よりはるかに切り崩しやすくなる」

「だとしても、私は去る身です。あの会社が今後も無事であるよう祈るしかありません」

綾女も庭のシジュウカラに目を向けた。

「いずれ引き戻されるさ。周りが君を強く望み、君もそれに応《こた》えぬわけにいかなくなる」

「私が戻れば会社が割れます」

「割れないよ。自分の兄のことだから、わかっていてもいいづらいだろうが、大多数が綾ちゃんにつく。江戸や明治とはもう違う。戦争に負けて、長子相続なんていう考えも薄まりつつある。能力が高い者が上に立ち、皆を従える。たとえ年下で女であってもね。それが時代の要請なんだ」

「能力が高い者、ですか」

「ああ。君はまさにその要請に応えうる者だ。お世辞じゃない。しかも、水嶽を継ぐのに相応《ふさわ》しい嗅覚《きゆうかく》と風格を持っている。玄ちゃんにも、そのお父さまだった三代目にも似てきたように感じるよ」

三代目——綾女の祖父、水嶽玄之助《げんのすけ》のことだ。

ただ祖父の記憶はあまりない。綾女が三歳になる年に亡くなったので、覚えていることとといえば、大きな目で皺が深く猿のような顔をしていたのと、綾女を抱き上げる手も細くて皺だらけだったこと。あとはいつも口や服からタバコの匂《にお》いがしていたことぐらいだ。

「おじさまのお言葉ですけれど」

綾女は苦笑いした。

「正直、嬉しくはないか。君のおじいさまが、以前は四谷にあった水嶽組をなぜ渋谷の神山町に移したか知っているかい」

「陸軍の練兵場に近かったからだと聞いています」

戦後にワシントンハイツが建設された場所は、明治四十二年から終戦まで、陸軍の練兵場として使われていた。

「明治の終わり、代々木に練兵場ができ、渋谷駅近くの円山町にはすでに大きな花街と売春宿があった。おじいさまは、その中間に居を構えることで、陸軍と政治家に食い込む足掛かりを作ったんだ」

祖父・玄之助は、練兵場に視察に来た将校を「帰りにお茶でも」と神山町の水嶽本家に誘ったという。当時は周辺にめぼしい店や休憩所もなかったため、将校たちは立ち寄り、祖父と談笑し、そして幾らかの金を受け取った。今度はその金を手に渋谷円山町の水嶽の息のかかった店に行き、厚遇を受け、人気の芸者と楽しんだ。

こうして祖父は将校たちを懐柔し、大正のはじめにはすでに「練兵場へ視察に行く」は、高級将校や衆議院議員の間で、水嶽本家で金をもらい円山町で豪遊することを指す隠語になっていたという。

「おじいさまが作ったつながりを、玄ちゃんは十分に活用し、そのコネクションを背景にさまざまな事業に進出した。ヤクザを単なる博徒《ばくと》や土建業者から、統制の取れた商業組織に変えたんだ」

飛び立ったシジュウカラを追っていた旗山の視線が綾女に移った。

「院外団の意味を別のものに変質させたのも、君のおじいさまと玄ちゃんだよ」

議員議席を持っていない政党党員を指す言葉で、明治二十三年に衆議院議会が開院した当初は、本来的な意味で使われていた。役割も党運営や事務など一般的な作業が主だったが、議員の警護や演説会の警備などを担《にな》うにしたがって、次第に武闘的・暴力的な役割を帯びてくる。

「昔は血の気の多い連中も多く、議員自体、議場の裏で殴り合うなんてこともあった時代だ。衆議院議員の用心棒役に院外団が使われるようになったのを見て、君のおじいさまは『ならば本物の暴力の専門家を使ったらどうだ』と私の父、嘉市《よしいち》に持ちかけた」

旗山嘉市は外務省に勤務後、東京帝国大学教授など教育職を歴任し、明治二十五年に衆議院議員初当選。のちに衆議院議長も務めた。この大門町に住まいを移し、旗山家の本拠地の礎《いしずえ》を築いたのも嘉市だった。

「水嶽玄之助と旗山嘉市は、政治と選挙への興奮から生まれたヒステリアとしての暴力を、秩序立て、ビジネスになる暴力に置き換えたんだ。水嶽組が回してくれた連中は重宝したそうだよ。おかげで政治の現場が格段に荒っぽくなったがね」

大正から昭和へと時代が変わってゆくと、院外団はさらに暴力性を増した。選挙区内で自分たちの推す候補者に不都合なうわさを流す連中を懲《こ》らしめる。融通のきかない団体を恫喝《どうかつ》し、従順にさせる。さらには対立候補をさまざまな暴力と調略を使って陥《おとしい》れ、出馬を思いとどまらせるなど、院外団は政治家の私設武装団のような存在となってゆく。

「政治という表の力と、ヤクザという裏の力をつなぎ、文字通り表裏一体にしたのは水嶽の一族だ」

敗戦と、それと同時に押し寄せた民主主義によって、院外団が露骨な暴力や脅しに訴える時代は終わりつつある。だが、今も政治とヤクザのつながりは途絶えていない。今こうして、綾女と旗山が同じサンルームで庭を眺め、語らい合っているように。

「そうした水嶽の血筋が持つ先見の明と行動力を、綾ちゃんも間違いなく継いでいる」

「水嶽の系譜……やっぱり悪事ばかりですね」

「卑下することはないさ。時代によって善悪の基準は変わるが、君のおじいさまと玄ちゃんは、この国を動かしていた力のかたちを間違いなく生み出したのだから」

——政治家らしい詭弁《きべん》。

ただ、綾女に旗山を非難する資格はない。

「加えて、人間には弁《わきま》えなければならない分というものがある。能力の足らない者は、どんなに望んでも将軍や社長になれない。逆に能力のある者は、それに見合った地位につかなければならない。人は天から与えられたものを無駄にしてはいけないんだ」

不意に大勢の気配を感じ、綾女は振り返った。

人払いがされていて、サンルームにはふたりしかいないはずだ。

——こんなところにまで。

カウチに座る旗山を囲むように、青池の家族、寿賀子、生田目、その他多くの亡霊たちが集っている。久しぶりに会う彼ら、彼女らは、以前にも増して煤《すす》けたボロ布をまとい、裂け目からは今にも臭《にお》ってきそうなほどに腐った腹や胸を覗《のぞ》かせていた。

「どうかしたかい」

「やっぱりこの先が不安で」

取り繕うようにうそをついた。

「無理もないさ。私が風格だ、分だなどといっても、そうたやすく腑《ふ》に落ちるものじゃない」

笑う旗山に合わせ、亡霊たちも笑顔になった。青池家の泰造や佳菜子、他にも名も知らない少年少女がこちらに手を振っている。

『心配しないで。社長の座に私たちが連れ戻してあげる』

まるでそういわれているようだった。

——これも私が都合よく作り出した幻？

「座ったらどうだい。お茶を持って来させよう」

綾女はいわれた通りカウチに腰を下ろした。

それでも亡霊たちは消えることなく、綾女を励ますように見つめていた。

＊

午後になると、綾女は大門町御殿を出て銀座に向かった。

「御加減は？　移動中だけでも少しお休みになってください」

パッカードの後部座席で、隣に座る興造から心配された。とても疲れた顔をしているのだろう。

「薬がほしい」

綾女はいった。

「アスピリンでしたら」

「他にはないの？」

「ありません、残念ながら」

綾女は運転席と助手席のふたりに聞こえないよう、「うそつき」と囁いた。

車は松の内でまだ人出の多い銀座の裏路地に入ってゆく。七丁目にある新文化座の、人だかりのできている楽屋口で停まった。

今日四日水曜から八日日曜までの五日間、ここで昼夜二回、綾女たち水嶽プロモーションの主催する歌謡コンサートが開かれる。

出演は水嶽プロの人気看板歌手、高幡幹夫《たかはたみきお》と柄本《えもと》チズル、美波ひかり、それに新人の前座がふたり。新文化座の座席数は約七百で、小さいとはいえないが、今のひかりの話題性なら二千人以上でも集客できた。だが、前売りを連日売り切れにし、立ち見の当日券を出すことで、チズル、ひかり、高幡の人気がいかにも高まっている空気を演出することにした。もっとも、会場を借りられなかったという事情もある。

ひかりに対する僻《ひが》みにも似た業界内の反感は今も強い。人気歌手や有力興行主の機嫌を損ねないよう、銀座の主だった劇場の小屋主は、ひかりを主役級に据えた出し物のために会場を貸すことを、あれこれと理由をつけ遠回しに渋った。新文化座は本来洋画の封切り映画館で、これまで演劇や歌謡のために使われたことはない。そこを小屋主に頼み込み、前方の席を一時的に取り払い、舞台を広げてバンドの入れるスペースを作り、ライトの数も三倍に増やした。これらは五日間の興行が終われば、すべて元に戻される。一番の書き入れどきである正月の三が日を日程から外したのも、客を取られた他の歌手や興行主から、これ以上理不尽な妬《ねた》みを向けられるのを避けるためだ。

綾女はまず会場の正面入り口に向かった。

見上げた場所には、ロートレックを模した出演歌手たちのイラストの大看板を掲げてある。

「パリのムーランルージュのポスターのような、色鮮やかで洒落《しやれ》たものにしてほしい」という注文に、戦中、反戦思想家として一時投獄されたこともあるパリ帰りの画家は十分応えてくれた。

大看板の下やエントランス周辺には、生花を活《い》けた無数の籠《かご》が花壇のように並んでいる。その花壇の脇《わき》には「終演後、ご自由にお持ち帰りください」の立て札があった。萎《しお》れたら捨てられるだけの花がもったいなくて、綾女が思いつきではじめたことだが、今ではこの「花の振る舞い」が水嶽プロモーション主催のコンサートでの名物になりつつある。

場内に入ると、竹岡組の若頭補佐・浜谷が近づいてきた。

ひかりがリハーサルをしている歌声が聴こえてくる。やはり格別だ。伸びやかで艶《つや》があり、聴く者を惹《ひ》きつけて離さない力がある。バンドの音もいい。

「親父《おやじ》は難しいようで」

浜谷から報告された。

大阪を仕切っている竹岡義雄組長のことだった。阪神芸能社の社長でもある竹岡は、格別に可愛《かわい》がっているひかりの晴れ舞台を観《み》るため、東京に来る予定だった。しかし、体調が悪く医者や組の者から強く止められたという。

「自分が見られないことで腹を立ててはおりましたが、あとはお嬢さんに任せれば何の心配もないと申しておりました。私らもお嬢さんに従うよういわれております」

「ありがとうございます」

水嶽プロは提携・業務代行というかたちで、ひかりの東京での売り出しに協力しているだけだ。遠からず人気に火がつき、全国規模のスターになるのは間違いない。そうなれば阪神芸能社の専属歌手である彼女は、綾女の元から離れていく。しかも、離れるだけでなく、きっと水嶽プロの所属歌手たちを駆逐する存在になる。

わかっているのに、それでも手を貸さずにはいられなくなる魅力を、綾女はひかりに感じていた。

ステージ裏の廊下には大きな香盤表が貼《は》られている。

前座ふたりに続いて、一番手の柄本チズルが間に寸劇を挟んでの六曲、二番手のひかりも寸劇を挟んだ六曲、トリの高幡幹夫が八曲。この構成で昼夜二回。

幹夫とチズルの楽屋のドアを叩いた。

「おはようございます」

メイクをしていた十九歳のチズルが鏡越しに挨拶《あいさつ》する。

「頑張ってね」

綾女は差し入れの寿司《すし》の折詰とクッキー缶を見せた。

「ありがとうございまーす」

チズルは美人ではないけれど、愛嬌《あいきょう》があって皆に好かれる。大らかで、自分より芸歴が短いひかりより先の出番でも気にしない。そして歌声はアメリカ人にも負けない強さと太さがある。楽曲に恵まれていなかった彼女のために、綾女は進駐軍クラブでよく流れていたエラ・フィッツジェラルドのような黒人女性ジャズボーカルのレコードを日本人作詞家・作曲家に大量に渡し、「チズルに合うように作り変えて」と発注した。

単純にいえばコピーだ。しかし、その策が当たり、これまで出した二枚のレコードはどちらも十万枚を超えるヒットとなり、人気歌手の仲間入りをした。

楽屋とはいっても、映画館の支配人室兼応接室を板で急遽《きゅうきょ》間仕切りしただけで、五畳ほどしかない。目隠し代わりの暖簾《のれん》をくぐり、隣の高幡幹夫の楽屋へ入っていった。

「社長」

高幡は手を振ったけれど表情は冴《さ》えない。

会場に来る客の一番の目当てはひかりだと、高幡はわかっている。綾女の説得で承諾したものの、やはり初日を迎えてみると気乗りしないのだろう。

「だいじょうぶです。チズルやひかりを観に来た客も記者も、トリの幹夫さんの歌声を聴けば、必ず心奪われます」

綾女はいつものように一歳だけ年上の彼に敬語で話し、見え透いたお世辞で鼓舞した。ひかりほどではないにしても、幹夫が遅咲きの逸材であることは間違いない。

チズルと同じように合う曲がなく苦労していたところ、刈谷《かりや》という新進のジャズピアニスト兼作曲家が作品を持ってきた。戦前の本格シャンソンに今の歌謡曲を混ぜ込んだその曲を幹夫に歌わせてみると、ぴたりとはまった。

ラジオの力もあり、故郷の仙台を中心に関東以北ではすでにスターになっている。二枚目で映画や芝居でも売り出していける。それに彼は、水嶽プロの前身である堀内紅梅興業が最後に契約した歌手でもあった。社長の堀内が事故で焼死——実際には綾女に焼き殺されると、紅梅興業の歌手、芸人、社員は幹夫を残して全員辞めてしまった。芸能の仕事など経験のなかった綾女を、ただひとり信じ、ついてきてくれたこの男を、もっと大きく育てたいという気持ちもある。

「頑張ってね」

ありきたりな一言を残し、ふたりの楽屋を出た。

他の警護役に気づかれぬよう、興造が笑いをこらえている。幹夫との会話を聞かれたあとは、いつもこうだ。あの「冗談もいえなかった綾ちゃん」が「作り笑顔で人におべっかを使っている」のが、ちぐはぐな感じで、どうにもおかしいらしい。

綾女も今年で二十八歳。

——とうに年頃を過ぎて、売れ残りになれば、誰だってこうなる。

部下を戒める社長の顔になって睨《にら》むと、興造も無理に神妙な表情を作って頭を下げた。

フィルム倉庫をかたづけて作った大部屋楽屋兼スタッフ控室で待っていると、まず舞台監督が入ってきた。

「いかがですか」

綾女は訊いた。

「最高や。ええショーになりますよ」

舞台監督は自信に溢《あふ》れた顔でタバコに火をつけた。

面倒を恐れて、東京の有名どころの舞台監督は誰も演出を引き受けてくれず、しかたなく阪神芸能社経由で、大阪で評判になっていたこの男を呼び寄せた。はじめはヤクザからの依頼を断れず嫌々引き受けたような素振りを見せていたが、ひかり、チズル、幹夫の歌声を聴き、話し合いを重ねるにつれ、次第に本気になってくれた。

今のところいい仕事をしてくれている。

ひかりの件で多くの舞台関係者に避けられたことで、逆に、バンド、ダンサー、作詞家、カメラマン——さまざまな理由で冷遇されていた、多くの才能溢れる人々と出会うことができた。

このショーはひかりだけでなく、自分の事務所の歌手たちの大きな糧《かて》になる。そんな確かな思いが綾女の中にはある。

リハーサルを終えて戻ってきたひかりは、どこか気もそぞろで、怯えているようでもあった。

「いよいよね」

綾女が声をかけると大きくうなずいた。

ただ、その顔はこわばっている。

一ヵ月前、このショーが決まったと告げたとき、ひかりは前座ではなく正式な出演者として銀座の舞台で歌う夢が、こんなにも早く叶《かな》ったことにとまどい、緊張していた。あのときの感情が甦《よみがえ》ってきたかのように、声もかすかに震えている。

でも、心配はしていない。

この少女はステージに出ると一瞬で落ち着きを取り戻し、煌《きら》めくような歌声を会場全体に響かせる。

綾女が手を握ると、ひかりは——

「ほんとは緊張しすぎて、ちょっと気持ち悪いんです」と小声でいった。

付き添いの母親も青い顔をしている。

「だいじょうぶよ。実は一回目のステージのお客は半分以上がサクラなの」

「えっ」

「どんなにひどくても、『よかった』って評判を広めるためにね。だからみんな、必ず拍手してくれるし、声援も飛ぶ。記者にもお金を握らせて、必ず絶賛の記事が新聞に載るようにしてあるから」

「ほんとに？」

綾女は口元を緩め彼女を見た。

「うそなんですね」

ひかりは一瞬口を尖《とが》らせ、それからふたりで顔を見合わせて笑った。

「楽しんできて」

綾女が肩を叩くと、ひかりは少しだけ緊張のほどけた顔でうなずいた。

開場まで二十分。

綾女は最後にもう一度、客席とステージを点検した。自分の目で見ないと気が済まなくなっている。この仕事に本格的に着手して、まだ二年にも満たない。なのに本番中、照明やセットが落下する場面をもう四度も見ている。どれも明らかな嫌がらせだった。ヤクザとは違う種類の卑劣さが芸能界にもはびこっている。

客席の後方、興造に劇場の職員が駆け寄り、何か話しているのが見えた。

話を終えた興造が早足でステージに近づいてくる。

「やっぱり来ました。俺たちだけで処理してきますか」

大声で訊いた。

「いえ、私が行く」

綾女の言葉が劇場に響いた。

7

赤い絨毯《じゅうたん》が敷き詰められたロビーに、軍服姿のクレモンズが立っていた。

綾女の前には興造、そして竹岡組の浜谷が盾のように並び、他の警護役たちも周りを囲んでいる。物々しい雰囲気に、劇場正面のガラスドアの外で入場を待つ大勢の客たちも中を覗き込んだ。

「何かご用でしょうか」

興造が英語で訊いた。

「今日から公演がはじまるのだろう。そのお祝いを伝えにきたんだ」

興造、浜谷より頭ふたつ以上大きいクレモンズが綾女を見下ろした。

「明日の船でアメリカに戻るよう命令された。何をした？」

綾女は答えない。

チャールズ・ウィロビー少将と綾女の間に何があり、どんな密約が交わされたのか、彼は知らない。日本人兵の朝鮮半島への派遣はGHQ内でも最高機密であり、いくら金で権力を握ったとはいえ、作戦にまったく関わりのない、しかも中尉《ちゅうい》に過ぎないクレモンズに伝えられるはずもなかった。

「カウフマンはどうなる」

クレモンズは悪事の相棒のことも訊いた。

だが、やはり綾女は答えない。

カウフマンは今では公私ともども田鶴子のパートナーとなり、除隊して日本に残る道を選んだ。入隊中に知り得た情報は一切口外しないという誓約書に署名する条件で、ウィロビー少将も承認した。綾女たちにも、これまでの非礼を土下座して詫《わ》び、田鶴子とふたり、水嶽商事への協力を惜しまないことを誓った。この先彼は、アメリカの映画会社が東京に置く、アジア総支社に勤務することになっている。

「財産は没収され、アメリカへ送金済みの分も差し押さえられた。美術商になる日が、また遠のいたよ。しかも今後、君の悪事を暴露するようなことがあれば命はないと、少将から直々に脅された。僕の知らない間にGHQまで取り込むとは。さすがだね」

クレモンズが睨む。

「これが本気で君を愛した男に対する仕打ちか」

確かに綾女の望んだことだった。だが、増長しすぎてGHQから恨みを買った自分自身の責任でもあることに、彼は気づいていない。

いや、気づきながら、今はあえて無視しているのかもしれない。

「僕は軍人だ。今ここで銃を抜いて君を殺すこともできる」

「冗談が過ぎます――」

興造が横から咎《とが》めたが、その途中で綾女はようやく口を開いた。

「私を撃つのは構いませんが、今は遠慮していただけませんか」

「ここまでされて、君の頼みを聞いてやるほど優しくはないよ」

「困ります。これから三人の歌手の晴れ舞台がはじまるんですから」

「もちろん知っているさ。銃を抜き、その舞台がはじまる前に終わらせることもできる」

「もっと利口な方だと思っていました」

「愚かにもなるさ、君を本気で愛していたから」

「銃を出したと同時に取り押さえられます。殺人未遂であなたは軍事法廷で裁かれる」

「取り押さえられる前に撃つ」

「試してみますか。銃後にいたあなたと違い、この男たちは全員、ジャングルで、孤島で、中国大陸で、アメリカ人、イギリス人、中国人と本気の殺し合いをして、生き残った元兵士です」

右目に眼帯をつけた興造が、浜谷が、警護役たちがクレモンズを睨む。

クレモンズは腰のガンホルダーにかけていた手を下ろすと、もう一度綾女を見た。

「今日のところはおとなしく帰るよ、自分の国に。でも、君を許さない」

「本気で愛した相手なのに？」

「もう忘れた。今は憎いだけだ。君は美しく、脆《もろ》く、危険で、だからこの上なく輝いていたのに。我欲に引きずられ、濁り澱《よど》んでしまった」

「美術に疎《うと》い私には、あなたがいっていることの意味が何ひとつわかりませんでした。これまでずっと」

「そんな口を利《き》いたことを、いずれ君は後悔するだろう」

「何を後悔するのですか」

「今教えるわけがないだろう。だが、僕に泣いて許しを乞《こ》うことになる」

「私が？　後悔だらけの人生ですが、この先あなたのことを思い出せるかどうか」

「僕との記憶など、思い出す価値もないといいたいわけか。絶対に悔い改めさせてやる。忘れるな」

「お約束はできません」

クレモンズが大きく口を開いた。だが、その怒りを、怨《うら》みを押さえ込むかのように唇を噛《か》み、目を閉じると、首を横に振った。

背を向け、ガラスドアを開け出てゆく。

綾女は深くお辞儀をした。クレモンズではなく、外で待ち続けている観客に向けて。

「皆様大変お待たせいたしました。まもなく開場でございます」

七章 スポットライト

1

昭和二十六年九月六日

渋谷、Ｆアベニュー（青山通り）の路肩に停めたパッカードの後部座席から、綾女は漫然と外を眺めていた。婦人服店のショーウインドウや店員が店先に撒《ま》いた打ち水に陽《ひ》射《ざ》しが反射し、きらきらと輝いている。

額の汗をレースのハンカチで押さえた。夏の暑さが続いているのに、安全確保を理由に興造が後部座席の窓を開けることを許してくれない。運転手は両手をハンドルに乗せ、エンジンはかけたまま。普段は助手席に座っている警護役の若い社員は、車を降り、盾のように綾女の座る後部ドアの前に立っている。

生あくびが出そうになるのを、首を小さく振り噛《か》み殺す。綾女は名古屋、大阪を訪れ、九月一日から本放送を開始した日本初の民間ラジオ局、中部日本放送（現ＣＢＣラジオ）と新日本放送（現毎日放送）の社屋を視察し、東京に戻ってきたばかりだった。疲れているけれど、今ここでヒロポンを打つわけにもいかない。

道沿いの洋菓子店から大きな紙袋を提げた興造が出てきたが、通りかかった中年女ふたりが気づき、彼を呼び止めた。顔見知りのようだ。

女たちははじめこそ笑顔だったものの、すぐに厳しい表情になり、しきりに何かを訴えている。それを右目に眼帯をつけた強面《こわもて》の興造がなだめる。話が長引きそうになったところで、興造がこちらに目を向けた。女たちもこちらを見ると、深々と頭を下げた。古くからの渋谷の住人なのだろう。

綾女も車内から頭を下げて返す。

解放された興造が急ぎ足で戻り、車に乗り込んできた。

パッカードが走り出す。運転席のわずかに開いた窓から風が流れ込み、蒸した車内の温度を少しずつ下げてゆく。

「またお叱《しか》りを受けたの？」

綾女は訊《き》いた。

「はい。宮益坂《みやますざか》の金物屋と魚屋のカミさんたちなんですが、近ごろじゃ月に一、二度、品物に難癖をつけ、金を出せ、無理なら貸せと、安い脅しをかけてくる馬鹿《ばか》が来て困っているそうです。四代目の玄太組長やお嬢さんが水嶽本家をまとめていたころは、戦中や終戦直後の厳しい時期だって、一度もこんなことはなかった、どうにかしてくれと」他の暴力団や組織の侵攻ではない。考えの浅い与太者が目先の遊ぶ金欲しさに、都内でも有数の繁華街に成長しつつある渋谷を荒らしに来ただけだった。

渋谷駅周辺の賑《にぎ》わいは、すでに戦前を越えていた。

駅前の闇市《やみいち》は東京都が撤去に動いていたものの、なかなか進まず、水嶽商事が間に入ることで、四十店がまず山手線沿線の一角（のちののんべい横丁）に移転し、他の店舗も多くが水嶽商事からの融資により、宮益坂や道玄坂周辺に新たな店を構えた。

駅の上の空を見れば、七階建ての東横百貨店屋上と四階建ての玉電ビル屋上の間を、ケーブルカーが往復しているのが目に入る。

この街はバラックの廃墟《はいきょ》から東京有数の都市へと変貌《へんぼう》を遂げていた。

そんな国内の復興とは対照的に、去年六月、朝鮮半島では新たな戦争が勃発《ぼっぱつ》した。ソ連の支援を受けた朝鮮民主主義人民共和国軍が、事実上の国境だった三十八度線を超えてアメリカ軍の駐留する大韓民国に侵攻。日本にいた七万人以上の連合軍兵士が順次、半島に送り込まれていった。

日本を支配している外国人の姿が減るにつれ、チンピラや半端者《はんぱもの》が都内のあちこちに目立つようになった。いつの時代も同じように、権力者が消えた空白の期間には、けちな物取りや詐欺師《さぎし》がはびこる。ただ、そのすべてを戦争とＧＨＱの統制の緩みのせいにはできない。

以前なら、そんな与太者や半端者さえ水嶽の名を恐れ、渋谷界隈《かいわい》には近づこうとさえしなかったのだから。

「立派な会社になったからって、私たちのことを見捨てる気かい、ともいわれました」

興造が苦笑いを浮かべる。

水嶽商事は日本有数の商社へと成長していた。

東証に株式公開もし、健全・優良をうたってはいるが、その根の部分には戦前のヤクザ・暴力団の体質が今も絡《から》みついている。恐怖心からではなく、愛着や恩義、信頼から、今も警察より水嶽商事を頼ってくる渋谷界隈の住人も数多い。

ただ、綾女はすでに水嶽商事グループの仕事からは手を引いている。水嶽商事の株式の十五パーセントを保有する大株主ではあるけれど、もう一年以上事業内容には口を出していない。水嶽商事会長兼社長である兄・麟太郎の命令に従い、水嶽プロモーションも新東京プロダクションと社名を変えた。興造も水嶽の社員ではなく、新東京プロ専従の事業部長として働いている。

それでも気持ちは波立っている。これから行われる会合のせいだ。

「どんなに高いスーツを着たって、財界人の顔をしたって、ヤクザはヤクザ」

吹き込む風に髪をなびかせながら、綾女は独り言のようにいった。

＊

「シュークリームね」

築地《つきじ》の料亭祥楽の大女将《おおおかみ》が笑顔で手土産の紙袋を受け取った。

綾女がハイヒールを、興造が革靴を脱いで勝手口から上がると、大女将は戸を閉め、その二足を風呂敷《ふろしき》の中に隠した。

何ヵ月かに一度、大女将と綾女は忙しい時間を縫って会い、他人にはとても聞かせられないきな臭い愚痴をこぼし合っている。

ただし、今日は少し違う。

「お手間を取らせてしまって申し訳ありません」

廊下を進みながら綾女は詫《わ》びた。

「気にしないで、これも祥楽《うち》の大事な仕事のひとつ」

大女将が使う事務用の四畳半に一度入ったあと、仲居や板前たちが近くにいないのを見計らい、すぐにまた外に出た。縁側で靴を履き、大女将の先導で野良猫《のらねこ》のようにこそこそと裏庭を歩き、小さな木戸を開け、隣の料亭の裏庭に入った。

老舗《しにせ》料亭が客を人目に触れず出入りさせるため、昔から使ってきた隠し通路を進んでゆく。四軒先の料亭の車寄せに呼んであったハイヤーに乗り込み、また出発した。

すぐ近く、明石町の、接収されアメリカ陸軍病院として使われている聖路加国際病院へと向かう。

アメリカ人の衛兵に見舞いだと告げて院内に入った。

静かだった病院周辺とは対照的に、院内は慌《あわ》ただしく、アメリカ人負傷兵で溢《あふ》れていた。一目で重傷とわかる患者も少なくない。

皆、朝鮮半島の戦地から運ばれてきたのだろう。

足を失い車椅子《くるまいす》で廊下を進んでゆく赤毛の兵士がいた。腕を吊《つ》って放心した顔で長椅子に座っている若い金髪の兵士もいる。

気の毒には思うが、深く同情する気にはなれなかった。

隣に戦地で片目を失い、顔に大きな傷を負った興造がいるからだろう。塚原も左腕を失った。加えて綾女は、空襲で重度の火傷《やけど》を負った一般市民が苦しみ悶《もだ》える姿を数多く見ている。

むしろアメリカを主体とした連合軍の戦況が想像以上に厳しいことを、思いがけず知らされた衝撃のほうが今の綾女には大きかった。

海をわずかに隔てた半島で起きている戦争なのに、日本人に伝えられる情報はＧＨＱによって厳しく検閲・統制されている。

小倉に駐留していた出兵直前のアメリカ兵が、自軍の劣勢を伝えるニュースに怯《おび》え、大挙して脱走するという事件があった。しかし、GHQの命令により隠蔽《いんぺい》され、新聞・ラジオもすぐに報道を打ち切った。脱走兵たちは自暴自棄になり、地元民に対して強盗や強姦《ごうかん》など数多くの犯罪を行ったが、それらの事実もすべて揉《も》み消されてしまった。

今、多くの日本人が体感しているのは、戦争需要で国内の景気が一気に上向いたことぐらいだ。日本本土への核攻撃の恐怖に怯えていた時期もあったが、わずか一ヵ月ほどで鎮静化してしまった。今年七月に休戦会談がはじまったことで、東証の株価が一時暴落したものの、それもすぐに収まり、まだ好景気は続いている。日本国内では、休戦協議がまとまらず、戦線が膠着《こうちゃく》していることを内心喜んでいる者が多い。北朝鮮や中国の兵士が日本に上陸してくることもないため、危機感も薄い。

けれど、この病院には数え切れないほどの負傷兵がいる。近くの窓辺に立っていた大柄な白人男性は、最前線での砲火を思い出したのか、しくしくと泣きはじめた。

綾女は興造を見た。

「だいじょうぶです。お気を遣わせて申し訳ありません」

そういいながらも、彼は少し苛立《いらだ》っているように見えた。

エレベーターを四階で降り、一番奥にある408号室まで進んだ。

「お願いいたします」

興造がそう残し、従者の控室となっている隣の空き病室に入ってゆく。

ひとりになった綾女が408号室の扉を開けると、会談の参加者三人はすでに揃《そろ》っていた。水嶽商事の事業部長から常務に昇進した塚原。元アメリカ陸軍中尉《ちゅうい》で、退役後に田鶴子と結婚し、今はアメリカの映画会社「フォックストロット・ピクチャーズ」のアジア総支社社員となったレナード・カウフマン。そして車椅子に座った元衆議院議員・旗山市太郎。

誰も寝ていない病床の横に並べられたソファーに塚原とカウフマンは座っている。そのふたりと向かい合うように旗山の車椅子は置かれていた。車椅子を押す秘書はいない。興造と同じように隣で待機している。

佃島《つくだじま》や東京湾が見えるはずの窓はカーテンが閉められ、扇風機が首を振りながら室内の空気をかき回している。密談場所としてこの病室を提供したのは、GHQの軍人ではない。アメリカの国務長官顧問・大統領特使として来日した、ジョン・フォスター・ダレスという男だった。

「経過は順調なようですね、おじさま」

綾女が挨拶《あいさつ》すると、車椅子の旗山は笑顔で返した。

「今年中には、また自分の足で歩けるようになってやるさ」

半月前に文京区大門町の本宅に見舞いに行ったときよりも、言葉は明瞭《めいりょう》になり、目つきもしっかりしている。

旗山が体調を崩したのは今年六月。公職追放解除後を見据え、現役国会議員を含む近しい者たちと会談を行っている際に倒れた。かつて旗山が創設したものの、今では吉野繁実が党首となり支配している日本民進党（他党との合流を経て、二十五年三月に民主進歩党から党名変更）へ復党するべきか否《いな》か、激論をくり広げている最中だった。

病名は脳溢血《のういっけつ》。だが、幸い重い後遺症が残ることはなかった。そして今年八月には、念願だった公職追放処分の解除が行われた。

六十八歳の高齢ながら、表舞台への扉が再度開かれた旗山には、まだ運が残っていたといえる。国政への復帰と打倒吉野への意欲も衰えていない。むしろその執念が、この老人を動かしていた。

綾女は旗山と興造から懇願され、塚原とも話をすることになるとわかっていながら、今日この病室にやってきた。塚原とはもう四年以上、飛田が死んだあの日からまともに言葉を交わしていない。

「わざわざお集まりいただいて、申し訳ない」

カウフマンがはじめに口を開いた。だが、彼も無理やりこの場に参加させられたひとりであることに変わりはない。

「まずあなたの立場を確認させていただけますか」

塚原がカウフマンに訊いた。

「前回同様、ただの使い走りです。違うのは命令する人物が変わったことだけ。今回はミスター・ダレスの指示をあなた方に伝え、回答を持ち帰るために来ました。他には何の権限もない。除隊したのに、以前の悪事をネタに今も祖国から脅されている」

カウフマンがさらに流暢《りゅうちょう》になった日本語で答えた。

前回とは、今年一月末の出来事を指している。

水嶽商事はカウフマンを通じ、またもウィロビー少将から命令を受けた。内容は日本駐留中の複数名のアメリカ軍人の消去。手短にいえば殺人依頼だ。

理由は明かされなかったものの、消去されるのが、GHQと日本の政治家・暴力団との癒着、そして不正な金の流れを知った連中であることは容易に想像がついた。

以前のロイ・クレモンズと同じように調子に乗ってやり過ぎた上に、クレモンズとは違って本国への帰還と除隊に従わず、もっと儲《もう》けようとした連中なのだろう。もしかしたら、アメリカの報道機関にGHQ内の腐敗と犯罪を告発すると、上層部を逆に脅したのかもしれない。

殺人の報酬は、終戦以降、水嶽商事が組織ぐるみで行ってきた金融・土地取引に関する犯罪の証拠の返還と廃棄。加えて旗山市太郎の早期の公職追放解除だった。

水嶽商事は、この命令を受け入れた。朝鮮半島に派兵する日本人を用意させられたときと同様、被占領民として従う以外になかったからだ。

今年二月十五日、東京に三十三センチメートルの記録的な積雪があり、鉄道が止まり、自動車も道路が閉ざされ走れなくなった晩。帰宅途中だった者、任務中の者、日本人の恋人とベッドで過ごしていた者――渡されたリストにあった八人のアメリカ陸軍軍人を拉致《らち》し、処分した。

その約二ヵ月後の四月十一日、ダグラス・マッカーサーは国連軍最高司令官を罷免《ひめん》され、日本国内及び朝鮮半島内での軍事指揮権を剝奪《はくだつ》された。朝鮮半島戦略でアメリカ大統領ハリー・S・トルーマンと対立したことが主な理由だった。

罷免の五日後にマッカーサーは早くも日本を離れたが、あとを追うように、水嶽商事にさんざん汚れ仕事を押しつけてきたウィロビー少将も日本を離れていった。

しかし、それから五ヵ月が過ぎようとする今も、水嶽商事の立場は変わらない。ウィロビーに代わり、ダレスという男が新たなボスになっただけだ。

「新しいリストです」

カウフマンがダレスから託された封筒を出した。

今回処分すべき連中の名が記されているのだろう。アメリカ本国に生きて帰らせるには不適格な人物、不都合な存在を、今またGHQは日本国内で抹殺しようとしている。

「一月と同じく、綾女さんを責任者とするよう指示が出ています」

「今回も鱗太郎くんを極力関与させたくないそうだ」

車椅子の旗山が補う。

ウィロビー同様、大統領特使のダレスも、水嶽商事の本来のトップである鱗太郎の才幹を信用していない。まともな調査能力を持つ人間なら当然の判断だろう。

水嶽商事グループの業績は安定しているように見えて、実際は停滞している。それはすべて、鱗太郎が仕掛けた造船業と鉄鋼業への大型買収が裏目に出た結果だった。流通と食品部門、それに日昇石油を通じてコントロールしている原油と鉄鉱石の輸入事業が好調なため、買収の失敗が今はまだ大きく目立っていない。特に綾女が会長兼社長代行だった時代に、日本にいち早く導入したスーパーマーケット形式の小売チェーン「タケショー」は、品質の高さと手頃な価格設定で庶民から愛され、関東に四十七店舗を展開するまでに成長し、グループの収益に大きく貢献していた。

だがそれも、鱗太郎をさらに苛立たせている。

「私たちばかり――」

綾女は愚痴りそうになって、言葉を飲み込んだ。

「君が選ばれるのは、GHQの求める理想に一番近い存在だからだよ」

カウフマンが同情するように視線を向けた。

「若く美しい女性がトップに立つ企業は、開かれた民主主義の世を象徴するような存在だ。しかも、君は派手すぎず日本人好みの謙虚さや慎《つつ》ましさも持っている。だが一方では、GHQの発注に応じて的確に犯罪を遂行してゆく。こんな忠実な下請け機関は、なかなか手に入るものじゃない。水嶽商事はクリーンなイメージを纏《まと》ったクライムマシーンだからね。ミスター・ダレスは、水嶽綾女が社長に再就任するために必要な協力は惜しまないといっていたよ」

綾女は無言で首を横に振った。

「すまないがもう一度だけ、手を汚してもらえないか」

車椅子の旗山が祈るような目でいった。

旗山はアメリカ人ジャーナリストの仲介で、すでに何度かダレス本人と会っている。ダレスのほうも来日の度、秘密裏に旗山と会談することを望み、ふたりは反吉野という点で意見が一致していた。何事にもスタンドプレーを好み、そして何より日本とアメリカの間で新たに結ばれる安全保障条約に対して優柔不断な態度しか示さなかった吉野に、ダレスは強い不満と不信を抱いている。

独断と独占を続けてきた吉野への嫌悪《けんお》は、日本国内でも高まっている。アメリカの政権も吉野の用途は終わったと感じ、使い勝手のいい次の「道具」を探しているのだろう。

日本時間で二日後の九月八日、サンフランシスコで対日講和条約が締結される。日本からは全権委員として、首相の吉野繁実を中心とした政府内の親吉野派の面々が出席することになっている。

公職追放がなければ、条約締結の日本側代表は旗山市太郎が務めるはずだった。日本を独立国家に戻し、国際社会に復帰させるのは自分だという強い自負が、この老人の中にはあった。けれど、今や国会議員の資格を剥奪され、病気により車椅子での生活を余儀なくされている。

しかし、まだ旗山にも勝機はある。

対日講和条約は来年(昭和二十七年)四月二十八日に発効し、その日をもって被占領期間は終わる。だが、真に自立した国に戻れるわけではないことに、日本人のほとんどが気づいていた。

GHQが去ったあとも、日本には多くのアメリカ軍基地が残る。支配者が日本国内に駐留していたGHQの軍人から、アメリカ本土にいる政治家に替わるだけ。逆にいえば、ダレスを窓口とするアメリカ政界の支持を取りつければ、旗山も内閣総理大臣の座に就くことができる。

吉野を追い落とし、政治的に息の根を止めるにはダレスの協力が不可欠だった。

「私の勝利は君たちの勝利でもある。それは今後も一切変わらないよ」

旗山が塚原と綾女を順に見た。友愛と信頼を訴えながら、この先の金の無心をしている。旗山家は文京区内の大門町御殿を中心に広大な土地を所有し、莫大《ばくだい》な不動産収入を得ているが、政党を率い総理を目指すなら、それだけではとても足らない。

「わかっています。おじさま」

綾女はうなずいた。

また誰かを殺す。しかし、もう抵抗や嫌悪は感じなかった。

さんざん血で汚れている手を、もう一度血に浸すだけ。重ねてきた罪に、もうひとつ罪を重ねるだけ。ここで拒絶したとしても、これまでの穢《けが》れが薄まりはしない。

それにやらなければ、アメリカからどんな制裁を加えられるかわからない。日本という国と同じように、水嶽商事が名目だけの独立を取り戻しても、綾女たちヤクザに真の自由はない。アメリカの奴隷《どれい》のまま。その奴隷の身分を言い訳にして、また罪を重ねていく。数え切れないほど多くの他人の命を犠牲にして、今日も綾女は生きている。

綾女は自分の体に視線を落とした。

――もう可愛《かわい》らしい服も似合わなくなってきたな。

半袖《はんそで》、襟付き、水色のワンピース。胸の部分についたレースが、扇風機の風を浴びて静かに揺れている。

「今回の報酬を教えていただけますか」

塚原がカウフマンに確認する。

「政界復帰後の旗山先生を全面的に支援するのはもちろんですが、アメリカ・カナダからのトウモロコシ、小麦の関東・東北地方の輸入窓口を、水嶽商事に選定させていただきます。アメリカメーカーのコーラ・ソーダの日本国内での製造・販売権の獲得をお望みなら、ご希望に沿えるようにします」

十分だった。

旗山と塚原が綾女を見た。異論はないという意味だ。

「ご命令通り、やらせていただきます」

「よかった」

綾女の言葉を聞き、カウフマンが席から立ち上がった。

「最後にもうひとつ、ミスター・ダレスから個人的なご伝言があります。もし今後、吉野繁実との全面対決が不可避となった場合は、必ず知らせてくれ。君たちが裏切らない限り、私は必ずあの男の駆逐に協力する」

「ダレスさんは本当にお嫌いなようですね」

「日本の政治屋《ポリティシャン》ごときが勘違いして政治家《ステイツマン》のつもりになっている、といっていましたよ。まあそれも多分に差別的な発言ですが」

プリンストン大学で司法と政治を学んだ国際法の専門家にとって、単なる人材難でのし上がっただけの老いぼれは、どうにも癇《かん》に障《さわ》るのだろう。

「それより、田鶴子さんは順調？」

綾女は訊いた。彼女のお腹《なか》には八ヵ月に入った子どもがいる。父親はもちろんカウフマンだ。妊娠をきっかけにふたりは婚姻届を提出し、正式に夫婦となった。

「ああ。でも、初産《ういざん》が近づいて不安なようだ。君にも会いたがっていた」

「遊びに行かせてもらうわ」

「待っているよ」

カウフマンが病室から消え、塚原、旗山が残った。

綾女にとってはここからが本番――

「株主連中の同意は取り付けました。弁護士、会計士の囲い込みも済んでいます」

塚原がカバンから書類を取り出す。

「私のほうも異論はないよ」

旗山が続いた。政界、財界の同意も得ているという意味だ。

「本当に他に手はないのね」

綾女から塚原に話しかけた。

飛田が死んだあの日から、四年二ヵ月ぶりの会話だった。

「はい、ありません」

塚原がうなずく。

「このままでは役員たちの離反が続き、水嶽商事本社だけでなくグループ全体の運営にも大きな支障をきたすでしょう。これから現状をすべてご説明させていただきます」

麟太郎を会長兼社長から解任するための談合がはじまった。

2

パッカードの後部座席に座った綾女は、黙ったまま興造の前に手のひらを出した。

隣に座る興造も何もいわず、大きな革のカバンから銀製のボンボニエールを取り出した。綾女は手に取り、開けると、中の白い錠剤をつまみ、ご褒美《ほうび》のラムネ菓子にありつく子供のように、ふたつ、三つと、口に入れた。

嚙み砕くと痺《しび》れるような苦味が舌の上に広がってゆく。

少し前に知ったのだが、このボンボニエールは、戦前、祖父が天皇陛下や皇族方が御臨席の晩餐会《ばんさんかい》に出席したとき、お土産としていただいたものだそうだ。

当時は甘い金平糖が入っていたのに、今はヒロポンの錠剤が入っている。

クレモンズが帰国して以降、また飲むようになってしまった。最近では量も増えている。薬液を注射こそしていないが、興造の目の届かないところでも頻繁に使っていた。

よくないことだとわかってはいる。しかも、今年の七月三十日から覚せい剤取締法が施行され、処方箋《しょほうせん》なしで手に入れたヒロポンを持っているだけで犯罪になってしまった。

暑い車内には、わずかに開いた運転席の窓からしか風が入ってこない。ヒロポンで火《ほ》照《て》り、首元に滲《にじ》んできた汗を綾女はハンカチで拭《ふ》いた。

「無理なお願いを聞いていただき、ありがとうございます」

興造が頭を下げた。

彼も麟太郎解任に賛成し、綾女の復帰を望んでいる。

「まだ感謝されるのは早い。この先、どうなるかわからないのに」

運転席と助手席のふたりに聞こえないよう、綾女は小さく返した。

「いいえ、お嬢さんなら間違いなく上手《うま》くやってくださいます」

「そんな簡単には行かない。それより、新東京プロのほうを頼みます」

「もちろんです」

「私もできる限りかかわらせてもらう。高幡さんとチズルの仕事は逐一報告して」

主演映画もヒットした高幡幹夫、若手の実力派として、地方のワンマン公演も連日満員になるほどに成長した柄本チズル。ふたりは今年一月のＮＨＫ紅白歌合戦にも出場し、新東京プロを牽引《けんいん》してくれている。ふたりに続く新人も育ち、マネージャーなどの実務スタッフもようやく充実してきた。

こんなときにプロダクションの経営から一歩引きたくないけれど、しょうがない。

「そんなに水嶽商事が大事？」

綾女は窓の外に視線を向け、訊いた。

「はい。ただし水嶽商事ではなく、水嶽本家さんですが」

「あなたらしいわね。今はもう新東京プロダクションの社員なのに。その気持ちは変わらない？」

「変わらないようですね」

「どうして？」

馬鹿みたいだとはわかっているけれど、知りたくなった。

「わかりません。これまで考えたこともありませんし。寝たり、飯を食ったりと同じで、あたりまえのことになっていますから。失礼を承知でいわせてもらえば、自分のお袋や子供を護《まも》ろうとするのと同じ気持ちなんだと思います」

「本能みたいなもの？」

「はい」

少し黙ってから、綾女は横目で興造を見た。

「塚原に似てきた」

「俺がですか」

「そう」

「塚原の兄貴も自分も、どちらも根っこは同じヤクザですから。肩書きがどう変わろうと、血は変えられません」

パッカードは走り続ける。

「流れている血からは逃げられない」

綾女は自分に言い聞かせるようにつぶやいた。

＊

ステージでライトを浴びながら歌うひかりが、リズムに合わせてステップを踏む。そのたび、スカートに刺繡《ししゆう》で描かれた赤、紫、黄色の花も揺れる。花々はライトの光だけでなく、ひかり自身の若さと才能を浴びて輝いているように見えた。

新橋、秀和記念会館大ホールでは、対日講和条約締結と同じあさって九月八日土曜日からはじまる二週間連続公演の通しリハーサルが行われていた。

タイトルは『ひかり　シング＆プレイ　秋のオンステージ』。

七月、八月の夏休み期間、主演映画のプロモーションを兼ねて全国を巡業してきた彼女にとって、久しぶりの東京のステージになる。巡業中は他の歌手との共演が主で、毎日二曲ほどしか歌えずにいたひかりが、自身も楽しみにしていた歌と芝居のワンマンショーだった。

今や美波ひかりの名は日本中に知れ渡っている。主演映画もレコードもたて続けにヒットし、誰もが認める人気歌手になっていた。

ライトが切り替わり、バイオリンとチェロのイントロが流れはじめる。静かなメロディーに合わせ、ひかりがしっとりと歌い出す。

——直感に狂いはなかった。

暗い客席に立ってリハーサルを眺めながら、綾女はあらためて思う。

歌や踊りの上手さ、表現力だけでなく、ひかりの作詞作曲者としての才能にも最近は磨きがかかってきた。今歌っている『波止場のセレナーデ』も、詞はひかりが書き、曲もひかりと刈谷《かりや》という作曲家の共作だった。

刈谷は綾女が自分の事務所、新東京プロダクションの看板スター・高幡幹夫に歌わせる曲を書かせるために見つけ出した男だ。けれど刈谷もひかりの才能に惹《ひ》かれ、彼女との作業を通して、より音楽家としての腕を上げている。ひかりと刈谷の曲は、大御所作曲家を凌《しの》ぐほどの親しみやすさと新しさを併せ持ち、それに気づいた各レコード会社が作風を真似《まね》ようと動き出していた。

ただ、ひかりと刈谷の間柄は、単なる共作者の関係ではない。綾女はまだ直接聞かされていないが、ふたりは付き合っているらしい。

ひかりの母や警護役の浜谷は、間違いがあっては困ると厳しく目を光らせている。それでも母や浜谷の目を盗み、忙しいスケジュールの中でも、ふたりですごす時間を楽しんでいるという。

無理もない。ひかりが十七歳、刈谷が芸大作曲科を卒業したばかりの二十三歳。いい年頃だ。だが、スターのひかりに恋人がいると知れたら、ひかりの本来の所属事務所である阪神芸能社の竹岡義雄組長も、所属レコード会社も、そして日本中のファンも許さないだろう。

ふたりの仲は割きたくない。綾女にできることは、雑誌や新聞の記者の目から遠ざけ、護ってやることぐらいだった。

『波止場のセレナーデ』が終わり、二週間後にレコードが発売される新曲『春待つヒバリ』がはじまる。今、季節は秋。それでももうすぐ占領期間を終え、新生日本が歩み出そうとしている現在を象徴するこの歌を発売するべきだと、綾女も作曲者の刈谷もレコード会社を説得した。

軽快なトランペットとピアノに弦楽器が重なり、ジャズともクラシックとも違う、弾むようなリズムの華やかな演奏が会場全体に広がってゆく。

二千二百人収容の客席には、綾女と舞台監督を含む数人の関係者、それに警護役の興造たちしかいない。浜谷は舞台袖からひかりを見守っている。

聴衆はそれだけのはずだ。しかし、他の誰にも見えない二百人ほどの亡霊が、綾女の周辺の席を埋め、目を輝かせながらステージを見つめていた。

年月を経てさらに体を腐らせ、醜くなった、青池の一家や生田目、名も知らぬ数多くの日本人。綾女がGHQの指示を受け謀殺した将校たちだろうか、会ったことのない軍服姿のアメリカ人もいた。

雨の如月《きさらぎ》　小さな翼震わせて
ヒバリは思う
青い空飛び　自由に歌える日のことを
花咲く季節は　もうほらそこに
あの横丁まで来ているよ

ひかりの歌声に合わせ、音の出ない手拍子を叩《たた》き、聞こえない声援を送っている。だが、それはステージ上ではなく、客席にいる綾女に向けられたものだった。

麟太郎を代表権のない会長に追いやり、綾女が社長の座に就くことへの亡霊たちからの祝賀。

解任劇が確実に成功するとは限らない。麟太郎は激しく抵抗するだろう。状況によっては内紛が長引くかもしれない。水嶽商事の筆頭株主は、個人で全株の二十一パーセントを保有する麟太郎なのだから。

しかし、このままでは業績が低迷するだけでなく、水嶽商事グループ全体が吉野繁実に切り崩されてしまう。実際、吉野が背後にいると思われる仕手グループが、密《ひそ》かに水嶽商事関連株を買い漁《あさ》っていた。自身の首相退任後も、自らの息のかかった人物を首相の座につけ、院政を敷くため、一番の障害となる旗山市太郎とその最大の後援者である水嶽商事を潰《つぶ》す計画を、あの吉野が進めていないはずがない。

他にも不安の影はいくつもあった。

二年前、イギリスの新聞『タイムズ』の記者が見せた、終戦直後の地下貯蔵施設内の写真は、誰が撮ったのか今もってわからないままだ。

水嶽商事が総力を挙げても判明しなかったのだから、よほど大きな存在に庇護《ひご》されていると考えざるをえない。

それに記者が写真を見せた二日後、麟太郎が妻や警護役を殴打《おうだ》した夜に電話で口走った、「やっぱりいわれた通りだ、おまえは信用ならない」。

あの言葉が今も綾女の中に引っかかっている。

楽団の演奏が一旦《いったん》止まり、舞台監督が指示を出す。照明やセットの配置の微調整がはじまった。

「どう思う?」

ステージ上のひかりが、客席の綾女にマイクを通して話しかけてきた。衣装のことだろう。

「素敵よ」綾女はうなずいた。

「子供っぽくない? 黒のビロードのほうが青と黄色のライトには映えると思うな」

ひかりがスカートの裾《すそ》をつまみ上げた。

教師時代に出会った十代の女生徒たちを思い出す。彼女たちと同じように、ひかりも大人の自分を見せたがっている。ただ、黒いビロードのドレスを着れば気品や艶《あで》やかさが出せると思い込んでいるところが、まだまだ子供だ。

今回のステージに、華やかな柄の刺繍や、水玉やストライプの明るい色の衣装ばかりを選んだのは、舞台監督だけでなく綾女の意向でもあった。主演映画も雑誌のグラビアもモノクロばかり。飛び抜けた歌唱力で、ただでさえ大人びて見られがちなひかりの、十代らしい若さや明るさ、そして可愛らしさを、今回のステージでは色鮮やかなライティングと衣装で観客に印象づけたかった。

「大人っぽさなんて、歳《とし》をとれば嫌でも出てくるんだから」

綾女は諭すようにいった。

「今のうちは若さを思い切り見せたほうがいい。私くらいのおばさんになったころに後悔するわよ」

「そんなことないわ」

ひかりが笑う。

「今でも十分お若い――」

マイクを通して軽口を返している途中、一瞬彼女の言葉が止まった。

そして絶叫した。

「綾女さん！」

「えっ？」

綾女はひかりの視線をたどり、振り返った。観客のいない暗いホールの通路で背広の男が拳銃《けんじゅう》を構えている。

この劇場の副支配人だ。彼とは一年以上前から何度も会い、今日の公演に向けて話し合ってきたのに。

――どうしよう。

綾女が逃げたり伏せたりすれば、ステージの上のひかりに銃弾が当たる。

迷っている間に銃声が響いた。

一発、二発。身をよじった背中に殴られたような衝撃が走る。

――あ、撃たれた。

駆けてきた興造に抱きかかえられ、そのまま床に倒れた。

三発、四発、五発。さらに銃声は続く。

興造が低く呻《うめ》き声を漏らした。四年前、綾女を抱いて護る飛田が銃弾を受けながら自動車の後部座席に倒れ込んだ記憶が蘇《よみがえ》る。あのときと同じ。

――興造さんも撃たれた。

倒れた綾女の目の端に、銃を構える副支配人に警護役の新東京プロ社員たちが飛びかかってゆくのが見えた。男が床に押し倒される。

興造は？　ひかりは？

――私はどうなっている？

でも、体が動かない。手も足も思い通りにならない。

苦しい、息ができない……

3

聞こえる。

壁を叩いているような、低く鈍い音。

だが、何の音かわからない。

まぶたを通して光も感じる。けれど、目を開けられない。

夢の中にいるような感覚。

――私、麻酔で眠らされているんだ。

撃たれたのだから当然か。それだけじゃない。背中と右胸の奥の、たぶん銃弾を撃ち込まれたあたりがむず痒《がゆ》い。鎮痛剤の効能なのだろう。

それより撃たれた興造は？　ひかりは無事だろうか？

低く鈍い音はまだ聞こえてくる。

無理やり目を開けた。仰向《あおむ》けに寝たまま首を傾け、音が響いてくるほうを横目で見る。

やはりそこは病室だった。慶介の横顔が見える。下を向いて腕を振り下ろしていた。

他にも生田目運輸と表向きだけは一般企業になった、慶介の組の若衆が三人立っている。

ベッドの横では、見知らぬ男が床に倒されていた。慶介は男に馬乗りになり殴りつけている。拳《こぶし》が振り下ろされるたび、男の唇やまぶたが切れ、慶介の開襟《かいきん》シャツや床に血が飛び散ってゆく。

「おら、吐け」

凄《すご》んでいた慶介がこちらに目を向けた。

「あ、お気づきでしたか」

若衆も頭を下げる。

「騒がしくて申し訳ありません。すぐに終わりますから」

落ち着き払った声で慶介がいった。

何をしているのか、やはりわからない。あれは刺客だろうか。病院まで追ってきた？

それを慶介たちが取り押さえた？

考えようとしても頭が回らない。目の前が暗くなってゆく。

点滴の薬剤が、綾女をまた眠りの中に引き戻した。

4

サーッという音がかすかに聞こえる。扇風機が回っているのだろう。

綾女が目を開けると、そこはもう病室ではなかった。

いつの間にか別の場所に移されたようだ。

和室にカーペットが敷かれ、その上に置かれたベッドに綾女は横たわっていた。隣の部屋とは襖《ふすま》で仕切られ、天井と鴨居《かもい》の間には精緻《せいち》な松の彫り物が施された欄間が見える。

すぐ近くで、水嶽本家の女中、芳子が服を畳んでいた。

「何かお飲みになりますか」

芳子に訊《き》かれ、綾女は首を横に振った。

「当座のお洋服を用意させていただきました。衣装係の方々に新しく揃えてもらいましたが、足らないものがあればおっしゃってください」

「私、日比谷の病院にいたわよね」

「はい。狩野《かのう》記念病院にいらっしゃいました」

——じゃあ、ここは？

縁側の先のガラス窓にはレースのカーテンがかかっているが、隙間《すきま》から晴れた空と広い庭、その先に建つ大きな洋館が見えた。綾女のよく知る場所だ。

大門町御殿の庭にある和風建築の離れだった。旗山市太郎と語らうとき、サンルームからいつも見ていたものの、一度も入ったことはなかった。

御殿は周囲を見下ろす高台にあり、広大な敷地は高い塀に囲まれ、警備も常駐している。水嶽商事や関連会社のヤクザたちを増員し、配置すれば、武装した集団でも簡単には侵入できなくなる。

「今日は何日？」

綾女は芳子を見た。

「九月九日、日曜日です」

三日も眠っていたのだと分かったところで、自分がオムツを穿《は》かされていることに気づいた。

「興造は？　ひかりのコンサートは？」

「すみませんが、私は存じません。詳しいことはのちほどご説明があるそうですが、その前に診ていただいてください」

白衣の医者と看護婦が襖を開け、入ってきた。

血圧や脈拍を計られながら、傷の具合について話を聞いた。二十二口径が右肩のうしろと、右背中に一発ずつ撃ち込まれ、一発は肺に達したものの、動脈は損傷していなかった。助かったのは、興造の指示でブラウスの下に薄い鉛板が貼《は》りつけられたシュミーズを嫌々ながら着ていたことと、銃弾が肋骨《ろっこつ》に当たり威力が弱まったためだった。汗を滲ませながらあんな防弾具を着ていたおかげで、幸か不幸かまた生き残った。

――でも不思議だ。

死ななかったことを綾女は悲しんではいない。今までは、いつも心のどこかで自分で死ねないことを憐《あわ》れみ、誰かに殺されたいと願っていたのに。

医師と看護婦は本館に待機しているそうだ。

「容体は安定していますが、何かあればすぐに呼んでください」

医師たちが引きあげてゆく。

芳子にガラスの吸い飲みでリンゴの汁を飲ませてもらった。

大きく息を吐く。知りたいことばかりだし、焦《あせ》ってもいる。でも、どうにもならない。ベッドから起き上がるだけで胸と肩が痛み、頭が軽くふらついてしまうほどだ。ただ、考える時間は十分にある。それに自分が動けなくても指示を出すことはできる。

いくつもの危機や逼迫《ひっぱく》した状況をくぐってきたことで、綾女は確かに変わっていた。これまで考えてみたこともなかったが、戦中の教師だったころとも、終戦直後とも、今の自分は違う。その証拠に、撃たれたことに強い怒りを感じ、自分の中に湧《わ》き上がる復《ふく》讐心《しゅうしん》に戸惑っている。

――このままでは終わらせない。

この昂《たかぶ》りはきっとこの体に流れている血のせい。

――そうだ。すべて血のせいにしてしまおう。

芳子がカーテンと窓を開いた。

雲で日が翳《かげ》り、少し涼しくなった庭に、秘書の押す車椅子《くるまいす》に座り旗山が出てきた。膝《ひざ》に四歳の孫、真紀人《まきと》を乗せ、横には真紀人の母の泰子《やすこ》も日傘をさしながら立っている。

三人は離れの奥のベッドにいる綾女に目を向け、手を振った。

綾女も横になったまま手を振った。

塚原が離れにやってきたのは、それから一時間ほど過ぎたころだった。

「興造は？」

綾女はベッドから体を起こすと、すぐに訊いた。

「日比谷の狩野記念病院の病室で寝ています。重傷ですが、生きていますよ」

「ひかりは？」

「足にかすり傷を負いましたが、それだけです。コンサートも昨日から予定通り開かれています。今日の昼の部も無事終わりました。評判も上々です。警察関係にもマスコミにも今のところ銃撃は知られていません。いずれ漏れるでしょうが。ただ、舞台を降りたひかりさんは、ひどく動揺しています。竹岡組の浜谷さんもひどくお怒りです」

「怒っているのは撃った副支配人に？　私に？」

「その両方です」

「あの副支配人、今年の春の新東京プロ《うち》のレビュー公演でも一緒に仕事をしたのに」

「背後関係や誰の指図かについては口は割りませんでしたが、奴《やつ》の素性はわかりました。手短にいえば四谷筑摩組の残党です」

六年前の終戦直後、水嶽商事に抗争を仕掛けてきた暴力団連合の中のひとつ。綾女たちに潰され、組は解散。支配地域《シマ》は水嶽傘下《さんか》の複数の組に分割された。

「あいつの兄貴が、当時、筑摩組の幹部の潜伏先を聞き出すのに生田目に拷問《ごうもん》され、殺されています。相当入念に偽《にせ》の経歴を練り、秀和記念会館の副支配人の職に就いたようです」

「病院で慶介さんに殴られていたのは、副支配人が失敗したときのための二番手？」

「はい。興造も撃たれたので、俺が病院に着くまでお嬢さんを警護するよう指示したんですが。あの馬鹿《ばか》、また襲いに来るとわかっていながらお嬢さんを囮《おとり》に使うような真似をしやがった。しかも捕らえた相手を他所《よそ》に連れて行ったら、その間護れなくなると、お嬢さんの眠っている病室に連れ込んで殴り、身元を吐かせたそうです。やることがめちゃくちゃだ」

「見た目は違っても生田目さんの息子だもの」

「ええ。あいつも親と同じ馬鹿でした」

　また血の話か。

「三日間謹慎させましたが、今日から慶介もこちらのお屋敷の警備に加わらせています。ただ、あいつが馬鹿をやったおかげで、口を割らなかった副支配人の代わりに、そいつから誰の命令かを聞き出すことができました」

　塚原は黙った。

　扇風機が風を送る音だけが聞こえる。

　このまま黙っていたかった。だが、自分から訊かなければならない。

――これは義務だ。

「麟兄さんなのね」

「はい」

塚原はうなずき、話を続けた。

「複数の小さな組や愚連隊を経由していますが、大本は麟太郎さんで間違いないでしょう。裏を取ってありますが、もう一度詳しく調べさせ、証拠を固めているところです」

「誰が殺そうとしたかを私が知っていることは？」

「麟太郎さんも、もうご存知です」

「次の役員会で社長解任動議が提案されるのは？」

役員会は今週の水曜、九月十二日に開かれる。

「もちろんそれもわかってらっしゃるでしょう。麟太郎さん側の弁護士が、遅まきながらこちらの切り崩しに動いていますから」

「一時的に感情が昂ぶっての行動じゃない。すべて覚悟の上で仕掛けてきた」

「その通りです」

――やはり悲しみも、惨《みじ》めさもない。

暑さを凌ぐために芳子が持ってきた、氷入りのゴム水まくらに手を乗せた。父・水嶽玄太が死ぬ直前、弱った体を夏の暑さから護るため、無数の氷入り水まくらに囲まれていたことを思い出す。手のひらから冷たさが伝わってくるものの、胸の内側が熱い。

「どうしますか」

「考えさせて」

しかし、どんなに考えたところで、命じることは同じだ。

麟太郎を許し、何もなかったようなふりをしてこの先を過ごせるなら、もちろんそうする。でも、できるはずがない。

「お嬢さんの予想通り、社長は反水嶽意識の強いヤクザ連中に、仲介人を通して接触を図っているようです」

「仲介者は何者？　吉野の関係者？」

「その可能性が高いですが、まだはっきりしたことはいえません。今調べさせていますので。厄介そうな連中だったら、すぐお知らせします」

麟太郎も水嶽の血を引く男。一筋縄ではいかない。不利だとわかっていても退きはしないし、敵の慈悲に縋《すが》ることも絶対にない。

その敵が実の妹だとしても。いや、実の妹だからこそ。

「明日にはどうするか伝えます」

「水曜の役員会までの算段に変更は？」

「ありません、予定通り進めてください」

「でしたら結構です。無理に話におつき合いさせて申し訳ありませんでした。今日はもうお休みになってください」

「あまり重傷患者扱いしないで」

「いえ、間違いなく重傷患者ですから。本当にご無事でよかった」

「興造さんのほうは、いつ動けるようになるの」

「わかりません」

「お医者さんの見立てでは？」

「医者にもわからないそうです」

「どういうこと」

綾女は塚原を見た。

塚原は何も返さない。

「ねえ、どういうこと」

語気を強める。

「説明しなさい。しないのなら、またあなたと話すのを止《や》める。そしてもう一生口をきかない」

「あいつの体に撃ち込まれた三発のうち、二発が耳と首に当たり、脳も損傷しました。銃弾を取り出せはしましたが、昏睡《こんすい》したままです」

綾女は目を見開いた。

「意識が戻るのはいつ？」

「今の時点で、あいつの脳がどれだけ本来の機能を果たしているか、専門の脳外科にもわからないそうです。ただ今後、目を覚ます可能性はほとんどないだろうと」

「うそつき」

「うそはついていません。今でもあいつの心臓は動き、生きていますから」

「そんな状態で生きているっていえるの？　そんな詭弁《きべん》を使えば、私の罪の意識が薄まるとでも思ったの？」

「気遣いではなく、事実をいっただけです。それにお嬢さんと同じように、俺も心から残念ですし、腹立たしさも感じています」

「またわかったようなことをいって。飛田が殺されたときと同じ。あなたに心なんてないくせに」

「あります。だから今は、興造の働きに報いてやりたいと願っています。あいつはお嬢さんを護る役目を命を懸けてやり遂げた。その侠気《おとこぎ》を決して無駄にするわけにはいきません。あいつの仇《かたき》を討たせていただきたい」

「水嶽商事の社員のあなたが、本気で麟兄さんに弓を引ける？　何があっても上の者に従うのが、親分に尽くすのが、あなたが教えられた仁義でしょ」

「だからまたお嬢さんが俺の上に立ってください。俺が何より忠義を尽くすのは水嶽本家であり、その本家を一番上で束ねている御方です。社長に戻り、俺に命令してください」

綾女は再び塚原の顔を見た。

——こんなにじっくり眺めたのは何年振りだろう。

皺《しわ》が深くなり、髪には所々白いものが混じっている。もう塚原も四十代なのだから当然のことだ。同じぶんだけ綾女も歳をとっている。

——それだけヤクザとしての月日を自分も重ねてきた。

「私は社長に復帰します。また水嶽本家の当主となり、あらためてあなたに水嶽麟太郎の処分を命令します」

「承知しました」

「それから電話機を持ってきて。美紗子さんと話します」

塚原はうなずくとすぐに出ていった。

麟太郎の妻と最後にもう一度話をしておきたかった。こちらの動きを兄に知られることになるが構わない。兄のふたりの子供たち、玄一郎と静乃を巻き込むわけにはいかない。水嶽の後継者には何があっても無事でいてもらわなければならない。

綾女が七歳のとき、父が話していたことがまた頭をよぎった。

『こんな血筋に女が生まれたって、不幸にまみれて死ぬだけだ』

——これまでだってさんざん不幸を味わった。これ以上不幸になりようがないし、もしなったとしても何も怖くない。

一昨年の冬、麟太郎にいわれた言葉も浮かんでくる。

『おまえは自分の血に突き動かされているだけだよ。死んだ連中に背負わされた業《ごう》のせいじゃない。ただ自分が欲して、望んでいるんだ』

綾女はベッドの周りを見た。

亡霊たちの姿はない。

——今、私は、私の意志で動いている。

塚原が電話機を手に戻ってきた。

「訊かせて。あなたが一番護りたいものは水嶽本家？」

「もちろんです」

「もしいつか、私も水嶽本家の害悪となったら、排除する？」

「はい、殺してでも」

綾女はうなずくと受話器を取りダイヤルを回した。

縁側の雨戸ががたがたと音を立てている。昼から吹いていた風が夜になり一層強くなってきた。

5

九月十七日、月曜日。

厳しい残暑の中、勢力の衰えない台風が近づき、今夜関東を横断してゆく。

銃撃されてから十一日が過ぎたが、綾女は今も大門町御殿の離れにいる。

ベッドから起き、歩くこともできるようになったけれど、トイレまで往復するだけで肩と背中の傷が痛み、息も上がってしまう。鏡に映る顔も、かなりやつれてしまった。

頭上がバタバタとうるさい。瓦《かわら》屋根を打ちつける雨音も激しくなってきた。

ラジオのニュースが停電の起きている地域を伝えているが、文京区のこのあたりは無事のようだ。もし電灯が消えても、芳子の持ってきてくれた懐中電灯がある。

綾女はベッドの上でページをめくった。今読んでいるのは、ハーバート・ジョージ・ウェルズの『世界文化史概観』。

八日前、綾女は美紗子への電話で、麟太郎が代表権のない会長に退くことを受け入れるなら、自分を殺そうとしたことは忘れると伝えた。さらに、これ以上抵抗しないなら、綾女が社長になっても、いずれは玄一郎に水嶽商事の代表権を返還すると確約した。

麟太郎の息子に玄一郎と命名したのは、麟太郎と綾女の亡《な》き父・水嶽玄太だった。父は自分の一字をつけることで、無言のうちに玄一郎こそが後継者だと宣言し、自分の孫たちの代で無用な跡目争いが起きるのを避けようとした。

綾女もこの点は父に同意している。塚原をはじめとする父の代から仕えている水嶽商事の役員たちも、いずれ成長した玄一郎が継ぐことを望んでいる。

しかし、やはり麟太郎はこの最後通告を無視した。

九月十二日に開かれた役員会に出席せず、代表権のない会長に就任することを書面で拒否し、本人不在のまま社長を解任された。

同じ日、綾女は臨時の代表取締役社長に選出された。

その後、麟太郎は行方をくらまし、同時に社長解任までの一連の状況を新聞や雑誌にリークし、世論を味方につけようと画策した。

ある雑誌が「高尚ぶっても、やはり正体はヤクザ。水嶽商事の血なまぐさい内紛劇」という題名の記事を載せようとしたが、綾女たちはすぐに圧力をかけ、差し替えさせた。追随しようとした他の雑誌にも手を回し、記事を次々と握り潰した。大手新聞は大口広告主でもある水嶽商事との揉《も》め事《ごと》を避け、社長人事に紙面で触れることを自粛した。

情報開示には失敗したものの、麟太郎は直接的な攻撃も仕掛けてきている。

以前綾女たちが潰した千葉の三津田組の残党や、在日朝鮮人の新興暴力団と手を組み、水嶽商事グループの事務所や営業所数ヵ所を襲撃した。交渉や根回しが苦手な麟太郎とは思えぬ手際《てぎわ》のよさで、吉野繁実の関係者が協力していることはほぼ間違いない。ただし、その協力者が誰なのかは、まだ特定できずにいる。

戦争のせい、抑留のせいだったとしても、敵勢力と安易に手を結ぶまでに狂ってしまった麟太郎を放ってはおけない。社長を解任され経営権を失った今も、あの男は水嶽商事の筆頭株主なのだから。

ベッドの横に置いた電話機のベルが鳴った。

『確認が取れました。やはり恩田《おんだ》の別邸です』

麟太郎の居場所を特定したという塚原からの報告だった。

「家には何人？」

『本人と四人前後の警護役が詰めているようです。他に家人がいる気配は今のところありません』

麟太郎が提携を進めていた、恩田銀行グループの会長の別邸にいるという。大田区池上にあり、会長が以前妾《めかけ》に買い与えたもので、その妾は現在入院中。勤めていた家政婦たちも今は家におらず、半ば空き家となっていたものを、一時的に麟太郎に使わせていたのだろう。

『いかがしましょう』

「予定通り殺してください」

『承知しました』

「ただし、聞き出せることは可能な限り聞き出して」

『話していただくのに乱暴な方法が必要になるかもしれませんが』

「構いません」

麟太郎に協力している組織、団体、個人――すべてを知る必要がある。それらは水嶽商事に反抗する存在であり、残らず消去しなければならない。

『すべて終わりましたら、またご報告します』

電話が切れた。

強い雨を浴びた木戸が、またがたがたと鳴りはじめた。大門町御殿の広い庭に植えられた木々たちがさがさ、ぎしぎしと風に激しく揺さぶられている。遠くで電線もひゅうひゅうと音を立てている。

強い台風が通過してゆく今夜、綾女たちは国務長官顧問・大統領特使、ジョン・フォスター・ダレスの命令を決行する。この風雨に乗じて、アメリカ政府が存在を好ましくないと判断したＧＨＱの佐官・尉官《いかん》十一名を処分する。

その十一人のリストに、日本人も急遽ひとり追加されることになった。

大田区池上の本門寺近くにある別邸の周辺の情報や間取りなどは、すでに摑《つか》んでいる。麟太郎は所轄《しょかつ》の池上警察署長を買収していたが、綾女たちはさらに大金を積んで寝返らせた。今夜、恩田会長の別邸から通報があっても、警察はすぐに駆けつけず、台風を口実にゆっくりと現場にやってくる手筈《てはず》になっている。

もっとも周囲に気づかれる可能性は低い。

塚原が率いる五人四組、計二十人の実動隊には、解錠の達人と呼ばれているふたりも加わっている。窓ガラスを割ることも、ドアを叩き壊すこともなく、屋内に侵入できるだろう。

麟太郎のほうは、近隣に「恩田の別邸に見知らぬ男たちがいる」と知れ渡らぬよう、四人前後の最小限の人数で家に潜んでいるようだ。

今、麟太郎のそばにいるのは戦前から兄の秘書や警護を務めてきた男たちだが、彼らにも一緒に消えてもらう。

麟太郎に付き従う者は、誰ひとり許すことはできない。

突入後、外から援軍がくる可能性もあるが、もちろん綾女たちも増援部隊を用意していた。ただ、住宅街にある別邸で派手に撃ち合うことはできない。銃声や呻き声を近隣住人に聞かれれば、警察は黙らせておいたとしても必ずうわさになり、いずれ新聞・雑誌も嗅《か》ぎつける。殺人の証拠など出てくれば、水嶽商事にとって命取りになりかねない。以前、ロイ・クレモンズとカウフマンに、三津田組跡取り一家殺害の証拠を摑まれ、脅されたが、その轍《てつ》は二度と踏まない。

麟太郎は突然死に見せかける。そのためのジギトキシン入り注射器も複数用意した。万一、銃を使わねばならなかった場合は、拳銃自殺を装《よそお》う。兄の警護たちは、拉致《らち》し、遠方に連れ去ったのち、自殺や事故に仕立て上げる。

──必ず今夜で終わらせる。

綾女はベッドに座った。

手にした本、H・G・ウェルズ『世界文化史概観』のページをめくってゆく。

イギリスの空想科学作家の著書だからと、日本の歴史研究者や学者たちはあまり評価せず、綾女も今まで読まずにいたけれど、とても面白い。

内容のせいだけではないのだろう。こうした通史を読んでいると、自分が学生だったころのことを思い出す。

今よりずっと小さなことに心配し、悩み、反発していたころを。

風がさらに強くなり、庭木がごうごうと揺れ、戸板やどこかの壁がきしきしと鳴っている。

「あの」

襖の向こうから芳子が呼んだ。

「何？」

襖が開き、芳子が葛湯《くずゆ》の入った湯呑《ゆの》みを運んできた。眠る前に飲む習慣は今も続いている。

「ありがとう」

蒸し暑い夜に合わせ、湯呑みはほのかに温かさを感じる程度に冷まされていた。

「だいじょうぶですか」

芳子が訊いた。綾女にというより、自分に問いかけるような言葉だった。いつもは感情をほとんど出さない彼女が少しうろたえている。台風に怯《おび》えているようだ。

「ええ、だいじょうぶ」

綾女は答えたが、すぐに言葉を続けた。

「でも、少し不安だから、よかったら一緒にいてくれる？」

「ありがとうございます」

気遣いを感じ取った芳子が小さく頭を下げ、ベッドの横の椅子に座った。

「怖いの？」

「違います。悲しいんです」

彼女はいった。

「とても悲しくて苦しくなるんです」

戦前、彼女が夫と結婚したばかりのころ。台風が来て、ふたりの暮らす古くて粗末な長屋は今にも吹き飛びそうなほど激しく揺れた。怯えていると、「だいじょうぶだ」と夫が寄り添い、肩を抱いてくれたそうだ。

「あんなに不安だったのに、それがすうっと消えて。停電で真っ暗になっても怖くありませんでした」

いいようのない安心感に包まれ、これが所帯を持つこと、誰かに護《まも》られているということかと思ったという。だが、その夫も戦死してしまった。親も家も空襲で失い、残っているのは自分と、兄夫婦に預けている娘だけ。いい仕事につけてはいるけれど、この先、もし娘が重い病気にでもなったらと思うと苦しくなる。もし自分が病気になり、娘の嫁入り姿も孫の顔も見ないまま、早くに死んでしまったらと考えると切なくなる――

「あの楽しかった日がふっと消えてしまったように、また目の前の全部が消えてなくなってしまうんじゃないかと考えて。どうにもやり切れなく、悲しくなるんです」

降りしきる雨の音がやけに大きく聞こえる。

――飛田とはじめて結ばれたのも、こんな激しい雨音の響く夜だった。

「もう薹《とう》の立った歳だってのに。駄目ですね女って」

芳子が視線を落とし、つぶやいた。

綾女は手にしていた本を閉じ、彼女の身の上話に耳を傾けた。

＊

薄暗い部屋に、再度電話のベルが鳴り響く。

ベッドに横になったまま眠らずにいた綾女は、上半身を起こし、受話器を取った。時計の針は午前二時をさしている。

『終了しました』

電話の向こうで塚原がいった。

「お疲れ様でした。問題はありませんでしたか」

『麟太郎さんが銃を持ち、自分で頭を撃ち抜こうとしましたが、どうにか取り上げることができました。今はもう、安らかな顔でリビングの床に横たわっていらっしゃいます。ただ、注射を打ち込まれた直後、綾女に伝言しろと』

「何をいったの」

『あとのことはあの人に託した。綾女も苦しんで死ね。地獄で待っている』

「あの人？　誰？」

『吉野繁実かと訊いたら、違うと。その先は何を訊いても答えず』

「誰か特定できそうなものは残っていなかった？」

『探させていますが、今のところは何も』

「無理しなくていい。早くそこを出て」

『わかりました。増援が来る気配はありませんが、あと二分で出ます』

綾女は電話を切り、部屋や天井の薄暗い隅に視線を向けた。

ランプにぼんやりと照らされた梁《はり》や襖や畳が見えるだけだった。

——会いたい。

そう願いながら、闇《やみ》に目を凝らす。

待ち続けても、亡霊たちは姿を現さなかった。

6

台風が通りすぎ、爽《さわ》やかな青空が広がった九月十八日の朝に、麟太郎は遺体となって発見された。

死因は虚血性心不全。

綾女も水嶽商事の役員たちも、死への関与は一切疑われていない。

二日後に緊急役員会が招集され、綾女は正式に水嶽商事の新社長に選出された。会長は兼任せず当面空位とし、今回は社長専任となる。

二週間後に葬儀は社葬として執り行われ、麟太郎の妻の美紗子や子供たちとともに、綾女も参列した。

美紗子は戦前、当時の財閥家から嫁に来た。上流の価値観と礼儀を叩《たた》き込まれて育ったが、それでも水嶽姓となると、ヤクザの家の非情さと掟《おきて》を理解しようと努力してきた。夫・麟太郎の葬儀でも、憎しみの涙を浮かべつつ、綾女が横に並んで一緒に弔問客たちに頭を下げることを許してくれた。

綾女の身近には、美紗子に似た境遇の女がもうひとりいる。

父・水嶽玄太と寿賀子の間に生まれた、半分血のつながった妹・由結子。

綾女は寿賀子を復讐のため焼き殺した。由結子は恨みながらも、その行いをヤクザの娘として認めたが、一緒に暮らすのは辛《つら》すぎると、終戦の年の九月、神山町の屋敷から日野の運営する女子寮へと引っ越していった。

その由結子も葬儀に参列した。

二十歳になり、大人の女になった彼女と、綾女は六年ぶりの再会を果たした。

7

昭和二十七年二月二十三日

手にした数珠《じゆず》が冷たい。

読経《どきよう》が響く青山墓地の一角、青池家の墓の前に綾女は塚原たちと並んでいる。

足元の地面には霜柱が立ち、吐く息が白く濁ってゆく。朝の空気を吸い込むたび、ちくりと小さな痛みが肺に走った。

去年九月に撃たれた傷は、まだ完全には癒《い》えていない。銃弾を受けた背中と肩には、百足《ムカデ》が張りついたような縫い痕《あと》がはっきりと残っている。

そのとき青池興造は綾女を護って銃弾を浴びた。以降、一度も目を覚ますことなく眠り続け、今年の一月末、ゆっくりと心臓の鼓動を止めた。

綾女や塚原、そして水嶽本家時代から彼を知る男たちに囲まれながらの死だった――

青池家の墓に興造の骨壺《こつつぼ》を納めると、僧侶《そうりよ》に礼を伝え、一度車で神山町にある水嶽本家に戻った。

いつものように衣装係が綾女に静かに近づき、和装の喪服を脱がし、格子柄《こうしがら》のウールのワンピースに替えてゆく。白いタイツを穿き、白狐《しろぎつね》の毛の襟がついたコートに袖《そで》を通した。

「いってらっしゃいませ」

芳子たち女中に見送られながら、パッカードの後部座席に乗り込む。隣には、新たに秘書課長となった生田目の息子・慶介が座っている。

綾女と並んで座っていた飛田と興造が続けて殺されたことも、飛田と生田目が殺し合った原因が綾女であることも、慶介は承知している。にもかかわらず、警護責任者となったことを喜んでいるようだった。

水嶽商事も傘下のグループ会社たちも、先代麟太郎社長の死を少しの間悼《いた》んだあと、すぐに元の業務に戻った。

一方で、美波ひかりの東京でのマネージメント業務代行は解約されてしまった。ひかりの後見人である竹岡義雄組長からも、「身を引いてくれ」と電話で告げられた。仕方がない。綾女のせいで銃撃に巻き込まれてしまったのだから。むしろひかりが無傷だったことに感謝しなければならない。自分が近くにいたために、国民的スターへと成長しつつあるひかりが負傷するようなことがあれば、綾女だけでなく水嶽グループ全体が非難を浴びてしまう。

ただ、会えなくて「寂しい」「不安」と、ひかりから何通もの手紙が届いていた。

綾女の後任になるはずだった興造が亡くなり、空位になっていた新東京プロダクションの社長には、二番目の兄の桂次郎が就任した。

さらに生田目の再婚相手で、若くして未亡人になってしまった浩子も社員として入社した。酒に溺《おぼ》れていたが、医者の助けもあって少しずつ普通の生活を送れるようになり、本人の希望もあり働くことになった。

桂次郎は慣れないながらも今のところ、どうにか社長役をこなしてくれている。何事も強要せず、穏やかな口調で説得し、ときには相手の意見に素直に従う桂次郎は、高幡幹夫や柄本チズル、その他の所属歌手・芸人たちにも受け入れられ、意外なほどに評判がいい。チズルなどは「二枚目の桂さんに励まされると、綾女さんのときよりやる気が出る」と笑っている。

浩子のほうも、生来の明るさが戻ったことで、社員だけでなく取引先、殊《こと》に照明や大道具係などに気に入られている。利口ぶらず、「私馬鹿だから」と何でも素直に聞いて学び、しかも失敗してもめげない。その気取らなさや打たれ強さでも好かれていた。

ただ、浩子はともかく、桂次郎が芸能に興味があって社長に就いたのでないことは、綾女もわかっている。

――近くで私を見ていられるよう、東京に戻ってきた。

桂次郎は綾女が麟太郎を殺したことを知っている。たとえそれがヤクザとして避けられない道だったとしても、許していない。そして自分が止められなかったことを後悔もしている。

パッカードの窓から沿道を眺めていると、道路標示や案内板の一部が、「F Ave.」から早くも日本語表記の「青山通り」に戻っていることに気づいた。

もうすぐ占領が終わる。

Fアベニューから1stストリート（内堀通り）、Tアベニュー（靖国《やすくに》通り）と進み、隅田川を渡った先にある療養所へと進んでゆく。何度も通っている場所なのに、目的の白い建物が遠くに小さく見えただけで胸が高鳴った。

車を降り、担当医から最後の説明を受け、面会室へ。

ストーブの焚《た》かれた広く暖かい部屋で、車椅子に座る修造は待っていた。

綾女は震える手を抑えながら扉を開け、入ってゆく。

こちらに気づいた瞬間、修造はにこりと笑ってくれた。

早足で近づき、床に膝をついて、七年ぶりに向かい合う。

「覚えていてくれた？」

修造はうなずいてくれた。

「ありがとう」

謝らなければならないのに、それ以上声が出ない。

綾女は修造の右手を両手で包み、涙を浮かべながら、その笑顔を祈るように仰ぎ見た。

八章　命

1

昭和二十八年五月七日

「行ってきます」

アイボリーのジャケットとスカートに身を包んだ綾女は、ベージュのヒールを履くと深く膝《ひざ》を折り、その場にしゃがんだ。

車椅子《くるまいす》に座った修造がかすかに微笑《ほほえ》む。

神山町にある水嶽本家の玄関口で、一年ほど前からくり返されるようになった朝の光景。ふたりはここで一緒に暮らしている。

綾女は修造の頬を撫《な》でた。修造はいつものように言葉にならない声をつぶやき、小指が一本だけ残る右手を上げ、小さく振ってくれた。

誰もが綾女を畏怖《いふ》し平伏するようになったけれど、その綾女は朝晩欠かさず修造に跪《ひざまず》いている。

それが嬉《うれ》しかったし、激務と礼讃《らいさん》と媚《こ》びへつらいにまみれた日常の中で、平常心を取り戻させてくれる大切な儀式でもあった。

脳挫傷《のうざしょう》の後遺症と喉《のど》に負った重い怪我《けが》のせいで、修造は今もしゃべれない。頬や首、唇にも大きな傷跡が残っている。瞳孔《どうこう》を突き刺された左目は失い、今は義眼が入っている。逆に、生まれつき不自由だった右目は、脳への衝撃がきっかけとなったのか、視力が年毎《ごと》に回復しつつある。

ただ、今後話せるようになる可能性はほぼなく、他人の言葉をどこまで理解し、知能もどの程度まで回復しているかわからないと医者からはいわれている。

――そんなことはない。修造は私の言葉をすべてわかっている。

七年前に修造の母、妹、弟が拷問《ごうもん》され殺されたこと。父が戦地で亡《な》くなったこと。一ヵ月前に兄が撃ち殺されたこと――この家に修造を引き取った直後、ずっと黙っていた青池家を襲った不幸の数々を伝えると、彼は静かにうなずき、涙を落とした。そしてひとしきり泣き続けたあと、口元を緩め、綾女が無事でいたことを喜んでくれた。

目と表情を見れば、ちゃんと伝わってくる。今だって「行ってらっしゃい。気をつけて」といってくれている。

女中と警備部の社員たちに見送られながら、玄関を出る。

日本でも有数の商社となった水嶽商事では、もう若手社員たちを「若衆」などとは呼ばない。ヤクザだと思っているのは、水嶽本家時代を知る東京の一部の住人だけだ。綾女が社長に就任して以降の大掛かりな情報操作で、日本中の多くが、アメリカや欧州の諸外国とも取引のある一流企業だと信じている。

新聞社や出版社への締めつけで、水嶽商事の実体は暴力団だなどと書き立てられることも、もうなくなった。警察や検察とも友好的な関係を築けている。そんなマスコミの統制と公権力との協調に貢献してくれたのは旗山市太郎だった。

本人が宣言していた通り、旗山は車椅子を降り、杖《つえ》を使って自力で歩けるまでに回復した。

そして去年（昭和二十七年）十月に行われた第二十五回衆議院議員選挙で見事当選し、国政への復帰も果たす。

所属政党は吉野繁実総裁が率いる日本民進党。

かつて旗山が創設し、公職追放でやむなく吉野に一時譲り渡したことで乗っ取られてしまった、あの日本民主党を母体とする因縁の政党だ。この遺恨渦巻く場所に戻ったのは、旗山が吉野の軍門に降《くだ》ったからではない。旗山と綾女が、今も総理の座にある吉野に対抗し、反転攻勢に出るためだった。

もうこの国にＧＨＱという名の組織はない。

去年四月にサンフランシスコ講和条約が発効し、日本は主権を回復。この国は建前上は日本人が統治する国に戻った。

しかし占領軍は在日米軍と名を変え、今も日本中に展開している。代々木のワシントンハイツも返還されず、多くのアメリカ人が暮らしているため、都内の新宿、渋谷などの繁華街では、まだ英語の看板や案内板が撤去されず残っており、嫌でも目につく。

ビジネスの世界では日本はアメリカと対等な取引などできるはずもなく、相手の顔色を窺《うかが》いながら原油や穀物を売っていただいている状態だった。日本は再独立したというが、綾女は今も借り物の自由の中で暮らしている感覚を拭《ぬぐ》えない。

運転手が車寄せに停めた銀の車体の後部ドアを開ける。社長就任後、車もパッカードからこの英国製大型車、ベントレーRタイプに変わった。

綾女に続き、生田目慶介が後部座席に乗り込んだ。

ベントレー、そして警護役を乗せた後続のビュイックが出発する。

慶介はすぐに手帳を開いた。秘書課長の仕事も板につき、開いた手帳のページを目で追いながら綾女の今日の予定を読み上げてゆく。実際、かなり有能だった。綾女が社長を務める水嶽商事本社だけでなく、関連子会社や芸能マネージメント会社の新東京プロダクションの業務にも参画できているのは、慶介の緻密《ちみつ》で的確なスケジューリングによるところが大きい。

父親譲りの武闘派で、揉《も》め事《ごと》があると、徒党を組まず一対一で殴り合う。相手が刃物を出しても動じない。そのためか「さすが生田目さんの息子」と、昔ながらのヤクザ者に褒められることも多い。

しかも、俳優と見まがうほどに顔立ちもよかった。

内輪の評価だけではない。

以前、綾女がある映画会社の専務との会食に慶介を同伴したとき、「君は役者になるべきだ」と本気で誘われたことがある。

だが、慶介は首を横に振った。

「どうせ出るなら、映画よりテレビに出てみたいですね」

綾女もどきりとするほどの無礼な断り方だった。

専務が「スクリーンより、あんな電気紙芝居のほうがいいとは」と余裕のある言葉を返してくれたおかげで、その場は笑顔で収めることができたものの、あれ以来、慶介を重要な会合の場に同席させないことにしている。

ただあの晩、綾女は、慶介も自分と同じ未来を見据えていることに気づいた。

ラジオ放送はＮＨＫ契約受信件数が全国で一千万台を突破するほどに普及し、加えて民間ラジオ放送の活況もあり、今では日本人の生活になくてはならない媒体に成長した。

一方のテレビ放送は、今年二月から東京地区でNHKの本放送がはじまったにもかかわらず、三ヵ月が経過した現在も契約受信件数は全国で三千前後。テレビ受像機の価格は十七万円を超えている。一般サラリーマン家庭の平均月収は約二万円、その八ヵ月分以上も出さねば手に入らないせいもあり、まったく普及していない。映画会社専務の「電気紙芝居」という言葉を引用するまでもなく、多くの人々がスポーツ中継にしか魅力を感じておらず、中途半端《はんぱ》な娯楽装置だと見做《みな》している。

けれど、テレビの画面が見せてくれる刺激と興奮は、いずれ日本中に広まる。

それを見越して、今年八月に日本初の民間テレビ局を開局しようと、すでに数年前から動いている読売新聞社長・正力松太郎のような人間もいる。

綾女は慶介を、自分がテレビ事業に乗り込んでゆく際のブレーンのひとりにしようと考えていた。

ただ、まだ若いこの男には欠点もある。

「明和《めいわ》製粉の社長が怒っているそうね」

綾女は隣に座る慶介を見た。

ベントレーとビュイックは、30thストリートから再び明治通りの名称に戻った道を走ってゆく。

「お耳が早い。さすがですね」

慶介は悪びれもせず返した。

明和製粉社長の自慢の四姉妹。その中でも一際《ひときわ》美しいと評判で、明和製粉東京本社に勤務している三女を、慶介がたぶらかし、遊ぶだけ遊んで捨てた、と財界の一部でうわさになっている。

「遊び癖をいい加減にしないと、役員会から懲罰が下りますよ」

「たぶらかしたなんて、まったくの捏造《ねつぞう》です。短い間ではあるけれど、俺は本気でおつきあいさせていただきました。電話番号を渡してきたのも彼女のほうです。なのに、つきあってみたら思っていた以上に気位が高く、自分語りしかしない退屈な女で、それでお別れさせてもらったんです」

たぶんうそはいっていない。

慶介から口説かなくても女は寄ってくるし、家柄や地位を目当てに近づくような姑息《こそく》なこともしない。飽きられ捨てられた相手の女や父親が、腹立ちまぎれに悪評を広めているのだろう。

慶介のほうは、そんな不名誉をいい立てられても悠然としている。

暴力的だが頭も切れる。甘い顔には似つかわしくない不遜《ふそん》で鋭い言葉をときおり吐く。

でも、女の恨み言は笑って聞き流す。

慶介が女性を惹《ひ》きつける理由はよくわかる。ただ、綾女自身は一切魅力を感じていない。大人びているけれど、中身はまだ青臭い子供だし、何より飛田を殺したあの生田目の息子なのだから。

それでも政財界の連中の無責任なうわさに巻き込まれている。

「水嶽の女帝は稚児《ちご》を秘書にしている」

怒ったり呆《あき》れたりする前に、笑ってしまう。敗戦から七年九ヵ月が過ぎ、日本もそんな下らぬことで騒げるまでになったのだと感慨深くもなるし、しかたがないとも思う。

――愛人でも恋人でもなく、稚児か。

綾女も三十一歳。

今でも美しいと讃《たた》えられることは多い。でも、若さや初々《ういうい》しさで驚かれることは、もうなくなってしまった。

ベントレーが明治通りを曲がり、少し進んでゆくと、奇妙な感覚に陥った。

豊島区西巣鴨。戦前、綾女は十六歳で神山町の家を出て以降、この街にある寮から通学し、職場の学校へ通勤していた。

もちろん見慣れた建物が残っている。

酒屋、タバコ屋――空襲でわずかに焼け残った店が今も商売を続けていた。都電の線路脇《わき》にあった屋台のおでん屋もまだ営業していた。午前の早い時間で開店前だったけれど、老年の店主がタバコを吹かしながら屋台を掃除している。

一方で、空襲で焼けた場所には、戦後八年近くが過ぎ、新しい店やビルが建っていた。以前は質屋だった場所が洋菓子店に、そば屋がクリーニング店に変わっている、ドブ川は暗渠《あんきょ》になり、上には公園ができていた。

記憶にある過去と、まったく知らない現在がまだらに入り組んだ街を、地図を頭に入れている慶介の指示で進んでゆく。路地を左右に何度も曲がり、目的の西巣鴨病院の前にベントレーとビュイックは停まった。

「秘書をさせていただくようになってから、病院の場所に妙に詳しくなりましたよ」

慶介が軽口を叩《たた》いたが、実際その通りだった。

社長に就任して以降の外回りは、大企業の重鎮たちとの会食か入院見舞いで、あとは視察。病院が重要な密談の場にもなっている。

ただし、今日の訪問は仕事とは無関係だった。

銀に輝くベントレーが珍しいのか、通院患者だけでなく、近隣の店の従業員たちも車体の周りに集まってきた。

「見るのは結構ですが、触るのはご勘弁を」

綾女の警護役たちが品良く呼びかけながら、集まってきた人々をあしらっている。背広でそつなく仕事をこなす彼らからは、以前、飛田が軍服姿で警護をしていたころのような粗雑さも親しみやすさも一切伝わってこない。

ベントレーだけでなく、院内の廊下を進んでゆく綾女も、医師や入院患者たちからちらと見られた。看護婦たちが顔を寄せ、半笑いで何か囁《ささや》き合っている。この一年ほど、新聞などの取材を受ける機会が以前よりさらに増えたせいだろう。

三十一歳とはいっても、戦前と変わらず五、六十代の社長がほとんどの経済界の中で、未婚で四十代以下の女社長はそれだけで目立つ。最先端の洋服を身につけ、笑顔で雑誌に載れば、良い広告にもなる。はじめは嫌だったが、会社のためと周囲から説得された。

塚原はもっとはっきりとこういった――

『それくらいのことをしていただかないと、ヤクザの血腥《ちなまぐさ》さは消せません』

ノックをして、病室のドアを開ける。

日野は笑顔で出迎えてくれた。

「やあ。わざわざありがとう」

カーネーションとバラで彩《いろど》られた花束を差し出すと、さらに大きな笑顔を見せた。

「どの花も大きくてきれいだね。ここはあまりに色がなくて寂しかったから嬉しいよ」

だが、頬も病院着の浴衣《ゆかた》から覗《のぞ》く胸元も痩《や》せこけ、元々薄かった髪はほとんど抜け落ちている。もう長くないことは見ただけでわかった。

花の香りが病室に広がってゆく。

「おととい西巣鴨《こ》病院《こ》に電話を入れてくれただろ？　そうしたら急に個室に移されてね。

さすが水嶽商事の社長さんだな。君が見舞いに来るといっただけで、院内がちょっとした騒ぎになった。ただの貧乏患者のひとりだった僕まで、こんな王侯貴族の扱いをしてもらえるようになったよ。前の大部屋も気のいい連中ばかりだったけれど、イビキがひどいのが何人かいてね。ここは静かでいい。しかも、窓から庭の緑も見える」

「来た早々差し出がましいようですが、治療費のことでしたら——」

「いや、ありがたいが遠慮しておく。無理をしているんじゃないよ。無駄なことはしなくっていいという意味だ」

「そんな」

「気を遣わないでくれ。自分があとどれくらい持つかは、自分が一番よくわかっている。だから君に来てもらったんだ」

日野が慶介たち警護役を見た。

「少しの間、ふたりにしてもらえるかな」

綾女も目配せし、ベッド脇の椅子に腰を下ろす。男たちは静かに病室から出ていった。

「由結子くんのことを話しておきたくてね」

彼女は今、綾女の母校・東京女子高等師範学校が前身で、戦後の昭和二十四年、お茶の水女子大学と名前を変えた学舎の文教育学部に通っている。

「お母様が亡くなったことや、新学制への移行のごたごたで一年遅れてしまったものの、彼女も来年で卒業だ。出版社の編集員か、英語力を発揮できる企業が志望のようだ」

「教師になるのだと思っていましたが、そうでしたか。私には何も」

「君に話せば、いろいろと便宜をはかってくれるだろ。それが不本意で黙っていたんだろう。だが、いずれにせよ、来年には社会人になる。それをきっかけに、由結子くんが本来の家に戻るとしたら、君はどう思う？」

「神山町で一緒に暮らすという意味ですか」

日野がうなずく。

「私は問題ありませんが、彼女がどう思うか」

周りが黒く窪《くぼ》んだ、でも知的な輝きは衰えていない目で日野はこちらを見ている。

「あの子が戻りたいと？」

綾女は少し驚きながら訊《き》いた。

「ああ。一ヵ月ほど前、一年後の四月に自分はどうしているべきかと、由結子くんから相談を受けた。そのときに話していたんだよ。西巣鴨の寮生活に何の不満もないけれど、社会人になるのを機に、『あの家に戻り、自分の家族や自分の血と、向き合ってみるべきではないかと思っています』とね。彼女なりに考え、十代のころとは違う意識や気持ちを抱くようになったのだろう。もっと早くに君を訪ねて伝えるつもりだったんだが、直後に僕が倒れて、結局入院することになってしまって」

「今教えていただいたのでも十分ありがたいです。それで先生はあの子に何と?」

「良いことじゃないかといったよ。だがね、こんな歳《とし》にまでなって恥ずかしいんだが、そういってよかったのかと悩んでもいるんだ」

「どうして?」

「今でも考えるんだ。八年前の終戦の日、僕が君に東京に戻るよう勧めなければ、『最後にちゃんとお父上と向き合ってらっしゃい』などといわなければ、君の人生は全く違ったものになっていたかもしれないとね。僕の言葉が、君を望まない方向に歩ませてしまった気がして」

「先生のせいではありません。言葉はひとつの道しるべで、それを見て、どちらに進むか選ぶのは本人です」

「あいかわらず優しいね。身分や立場は変わっても、人を思いやれるところは少しも変わっていない。だから由結子くんにも、本当の綾女くんを見て、互いに本心を隠さず話し合ってみるべきじゃないかといったんだ。だが、正直怖くてね、その一言がまた君や由結子くんの人生を大きく変えてしまいやしないかと」

「気にしないでください。自分で選んで、私は今ここにいるのですから」

「僕を許してくれるかい?」

流木のように細い体をした日野が訊いた。

「許すも何も。多くのことを教えていただいた先生を責める気持ちなんて、一切ありません。先生こそ、私が終戦の日からこれまでしてきたことを責めないのですか」

日野は綾女が父・玄太の内縁の妻だった寿賀子に何をしたのか、寿賀子の娘である由結子から聞かされているだろう。その他の綾女が重ねてきた非道にも、これだけ頭のいい人が気づかぬはずがない。

「僕にそんな資格はないし、もし仮に責めようとするなら、古今の戦国武将の大多数を不孝・不忠と厳しく断罪しなければならない。人は昔から因果なものだ。彼らは人を殺すことで、土地を獲《と》り、血縁を殺すことで地位を獲り、富み栄えてきた。決して褒めはしないが、それが君の家が代々続けてきたやり方で、周りからも求められているのだと したら、僕が口を挟めることじゃない」

日野が細く染《し》みだらけの腕を伸ばし、綾女の手を取った。

「ましてや僕は、ある意味共犯者でもある。君が進んでゆく道がどんなものか気づいていながら止めなかったのだから。近くで見ているだけで、何もしなかった。そして君の会社の人々も同じ罪人だ。君を水嶽の代表者に推した者、黙認した者、全員が等しく咎《とが》を受けなければならない」

思わず、はっと息が漏れた。

ずっと胸に詰まっていたものにひびが入り、ほんの小さな一片だけれど、欠けて落ちたような気がした。

「さて、もう時間だ。お忙しい水嶽商事社長を、いつまでも引き止めておくわけにはいかない」

「もう少し」

口にしながらも、綾女は腕時計に目を遣《や》った。

「行きなさい。社員たちが待っているよ」

「また来ます」

「いや、もうこれが最後だろう。さっきもいった通り、自分の命があとどれくらい持つか、意外とわかるものなんだ」

「こんなに元気にお話しになっているのに」

「貧乏癖というか、性分なんだろうね。思ったことは残らず話さなければと欲張ってしまい、口だけは回る。話したあとはものすごく疲れるけれど。でも、今日は本当に会えてよかった」

日野は笑みを浮かべた。綾女のよく知る、あの優しい笑顔だった。

「君はだいぶいい顔になった。今、君は幸せなのだろうね」

はい――と、うなずきたい。でも、それはあまりに厚顔無恥なことに感じられた。

だから、ただ微笑んだ。

「由結子くんと姉妹として向き合ってくれ。そして折り合えたら、彼女のことをよろしく頼む」

「わかりました」

「由結子くんだけじゃない、君自身も幸せになるんだよ」

深く頭を下げ、病室を出る。

「お急ぎください」

ドアを閉めると同時に慶介がいった。

「わかってる」

綾女は素っ気なく返した。

急《せ》かされるのはいつものこと。仕事も人生も、自分の思うようなペースで進んではくれない。

ヒールの音を響かせながら病院の廊下を進んでゆく。

これからラジオ東京（現TBSラジオ）の役員たちとの会食が待っている。東京で日本テレビに次ぐ民間テレビ局の開局を目指している彼らと、水嶽商事は協力関係にあり、資金提供もしていた。

見送りに出てきた副院長に短く礼をいい、ベントレーに乗り込んだ。

「由結子と会うことにしました。一番早く時間が取れるのはいつ？」

「確認します」

そう答えたあとも隣の席の慶介はこちらを見ている。

「だいじょうぶですか」

訊かれた理由はわかっている。綾女の表情が険しいからだ。

「ええ。何も変わりないけれど」

「そうですか。失礼しました」

怒っていないし、苦しくもない。その逆だ。気を張っていないと涙がこぼれ落ちそうだから、眉間《みけん》に力を入れて、口をぎゅっと閉じていた。

こんな自分にも恩師と呼べる人がいてくれたことに、心から感謝していた。

2

「お帰りなさいませ」

午後十一時。仕事を終えて神山町の家に戻った綾女を、女中の芳子が出迎える。

ヒールを脱いで玄関を上がり、持っていたバッグを彼女に渡した。

「まだお休みにならず、お待ちですよ」

玄関の先にあるリビングに目を遣ると、車椅子に座ったパジャマ姿の修造がいた。

「待っていてくれたの？」

綾女の言葉に修造も口を薄く開き、微笑み返す。

「ありがとう。このところずっと帰りが遅かったものね。でも、眠いでしょう」

綾女は膝を折り、彼の頬を撫でた。修造が猫のように顎《あご》を綾女の手のひらに擦《なす》りつけ、目を細めながら大きくあくびをした。

「そう。じゃあ、一緒にお布団《ふとん》に行きましょうか」

綾女は車椅子のハンドルを握った。

「お着替えは？」

芳子がうしろから訊いた。

「あとでするわ。衣装係にはもう帰るようにいって」

「承知しました。お風呂《ふろ》とお食事の際は、お声をかけてください」

「お風呂だけでいい。食事はいらない」

「いえ、困ります」

「また塚原？」

「はい。少しでもいいから、必ずいただいてもらうようにと。鯛《たい》茶漬けと独活《うど》の酢味噌《すみそ》和《あ》えをご用意してあります」

芳子が下がってゆく。

この屋敷を全面改修し、水嶽商事グループの迎賓館にする計画が一時進んでいたが、発案者の麟太郎が死亡したことで立ち消えになった。今では迎賓館の構想など大半の人々は忘れている。

綾女は車椅子を押して進み、廊下の一番奥にある障子を開けた。

生前の水嶽玄太が寝室にしていた部屋で、今は修造が使っている。

綾女が修造の手を取ると、彼はゆっくりと立ち上がった。短い距離なら自分の足で歩くことができるまでに回復している。

敷いてある布団に修造を寝かせ、天井の電灯を消した。

枕元《まくらもと》のスタンドの光を頼りに、修造に毛布をかけると、彼は一度小さく伸びをしてから、今も大きな傷跡の残る両まぶたを閉じた。

綾女も彼の手を握り、並んで横になった。

仄暗《ほのぐら》い中で、修造の横顔を見つめる。

塚原に隠れながらヒロポンの錠剤を飲み、働いて、夜は葛湯《くずゆ》とともに睡眠薬を飲み、眠りにつく。そのくり返し。自分の心と体を削るように生きる毎日は、今も変わらない。

でも、修造がいてくれるなら辛《つら》くはなかった。

数え切れないほどの罪も悔恨も、苦しみも痛みも、修造と過ごす時間が、すべて塗り潰《つぶ》し、覆《おお》い隠してくれる。ただひとつの憂《うれ》いを除いては。

修造の妻、よし江のことだ。

精神を深く病んだ彼女は、東京を離れ、以前桂次郎が入所していた修善寺《しゅぜんじ》の療養所に移って治療を続けている。これまでは病の原因となった事件の関係者には、夫の修造を含め会うべきではないという治療方針だった。しかし、近ごろは症状が改善の兆《きざ》しをみせている。

今年二十八年の末には、修造のほうの状態を観察しつつ、一度ふたりを会わせてみてはと担当医から提案されている。

綾女もよし江に関することだけは、ずっと修造に伏せていた。

修造を動揺させないため――それがこれまでの理由だったが、もうすぐ修造の担当医も許可を出すだろう。

綾女のために傷つき、離れなければならなくなったふたりを、もう一度一緒に暮らせるようにしなければ。

――それが私の義務。

なのに、狡《ずる》い自分が顔を出しそうになる。黒い思いが胸の奥に渦巻き、どんなに否定しても、また染み出し、広がってゆく。

よし江は綾女の身代わりになり、強姦《ごうかん》され心を傷つけられ、人生の貴重な数年を失った。お腹《なか》にいた七ヵ月の子を早産し、その子は半日後に亡くなった。

彼女からそれだけのものを奪った上、今また夫まで奪いたい欲望に駆られている。修造が寝息を立てはじめた。

そのかすかな呼吸の音に心が安らぐ。握った手から伝わってくる体温も心地よい。

――今の私は依存している。

ヒロポンではなく修造に。この人の無垢《むく》な笑顔にすがり、生きている。

修造は完全に眠りについた。

もう行かなければ。服も着替えていないし、化粧も落としていない。明日の仕事の準備もある。綾女は体を起こすと、眠る修造の、ぐちゃぐちゃに崩れていた骨や皮膚を何度も整形し、ようやく元のかたちに近づいた唇に口づけした。

額と頰にはライターで炙《あぶ》られ、ただれた火傷《やけど》の跡が今も刻まれている。細かな無数の縫い跡も消えていない。昔の面影はほとんど残っていない。

けれど、この人は間違いなく修造だ。

――ずっと前から私はこの人を愛していた。

飛田との間にあった悦《よろこ》びと痛みをもたらす愛とは違う、平穏で温《ぬく》もりに満ちた愛を修造から感じていた。自分の親や家族からは得られなかったものを、綾女ははじめて心ゆくまで味わっている。

――この安らぎと優しさを、もっとほしい。

遠くで柱時計が鳴りはじめた。

午前零時、日付が変わる。

だが、まだ修造の側を離れられなかった。

3

「会社にご迷惑をかけたことはお詫《わ》びします」

慶介が頭を下げた。

「でも、これは俺とあの娘の間のことで、明和製粉に擦り寄る手段にしようなんて考えは毛頭なかった。色恋に仕事なんてつまらないものを絡めるのは俺の主義にも反します。それを難癖つけてくるなんて、あの社長、街場でゆすりをやっているチンピラと同じです。娘も傲慢《ごうまん》でつまらない女なら、父親も下衆《げす》な野郎だ」

慶介の口調はあくまで穏やかで、表情も落ち着いている。

溜池にある水嶽商事本社ビル、東館五階の水曜会専用会議室。以前は、先代社長の趣味で壁一面を飾っていた西洋絵画や日本画はすべて外された。金無垢の像や盆栽ももうない。

代わりに先々代・水嶽玄太と、先代・麟太郎の大きな肖像画が天井近くに掲げられている。他にはオーク材の机と革張りの椅子が十数脚並んでいるが、座っているのは綾女、慶介、塚原、赤松、須藤、そして顧問弁護士の渕上の六人だけだった。

「うそをいってないのはわかってる。おまえとあちらのお嬢さんとは、純粋な恋愛関係ってやつで、それ以上でも以下でもなかった。こっちでも裏を取ったしな。ただまあ、向こうも、おまえと娘が縁切れたことをあれこれいいたいわけじゃなさそうだ」

須藤がいった。

「娘を弄《もてあそ》ばれたことに腹を立てた父親が、会社ごと非難しようとしているのじゃないの？」

綾女は花柄のワンピースの裾《すそ》を揺らしながら足を組んだ。

「文面上ではそうですが」

須藤が内容証明郵便を見せる。昨日届いたそうだ。

便箋《びんせん》が三枚。水嶽商事社員である慶介が明和製粉社長の三女・睦美《むつみ》に対して行った行為への、会社としての謝罪と賠償を求める内容だった。対応次第では、暴行、強姦での告訴も辞さず、ついてはそれについて水嶽商事代表者と話し合いたいと書かれ、弁護士の署名・捺印《なついん》も添えられていた。

「クレームは通常の段取りを飛ばして社長と接触するための手段のようです」

塚原が綾女に視線を送る。

「面倒な商談？　それとも政局がらみ？」

綾女も塚原に視線を返す。

「わかりません。今もまだ調べを進めていますが、明和製粉の会社的案件とは別らしく、あちらの役員数人は何も知りませんでした」

「こちらが明和の経営状況です」

渕上が綴《と》じ込み帳を出した。

終戦以降の明和製粉の商取引の内容や、納税状況、役員の身辺状況の資料だが、いくつかの怪しい点はあるものの、大きな違法行為は犯していない。

綾女は一時間前まで当選一回の若手衆議院議員たちとの会食の場にいたが、予定より早めに切り上げ、ここに来た。

「純粋に娘可愛《かわい》さでの行動という可能性はないの」

「ほぼないでしょう。当の娘のほうには、慶介に捨てられて傷ついている様子はまったくありません。住友《すみとも》商事の社員が新しい彼氏で、楽しくやっているそうです」

塚原が報告した。

「そういう女です。嘆いたり、悲しんでいたりするはずがない」

慶介が頭を横に振る。

「未通女《おぼこ》い外見《そとみ》に騙《だま》されたんだろ。色男気取りで女の数ばっかこなしてっから、こうなる。見る目がねえな」

赤松が慶介にタバコの煙を吹きかけた。

塚原たちが綾女に無理やりスケジュールを変更させてまで、この密談に加わるよう要請した理由がわかってきた。明和製粉社長が突きつけてきた今回のクレーム、かなりきな臭い。上品でクリーンな企業の社長を気取り、常識人の皮を被《かぶ》ってここしばらく生きてきた綾女だが、今回は本性を晒《さら》す必要があるかもしれない。

厄介だと頭では思っているのに、血がかすかに騒ぎはじめている。

綾女だけじゃない。塚原、赤松、須藤、そして慶介も。同じものを体の内側に感じているはずだ。

「会いましょう」

綾女はいった。

案の定、塚原たちヤクザは黙ってうなずいた。好んで火中の栗《くり》を拾おうとしている。それが敵を倒す最善の策だと、骨身に染みて知っているからだ。

「必要ありません」

堅気の渕上だけが反論した。

「向こうが法廷に持ち込みたいというなら、そうさせるべきです。解決に時間がかかっても何ら問題のない案件ですし、マスコミは十分抑えられる。社長や生田目さんが出廷する必要もありません。具体的にどんな行為がふたりの間にあったのか、執拗《しつよう》に訊けば、あちらのお嬢さんが恥じて告訴を取り下げる可能性も高い」

「裁判で勝つことが目的じゃない。丸く収めるつもりも端《はな》からない。こっちも向こうも」

綾女の言葉を聞き、渕上が嫌な顔をしながら口を閉じた。

この男は有能だ。多少の悪事を働く度胸もある。が、水嶽商事の本質をわかっていない。いや、この世界に首まで浸《つ》かるのが怖くて、わかろうとしていないのかもしれない。

「向こうの社長か秘書に連絡を入れて。いつ会うか決めましょう」

慶介が会議室の電話を取ろうとしたが、須藤が制した。

「俺がやる。おまえはこの件に絡むな」

須藤が受話器を握り、ダイヤルを回した。

内線で社長秘書室を呼び出している。

「社長は今夜でも構わないとおっしゃっている。そちらにも会う気があるのなら、早めに連絡を返せと伝えてくれ。ああ、今すぐにだ」

指示を終えると須藤は受話器を置いた。

緊急の密談は以上だが、塚原が一同を見た。

「ついでといってはなんですが、砂町の件が正式にまとまりました」

都内江東区、荒川の東京湾河口付近にある砂町下水処理場に関する話だ。

ここの大規模拡張工事を水嶽商事が担当する。

昭和五年、砂町汚水処分場の名称で稼働《かどう》を開始し、東京市の東側一帯の汚水を浄化して荒川に放流していた。昭和十二年になると、都内の人口増加に伴い大規模拡張が計画され、その工事を請負ったのが当時の水嶽本家だった。元からある第一処理場に加え、新たに第二処理場の建設がはじまり、日中戦争の激化や太平洋戦争の開戦も乗り越え、六年の工事期間を経てほぼ完成まで近づいた。

だが、そこで作業は止まってしまった。

半地下型の巨大コンクリート施設が出来上がり、照明の設置も済んだ。しかし、戦局悪化と資材不足により、巨大ポンプや変電設備、発電機などの機器が製造できず、未完のまま敗戦を迎えた。

その後も水嶽商事管理地として放置されていたが、去年、新たに東京都の依頼を受け、工事の再開が決定。細かな折衝を経て、今年（昭和二十八年）九月から実作業がはじまる。水嶽商事の建設部門にとって戦後初となる巨大プラント工事であり、必ず無事に完成させなければならない重要案件だった――

塚原の説明は終わったが、赤松と須藤は席を立たない。新たなタバコに火をつけ、慶介に向かって訓示めいた説教をはじめた。

「いい機会だから教えといてやる。遊んでもいいが、相手を吟味しろ。女はな、厄介な刃物にもなるが、大切にすりゃ盾になって命がけで護《まも》ってくれる」

年寄りの繰言を、慶介はときおりうなずきつつ笑顔で聞いている。粗暴で短気に見えて、面倒な話もこうやって受け流せるところが、彼の長所でもある。

弁護士の渕上は話に付き合うことなく、書類の詰まった大きなカバンを携え、早々に会議室から出ていった。

慶介が綾女に目配せする。

予定が詰まっているので、私たちも早く出ましょう――という意味だろう。

だが、慶介への懲罰の意味も込めて、綾女ももう少し座っていることにした。

赤松と須藤は偉そうに話し続ける。

ただ、ふたりとも確かに、本妻も妾《めかけ》のことも意外なほど大切にしていた。常に妻を立て、逆に妾にも惨《みじ》めな思いをさせないよう、それぞれに店や家を持たせている。金での不自由もさせていない。

独り身の塚原にも何人かの情婦がいるようだが、揉めた話は聞いたことがなかった。

女を尊重するのは、水嶽本家三代目組長・綾女の祖父である玄之助の教えだという。

明治や大正のころは、男振りがよく度胸もあるのに、妾をぞんざいに扱ったばかりに寝首を掻《か》かれたり、裏切られ沈んでいった連中が数多くいたらしい。

「女の扱いでも器量を見られていたんだよ。今風にいえば、査定されてたってことだ」

赤松がいった。

十分ほどで須藤と赤松のありがたい訓示が終わり、全員が立ち上がったところで、会議室の電話が鳴った。

須藤の手が受話器に伸びる。

電話の向こうの相手は社長秘書室の誰かのようだ。須藤の目つきが次第に鋭くなってゆく。赤松がくわえていたタバコの火を灰皿でもみ消した。

塚原、慶介の表情も厳しくなった。

「わかった。つないでくれ」

通話口を手で押さえながら、須藤が受話器を差し出す。

「明和製粉の社長、本人からです」

先手を取るつもりだったが、向こうの動きも早い。

綾女はうなずくと、受話器を受け取った。

4

綾女は築地の料亭祥楽の門前で自動車を降りた。

塚原ひとりを伴い、灯籠《とうろう》に火の入った薄暗い庭を進んでゆく。

玄関前には、仲居たちとともに赤松と見知らぬ中年女が立っていた。赤松は周辺の安全確認、明和製粉の社長やその随行者の身体検査をするため、先に到着していた。ワンピース姿の見知らぬ中年女は、明和製粉側の同じ役目を担《にな》っている。

女は入念に綾女の体を検査してゆく。

まず綾女の深いグレーのジャケットの内側に手を入れ、下に着ている白のブラウスの上から胸や背中を点検した。上着と同色のスカートの上からも腰や腿《もも》の内側をまさぐってゆく。この遠慮のなさだけで、中年女が手慣れていること、そしてヤクザの関係者であることがわかる。

やはり社長令嬢と慶介の安い色恋沙汰《ざた》で呼び出されたのではない。

綾女は昼の花柄のワンピースから、一度神山町に帰り、今の服装に着替えてきた。地味なグレーの上下は弁護士のようで、華やかさは一切ない。しかし、こんな策略の臭《にお》いがする会合にはお誂《あつら》え向きだった。

ようやく検査を終えると赤松が顔を寄せ、状況を耳打ちした。

明和側はすでに到着しているようだ。

身体検査を終えた塚原とふたり、靴を脱いで祥楽の玄関を上がった。

「ご面倒かけて、すみません」

綾女は大女将《おおおかみ》に頭を下げた。

「綾ちゃんが面倒かけないことなんて、ないじゃない」

大女将が口元を緩める。

確かにそうだ。だからここは避けたかったが、今日の昼の電話で急遽会うことが決まり、密会にふさわしい場所を他に見つけられなかった。

「それにあんたのおじいさんや父親からの頼まれごとに較《くら》べたら、こんなの全然たいしたことじゃないもの。今日は予約も少ないし、一番奥の部屋を用意してあるから、ちょっとした騒ぎくらいならだいじょうぶよ」

老舗《しにせ》料亭の大女将らしい度胸の据わった言葉とともに、綾女の背中を軽く叩いた。

庭に面した廊下を進んでゆく。

五月の夜空には薄雲が浮かび、ほのかに冷たい風が吹いてくる。

綾女がこの場所を指定した代わりに、明和製粉の社長は一対一ではなく、随行者ひとりを認めるよう条件を出してきた。祥楽内に入れるのは、双方そのふたりのみ。

だが周辺には、水嶽商事側の人間が早い段階から数多く配されている。料亭だけでなく、明和製粉社長の自宅や、近親者の家の場所も調べ上げ、すでに人を送ってあった。

もしここで綾女の身に何かあれば、明和製粉社長は自身だけでなく、妻、娘、親族の命も失うことになる。

「桔梗《ききよう》」と名のついた部屋の前に立った。

塚原が廊下から襖《ふすま》の内側に一声かけ、ゆっくりと開いてゆく。

八畳の座敷の上座に明和製粉社長・和久井文吾《わくいぶんご》が、その隣には玄関先で赤松から聞いていた若い女が座っていた。

和久井は禿《は》げ上がった額に汗を浮かべ、うつむいている。だが、隣の薄桃色のワンピースを身につけた女は臆《おく》した様子もなく、整った顔をこちらに向けた。

綾女は一瞬息を呑《の》んだ。しかし、その驚きを必死で抑え、彼女が言葉を発するより先に口を開いた。

「おひさしぶりです」

「覚えていていただけましたか」

ワンピースの女がにっこりと笑った。

「もちろんです。熊川万理江さん」

三年七ヵ月前、二十四年十月の溜池の水嶽本社新社屋完成披露パーティーの日、泥酔《でいすい》して動けなくなっていた生田目の未亡人・浩子を、彼女は一緒に介抱してくれた。

中堅商社である廣瀬《ひろせ》通商社長の姪《めい》だと名乗っていたけれど――

「あのときは本当にありがとうございました。パーティーのあと、あらためてお礼をしたくて、連絡先やお住まいを廣瀬通商のほうにお尋ねしたのですが、どうしてもわからず、それきりになってしまって申し訳ありませんでした」

「いえそんな。でも、そうですか、当時は廣瀬通商で働いていたわけでもなく、ただ社長だった伯父に『一緒にどうだ』と声をかけられ、ついていっただけでしたので。逆にお気を遣わせてしまって申し訳ありません」

――この女か。

以前、イギリスのタイムズ紙の記者から、終戦直後に秘密の地下施設内で撮られたポラロイド写真を見せられたが、その出所も入手経路も、必死で探ったにもかかわらず不明のままだった。

生前、長兄・麟太郎は「やっぱりいわれた通りだ」と思わせぶりな言葉を吐いたことがある。死の直前にも「あとのことはあの人に託した。綾女も苦しんで死ね」という呪《じゅ》詛《そ》のような言葉を残した。

熊川と名乗ったこの女とは、まだ何も話していない。

だが、これまでずっと薄ぼんやりしていたいくつもの疑問の輪郭がはっきりし、ひとつにつながった。その裏側に誰が潜んでいるのかも見えてきた。

「私も浩子さんの件は聞いております」

塚原が口を挟み、頭を下げた。

「その節はお世話していただき、ありがとうございました。お召し物を汚してしまったのに、そのお詫びもできないままで失礼しました」

だが、すぐに頭を上げ、和久井社長と熊川を順に見た。

「ただし、それはそれ、これはこれです。本日お会いするに先立って、この場に出席する者の名前を電話で交換しました。双方の合意により行われ、そちらは和久井社長と社長の二番目のお嬢様が出席なさると伝えてきた」

にもかかわらず、和久井の次女ではなく熊川がそこにいた。

「そちらは約束を勝手に反故《ほご》にされた。お話をするに足るお相手ではないようですので、帰らせていただきます」

取り決めを破ったのは確かだが、儀礼云々《うんぬん》は口実のひとつに過ぎない。あまりに予想外の展開に、塚原は一旦《いったん》時間を置くべきだと判断したのだろう。

妥当な考えだ。

でも——

「申し訳ありません。私の指示です」

熊川が頭を下げる。

「御祭しの通り、どうしてもお話がしたくて、和久井に『娘を御社の社員がたぶらかした』と騙《かた》らせ、水嶽様に本日この場にご足労いただきました」

この女は、危うい罠《わな》に惹《ひ》かれるヤクザの習性を十分知った上で、それを逆手に取り、ここにおびき寄せた。

「あらためて名乗らせていただきます。私、熊川万理江と申します。亡《な》くなった伯父の跡を継ぎ、先日、廣瀬通商の社長に就任いたしました。同時に私は明和製粉の筆頭株主であり、この和久井はその明和製粉の社長という間柄です」

　廣瀬通商の本社は横浜にあり、商社として主に穀物の輸入を手がけている。会社創立は明治の終わり。ただ、事業規模は大きくない。戦前から戦中にかけて廣瀬通商は、港北連合という横浜の半分を支配下に置く暴力団の庇護《ひご》を受けていた。港北連合のヤクザも当然数人、廣瀬通商に役員として送り込まれていただろう。

だが七年前の昭和二十一年、都内の水嶽本家の勢力圏に侵攻してきた港北連合を綾女たちは撃退し、壊滅させた。港北連合は弱小勢力として残ることさえ許されず、その支配地域《シマ》は分断され、地元の他の暴力団のものとなった。

「お腹立ちは当然。でも、どうかここはお気を取り直して、一度お座りいただけないでしょうか」

　——私は今、度量と技量を計られている。

　熊川は頭を下げているものの、その声に恐縮しているところは微塵《みじん》もない。逆に和久井社長は隣の熊川に気遣いながらも小さく何度も頭を下げた。その禿げ上がった頭には、先ほどよりさらに多くの汗が浮かんでいる。

綾女は無言で座布団に着いた。

目配せすると、塚原も止《や》むを得ないという表情で小さくうなずき、腰を下ろした。一旦引くより、やはりここは聞けるだけの情報を引き出しておくべきだ。

「ありがとうございます」

熊川、和久井が揃《そろ》って口にした。

四人が黒光りする漆塗りの座卓を囲む。

「まずはいくつか確認させてください。和久井社長、睦美お嬢さんと弊社の生田目慶介との関係については、不問ということでよろしいですか？」

綾女からの質問に、和久井が額を畳に擦りつけんばかりに深く頭を下げた。

「もちろんです」

「裁判に訴えることも、今後何かの折に再度持ち出すこともございませんか」

「ございません」

廣瀬通商と較べ、明和製粉のほうが企業規模ははるかに大きく、収益も四倍近く上回っていたはずだ。なのに、和久井は熊川に付き従っている。いや、支配されている。熊川の言葉通りならば、この女は明和製粉筆頭株主の地位を手に入れた。どんな手を使って？　株式取得のための資金はどこから？

「ありがとうございます。頭をお上げください」

綾女は考えながらも和久井に告げると、視線を横に移した。

「それで熊川さん、どんなご用件でしょう」

「お仕事についてのお話、手短にいえば商談です」

「でしたら――」

また塚原が口を挟む。

「弊社では、こちらからお声がけさせていただいたのでない限り、まずお相手様の事業内容をご提示いただき、吟味させていただいております。もしくはご紹介者様が必要です」

「この和久井が紹介者ということにはなりませんか」

「残念ながら、なりません。これまで弊社と明和製粉さんの間でお取引は一度もございませんので」

「取引の実績がなければ、紹介者にはなり得ませんか」

「必ずしもそうというわけでは。社会的信用のある方や、公職に就いていらっしゃる方などなら」

塚原もこの機に、可能な限り相手方の人脈を引き出そうとしている。

「明和製粉程度の社長ではなく、もっと著名な財界人か政治家を連れて来いと。一流商社気取りなのですね」

熊川が小声で、しかし、その場の全員に聞こえるようにいった。

「それなら、吉野繁実先生などいかがでしょう」

惜しげもなく現職総理の名を口にした。

「電話をお借りして、今この場で吉野先生の秘書の方と話をしていただいても結構です。もしくは後日、吉野先生に書いていただいた紹介状をお持ちすることもできますが」

「吉野先生とは親しいのですか」

綾女は訊《き》いた。

「いろいろとご相談に乗っていただいています。私ども先生のお考えに共鳴し、わずかながら献金をさせていただいています」

塚原が綾女に目配せした。

「では、数日内に必ず紹介状をいただくということにして、今日は、熊川さんからのお話だけ聞かせていただきましょう。ただし聞くだけ。この場での回答などは控えさせていただきます」

「もちろん結構です」

熊川がうなずいた。

「お願いはふたつ。まずは水嶽商事様が独占的に手がけていらっしゃる、アメリカ、カナダから東日本圏への穀物輸入。この輸入枠シェアの三十パーセントを、廣瀬通商にお譲りいただきたい」

「譲る理由がありませんし、仮に譲るにしても、輸出業者側とアメリカ、カナダの政府が納得しないでしょう」

「十分なお礼をいたします。北米の政府筋やカロザーズ、メイグス・ファームズもこちらで何とかします。のちにしこりを残さないかたちで説得できるでしょう」

カロザーズ、メイグス・ファームズ、どちらも穀物メジャーと呼ばれる、アメリカの大手農産物商社だった。

綾女は一度黙り、熊川を見た。

「すべて事実です。調べていただければすぐにわかります」

「本当でもうそでも答えは同じ、お断りします」

「先ほど水嶽社長ご自身がおっしゃったように、まだお答えいただかなくて結構です。もうひとつのお願いをお伝えしますね。水嶽商事様の株の四パーセントを、弊社にお譲りいただけないでしょうか」

「商社が商社の株を？　役員を送り込みたいのですか、それとも合併を企《たくら》んでいらっしゃる？　明和製粉さんを手に入れたほどですから、企業買収はお得意のようですね」

「目的については企業戦略の一環ですので、まだ詳しいことは申し上げられません」

「まだ、ですか」

「ええ、いずれ嫌でも聞かなければならなくなると思いますので」

「私が？」

熊川はうなずいた。

「ただ、輸入枠シェアの三十パーセントと同じように、株も決して買い叩《たた》くようなことはいたしません。相応の対価は出させていただきます」

「では目的に関しては、今はお聞きしません。逆に、その強気を支えているものは何か、お聞かせ願えませんか」

綾女が訊くと彼女は一度言葉を止め、思わせぶりな静寂を作った。

そしてまた語り出す。

「元アメリカ陸軍中尉《ちゅうい》、ミスター・ロイ・クレモンズ。ご存知ですよね」

綾女の体に無意識に力が入る。

熊川はそんな変化を観察しつつ、言葉を続けてゆく。

「彼からある書類を譲り受けました。水嶽社長が誘拐殺人を指示したこと、水嶽商事の皆さんがその指示を受け誘拐殺人を実行したことの証拠です。六年前、昭和二十二年七月のはじめ、あなたは当時敵対していた三津田組組長の息子家族四人を拉致《らち》、殺害した。数多くの写真と時系列ごとにまとめられたレポートで構成された報告書です」

綾女は黙って聞いている。

「事件はまだ時効にはなっていない。何かあれば私はその報告書を警察と検察に提出しますし、握り潰させないだけの人脈も持っています。水嶽社長、あなたは逮捕・収監されるでしょう」

そこまでいうと、熊川も黙った。

綾女は薄目を開くと、黒光りする座卓の表面に視線を落とした。そこには菩薩《ぼさつ》のような相貌《そうぼう》の自分が映し出されている。

塚原は表情を変えない。

熊川はどこか楽しげに口元を緩めている。

和久井社長はシャツの襟が色を変えるほどに汗をかき、膝《ひざ》の上で固めた両拳《りょうこぶし》を一心に見つめている。

他の座敷の浮かれた声も小唄《こうた》も、料亭の外を走る車の音も聞こえてこない。

「その資料の真偽はさておき――」

綾女は口を開いた。

「熊川さんは私たちを恐喝するおつもりなのですね」

「はい。水嶽社長と同じく、私もヤクザです。正義だの真実だのを騙《かた》るつもりはございません。これは脅しです」

熊川が自分の脇《わき》に置いたバッグに手を伸ばした。

塚原が庇《かば》うように綾女の前に半身を乗り出し、構える。

熊川は動じる様子もなく、ゆっくりとバッグに手を入れ、一葉のカラー写真を取り出した。黒い座卓に置かれたそれは、夜間に撮影されたにもかかわらず、被写体を鮮明に写し出している。

「アメリカ陸軍やＣＩＡが偵察任務に使用する超高感度フィルムだそうです。撮影されたのは六年前、場所は千葉県船橋。撮影したのは当時のＧＨＱ民間財産管理局（Civil Property Custodian）に雇われていた密偵たち」

背景は三津田組組長の息子宅だった。まだ電力統制下で電燈《でんとう》がひとつ灯《とも》るだけの薄暗い玄関から、男女数名が、顔に被せものをされた浴衣《ゆかた》姿の人物を両脇から抱え、外に連れ出している。うしろには厳重に梱包《こんぽう》された大きな荷物を担《かつ》ぐ男たちが続いている。

「この男女は当時田鶴子さんが仕切っていた中野新興愚連隊に属していた方々。顔に被せものをされているのは三津田組組長の息子さん。うしろの男たちの持っている荷物の中には、奥さんと子供たちが入れられている。水嶽社長はよくご存知ですよね」

熊川が中野新興愚連隊と呼んだ連中は、顔を隠しているものの、半数が帽子の下やショールの隙間《すきま》から眼や口元が覗《のぞ》き、それが誰か判別することが可能だった。

この男女のほとんどは、今も田鶴子の会社や水嶽商事の子会社で取締役の職に就いている。現在の姿とこの写真を比較され、同一人物と指摘されても否定は難しいだろう。

少なくとも、警察が任意の取り調べに呼び出す証拠には、十分なり得る。

――約束したはずなのに。

当時、GHQ参謀第二部部長だったチャールズ・ウィロビー少将は、水嶽商事に卑怯《ひきよう》な犯罪行為を手伝わせる代償に、クレモンズ中尉の摘発、口止め、アメリカへの強制送還を約束した。さらに中尉の所持品を没収し、綾女たちに不都合なものをすべて処分することも条件に入っていた。

ウィロビー少将の怠慢？　約束を破られた？　いや、彼の持っていた「証拠」は、綾女たちも立ち会い、GHQの佐官が焼却した。

ウィロビーはマッカーサーのあとを追って厚木飛行場から飛び立った時点で、日本とも水嶽商事とも完全に縁が切れたはずだ。その後も日本で何らかの影響力を誇示したいなどと、少将はまったく考えていなかった。

では、クレモンズが秘密裏に持ち帰った？　またはクレモンズが日本を離れる間際《まぎわ》、日本人の誰かに託した？　その線が濃厚のようだ。

もしかしたら、この熊川という女は昭和二十二年ごろから綾女とクレモンズの動向を探り、あの男が日本を追い出される寸前に接触したのかもしれない。

「もう少し古いものもあります。こちらは水嶽社長もご覧になったことがあるはずです」

熊川が次の一葉を出した。

確かに同じものを見たことがある。

今から三年五ヵ月前、昭和二十四年の年末にイギリスのタイムズ紙の記者が、取材の現場で突然差し出した、地下貯蔵施設内の写真だ。

「この横領物資の前に立っているのは水嶽商事の常務取締役、須藤甚助さんですよね」

あのときの記者と同じ口調で熊川が訊いた。

「どうでしょう。私には何とも」

綾女もあのときと同じように返した。

「では、こちらではどうでしょう」

熊川がさらに数枚の写真を出す。

それらのすべてに須藤の顔が写っていた。言い訳できないほどはっきりと。須藤だけではない。慶介の父である死んだ生田目、赤松、さらには──

「これは塚原さんですよね。特徴ある左の袖《そで》も写っていますよ」

この顔で左腕を失った男なんて、日本中探してもそうはいない。

塚原が黙る。

「この横領物資の販売収益が水嶽商事の戦後の繁栄を支えた。日本中が飢えているときに、卑怯にもこそこそと溜《た》め込んだものを、同じ日本人に高値で売りつけた。先程の拉致現場を写したものと同じように、この写真も水嶽商事さんの正体を示す貴重な証拠だと思いますが」

「だから？」

「水嶽社長だけでなく、配下の方々も含めて水嶽商事全体を私は潰《つぶ》すつもりです。その覚悟をお伝えするために、この写真をお見せしたんです」

「どなたが撮影されたのでしょうか」

綾女は怒りを必死で抑え、訊いた。

「それはお伝えできません」

「あなたが撮ったものではない？」

「さあどうでしょう。ただ、私もこの場所のことはよく知っています。私と母も水嶽商事の連中に拉致され、ここにしばらく監禁されていましたから」

「あなた、廣瀬通商前社長の姪御さんとおっしゃいましたよね」

「うそはついていません。ずいぶん前ですが、母の姉が廣瀬家に嫁ぎました。私が今名乗っている熊川は母の旧姓です。父方の姓は岩倉、水嶽社長も塚原さんも、私の父のことをご存知ですよね」

「岩倉弥一」

綾女が呟《つぶや》くと、熊川は笑顔でうなずいた。

「二十年の終戦直後、父は水嶽社長が壊滅させた新宿八尋組の若頭をしていました。私はそのヤクザの娘です」

岩倉は飛田が入院していた新橋十全病院で待ち伏せ、綾女を手榴弾《しゅりゅうだん》で吹き飛ばそうとした。だが、生田目とその配下が命がけで護ってくれたおかげで、綾女は小さな切り傷を負っただけで済み、一方岩倉は爆死した。

「父は私のやり方には賛同してくれませんでした。愚かにもヤクザのやり方にこだわり、あくまで自身の手で水嶽社長の命を取ろうとして、結局、自分だけが死んだ。私ももちろん水嶽社長に対しては、さまざまな思いがございます。しかしながら、水嶽社長のこれまでのお考えや行動を見て、学び、ここまで来ることができましたのも事実。だからこそ、全力で挑み、倒し、潰させていただきます」

熊川は座布団《ざぶとん》から降りると、畳に両手をつき、深々と頭を下げた。

5

「それで疲れた顔をしているのか」

桂次郎が覗き込んだ。

「このところ元気そうだったのに、今日は表情が曇っているから気になったんだ」

五月場所中の蔵前国技館に呼び出しの声が響く。二階席の一番前に綾女、桂次郎、慶介の三人は座っていた。

「想像したより深刻な問題を抱えていたんだな。そんな事態に直面したら、僕ならもっと沈んだ顔になってしまうよ」

「だってここにも社員がいるし」

慶介、そして離れて見守っている警護役たちに目を遣《や》った。

「敏腕社長は大変だな。で、昨日の夜、今日の早朝と臨時会議だったわけか」

「私含めて六人だけの集まりだったけど。内通者がいる可能性もあるから、役員会にも報告していない。今は塚原、赤松さん、須藤さんで情報収集に動いている」

淡い緑のフェルト帽を目深《まぶか》に被った綾女は、土俵で塩を撒《ま》く力士に視線を戻した。

「その熊川万理江は廣瀬通商の新社長で明和製粉の筆頭株主、吉野繁実首相と交流があり、自分をヤクザだといった。他に何かわかったのかい」

「昨日の今日だから、まだそれほど多くは。でも、兎月《うづき》組っていう港北連合の残党が作った暴力団が、廣瀬通商の背後にいることはわかった。派手に密売をして、最近儲《もう》けている」

一昨年七月の覚せい剤取締法施行以降、ヒロポンの錠剤やアンプル、注射器の密売は、これまで以上に暴力団の有力な資金源になっている。

「昔だったら水嶽本家が真っ先に手をつけていた分野だろうに。一流企業に成長した水嶽商事には無縁の業種か」

「皮肉？」

「いや、あの血に塗《まみ》れたヤクザが立派になったなと思ったんだ。それにしても人の気分を無理やり持ち上げる薬を密売してるのが、うさぎに月で兎月組か。不気味というか風流というか、何ともいえない取り合わせだな」

「呑気《のんき》なものね」

まだ平日の昼間。三段目の取組がはじまったばかりで、観客はほとんど集まっていない。二階席にいるのも綾女たちと、あとは遠くに何組かが座っているだけ。綾女の警護役たちも離れて見守っている。大声を出さなければ内密な話もできるし、そもそも今日来たのも相撲観戦が目的ではない。

この五月場所からはじまったＮＨＫのテレビ大相撲中継を見学させてもらうためだ。国技館に着いてすぐに親方衆に一通り挨拶《あいさつ》させてもらったものの、相撲には興味もなく知識もあまりないので、逃げるようにこの二階席にやってきた。

ＮＨＫの中継開始は午後四時だが、一部のリハーサルはすでにはじまっている。

「そんな状況なら、綾女にこれ以上負担をかけられないな」

桂次郎がこちらを見た。

「新東京プロのことでいくつか相談したかったんだけれど、今は控えるよ」

「深刻な問題？」

「いや、事業拡張に伴う前向きな課題」

「順調でよろしいですね。どうかそちらで頑張ってください。そもそもテレビ関連以外で、今さら私が口を挟めることなんてないじゃない。高幡《たかはた》さんもチズルも、あの何とかって新人も、桂兄さんにすっかり懐《なつ》いてるし」

「何とかって新人とはひどいな」

高幡幹夫、柄本チズルはともに、第一回から今年正月の第三回まで、ＮＨＫ紅白歌合戦に三年連続で出場し、名実ともに日本中に知られるスターとなった。三本目の主演映画の撮影がもうすぐはじまる高幡に続き、助演ながらチズルも初の映画出演が決まっている。今日のテレビ中継の技術見学も、ふたりのＮＨＫでの活躍がつないでくれた人脈のおかげで許可が下りた。

「浩子さんも頑張ってくれているよ。寂しさは消えていないだろうけど、酒には頼らず過ごせているようだ。正直、有能とは言い難いけれど、あの周りを和ませる笑顔と飾らない言葉、それに負けん気にはとても助けられている」

「浩ちゃんが新しい居場所を見つけられたのは本当によかった」

「綾女は新東京プロの皆と会えなくて寂しいかい？」

「いいえ。自分が意外と情が薄いのに気づいたわ」

「寂しさを感じないのは、家に帰れば修造くんがいるから？」

「そうじゃない」

綾女はまた土俵に目を向けた。

「私こそ、桂兄さんに相談したかったのに。まだ情報が少なすぎて、どう動いていいかわからない」

四股《しこ》を踏む力士を見ながらいった。

「僕に有効な作戦なんて授けられないよ」

「私の諸葛孔明《しょかつこうめい》だと思っているのに」

「馬鹿《ばか》にされている気がするな」

桂次郎が笑う。

「申し訳ありません」

少し離れた席にいる慶介が口を開いた。

「俺のせいでご迷惑かけてしまって」

珍しく固い表情で謝罪する。

「あなたのせいじゃない」

「いえ、俺のせいでつけ込まれたのは事実です」

「門外漢が口を挟んで申し訳ないけれど、僕も君のせいではないと思うよ」

　桂次郎も綾女に同調した。

「手近な材料として使われただけだ。状況によっては、僕や新東京プロのタレントが陥《おとしい》れられていた可能性もある。そもそも熊川という女性は、わざわざ綾女に会って宣戦布告するような真似《まね》はしなくてよかったわけだしね。彼女のエゴを満たすための、君は道具にされた。女性とのつきあい方は今後改める必要があるかもしれないけれど、今回の件に関しては、あまり気に病む必要はないと思う」

「もっといってあげて。私や塚原にいわれるより効くだろうから」

「嫌な役回りだな」

　桂次郎が苦笑いを浮かべる。

「桂兄さんも、小さいころ生田目には世話になったでしょ」

「参ったな。ええとそれじゃ、君が悪いと感じているのなら、あまり動かずじっとしていたほうがいいと思う。今は堪えることが役割というべきかな。申し訳なさや、利用された憤《いきどお》りから、相手の素性や兎月組の内情を探ろうとして何か悶着《もんちゃく》や騒ぎが起きれば、それこそ向こうの意図するところで、さらに状況は悪くなる」

「ええ。焦《あせ》らず静かにしていて」

　綾女は口元を緩めた。

「ありがとうございます」

慶介も無理やり笑顔を作り、頭を下げた。だが、彼も親の代からの生粋《きっすい》のヤクザだ。頭では納得しているようでも、目にはかすかな怒りが浮かんでいる。

警護役のひとりが一階から上がってきて、慶介に合図を送る。

NHKの中継責任者の手が空いたようだ。これから機材や中継方法について細かく説明してもらうことになっている。ただ、どこまで理解できるかはわからない。

立ち上がった綾女の淡い緑のワンピースの袖を、桂次郎の指が軽く引いた。

「少しだけ時間をいただきたい」

桂次郎に小声でいわれ、慶介が警護役とともに離れてゆく。

「由結子さんとは綾女ひとりで会うべきだ。直前で申し訳ないけれど、僕は遠慮させてもらうよ」

今晩、彼女と会う約束をしている。ふたりの兄である桂次郎も誘ったのだけれど、予想通りの答えが返ってきた。桂次郎も同席すべきか、今までずっと考えていたのだろう。そのほうがいいとは綾女もわかっている。でも、他に誰もいないのか。

由結子とふたりきりで食事するなんて、人生初めてのことだ。姉妹なのに。

「それからこれ」

桂次郎が折りたたまれたメモを出した。

「美波ひかりさんから預かった。話したいことがあるから、この番号に連絡してくれと」

ひかりは綾女の手を離れたあとも、その才能で順調にスターの階段を上り続けている、今や、日本を代表する歌手であり、十代の少女が憧《あこが》れる存在となった。新東京プロの高幡やチズルも間違いなくスターだが、ひかりには到底かなわない。彼女の才能を妬《ねた》み、あれほど嫌がらせをしてきたベテラン歌手たちも、完全に立場が逆転し、今やひかりの威光を恐れ、媚《こ》びへつらっている。

レコード・デビューから四年足らず、ひかりは人気と実力で頂点に立った。

綾女はメモをバッグに入れると、階段へと早足で進んだ。

6

キャンドルの灯りが白い壁を静かに照らす個室で、綾女は由結子と向かい合っていた。

ふたりの前に次の料理が運ばれてくる。

白身魚と野菜の煮込みで、アクアパッツアという名前だった。

外苑《がいえん》東通り沿いにあるこの人気のイタリア料理店を選んだのは綾女で、予約電話も自分でかけた。秘書任せにしなかったのは、今夜の食事会を家族の行事にしたかったから。

個室を取ったけれど、多くの外国人客で賑《にぎ》わっているホールの笑い声や歌声が聞こえてくるし、都電六本木線の飯倉片町《いいぐらかたまち》停留所が店の目の前にあるせいで、路面電車のブレーキ音や発車の鐘の音も絶えず響いてくる。

ただ、そんな喧騒《けんそう》が、ふたりの会話のぎこちなさも埋めてくれていた。

互いの言葉が途切れかけたとき、日本語の上手なイタリア系アメリカ人ウエイターが新しい一皿を運んできたり、ワインを注ぎにきたりして、次の話のきっかけを作ってくれる。おかげで、由結子の就職に対する考えも聞くことができた。

出版社志望で、英語の技術をより磨いて、ゆくゆくは新しい世代の海外文学を次々と日本語訳し、国内に紹介したいという夢を持っていた。

ただ、水嶽本家の一員である以上、身辺警備は厳重にしなければならない。由結子がこれまで暮らしていた西巣鴨の寮や女子大近辺にも人を配していたが、就職先でも警備は必要になる。

由結子自身も制約がつきまとうことを覚悟していたようで、来年四月、水嶽商事と関係の深い文京区内の大手出版社に新卒入社するという提案を受け入れてくれた。

「ただし、特別扱いはなしにしてください」

由結子がいった。

「ええ。仕事の内容や査定について、私から何かいうことはありません。だから能力が足らなかったり、いつまでも結果を出せずにいたら、クビになることもある」

「はい」

「ごめんね」

綾女はグラスを手にしながら由結子を見た。

「本当は自分の力だけで就職したかったでしょうに。何もかも私が決めてしまって」

「残念ですけれど、それが水嶽の家に生まれることだと、私もわずかながらわかるようになりました。不自由はあるけれど、その分、これまで自由にさせてもらえていたことも数多くありますし」

――やはりこの子は、私よりずっと利口だ。

「それから」

由結子が料理の皿に落としていた視線を上げた。

「これからは綾女さんではなく、お姉さんと呼んでもいいですか」

「え？　もちろん」

少し動揺した。

「お姉さんでも、お姉ちゃんでも。由結ちゃんは妹なんだし、当然、そう呼ぶ権利があるから」

――私、何いってるんだろう。

すぐに思い直し、首を横に振った。

「ごめんね、権利なんて。姉と妹の間で使う言葉じゃないわよね。正直、どう答えていいかわからないときがあるの。あまり親しくしすぎたら、嫌われるんじゃないかとびくびくしてしまって」

「私も同じです。馴《な》れ馴《な》れしくしすぎたら嫌がられるんじゃないかと、話し方も遠慮がちになってしまって。妹になるってどういうことなのか、よくわからないんです」

「お互い様。私も姉になるってどういうことか、よくわからない」

由結子がうなずき、優しく微笑《ほほえ》んだ。

「だから、ゆっくり姉妹になっていければって」

「そうね。ゆっくり、のんびり、家族になりましょう。ただ、どうしても話しておかなくちゃならないことがあるの」

「母のこと、ですよね」

「ええ」

綾女は手にしていたワイングラスを置いた。

「私は寿賀子さんを、あなたの母親を殺した。そんな女を姉だと思って同じ家で暮らしていける？」

「正直、断言はできません。ただ、お姉さんはどうして母にそんなことをしたのか、理由も話してくれましたよね」

寿賀子は裏切ったから殺した。

「母は青池の御一家を、お姉さんを水嶽本家の当主に据えるために見殺しにした、憎んで当然です」

「素直な気持ちを話せば、私は寿賀子さんに同情も感じるし、少しは理解もできる。でもそれ以上に、今も憎んでいる。でも、同じように、由結ちゃんにも憎み続ける権利があるわ」

「権利――」

「ええ。さっきと同じ言葉を使ってしまったけれど、あなたも私を恨み続けるのに十分な理由を持っている。もちろん私はあなたと仲良くしたいし、信じてもらえないかもしれないけれど、ずっと妹だと思い続けてきた」

「わかります。ずっと優しくしてくれた」

「でも、私のそんな気持ちを一方的に押しつけることはできない」

「憎しみは確かにあります。すべて許せているわけでもありません。私にはとても大事な母でしたから。正直にいえばお姉さんを怨《うら》んでいるし、自分の中にまったく殺意がないともいい切れません」

「気にしないで、たぶんそれが普通だから」

「もしかしたらこの先、もっと強い憎しみや復讐心《ふくしゅうしん》が湧《わ》き上がってくるかもしれません」

「望むなら、私を殺していいのよ」

綾女は蠟燭《ろうそく》の火に照らされる由結子を見た。

「安易な贖罪《しょくざい》や、この場だけの気持ちでいってるんじゃない。それで由結ちゃんの怒りや憎しみが消せるのなら」

「でも、私の中の別の怒りが、止めるんです」

「別の？」

「復讐も一時期は本気で考えました。だけど、暴力ですべてを解決していた父への反発心が、怨みや復讐と決別したがってもいます」

「水嶽玄太は嫌い？」

「お姉さんよりははるかに好きだと思います。でも、すべてを愛せていたわけじゃなかった。水嶽の家を出て、日野先生のところで暮らしてみて気づいたんです」

そんな言葉を口にする由結子の顔に、なぜか逆に死んだ父の面影を感じた。

同時に自分に似ているとも思った。表情や言葉遣い、そしてときおり見せる強い意志に、近いものを感じずにはいられない。

――確かにこの子は私と血を分けた妹だ。

上手《うま》くいえないけれど、お姉さんに感じている怨みを晴らしたいのか、それともこの怨みと決別したいのか、今確かめるべきじゃないか、そう思ったんです。自分の意志でお姉さんと向き合ってみようって。そして母が私に託した思いについても、今ここでもう一度考えてみるべきだと。母は私に何をさせたかったのか、それを考え、受け止めた上で、私はこれからの人生を歩んでいきたい」

由結子がこちらを見た。

「どうか一緒に暮らしてください」

そして頭を下げた。

「私も由結ちゃんに何を感じ、どうなるかわからない。でも、一緒に暮らしましょう」

もっと続けようとしたのに、そこで言葉に詰まった。

――家族になれるかもしれない。

喜びとも悲しさとも違う、ぼんやりとした期待と不安が胸の奥で入り混じってゆく。

このまま話していたら、涙がこぼれ落ちそうだった。

なぜ泣きそうなのか自分でもわからない。

部屋の外からは、また客たちの歌声が聞こえてきた。

7

綾女を乗せたベントレーは外苑東通りを右折した。

夜の麻布《あざぶ》界隈《かいわい》の表通りにはクラブから提灯《ちょうちん》を掲げた飲み屋まで、酒を出すさまざまな種類の店が並び賑わっているが、路地を一本入ると途端に人通りも店の数も減り、あたりは急に薄暗くなる。

民家の窓明かりがかすかに漏れている路肩に、綾女は車を停めさせた。

続けて警護役たちの乗るビュイックも十メートルほど離れた場所に停まった。ベントレーのドアが開き、随行の慶介や運転手たちが降りてゆく。

車内に残ったのは綾女ひとり。

二分も待たずに、少し先の丁字路をフォードが曲がってきた。

ひかりが乗っている。だが、ハンドルを握っているのは付き人で、いつもの運転手ではなかった。車内にはひかりの母や、今のチーフマネージャー、それに警護役の竹岡組若頭・浜谷の姿もない。常にひかりの車のうしろについている警護車も見えない。

ニットの上着に細身のパンツ、ショールで顔を隠したひかりは車を降りると、街灯の少ない道を駆け、すぐにベントレーに乗り込んだ。

「ごめんなさい、こんな急に」

ショールをつけたまま彼女がいった。

「だいじょうぶよ」

「本当にごめんなさい。でも、綾女さんにしかお願いできない、大切なことなの」

ひかりが綾女の手を握った。

「私、赤ちゃんができた。妊娠したの」

驚く綾女の手を、さらに強く握る。

「産みたい。お願い、綾女さん助けて」

ひかりが涙を浮かべた目で見つめた。

九章　ファミリー

1

昭和二十八年五月二十日

「電話にも出ていただけませんか」

綾女の遠慮がちな質問に、竹岡組若頭補佐の浜谷はうなずいた。

そして今度は浜谷のほうが申し訳なさそうな表情になり、白い封筒を差し出した。

表には、竹岡組組長であり、美波ひかりが所属する阪神芸能社社長でもある竹岡義雄の名が記されている。

中には手紙が二通。一通は綾女の「ひかりに付き添い大阪まで出向くので、どうか会っていただけないか」という嘆願だった。もう一通はひかり自身が「結婚を許し、子供を産ませてほしい」と祈るような思いを綴《つづ》ったものだ。

水嶽商事の使者に託し、昨日の朝、直接大阪まで運ばせたが、封を開けられることなく戻ってきた。

「これが竹岡組長のお気持ちなのですね」

「破り捨てずお返ししたのは、竹岡組長《オヤジ》なりの温情、いや、水嶽社長への愛情だとご理解ください」

いつの間にか浜谷の関西弁は控え目になり、東京の人間に近い口調に変わっていた。

「十分承知しております」

白藍色《しらあいいろ》の着物に赤丹《あかに》や朱色の花を散らした帯をつけた綾女は頭を下げた。

灰色の背広姿の浜谷の左手には、真新しい包帯が巻かれ、以前からなかった小指に加え薬指も消えていた。警護役としてひかりを他の男から遠ざけることができず、監督もできていなかった責任を取らされたのだ。ひかりの成功により、浜谷も複数いる竹岡組若頭のひとりに昇格したものの、今回のひかりの失踪《しっそう》騒動を受け、また若頭補佐に格下げされていた。

この男も彼女の才能に惚《ほ》れ、身内のように思ったせいで甘さが生まれ、薬指と組からの信頼を失うことになった。

ひかりは風邪で発熱し数日間の休養を取っていることになっている。ステージやテレビ出演、取材、いずれも喉《のど》が荒れて声が出ないという理由ですべて延期か中止にされた。

今のひかりが一週間仕事に穴を開ければ、二百万円以上の損失となる。

それだけに浜谷の表情は厳しかった。

ただ、綾女にも余裕はない。

帝国ホテル一階ロビーにある喫茶室。

近くに客の姿はなく、向かい合って座る綾女と浜谷から少し離れたテーブルに、生田目慶介をはじめとする水嶽商事の警護役たち、そして竹岡組の男たちが取り巻くように待機していた。

平日の午前十一時、ロビーにはいつものように客が行き交っているが、賑《にぎ》わいはなく、誰もが口をつぐんで通り過ぎてゆく。水嶽商事、竹岡組、双方ともに男たちは背広姿で髪を整髪料で撫《な》でつけてはいるが、目つき、顔つきで、すぐにヤクザだとばれてしまう。客だけでなく、ベルボーイまで声を潜め、スピーカーから流れる管弦楽のレコードの音がいつも以上に大きく聞こえる。

「水嶽社長のお気持ちはようわかりますが、何があろうと我々の考えは変わりませんし、彼女には相応の罰を与えます」

浜谷が静かな口調でいった。

——当然だ。

綾女はひかりを妹のように思っている。竹岡組長はそれ以上に、実の娘か孫のように可愛《かわい》がっている。だが、ひかりが商品であることも決して忘れてはいない。

竹岡組長は彼女の才能に気づき、芸名通り磨けば光ると踏んだ。だから東京で歌う場を失っていたひかり母娘《おやこ》を受け入れ、関西で経験とレッスンを積ませ、また東京で歌えるよう便宜も図った。

すべては金のため。儲《もう》からないものに無駄な投資をすれば、組長であろうと責任を取らねばならない。逆に投資が成功した際は、儲けられる限りの利益を回収しなければならない。個人の感情に流され目こぼしをすれば、組長としての信頼と求心力を失う。下の者たちの支持を失えば、組長の座から引きずり下ろされ、組自体も危うくなる。水嶽本家を束ねてきた今の綾女には痛いほどわかる。

そして契約書こそないけれど、ひかり本人もそんなヤクザの決まりを十分わかっている。敗戦し時代は変わっても、任侠者《にんきょうもの》のしきたりは大きく変わらない。殊《こと》に商売に関するものは戒律といっていいほどに今も守られ続けている。ヤクザが何の見返りもなく義理や恩義を与えてくれないことを、十代の早いうちから興行の世界に身を置いていた彼女が気づかないはずがない。

最低でも二十五歳を超え、しかも人気のピークを過ぎるまでは恋愛など絶対に許されないし、相手も竹岡組長が許した男でなければならない。破れば義理を踏みにじったと見做《みな》され、面子《メンツ》を潰《つぶ》された竹岡組は罰を与えることになる。

与えなければ示しがつかない。

「刈谷くんはどうなるのでしょう」

綾女は訊《き》いた。

三年前からひかりの歌の作曲を手がけるようになった制作のパートナーであり、彼女のお腹《なか》の子供の父親だった。

「あいつの書く曲は金になると、オヤジも我々も十分わかっとります。商品価値を落とすようなことはしません」

無事を保証されたわけではない。命は取られないというだけだ。

作曲に最低限必要な、ピアノを弾く両手や、歌うための喉を傷つけられることはないだろう。けれど、片目や片足、もしくはその両方を失うことになる。不自由な身で過ごすことになるが、日本で一番の人気を誇る十九歳のスターを傷物にした代償としては安いくらいかもしれない。ただ、才能が涸《か》れて打ち捨てられるまで、竹岡組と阪神芸能社の奴隷《どれい》となって曲を書き続けなければならない。

ひかりの母も、浜谷たちに行動を厳重に監視されている。このままひかりが戻らなかったり、万一自殺などすれば、ひかりの父や弟ともども莫大《ばくだい》な借金を一生背負わされることになる。

「生まれてから里子に出すことはできないのでしょうか」

無理とわかっていながら綾女は口にした。

「どこかで無事に成長しているとわかれば、彼女にも励みになりますし、いずれ家族三人で暮らせる日が来るかも知れません」

浜谷は首を横に振った。

「誰より水嶽社長はご存知のはずです。そないなことをすれば、舐《な》められ、見くびられます。竹岡も案外甘いなどと吹聴《ふいちょう》しはじめる輩《やから》がひとりでも出れば、その小さな綻《ほころ》びから組の面目は簡単に崩れてしまう」

ひかりのために、何か少しでも反論したかった。けれど言葉が見つからない。

彼女と刈谷は子供を諦《あきら》めることになる。そうしなければ、もうふたりは芸能の世界はおろか、この日本で暮らしてゆけない。

それがヤクザの力を借り、深く関わってしまった者の宿命。ひかりが女だろうと、まだ十代だろうと、そして今どれだけスター歌手だろうと逃れられない。

それでも、と綾女は思ってしまう。

——生まれてくる命を救いたい。

何百人もの命を犠牲にし、実の兄さえ殺した自分が、ひとりの女とその子供のために、あれだけの思いをして護《まも》ってきた水嶽商事を危険に晒《さら》すなんて馬鹿《ばか》げている。いや、狂っている。

ヤクザのしきたりを破れば、大阪に本拠を置く竹岡組だけでなく、竹岡組と同盟関係にある各地の有力暴力団も敵に回すことになる。水嶽商事と綾女の名も地に落ちる。可愛がってくれている名古屋の東海井桁会《いげたかい》の小野島組長、埼玉熊谷の東武連合会会長の品田も助けてはくれないだろう。

――私、どうしたんだろう。

ひかりを救うことで、自分の中に残っている優しさや人間らしさを感じたいのかもしれない。感じたところで、今さら何も変わりはしないとわかっているのに。

「それより、本当にご存じないのですね？」

浜谷に訊かれ、綾女は視線を上げた。ひかりの行方のことをいっている。

「知りません。私が知れば迷惑をかけることになるからと教えてくれませんでした。居場所も転々としているようで、約束した時間に電話がかかってくるだけです」

「次の電話は？」

「今日の午後九時」

「では、どうか私や阪神芸能社へ連絡を入れるよう伝えてください。早いほうがいい」

堕《おろ》すには早いほうが母体への負担も少ないという意味だ。

綾女はもちろんひかりの居場所を知っている。他の誰でもなく自分が匿《かくま》っているのだから。

しかし、そんな見え透いたうそを、浜谷は責めることなく飲み込んだ。

猶予《ゆうよ》を与えてくれているのだろう。

それを裏付けるように彼は言葉を続けた。

「水嶽社長、いえ、お嬢さん、どうか賢明な判断をお願いいたします。これは阿呆《あほう》な私の独り言ですが、東京来よる前は、失礼ながらションベン臭い娘が束ねとる水嶽商事などなんぼのもんやと思うとりました。竹岡組長《オヤジ》がお嬢さんに肩入れする理由もわかりまへんでした。でも、この目で仕事ぶりを見させてもろて、ようわかった。お嬢さんは間違いなく、私がいくつもの逸話を聞かされたあの水嶽玄太の娘さんや。あの子の才能を見抜いたのはうちのオヤジですが、その才能を磨き、輝かせ、本物のスターにまで押し上げたのは、間違いなくお嬢さんです。私らの力だけでは、この東京でどう足掻《あが》いても、あそこまで大きく育てることはできしまへんでした。あの騒ぎで袖を分かつことになりはしましたが、この恩義は決して忘れまへん」

騒ぎとは秀和記念会館大ホールでの銃撃のことだ。

「水嶽商事とは決して揉《も》めたくありません。それが私だけでなく、竹岡組長《オヤジ》の本心です。くり返しになりますが、どうかお考えください。そして、どうかあの子を傷の浅いうちに、またライトの当たる場所に戻れるようにしてやってください。明日中に所在がわからなければ、こちらも本気で手荒い方法を取らななりません」

浜谷は深く頭を下げると、部下を引き連れ帰っていった。

綾女も立ち上がり、頭を下げて見送る。

浜谷の姿がロビーから消えると、フロントマネージャーが駆け寄ってきた。

「お電話です」

塚原が通話中のまま待っているという。

早足でフロント裏の事務所に案内され、綾女は受話器を取った。

『ご報告がふたつ。まず芝浦と門前仲町の営業所が襲撃されました』

塚原はいった。どちらもヤクザの仕事とは直接関係のない、水嶽商事の運送用中継所として使われている事務所だった。

『警備を強化していたので大きな被害はありませんでしたが、警察にも知られ、今、現場検証を受けています』

「襲ってきた連中は？」

『ふたりを取り押さえ、今吐かせていますが、やはり兎月組から金を摑《つか》まされたチンピラです』

兎月組は独立した暴力団というより、あの熊川万理江が社長を務める廣瀬通商の業務に伴い発生する非合法な作業——恐喝、暴行などを担当する一部門のような存在だった。

ただ、廣瀬通商はもちろん表向きには暴力団などと一切関係を持たない、健全な企業を装《よそお》っている。

「水嶽《う》商事だけでなく傘下《さんか》にも、今はまだ手を出さないよう厳しくいっておいて」

『承知《ち》しました。そしてもうひとつ、美紗子さんがお時間を作ってくださいました。時間は今日の午後五時。場所は溜池の美紗子さんのご自宅。警護の増員を先に行かせて待たせておきますから、お嬢さんは経済同友会の皆さんとの会食が終わりましたら、そのまま慶介たちと向かってください』

「わかりました」

受話器を置くと、笑顔でフロントマネージャーに礼をいった。

今日の夕方、綾女は自分が殺した兄の未亡人に会いにゆく。

2

港区内の赤坂溜池町。以前麟太郎が暮らしていた屋敷は、水嶽商事本社ビルから歩いて三分、車なら一分で着ける距離にある。

今は妻の美紗子の持ち物となり、水嶽本家の跡取りである息子の玄一郎と娘の静乃、それに五人の家政婦たちとともに生活していた。

出窓と三角屋根が印象的な洋館は木々に囲まれ、広い庭は色鮮やかだった。綾女が名前を知らない紫や青、薄紅色の花で溢《あふ》れている。

門の先の飛び石を進み、玄関に入った綾女は家政婦に出迎えられた。

慶介を廊下に残し、ひとりでリビングへ。窓から見える庭や家の周辺にも、水嶽商事の警護役が待機している。

リビングも美紗子の趣味を反映し、数多くの花が飾られていた。こちらの名は綾女にも わかる。馴染《なじ》みのあるバラやダリヤ、ガーベラなどが生けられた花瓶が並び、清々《すがすが》しい香りに満ちていた。

綾女が来るのは新築祝いのとき以来、今日で二回目になる。家政婦に勧められたソファーに座ると、正面の暖炉の上に生前の麟太郎の写真が飾られていた。

まるで向き合うような位置で、しかも横には菖蒲《あやめ》を生けた花瓶が置かれている。

ドアが開き、美紗子自身がガラスの茶器を載せたトレイを手に入ってきた。

「手伝います」

綾女は立ち上がった。

「いいのよ。お客様なんだから」

美紗子が首を横に振る。

「久しぶりね。忙しいのにわざわざ来てくれてありがとう」

グラスに水出しの緑茶を注ぎ、綾女の前に置いた。

「こちらこそ、お時間を作ってもらってありがとうございます」

「元気だった？」

「ええ、何とか」

「そう？　とても疲れて見えるけど。戦時中の勤労奉仕のときに見たヒロポン中毒の工場長みたい」

――わかっていっているの？　嫌味？

「桂兄さんにも会うたびにいわれます。私ももう三十を過ぎましたから。疲れが染《し》みついたような顔になってもしょうがない」

「自分より年上の女の前でいうものじゃないわ」

美紗子が笑った。

水嶽の一族の中で一番気兼ねなく話せる人だった。そして今でも好きだ。

だからとても寂しい。

「玄一郎と静乃は？」

綾女は前に置かれた薄緑の茶を眺めながら訊いた。

玄一郎は十三歳、静乃も十一歳になっていた。

「家政婦や警護の人たちと一緒に銀座のデパートに買い物に行っている。あの子たちに綾ちゃんが来るっていったら、絶対会いたがるから。今日来ることも教えてない」

「そう。残念」

「ええ。私も残念」

会話が途切れる。

綾女は水出しの緑茶を一口飲んだ。程良い冷たさと苦味が喉に心地良い。

「株のことよね」

美紗子が切り出し、綾女はうなずいた。

水嶽商事筆頭株主だった麟太郎の死後、その持ち株は話し合いの末、半分を綾女が買い取り、残りの半分を玄一郎と静乃が相続した。ただ、綾女の所持は水嶽商事の運営を安定させるための一時的な処置で、玄一郎と静乃がそれぞれ二十歳を超えた時点で、綾女が買い取った分はすべてふたりに返還される。綾女が社長に就任して以降、株式を追加発行したので、玄一郎と静乃の持ち株比率は相対的に低下したが、それでも水嶽商事の大株主であることに変わりない。

玄一郎、静乃名義の株は母親の美紗子が管理しているが、綾女や役員会の許可なく売却しないという契約になっていた。

にもかかわらず、突然、管理下の株の五割を売りに出す手続きを美紗子がはじめた。買い手の名も、綾女たちの調査ですでに判明している。

「私は詳しくないから、うちの弁護士や会計士に調べてもらったの。そうしたら廣瀬通商が提示してくれた条件は、私たちにとても有利なものだとわかったわ」

「廣瀬通商に有利な分だけ、水嶽商事には不利な取引なのだけど」

「わかってる」

「熊川万理江が何者かも？」

「ええ、知ってる。少しだけれど、会ってお話しもしたから」

——いつの間に。ここの監視役も増員していたのに。

「万理江さん自身の口からこれまでの経緯も聞いたわ。彼女のお父様は岩倉弥一、新宿八尋組《やひろぐみ》の若頭で、子供のいない組長に代わって次期組長になることも決まっていた。でも、終戦直後の騒乱で、綾ちゃんたちに八尋組は潰された。岩倉さんは綾ちゃんに復讐《ふくしゅう》しようとしたけれど、失敗して亡《な》くなったんですってね」

「ええ」

熊川が美紗子に話した身の上に、今のところうそはない。水嶽商事でも徹底的に調べ、生い立ちに関する情報をほぼすべて摑んでいる。

美紗子が続ける。

「熊川は万理江さんの母方の姓だというのも聞いたわ。熊川家は兼紅《かねこう》の創業一族で、お母様はそちらの四女として生まれた。八尋組が潰されたあと、お父様の岩倉弥一は組の再興と綾ちゃんへの復讐しか頭になく、敗戦直後の食糧難も重なって、米も麦も尽きた万理江さんたちはお母様の実家を頼った。でも、敗戦により兼紅があんなことになり、実家でも食うや食わずで、お母様の精神状態がどんどん不安定になっていった」

兼紅は明治中期創業の商社だったが、旧日本陸軍と非常に近い関係だったため、戦局の悪化とともに没落。さらに戦後の財閥解体でも、GHQから「軍国推進企業の象徴」と標的にされ、既得権と財産を徹底的に奪われた末に破産した。

「熊川家の当主である万理江さんのおじいさまは、破産の責を負って自害。跡取りだった叔父様家族も自殺や病気で次々と亡くなり、ついに万理江さんのお母様も精神的に追い詰められて、自ら首を吊《つ》り、亡くなられた。熊川家は高齢のおばあさまと子供ばかりになり、家系を絶やさないために万理江さんが継ぐことになったと聞いたけれど」

「違うわ」

綾女は首を横に振った。

「最後のほうはうそばかり。兼紅が破産して解体されても、熊川家には貴金属や土地など一族が暮らしていくには十分過ぎる財産があった。それを奪い取るため、あの女は家族を自殺や病死に見せかけ、次々と殺した。そうやって手に入れたお金を使って親戚《しんせき》の廣瀬通商社長に取り入り、妾《めかけ》のようなことまでして信用を得たあとは追い落とし、廣瀬通商を乗っ取った」

乗っ取られた廣瀬通商の先代社長はつい先日、心筋梗塞《こうそく》を起こし亡くなっている。これも熊川が何か仕組んだ可能性が高いが、同じような手口で麟太郎を殺した綾女には、今この場でそれを口にすることができなかった。

「万理江さんがやったという確かな証拠は？」

「検視した医者から強引に聞き出すことはできたけれど、もう死体は全部火葬されてしまった。残念ながら、刑事罰に問えるような証拠はありません」

「そうよね。あったら綾ちゃんが使わないはずないもの。だけどね、あの人がどんな悪人でも構わないし、私に話してくれた身の上が、うそでも別にいいの」

「本当に株を売るつもり？」

「ええ」

「でも、許可がなければ売れない。契約書に書いてある」

「売れるわ。大企業の社長のあなたに契約のことで私があれこれいうのも変だけれど、第九項に書いてある」

〈乙　法人格・水嶽商事及び代表取締役社長が逮捕起訴された場合、またはそれに類する社会的通念を逸脱した行為が明白となった場合、本契約は効力を失う〉

綾女が刑事事件の被告になったり、著しくモラルを欠く言動で非難を浴びたりしたときは、信用に足らぬ相手と見做され、契約無効となってしまう。

――やはりそこを突いてきた。

美紗子の株売却を止めるため裁判に訴えれば、熊川万理江はロイ・クレモンズから託された綾女と水嶽商事の犯罪の証拠を、美紗子を通して法廷に持ち出してくるだろう。

「それも熊川からの入れ知恵？」

「そう」

うなずいた美紗子の顔と、うしろにある写真立ての中の麟太郎の顔が重なって見える。

「株を売るのは私への怨《うら》み？」

「どうかな？　今も綾ちゃんのことは大好きよ。でも、好きな気持ちと同じくらい憎くもある」

「憎いから、苦しめてやりたい。そういうこと？」

「少し違う。ちょっと前までは、玄一郎を次期七代目として立派に育てて、いずれ綾ちゃんから水嶽商事を引き継がせることが、私の使命だと思っていた。でもね、熊川さんに買い取りの打診をいただいたあと、少し気になって玄一郎に訊いたの。『あなたは将来何になりたい？』って。あの子『僕は僕だ、何にもならないよ。特にヤクザには』ですって。高校に行って大学にも行って、ゆっくり将来について考えたあと、自分にどんな仕事ができるのか決めたいって。それから『水嶽商事なんていらないし、社長にも興味ない。それより母さんや静乃とずっと暮らしていたい。もう三人しかいないんだから、これ以上家族が減らないように、静かに楽しく』っていわれた」

「玄一郎らしい。利発な子ね」

「ね。親馬鹿だけれど、私も思った。そしたら、膨らんでいた風船がパンって破裂するみたいに吹っ切れちゃった」

「無理にヤクザの跡取りになんてしたくないと」

「ええ。私、何かに取り憑《つ》かれていたのかもしれないわね。綾ちゃんのように」

「私は何にも取り憑かれていない」

「本当に？　まあ今はその話はいいわ。それでね、冗談のようだけれど、継がせる必要はないと気づいた晩に、麟太郎さんが私の枕元《まくらもと》に立ったの。あの人も『玄一郎に好きに生きろといってくれ』って」

綾女は言葉に詰まった。

「そんな目で見ないで」

美紗子が少し恥ずかしそうにいった。

疑ってなんかいない。

——私と同じ。

以前は綾女の前にも頻繁に亡霊たちが現れた。

美紗子が微笑《ほほえ》み、話を続ける。

「とても嬉《うれ》しかった。ずっと会いたいと願っていたのに、夢にさえ一度も出てきてくれなかったあの人が、手まで握って語りかけてくれたの。戦争に行く前の麟太郎さんに戻ったみたいに、本当に優しかった。あの人、こうもいっていた。『水嶽がどうなろうと気にすることはない。俺の望みはお前たちが幸せになること、そして綾女が不幸に喘《あえ》ぐ姿を見ることだ』って」

綾女はグラスを手にしたまま、一瞬目を閉じ、息を吐いた。まぶたを開くと、美紗子がこちらにまっすぐ視線を向けていた。

「すべては私の夢で、ただの妄想かもしれない。でも、いいの。気持ちがすっきりしたから」

「麟兄さんの言葉に従うの？」

「できればそうしてあげたい。あの人の遺言、私は見ていないから。殺されたあの晩に書いていただろうけれど、綾ちゃんたちが処分してしまったのでしょう？　内容を教えてといっても、本当に書いてあったことは教えてはもらえないだろうし。だから、私の枕元で話してくれた麟太郎さんの言葉が、私にとってのあの人の遺言。おかしい？」

「いいえ、おかしくない」

「ありがとう。でも、これで私も綾ちゃんの敵になってしまうのかな」

「味方ではないけれど、少なくとも私は敵だなんて思っていない。今でも義姉《ねえ》さんのことが好き」

「だけど、好きな相手でも必要があれば殺すでしょう？　私はいいわ。ただ、玄一郎と静乃にはどうか手を出さないで」

「護るわ。大切な甥《おい》と姪《めい》ですから」

「信じていい？」

「もちろん」

「ありがとう。綾ちゃんは、私には一度もうそをついたことがないものね。麟太郎さんを殺さないでとお願いしたときも、あなたはただ黙っていた。『殺さないわ』なんてうそをつかなかった。そしてあの人は殺された」

「何をしてでも水嶽を護らなければならない。どんな犠牲を払っても。それが私の仕事なの」

私の仕事——この言葉。ずっと前に塚原から聞かされた。

「気にしなくていいわ」

美紗子が首を横に振る。

「ヤクザとして、水嶽を護らなければならない者として、あなたのしたことはきっと何も間違っていない。でも、ヤクザではない私には、あなたの気持ちなんて少しも理解できない。努力はしたわ。私もヤクザに嫁いできた女だから。だけど、やっぱりわからなかった。実の兄を殺してまで護る価値のあるものには、どうしても思えないもの。それに、私はやっぱり麟太郎さんに生きていてほしかった。戦争と抑留でどんなにあの人が変わってしまっても、どれだけ殴られ蹴《け》られても、ゆっくり時間をかければ、あの人は元に戻る。いえ、私があの人を元に戻してみせると思っていた」

「私が憎ければ殺したっていい。代わりに株を売るのをやめて。もう少し時間をくれたら、いずれ必ず義姉さんに拳銃《けんじゅう》を渡すわ。それで好きなだけ撃って」

「時間がほしいのは、万理江さんを殺すため？」

「殺すかどうかはわからない。でも、倒す。倒さなければ、こちらが駆逐されるから」

「駆逐されたら困る？　どうして？」

「困らないけれど、降りかかる火の粉は払わずにいられない。刃《やいば》を向けられたら、その相手を倒さなければ。義務というより、習性のようなもの。私もヤクザだから」

美紗子が冷めた視線を向けた。

「あれだけ嫌っていたのに。変わったのは麟太郎さんだけじゃない。あなたも同じ」

「ええ。でも、もう戻れないの。熊川万理江と廣瀬通商が吉野繁実とつながっていることは知っている？」

「ええ。万理江さんが話してくれた。彼女はどうしても綾ちゃんを倒したいようね」

「美紗子さんは？　あなたも私を倒したい？」

「私にとっては枕元で麟太郎さんが語ってくれたことがすべて。だから綾ちゃんを殺したいとも思っていないわ。麟太郎さんはあなたを殺せとはいわなかった。ただ、不幸に喘ぐ姿を見ることを望んでいた」

「株はどうしても売るのね」

答えはわかっていた。それでも綾女はもう一度訊いた。

美紗子が迷いのない目でうなずく。

「私も綾ちゃんと同じよ。気に入らなければ私を殺してもいい。でも、それでも売るのは止《や》めない。もう手は打ってあるから」

法的な処置や妨害への予防策を施しているという意味だろう。熊川万理江は水嶽商事の大株主のひとりとなり、経営に参画してくる。

「私が死んだあとは、玄一郎と静乃をどうかよろしくお願いします。水嶽商事ともヤクザとも関係のない場所で、静かに暮らさせてやってください」

「あのふたりから父親を奪った上に、母親まで奪うなんてできない」

「嬉しいわ。慈悲を与えてくれるのなら、株の売買契約が済み次第、私たちは静かに消えるから。玄一郎と静乃を連れて実家に帰ります。綾ちゃんがあのふたりの叔母であることは、この先も変わらない。けれど、いずれふたりには麟太郎さんが死んだ本当の理由を話します。知ったその先、どうするかはあの子たち次第」

「真相を教えるのはいいわ。でも、ふたりを連れて行かれるのは困ります」

「跡を継ぐ者が必要なら、綾ちゃんが子供を産めばいい。それに、水嶽玄太の血を引いた子ならもうひとりいる」

父と寿賀子の間に生まれた娘・由結子。

「だいじょうぶ、汚《けが》れた血が途絶えることはないわ」

美紗子は静かにいった。

3

「こちらです」

青山通りを走るベントレーの後部座席で、綾女は慶介から資料を渡された。

熊川万理江と吉野繁実との関係、特に金銭的なやり取りについて調べさせた報告書だ。株取引などの実績だけでなく、銀行役員に金を握らせて手に入れた預金残高や、口座間の金の動きなども載っている。

ページをめくってゆくが、やはり犯罪や不正の証拠になるものはない。

吉野の実の娘が、熊川が社長を務める廣瀬通商の株を二千株購入している。あのふたりの直接的な関係を示す証拠はその程度。ただ、吉野が党首を務める日本民進党内の複数の吉野派国会議員に、この一年の間に廣瀬通商やその関連会社から多くの献金がされている。どちらにせよ、灰色だが黒ではない情報ばかり。もっと探れば何か出てくるだろうけれど、時間がない。

「調査を続けて」

綾女はいった。

「それから吉野先生の秘書に連絡を入れて、早急にお会いしたいので時間を作っていただけないかとお願いして。場所はあちらの指定したところで構わない」

「乗ってきますか」

「勿体《もったい》ぶる気なら、乗って来ざるを得ないような餌《えさ》を撒《ま》く。悠長に構えていられないのは、向こうも同じだもの」

日本の政局は不安定で、小康状態に入ったように見せながらも揺れ続けている。

今年（昭和二十八年）二月末、衆院予算委員会の中で、社会党議員に対し吉野総理が小声で発した「バカヤロー」の一言がきっかけとなり議会は紛糾。野党から内閣不信任決議案が提出されると、同じ与党日本民進党所属にもかかわらず旗山市太郎の派閥三十名が本会議を欠席、投票を棄権したため、不信任案は可決された。対して吉野は首相専権事項を発動し、衆議院を解散する。いわゆる「バカヤロー解散」が行われ、総選挙となった。

選挙期間中も民進党は、党首吉野派の民進党と、旗山支持派の民進党とのふたつに分裂して選挙戦を展開。吉野派は「バカヤロー」発言のイメージを引きずり苦戦を続けた。

旗山派も旗山自身は変わらぬ人気を誇っていたものの、注目を浴びる候補を揃《そろ》えられず、さらに経験豊富な選挙参謀も不足し、同じく苦戦を強いられる。結果、吉野派民進党の当選者は過半数を割り込む百九十九名。旗山派民進党も三十五名に留まった。

国会では吉野派民進党と旗山派民進党や野党四党の間で、首班指名を巡る攻防が続いた末、昨日十九日、決選投票を経て吉野は第五十一代内閣総理大臣に選出された。

ただし、先行きは不透明だ。

この第五次吉野内閣を短命に終わらせ、吉野を首相の座から引きずり下ろすことを、旗山は画策している。吉野派民進党も一枚岩ではない。その亀裂《きれつ》を上手《うま》く突き、内閣を瓦解《がかい》させたあと、吉野派を新たに離脱した一派と、旗山派民進党、さらに野党を合意させ、衆院第二党の改進党総裁・重光葵《しげみつまもる》をまず吉野の次の首相に据える。さらにそれも短期で政権交代させ、新たな総理に旗山自身が就任する。

――でも、今回は旗山のおじさまには我慢してもらおう。

綾女が旗山派を抑え、第五次吉野内閣の維持と政権安定に水嶽商事グループの総力を挙げて尽力するといえば、あの年寄りもこちらの話に耳を傾ける気になるはずだ。

まず熊川万理江と吉野のつながりを断ち切る。

「日時もあちらに任せるわ。今日の午後十時以降なら深夜でも構わない」

綾女は指示を出すと、一度目を閉じた。

九時にはひかりから電話がかかってくる。辛《つら》いけれど、申し訳ないけれど、やっぱり子供は諦めてもらうしかない——と思いながらも、頭の片隅にはまだ迷いがあった。ひかりと子供のために、全国のヤクザの半分を敵に回す。そんな無謀に身を任せてみたくもなっている。

だが——

ベントレーが渋谷区神山町の水嶽本家の門を入ると、女中の芳子が待っていた。

「日野先生がご危篤《きとく》になられたそうです」

「いつ？」

綾女は半開きのドアの内側から慌《あわ》てて訊いた。

「二十分ほど前、病院の由結子さんからご連絡がありました。溜池のお屋敷に電話を入れたんですが、皆さんもう出られてしまったあとで」

「すぐ病院に——」

綾女が運転手に伝えている途中、慶介が冷静な声で断ち切った。

「社長、一度車を降りて、まず病院に電話を入れてください。危篤というのは本当か、本当ならどのような状況なのか、医者か由結子さんに確認していただきたい。俺は塚原さんに連絡を入れ、なるべく早く出発できるように手配します」

綾女は焦《はや》る気持ちを抑え、うなずいた。

「それから、できれば着物から洋服に着替えてください」

慶介の言葉を背に聞きながら、早足で玄関に入ってゆく。

水嶽商事の関連施設が襲撃されている今、予定になかった場所に不用意に出かけていけば、格好の標的になる。病院に何かを仕掛けられている可能性も皆無ではない。

受話器を取り、病院に連絡を入れた。

危篤は事実だった。担当医と由結子は日野に付き添っているが、代わりに副院長が状況を説明してくれた。このところ小康状態が続いていたものの、一時間ほど前に容体が急変したという。

まず自分が落ち着かないと。

電話機の近く、車椅子《くるまいす》に座り不安げにこちらを見ている修造の手を取った。

「お友達が病気なの。これからお見舞いに行ってくるから。心配しないで、先にご飯を食べて、お風呂《ふろ》に入って、お布団《ふとん》で待っていて。帰ってきたら、ただいまとおやすみをいいに行くから」

頬をすり寄せると、修造もすり寄せてくれた。

「ありがとう」

帯を解きながら更衣室に入る。

「部屋着ではなく外出用のワンピースにして。靴は踵《かかと》の低いものを」

指示を聞いた衣装係が綾女の帯を解き、和装から水色のワンピースに着替える。化粧係も結い上げていた綾女の髪から簪《かんざし》とピンを抜き、ブラシをかけはじめた。

時計は今、午後七時。九時までにこの家に帰っては来られないだろう。

着替えを終えると、階段を上がり、自分の部屋に入ってバッグを大きいものに替えた。ヒロポンの錠剤を四つ出し、水なしで飲み込む。

ドアを半分開け、芳子を呼んだ。

「今晩九時に女の声で私に電話がかかってくる。必ずあなたが出て。私が不在の理由を伝えて、かけ直すように伝えて」

「はい」

芳子が返す。

「何時にかけ直してくるかも聞いておいて。電話の相手が誰か気づいても、すぐに忘れるように。私が帰ってきたら、かけ直す時間だけを教えてくれればいい」

階段を駆け下り、玄関へ。

まだこちらの様子をうかがっている修造に笑顔で手を振る。ヒロポンが効いてきたようだ。重かった体が少しだけ軽くなった。ただ、以前のように疲れを完全に吹き飛ばしてはくれない。

「出られる？」

綾女は訊いた。

「あと三分待ってください」

慶介が返す。背広の上着の下には銃が隠されているのがわかる。

「塚原さんも病院で合流します」

綾女はシートに座った。

運転手がエンジンをかけ、また門が開かれる。

いつもの一台に加え、さらにビュイックがもう一台。前後に警護車を従え、ベントレーは出発した。

＊

午後七時三十分。

慶介に先導され、綾女は早足で院内に入った。

外来患者の診察は終了し、入院患者の夕食も終わっていた。院内には昼の慌《あわ》ただしさとは違う穏やかな空気が流れている。

遠くから美波ひかりが今年三月に発売した最新曲『スプリングマーチ』が聞こえてきた。ラジオ放送の音楽番組だ。娯楽室の受信機の前に患者が集まり、曲に耳を傾けながら、談笑したり、将棋を指したりしている。

動きの遅いエレベーターを使わず、綾女たちは五階建ての最上階にある日野の病室まで階段を上がった。

病室前には男がふたり立っていた。綾女が由結子につけた護衛だ。姉妹で話し合い、由結子が神山町の水嶽本家に戻ってくることが決まった時点で、彼女の身辺警護をさらに厳重にした。たとえ本妻の子供ではなくても、水嶽本家で暮らす水嶽の直系の血を引く者である以上、由結子も拉致《らち》や襲撃の危険からは逃れられない。

半開きの病室のドアの奥から、「先生、お気を確かに」「目を開けてください」と女たちが呼びかける声が漏れてくる。

その声がうるさくて寝ていられないのか、近くの病室の男たちが廊下に出て長椅子に座り、新聞を広げたり、文庫本を片手にタバコを吹かしたりしている。

病室では、ベッドで目を閉じ口を半開きにしている日野を、医師と看護婦、それに五人の女たちが囲んでいた。由結子の他は、戦争が激化して以降会えずにいた綾女の友人たちだ。

綾女もうしろから、「日野先生」と声をかけた。

女たちの声が止み、室内の空気が張り詰める。由結子を除く四人は体を斜めにし、顔を引《ひ》き攣《つ》らせながらも綾女に蔑《さげす》むような視線を向けた。

「どういうおつもりで」

一番気の強い友人が口を開いた。

が、次の瞬間――階下で爆音が響いた。

日野の腕が一度だけピクンと震え、綾女の背中にも悪寒《おかん》が走る。女たちが「ひっ」と悲鳴を漏らし、廊下の入院患者たちも「何だ？」と声を上げた。

慶介がすぐに部下を確認に走らせ、エレベーター前と階段の護りを固めさせると、自身も病室の窓の外を警戒しながらカーテンを閉めた。

何が起きたかまだわからない。事故かもしれない。

さらに爆音が響く。

今度は窓の外で二度、三度と続いてゆく。

慶介が閉じたカーテンをわずかに開き、外を覗《のぞ》いた。

「炎です。病院の入り口だけじゃない、建物の周りを火で囲まれています」

――狙《ねら》いは私だ。

綾女は指示を出した。

「ここは慶介だけでいい。残りは各階に下りて、水道と消火栓を開いて回って。火の手がまだ弱い場所があったら、容態の重くない入院患者を二階や三階の窓から隣の家に飛び降りさせて」

入院患者が約五十名、院内に残っている医師や看護婦は十五名ほど。急げば半数近くは逃すことができる。

慶介がこちらを見たが反論はしなかった。

外に逃げ遅れた者は、炎と煙を避けるため、今度はすぐに階上を目指してくる。大勢の患者の中に紛れた複数の刺客が、この混乱に乗じて襲ってきたら綾女には避けようがない。逆に綾女たちが慌てて外に逃げ出せば、そこで待ち構えていた連中に撃たれるか、拘束され連れ去られる。どちらにしても殺される。

八年前の記憶が、また蘇《よみがえ》ってきた。

綾女は終戦直後、一斉に攻撃を仕掛けてきた六つの暴力団組織を逆に殲滅《せんめつ》するため、連中の幹部たちの潜伏先を調べ出し、その建物ごと、周囲の家々も巻き添えにしながら焼夷弾《しょういだん》で焼き尽くした。

今、同じことをされている。

綾女は見舞いに来た女たちに日野を担《かつ》ぐよう頼んだ。病気で枯れ木のように衰え、死にかけている老人なら、女の力でも運び出すことはできる。

彼女たちは怯《おび》え憤《いきどお》りながらも、綾女の言葉に従った。

「危険です」

看護婦が止める。

「ここに残っていても死ぬだけです。おわかりですよね。ならば、万が一にでも日野先生が生き延びられる道を選ばせてください。今ならまだ近隣の屋根伝いに担いで逃げられるかもしれない。でも、火の手が強まれば、助かる可能性もどんどん低くなる」

看護婦と医師は仕方なくうなずいた。

「ごめん。由結ちゃんは残って」

由結子は血の気の引いた唇を震わせ、「はい」と返した。

外に出た患者や医師たちはおそらくそのまま逃げられる。だが、水嶽商事の関係者である由結子はそうはいかない。綾女と同じように撃たれるか拉致される。

もちろん綾女も襲撃に備えていた。しかし、これほどの人数の患者や他人を巻き込み、病院一棟全体を火で囲むとは思っていなかった。

まだ照明はついているので、電気は通っている。廊下で新聞や文庫本を読んでいた男たちの姿はもう消えていた。すぐに逃げ出したようだ。

綾女は慶介、由結子とともに男女のトイレや給湯室の水道を開いて回ったが、出ない。元栓が閉められている。やはり事故ではない。策略だ。ただ、消火栓はまだ使えた。ホースを出し、水を五階全体に流してゆく。

——甘かった。

認めたくはないけれど、驕《おご》りがあったのかもしれない。人は状況次第では、とてつもなく残酷になれるのを忘れていた。かつての自分がそうだったくせに。ひとりだけに狙いを定めて殺すのは難しいが、他人を巻き込む覚悟を持てば意外と簡単なことを、誰よりも知っていたはずなのに。

この火炙《ひあぶ》りを演出した熊川も、やはり復讐に、死者たちの遺恨を晴らすことに取り憑かれているのだろうか。

電気が消えた。火災で断線したようだ。病室に用意されていた懐中電灯をつける。

鉄筋コンクリート五階建てを炎が上ってくるには何分かかるのだろう。どうにか煙を避けて持ち堪《こた》えれば、その間に消防車や梯子車《はしごしゃ》がやってくる。塚原たちも間に合うかもしれない。

だが、熊川は猶予《ゆうよ》など与えてくれない。

「気休めですが、肌が出ているところに塗ってください。火傷《やけど》を軽くできるかもしれません」

慶介が白色ワセリンを差し出した。

「どうして……」

由結子が震える手でワセリンを塗りながら呟《つぶや》いた。

「神山町の家や外出先では、警戒が厳重で社長を狙えなかったので、いつか必ずくるとわかっているここに罠《わな》を仕掛け、いやらしくじっと待っていたんでしょう」

慶介が答えた。

「先生が危篤になるのを待っていた？」

「はい。ただ待つだけでなく、無理やり症状が悪くなるよう、医者や看護婦の誰かが仕向けた可能性もありますが」

意図的に薬を盛り、日野を重篤状態に陥《おとしい》れた。

「そんな」

由結子が首を横に振ったが、嘆く間もなく逃げ遅れた者たちが五階へと上がってきた。若い男の患者に担がれた老婆《ろうば》。片足をギプスで固めた中年男。白衣の医師。看護婦に付き添われた、片腕を三角巾で吊った十歳ぐらいの少女。濡《ぬ》らした毛布をマントのように背負った十代の少年もいる。背広を汚した水嶽商事の社員もふたり交じっている。綾女たちを心配し、戻ってきたようだ。だが、皆のうしろを追うように、黒い煙も階段を這《は》い上がってきた。

「屋上は？」

逃げてきた中年女が訊《き》いた。

「鍵《かぎ》がかかっていて開かない」

階段を上がり様子を見てきた男が答える。

屋上への鉄扉は患者の飛び降り防止のため、常に施錠《せじょう》されている。前回、見舞いに来たとき慶介たちが病院内を細かく調べ、綾女も知っていた。

水嶽の社員が慶介に状況を報告し、指示を仰ぐ。慶介はふたりに何か囁《ささや》くと、綾女の耳元にも顔を寄せてきた。

「用心してください」

慶介の言葉に綾女もうなずく。

由結子が怯えながら綾女の腕を摑《つか》んだ。

「だいじょうぶ」

綾女は由結子の肩を抱いた。

「ええ、だいじょうぶです」

慶介がくり返す。

「すぐに塚原さんたちが来てくれます。もし火が回ってどうしようもなくなったら、俺がおふたりを背負ってベッドのマットを摑みながら飛び降りますから。俺は潰《つぶ》れても、社長と由結子さんは助かるはずです」

「馬鹿《ばか》なこといわないで。潰れた気持ちの悪いあなたなんて見たくもない」

「だったら、どうか一緒に生き延びてください」

慶介がぎこちない笑みを一瞬浮かべた。

ひとり、またひとりと階下の炎と煙を避けて口を押さえながら、患者や看護婦たちが上がってくる。が、この全員が不運な被災者とは限らない。

間違いなく刺客が紛れ込んでいる。

熊川とその配下たちは、単に復讐のために過去に綾女が仕組んだ炎の虐殺《ぎやくさつ》を模倣したわけではない。非情に徹するなら、この病院一棟もろとも綾女が五階に上がった時点で爆破し、崩壊させてしまえばよかったはずだ。しかし、今現在、東京への大量のダイナマイト、火薬、ニトログリセリンの運搬は水嶽商事も警戒し、その流通を厳重に監視している。

大量の爆発物を用意できない代わりに、ダイナマイトとガソリンを使い、炎で院内に閉じ込める方法を選んだ。

――あの女は、私を確実に殺すつもりだ。

ずっと惜しくなかった命なのに、今、こんなところで殺されるわけにはいかないと思っている。

――生き延びて熊川を殺さないと。

遠くからサイレンの音が聞こえてきた。

消防車だ。地元の消防団も集まってきたようだ。「誰かいるか」と外で叫ぶ声が聞こえる。しかし、下から吹き上げてくる風でかき消されてしまう。火事の炎が作り出す上昇気流がこんなに激しいとは思わなかった。

さらにサイレンの音が近づいてくる。もうすぐ消火活動がはじまる。

五階の廊下の一番端で身を低くしているのは、合わせて十九人。階段を上ってきた煙が広がり、懐中電灯の光を遮る。だが、消火栓から流れ出る水で廊下は湿っていた。まだ炎はここにまで回っていない。病院の外壁を打つ放水の音も聞こえ、全員の顔に一瞬希望が浮かんだ。

しかし、またも階下で爆音が響いた。建物全体がかすかに揺れる。ここにいる大半が、戦争を、空襲で防空壕《ぼうくうごう》に逃げ込んだときのことを思い出している。

「あんたのせいじゃないのか」

病院着代わりの浴衣《ゆかた》の前をはだけた中年男がいった。この男の歳《とし》なら、水嶽商事が戦前は暴力団だったことを知っていてもおかしくない。

「水嶽の若社長だろ。あんたを狙ったヤクザが火をつけたんじゃないのか」

手に持った懐中電灯を綾女の顔に向ける。

——はじまった。

綾女は思った。ただし、この中年男は刺客ではない。単なる焚《た》き付け役だ。

「冗談じゃない」

男が文句を並べる。

東京に暮らし、水嶽の過去を知る者なら、水嶽本家の組長に面と向かって非難を浴びせたりしない。そんな人間はただの命知らずか、頭のおかしな奴《やつ》だと思われる。だが、炎が迫っている状況と追い込まれた精神状態が、皆を攻撃的にしてゆく。

「堅気を巻き込むなんて」

片足をギプスで固めた別の男が漏らした。灰色のワンピースを着た二十代の女、千鳥《ちどり》格子《ごうし》の浴衣姿の中年女のふたりがそれに同調する。

「だからヤクザ絡《がら》みの患者はやめておけと、あれほど」

白衣の医師も吐き捨てた。

炎の恐怖に加え、周囲の怒りを感じ取った三角巾《さんかくきん》の少女が堪《こら》え切れず泣き出した。

「こんなときに、皆さん止めてください」

少女に付き添っている看護婦がいった。

「私のせいだとしたらお詫《わ》びします」

綾女は頭を下げた。

それでも皆の感情は収まらない。炎で焼かれる恐怖に押され、綾女を責める言葉が鋭くなってゆく。水嶽商事の社員ふたりが割って入ろうとしたが、慶介が目配せし、止めさせた。

そこでまた階下に爆音が響いた。

鈍い振動を合図に、片足をギプスで固めた男、浴衣の中年女、白衣の医師が一気に形相を変える。

三人は憑かれたような目で拳銃を取り出した。

──やはりこいつらか。

だが、三人が引き金を引くより早く、慶介が薄闇《うすやみ》の中で隠し持っていた銃を発砲した。水嶽商事の社員のひとりが銃を構える三人の顔をライトで照らし、援護する。もうひとりも綾女の盾となりながら拳銃を出した。

狭い廊下に鼓膜を裂くような銃撃の音が響く。

三角巾の少女、付き添いの看護婦、少年が悲鳴を上げながら床にうずくまる。

三人の上を銃弾が飛び交い、壁や天井にめり込んでゆく。

二十代のワンピースの女もナイフを突き出し、綾女に駆け寄った。綾女が盾にしたバッグに女のナイフが突き刺さる。綾女はそのままナイフを振り払った。ナイフとバッグが宙を飛ぶ。綾女が手首に巻きつけていた細い糸がぴんと伸び、安全装置が外れると、バッグの中の小型発煙筒がバシュッと音を立てた。バッグから煙が噴き出し、綾女を取り囲む連中の視界を遮る。綾女はポケットに忍ばせていた注射器を出すと、標的を一瞬見失いたじろぐワンピースの女の腕、そして首に針を突き刺した。

喚《わめ》く女を突き飛ばし、廊下の隅に伏せる。由結子も伏せている。

銃声は鳴り止まず、綾女たちを庇《かば》った水嶽商事の社員が撃たれ、呻《うめ》き声を上げた。

慶介ともうひとりの社員は無関係な患者を盾にしながら弾倉を換え、銃を撃ち続ける。

盾にされた患者たちが銃弾を浴び、悲鳴を上げた。

最後まで抵抗し撃ち続けていた足をギプスで固めた男、白衣の医師も撃たれ倒れた。

浴衣の中年女は倒れて血を流しながら、何か恨み言を喚《わめ》いている。

慶介はギプスの男、中年女、医師、ワンピースの女の順にとどめの一発を撃ち込み、丸腰だった焚き付け役の男の頭も撃ち抜いた。

一瞬銃声が途切れ、慶介と社員がまた弾倉を入れ替える。

その隙《すき》を突き、毛布を被《かぶ》って床に伏せていた少年が立ち上がった。手に握る拳銃を綾女に向ける。さらにもうひとり、三角巾の少女が看護婦の背後で拳銃を構えた。

再び銃声が交錯する。

だが、銃弾は綾女ではなく、盾となった慶介の肩と腕に命中した。

ほぼ同時に、慶介の撃った銃弾が少年の頭を吹き飛ばした。

少女の銃弾は綾女の右太腿《ふともも》を掠《かす》めていった。ワンピースが裂け、腿の肉がえぐれている。少女の盾となった看護婦は社員に撃たれ、倒れている。

少女自身も銃弾を浴び、血の海に沈んでいた。でも、撃ったのは誰？　綾女は懐中電灯を拾い、周囲を見回した。

うずくまり啜《すす》り泣く若い男と老婆の隣、由結子が小型のオートマチック拳銃を構えたまま硬直している。

――あの子が。

拳銃は由結子が自分のバッグの中に隠していた？　きっとそうだ。

渡したのは――あいつしかいない。

目を見開いたまま動かなくなった少女の上半身を、廊下に落ちた懐中電灯が照らしている。

由結子は腕をだらりと垂らした。その手にはまだ銃が握られている。右のふくらはぎからは血が流れている。綾女はすぐに駆け寄り、うしろから支えた。

「由結ちゃん」

呼びかけた。けれど由結子は何も答えず喉《のど》を鳴らし、嘔吐《おうと》した。

妹の体を綾女は強く抱きしめた。

4

『嬉しいな。出てもらえるとは思いませんでした』

電話の向こうでロイ・クレモンズがいった。

「ご用件は何でしょう」

　午前十一時、水嶽本家の居間で受話器を握る綾女は訊いた。

『久しぶりに話すのに、そんなに急がせないでください』

「国際電話の高い料金を払っていただいているので、早くしないと申し訳ないと思って」

『そんなことは気にしないで。あなたほどではないけれど、僕も稼いでいますから』

　クレモンズは変わらぬ流暢《りゅうちょう》な日本語で話したが、本当だろうか。強がりのように聞こえるが、どうだっていい。何をして稼いでいるのかも、訊く気はなかった。

「今どちらにいらっしゃるのですか」

『ワシントンDC、こちらは夜の十時です。そちらは昨夜大変だったようですね』

「いえ、もう落ち着きました」

　綾女たちは撃ち合いの直後、五階まで炎が回る直前に消防士と塚原たちに救助された。

ただ、まだ少しも落ち着いてなどいない。

　顧問弁護士の渕上《ふちがみ》とともに警察の短い聴取を受けたあと、一睡もできず朝を迎え、今も綾女の胸の中は悲しみと怒りで激しく波打っている。

『何人死んだのですか』

「詳しいことはわかりません」

実際はもちろん知っている。

入院患者四十八人、医師・看護婦十三人、計六十一人のうち十八人が死亡。ふたりの重体を含む二十二人が負傷。日野も亡《な》くなり、二階の窓から運び出してくれた女たち四人もそれぞれに怪我《けが》を負った。体表目視《たいひょうもくし》による暫定《ざんてい》的な判断では、日野の死因は癌《がん》の転移による多臓器不全とされているが、綾女と由結子は納得していない。遺体は綾女の要請で、警察の解剖を含む検視を受け、その後、水嶽商事の依頼した医療機関でも体内への不要・過剰な薬物投与の痕跡《こんせき》を調査されることになっている。

綾女を警護していた慶介を含む十一名の水嶽商事社員は、八名が軽傷。綾女と由結子の盾となり、代わりに銃弾を受けた一名が死亡。明日の夜、茨城にある彼の実家で通夜《つや》が営まれるが、綾女は参列しない。命を懸けてくれた恩義に報いるためにも、意地でも参列しようとしたが、葬儀の場をまた戦場にするつもりかと、水嶽商事の幹部連中から、こぞって反対された。

悔しいが、今回はその意見に従う。

銃弾を受けた慶介、真田《さなだ》という名の若い社員、それに由結子は入院している。ただし、慶介と真田は参考人扱いで、病室の前に警官が立ち、警護という名の監視を受けていた。

警察と検察が協議している最中だが、事件は、水嶽商事が四ヵ月前に買収した流通会社の元社長と社員による犯行という線で落ち着きそうだ。買収により経営から締め出された連中が綾女を逆恨みし、病院への襲撃・放火を計画した――かなり強引だが、動機や背景なども含めた細かいシナリオはもう出来上がっており、今日中に所轄《しょかつ》警察署の署長により記者発表もされる。

問題は五階で発見された火傷痕のない八人分の銃殺死体だった。

水嶽商事や衆議院議員・旗山市太郎の息のかかった国家地方警察本部、警視庁の上層部は、綾女を狙った銃撃に対する正当防衛と結論づけようと動いている。慶介、真田、由結子は拳銃の不法所持で送検されるが、慶介と真田はいずれ執行猶予のついた判決を受け、由結子は起訴猶予になるはずだ。

だが、熊川率いる廣瀬通商の息のかかった複数の国会議員の指示で、検察内の一部勢力が「手ぬるい措置だ」と早くも反発している。

報道関係にも規制をかけたはずだが、一部の全国紙には「買収時に水嶽商事側が違法手段を使った可能性も」「かねてより強引な買収方法が囁かれ」などの記事が載り、中には「水嶽商事の暴力団的なやり方が原因」と断ずる新聞社もあった。

すぐに水嶽商事から恫喝《どうかつ》の電話を入れたが、各新聞社とも「当該記事で問題が生じた場合は、今から申し上げます電話番号にお問い合わせください。対応を一任しております」と判で押したような回答をした。

その番号にかけると、川崎にある兎月組本部につながった。

兎月組とはもちろん熊川が仕切っている暴力団のことだ。

各新聞社が臆面《おくめん》もなく暴力団事務所の番号を口にするのだから、兎月組はすでに深く社内運営に関わっているのだろう。

ただ、そんなことはどうでもいいし、どうにでもなる。

一番の気がかりはひかりだった。

昨日午後九時、約束の時間に彼女からの連絡はなかった。

代わりに浜谷から電話が入り、女中の芳子に伝言を残していた。

〈ひかりも刈谷も保護しました。ご迷惑をおかけしましたが、無事解決しました〉

何も解決していないし、放っておけるわけがない。

綾女はひかりを栃木県日光にある元進駐軍用の貸別荘に、築地《つきじ》の料亭祥楽の大女将《おおおかみ》から紹介された信頼できる元中居を同行させ、匿《かくま》っていた。

だが、あっさり見つかった。

刈谷も都内に身を隠していたところを捕まった。

――もうこれ以上手出しをしてはいけない。

わかっているものの、迷いは消えなかった。

電話の向こうのクレモンズはアメリカに戻ってからの生活や、去年開業した念願だった自分の美術商会について話している。

だが、彼の言葉はただ耳元を通り過ぎ、消えてゆく。

綾女は相槌《あいづち》も打たずにいたが、腕時計を見て話を遮った。

「出かけなければならないので、本題に入っていただけますか」

『熊川さんや廣瀬通商のことでお困りですよね。その手助けをできないかと思って』

「具体的にはどんなことでしょう」

『熊川さんに水嶽商事株の買い漁《あさ》りを止《や》めさせ、あなたとの共存共栄を呼びかけます。あなた方の犯罪の証拠は彼女の手に残ったままですが、それでも今より状況はよくなるはずだ』

「できますか、あなたにそんなこと」

『もちろん。だから交渉を持ちかけているんです』

「でも、それでは私たちは弱みを握られたままですが」

『ええ、握られたままです。あなたに完全勝利はない。むしろ不戦敗に近いですが、完全に敗北するよりはいいでしょう』

「条件は？」

『こういってくれますか――あなたを裏切るなんて、愚かな私が間違っていました』

「それを？」

『はい。譲れない条件です』

「あなたを裏切り、申し訳ありません。愚かな私が間違っていました。あなたの許しを乞《こ》います」

綾女は謝罪した。さらに謙《へりくだ》った言葉を加えて。

『許しを乞うか。いい言葉だ。本当に謝罪してくれましたね』

クレモンズは明るい声でいった。

『でも、まだ足らないな。今度は僕に押しつけられた言葉ではなく、すべてあなた自身の心から発せられた言葉で謝罪してください』

「条件が変わるなんて、契約違反です」

『これは契約外の、純粋な私への謝罪です。あなたは従うしかない。嫌なら私から何の助けも得られない』

——下らない男、罵倒《ばとう》する価値もない。

「以前は友人だったあなたですから、一度だけ忠告します。いい加減にしないと、痛い目に遭いますよ。今のこの会話で、私は手加減しないと決めました」

『そんな強がりは——』

クレモンズの言葉の途中で、受話器を置いた。

「次にかかってきても取り次がなくていい」

芳子に伝えた。

「相手にせずすぐに切るよう、皆にもいっておいて」

「承知しました」

午前の陽が射《さ》す玄関へ向かった。入院中の慶介に代わって、ベントレーの横では塚原が待っている。

――あいつにも話がある。

由結子に銃を渡した理由をいずれ訊かなければ。

綾女はヒールを履くと、いつものように腰を落とし、見送る修造の手を取った。

「行ってきます」

笑顔で修造の頬に口づけすると、振り向き、ベントレーに乗り込んだ。

5

病院襲撃から二日後、五月二十二日の深夜近く。

赤松が突然水嶽本家を訪問し、玄関の土間に額を擦りつけ、血に染まった布切れを差し出した。

「申し訳ありません」

包まれていたのは、自ら斬《き》り落とした右手の小指だった。

西巣鴨病院襲撃には、やはり水嶽商事内の数名が関与していた。

綾女を含む水嶽商事の重役たちの動きを、数名の裏切り者が兎月組に流していたが、その情報の取りまとめ役であり、兎月組との窓口役を担《にな》っていたのが、赤松が長年可愛《かわい》がっていた子分だった。

子分は赤松が社長を務める土建会社・光井建設の専務であり、文字通り赤松の右腕でもあった。

裏切り者は一斉に処分されたが、光井建設の専務だった男は赤松が殺した。

理由を問いただしたが、男は最後まで口を割らなかったという。

十章　浄土

1

昭和二十八年五月二十六日

「幸運か、悪運か」

吉野繁実総理は意味ありげにつぶやいた。

「どちらにせよ、無事でよかった」

西巣鴨病院襲撃から六日――

綾女は吉野が専有している芝白金台、外務大臣公邸に呼び出された。

時間通りに到着したが、総理は現れない。二時間待たされ、帰り支度を始めたころ、吉野は何事もなかったように葉巻をくゆらせながら顔を出した。

今、ふたりきりで書斎に座っている。

「組閣は首尾よくいかれたようですね」

綾女は世間話でもするかのような口調で訊《き》いた。

「君にとっては残念だろうが、実に上手《うま》くいった」

五月十九日、吉野は総理に再任すると、第五次吉野内閣の組閣に着手した。

しかし、予想通り難航する。

吉野派民進党が単独で衆院議席の過半数を獲得できなかったため、旗山派民進党やその他野党との院内協力締結が不可欠だったが、いずれとも条件が折り合わず、一進一退の話し合いが続いていた。

そんな中、綾女は二十日夕刻、秘書を通じて吉野に密談を持ちかける。

政治資金の提供と旗山派議員たちの譲歩・協力の取りまとめを条件に、新たな内閣に旗山派の大臣をねじ込めないかと交渉するつもりだった。

が、交渉どころか、秘書から折り返しの連絡もなく、代わりにその晩、入院していた日野が危篤《きとく》となり、綾女と由結子は病院で熊川からの強襲を受けてしまう。

これを偶然と考えるほうが難しいだろう。

吉野は、野党第一党である改進党と連立政権ではなく閣外協力というかたちで妥結し、衆院過半数を確保すると、二十一日早朝に組閣を終え、その日の午後、腹心や子飼いの吉野派民進党議員を揃《そろ》えた新内閣を発足させた。

「不安定な部分は残るが、とにもかくにも吉野派民進党だけで固《う》められた」

吉野がいつものように葉巻の煙を吹き出す。

「改進党にも見返りを与えなければならないが、旗山さんの力を一切借りることなく済んだのは大きいよ。この先の国会運営で、もう旗山派民進党を気遣《あ ち ら》う必要はない。年齢を考えても、またあの人が担《かつ》がれる見込みも薄い。だから今後、君から廣瀬通商やその他の件で協力を要請されても、応《こた》える理由はなくなった」

「私はもう用無し、それを伝えるために呼びつけたのですか」

「ああ。こういうことは曖昧《あいまい》にせず、はっきり宣告したほうがいいからな。旗山さんだけでなく、君と水嶽商事にも沈んでもらう。私ももう長く首相は続けられんし、君と旗山さんという憂《うれ》いを同時に断ち、気持ちよく後継に譲りたい」

「院政を敷かれると」

「いい方が悪いな。議員引退後も、この国の安定と発展に尽力したいだけだ。それには君は邪魔なんだよ。ある意味旗山さん以上にね」

「そんなに私がお嫌いですか」

「改進党との交渉を全力で進めたもうひとつの理由は、君をどうしても潰《つぶ》したかったからだ。水嶽商事の利用価値はゼロではなかったが、ずっと目の上のコブでもあった。私《君 ら》はね、君の祖父の水嶽玄之助の代から、汚らしいヤクザの水嶽本家が大嫌いなんだよ」

「私もずっと先生が大嫌いです」

「君のそういう正直なところだけは好きだよ。以前からね。でも、君は変わってしまった。会うたびに汚らしいヤクザになってゆく」

「逆に先生はずっとお変わりありませんね」

「変わった者、変わらない者、どちらも悪い意味でか。でも、それこそ私たちが、生き残ってゆくための術《すべ》だったんじゃないかな」

「嬉《うれ》しそうですね」

「嬉しいよ、君たちを退治できるのだから。しかも、廣瀬通商という別のヤクザと潰し合いをさせた末に。水嶽商事の株価が先週ひどく落ちたそうじゃないか。何日かあとの、君のところの役員会では解任動議が出されんじゃないかというわさもある。株価は低迷したままだし、新聞や雑誌も水嶽商事の悪事を恐れず叩《たた》き出した。実にめでたい」

「よくご存知ですね、さすがです。でも、勝ちを焦《あせ》り、攻めすぎると、思わぬ逆襲に遭いますよ。私は以前、GHQの尉官《いかん》たちを相手にしているときに学びました」

「攻めの段階は終わって君はもう詰んでいる。残念だ。もっと潔《いさぎよ》い女だと思っていたが」

綾女はバッグに手を入れると、吉野の前に一通の封筒を差し出した。

「昨日、テレックスでアメリカから送られてきた書類の内容を一覧にしたものです。御一読お願いします」

吉野は訝《いぶか》しげな顔をした。それでも眼鏡を老眼鏡に替え、封筒の中の書類を開いた。タイプで清書された英文を読みはじめた直後、白い眉《まゆ》とレンズの向こうの小さな瞳《ひとみ》がかすかに動いたのがわかった。全十一枚の書類には、吉野の歴代の犯罪を裏づけるアメリカの元軍人や元官僚たちの証言が羅列されている。

日本の敗色が濃厚となった昭和二十年二月以降、アメリカから極秘に依頼を受け、外務官僚時代の吉野はさまざまな工作を行い、情報を伝達していた。

日本の敗北で追及する者がいなくなってはいたが、それは明白なスパイ行為であり、この男はすでに戦中からアメリカの戦後占領政策のために働いていた国賊だった。そして敗戦後は、日本の誰もが知る通りGHQの後押しで総理大臣となる。だが、総理でありながら裏では無数の違法行為、国民に対する背信行為を重ねてきた。

それらが詳細に記載されているこの書類の原本は、現在アメリカの国務長官であるジョン・フォスター・ダレスの命令で作成された。

ダレスは昭和二十六年、連合国が日本の占領を解く直前に来日し、日米安全保障条約調印の事前調整をする裏で、綾女たち水嶽商事に、占領下の日本で数々の犯罪と違法行為に手を染めたアメリカ軍将校たちを秘密裏に抹殺するよう命じた。

一方でダレスは、官僚の成果を平気で我が物とし、GHQの犬であるにもかかわらず日本復興の立役者であるように振る舞う吉野を信用せず、心底嫌ってもいた。

ダレスからは何度も違法行為を押しつけられた水嶽商事だが、反吉野という点では綾女と彼は利害が一致していた。

書類の中には、ダレスに先んじて水嶽商事に数々の犯罪行為を強要・命令した元GHQ少将チャールズ・ウィロビーの発言も多数記載されていた。

「これが？」

吉野は視線を上げた。

「ウィロビーのような退役した者が思い込みで何を語ろうと、どうということはない」

自分が行った不正や違法行為の具体的な証拠など処分し、もうどこにも残ってはいないという自信だろう。

「最後までお読みください。お願いします」

確かに吉野を告発できる証拠は残っていない、日本国内には。

綾女は待った。するとまず葉巻を持つ吉野の手の動きが止まり、次第に表情が固まっていった。文章の後半にある、「voice tapes」の文字を見つめている。

──皆と変わらない。

剛腕で日本を舵《かじ》取りしてきた政治家でも、反応はありきたりなものだった。

「どういうことだ」

眼鏡の奥にある小さな瞳がこちらを睨《にら》む。

「説明が必要という意味でしょうか」

綾女ははぐらかすように訊いた。子供っぽい嫌がらせをしている自分に気づき、本当にこの年寄りを憎悪《ぞうお》しているのだとあらためて感じた。

吉野の表情がさらに険しくなる。

今現在（昭和二十八年五月）も朝鮮戦争は継続中だ。戦闘は中断状態に入ったものの、休戦協議が難航していた。

その朝鮮戦争開戦前年の昭和二十四年十一月、水嶽商事は吉野総理を通じ、当時のウイロビー少将からある命令を受けた――

昭和二十年八月の占領開始以降、アメリカ政府とGHQは占領政策を極力円滑に、そして平和的に進めるため、日本兵と直接の戦闘経験がなく、強い憎悪や復讐心《ふくしゅうしん》を抱いていない若いアメリカ人兵士を主に日本国内に駐留させていた。だが、朝鮮半島情勢が急激に悪化。日本駐留中のアメリカの兵力の大半を半島に送り込むことになり、GHQは戦闘経験の浅い新兵《ルーキー》たちを戦場に展開させることに強い不安を覚える。

その不安を埋めるため、日本人に半島への物資の海上輸送など後方支援をさせるだけでなく、戦闘経験豊富な旧日本兵を金を使って強引に集め、尖兵《せんぺい》として送ることを考え出す。

この醜悪な計画のほぼすべてを、GHQと吉野総理は水嶽商事に押しつけた。

そして傭兵《ようへい》として集められた日本人兵士たちは、朝鮮戦争開戦直後、実際に半島に派遣され、アメリカ本国からの本格的な増援部隊と物資が到着するまでの五ヵ月間に数々の戦功を上げた。もちろん戦死した者も多い。しかし、その死はすべて後方支援中の事故によるものとして扱われ、生きて戻った者も半島で何をしていたかの口外を厳しく禁じられた。

日本人の朝鮮戦争派遣も水嶽商事が行った実務も、記録は一切残っていない。

そういうことになっていた。

狡猾《こうかつ》かつ慎重な吉野は占領期間中の二十四年、二十六年、二十七年とGHQ内にこの密約に関する書類が残っていないか問い合わせ、自分の秘書に調査もさせている。そしてすべて処分・廃棄されたと信じていたのだろう。そんなものが存在すれば、GHQ側の高官たちも、自分の身を危険に晒《さら》すことになるのだから。

吉野は一部の書類を燃やし灰にする現場にも、忙しい公務の合間を縫い立ち会ったことがある。それほど危惧《きぐ》していた。

しかし、書類はアメリカに存在した。

軍人ではない政治家のダレスの命令で、日本政府や水嶽商事に派兵を強要したGHQ将校や、日本人の派兵に同意した本土のアメリカ人官僚、さらに実際に半島で戦った日本人兵士十数人への聞き取り記録を含む、膨大な資料が作成されていた。

資料には紙の書類だけでなく、写真、フィルム、音声を録音した磁気テープの項目もある。

「いつ、どこで録《と》られたものだ？」

吉野はその「voice tapes」の中に、自分の声も含まれていることに気づいたようだ。

「占領中、ウィロビー少将が日本人派兵に関してはじめて先生に電話をかけた二十四年夏の段階から、すべての音声は録音されていたそうです」

「電話ではたいしたことは話していない」

「電話だけとはいっておりません。少将のオフィスで交わされたお話についても、東通工（東京通信工業・現ソニー）製のテープレコーダーで記録してあるそうです」

「いつの間に？　君は実際に聴いたのか」

「いいえ。テープの実物はアメリカ国内に保管されていますから。でも、信頼できる人物を送って確認させました。ＧＨＱが第三次吉野内閣の維持に協力する代わりに、先生が日本人派兵に協力した過程が詳細に録音されているそうです」

「その信頼できる人物とは」

「教えられません」

ブラジルなどへの移住や公務、留学など一部の場合を除いて、敗戦から七年九ヵ月が過ぎた今も、日本人の海外渡航は厳しく制限されている。綾女たち水嶽商事のような大手商社の社長、社員であっても、海外に出るには、ビザ手続きに加え、事前の申請と許可取得に長い期間を必要としていた。

だが、綾女の友人であるレナード・カウフマンと田鶴子夫妻は違う。

カウフマンは退役とともにアメリカに本社のある「フォックストロット・ピクチャーズ」アジア総支社東京局に入社した。その後、ロサンゼルスの本社に異動となり、今ではアジア方面常務として、日本とアメリカを商用で往復する日々を送っている。その妻、田鶴子もロサンゼルスに渡り、今も根強い日本人差別と闘いながら、カウフマンとの間に生まれた一歳半の息子を育てている。

綾女はこの夫妻にテープや資料の内容の確認を依頼した。カウフマンは自分を退役に追い込んだウィロビーとも直接面談し、内容に関する詳細な裏づけを取ってくれた。

「アメリカのどこかの保管庫にテープが眠っているだけじゃないか。複製して日本に持ち込み、君の息のかかったラジオ局の番組で流すつもりかい？　不可能だよ、絶対にさせん」

「日本国内に持ち込むつもりはありません」

「アメリカのマスコミに流すのか？　そんなことはダレスが許さんだろうし、ウィロビーの名誉を汚《けが》すことにもなる」

朝鮮戦争の戦闘が激化していた時期、北朝鮮から戦場に日本人兵がいると国連に抗議があり、ソ連政府からも公式に質問されたものの、アメリカ政府は「そうした事実はない」と公式に否定している。

「いえ、協力してくださるそうです。テープの音声は、先生の発言だけをそのまま残し、相手の声はカットするなど、いくらでも編集できるそうですから。書類のほうも内容を一部変えて公表すればいい。いずれにせよ、朝鮮半島で実際に戦った日本人兵士の証言記録とともに、先生の肉声テープがアメリカ国内で公開されれば、日本にもその情報はすぐに届きます」

「朝鮮戦争の恥部をマッカーサーと私にすべて被《かぶ》せる気だな」

「そのようですね。本来、書類は、戦中から戦後の朝鮮戦争開始まで、GHQが日本政府と歩調を合わせて行ってきた悪事を、先生が自分に火の粉が降りかかった際に、一方的にGHQだけに責任をなすりつけるのを防ぐために作られたようです」

「疑心暗鬼の産物か」

「ええ。テープも含め、今後の極東防衛に生かすための資料として、公文書扱いで保管されるそうですが」

「人の話を隠し録りしておいて、何が公文書だ。しかし、君は今でもダレスと連絡を取り合っているのか」

「まさか。国務長官が私のために時間など割いてはくれません。あの方のオフィスタッフと私の代理人が書面を通じて連絡を取り合っているだけで、直接お会いしたこともありません」

「使い走り以下の扱いか」

「はい。先生と同じです。ただ、仲介人を通じて、以前からダレスさんとの意思統一はできていました」

「私を倒すという意思かね」

「はい」

「あのアイビーリーグ出のクズ野郎。今の君の顔、私はアメリカの政界とも気脈を通じているといいたげだな」

「そんなつもりはありません。ただ生き残るために必死なだけです」

綾女は吉野を睨み返した。

吉野が視線を逸《そ》らし、葉巻の灰を落としながら言葉を続ける。

「いつ、どうやって君はそんなテープがあることを知った？　この書類もどうして手に入れられた？　長年、GHQにへり下り、這《は》いつくばって尽くした褒賞《ほうしょう》か？」

「褒美といわれればそうかもしれませんが、ダレスさん、ウィロビーさんが離日前に、改めてこう伝えてきたんです、『もしも吉野を排除し、追い落とす必要に迫られたときは連絡をくれ』と。最近になりウィロビーさんに連絡をしたとき、私もはじめてテープや聞き取り資料の存在を知りました」

「嫌われたものだな、私も」

「GHQにとっては、先生より私たちヤクザのほうが少しだけましだった、そんなところでしょう。先程、先生は『廣瀬通商と潰し合いをさせた末に、水嶽商事を退治できる』と喜んでいらっしゃいましたね。そのお言葉に照らしていえば、必要悪だと思い目こぼしを与えていた老総理がいつまでも政権にしがみつき害毒になっているので、同じ必要悪のヤクザを使って追い落とそうとしている」

「目糞鼻糞《めくそはなくそ》か」

「ええ。でも嬉しいですよ。先生よりは上ですから」

「君らが目糞で、私が鼻糞だと？」

「そうです」

「同じ糞のくせに」

吉野が笑い、綾女もつられて笑った。

――まるで面白くないのに。

「私をそんなに潰したいのなら、君を使わず直接圧力をかけてくればいいものを」

「圧力をかけても先生がなかなかお倒れにならないので、私が使われることになったのでしょう」

「それは褒め言葉かい」

「もちろん」

「つまり今回（昭和二十八年四月・衆議院議員選挙）、私は負けて下野するとアメリカ奴《ら》は読んでいたわけか」

「そのようですね」

「奴《やつ》らの読みを覆《くつがえ》し、苦労しながら選挙にはどうにか勝ったものの、まだ苦難が待っていたか。海千山千のじじいどもではなく、よりにもよって君に。たかだかヤクザの娘が、今や一国の総理と内閣の命運を左右するまでになるとは」

吉野が首を横に振った。

「それで私は何をすればいい。新内閣が発足し、まだ一週間も経《た》たんのに辞職させる気かね」

「アメリカ《あちら》は今すぐの退陣は望んでいないようです。もちろん私も同じ。やりかけのままの大切なお仕事をかたづけたところで、潔く総辞職なさるのがよろしいでしょう」

まず警察法の改正、そして懸案の自衛隊法を成立・施行させ、その後に総理の職から降りるよう要求した。

警察予備隊を強化した保安隊をさらに重武装化し、組織も拡大して「自衛隊」という名称の組織に再編することは、吉野内閣がアメリカから押しつけられた宿題でもあった。

だが、自衛隊は実質的な軍隊であり、戦争放棄を謳《うた》った日本国憲法に反するという批判を浴びせられるのは必至で、世論の強い反発も予想される。

「アメリカに背負わされた最後の難題を解決したら、そこで辞めろか。思惑通りに行かせるものか。できる限りの抵抗はさせてもらうよ。面従腹背で、ヤンキーども奴《ら》の顔色を窺《うかが》いながらね。で、君のほうは私に何をさせたい？」

「聞き入れていただけるのですか」

「もちろんだよ、今はな。他にどうしようもないのだから」

「熊川万理江と廣瀬通商、さらに兎月組とのつながりを完全に断っていただきたい。先生だけでなく、先生の派閥に属する全員の方々にです」

「他には」

「何もありません。お願いを聞いていただけたら、先生の音声テープが今後世に出ることはなく、退陣後も名誉は守られます。恥知らずな裏切りの数々が国民に知られることはありません」

吉野の怒りの表情が薄れ、呆《あき》れた目つきに変わってゆく。

「たったそれだけか」

「多少の騒ぎには目をつぶっていただき、あとは静観してくだされば結構です。ご安心ください。いくらか血は流れるでしょうが、東京すべてを戦場に変える気はありません」

「他人に水を差されず殺し合いたい——外野はすっこんでろと」

「はい。これはヤクザの喧嘩《けんか》ですから。堅気の皆さんを巻き込むわけには参りません」

2

もう用件は伝えた。

綾女はソファーから立ち上がろうとしたが、吉野が片手で制した。眼鏡の老人はサイドボードのスコッチ瓶を取り、ふたつのグラスに注いでゆく。

「たまには少し話でもしようじゃないか」

「話したいことなどありませんが」

言葉を遮るようにグラスを目の前に置かれた。

「毒など入っていないよ。君をどうにかしたいなら、そんなもの使わず、今この場に警察を呼び、逮捕させる」

「容疑は?」

「いろいろ取り揃えてある。二ヵ月ほど勾留《こうりゅう》できるだけの分をね。その間に水嶽商事を切り崩す」

「私がいなくても残った者たちがどうにかしてくれます」

「自己評価が低いな。君がいなくなれば骨抜きも同然だ。塚原君などはよくわかっているよ」

「でも、今私を逮捕などすれば、先生のほうも無事ではすみません」

「具体的にはどうする？　教えてくれてもいいだろう」

「先生の大磯のご自宅周辺に人を配しています。それから渋谷区神山町のほうにも。私が外務大臣公邸《こ》《こ》から戻れなければ、先生の奥様やお嬢様一家が死ぬことになります」

「どうにも露骨だな。大磯はまあ仕方ないが、神山町もか。だから近所にヤクザが住んどるあんな街からは、早く越せといっていたのに」

大磯の本邸には吉野の後妻がいる。渋谷区神山町の水嶽本家から五分と離れていない場所では、吉野の三女夫婦が暮らしている。三女の夫の浅尾《あさお》高義《たかよし》は浅尾セメントの社長であり、義父・吉野の率いる日本民進党吉野派に属する衆議院議員でもあった。他にも学者や大学勤務をしている吉野の長男、次男の自宅の周囲には、水嶽商事や関連会社の社員が多数配されていた。

「先の短い私だけを残して、家族を殺すか。平凡なやり口だな」

「ご家族が不幸に見舞われれば、先生に同情が集まるでしょう。国民に見放されかけている総理の人気も、少しは回復するかもしれませんよ」

「家族の命まで商売に利用するほど下衆《げす》ではないよ」

綾女はグラスの中の琥珀色《こはくいろ》のスコッチに視線を落とし、口元を緩めた。

「散々下衆なことをしてきた年寄りが何をいう——と君は考えておるわけか。ところで、私を抑えられたとして、旗山さんはどうする」

吉野が総理の座に執着し続けているのと同様、衆議院議員・旗山市太郎も一日も早く総理の座に就こうと執念を燃やし続けている。

「旗山のおじさまには、あと一、二年我慢していただきます」

「できるかね？　歳《とし》を取っているのは旗山さんも同じ。先が短いだけに焦りも大きい。君を見限り、突っ走るかもしれない。それこそあの人のほうが熊川万理江側に付く可能性が高い」

「そうならないよう、手綱を引き締めます」

「自分が騎手で、旗山さんが馬か。院政を敷こうとしているのは君のほうじゃないか。でも、君があの人を総理に据えてやっても、実際なってしまえば恩など忘れ、君を使い捨てるだろう」

「それが本物の権力を握った人間の傲慢《ごうまん》さというものですか」

「逆だよ。人は権力を握ったから傲慢になるんじゃない。傲慢にならなければ、権力とは制しきれないものだ。いつか君もそれに気づく日が来る。いや、その前に死んでしまうかもしれないな。もちろん殺されるという意味だ」

吉野がスコッチを飲みながら話を進める。

「いい機会だから、なぜ私がヤクザを嫌うか教えておこう。任侠《にんきょう》――弱きを助け、強きを挫《くじ》くなどといっておきながら、その癖、何の理想も思想も持ち合わせず、正義を行うこともないからだよ。組という集合体が繁栄し、生き長らえてゆくことしか考えていない。無益に存在し続けるだけの、下等動物や微生物とたいして変わらない存在だ。水嶽商事などと称してはいるが、日本の経済をどう変え、成長させていくかのビジョンは一切ない。ただ儲《もう》け、肥え太ってゆくことだけを目的としている。君らは、日本列島にへばりついているだけの寄生虫に過ぎんということだ。しかも、その寄生虫の唯一《ゆいいつ》の特技は何だと思うね？」

「暴力、ですか」

「その通り。自分たちのことはよくわかっているな。商社の順位でいえば、水嶽商事の年間売上、経常利益ともに国内第三位。競合他社と較《くら》べ、圧倒的に少ない社員数でこの成績を出していることを考えれば、君らは実質日本一位の商社といってもいい。ところが、その一位の君らには、他と較べてどんな優れた点がある？　圧倒的な市場分析力を誇っている？　数々の特許を持ち、いくつもの画期的商品を生み出している？　いや、何ひとつない。あるのは他の追随を許さない圧倒的暴力だけだ。暴力で関連会社や取引先を支配し、ノーをイエスといわせている。皆、家族や自分の身を護《まも》るために、殺されないために従っている。君らのやっていることは、単なる矮小化《わいしょうか》された恐怖政治だ」

「暴力だけでは人はついてきません。警察や役所や、国が見えないふりをして放棄している数々の汚れ仕事を、我々が背負い、かたづけているから誰もが恩義を感じてついてきてくれる。外見は澄ましたビジネスマンを気取っていますが、その実、やっていることは汗を流してツルハシを振るう肉体労働者と変わりません」

「同じといったら肉体労働者諸君に失礼だよ。彼らとは違う。では、こう言い換えよう、君らは暴力と汚れ仕事が得意な寄生虫だと」

「その寄生虫に脅され、共闘を強いられるのはどんな気分ですか」

「とても嫌な気分だ。ただまあ、打ち負かされたといわれるよりはいいか。それは気遣いかな」

「実際、私たちはまだ勝利はしていませんから」

「いつか勝利するような口ぶりだな」

「先生こそ、いずれ逆転するような口ぶりですね」

「その無礼な態度、お父上を思い出す。君が本物のヤクザになった証拠だな」

「どういうおつもりでおっしゃったのかわかりませんが、少しも嬉しくありません」

「やはり褒め言葉には聞こえんか。水嶽玄太のことが嫌いかね」

「はい」

「私もだ。君の祖父だけでなく父親も大嫌いだった。はじめてふたりの意見が合ったな」

吉野はグラスのスコッチを飲み干した。

＊

外務大臣公邸の裏口では、塚原が他の社員数人とともに待っていた。

背広の左袖《そで》が、五月の夕風を浴びて揺れている。ときおり忘れそうになるが、この男は戦争で左腕を失っている。

「お加減は？」

塚原が訊いた。

会談の成否ではなく、綾女の体調のことだった。少女の撃った銃弾でえぐられた右太《ふと》腿《もも》は縫い合わせたが、まだ痛みは消えていない。

「私はだいじょうぶ。それよりあちらは？」

旗山市太郎本宅でも、並行して話し合いが行われていた。

「赤松さん、須藤さん、渕上が上手くやってくれているようです。ただ、三人とも人質のように留め置かれて、まだお屋敷から出られずにいますが」

旗山も、綾女と吉野の話し合いがどう転ぶか、相当気を揉《も》んでいるのだろう。泰然自若に見せたがるが、実際は気の小さい老人だ。

「本社に戻ったら、すぐに電話を入れます。電話で納得していただけないのなら、証書も作るし、音声記録を残しておいてもらう」

——おじさまを総理の椅子《いす》に必ず座らせますから。

綾女はベントレーの後部座席に乗り込んだ。塚原も隣に座る。

「あんなところで立っていなくても、若い人たちに任せて、車の中で待っていればよかったのに」

綾女は窓を少し開けた。スコッチは飲んでいない。でも、吉野が吐き出した葉巻とアルコールの匂《にお》いが自分の体にまとわりついているようで不快だった。

「そうはいきません。今日の警護指揮者は俺ですから」

「いい歳のくせに、無理をする必要はないわ」

「いい歳だからこそ、無理をさせてください。あと二、三年もすれば、お嬢さんの警護をするといっただけで、周りから笑われるようになります」

塚原の髪には白いものが目立つようになっていた。

だが、今の綾女にはこの男を労《いたわ》る気持ちなど微塵《みじん》もない。裏門が開き、路上に通行人のいない隙《すき》を縫って、こそこそとベントレーの大きな車体が外に出てゆく。

「由結ちゃんの持っていた銃のことだけど」

綾女は塚原を見た。

「お察しの通りです」

塚原は綾女の顔を見ずに答えた。

「私の想像に委《ゆだ》ねず、あなた自身の言葉で説明しなさい」

「寿賀子さんの下手な真似事《まねごと》をさせてもらっただけです」

彼女は終戦の夜、父の跡を継ぐことを頑《かたく》なに拒む綾女に首を縦に振らせるため、敵対する暴力団連合に綾女の居場所をあえて漏らし、護っていた青池一家を惨殺《ざんさつ》させた。

塚原が続ける。

「たとえ己の身を守るためとはいえ、誰かを撃って傷つければ、負の記憶として残り続けます。でもその記憶は、由結子さんをヤクザの道に引き込むのに大いに役立ってくれます」

「あの子を、私に何かあったときの代替品にする気？」

「もちろんそうも考えていますが、それがすべてというわけでもありません」

曖昧や半端《はんぱ》を嫌う男が、珍しく言葉を濁した。

明言しない理由を問い詰めるべきなのに、なぜか綾女も言葉が出ない。この男の行動原理は単純明快だ。すべては水嶽本家の安寧のため。

塚原の変わらぬ意思を、以前はあれほど嫌い、見下していたのに、今では共感できてしまう。そんな自分を恥じる気持ちさえ、もうほとんど失《う》せてしまった。

「でも、乗り越えられず、押し潰されてしまうかもしれない」

経験者である綾女にはよくわかる。ヤクザの家に生まれたとはいえ、そこを離れ、普通の学生をしていた二十二歳の女が、自分に銃を向けた少女を逆に撃ち殺したのだから。

「撃たれて死んだ子供の素性は、由結子さんにもご説明しました」

熊川万理江と同じく、以前綾女たちが潰した新宿八尋組組員の娘だった。

「だからって簡単に気持ちの整理がつくものじゃない。ヤクザ者の理屈で考えないで。あなたや私と違って、罪過の念から気を病んでしまう人だって大勢いる」

「由結子さんなら乗り越えられます。理由はどうあれ、自分で進んで銃を手にされたのですから。お嬢さんも以前、生田目に教えられながら拳銃《けんじゅう》やナイフの扱いを練習されていましたよね」

「あれとは違う」

「いいえ、同じです。私が銃をお見せして、どうしますかとお尋ねしたら、由結子さんは水嶽の家に戻ることの意味を理解されて、自分から使い方を教えてほしいとおっしゃいました。あの騒ぎの中で撃てたのも、もちろん事前に練習を積んでいたからです」

「私に伝えなかったのも、あの子から頼まれたから――」

「はい。お嬢さんが知れば、きっと止めるからと」

綾女は厳しい表情で首を横に振った。

「由結子さんも、あの四代目・水嶽玄太の娘さんですから」

「由結ちゃんは継げるの？」

水嶽玄太は不要な跡目争いを避けるため、正妻が産んだ子供にしか相続権を与えなかった。寿賀子もその遺志を守り、自分の産んだ由結子ではなく、正妻の子である綾女に継がせることに最後までこだわり続けた。

「寿賀子さんは他の妾《めかけ》とは格が違いますし、由結子さんも、麟太郎さんの忘れ形見の玄一郎さんと静乃さんが成人するまでの中継ぎですから」

「私と同じように、一時凌《しの》ぎの道具に使うのか。でも、ヤクザの妾に格式なんて」

寿賀子ではなく、水嶽商事やその重役たちの考え方を嘲笑《あざわら》うように、綾女は口元を緩めた。

「ヤクザを馬鹿《ばか》にした言葉、お嬢さんの口から久しぶりにお聞きしました」

「そうね。進歩もなく今も同じような愚痴をくり返している」

綾女はため息をつき、言葉を続けた。

「美紗子さんは溜池の家を出た？」

「はい、今朝早くに」

　美紗子は港区内の水嶽商事本社ビル近くにある屋敷を出て、水嶽本家の跡取りとなる玄一郎、静乃を連れ、台東区内にある実家に戻っていった。

「護衛はつけてあります。ご実家の近所の家も、警護の拠点用に何軒か借りました」

「つきまとわないでと苦情が来るわよ」

「それでも止《や》めません」

　玄一郎と静乃を護るためには、何があろうと譲らない。どんなに嫌がったとしても、あのふたりもいずれこのヤクザの血脈に引き戻され、水嶽商事を率いることになる。ただし、会社を牽引《けんいん》してゆく才覚も度量もないとわかったら、即座に使い捨てられる。

「美紗子さんにいわれたの、そんなに跡取りがほしいのなら、私が産めばいいって」

「お産みになるなら、まず結婚していただかないと。見合いを段取りしますが」

「水嶽商事の社長を嫁にしたがる男なんている？」

「探してみます」

「見つかりっこない。でも、結婚はできなくても、子供は産めるか。面倒がない男なら誰でもいいわ。あなたが父親になってよ」

「お断りします」

　塚原は即答した。

運転席と助手席の社員たちが小さく肩を震わせた。

「冗談でも滅多なことはおっしゃらないでください」

「冗談じゃない。寿賀子さんと同じで、水嶽商事を長年支えてきたあなたなら、子分の中でも格が違う。みんなも納得するでしょう」

綾女は殺されたかつての恋人・飛田と較《くら》べながらいった。

嫌味と少しの憎しみを込めて。

「子分と呼ばれるのも、ずいぶんと久しぶりな気がします。でも、父親役はご辞退させていただきます。子供を作ったら、そいつが最低十五になるまでは面倒見なきゃなりませんから」

「殊勝なのね」

「自分のような思いはさせたくないだけです」

塚原自身もヤクザの妾の子で、父親の顔は知らない。母に捨てられ、育ててくれた祖母を十歳のときに失った。十二歳で孤児の窃盗団を率いていたところを水嶽本家の者の目に留まり、神山町の屋敷に奉公人として連れてこられた。

「子供が十五になるまで生きていられるとは思えない？」

「はい。お嬢さんは自信がありますか」

「ないわ。どうしたって過去からは逃げられないから。日本中どこに隠れようと、怨《うら》みを抱えた連中が追ってくる」

「子供や何年も先のことを考えるより、まずは今見えている障害を取り払いましょう」

「ええ。でも血を流し合う前に、あとふたつかたづけさせてほしいことがある」

「ひとつは修造のことでしょうか」

綾女はうなずいた。

再来週、整形外科、内科、精神科の修造の担当医三人が神山町に往診に来ることになっている。そこで修造に妻のよし江が生きていると伝え、以降、何週かに亘《わた》って経過観察をし、ふたりを再会させるかどうかの最終判断をする。

塚原はきっと綾女の企《たく》みに気づいているだろう。でも、止めようとはしなかった。それで戦いに向かう綾女の決意が高まればいいと思っている。

「もうひとつは？　何かお手伝いすることはありますか？」

「あなたたちはとりあえず黙って見ていてくれればいい。桂児さんに骨を折ってもらうから」

＊

綾女は檜《ひのき》が香る浴室から出ると、頭にタオルを巻きつけ、体を拭《ふ》き、浴衣《ゆかた》に袖を通した。

脱衣所にはヘアードライヤーもあるが、うるさいモーターの音が嫌いで、あまり使ったことはない。鏡に映る自分を見ながら、肌に化粧水をつけてゆく。右太腿には西巣鴨で撃たれたときの大きな縫い痕《あと》がある。まだ痛むが、さっき飲んだアスピリンとヒロポンが効いていて、それほど苦しくはない。抜糸後に太腿に傷痕が残ることも、あまり気にはしていなかった。もう背中と肩に、以前に撃たれた大きな痕が残っているのだから。

それより目の周りの隈《くま》がまた濃くなっていた。

五年前と較べて、肌の張りも確実に失われている。ただ、表情は二十歳のはじめのころより、ずっと穏やかになった。歳を重ねるごとに、殺意や敵意を包み隠すことばかり上手《うま》くなってゆく。二の腕や足も教壇に立っていたころより、今のほうが細いが、それはヒロポンのせいだ。

――久しぶりに早く家に帰れたのに。

寛《くつろ》げず、とりとめのないことばかり考えている。

五月二十七日水曜日。午後九時半。脱衣所からリビングに向かった。

今日午前、水嶽商事の株価が先週よりの下落傾向から一転し、異常な高値を記録した。

証券会社を通じた買い占めで、買主は特定されていないが、背後に廣瀬通商がいるのは明らかだった。一方で水嶽商事の関連会社への断続的な襲撃が続いていた。報復は抑えさせているが、戦前の水嶽本家時代から仕えているヤクザ連中は相当に苛立《いらだ》っている。

――でも、まだだ。

動くには早い。

女中の芳子が麦茶の入ったグラスを持ってきた。

「お食事があちらに」

キッチンにある引き戸式の蠅帳《はえちょう》に、ハムとチーズのサンドウイッチとさくらんぼが入れてある。

「ありがとう。あとで食べるわ」

「でしたら、冷蔵庫のほうに移します」

「そのままでいい。そんなに遅くはならないから。由結ちゃんのほうは?」

西巣鴨病院襲撃で足に怪我《けが》を負った由結子は、今も入院していた。

病院には警護役が詰めているが、それとは別に芳子を毎日見舞いに通わせている。衣類など身の回りのものの交換や洗濯のためだが、一番の理由は状況報告だった。

「お気持ちはまだ動揺しているご様子でしたが、足の傷はもう大事はないと主治医の先生がおっしゃっていました。明日、経過説明と退院予定についての電話が、お嬢様宛《あて》で本社ビルに入ることになっています」

「わかりました」

「それからお部屋の家具類が一式揃《そろ》いましたので、あとでご覧になってください」

由結子は数日もすれば退院し、その後はこの家に戻ってくる。

西巣鴨病院内での発砲の件は、慶介が所持していた拳銃を無理やり渡され、それを動転して撃ってしまったという筋書を、渕上をはじめとする水嶽商事の顧問弁護士たちが押し通した。あの場にいた水嶽商事とも熊川万理江の一派とも無関係な入院患者たちの証言のおかげで、少女を射殺した件も正当防衛になりそうだ。ただ、由結子は今後も何度か警察に任意で呼び出され、聴取されることになる。

由結子が子供のころに使っていた部屋は、敗戦の日から一週間後、他の暴力団から襲撃を受けた際の火災で、すでに焼けてしまっている。代わりにどこでも好きな部屋を使ってといったら、生前父と寿賀子が寝室にしていた和室を選んだ。そこで寝起きしていた修造には別の部屋に移ってもらい、由結子がこれまで暮らしていた西巣鴨の寮からの荷物の運び込みもすでに終わっている。若い女性に似合う、洒落《しやれ》た調度品も新たに買い揃えた。

これからこの家で由結子と家族として暮らすことになる。たぶん、心から打ち解け合うことはできないだろう。

——それでも私たちは半分血のつながった姉妹。

「修造さんはもうお食事を摂《と》られて、お風呂《ふろ》もお済みです」

「機嫌よくしている？」

「はい。このところテレビがお気に入りのようで、昼はずっとご覧になっていました。今はラジオを聴いてらっしゃいます。お待ちですよ」

「ありがとう、あなたももう下がって休んで」

「いいえ、お待ちしています」

「夜食のときのお茶ぐらい、自分で淹《い》れられるわ。気にしないで」

「では、お言葉に甘えさせていただきます」

芳子が下がってゆく。

お茶か。自分で淹れるなんてどれくらいぶりだろう。

自分で料理をしたのは――敗戦の前の晩、そば粉を捏《こ》ね、少しばかりの切り干し大根を包み、蒸しあげたのが最後だ。作った饅頭《まんじゆう》は、東京へ戻る列車の中で、日野や美波ひかりになる前の名も知らぬ少女と食べた。

あの日、日本が負けて戦争が終わった。それから七年九ヵ月、綾女は今、自分たちが生き残るための新たな戦争をはじめようとしている。

リビングの電気を消した。

静かだけれど、屋敷の周りや枯山水の庭園、そして庭園に沿って延びる廊下も照明はついたままだ。警護役の社員たちも二十四時間態勢で巡回している。

廊下を進み、新しく由結子が越してくる和室のふたつ手前にある部屋の扉をノックした。麟太郎が結婚するまで使っていた洋室だ。

開けると、薄暗い中でパジャマ姿の修造がソファーに座り、ラジオ番組を聴いていた。スピーカーから流れているのはマーラーの交響曲のようだ。

修造はいつもの笑顔をこちらに向けてくれた。

手元近くのサイドテーブルには、修造の両手でも摑《つか》めるよう工夫された呼び鈴が置かれ、これを鳴らせばすぐに女中の誰かがやってくる。

「ベッドに行く?」

綾女は訊《き》きながら手を伸ばした。修造がその手をゆっくりと摑み、軽く二度握り返す。

「ノー」の合図だ。

「そう。じゃ、一緒に聴いてもいい?」

今度は一度握り返した。「イエス」の合図。綾女は修造と並んでソファーに座り、ラジオと向き合った。彼の手を握る。右手の小指と左手の薬指を残し、他はすべて拷問《ごうもん》で第二関節より先を斬《き》り落とされてしまった。第二関節から指の根元までを残したのは、拷問者たちの慈悲ではない。一本の指を二度に分けて斬り、苦痛を二倍にするためだ。

曲が終わり、アナウンサーの言葉を挟んで次の曲がはじまった。

綾女は修造の体に身を寄せ、肩に軽く頭を乗せた。

一日の中で、一番安らぐ時間。

このまま浴衣の帯を解き、修造と唇を重ねたい。けれど、今夜は伝えなければならないことがある。

「少しだけお話ししてもいい？」

オーケストラの演奏の合間を縫うように、綾女は静かな声でいった。修造が一度綾女の手を握る。

「落ち着いて聞いてね」

綾女は修造の膝《ひざ》にも右手を乗せた。

「よし江さんのこと」

瞬間、修造の体が硬直した。

修造の担当医たちからは、よし江に関する情報はすべて専門の精神科医が状況を観察しながら伝えてゆくといわれている。綾女も含めた周囲の人間は一切黙っているよう、強く要請もされている。

だが、無視した。

綾女は一度言葉を区切り、修造の動揺が収まるのを待った。しかし、八年近く聞かずにいた妻の名を耳にして、呼吸は荒くなり、膝も肩もこわばったまま動かない。

視線を上げると、修造の表情が消えていた。

いくつもの傷跡がついた頬や額に皺《しわ》を寄せ、目も口も固く閉じている。

「ごめんなさい、ずっと黙っていたけれど、よし江さん、生きているの」

修造の右手の短い指に、力がこもった。

3

廊下の先、庭に突き出た軒が作り出す影の中に桂次郎が立っている。

近づいてゆくと、厳しい表情をしていた。

五月二十八日木曜日。築地の料亭祥楽。使われることはほとんどない、狭く奥まった「桔梗《ききょう》」の札がついた一室の前で、綾女は兄に頭を下げた。

「ありがとうございます」

うしろに続く塚原も頭を下げる。

「感謝される筋合いはないよ。親会社の社長の命令に仕方なく従っただけだ」

桂次郎がいった。

「時間は？」

「あまりない。遅くとも四時にはここを出て五時までに確実に帰さないと僕は殺される」

「兄さんの命を担保に差し出してくれたの」

「そうでもしなけりゃ連れ出せるわけがないだろう。僕だけじゃない、新東京プロダクションの所属タレントや社員たちの命もかかっている。事務所に人質になっているよ。もちろん何かあれば、手を貸してくれた阪神芸能社の浜谷さんも指を失うくらいじゃ済まなくなる」

「あとでみんなにお礼をいわないと」

「いえる状況ならね」

「あまり怒らないでください」

「怒るさ。僕は一切納得していないし、こんなことはするべきじゃない」

「だから皆さんには――」

「皆にじゃない。僕のこともどうだっていい。わかっているだろう？　あの子は綾女が育てた。はじめから才能に溢《あふ》れてはいたけれど、それを親鳥のように大事に護り、温め、本物にしたのは綾女だ。娘も同然なのに、今以上の重荷を背負わせるなんて。まともな大人のすることじゃない」

「私はまともな大人にはなれなかったし、これはあの子にしか選べないことだから」

桂次郎が怒りを湛《たた》えた目を塚原にも向けた。

「あなたはもっとしっかりした方だと思っていました。でも、大きな間違いだった。所《しょ》詮《せん》はヤクザ、もう二度と信用しない」

「ご期待を裏切り、申し訳ありません」

頭を下げた塚原の横を、桂次郎が通り過ぎてゆく。

「浜谷さんと一緒に待っている」

そう残して廊下の奥へと消えていった。

今は午後三時十五分。残りは四十五分か。だが十分だ。

この「桔梗」は少し前に熊川万理江と会った部屋だった。

襖《ふすま》を開けると、ひかりは大きな座卓に顔をうつ伏せにしていた。

「だいじょうぶ？」

ひかりが気怠《けだる》げに首を振る。

「ごめんなさい。わざわざ来てもらって」

綾女も部屋に入り、襖を閉じた。

「どうして呼んだの？」

ひかりが頭を上げた。

その顔はやつれている。しかし、この苦しみが彼女の中に残っていた幼さや甘さを削り取り、美しさに磨きをかけたようにも思えた。

「もしかして謝るつもり？　そんなことしないで。綾女さんは何も悪くない。隠れていた別荘が見つかったのだって私のせい」

「なぜ知られてしまったか教えてくれる？」

「そうか、浜谷さんからは何も聞いていないのね。全部私のせい。どうしても家族が気がかりで、あんなに止められていたのに弟にだけ連絡先を教えてしまったの。家族の誰かがさらわれて脅されたり、殺されそうになって、どうしようもなくなったときだけ電話してって。そんなことが起きたら、自分が身代わりになってでも助けるつもりだった。なのに、あの子はすぐに母に電話番号を教えた」

「半日も経たずに、阪神芸能社の迎えが来たのね」

ひかりは無言でうなだれると、言葉を続けた。

「母は『ただあなたのことが心配だった』って泣いていたけど、白々しい。結局はお金だったくせに。綾女さんがずっと私をかばってくれたのはわかっている。浜谷さんも『水嶽社長は最後まで何もおっしゃらなかった』って」

「浜谷さんの言葉を信じるの？」

「ええ。好きにはなれないけれど、私にこれまで一度もうそをついたことがなかったから。あの人、水嶽商事は関わっていないし、綾女さんともまったく会っていないっていう私の言葉を、嫌な顔をしながらも飲み込んでくれた」

「知っている。だから竹岡組も水嶽商事に手を出してこなかった。慈悲を受けられたのは、あなたのおかげ」

「ひとりでも救われる人がいてくれたのなら、私も嬉《うれ》しいわ」

力なく笑った。

「刈谷さんには会えたの？」

綾女が訊くと、ひかりのかすかな笑顔が消えた。

刈谷はひかりのおなかの子供の父親で、ここ数年の彼女の楽曲のほとんどを作曲している。そう、ひかりのおなかにはまだ命が宿っていた。

「会わせてくれるわけない。あのポラロイドっていう即席カメラで撮った写真は見せられたけれど」

「無事だった？」

「まさか。顔じゅうが腫《は》れ上がって、眼帯をつけていた。両手の指は残っていたけど、まるで警察に捕まった犯人の写真みたいに、腑《ふ》抜《ぬ》けた表情をしていた。しかも彼の両親と妹の写真も見せられたわ。みんな殴られて、ひどい顔をしていた。妹さんは私と同じ歳なのに。目が腫れて、唇も切れていた。それなのに髪を摑んで、嫌がり泣いている顔を無理やり写真に撮ったのよ」

「仕方ないわ。それがヤクザだもの」

「『それ』って、どういう意味？」

ひかりが睨《にら》む。

「どうしようもない外道《げどう》でクズっていう意味よ」

綾女は答えた。

「殴るなら私を殴ればいいのに」

「だってあなたは——」

「人気があるうちは傷物にできない。自分が商品なんだって、よくわかったわ」

「ヤクザってそういう仕事なの。儲かりそうなものを見つけてきては、磨き、育て、お金を稼がせ、いうことを聞かなければ、どんな手段を使ってでも脅し、従わせる」

「自分の仕事の説明に来たの？」

「違う」

「じゃ、私が間違っているといいに来たの？」

「あなたが間違っていると思っていたら、はじめから匿《かくま》ったりしない。来てもらったのは、あなたに選んでもらうため」

「何を？　今の私には決められるものなんて何もない」

立ったまま話していた綾女は、座卓を挟んでひかりの前に座った。

「もしあなたが、赤ちゃんを産んで、本当に母親になって育てたいのなら、力を貸す」

「もちろんそうしたいに——」

「話を最後まで聞いて。あなたの気持ちはそれから教えてもらう」

「綾女さん、本気？」

「本気でなければ、わざわざ呼んだりしない。けれど、あなたが望む生き方をするなら、代償もとてつもなく大きい。それを理解した上で、どうするか決めてほしいの」

綾女は座卓の横に用意されていた茶器一式を引き寄せた。

「長い話になるから、何か飲みましょう。ほうじ茶でいい？　冷たい麦茶やサイダーも持って来させられるけれど」

ひかりは黙っている。

綾女は茶筒を開けた。焙煎《ばいせん》した茶葉の香りが部屋に広がる。

「もしあなたが覚悟を決めて産むなら、ここから連れ出して、安全な場所に匿う。今度は日光の別荘のような場所じゃない。電話もなく簡単に外にも出られないようなところで、少なくとも二ヵ月は過ごしてもらう」

「ここから出られるの？」

近くの部屋では浜谷が待っている。もう二度と逃亡されないよう、竹岡組の連中が料亭祥楽の周囲を警戒していた。

「出るために、まず浜谷さんやその配下を排除しないと。もちろん殺し合いになるわ。そのあとは、竹岡組と正面からやり合うことになる」

「抗争？」

「ええ。ヤクザの道理を踏みにじったのだから、竹岡組と同盟関係や友好関係にある各地の組とも戦うことになる。取り返すための努力はするけれど、刈谷さんとその家族、あなたの家族は向こうに捕らえられて人質にされる。あなたを差し出さなければ、全員殺される」

綾女は茶葉を入れた急須《きゅうす》に、魔法瓶からお湯を注いだ。

「私の配下も、向こうの人間も大勢死ぬけれど、私たちが勝てば、あなたは母親になることができる。ただし、出産までの間はもちろん、産んだあとも、ステージや人前で歌うことは難しくなるわ。組を潰《つぶ》されて怨みを抱く連中が、あなたの命を狙《ねら》うから。十年以上、あなたと子供は警護役に囲まれながら、どこかで隠れて暮らすことになる。逆に私たちが負ければ、水嶽商事は解体され、私は殺される。あなたも殺されるか、サーカスの象のように今よりも苛酷《かこく》に働かされる。子供を産めたとしても、引き離されるでしょうね」

「どっちになっても」

ひかりがつぶやいた。

「そう。地獄に変わりはない」

綾女はほうじ茶を注ぎ、茶碗《ちゃわん》のひとつをひかりの前に置いた。

「本当に戦ってくれるの？」

「もちろん」

「自分の命も会社も賭《か》けて？　たくさんの人が死ぬとわかっていて？」

「ええ」

「歌を選ぶか、子供を選ぶか」

「歌だけじゃない。あなたがこれまでの人生で手に入れてきたもの、出会ってきた人たち、この先手に入れられたかもしれない素敵なものを全部捨てて子供を産むというなら、私も部下に命を捨てて殺し合えと命令するわ」

ひかりがまた睨む。

だが、その視線は綾女を責めているのではない。

自身のこれまで歩んできた人生を怨んでいる。

手に入れたものに対して支払った代価が、取り返しのつかないほど大きかったことに真の意味で気づいたから。

——その気持ち、よくわかる。

「どうして私にそこまでしてくれるの」

「たぶんあなたという存在が、私に希望を与えてくれたから。普通過ぎる？」

「綾女さんにしては、気味が悪いくらい普通」

「だって普通の、平凡な女だもの」

「こんなときに謙遜《けんそん》？　それとも冗談？」

「違うわ。自分のことがよくわかっていないの」

「そうね。私以上に綾女さんは自分のことがわかっていない」

　ひかりが小さくため息をつき、言葉を続ける。

「こんな話をしていることを、浜谷さんは知っているの？」

「教えていない。でも、気づいている」

「気づいていて、どうして？」

「こうでもしなければ、かたがつかないとわかっているから。小さなほつれを残したままじゃ、いずれは大きく裂けてしまう。徹底的に繕い、元通りにするか、今思い切り裂いてしまうか、どちらかしかない。気づいているのよ、あの人もヤクザだから」

　ひかりが目を逸《そ》らした。

「子供を産めば私はきっともう歌手じゃいられなくなる。人前で歌えなくなる。それでもいいの？」

「いいわ。気が向いたとき、鼻歌を聴かせてくれるだけで私は嬉しい。ただ、それであなたが満足できるならだけれど」

　目を逸らしたまま、ひかりはうつむいた。

「十分で答えを出して」

綾女は左腕の時計を外し、座卓に乗せた。

「時間になったら、私はここから出てゆく。産むと決めたら一緒に来て。そうでないなら、残って」

「そんなにすぐに――」

「それ以上は必要ない。あなたもわかっているでしょう?」

閉じた窓際《まどぎわ》の障子を透かして、五月の陽が射《さ》し込んでいる。

そして――

茶碗から立ち上っていた湯気が消え、綾女は立ち上がった。

襖に手を掛ける。

「ねえ」

ひかりが綾女の背中に声をかけた。

「私とはじめて会ったときのこと、覚えてる?」

「もちろん」

終戦の当日、疎開先《そかいさき》から東京へと戻る列車の中で、綾女は輝く月のような瞳《ひとみ》の凜《りん》とした少女に出会った。

「亡《な》くなったおじいさまに会うため、あなたも東京に向かっていた。きれいな声と言葉遣いで、とても利発なお嬢さんだなと思ったわ」

「私は綾女さんに、それはご愁傷様。おつらいでしょうね、といわれた。私が何て答えたかも覚えてる？」

「ええ。いいえ、寂しいけれど、つらくはありません、って」

綾女は振り返った。が、ひかりの顔は陽を透かしている障子に向けられ、表情は見えない。ただ、両肩が小刻みに震えている。

「その先のあなたの言葉も忘れてない」

震えるひかりの背中に話しかけた。

「ずっと患《わずら》い苦しんでいたおじいさまが、病の身から解かれて極楽浄土に渡れたのですから。それに、いつかは私もあちらに参ります。そうすればおじいさまにも、三年前に亡くなったおばあさまにも、また会えますから、といっていた」

「ねえ、このおなかの子が消えたら、極楽浄土へ行くのよね？　いつか私も死んだら、この子に会えるかな？」

「わからない」

「どうして？　教えてよ。あっちに渡ったら、この子と静かに暮らせる？」

「私は来世を信じていないから。それに、もしあったとしても、地獄に堕《お》ちる私には、極楽浄土のことなんてわからない」

綾女は廊下に出た。

襖を閉じる。

こうなると予想していた。でも、少しだけ寂しかった。

本当にすべてを敵に回す覚悟はできていたから。

ただ、これで標的は絞られた。

――熊川万理江を潰す。

廊下の先に塚原が待っている。

「もうよろしいですか」

綾女はうなずいた。

「あとは浜谷さんと桂次郎さんにお任せしましょう。車を回してあります」

話す塚原のうしろに続き、廊下を歩いてゆく。

「私たちの戦争をはじめましょう」

綾女の言葉に、塚原はうなずいた。

「ただ、僭越《せんえつ》ながらひとつだけご忠告が。これから先は、自分以外の誰にも心を許さず、すべてを敵だと思ってお過ごしください」

「あなたのことも？」

「はい。それからどんなときも武器の携行を忘れないでください」

「非力な私が持っていて、意味があるの？」

「ほんのわずかでも相手を傷つけ、不意を衝《つ》くことができれば、勝機が生まれます。それに反撃の手段を持っていることで自分の気持ちも変化します」

「どんな状況でも諦《あきら》めず、生き延びようとする気力が湧《わ》くか。散々修羅場を潜《くぐ》ってきたあなたがいうのだから、意味はあるかもね。ただ、何だか遺言みたい」

「そのおつもりで、どうか心にお留め置きください」

「わかった」

ふたりは無言で長い廊下を進んだ。

4

六月十二日金曜日。

『難儀しているようだね』

電話の向こうで旗山市太郎がいった。

「でも簡単でないことは、はじめからわかっていましたから」

受話器を手に、和装の喪服姿の綾女は答えた。

溜池にある水嶽商事本社ビル東館六階、社長室の大きなマホガニーのデスクに綾女は座っている。今、同じ部屋にいるのは慶介ひとり。銃弾を受け入院していた彼は、退院後すぐに拳銃の不法所持で逮捕されたが、保釈金を積んで数日で出てきた。ただ、今後裁判を受けなければならない。

『聞いたよ、昨日も品川で撃ち合いがあったそうじゃないか』

「廣瀬通商に雇われたチンピラも、兎月組の奴《やつ》らも見境がなくなってきました」

『一連の抗争で、かなりの数の死傷者が出ているそうだね』

「水嶽《うち》の関連で百二十人です」

『被害は甚大《じんだい》だな。ちょっとした市街戦並みじゃないか』

「ですが一般人に被害者は出ていません」

『表向きにはだろ。実際はどれくらい巻き込まれたんだい』

「五人です」

『脅しと金で口を封じておけるのも、そのくらいが限界だろう。人の口に戸は立てられんし、跳ねっ返りの記者どもも、命を顧みず聞き込みを続けている。君たちの本当の怖さも知らないで』

「お手数をかけて申し訳ありませんが、もう少しだけ抑えていていただけませんか」

『手を尽くしてみるが、こうなってくると簡単じゃない。検察・警察の連中も裏路地でのヤクザ同士のゲリラ戦が、いつ表通りに出てくるかと、かなり冷や冷やしているからね。ただ、吉野《あちら》も与えられた仕事をしっかりやっているようだから、こちらも君のために頑張らねば。あれに負けて君の心証を悪くするわけにはいかない』

「もうすぐ一国の総理になるお方が、私などのために頑張るなどとおっしゃらないでください」

『いや、私ひとりではなれない。君と二人三脚で進んで、はじめて総理の椅子《いす》を手に入れられる。そのためにも君には無事でいてもらわないと』

旗山の声に深刻さはない。むしろ自嘲《じちよう》気味に笑っているようにも聞こえる。

レースのカーテンの向こう、灰色だった窓に雨粒が打ちつけている。今朝方、ラジオのニュースが伝えていた通り、梅雨に入ったようだ。

『それでだね、昨夜、うちの派閥の後輩から電話があって、熊川万理江からのメッセージを伝えられたよ』

「存じております」

警備の強化という名目で、文京区内の旗山の本宅にも、水嶽商事の社員を配してある。

『水嶽商事グループ、廣瀬通商と兎月組、合わせて三百近い人員の命を失った。抗争を知った財界の連中がこぞって売りに回ったおかげで、水嶽商事の株価はまた下落に転じ、廣瀬通商の株も大きく値を下げた。本業の方に手が回らず、業績も落ちている。顧客も離れはじめているそうじゃないか。それらに鑑《かんが》み、このへんで一度話し合いをしないかと熊川はいっているそうだ。休戦に向けた協議をしたいのだろう』

「断っていただけませんか」

『そういうと思っていたよ。ただ、これ以上消耗戦を続けても、人と金ばかり減って、組織として痩《や》せ細ってゆくだけじゃないかな。もちろんリスクはあるが、会って向こうの出方を探るのも悪い手じゃないと思うがね。場所は君に任せるそうだ。何なら、横浜にある熊川の自宅に招待するといっているそうだよ』

「笑えない冗談ですね」

『会っても無駄かね』

「はい。向こうに休戦の意思があると思えませんから」

『そう思う根拠は』

「あの女の目的は私を潰すことです。中途半端《はんぱ》に小休止したところで、いずれはまたやり合うことになるだけ。単なる時間の浪費ですから」

『君があの女を潰さないと気が済まないだけじゃないのかい』

「確かにそれもあります。でも、向こうもきっと同じことを考えているでしょう」

『半端な尻尾《しっぽ》の切り合いは無意味、そういうことか』

「はい」

『話していると父上を思い出すな。君は玄ちゃんそっくりになった』

「この前、吉野先生にも同じことをいわれました」

『あんな奴《やつ》と一緒とは。こんな些細《ささい》なことでも嫌なものだな』

電話の向こうで旗山が笑う。

『これから葬儀なのだろ』

「はい。ようやく戻ってきましたので」

日野の遺体は、まず司法解剖を受けたものの、血液やその他の検査待ちという言い訳で、警察は結論を先送りにしていた。その間、綾女の依頼を受けた東大医学部、日白医科大学の法医学科による解剖と検査が行われ、日野の死因は癌《がん》でも火事で煙を吸い込んだことでもなく、鎮静用のブロム化物と血圧降下剤の過剰投与であることがわかった。それを受けて警察はようやく事件として取り扱ったものの、投薬した可能性の高い医師と看護婦は、あの西巣鴨病院の火災の際にどちらも煙の吸引と火傷《やけど》により死亡していた。

「ただ、お別れの会というかたちで、私は喪主ではなく実行委員です」

『不思議な呼び名だが、坊さんが読経《どきよう》し、焼香するのは同じだろう。本心では行ってほしくはないが、いまさら止めても無駄だろうね』

「こんなときだからこそ執り行わないと」

『由結子さんも参列するのかい』

「します。行き帰りも、寺の中も万全の警備を敷いてありますから」

『万全など本当にあると思うかい』

「ありません。だから常に注意を怠らないようにします」

『老人のわがままだと思って、あとひとつだけ聞いてくれるかな。綾ちゃん、君にはいつまでも秩序をもたらす者でいてほしい。どうか混乱の源にはならないでくれ』

「そのお言葉、胸に刻んでおきます」

＊

豊島区巣鴨にある東興寺《とうこうじ》には、日野の生家代々の墓があり、二十年前に亡くなった日野の妻もそこに眠っている。

夫妻に子供がいなかったため綾女が葬儀を執り行うことになったが、日野家の親戚《しんせき》や運営していた女子寮の現寮生や元寮生の大半は参列を断った。

病院襲撃の日にたまたま日野の病室に居合わせてしまい、火災に巻き込まれた綾女のかつての友人たちも、当然のようにここに来ることを拒否した。

終戦直後から、戦災孤児の収容所建設、全国の小学校への読書本寄贈など、さまざまな印象向上戦略を続けてきたことで、ここ数年、水嶽商事は戦前のヤクザのイメージを払拭《ふっしょく》し、日本を代表する商社のひとつとして認知されるようになっていた。

だが、そのイメージは廣瀬通商と兎月組が仕掛けてきた抗争で引《ひ》き剝《は》がされた。廣瀬通商の息のかかった新聞・雑誌の水嶽商事と綾女を故意に貶《おとし》める報道も相まって、水嶽商事はやはり暴力団が支配する会社だという評価が、またも世間に広まりつつある。綾女が主催する日野のお別れの会への参加を断った親戚や女性たちは独自に弔いをするため、今、火葬場で待っている。

綾女の役目は日野の棺を霊柩車《れいきゅうしゃ》に乗せ、寺から送り出すまで。焼き上がった遺骨を拾うことはできない。今後の納骨にも来るなといわれている。綾女が寮暮らしをしていたころに一番仲のよかった友人には、「穢《けが》らわしいから近寄らないで」といわれた。

このお別れの会に参列するのは綾女と由結子を加えても十人ほど。ただ、少人数のほうが警備には都合がいい。

山門の前に車列が停まった。

その中の一台、ベントレーから降りた綾女を、慶介を含む五人の傘をさした警護役が囲む。他にも、今目に見えるだけで十数人が遠巻きに参道を護《まも》っている。

少し前まで撃たれて入院していた慶介には、休むよう言いつけていたが、一緒に来ると譲らなかった。読みが甘く西巣鴨病院で襲撃を受けたこと、そして綾女を護りきれなかったことを、ひどく恥じていた。

溜池の本社ビルを出たときよりも、雨足は強くなっている。

渋谷区神山町の水嶽本家から、塚原とともにこちらに向かっている由結子はまだ到着していない。

ただ、時刻は午前十時。葬儀開始までまだ一時間ある。

小ぶりで落ち着いた佇《たたず》まいの本堂の前に、袈裟《けさ》をつけた住職以下の僧侶《そうりょ》たちが並び、綾女を出迎えた。剃《そ》り上げた頭の男たちは葬儀には似つかわしくない笑みを浮かべているが、それが綾女が渡した多額の葬儀代と戒名代のせいなのか、単にヤクザの頭目を前にして顔を引きつらせているだけなのかはわからない。

だが、その並んだ僧侶たちのうしろから、どたどたと靴音が響いてきた。

先に到着していた水嶽商事役員の赤松が憤怒《ふんぬ》の形相で駆けてくる。

「お嬢さん、神山町が――」

ほぼ同時に銃声が響いた。

瞬時に慶介の腕が伸び、綾女は抱きかかえられた。さらに何人もの社員たちが周りを囲む。銃声が背後を追ってくる。

綾女は履いていた草履を飛ばし、足袋と喪服の裾《すそ》を引きずるように石畳を駆けると、社員たちに囲まれながら香の立ち込める本堂内に飛び込んだ。

袈裟姿の僧侶と赤松も足をもつれさせながら駆け込んでくる。本堂正面の扉が乱暴に閉められた。

「神山町がやられました」

赤松が息を切らしながら報告する。

「やられた？」

綾女は上ずる声で訊いた。

「修造の往診に来た医者と看護婦の手引きで、本家に侵入されました」

医師も看護婦も全員三年以上前から修造を担当している。それぞれ身柄も丹念に調べてあったはずなのに。

「修造は？ 本家のみんなは？ 由結ちゃんと塚原を乗せた車のほうは？」

「まだわかりません。ただ、本家に火を放たれたようです」

外でまた銃声が響きはじめた。先刻よりはるかに激しく。

十一章　オートマチック

1

打ちつける雹《ひょう》のような激しい銃声が止《や》んで五分。まだ散発的に発砲音が境内に響いているものの、それも次第に遠のいている。

「こちらの被害は？」

棺《ひつぎ》の裏に身を隠していた喪服姿の綾女は訊《き》いた。

「怪我人《けがにん》はいますが、今のところ重傷者や死人は出ていません」

同じく身を隠している黒い背広の赤松が答える。

本堂の奥、老いた住職は床にうずくまったまま失禁し、錦《にしき》の袈裟《けさ》と袴《はかま》を濡《ぬ》らし震えている。残り三人の中年以下の僧侶《そうりょ》は、扉や障子を破って飛び込んできた銃弾が本尊や天《てん》蓋《がい》を傷つけていないか早くも確認をはじめた。三人とも戦時中の召集経験者だろう。

堂内で被弾した者はいなかった。

「電話はどこ。神山町の様子が知りたい」

綾女は赤松や僧侶たちを見た。

「本堂には電話線が引かれていません。寺務所に行って俺が確認してきます」

赤松が上着を脱ぎ捨て、立ち上がった。

「私も行きます」

「だめです。ここを動かないでください」

綾女の言葉を慶介が遮った。その手は綾女の右腕を強く摑《つか》んでいる。

「ああ。一緒に待機していろ。ここでまたお嬢さんに何かあったら、俺はもうこの世界で生きちゃいけません」

赤松の腹心の部下の裏切りにより、綾女たちは病院で襲われた。

「やめて、そんな言い方。あなたのせいじゃない」

「そういう優しさは、傷に塗り込む塩と同じですぜ」

赤松は手下を引き連れ本堂を出て行った。短くなった両手の小指が、怒りと焦燥を表すかのように蠢《うごめ》いている。

左は戦前に詰めたそうだが、右のほうは失って三週間しか経《た》っていない。

銃声が完全に消え、境内の木々の葉を打つ雨音がまた聞こえてきた。

周囲を捜索する水嶽商事の社員の声、集まってきた野次馬の足音がそれに混じる。

外の様子を自分の目で確かめたいが、慶介が許さない。

「由結ちゃんたちは？」

苛立《いらだ》ちながら綾女は訊いた。

「まだのようです」

慶介の手は今も綾女の腕を離さない。

由結子と塚原を乗せ、この東興寺に向かっていた車の状況もわからない。もう到着していなければならない時間だ。ふたりにも何か起きたに違いない。

――大切な日なのに。

「申し訳ありません」

綾女は棺の中の日野の遺体に、手を合わせながら頭を下げた。

まだ参列者が集まる前だったのが、せめてもの救いだけれど、結局、葬儀を執り行うこともできなかった。

「火葬場までちゃんとお送りしますから」

慶介がいった。

年老いた住職はまだ腰を抜かし、床にへたり込んでいる。代わって一番若い二十代の僧侶が「せめても」と香を焚《た》き、経を唱えはじめた。

綾女も数珠《じゅず》を手に掛け、拝む。

だが、その読経《どきょう》さえ、再度響きはじめた銃声と野次馬たちの悲鳴にかき消された。

＊

「素人《しろうと》の私がいうのも何だが、明らかな陽動だね」

サンルームの椅子《いす》に座る旗山市太郎がいった。

「そう思います」

綾女は雨に打たれる庭の薔薇《ばら》を見つめながら答えた。

文京区内、大門町御殿。訪問の予定はなかったが、渋谷区神山町の様子はまだ不確定で、溜池の水嶽商事本社周辺の状況もわからなかったため、一時的にここに身を隠すことを慶介が提案した。

旗山周辺の警備強化の名目で、少し前からこの屋敷にも水嶽商事の人間を派遣していたため、綾女を護《まも》るのに十分な人員も確保できた。国会で葬儀会場襲撃の一報を聞いた旗山も、審議会を切り上げ、急遽《きゆうきよ》この自宅に戻ってきた。

「議事堂を出る前、神山町の火はとりあえず消えたと報告を受けた。近隣への延焼もないそうだ」

旗山がネクタイを外す。

「それにしても、皇居なみに警戒厳重なあの家を狙《ねら》うとは。西巣鴨の病院の騒ぎに関わっていた内通者を一掃したばかりなのに。今回は内科医と看護婦が手引きしたか。ずいぶん前から修造くんを診ていたのだろう？」

「三年以上前から」

「手口は？」

「家の奥に入り、診察の直前にふたりで薬瓶に入ったガソリンを撒《ま》き、ライターで火をつけたそうです。看護婦のほうは診療カバンにダイナマイトを忍ばせていましたが、爆破する前に取り上げました。でも、家が燃えている混乱に乗じて裏門を破られ、十人ほどの突入を許したそうです。修造と芳子という女中が連れ去られました」

「火をつけた医者と看護婦はどうしている」

「医者は火傷《やけど》で重体、今治療中です。看護婦のほうは撃ち殺されました。調べている最中ですが、どちらも家族を人質に取られていた可能性があります。一緒に診療に来た整形外科医と精神科医は何も知りませんでした」

「由結子くんのほうの状況は？」

「豊島区内、明治通りを走っている途中で、車列が襲撃を受け、攫《さら》われました」

「塚原くんまで拉致《らち》されたか。行方の手がかりは？」

「襲撃してきた連中をひとり撃ち殺し、ふたり捕らえましたが、いずれも兎月組傘下《さんか》の者です。熊川万理江一派の策略であることは間違いありませんが、修造、芳子、塚原、由結子の行方に関する手がかりは、まだ摑めていません。捕らえたふたりが話した場所は、一時的な合流地点だったようで、すでに引き払われていました」

「文字通り人質を取られたわけか。君のほうの作戦は中止させたのだろ？」

「いえ、予定通りです」

「進めたのか」

「はい」

綾女たち水嶽商事側も葬儀の時間に合わせ、内偵し探り出した兎月組と系列暴力団の「武器庫」と呼ばれる拠点──神奈川と都内の計六箇所に一斉襲撃をかけた。

「潰《つぶ》せたのかい」

「潰した上に、備蓄していた武器弾薬類の四割を奪うことができました」

「戦果はあったわけか。まあ、由結子くんたちが拐《さら》われたからといって、一時的にこちらの攻める手を緩めたところで、事態は何ら好転しないか」

旗山は眼鏡を一度外すと、目頭を指先で摘《つま》み、言葉を続けた。

「その場で殺さず連れ去ったのだから、反撃されても簡単に傷つけはしないだろう。向こうにとっても重要な交渉のカードとなるだろうし。それに、はっきりいわせてもらえば、手足をもがれようとも、綾ちゃんという頭さえ無事でいれば、水嶽商事はいくらでも再生可能だ。ただね、だからといって無理押しすれば、必ずどこかに軋轢《あつれき》が残る」

旗山の口調は穏やかだったが、その言葉には綾女の強引さに対する不信と不安、そして恐れが含まれている。

「冷静さは失っていないね」

旗山が念を押した。

綾女が答えようとしたところで、テーブルに置かれた電話機が鳴った。

受話器を取り、耳につけた旗山が綾女に目を向ける。

「須藤くんからだ」

水嶽商事を長年支えてきた古参の役員のひとり。こんなときのために、あらかじめ仕事を任せておいた。

綾女は礼をいって受話器を受け取った。

「状況は？」

『和久井と三番目の娘を連れてきました』

熊川万理江に株を買収され、その傘下となった明和製粉社長の和久井文吾と三女・睦美のことだ。

『和久井の女房と他の三人の娘たち、長女の婚約者ももうすぐ到着します』

「お疲れさま。和久井社長に代わって」

『それが、逃げようとする素振りを見せたんで、若い者が何発か殴ったら、唇と口の中をひどく切ってしまいまして』

「しゃべれないの？」

『はい。医者を手配して縫わせたんで大事はないんですが、麻酔が切れるまであと三十分は舌が回らないそうです』

「それじゃ睦美さんに代わって」

『よろしいんですか』

「私ではなく慶介から話をさせる。顔馴染《かおなじ》みのふたりなら話も早いだろうから」

綾女はサンルームの隅に立っている慶介に目を向けた。

「あなたから説明して」

嫌な顔をしながらも慶介が受話器を受け取った。

「聞こえるかい。生田目だ」

本当に慶介なのか確かめるような会話が二、三交わされたあと、懇願する女の激しい泣き声が受話器から漏れてきた。

慶介がなだめながら話を続ける。

「状況は聞いているね。くり返すかい？　水嶽商事の社長の妹さんや、社員たちが拉致されたんだ。そう、四人。君はお父さんに代わって熊川万理江に今すぐ電話して、四人の無事と居場所を――」

受話器の向こうで睦美が罵《のの》りはじめた。

収まるまで慶介は待ち、静かに言葉を続ける。

「俺をどれだけ責めようが、文句をいおうが、何も状況は変わらない。助かりたいなら、いわれた通りに電話をして、四人が今どうなっているか聞き出し、そして熊川にこちらの指示した番号に電話をかけさせるんだ」

だが、また睦美が激しく泣き出し、責めはじめた。

「泣き止まないと、今すぐ殺す」

慶介が静かにいった。

「いわれた通りにできないなら、父親を嬲《なぶ》り殺し、それから母親を痛めつけ、おまえたち四姉妹の前で息の根を止める。うそだと思うならそれでいい、本気だという証拠に、まず父親の指を折る。それでもわからないなら、指を落とし耳も削《そ》ぐ。今、目の前にいる男に一度受話器を渡せ。いいから渡せ。早くしないと、おまえの顔が腫《は》れ上がるぞ」

須藤に電話を代わらせ、慶介が短く説明した。

声は聞こえないが、受話器の向こうでは布を無理やり噛《か》まされた睦美の父・文吾が指を折られている。睦美自身も顔を二、三発殴られただろう。

綾女は変わらず雨に濡れながら咲く薔薇を眺めていた。旗山も運ばれてきた紅茶を飲んでいる。

「わかったかい？」

慶介が再度静かに訊いた。受話器の向こうはまた睦美に代わっている。

「思い出してくれたね。俺たちはヤクザなんだ。やるといったことは必ずやるし、やれといったことは必ずやらせる。君たち家族を全員殺してでも」

2

熊川万理江から電話が入ったのは午後七時を過ぎたころだった。

大門町御殿の客用トイレを借り、喪服の袖《そで》をめくってゴムを巻いた左腕に注射器の針を刺したところで、外から女中に呼ばれた。

ヒロポンを急いで打ち込み、サンルームに戻ると、旗山が電話で話し込んでいた。

受話器の向こうの熊川のほうが、会話をリードしているのがわかる。

旗山の趣味である囲碁や、少し前（昭和二十八年四月）に立ち上げた友愛青年同志会のことなど次々と話題を変え、十五分近く焦《じ》らしたあと、旗山の「そろそろ水嶽商事の社長さんに代わるよ」という言葉に、ようやく熊川は承知した。

旗山の差し出した受話器を受け取る。

『ご連絡が遅くなり申し訳ありません。いろいろと今日は忙しかったもので』

熊川が白々しくいった。

「そんなときにお電話を催促して、こちらこそ申し訳ありません」

綾女も平坦《へいたん》な声で返す。

『それでご用件は？』

旗山との会話を引き延ばしていたのと正反対に、熊川はすぐに本題に入った。

――嫌な女。

綾女は心底思った。自分もこんな場面に直面したら、間違いなく同じような手を使って相手を挑発しただろう。

感情を一度押し殺し、話を続ける。

「私の妹、友人、部下、雇っている女中、この四人をどこに連れ去ったのか、教えていただきたい」

『私が連れ去ったという証拠は？』

「そういう無駄な時間の使い方は止めましょう。お互いに何の利益にもなりません」

『仰《おっしゃ》るとおりですね』

熊川の声が笑っている。

「まず四人の安否を確認させてください。塚原か芳子に、ここに電話を入れさせていただきたい」

『今すぐ旗山先生のお宅に？』

「はい」

『そんなに早く手配はできませんし、お断りします。どうせ公社（日本電信電話公社）に手配して、交換台から発信元をたどらせる用意をしているのでしょう。電話口に塚原さんを出したら、私たちの気づかない隠語で何か連絡されるかもしれないし』

「応じていただけないなら、こちらも手を打ちます。先ほど、ある場所に明和製粉の和久井社長とご家族に集まっていただきました。その全員が死ぬことになります」

『どうぞご自由に。好きになさってください』

「生かすも殺すも構わないと」

『はい。水嶽社長こそ、私のお招きした四人に死なれては困るのではありませんか』

「状況は自分の方が有利だ、そうおっしゃりたいのですか」

『優劣の問題ではありませんよ。ただ、事実を申し上げただけです』

「四人と引き換えに、何がお望みですか」

ヒロポンの効能でいつもより高まっている怒りと憤《いきどお》りを抑えながら、綾女は訊いた。

『水嶽商事筆頭株主の座と社長の椅子をいただきたい』

「以前とはお話が違います。アメリカ、カナダから東日本圏への穀物輸入枠シェアの三十パーセント、水嶽商事本社株の四パーセントを御所望だったはずです」

『状況が変わったんです。あのときははじめてお会いするというのもあって、かなり譲歩した提案をさせていただいたのですが、これだけあちこち壊されては、もうお気遣いする必要もないでしょう』

綾女の指示により、水嶽傘下の勢力は、その後も各地の兎月組系列暴力団の「武器庫」強襲を続けていた。

『無償で株をよこせとはいいません、相応の価格で買い取らせていただきます。ただ、経営陣は刷新させていただきますね。現社長のあなたには、とりあえず役員の末席に降格していただき、その後半年ほどで引退してもらいましょう。ご自由の身になられたら、よいお相手を見つけて、ご結婚などなさったらいかがですか。お子さんをお産みになり、穏やかで幸せな家庭をきっとお作りになれますよ。ただ、幸せを感じた直後、その家庭を潰させていただきますね。家庭だけでなく、あなたからは何もかも取り上げます。破産に追い込み、夫は事故死、いえ、夫と子供が強盗に殺されるのもいいですね。あなたは孤独に堕《お》ち、ひとり惨《みじ》めに生き続ける。私への絶対に果たせない復讐心《ふくしゅうしん》を抱え、恨みながら老いさらばえてゆく』

「楽しそうに話しますね」

『ええ、とても楽しいですよ』

「そんな妄想を巡らして、ご自分が惨めになりませんか」

『これが妄想？』

熊川の声色が変わった。

『妄想などひとつもありませんよ。状況が少し違うだけで、あなたに父を殺され、母を殺されたあと、私が実際にたどってきた道筋です。それを水嶽社長にも体験していただこうとしているだけです』

旗山は黙ったまま近くに座っている。だが、厚い眼鏡の奥から、子供の喧嘩《けんか》を眺めているような、いや、蓮《はす》っ葉《ぱ》な女たちの罵り合いを聞かされ心底うんざりしているかのような眼差《まなざ》しを、こちらに向けている。

――そう、ただの下品な諍《いさか》い。

旗山が辟易《へきえき》とするのも当然だ。ただし、これも今後のための大切な作業だった。

綾女は言葉を続ける。

「私はご両親のどちらも殺していません。あなたのお父様は私を爆殺しようとしたのに、失敗して勝手に自分が吹き飛んだ。お母様は勝手に死んだ、いえ、生きるのがどうしようもなく辛《つら》くなって、望んで自分を殺した」

『下手な挑発。心から愛する人を理不尽に取り上げられたときの気持ち、水嶽社長はおわかりにならないのでしょうね。あなたはこれまでの人生で本気で誰かを愛し、慈《いつく》しんだことなど一度もなかったのだから』

「退屈な恋愛小説のような台詞《せりふ》ですね」

『鼻で笑っていらっしゃる水嶽社長の顔が目に浮かびます』

「笑ってはいません。呆《あき》れているだけです。ロイ・クレモンズに何を吹き込まれたのか知らないけれど、あの男のいうことは信用しないほうがよいかと。ご存知のはずです、彼は『GHQは水嶽商事を潰そうとしている。私が救う』といって擦り寄り、結局したことといえば、水嶽商事を強請《ゆす》り、私に求婚しただけ。あまりに悪辣《あくらつ》過ぎて、逆にGHQに潰され、本国に送還されましたけれど」

クレモンズはまだアメリカ国内で生きている。

しかし、もう長くはない。友人のカウフマン夫妻を通じて手は打ってある。元GHQ関係者やアメリカの情報筋の了解も得ている。熊川に加担し、自分と水嶽商事に攻撃を仕掛けてきたあの男を許すつもりはなかった。

実際の作業をするのは、チャールズ・ウィロビー少将が紹介してくれたシカゴ系のマフィアだ。どんな殺し方が好みかとレナード・カウフマンを通じて訊かれたので、流行《はやり》は何かと尋ねた。拉致し暴行したのち、極限まで空腹にさせた闘犬に襲わせるのがトレンドだという。

だから、骨まで食われてもらうことにした。

『私もクレモンズさんを信用などしていませんよ』

電話口で熊川は話し続ける。

『ただ取引をしただけ。それ以上でも以下でもありません。あなたの怒りを買ったあの方が、今後どうなろうと一切気にはしていません。吉野総理も同じです。利害が一致したから、一時的に協力しただけ』

「あの老人に見捨てられた負け惜しみですか」

『いえ、私から見切ったんです。もう助けは必要ないですし』

「そうね、あなたはずっとひとりですものね。友達もいない、信頼できる部下もいない。周りにいるのは、損得で結びついた人たちばかり」

『その通り。そして私をこんな人間にしたのは、水嶽社長、あなたです。あなたにも本当の孤独を味わっていただきたくて、あなたの一番近くにいる方々を捕らえさせていただきました。その四人がひとりずつ消えていったとき、どんな気持ちになるか？　どうか楽しんでください』

「ならば、私もあなたを完膚なきまでに叩《たた》き潰します。たとえそれで水嶽商事が衰亡し、消え去ることになっても。そもそもそんな事態を回避して、なるべく無傷の水嶽商事を手に入れるために、あなたは電話をかけてきたのではありませんか」

『ああ、そうでした』

演出なのか本心なのか、明るい声で返した。

『水嶽社長憎さのあまり、本来の目的を忘れかけていました。思い出させてくれてありがとうございます。で、抗争はまだ続けるおつもりですか』

「ええ、今のままなら」

『でしたら、こういうのはいかがでしょう。お預かりしている四人の無事を約束する代わり、武力での抗争は一時中断する』

予想通りの提案を投げてきた。総力戦の潰し合いを無期限に続ければ、資金力でも構成員数でも上回る水嶽商事のほうが有利なのは、互いに承知している。

『私たちの望むものはすでにご提示しましたが、現状では条件を呑《の》んでいただけないのもわかります。なので、この停戦期間を使って、互いの意見を摺《す》り合わせましょう』

「まるで商談のよう。人質をとって脅しているのに」

『お互いヤクザですから。少しもおかしくはないでしょう』

「でも、上手《うま》くいくでしょうか」

『いかなければ、全員死ぬだけです。水嶽社長の大切なお友達の青池修造さんも、妹の由結子さんも、痛めつけられ苦しみ、殺されるでしょう』

——なんて軽いのだろう。

そんな軽い命を積み上げた上に、綾女は今立っている。そして熊川万理江も。

「窓口役はどうしましょう」

『そうですね。私は明和製粉社長の和久井を指名します。あの男だけ解放してください。他はそのままで結構。妻や娘を人質に取られ、命がかかっているだけに、全力で窓口役を務めるでしょう』

「私のほうは、水嶽由結子を指名したいところですが、許して下さらないでしょう？」

『ええ。水嶽社長が得するばかりですから』

「命の価値の差――」

わかり切ったことだけれど、綾女は独り言のように口にしていた。

『その通り。水嶽社長は誰よりご存知のはずでしょう？』

「では、私のほうは芳子しかいませんね。ただ、彼女はヤクザでも身内でもない。修造を拉致する際、車椅子を押す役割を押しつけられ、巻き込まれてしまった女中です。仕事のことも何も知らないので、渕上という顧問弁護士をつけさせてください」

『こちらで預かっている四人の中から無理して選ばなくても結構ですよ』

「いえ、足手まといになりそうな要素はひとつでも減らしておきたいので」

『情けをかけるなんてお優しいのですね。承知しました』

たまたま居合わせてしまった女中の命など気にする必要はないのに、といいたいのだろう。

「芳子の無事を確認し次第、こちらも和久井社長を解放します。次回の直接交渉の日時と場所は？」

『その芳子さんに託しておきます。ではこれで――』

「待ってください」

『まだ何か？』

「四人を襲い、拐《さら》った件は、ヤクザ同士の争いごとのひとつ。納得はいかなくとも、仕方のないことと飲み込みましょう。でも、日野先生は堅気。あの方を殺したこと、さらには葬儀さえじゃましたこと。このふたつに関しては、謝っていただきます」

『どうお詫《わ》びすれば？　私の指を詰めてお送りすれば、それで収めていただけますか』

「本当に送る気があるのなら」

『ええ、送る気などありません。謝るなんてご冗談を。それならまず、私の父と母の死について、水嶽社長が指の二、三本詰めて、額を床に擦りつけて心底詫びてください』

せせら笑う声とともに通話が切れた。

綾女も受話器を置く。

暗くなったサンルームの大きな窓ガラスに、自分の顔が映っている。

怒りも憎しみも越え、無表情になっていた。ヒロポンがもたらす昂《たかぶ》りも、もう消えてしまった。

疲れた顔。だが、疲れも虚《むな》しさも感じている暇などなかった。

ガラスには旗山の顔も映っている。不安そうにこちらを見ていた。

「綾ちゃん。君は勝つために、水嶽商事のために戦っているのだよね？」

「もちろんです」

綾女は穏やかな声で答えた。

「今の綾ちゃんは、鏡に映っている自分自身と闘っているように思えてならないんだ。熊川を斬《き》りつけながらも、同時に自分自身も斬りつけているような」

「手の込んだ自傷行為ですね。だいじょうぶです。その類《たぐ》いの願望はまったくありませんから」

うそをついた。

「それならいいんだ。よけいなことをすまないね」

「いえ、心配していただいて嬉《うれ》しいです」

綾女は頭を下げた。が、老練な政治家はこちらをじっと見つめていた。

3

午後十時。

旗山の手配した警察車両に先導されながら、綾女を乗せたベントレーを含む水嶽商事の自動車三台は大門町御殿を出発した。

何度も断ったにもかかわらず、「心配だから送らせてくれ」と旗山自身もベントレーに乗り込んだ。今、綾女と並んで後部座席にいる。確かにヤクザの綾女ひとりを護るより、次期総理候補の最右翼と目される長老格の国会議員が同乗しているほうが、警備する警察官もより慎重になる。

熊川も車列にいきなりダイナマイトを投げ込むような無茶はできないだろう。そんなことをすれば、暴力団の抗争として一連の騒ぎに無理やり目をつぶってきた警察も、現役議員謀殺を企《たくら》んだテロリストとして、熊川や兎月組を捜査せざるを得なくなる。

ベントレーの行き先は、港区溜池にある水嶽商事本社。

最も堅牢《けんろう》かつ警護しやすい場所として本社の社長室が選ばれた。神山町の水嶽本家は半焼、残った部分も消防の放水で破損・浸水し、人が暮らせる状態ではないという。綾女自身の目で確かめたかったが、安全を優先したらそんなことはできない。

日野の葬儀をぶち壊されただけでなく、住むところまで奪われた。

拐われた四人の行方も追わせているが、まだ何の報告もない。

「熊川に陰で力を貸していた同業者連中はあらかたわかったのかい」

旗山が訊いた。

「はい。大阪の竹岡さんが協力してくださいました」

竹岡組組長が骨を折ってくれたのは、美波ひかりの妊娠騒動を「丸く収めた」ことへの返礼でもあった。あの一件に対する後悔はない。ひかりに伝えたことはすべて事実で、一片の偽りもなかったのだから。だが、綾女の中に悲しさも痛みもある。

そして罪の意識も。

「それで、予想通りだったかな」

「ええ。名古屋の小野島さんも、熊谷の品田さんも子会社を経由して、廣瀬通商と兎月組の関連会社に資金提供していました」

小野島は名古屋一帯を支配している東海井桁会の組長で、品田も埼玉北部や熊谷一帯を勢力下に置いている東武連合会の会長だ。どちらも綾女の祖父の代の水嶽組時代から協力関係にあり、綾女の長兄・麟太郎が社長だったころには、その非力さを憂《うれ》え、綾女の社長復帰のために様々な助言や協力も申し出てくれた。

「皆綾ちゃんのおかげで公営ギャンブルの恩恵に与《あずか》り、肥え太った連中じゃないか。それがこぞって裏で熊川に手を貸し、申し合わせて水嶽商事を潰そうとしたわけか。政治と同様、ヤクザの世界も世知辛《せちがら》いものだね」

「逆にその変わり身の早さと狡猾《こうかつ》さが、ヤクザらしいともいえますけれど」

「連中は何が気に入らない？」

「水嶽商事だけが突出し、ヤクザ以上のものになってゆくのが怖かったようです。取り澄ました顔をして、罪も穢《けが》れも捨てた、本物の企業になってしまいそうなことも許せなかったのでしょう」

「君たちはすでに本物の商社だよ。日本の経済にも貢献してきた」

「いいえ、今も変わらず商社のふりをした、ただの暴力団です。それ以上のものにはなれません。どんなに上品振ろうと着飾ろうと、蛾《が》はどうあがいても蛾のまま。蝶《ちょう》に変わることはない」

「卑下し過ぎじゃないかな」

「事実ですから」

「でも、蛾であれ蝶であれ、それ相応の理想や目標は持つものだ。熊川を排除した先、綾ちゃんはどうするつもりだい？」

「まず、おじさまに総理大臣になっていただきます」

「それは嬉しいね。私も必ずなるつもりだが」

「次に熊川に協力していた連中に制裁を与えます」

「大仕事だが、竹岡組と手を組めば不可能でもないか。しばらくお会いしていないが、竹岡さんは今でも信用できる方かい」

「はい。義に厚く、古いやりかたを尊重なさる方です。一方で新たな手法を試すのにも躊躇《ちゅうちょ》がない」

「結局、金のつながりはそれだけのものか。私や竹岡さんのように、君のお父上と仕事抜きで友達だった者だけが残った。で、目論見《もくろみ》通り裏切った連中に制裁し、潰した土地土地を統合・統制していけば、いずれは東が水嶽商事、西が竹岡組とふたつの広域的な組織ができるわけだね」

「暴力と脅しで広い地域を支配する組織。広域暴力団ですか」

「まあそういうことだ」

「それこそ夢物語のようですね」

「綾ちゃんの手腕なら、あながち夢でもないだろう。では、そのふたつの目標をやり遂げた先は」

「今はとても思いつきません」

「こんなときだからこそ、未来への展望をと思ったんだがね」

「おじさまはいつもそうされているのですか」

「難題に直面したときほど近視眼になりがちだから、意識して乗り越えた先のことを考え、心に余裕を持つようにしている。でも、それも政治家の浅知恵。人命が懸かった今、語るべきことじゃないな」

「そんなことはありません。ただ、その時々をどう切り抜けるかに精一杯で、先のことなど考えたことがなかったものですから」

他愛《たわい》のない会話。

人質を取られ、張り詰めている気持ちを、少しでも緩めるための旗山なりの心遣いなのだろう。

途中で旗山は不意にこういった。

「なあ綾ちゃん、君はこれまで生きて先に進むより、死ぬことばかり考えていたのだろう？」

綾女は一瞬言葉に詰まり、視線を暗い車外に向けた。

助手席で前を見ていた慶介も、かすかに頭を動かし、耳をこちらに傾ける。

吉野繁実も旗山も、老練な政治家というのは、やはり油断ならない。ふとした隙《すき》を突き、人の心を揺さぶり、引きつけ、取り込むような言葉を投げつける。

――人たらしのジジイたち。

旗山は変わらぬ口調で語りかける。

「順当に水嶽商事の海外展開を目指すかい？　原料調達先としてではなく、市場としても東南アジアは日本の商社にとって重要地点になっていくのは間違いないだろう。それに韓国、中国、ソビエトとも国交を回復していかなければならないし。他国との国交正常化に比例し、アジア圏の市場も必然的に拡大してゆく。それとも、いっそのこと綾ちゃんも政治家になってみるかい」

「私はヤクザですから」

「ヤクザで政治家をやっている者もいないわけじゃない。よく知っているだろう」

「でも、私にはやっぱり無理ですね。うそが下手ですから」

「確かに政治家は、自分がうそをついていることさえ忘れてしまうような人間でなければ、とても続けてはいけない商売だな。でも、慣れれば上手くなるものさ、うそのつきかたなんて」

旗山の横顔がかすかに微笑《ほほえ》んだ。

＊

本社ビル東館六階。社長室の隣にある応接室には、デパートの外商部に注文した真新しいベッドが運び込まれていた。

部屋着兼寝間着代わりのワンピースに着替えた綾女は、その上に座った。

以前はここにも先代社長の麟太郎が揃《そろ》えた豪華な調度が並んでいたが、今は中国宋《そう》代の青磁と狩野派《かのうは》の掛け軸を残し、すべてかたづけさせた。撤去した多数の美術品は売らずに残してある。三年後に開館予定の、麟太郎を記念し、水嶽の名を冠した美術館に収蔵するつもりだ。

この部屋に水道はない。立派なサイドボードの上に置かれた、洗面所代わりの大きな水差し、洗面器、コップ、歯ブラシ、タオルがみすぼらしい気分にさせる。

しばらくここに籠城《ろうじょう》しなければならない。

これから梅雨本番となり、そして夏へと移っていくというのに、好きなときに窓やカーテンを開けることもできそうにない。全館空調で、暑さ、寒さを感じずにいられることは救いだが、ここには当然風呂《ふろ》もシャワーもない。

体を洗いたければ、当面は木桶《きおけ》の中で汲《く》み置きの水を浴びるしかなかった。まるで戦前の行水だ。上場会社のオーナーや社長で、自社のオフィスで体を洗う人なんているのだろうか?

午前零時になり、睡眠薬を四錠飲んだ。しかし、体は疲れ、気持ちも落ち込んでいるのに、打ち込んだヒロポンのせいでまったく眠くない。

ただ、これもいつものことだった。眠れず、疲れが募るばかりの夜が続くのが日常になっている。以前はこんなときに亡霊たちの幻覚が現れ、気を紛らわせてくれた。

——あの亡霊たちにも、もうずいぶん長いこと会っていない。

ノックが響いた。

「遅くに申し訳ありません」

慶介だ。

二重の鍵《かぎ》を外し、ドアを開けると、皿とポットの載った銀盆を手に入ってきた。

「夜食です」

布巾《ふきん》の下に海苔《のり》を巻いたおにぎりが並んでいる。

「どこかの店で作らせたの？」

「給湯室のガス台で炊《た》いたんです。土鍋《どなべ》を使って」

「あなたが握ったの？　自炊できるなんて知らなかった。一番似合いそうにないのに」

「父に仕込まれたんです。自分のメシも用意できない男は半人前だって」

「本社《ここ》に米や海苔があったのも知らなかった」

「こんなときのために、塚原さんや赤松さんが備蓄させておいたんです」

「まるで兵糧米《ひょうろうまい》ね」

「そういうことです。出前の食事を取ったら、何を入れられるかわかりませんし。不用意に外に通じるドアも開けたくありませんから」

「朝になれば社員たちが出社してくるじゃない」

「今夜だけですよ。出社時間までに東館五階以上を封鎖して、一部を除き、誰も立ち入れないようにします」

「幽閉されるのか」

「ええ、ラプンツェルです」

軽口に綾女は憮然《ぶぜん》としたが、慶介は笑っている。

「とにかく食べてください」

「私はいいから、警護で詰めている社員に食べさせてあげて」

ヒロポンのせいで空腹感も消えている。

「連中の分もあります。たくさん炊きましたから」

「でも――」

「今の顔のままじゃ、ポン中丸出しです。少しでも食べればまぶたは重くなります。浅い眠りでも、休めばいくらかはマシになるはずです」

「そんなにひどい？」

「はい。アメリカン・クラブ・オブ・トーキョーの前で見たパンスケを思い出しますね。遠目には華やかに化粧をして着飾っているけれど、よく見ると顔に生気がなく、目が淀《よど》んでいた」

戦後一時接収され、進駐軍将校用クラブとして使われていた、千代田区丸の内の東京會舘《かいかん》。以前、あそこで食事をして、それからクレモンズ、カウフマン、田鶴子、綾女の四人でカードをした。慶介の父・生田目義朗も警護役としてついてきたが、一般日本人のため館内に入ることができず、外で綾女が戻るのを待っていた。

「食べてください。そのひどい顔でいられたら、塚原さんが戻ったとき、『どうしてちゃんと見ていなかった』と俺が怒鳴られます」

綾女は銀盆に載った皿を取ると、ソファーに座った。気の進まない顔をしながら、それでも少しずつおにぎりを口に運んでゆく。

「茶を淹《い》れますね」

慶介がポットの湯を急須《きゅうす》に入れる。

「私の秘書になった連中は、皆食べさせたがる」

疲れのせいか、思わず愚痴が口を衝《つ》いた。

「飛田さんのことをおっしゃっているんですか」

綾女は答えなかった。

「どちらにせよ、しばらく本社ビルからお出しすることはできません。この期間を不幸中の幸いだと思ってヒロポンを断ってください」

「手に入れられないよう、監視するつもり？」

「ええ。もう手加減はしません」

「あまり生意気な言葉が過ぎると、私も手加減しない」

「好きに罰していただいて結構です。それで社長の健康が取り戻せるのなら」

時計の針の音だけがしばらく響き続けたあと、綾女は訊《き》いた。

「私が憎い？」

「はい。社長のせいで父は殺されましたから」

慶介の顔を見る。

「生田目義朗は身勝手な忠義を尽くし、勝手に死んだ。私のせいじゃない——そうおっしゃりたいのですか」

慶介からの問いに綾女は首を横に振った。

「違う、不思議なだけ。憎いのに、どうしてあなたは私の下で働こうとしたのか。そして今も働いているのか」

「父は社長を認めていました。その才能に惚《ほ》れていたといってもいい。でも、俺にはわからなかった。ガキだった当時の俺には、社長は二十代半ばの小娘にしか見えなかった。まあ、こんな偏見、社長はもう慣れっこでしょうけれど。そんな小娘のどこに父は魅力を感じ、自分の命を懸けてまで護《まも》ろうとしたのか、俺なりに知りたかったんです」

「実際に働いてみて、何かわかった？」

「ほんの少し。まだすべてはわからないので、今も近くで働かせてもらっています」

「全部わかったときはどうするつもり？」

「さあ。わかったときに考えます。社長こそ、どうして俺を近くに置いていてくれるのですか。父を憎んでいますよね」

「もちろん」

憎しみは消えないし、許すつもりもない。飛田は生田目に殺されたのだから。

「俺は憎んでいる男の息子なのに」

「私が望んで秘書や警護役にしたわけじゃない。塚原があなたを推して、須藤さんや赤松さんも承認した。その人事に従っただけ。拒否はしなかったけれど、進んであなたを受け入れもしなかった」

「特別な計らいや、意図はなかったと」

綾女はうなずいた。

本心をいっていないことは、もちろん慶介も察知している。ただ、だからといって、深く追及しようともしない。

――あなたなら、私を殺してくれる気がした。

死にたいと思うことも少なくなった今、動機を教える必要はない。真実を話したところで、何も変わらないし、誰も救われはしないのだから。

――ただ、やっぱりこの子が一番ふさわしい。

そう思った。

「座って。あなたに頼みたい仕事がある」

綾女はおにぎりを手にしたまま語りはじめた。

一時間後、水嶽本家から連れ去られた女中・芳子が、練馬区内の交番で保護されたと連絡が入った。

4

熊川万理江率いる廣瀬通商の代理人・和久井。水嶽商事の代理人にされた芳子と、補佐役の弁護士・渕上。

解放された双方の人質たちは、六月二十日以降、都内のホテルや料亭で話し合いを重ねている。しかし、状況は進展していない。

当人たちの能力の問題というより、元来合意できるはずのないことを、無理やり近づけ、摺り合わせるなど、交渉のプロでもそう簡単にできることではない。

七月に入っても、由結子、修造、塚原は拉致《らち》されたままだった。大まかな位置が摑《つか》めても、絶えずあちこち移動させられているため、居場所を絞り込むのが難しい。

一方で、綾女たち幹部の命令に反し、水嶽商事傘下《さんか》と兎月組傘下の暴力団の間で衝突がくり返されていた。

水嶽玄太の娘である由結子が解放されないことに腹を立て、恥じてもいる古参の水嶽社員は手榴弾《しゅりゅうだん》などを使った激しい報復に出ており、事実上の抗争状態に発展していた。

しかも両者の組員だけでなく一般人にも死傷者が出ている。さらに水嶽商事の統制力が低下したせいで、素人《しろうと》同然のチンピラや愚連隊が、都内のあちこちで大胆な恐喝などの暴力事件を起こし、交番や所轄《しよかつ》警察署の大きな負担にもなっていた。

繁華街や商店街の経営者は、これまで自分たちを護ってきた「水嶽警察」の弱体化を、ひどく不安がっている。水嶽商事が危ない――そんなうわさが、単なる情報を超えた警報となり、東京で暮らす人々に広まりつつある。圧力による報道統制も以前のように機能しなくなり、雑誌が「水嶽の衰亡」「戦前の血脈を引きずる暴力企業の終焉《しゆうえん》」などと書き立てる記事が、さらに一般市民たちの危機感を煽《あお》っていた。

東京の表通りは変わらない。けれど、路地を一本入れば、男たちの殺気に満ち、些細《ささい》なことで銃声が響き、短刀の刃が血に染まる、そんな終戦直後のころのような街に戻っていた。

『君は東京を戦場に変える気はないといったよな。堅気にも迷惑をかけんといったじゃないか。だらだらと長引くゲリラ戦など、まっぴらごめんだ。とっとと事を収めて、元の静かな街に戻したまえ』

数日前には吉野繁実総理から直接、早期の和解と抗争終結を促す電話がかかってきた。

恐怖心から、世間でこの抗争について進んで口にする者はほとんどいない。しかし、株価は正直で、水嶽商事株、廣瀬通商株、どちらもさらに値を下げていた。

事実、水嶽商事の業績はひどく落ち込んでいる。当然だが、社全体で臨戦態勢をとっていながら、同時に一般業務を円滑にできるはずなどない。

報復に対する怯《おび》えから、いきなり取引を中止したり一旦《いったん》停止する企業はいないが、それでも各分野での取引額は確実に減少していた。蓄えてきた莫大《ばくだい》な内部留保のおかげで、経営危機にはまだほど遠いが、決して悠長には構えていられない。

『綾ちゃんのやっていることは発汗療法で、決してチキンレースではないよな』

旗山も心配し、電話で訊いてきた。

十九世紀半ば、アメリカのロックフェラー一族が経営するスタンダード石油は、ライバルの石油会社を駆逐するため、違法すれすれの発汗療法と呼ばれる手段を多用した。ある地域にガソリンスタンドを出店し、周囲の競合店のどこよりも安い価格でガソリンを販売する。競合店が値下げしたら、さらにそれ以下の価格にする。原価割れして利益が出なくても、値下げをくり返し、競争に耐えられなくなった他店が次々と潰れ、地域のマーケットを独占すると、今度は一転して、それまでの損失を補塡《ほてん》するように価格を吊《つ》り上げてゆく。

水嶽商事が自らの肉を削《そ》ぐようにして今を耐えているのは、攻撃を仕掛けてきた熊川一派を駆逐するため。決して、どちらが破滅にぎりぎりまで近づけるかを競い合っているわけではない。

捕らえた和久井文吾社長の家族たちは、都内やその近郊にある旧日本陸軍の極秘の食糧・弾薬備蓄所を転々とさせ、今も監禁している。ただ、突然空も太陽も緑も乏しい半地下に閉じ込められ、長く自由を奪われている影響で、和久井の妻や娘たちは少しずつ精神のバランスを崩しはじめていた。

水嶽側の人質にも、同じような兆候が出ていないか憂慮している。

とりわけ修造は、ただでさえ心身が不安定なのに、さらに強い負荷がかかった状態のままで耐えられるのか。薬や食事はきちんと与えられているのだろうか。

気を揉《も》んでいる綾女自身も、本社ビル東館六階に籠《こ》もったままだった。西洋の童話などまったくの門外漢のはずの赤松まで、ラプンツェルと冗談半分で呼ぶ始末だ。

綾女を含む、水嶽商事の役員たちは焦《じ》れていた。特に以前から仕えてきた古参の連中は、派手に殺し合う抗争はよく知っていても、交渉と並行して小競《こぜ》り合《あ》いだけが続く状況には慣れていない。

じりじりとした解けない緊張の中に置かれ、誰もが神経を尖《とが》らせていた。

だが、打開のときは近づいている。

5

七月だというのに、窓の外には梅雨の曇り空が広がっている。

綾女はドレープの入った長い紺色のワンピースを身につけている。その上にニットのカーディガンを羽織った。足元は革のブーツのほうが合うのだけれど、ローヒールを履くことにした。少しでも動きにくく見える恰好《かっこう》のほうが、それだけ向こうも油断してくれる。社交のルールに則《のっと》り、正装の一部としてバッグも携える。

この大ぶりの黒いバッグは特注品だ。表は柔らかい牛革で、内側には厚いゴム材が敷き詰められている。

「お願いした通りね。ありがとう」

綾女はいつもの衣装係に優しく微笑んだ。

化粧係によるメイクが終わり、一礼してふたりが去ってゆく。

本社ビル東館六階の応接室は、この数週間のうちにホテルの一室のように家具が配され、作り替えられた。素敵だけれど、豪華すぎて綾女はずっと落ち着かなかった。

だが、ここで過ごすのも、恐らく今日で最後だ。

神山町の水嶽本家にはまだ帰れない。襲撃を受けた際の出火で半焼半壊し、改修を急がせてはいるものの、依然人が住める状態ではない。

姿見の前に立つ。もうこの顔、この体を見ることはないかもしれないと思うと、少し名残り惜しくなった。

これから熊川万理江と会い、人質と株券を交換する。

向こうが引き渡すのは、まず修造と塚原のふたり。綾女は水嶽商事の発行済株式数の十五パーセントにあたる株券をその場で渡す。無料ではなく、確認後、相応の金額が振り込まれる約束になっているが、別に金のことはどうでもよかった。

問題は妹・由結子の身柄だ。

熊川が取引から無事に戻ったのが確認された時点で、解放される手筈《てはず》になっている。綾女のほうも無事に戻ったのち、現在、埼玉県所沢の旧日本陸軍地下備蓄所に監禁している和久井の妻や娘たちを解放する。

熊川が十五パーセントの水嶽商事株を得たら、経営に介入するだけでなく、役員会に最低ふたりの役員を送り込むことができるようになる。おそらく熊川自身が乗り込んでくるだろう。

取引としてだけ見れば、完全に綾女たち水嶽商事側の負けだ。

しかし、取引が何事もなく終わり、この騒ぎに関わった全員が無事に帰ってこられるとは到底思えない。

熊川も同じ考えだろう。

——それでも勝機はある。

綾女は信じていた。

——信じるなんて、柄にもないことだけれど。

水嶽商事と熊川率いる廣瀬通商の違いは、その歴史の古さと、子分たちとの絆《きずな》の深さにある。

単純なことだが、こんなにも決定的な差はない。

綾女と水嶽商事に強い敵意と復讐心《ふくしゅうしん》を抱いているのは、熊川万理江とそのごく近い者たちの数人程度。他は熊川という勝ち馬に乗れそうだと近寄ってきたに過ぎない。

兎月組も代々熊川の血脈が組長を務めていたわけではなく、兎月組先代が死去したのち、組を金で買い取るようにして熊川がその頭目になっただけだ。組員たちに強い忠誠心などない。それは廣瀬通商にしても同じことだった。熊川の伯父が所有していた商社を、伯父死去の混乱に乗じて奪い取ったに過ぎない。ここまで廣瀬通商の役員や社員たちが離反していないのは、熊川のやり方が成功し、水嶽商事との全面戦争に突入する寸前まで、業績が右肩上がりを続けていたからだ。

しかし、先の見えない消耗戦の中で、熊川の能力や方針、そしてこの金にならない戦いそのものに疑問と不満を抱く者も、数多く出ているだろう。

そんな金目当ての烏合《うごう》の衆は、その頭さえ潰してしまえば、すぐに離散する。対して水嶽商事は、もし綾女が死んだとしても消えることはない。水嶽本家時代からの重臣たちが会社を守ってくれる。中継ぎ役に綾女の兄の桂次郎を立て、死んだ麟太郎の長男の玄一郎が成長するのを待ち、いずれ社長に就任させればいい。

本人の意思など関係ない。それが決して抗《あらが》うことのできない血に刻まれた運命であり、綾女が消えても敵を確実に駆逐しさえすれば、水嶽商事は生き続ける。

綾女はゆっくりと姿見の前から離れると、応接室のドアを開け、社長室に入った。

待機していた芳子と弁護士の渕上、それに赤松が頭を下げる。

午前九時。執務机の電話を取り、ダイヤルを回した。

呼び出し音が一回鳴ったところで、待っていたように相手が出た。

『もう時間かい？』

受話器の向こうで大阪の竹岡組長が訊いた。

「はい、行ってまいります」

『気いつけてな』

「私が戻らなかったときは、どうかあとのことを――」

『そないな安い芝居じみた台詞《せりふ》、綾ちゃんには似合わんで。浜谷たちの用意も出来とる。すぐにこっちも動き出すから』

浜谷だけでなく、他にも竹岡組の多くの戦闘要員が大阪から密《ひそ》かに東京に入り、行動に出る瞬間を待っている。

『好きなようにやってきたらええ。こっちも一通り終わったら電話するわ』

「ありがとうございます」

綾女は受話器を置くと、赤松に視線を送った。

「間違いないんですね」

最後にもう一度、大切な確認をする。

「はい、間違いありません」

赤松はうなずいた。

ずっと摑めずにいた由結子の所在だが、懸命な捜索と何人もの命を犠牲にした結果、千葉県木更津《きさらづ》にある元海軍中将の別荘に監禁されていることが、昨日ようやく判明した。

「わかりました」

綾女は立ち上がった。

赤松、そして緊張した面持ちの芳子と渕上とともに、社長室を出てエレベーターに乗り込む。

「お嬢さん、嬉しそうですね」

赤松がいった。

笑ってなどいない。だが、この男なりに何かを感じ取ったのだろう。

「あなたこそ」

綾女は返した。

「まあね。血を見そうなときになると、どうにもてめえを抑えられなくなる。役員執務室で座って数字を眺めてるより、こっちのほうが性に合ってると、嫌でも思い知らされる。あのイカレの生田目と、俺も結局は何も変わらねえってことです」

赤松の言葉を聞き、芳子と渕上の表情がさらに険しくなった。

警護役の社員たちに囲まれながら、ベントレーに乗り込む。

助手席にいる警護役の名は真田《さなだ》。西巣鴨病院で襲撃された際、綾女、由結子を慶介とともに護り、銃弾を受けた男だった。

後部座席の綾女の隣には芳子が座っている。

「もしものときは、どうか娘をよろしくお願いいたします」

彼女が小さな声で念を押した。

「ええ。私と水嶽商事が責任持って後見し、一生不自由はさせない」

ベントレーは江東区砂町、荒川の東京湾河口付近にある砂町下水処理場に向かっている。敗戦により長らく拡張工事が中断していたものの、この秋から第二処理場の建設が水嶽商事の建設部門によって正式に再開することになった、あの処理場だ。

永代通りを終点まで進み、さらにその先の舗装されていない砂利道を走ってゆく。両脇《りょうわき》は草が生い茂った空き地、それに水辺に近いせいで葦原《あしはら》も見える。文字通りの野っ原の奥に、砂町下水処理場が見えてきた。

綾女が処理場に入るのは、一年前の東京都庁関係者との工事再開に向けた視察などを含め、これで三度目。周囲は相変わらず雑草地ばかりで、曇り空の下を東京湾から流れてくる潮風が、高く伸びた草をざわざわと揺らしている。

戦中はさらに何もない陸の孤島だったのだろう。

昭和十九年、当時の陸海軍や政府から違法に手に入れた大量の物資の隠し場所として、綾女の父の水嶽玄太や水嶽商事の役員たちは、工事途中で放棄されていた第二処理場建屋を使うことを考えた。しかし、周辺にあまりに建物がなく交通量も少ないため、物資搬入のトラックが頻繁に出入りしては目立ち過ぎてしまうと断念した。

稼働《かどう》している第一処理場の横を通り、普段は閉鎖されている門を通って第二処理場の敷地内へと進む。綾女率いる水嶽商事、熊川率いる廣瀬通商と兎月組、この取引の場に参加できるのは双方十五人のみ。

取引の日時に、熊川は今日、七月二日を指定してきた。

代わりに綾女はこの第二処理場を、取引の場に選んだ。

もちろん数日前から熊川たちは第二処理場内に入り、罠《わな》や仕掛けがなされていないか入念に調べただろう。だが、場内からは何も見つからなかったはずだ。

処理場建屋の前に四台の自動車が停まっている。熊川たちのものだ。

綾女もベントレーを降り、芳子、渕上とともに株券の入った大きなスーツケースを持って建屋正面のガラス扉を開けた。

下水一時貯水場、沈砂池《ちんさち》、第一沈殿池、反応槽、第二沈殿池など主要な巨大コンクリート施設はほぼ完成し、通路などの照明も点灯する。しかし、巨大ポンプや変電設備、発電機など内部機器は搬入・設置がされていない。その未完の状態のまま敗戦を迎えた。

第一沈殿池の施設内は、通電され、最新式の蛍光ランプが光っていた。

細い廊下を進み、何枚もの厚い鉄製扉を開けてゆく。建屋内は、沈砂池、反応槽など各部ごとにブロック分けされているが、それぞれオリンピックで使われるプールや体操競技場ほどの大きさがある。

「よろしくお願いします」

歩を進めながら綾女は赤松に伝えた。

「数年の遅れを取りましたが、生田目には負けません」

赤松が笑う。

廊下の先、「第一沈殿池A―2」と書かれた大きな鉄扉の前に熊川の配下たちが立っていた。鉄扉の向こうには沈殿池のひとつがある。

赤松たちとはそこで別れた。開いた鉄扉の中に入れるのは綾女、芳子、渕上の三人のみ。この条件も呑《の》まざるを得なかった。

綾女たちは入念な身体検査を受けた。

中年の太った女が、綾女と芳子の持ち物を点検し、体を探ってゆく。

女には見覚えがある。向こうも「お久しぶり」といった。

明和製粉社長の和久井文吾に話し合いを提案され、築地の料亭祥楽に行ったとき、玄関前で身体検査をしたあの中年女だ。

「素敵なバッグね」

彼女の言葉に、綾女は「ありがとう」と返した。

バッグの中には株譲渡に必要な書類、最低限の化粧道具、ハンカチ、絹の手袋、ヒロポンの錠剤が入ったボンボニエールがふたつ。銀製ではなく新たに造らせた鉄製のもので、以前より容量が大きく、ひとつには百合《ゆり》、もうひとつには鈴蘭《すずらん》をモチーフにした意匠が施されている。

検査が終わり、芳子、渕上、そして中年女とともに鉄扉の中へ入ってゆく。

扉が閉じると取手に閂《かんぬき》がかけられ、赤松、熊川の配下によってひとつずつ、計ふたつの南京錠《ナンキン》がかけられることになっている。十五分後、内側から綾女、熊川がそれぞれ声をかけ、無事を確認したのちに解錠され、鉄扉が開けられる。出入りできる場所はこのみで、他に逃げ道はない。

第一沈殿池A—2内でも蛍光灯が鈍い光を発していた。プールサイドのような細い通路を進み、水の張られていないがらんどうの沈殿池の底へと、鉄の梯子《はしご》を伝い降りてゆく。床も壁も天井も周囲はコンクリート製で、梯子の一段に足をかけるごとにカンカンと乾いた音が響く。深さ四メートル。灰一色の大きな霊廟《れいびょう》のようだった。遮蔽物《しゃへいぶつ》がないので、誰も隠れられないし、何かを隠しようもない。空虚だ。まるで地の底に落ちたように感じられる。

その中心で、修造、塚原、立ち会い役の和久井、そして熊川万理江は待っていた。

修造は膝《ひざ》を抱えるように座らされている。塚原は足枷《あしかせ》、目隠しをつけられ、右腕を縄で腰につながれ立っていた。

「はじめましょうか」

熊川が口を開いた。身につけているワンピースは喪服のように黒い。

「ええ」

綾女も答えた。

ふたりの声が反響する。

修造がうなだれていた頭を上げた。

「ごめんなさい」

綾女は修造を見つめた。

和久井が禿《は》げた額に緊張で汗を浮かべながら、塚原の目隠し、さらに右腕と腰をつないでいた縄を外してゆく。が、足枷はつけられたままだ。

「それも外して」

綾女はいった。

「できない」

熊川が返す。

「話が違う」

「じゃ、取引はやめにしましょうか」

「構いません」

塚原が口を挟んだ。あの大柄な体軀《たいく》が細くやつれていた。

「だいじょうぶ?」

綾女は声をかけた。

「何とか。鎮静剤を打たれてひどく体が重いですが」

「それも話が違う」

綾女は熊川を睨《にら》んだ。

「ハンディをもらうことにしたんです。多くの修羅場を潜《くぐ》ってきたヤクザの塚原さんと、ただの雇われ社長の和久井では、実力差があり過ぎますから」

熊川も睨み返した。

今度は逆に塚原が和久井の体を調べてゆく。その横顔には疲労が色濃く浮かんでいるが、気力までは削られていない。目の鋭さは、綾女が昔から知っているあの男のままだ。

綾女の横では芳子が中年女の体を探っている。

「拷問《ごうもん》されなかった？」

綾女はまた塚原に話しかけた。

「殴られたり蹴《け》られたりはありませんでした。ただ、ずっと狭い部屋に押し込められて、ひどく退屈でしたが」

「修造、あと少しだからね」

綾女は笑顔を向けた。修造もかすかに笑ったように見えた。

「ええ。あと少しで楽になる」

熊川が嘲《あざけ》るような微笑を浮かべる。

「その顔、緊張しているの？」

綾女は挑発も込めて訊いた。

「違います。興奮しているんです」

直後――

「これは」

芳子が声を漏らし中年女の髪留めに手を伸ばした。が、それよりも早く、中年女が自ら鼈甲《べっこう》の髪留めを外し、裏に隠した錐《きり》で芳子の腕を突いた。

はじまった。

芳子が悲鳴を上げる。しかし、怯えながらも株券の詰まったスーツケースで中年女を殴りつけた。その形相は、死を覚悟した者の顔だった。

塚原も熊川に摑みかかる。

熊川、和久井はそれぞれに腰のベルトのバックルに隠していた小さなナイフを取り出し、塚原に斬《き》りつけた。だが、塚原は怯《ひる》むことなく、熊川の右腕を摑み、足を蹴って強引に投げ飛ばす。和久井にも体当たりして転がした。

取引の場は殺し合いの舞台へと様相を変えた。

熊川が欲しいのは綾女の命だけ。しかも自分の手で殺すことにこだわっている。

ただ、それは綾女も同じ。

――望むのは、あの女の命を奪うこと。

どれだけの犠牲を出そうとも必ず殺す。

綾女は振り向き、熊川に背を向け駆け出した。事情を一切知らず立ちすくむ渕上を置き去りにし、鉄梯子へと一直線に進んでゆく。

熊川が追ってくる。その背中を塚原が再度摑む。熊川は斬りつけたが、塚原は手を離さない。塚原の爪《つめ》が食い込み、熊川の黒いワンピースが裂ける。だが、彼女は二度三度と狂った形相で斬りつけ、長い監禁で体力を削られた塚原は片膝を突いた。瞬間、熊川が塚原の顔面を蹴り飛ばした。

仰向《あおむ》けに倒れてゆく塚原。そのうしろでは芳子と中年女が奇声を発し、血飛沫《ちしぶき》を飛ばしながらもみ合いを続けている。

綾女は前だけを見て沈殿池の底を走り続け、鉄梯子に手をかけた。

しかし、背後にヒールの音が迫り、振り向くと、熊川がナイフを振り下ろした。

バッグで振り払おうとしたが止められない。右肩を斬られた。

飛び散る綾女の血が、まだわずかに幼さを残す熊川の顔に降りかかる。

──きれいな人。

こんなときにもかかわらず、目を血走らせる彼女を見て思った。

思いながらも、その腹を蹴る。熊川がよろける。綾女はさらに持っていたバッグの留め金具を毟《むし》り取り、裏に仕込んだナイフで起き上がった熊川を斬りつけた。

熊川が体を大きく反らし、避《よ》ける。が、足枷の鎖を鳴らしながら駆けてきた塚原が追いつき、うしろから熊川に飛びかかった。ふたりは床に倒れ、ナイフを握る若い女と片腕のない中年男が激しくもつれ合う。

――その髪を摑み、喉《のど》を斬り裂いてやりたい。

熊川への溢《あふ》れ出る殺意を抑えつけ、綾女は鉄梯子に再び手をかけた。

不確定な要素は極力取り除かなければならない。熊川がまだ武器を隠し持っているかもしれないし、何か仕掛けているかもしれない。

それにもう目が痛くなってきた。涙が溢れてくる。

――急がなければ。

梯子を上がってゆく。逃げようとしても外に通じる鉄扉は開かない。まだ約束の十五分は経過していないし、そもそも綾女と熊川、双方の無事が確認されなければ閂にかかった錠前は外されない。

中の異変に気づいた熊川側の連中が強引に入ってこようとするかもしれないが、赤松が押しとどめる手筈になっている。

恐らく鉄扉の外でも、殺し合いははじまっているだろう。

綾女は鉄梯子を上り切ると、バッグを開いて裏返した。左右の縫製を破き、ボタンとファスナーで留め、顔全体を覆《おお》うゴムマスクを作る。さらに鉄製のボンボニエールを嵌《は》め合わせたフィルターを、マスクの口の部分につなげた。

急いで被《かぶ》ると、化粧品を入れたポーチからチューブ入りの皮膜剤を取り出し、肌が露出している部分に塗りたくった。熊川に斬られたところには皮膜剤を染《し》み込ませたハンカチを貼《は》りつける。血が流れ落ち、ずきずきと痛むが、気にしている余裕はなかった。

梯子の下から渕上の悲鳴が聞こえた。が、叫び声が瞬《また》く間に小さくなってゆく。

綾女は手袋をつけ、身構えた。マスクの下の呼吸が荒くなってゆく。

沈殿池の鉄扉は閉ざされ、もう誰も入ってくることができない。今は、下水処理中に発生するガスや異臭を排出するための通気口も閉じられ、施設同士で処理下水をやり取りする配管も弁を封鎖されている。

唯一《ゆいいつ》、直径二十センチほどの配線穴が各ブロックに開けられていた。

通常の電源では稼働できない大型ポンプや循環スクリューに大量の電力を供給するため、変電施設からのケーブルを通す穴だが、もちろん人など通れないし、小型の武器を隠しておいてもすぐに見つけられてしまう。傾斜があるのでガソリンや毒性のある液体なども所々で滞留・逆流し、思うように流れない。

そのため、熊川たちも問題視しなかったのだろう。

ただ、気体なら穴を通じて通すことができる。

今、ここには第二処理場の建屋外から何本もの配線穴を経由し、大量のシアン化水素、別名・青酸ガスが送り込まれている。

外で作業しているのは竹岡組若頭補佐の浜谷に率いられた男たちだった。

何台もの噴霧器で送られてくるシアン化水素は空気より重く、この大きな沈殿池の底にもすぐに溜《た》まる。

シアン化水素を吸入すると、125ppm以上（濃度0・0125パーセント）で三十分から一時間のうちに生命の危険に陥るか死亡する。今使用しているのは、それより遥《はる》かに高濃度の戦闘用に造られた化学兵器のため、もっと早く絶命するだろう。

鉄扉の外にも配線穴を通じてガスは送られている。

赤松も死ぬだろう。

あの男はすべて知った上で、水嶽商事のため、いや、ヤクザとしての意気地を通すために、この役割を引き受けた。ただし、西巣鴨病院で綾女と由結子を身を挺《てい》して助けた、真田という若い社員は何も知らない。

彼もここで死ぬことになる。

一方で、芳子、そして塚原もガスのことを知っている。

芳子は娘の幸せな未来のために命をなげうってくれた。約束は必ず守る。塚原は由結子とともに拉致される以前に、こうなる事態も想定し、綾女と一緒に入念に策を立てていた。

塚原も自らの命をかける覚悟をしていた。

由結子は慶介が救出に向かっているが、無事に戻るかは五分五分だ。監禁されている場所にもシアン化水素を送り込むため、何らかの被害を受ける可能性がある。

だが、それであの子が命を落としたとしても仕方がない。

旗山市太郎が以前いったように、どれだけ手足がもがれても、頭である綾女が残っていれば水嶽は再生する。

すべては水嶽にとって最大の敵である熊川とその配下をここで殺し、根絶するため。

それを赤松も塚原も、そして修造も何より願っている。

とても悲しいけれど、修造にもここで死んでもらう。

気持ちは、五月のうちに確かめてある。

夜、寝室でふたりきり、ラジオから流れるクラシック音楽を聴きながら、綾女は修造に妻のよし江がまだ生きていることを伝えた。

そして訊いた。

『よし江さんには修造は死んだと伝える。あなたを彼女に渡したくないの。ずっと私のそばにいてほしい』

修造は言葉の代わりに、綾女の手を二度ゆっくりと握り、ノーの意思を伝えてきた。

――この人は私よりも妻を愛している。

わかっていたことだけれど、悔しかった。

だから次にこう質問した。

「今でも水嶽のために死ぬ覚悟はある?」

すぐに修造は綾女の手を一度だけ握り、イエスの気持ちを伝えてきた。

——この人もやっぱりヤクザ。

こんな不自由な体にされたのに。

修造もいつでも死ぬつもりでいた。

だから今日ここで死んでもらう。

綾女ではなく、よし江を選んだからじゃない。

——すべては水嶽のため。

鉄梯子の下から呻《うめ》き声、叫び声が地鳴りのように湧《わ》き上がる。

塚原は熊川をまだ押さえつけているようだ。中年女、芳子はかすかに呻いている。和久井社長と渕上の声は完全に聞こえなくなった。

熊川も多くの犠牲を覚悟してここに来たのだろう。

でも、甘い。

——私にはここにいるすべての命を踏み台にする覚悟がある。

綾女の腕や足、首筋の肌もずきずきと痛む。フィルターを通しているのに、吸い込む空気が苦しい。

今ここに充満しているシアン化水素は、以前、アメリカ軍のものだった。

終戦間際《まぎわ》、日本軍は本土決戦に備え、陸海軍が生産したイペリットなどの毒ガス兵器およそ四千トンを日本各地に配備し、上陸してきたアメリカ軍を攻撃する計画を立てていた。だが、アメリカ軍の本土上陸がないまま敗戦が決定すると、陸海軍は毒ガス兵器を海中や河川、地中に廃棄し、隠蔽《いんぺい》を図った。

その一部の廃棄作業を水嶽商事は軍部から委託された。

一方、アメリカ軍も戦争に勝利はしたものの、武装解除を拒む日本の軍人や一般人による大規模な反発、ゲリラ戦を想定し、それらを鎮圧・駆逐するため、シアン化水素を主とする大量の化学兵器を進駐と同時に日本国内に運び込んでいた。

しかし、日本人の反抗は起きぬまま、一切使用されることなく終わる。朝鮮戦争勃発《ぼっぱつ》後も、半島での化学兵器の使用は当時のアイゼンハワー大統領が厳禁したため、そのまま日本に残された。占領期間が終わった際も、GHQはアメリカ国内や欧州での世論の反発を恐れ、大量の化学兵器の本国への持ち帰りを拒否し、すべてを水嶽商事に管理させ、段階的に処分するよう命じた。

この最後の「汚れ仕事」を引き受けたことで、綾女たちは日本の再独立後も、アメリカ国務長官となったジョン・フォスター・ダレスや、退役したチャールズ・ウィロビーを含む元GHQの高官たちとの独自のパイプを築けたのだった。

毒ガス案件でのつながりがなかったら、綾女は吉野繁実の過去の違法行為の証拠を手に入れることもできなかっただろう。

だが、毒ガス・化学兵器は旧日本陸軍やGHQの意に反して、処分されることなく密かに保管されていた。

今日ここでの出来事も、すべて事故による悲劇として世間に発表される。

下水処理場の拡張工事再開に向け、協力して工事にあたる水嶽商事と廣瀬通商の人間が視察に訪れていたが、実は建設が中断していた現場には、終戦直前、旧陸軍が密かに毒ガス兵器を運び込み、隠蔽していた。知らずにいた一行は、外装金属が腐食して大量に漏れ出していたイペリット、ホスゲン、ルイサイト、ジフェニル・シアノ・アルシンを浴びて多くの者が命を落とした――

警察と検察にも事後承諾させる。連中も、一般人に被害が及ばず、ヤクザ同士の殺し合いである限りは、積極的に介入してこない。それでも万が一、異論を唱えようとする勇気ある者が出てきた場合は、家族友人ともども葬《ほうむ》り去る。

沈殿池の底から聞こえてくる呻き声が小さくなってゆく。

修造の、塚原の、最期《さいご》を見届けてやりたいけれど、呼吸が苦しく見ることができない。

だが、カン、カンと誰かが鉄の梯子を上ってくる音がした。

塚原――いや、違った。

「おまえは人間じゃない」

熊川の声だ。

「獣物《けだもの》、化物《ばけもの》、獣物、獣物、化物、獣物、化物、化物……」

喘《あえ》ぎながらくり返している。

——そんなこと、わかっている。

あの女がここまで這《は》い上がってきたら蹴落とす。綾女は身構えた。しかし、姿は現れず、しばらくして底のほうでどさりと音がした。力尽きて落ちたようだ。

不意に静寂が訪れた。

灰一色の霊廟の中で、綾女の呼吸音だけが聞こえていた。

＊

どれくらい経《た》ったのだろう？

綾女は目を開いたまま、コンクリートの上に横たわっている。

遠くでガコンガコンと鉄扉の開く音がした。もうガスは薄れただろうか。わからない。薄れたとしてもマスクは外せない。施設全体を消毒洗浄しない限り、ここへの立ち入りは死の危険を伴う。

横たわったままの綾女に、防護服のようなものを着込んだ人影が近づいてきた。腕を伸ばし、綾女を抱き上げる。

「ありがとう」

——来てくれたんだ。

綾女は声を振り絞った。

「殺されたくないから来ただけだ」

桂次郎がマスクの下からくぐもった声で答えた。

「皆は」

「死んでいるよ。見たいかい？」

綾女は抱きかかえられながら第一沈殿池A—2を出てゆく。

が、鉄扉の外で綾女はすぐに兄の腕から下ろされた。

「自分の足で立つんだ」

その言葉とともに、桂次郎は綾女の手に何かを握らせた。

指がうまく動かない。でも、感触でわかる。オートマチックの拳銃《けんじゅう》と弾倉だった。

「見るんだ」

いわれた通り目を開くと、天井の蛍光ランプが所々割れ、薄暗い通路に何人もの男たちが横たわっている。赤松の配下と熊川配下のヤクザが殺し合ったあとだった。地獄へ延びる回廊のように床や壁一面に血が飛び散り、かすかに呻き声も聞こえる。

「まだ何人か生きている。ただ、助からない。まだ死ねずにいる者の頭を撃ち抜き、楽にしてやってくれ。撃ち方は知っているね」

桂次郎が毅然《きぜん》とした声でいった。

「これは綾女の義務だ」

――わかっている。

ふらつく足を進め、倒れている男たちの首筋に手袋をつけた指先を当てる。水嶽商事の者も、熊川配下の者もいる。死んでいれば、開いたままのその目と口を閉じた。まだかすかに息をしている者には、オートマチックの銃口を向け、頭を撃ち抜いた。血と脳漿《のうしょう》が飛び散り、綾女のマスクや髪、腕を赤黒く染めてゆく。またひとり、生き残りを見つけた。襲いかかってくることもなければ、「助けてくれ」と懇願さえしない。

ただ、綾女に力なく視線を向けている。その目を見つめながら、綾女はまた引き金を引いた。苦しみから解放するため、ひとりずつ、消えかかった命を完全に消してゆく。両手で拳銃を握っているものの、一発撃つごとに反動で大きくよろける。その体を桂次郎が支える。優しさではない。この義務を最後まで果たせという、無言の命令だった。

――だいじょうぶ、逃げたりしない。

毒ガスのせいで、腕や足の肌がむき出しになっていた部分が焼けるように痛む。それでも綾女は撃ち続けた。

水嶽商事の真田からは、まだかすかな息遣いを感じた。倒れた体を抱き起こし、首筋に指を当てると、彼は閉じていた目を一瞬開いた。怨《うら》み、恐怖、悲しみの入り混じった視線を向けたが、すぐにまた力なくまぶたを閉じた。

額に銃口を向け、引き金を引く。銃声と同時に血飛沫を飛ばしながら首をのけ反らせると、体にわずかに残っていた緊張が霧散し、一気に弛緩《しかん》した。

赤松は口から泡を吹き、すでに息絶えていた。

その頭にも祈りとともに銃弾を撃ち込む。

あと何人残っているだろう。ここに倒れている全員を安らかに眠らせなければ。ただ、目が霞《かす》む。立っていられない。

薄暗く血で汚れた通路の先には、外からほのかな光が射《さ》し込んでいる。

薄れる意識のなか、その光の元へと綾女は目を向けた。

6

目を開くと綾女はベッドの上にいた。

顔には酸素マスク、首や腕、足には包帯が巻かれている。

「肌に跡は残るかもしれないけれど、重い後遺症が出ることはないそうよ」

眼鏡をかけた金髪碧眼《へきがん》の女性、スイス公使館一等通訳官のヨハンナ・バルトはいった。

「ひさしぶり。苦しくなければ、酸素マスクも外していいといっていたわ」

前に会ったのは、終戦直後の在日アメリカ大使館だった。でもここは、港区内にある在日スイス公使館の一室だ。

「あの」

綾女は酸素マスクを外し、起き上がった。

「わかるわ。二日間も眠っていたんだもの」

ヨハンナが肩を貸してくれた。

すぐに部屋を出て、廊下の先にあるトイレへと向かう。

ドアを開け、便座に座った。

「何かあれば呼んで。食事の用意をしてあるし、シャワーもいつでも浴びられるから」

ただの親切心からではない。この厚遇を受けるために、かなりの金額をスイス公使館の一部の職員に支払った。

ヨハンナのヒールの音が遠ざかってゆく。

二日過ぎているのなら、今日は七月四日。

トイレを出て部屋に戻ると、ベッドの脇《わき》に慶介からの手紙が置かれていた。

由結子は救出できたが、突入時に使ったシアン化水素の影響で、皮膚を負傷し、入院したと書かれている。しばらくは治療が必要だが、綾女と同じく後遺症が残る可能性は少ないそうだ。

――よかった。

綾女は窓の外に目を向けた。

時刻は夕方のようで、鮮やかな赤色に染まった西の空が見える。

当面、このスイス公使館に身を隠すことになるだろう。

今夜から水嶽商事と大阪の竹岡組は、廣瀬通商、兎月組、そして熊川万理江を陰で支援していた各地の暴力団に、化学兵器を使った一斉攻撃を仕掛ける。

今度も大勢が苦しみながら死んでいくだろう。

悪魔の所業。

でも、もう何の恐れもない。

どう呼ばれようとも、私は歯向かう者すべての息の根を止める。それが私のために死んでいった人々の、何より願ったことなのだから。

7

昭和二十九年十一月、旗山市太郎は吉野繁実首相が党首を務める日本民進党を離党した。改進党と合流し、自由国民党を結党、党首に就任する。

綾女たち水嶽商事はこの結党に際し莫大《ばくだい》な資金援助をした。一方で民進党議員らを不正献金や、外航船舶建造融資利子補給法の制定を巡る贈収賄《ぞうしゅうわい》、いわゆる造船疑獄に関する新たな不正の証拠を晒《さら》すと脅し、自由国民党への協力・移籍を促した。

翌十二月、自由国民党ら野党が集結し、末期的状態に陥っていた第五次吉野内閣に不信任案を提出する。可決の可能性が高くなると、吉野は衆議院解散・総選挙で対抗しようとしたが、その時点で解散しても選挙での敗北は必至と悟った日本民進党幹部らに説得され、吉野内閣は総辞職した。

十二月十日、旗山は遂《つい》に内閣総理大臣となった。

首班指名を受けたその夜、慌《あわ》ただしい組閣人事のさなかにいる旗山に、綾女は電話で祝辞を送った。

「名実ともに日本国民の頂点に立たれましたね」

『いや、陛下を戴《いただ》く国民の長として、私が舵《かじ》取りをするのは日本の半分だけだよ』

「半分？」

『ああ、表側のね。この国の裏半分の頂点に立ち、舵を担《にな》うのは綾ちゃん、君だ』

8

昭和三十年十一月、自由国民党と日本民進党の二大保守勢力が合同、自由民進党が結党し、党首には現首相である旗山が就任した。吉野繁実は新党に参加せず、無所属となった。

十二章　カーテンコール

昭和三十年十二月六日

溜池にある水嶽商事本社ビル西館、二階にある中会議室の入り口ドア横には「控室／Waiting Room」のプレートが掲げられている。

綾女は運び込まれた大きなドレッサーの前に座り、何通かの書類に署名した。

銀の髪飾りに肩の露《あら》わな青色のドレス。背と肩には四年以上も前に撃たれたときの、百足《ムカデ》が張りついたような縫い痕《あと》が未《いま》だ残り、遠目からでもわかる。

「他には？」

顔を上げ、訊《き》いた。

「これで最後だよ」

スーツ姿の桂次郎がもう一通出した。

その横で薄紫のドレスを纏《まと》った生田目の未亡人・浩子が、署名を終えた書類を一つひとつ確認し、革のカバンに納めてゆく。

綾女の趣味を反映し、普段は実用第一で殺風景な中会議室だが、今日は届けられた無数の祝いの花が並び、色と香りに満ちていた。

綾女は最後の書類に目を通すと、英語で署名した。エアコンディショナーから流れてくる暖気が、綾女の青いドレスについたいくつものドレープをしなやかに揺らしている。

「完了だ。急に政治的な問題が持ち上がらなければ、来年五月に予定通り来日する」

水嶽商事は、前身の水嶽本家が建設と運送事業を開始した明治三十八（1905）年から数え、今年で創業五十年となる。それを記念したパーティーが今日、ここ本社ビルで開かれる。

この節目の年に、綾女は日本では先駆的となる水嶽文化事業団を設立した。その事業第一号として、来年、フランスからパリ・オペラ座バレエを招聘《しょうへい》し、日本各地で公演を行う。

「体裁は整った？」

「ああ。文化事業として申し分ない。祝電には目を通してくれたかな」

「ええ」

ドレッサーの横には創業五十周年を祝う数多くの電報や封書が積まれていた。

「吉野さんのも？」

桂次郎の言葉に綾女はうなずいた。

衆議院議員の吉野繁実からも、

『Congratulations to Her Majesty, the bloodthirsty Queen《おめでとう血のお好きな女王陛下》』

という手書きの一通が送られてきた。

相変わらず嫌味な書きぶりだが、もうあの老人に対して何も思うことはない。吉野と最後に会ったのは昭和二十八年五月。その後は電話で一度話したきりだ。

水嶽商事は文化事業団設立以外にも、さまざまな社会貢献を行なっている。

亡《な》くなった長兄の名を冠した、水嶽麟太郎美術館も来年四月、世田谷区内に開館する。

同じく亡くなった三番目の兄の名をつけた日本人戦犯遺族の生活を支えるための、水嶽康三郎基金も昨年四月に設立した。

さらに先月からは、日米混血孤児の生活の場となる「あたらしいいえ」の運営もはじまった。二十七年四月まで続いたＧＨＱによる日本統治期間中、占領軍のアメリカ兵を父に、日本人女性を母に持つ多くの日米混血児が生まれた。しかし、多くの兵士は父としての責任を果たすことなくアメリカに帰国してしまい、残された母親も生活の困窮やアメリカ人の子を産んだことへの非難・迫害から逃れるため育児放棄したり、道端に置き去りにするなどの事件が頻発した。

そんな孤児たちの生活と教育の場として、綾女は「あたらしいいえ」財団を設立。子どもたちは十五歳になるまで学校に通いながら無償で暮らすことができ、乳幼児を保護し育てるための設備や人員も揃《そろ》えている。

現在、東京、横浜、大阪で運営されているが、今後さらに増やしていく予定だ。

こうした一連の活動を、「罪を隠すための偽善」と糾弾するマスコミももういない。

階下からジャズのリズムに乗った軽快なスネアドラムと、華やかなトランペットの音が響いてくる。ビル一階のエントランスでは一時間後にはじまる水嶽商事創業五十周年パーティーのバンドリハーサルが行われていた。

現職総理の旗山市太郎をはじめ、多くの国会議員や財界人が出席し、かつて綾女が育てた新東京プロダクションの高幡幹夫《たかはたみきお》、柄本チズル、それに阪神芸能社の美波ひかりの日本を代表する歌手三人が、揃ってステージに登場し歌うことになっている。

ひかりは今年だけで五枚のシングルレコードを出し、四本の映画に主演、その合間を縫って三千人規模の会場のステージに立っている。歌にもさらに磨きがかかり、より深い憂《うれ》いや悲しみを表現できるようになったと、評論家筋からも絶賛されている。彼女が芸能界の頂点にいるといっても、異論を挟む者はいないだろう。ある新聞社が調査した知名度ランキングでは、現職総理の旗山を抜き、ひかりが日本で一番名前を知られた有名人の座を獲得した。

綾女は今でもひかりの歌を愛している。そしてたまに顔を合わせたときは、少しだけ言葉も交わす。

でも、それだけだった。他愛《たわい》無いことで笑い合う仲にはもう戻れない。

寂しい。けれど、彼女が歌っていてくれるだけで十分――と自分にいい聞かせている。

パン、パンと中会議室の外で誰かがクラッカーを鳴らしている。パーティーで使うために大量に買い込んだアメリカ製のクラッカーが湿気《しけ》っていないか、試しているのだろう。二年ほど前なら、あんな音が響いただけで身構えていた。だが、水嶽商事本社を襲撃しようとする者は、もう関東近郊にはいない。冗談のように話していた広域暴力団の構想が、現実になった。今現在、日本の東を水嶽商事、西を竹岡組改め株式会社竹岡グループが支配している。

ノックが響き、扉を開けてスーツ姿の慶介とピンクのドレスを纏った由結子が顔を出した。その横には亡くなった兄・麟太郎の十五歳になった息子・玄一郎、十三歳の娘・静乃も立っている。

「来てくれてありがとう」

綾女は笑顔で甥《おい》と姪《めい》に声をかけた。

桂次郎が四人を招き入れる。

麟太郎の妻だった美紗子には出席を断られたが、玄一郎と静乃を将来の水嶽商事グループの後継者として、パーティーの壇上で紹介することは許してくれた。

このふたりに継承することが、今後の綾女にとっての最大の仕事だ。そのためにも、あと最低十年は社長としてこの水嶽商事を守り続けなければならない。

覚悟はできている。

濃紺のスーツを着た玄一郎は、緊張した面持ちで頭を下げた。

「綾ちゃん、元気だった？」

黒いベルベットのドレスを着た静乃が少し照れながらいった。

「ええ、元気だったわ。ふたりともとても素敵ね」

「そう、プレゼントがあるんですよね」

ふたりのうしろに立つ慶介がいった。

「今までのお礼」

そういいながら静乃が背中に隠していた紙袋を出す。綾女は会えずにいた間も、お年玉、誕生日、クリスマスと事あるごとにふたりにお祝い品を贈っていた。そのお返しなのだろう。

「何かしら？」

綾女は跪《ひざまず》き、静乃の紙袋の中を覗《のぞ》き込んだ。赤い包紙に緑のリボンのついた四角い箱が見える。横の玄一郎も隠していた紙袋に手を入れた。

次の瞬間、銃声が轟《とどろ》いた。

綾女の右肩に激痛が走り、驚き見ると、玄一郎の手に拳銃《けんじゅう》が握られている。痛みに耐えきれずうしろによろけたが、さらに腹に撃ち込まれた。

玄一郎だけではない。慶介と浩子も二十二口径の銃を出し、仰向《あおむ》けに倒れた綾女の左腕、右腿《もも》に撃ち込んだ。

全員が綾女を見下ろす。

「父の仇《かたき》です」

慶介がいった。玄一郎も銃を構えながらうなずく。

綾女は床に倒れながら右手を頭に伸ばした。

髪飾りに隠した小型ナイフを引き抜くため――しかし、その腕を慶介が押さえつける。

「社長のことですから、それくらいの予想はついています」

慶介にナイフを取り上げられた。

そこで扉をノックする音が響いた。

外に立っている警護役が発砲音を不審に思ったのだろう。

階下では今もリハーサルが続き、スネアやシンバル、ホーンの音がより激しさを増しているが、それでも室内に響く銃声を完全にかき消せはしなかった。

綾女は声を上げようとしたが、慶介に口を塞《ふさ》がれた。同時に扉の横に立って警戒していた桂次郎がノブに手をかけ、わずかに開いた。

「クラッカーの音です。少し早いクリスマスのプレゼント交換をしているんですよ」

桂次郎がいった。

その横で銃をクラッカーに持ち替えた浩子が、わざと扉の隙間《すきま》から見えるように紐《ひも》を引いた。

パンと乾いた音が鳴り、続いてまた扉が閉じ、カチャリと鍵《かぎ》のかかる音がした。

桂次郎の軽やかな声と浩子の明るい笑顔に、警護役は納得してしまったようだ。

「手を離しますから、騒がないでください。騒げば喉《のど》を潰《つぶ》します」

慶介の手が綾女の口から離れてゆく。

「急所を外したのね」

綾女は訊いた。痛くて苦しいのに、自分でも驚くほど自然に言葉が出てくる。

「はい。皆さんの憎しみと怨《うら》みの言葉を最後まで聞いていただくために」

——全員の策略。

「旗山先生は総理になられ、保守合同も果たし、満足されているそうです。先生に直接確認したところ、水嶽商事と自由民進党の蜜月《みつげつ》は、この先何があっても崩れることはないと約束してくださいました。一方で、社長はあまりに殺し過ぎた。今はおとなしく水嶽傘下《さんか》にいる組も、化学兵器まで使って仲間を殺された恨みを忘れていない。そのガス抜きをするためには、社長に無惨《むざん》な殺され方をして退場していただくのが一番いいだろう、先生もそうお考えです」

旗山まで加わっていたのか。

「須藤さんだけは強固に反対されたので、一足先に退場していただきました。ジギトキシン。そう、あなたが麟太郎前社長を殺したのと同じ方法です」

「私のためじゃない、水嶽のために殺した」

綾女は掠《かす》れる声でいった。

「わかっています。だから社長も水嶽のために殺されてください。社長の死とともに、これまでの水嶽の悪行を多くの人たちが忘れられるように。だいじょうぶです。もう社長がいなくても水嶽商事は発展していけます」

「ずっと企《たくら》んでいたのね」

「あなたのせいで父は死んだ。許すわけがない」

「僕も絶対に許さない」

玄一郎がいった。

「おまえが父さんを殺した。だからこうするって決めていた」

その横で静乃もうなずく。

――麟兄さんは、あなたたちに暴力を振るっていたのに。

それでも父親なのだろう。綾女の知らないところで麟太郎はふたりを愛し、暗い記憶を消してしまうくらいに、数多くの温かい思い出も残していったのだろう。

慶介に桂次郎まで加わり、起きあがろうとする綾女の口や体を押さえつけた。

直後、右の太腿にまた新たな激痛が走った。続けざまに左の太腿にも。

慶介の手の下で呻《うめ》き、体をのけ反らせながら見ると、玄一郎と静乃がドレスの上から両足にナイフを突き立てていた。ナイフがさらに押し込まれ、綾女はまた叫んだ。ドレスが赤く染まってゆく。床にも血が流れる。

「まだです。まだ死なないでください」

慶介の手が再び口から離れてゆく。

「首謀者は兄さんなの」

荒く息をしながら綾女は桂次郎を睨《にら》んだ。

「残念ながら僕じゃない、慶介くんでもない」

では、誰が？

綾女は慶介の背後から近づく影に目を向けた。

「痛くて苦しいでしょう。でも、もう少しだけ生きていてください」

由結子が口を開いた。

押さえつけていた慶介と桂次郎が離れてゆく。

代わりに由結子が近づき、ピンクのドレスの裾《すそ》を血で汚しながら跪くと、手にしていたナイフの刃先を綾女の顔の上に這《は》わせた。

刃先が肌の上を滑り、綾女の頬や額に赤い線を描いてゆく。

「何年か前にタイムズの記者に見せられた写真を覚えていますか」

由結子が訊いた。

「同じものを熊川万理江さんにも見せられましたよね」

忘れるはずがない。

昭和二十年八月の終戦直後、水嶽商事が大量の物資を隠していた地下トンネル内で撮影された一連の写真のことだ。誰が撮り、誰が記者や熊川に流したのか、徹底的に調べさせたものの、最後まで特定できなかった。

「私の母、寿賀子が撮ったものです」

綾女は目を見開いた。

「水嶽商事が攻撃してきた暴力団連合に反転攻勢を仕掛けたあの晩、お姉さんはアメリカ大使館に身を隠していましたよね。同じように、私たち水嶽商事役員の妻や子どもたちも安全のため、あの地下トンネルに退避していた。母は誰も見ていない隙に、小型カメラで撮影したそうです。自分が死んだあと、私に何かあったときのための切り札となるように」

「それを――」

綾女は唇を震わせながらか細い声でいった。

「お姉さんを憎み、潰そうとしていた熊川さんにも私から近づき、声をかけさせていただきました。熊川さんに拉致《らち》されたときも、私だけは自由にさせてもらっていました。このことは慶介さんも知っています。桂次郎さんにもあとでお話ししましたが、すぐに納得してくださいました。ただ残念ながら、熊川さんもお姉さんを殺してはくれなかった。自分以外全員を犠牲にしても、お姉さんが生き残ろうとしていたなんて、熊川さんも見抜けなかった。そこまでお姉さんが浅ましいとは思っていなかったんです」

「そんなに私が憎かったのね」

「母は生きたままお姉さんに焼かれて死んだ。そんな獣物《けだもの》への憎しみを消せるはずがありません」

「パーティーがはじまるのに」

立ち上がりたいけれど、もう体が動かない。這うことも、大声で叫ぶこともできない。

綾女はいった。

「私が代理を務めます。お姉さんは静かに消えてください」

――順番が回ってきた。

死ななければならない順番が。

「よし江さんのことも心配しないでください。私たちでちゃんとお世話します」

由結子は綾女の胸の上にもナイフを滑らせた。

ドレスが裂け、綾女の胸や腹も裂けてゆく。息ができなくなってきた。痛みも、もうあまり感じない。代わりに体がどんどん冷たくなってゆく。

慶介が見ている。桂次郎が見ている。

玄一郎と静乃も見ている。

ふたりの子供たちの姿が滲《にじ》んでゆく。

――あと少し、もう少しだったのに。

水嶽商事を真の国際企業にすることができたのに。

すべての役目を終え、水嶽商事を玄一郎と静乃に譲り渡したあとは、一教師に戻りたかった。

また生徒たちの前に立ち、教え、自分も学びたい。でも、無理だ。日本中に顔と名前を知られ、今更経歴を偽ることもできない。雇ってくれる学校があったとしても、生徒も同僚も萎縮《いしゅく》してしまう。水嶽の名に不快感を抱く親も、まだわずかながらいる。だから世界中を気ままに旅して回ろうと思っていた。もし、日本から遠く離れた素敵な場所が見つかったら、そこで静かに暮らすつもりだった。

不意に涙が溢《あふ》れた。悔しさと未練が波のように押し寄せる。

腹立たしいけれど、ここで終わるのか。

いや――まだだ。

「由結ちゃん」

綾女は舌と唇を小刻みに震わせながら声を発した。

「何でしょう」

「最後に聞いてほしい」

涙がこぼれ、流れる血とともに頬を濡《ぬ》らしてゆく。

「思いの外、未練がましいのですね」

由結子が微笑《ほほえ》みながら綾女の口元に顔を近づける。

それをスローモーションのように見ながら、綾女はドレスのドレープの間に隠した細いナイフを右手で抜き取り、半分血を分けた妹の首筋に突き刺した。

最後の力を振り絞り、ナイフをさらに深く刺し、横に裂く。

絶叫とともに、ばっくり斬《き》れた喉元から雨のような血が綾女の体へと降り注いだ。

──塚原。

『どんなときも武器の携行を忘れないでください』

あの遺言のおかげだ。

慶介と桂次郎が慌《あわ》てて由結子の体を綾女から引《ひ》き剝《は》がす。押しのけられた綾女の体は、打ち棄《す》てられた古人形のように床を転がった。

倒れた綾女の視線の先に、由結子の裂けた喉を必死で押さえる慶介の姿が見えた。

「由結子、由結子」

慶介が呼びかける。

――このふたり。恋仲だったのか。

桂次郎が部屋の隅の受話器を取り、見たこともないほど険しい形相で話しはじめた。救急車を呼んでいる。静乃と浩子は「しっかりして」と叫んでいる。玄一郎は怯《おび》えながら立ち尽くしている。

中会議室の扉を外から強く叩《たた》く音が聞こえる。警護役が異変に気づいたのだろう。さらに激しい音がした。扉が破られたようだ。桂次郎が釈明をはじめたが、終わるのを待たずに銃声が響いた。

撃たれたのは慶介？　桂次郎？　浩子？

わからないが、確かめる術《すべ》もない。綾女には首を動かすどころか、まぶたを閉じる力さえ残っていなかった。

――死にたくない。

でも、叶《かな》いそうにない。

ずっと死を望んでいた。なのに、亡霊たちにこの世に強く引き止められていた。今になって、ようやく生きることに希望を見出《みいだ》せたのに、ここで死ななければならないのか。

視線の先には由結子が横たわっている。目を見開き、陸に打ち上げられた魚のように口を動かしていたが、それも止まった。

床に零《こぼ》れ落ちたあの子の血が、ゆっくりと流れ、綾女の血と絡《から》み、もつれながら、ひとつの濁った赤色に溶け合ってゆく。

銃声が激しさを増す。また誰か撃たれたようだ。

玄一郎？　静乃？

――どうでもいいや。

自分の鼓動が消えてゆく。

視界が眩《まばゆ》さで包まれ、その先に、遠くまで広がる闇《やみ》が見えてきた。とても深く、清らかな闇――体に再び激しい痛みが走る。

闇の奥に、父と母が立っている。さらに日野先生、青池一家、生田目義朗、麟太郎、康三郎、芳子、ひかりから生まれてくるはずだった子供、塚原、そして飛田……綾女のために死んでいった無数の者たちの姿も浮かび上がってきた。

地獄も極楽も来世も、そんなものありはしないのに。最期《さいご》にこんなありふれた走馬灯を見るなんて。

それでも綾女は願った。心の底から。

願わずにはいられなかった。

意識の途絶える、その間際《まぎわ》まで。

――生きたい。

参考文献

○書籍・地図

「悪党・ヤクザ・ナショナリスト　近代日本の暴力政治」エイコ・マルコ・シナワ著　藤田美菜子訳　朝日新聞出版　2020年

「ジャパニーズ・マフィア　ヤクザと法と国家」ピーター・B・E・ヒル著　田口未和訳　三交社　2007年

「世界犯罪組織研究　マフィア、暴力団、三合会の組織構造分析」マウリツィオ・カティーノ著　土屋晶子訳　東京堂出版　2021年

「進駐軍クラブから歌謡曲へ　戦後日本ポピュラー音楽の黎明期」東谷護　みすず書房　2005年

「占領期メディア史研究　自由と統制・1945年」有山輝雄　柏書房　1996年

「完本　美空ひばり」竹中労　筑摩書房　2005年

「戦後芸能史物語」朝日新聞学芸部編　朝日新聞出版　1987年

「昭和陸海軍の失敗　彼らはなぜ国家を破滅の淵に追いやったのか」半藤一利、秦郁彦、平間洋一、保阪正康、黒野耐、戸髙一成、戸部良一、福田和也　文藝春秋　2007年

「貧困の戦後史　貧困の「かたち」はどう変わったのか」岩田正美　筑摩書房　2017年

「日本占領史　1945―1952　東京・ワシントン・沖縄」福永文夫　中央公論新社　2014年
「東京のヤミ市」松平誠　講談社　2019年
「東京戦後地図　ヤミ市跡を歩く」藤木TDC　実業之日本社　2016年
「ワシントンハイツ　GHQが東京に刻んだ戦後」秋尾沙戸子　新潮社　2011年
「東京アンダーワールド」ロバート・ホワイティング著　松井みどり訳　角川書店　2000年
「世界史概観」（上）（下）H・G・ウェルズ著　長谷部文雄・阿部知二訳　岩波書店　1966年
「重ね地図シリーズ　東京　マッカーサーの時代編」太田稔、地理情報開発、光村推古書院編集部　光村推古書院　2015年
「昭和二十二年（一九四七年）最新大東京全図」地図出版株式会社　財団法人江戸東京歴史財団人文社　1947年
「写真で読む昭和史　占領下の日本」水島吉隆著　太平洋戦争研究会編　日本経済新聞出版社　2010年
「占領史追跡　ニューズウィーク東京支局長パケナム記者の諜報日記」青木冨貴子　新潮社　2013年
「鳩山一郎・薫日記」（上）鳩山一郎篇　伊藤隆・季武嘉也編　中央公論新社　1999年
「吉田茂とその時代」（上）（下）ジョン・ダワー著　大窪愿二訳　中央公論新社　2014年
「宰相　吉田茂」高坂正堯　中央公論新社　2006年

「吉田茂　戦後日本の設計者」保阪正康　朝日新聞出版　２０２０年
「試練と挑戦の戦後金融経済史」鈴木淑夫　岩波書店　２０１６年
「戦後経済史　私たちはどこで間違えたのか」野口悠紀雄　日本経済新聞出版　２０１９年
「渋谷学叢書３　渋谷の神々」石井研士編著　國學院大學研究開発推進センター渋谷学研究会　雄山閣　２０１３年
「渋谷学叢書２　歴史のなかの渋谷　渋谷から江戸・東京へ」上山和雄編著　國學院大學渋谷学研究会　雄山閣　２０１１年
「東京の異界　渋谷円山町」本橋信宏　新潮社　２０２０年
○小冊子
「かたりべ　39　豊島区立郷土資料館だより」豊島区立郷土資料館　１９９５年
○研究論文・学術論文
「日本降伏後における南方軍の復員過程　１９４５年～１９４８年」増田弘　現代史研究　２０１３年３月
「名古屋競馬の経営改革に関する検討結果報告書」名古屋競馬経営改革委員会　２０１３年
「戦時・戦後復興期の日本貿易：１９３７年～１９５５年」奥和義　關西大學商學論集　２０１１年12月　第56巻第３号

「第2次世界大戦以降の日本のレコード産業における洋楽ビジネスの発展と外資メジャーの攻勢」
生明俊雄　広島経済大学経済研究論集　2009年3月　第31巻第4号
「公営競技の誕生と発展：競輪事業を中心に」古林英一　北海学園大学学園論集　2016年6月

○映像資料

「隠された〝戦争協力〟朝鮮戦争と日本人」NHK　2019年
「隠された毒ガス兵器」NHK　2020年

解説

末國善己

長浦京は、江戸初期を舞台に殺戮《さつりく》集団と幕府の掃討使の壮絶な戦いを描く『赤刃《せきじん》』で、第六回小説現代長編新人賞を受賞してデビューした。その後は決して多作ではないが、殺し屋の小曽根百合《おぞねゆり》が陸軍の一派に家族を殺された少年を守って戦う『リボルバー・リリー』で第十九回大藪春彦賞を受賞、世界中から集められた負け犬たちが返還直前の香港で犯罪計画を進める『アンダードッグス』が第一六四回直木三十五賞と第七十四回日本推理作家協会賞長編および連作短編集部門の候補になるなど、その実力が高く評価されている。関東最大級のヤクザ水嶽《みたけ》組を率いることになった綾女《あやめ》を主人公に、終戦直後から一九五五年の保守合同までの戦後史を切り取った本書『プリンシパル』も、第四十四回吉川英治文学新人賞と第七十六回日本推理作家協会賞長編および連作短編集部門の候補になっている。

プリンシパルは、英語圏のバレエ団の主役級のダンサーを指す言葉として知られているが（フランスではエトワールが使われることもある）、社長、校長、指導者などの意味もあり、本書のタイトルを訳すとボス、親分といったところだろうか。戦いを得意とする女性を主人公にした意味では、行定勲《ゆきさだいさお》監督、綾瀬《あやせ》はるか主演で映画化された『リボルバー・リリー』と近い部分もあるが、小曽根百合が殺人の技術を習得した人間兵器ならば、綾女は大量破壊兵器を使い部下の命を使い捨てにしてでも敵組織を壊滅に追い込む冷徹な指揮官なので、暴力シーンの迫力は格段にスケールアップしている。

子供の頃から家業のヤクザを嫌い、家を出て教師になった二十三歳の綾女は、「チチジュウタイ」の電報を受け取り疎開《そかい》の手伝いをしていた長野県から東京へ帰る途中で玉音放送を聞く。水嶽組を率いる父に面会し長野へ帰ろうとした綾女だが、敗戦による治安悪化を理由に引き止められた。その夜、父が亡《な》くなり、綾女は出征中の長男と三男、精神を病み伊豆で療養中の次男に代わり喪主になることを頼まれる。その頼みを固辞し、代々水嶽家に仕える子分で、次男の修造が同じ年の幼馴染《おさななじ》み、修造の母が乳母だった青池家に落ち着いた綾女は、敵組織の襲撃を受ける。隠し部屋に押し込まれた綾女は難を逃れるが、青池一家は綾女の居場所を聞き出す凄《すさ》まじい拷問《ごうもん》を受けた後に殺され、修造は重傷ながら命は取り留めた。青池家を襲ったのは、周辺のヤクザと戦勝国になった中国人、朝鮮人組織の連合で水嶽組への宣戦布告だった。

綾女は、戦時中に水嶽組が請け負った仕事を利用し、子分と堅気を巻き込む殲滅戦《せんめつせん》で敵組織を壊滅に追い込み、敵に内通した裏切り者も残酷な方法で粛清した。裏切り者の処刑方法は、アフリカ大陸で行われた私刑で、ガソリン入りのゴム製タイヤを首にかけて火をつけ、死亡までの時間を長引かせるタイヤネックレスを彷彿《ほうふつ》させる。敵組織に大打撃を与え古参幹部に認められた綾女は、兄が復員するまで水嶽組の会長兼社長代行となる。だが、この時に生まれた怨念《おんねん》は、後々まで綾女を苦しめる。

まず綾女が手掛けたのが、戦前から水嶽家が蓄積していた食料、日用品、医薬品などを闇市《やみいち》で売り捌《さば》くことだった。非公式なルートによる食料、雑貨の販売は戦前から行われていたが、敗戦で警察の取り締まりが緩むと、一般人が人通りが多いターミナル駅近くに集まって物物交換をする闇市が誕生する。そこに隠匿《いんとく》物資を手に入れたり、地方から仕入れをしたりしたテキ屋や素人《しろうと》商人が露店を構えるようになり、トラブルや略奪を防止するため警察はテキ屋の親分たちに組合を組織させて治安維持にあたらせた。本書では都内のほぼすべての闇市を水嶽組が支配したとされているが、実際は渋谷、新宿、池袋などが別々の組の縄張りになっていたくらいで、闇市の実態は史実を踏まえている。日本を占領統治したGHQは闇市の排除に乗り出そうとするが、綾女は金をばらまいて闇市を存続させ、GHQ高官とのパイプも作っていく。

綾女は、田鶴子《たつこ》率いる中野新興愚連隊《ぐれんたい》（わかりやすくいえば、水嶽組は暴力団、中野新興愚連隊は半グレだろう）と組んで仕事をするが、これは中抜きされないようグループを作り、米兵と寝ない、金を取らずに男と寝ないなどの掟《おきて》を作った街娼《がいしょう》のリーダー、小政《こまさ》のせんを主人公にした田村泰次郎のベストセラー『肉体の門』へのオマージュと思われる。オマージュといえば、家業を嫌っていた子供が、父の跡を継ぐと思わぬ才能を発揮して敵を倒し組織を拡大する展開は、マリオ・プーゾ原作、フランシス・フォード・コッポラ監督、綾女に相当するマイケルをアル・パチーノが演じた映画『ゴッドファーザー』を彷彿させるので、二作を比較してみるのも一興である。

保守系の政治家・旗山市太郎、吉野繁実《よしのしげみ》（モデルが誰かは、あえて指摘するまでもあるまい）と太いパイプを持つ綾女は、既得権が固められ付け入る隙《すき》のない競馬に代る新たな公営ギャンブルを立ち上げ、その利益を全国の親分に分配して水嶽組への支持を集めようとする。大規模な組織とはいえヤクザが政治を動かしたというのは出来すぎたフィクションに思えるかもしれないが、これも史実を踏まえている。

ドイツのナチスは、演説会の警備や政敵を攻撃する準軍事組織の突撃隊を使って街頭闘争を行い、イタリアの国家ファシスト党は第一次世界大戦の退役軍人が中心の反共主義の民兵組織を傘下《さんか》に置いて勢力を拡大した。日本の政治はこうした暴力とは無縁と考えがちだが、明治初期の自由民権運動の時代から演説会の参加者を警察の妨害から守り、反対派を攻撃する壮士が活動していた。議会制が軌道に乗ると、選挙権、被選挙権をもたない保守政党の支持者が院外団を組織し、選挙の応援や議員の護衛を務め、集会に乱入する他党の支持者を力で排除していった。暴力が不可欠になった院外団にはヤクザや右翼団体も加わり半分政治団体、半分ヤクザのようになるが、日本が太平洋戦争に敗れると暴力への拒否反応が大きくなり院外団は衰退した。

戦後、日本の民主化を進めたGHQだが、食料要求のデモや労働運動が激化すると日本の赤化を恐れるようになり、戦前から反共、保守活動を行って戦犯となっていた大物がフィクサーとして戦後政治にかかわるようになる。その代表が、笹川《ささかわ》良一と児玉《こだま》誉士夫《よしお》である。海軍航空本部に物資調達を頼まれた児玉は、航空機の部品だけでなく食料、衣類、貴金属類なども扱うようになり、終戦までに一億七千五百万ドル相当の資金を蓄えたとされている。笹川と児玉は資金力と組織運営の手腕を活《い》かして、鳩山《はとやま》一郎による日本自由党の立ち上げを援助した。戦後も右翼団体を支援する笹川は新たな事業として、児玉と旧知の岸信介《のぶすけ》らの協力を得て「モーターボート競走法」を成立させ、収益金の一部が自身の設立団体に入るようにした。戦後に少し形を変えた半分政治団体、半分ヤクザのような団体は、労働争議や六〇年安保闘争を攻撃するためにも動員され、いわゆる五五年体制を支えていくことになる。こうした戦後史の流れを見ると、複数の組織、複数の人物が統合されて水嶽組と綾女になっているが、戦後政治とヤクザの関係はかなり正確に史実をトレースしている。

旧態依然たるヤクザを、現代的な会社組織に変えた水嶽組改め水嶽商事は順調に事業を拡大していくが、綾女は大勢を殺した良心の呵責《かしやく》、いつ殺されるか分からない緊張感、誰にも弱音が吐けない孤独もあって、ヒロポン（覚醒剤《かくせいざい》。一九五一年に「覚醒剤取締法」が成立するまでは合法だった）、睡眠薬に溺《おぼ》れるようになる。汚れたヤクザだった綾女の父は名門の血にこだわり、華族の娘、次いで衆議院議員の娘を妻にし、異母妹の由結子《ゆゆこ》を産んだ寿賀子《すがこ》は血統ゆえに水嶽の籍に入れなかった。戦後になると女性にも結婚の自由が認められたが、綾女は「水嶽商事の会長兼社長代行が、素性の知れない」男の子供を妊娠したとはいえないという組織の身勝手な論理で、恋愛を制限されてしまう。殺伐とした世界で神経をすり減らす綾女の心のオアシスになるのが、天才少女歌手の美波《みなみ》ひかり（こちらもモデルはすぐに分かるはずだ）の成長だが、ひかりは大阪の竹岡組が面倒を見ているので、やはり自由な恋愛、妊娠が許されず難しい決断を迫られる。本書は、女性の登場人物だけにキャリアかプライベートかの選択を迫り、間違った道を選べば文字通り死が待ち受けている状況を作った。現代の女性も、進学、就職、結婚、妊娠といった人生の節目になると、男性にはない決断が必要になるケースがあるだけに、苦悩する綾女、ひかりには共感が大きいのではないか。

側近が敵に殺される悲劇を経験しながら、日本政府やGHQの汚れ仕事を引き受け信用と利益を拡大した綾女は、弱みを握ったとして脅してきた男たちは謀略を駆使して葬《ほうむ》り去ることもあるだけに、派手なアクションだけでなく、息詰まる頭脳戦、心理戦も楽しめる。だが敗戦直後の混乱期が終わり、秩序が優先されるようになると、長く水嶽組が資金を提供したり、裏の仕事をしてきたりして支えた有力政治家が距離を置くようになり、マスコミが不祥事を報じるのを抑えるのが難しくなっていく。綾女を恨み殺す機会をうかがう人間が増えていくだけに、クライマックスの決戦とその先に待ち受ける意外な結末には驚かされてしまうだろう。

綾女は、圧倒的な武力を持ち、それを躊躇《ちゅうちょ》なく使うことで、日本中のヤクザはもちろん、日本政府、GHQとも互角に渡り合う。戦後社会の見え難いところで血で血を洗う抗争があったとする本書は、戦後日本の繁栄と平和が、アメリカに力の行使を丸投げし、朝鮮戦争、ベトナム戦争といった他国が犠牲になる戦争によって成立したという誰もが目を背けたくなる現実を暴《あば》いて見せた。さらにいえば、安倍晋三《あべしんぞう》元首相の暗殺で、自民党と世界平和統一家庭連合（旧・世界基督《キリスト》教統一神霊協会）の関係が話題を集めたが、その源流は一九六八年に笹川、児玉、岸らが発起人となって設立された国際勝共連合（母体が旧統一教会）まで簡単に遡《さかのぼ》れるので、本書が浮き彫りにした戦後史の闇は、現代に繋《つな》がっていることも忘れてはならない。

著者は、戦時中に不当に斬首《ざんしゅ》された兄の仇《あだ》を討つために来日した英国軍人のイアンが、戦後日本の現実を目撃する二〇二四年一月刊の『１９４７』でも、日本の戦後社会とは何かを問いかけているので、本書と併せて読んで欲しい。

（二〇二五年一月、文芸評論家）

この作品は令和四年七月新潮社より刊行された。

朝井まかて著　**眩**《くらら》
中山義秀文学賞受賞

北斎の娘にして光と影を操る天才絵師、応為。父の病や叶わぬ恋に翻弄されながら、絵一筋に捧げた生を力強く描く、傑作時代小説。

奥田英朗著　**罪の轍**

昭和38年、浅草で男児誘拐事件が発生。人々は震撼した。捜査一課の落合は日本を駆ける。ミステリ史にその名を刻む犯罪×捜査小説。

垣根涼介著　**ワイルド・ソウル**（上・下）
大藪春彦賞・吉川英治文学新人賞・日本推理作家協会賞受賞

戦後日本の〝棄民政策〟の犠牲となった南米移民たち。その息子ケイらは日本政府相手に大胆な復讐劇を計画する。三冠に輝く傑作小説。

近藤史恵著　**サクリファイス**
大藪春彦賞受賞

自転車ロードレースチームに所属する、白石誓。欧州遠征中、彼の目の前で悲劇は起きた！　青春小説×サスペンス、奇跡の二重奏。

東山彰良著　**ブラックライダー**（上・下）

「奴は家畜か、救世主か」。文明崩壊後の米大陸を舞台に描かれる暗黒西部劇×新世紀黙示録。小説界を揺るがした直木賞作家の出世作。

道尾秀介著　**龍神の雨**

血のつながらない父を憎む蓮。実母を殺したのは自分だと秘かに苦しむ圭介。降りやまぬ雨、ひとつの死が幾重にも波紋を広げてゆく。

青山文平著
伊賀の残光
旧友が殺された。伊賀衆の老武士は友の死を探る内、裏の隠密、伊賀衆再興、大火の気配を知る。老いて怯まず、江戸に澱む闇を斬る。

月村了衛著
欺す衆生
山田風太郎賞受賞
原野商法から海外ファンドまで。二人の天才詐欺師は泥沼から時代の寵児にまで上りつめてゆく——。人間の本質をえぐる犯罪巨編。

須賀しのぶ著
神の棘（Ⅰ・Ⅱ）
苦悩しつつも修道士となった男。ナチス親衛隊に属し冷徹な殺戮者と化した男。旧友ふたりが火花を散らす。壮大な歴史オデッセイ。

赤松利市著
ボダ子
優しかった愛娘は、境界性人格障害だった。事業も破綻。再起をかけた父親は、娘とともに東日本大震災の被災地へと向かうが——。

武内涼著
阿修羅草紙
大藪春彦賞受賞
最高の忍びタッグ誕生！　くノ一・すがると、伊賀忍者・音無が壮大な京の陰謀に挑む、一気読み必至の歴史エンターテインメント！

今野敏著
隠蔽捜査
吉川英治文学新人賞受賞
東大卒、警視長、竜崎伸也。ただのキャリアではない。彼は信じる正義のため、警察組織という迷宮に挑む。ミステリ史に輝く長篇。

プリンシパル

新潮文庫　な-113-1

令和七年三月一日発行
令和七年四月五日二刷

著者　長《なが》浦《うら》京《きょう》
発行者　佐藤隆信
発行所　株式会社新潮社

郵便番号　一六二―八七一一
東京都新宿区矢来町七一
電話　編集部(〇三)三二六六―五四四〇
　　　読者係(〇三)三二六六―五一一一
https://www.shinchosha.co.jp

価格はカバーに表示してあります。

乱丁・落丁本は、ご面倒ですが小社読者係宛ご送付ください。送料小社負担にてお取替えいたします。

印刷・錦明印刷株式会社　製本・錦明印刷株式会社

ISBN978-4-10-105761-3 C0193